F. PAUL WILSON

Die Prüfung

Buch

Aufnahmeprüfung am Ingraham, der exklusivsten und bestbewachten medizinischen Hochschule der USA. Wer hier angenommen wird, braucht sich um seine Karriere nicht mehr zu sorgen. Doch Ingraham hat auch eine dunkle Seite, eine Seite, die es vor den Augen der Öffentlichkeit verbirgt. Das zumindest argwöhnt Quinn Cleary, eine 21jährige Farmerstochter aus Connecticut, die sich hier zunächst am Ziel ihrer Träume wähnt. Als sie ihrem Freund, dem spottlustigen Glücksspieler Tim Brown, von seltsamen Ereignissen und dem zunehmend rätselhaften Verhalten ihrer Kommilitonen erzählt, nimmt dieser Quinns Ängste zunächst gar nicht ernst. Bis er in ihrem Zimmer eine Wanze entdeckt. Gemeinsam kommen die beiden einem gespenstischen Komplott von Politikern, CIA-Agenten und Ärzten auf die Spur. Und das könnte sie ihr Leben kosten …

Autor

F. Paul Wilson, geboren und aufgewachsen in New Jersey, ist gelernter Mediziner und preisgekrönter Autor mehrerer Romane sowie einer Sammlung von Kurzgeschichten.
Der Autor lebt mit seiner Frau, zwei Töchtern und drei Katzen an der Küste von New Jersey.

Außerdem von F. Paul Wilson bei Goldmann:

Die Kommission. Roman (44258)
Leiser Verdacht. Roman (44369)

F. Paul Wilson

Die Prüfung

Roman

Aus dem Amerikanischen
von Wulf Bergner

GOLDMANN

Die Originalausgabe erschien 1993 unter dem Titel
»The Foundation« bei Headline Publishing, London

Die amerikanische Ausgabe von 1994 trägt den Titel
»The Select« und erschien bei William Morrow and
Company, Inc., New York

FSC
Mix
Produktgruppe aus vorbildlich
bewirtschafteten Wäldern und
anderen kontrollierten Herkünften

Zert.-Nr. SGS-COC-1940
www.fsc.org
© 1996 Forest Stewardship Council

Verlagsgruppe Random House FSC-DEU-0100
Das FSC-zertifizierte Papier *München Super* für Taschenbücher aus dem
Goldmann Verlag liefert Mochenwangen Papier.

Einmalige Sonderausgabe Oktober 2005
Wilhelm Goldmann Verlag, München,
in der Verlagsgruppe Random House GmbH

Umschlaggestaltung: Design Team München
Umschlagfoto: Photonica / Johner
Druck und Einband: GGP Media GmbH, Pößneck
Printed in Germany

ISBN-10: 3 442 46154 5
ISBN-13: 978 3 442 46154 7

www.goldmann-verlag.de

Für Mary,
die alles erst möglich macht.

Weihnachtsferien

DAS INGRAHAM COLLEGE OF MEDICINE
Dr. med. Laurel Hills

Das oft als »24karätige medizinische Hochschule« bezeichnete Ingraham (Aussprache »ING-gram«) College of Medicine hat sich zu einer der berühmtesten und angesehensten Bildungseinrichtungen Amerikas entwickelt. Es liegt in den bewaldeten Hügeln des Frederick Countys, Maryland, weniger als eine Autostunde von Baltimore oder Washington, D.C., entfernt, und hat seinen Lehrkörper aufgebaut, indem es führende Persönlichkeiten aller medizinischen Fachrichtungen berufen hat. Der Lehrkörper des Ingraham gilt als unvergleichlich.

Das trifft auch auf seine Studentenschaft zu. Alljährlich im Dezember werden zukünftige amerikanische Mediziner mit den besten Ergebnissen im Medical College Admission Test (MCAT) zu einer besonderen Aufnahmeprüfung ins Ingraham eingeladen. Diese Einladung ist sehr begehrt, denn das Ingraham wird hundertprozentig von der Kleederman Foundation unterhalten: Seine Studenten zahlen weder Studien-, Lehrmittel- noch Laborgebühren und erhalten freie Kost und Unterbringung. (Unbedingte Voraussetzung für die Aufnahme ist jedoch, daß die Studenten sich verpflichten, die gesamten vier Jahre lang auf dem Ingraham-Campus zu leben.)

Hervorragende akademische Leistungen sind jedoch nur ein Teil der Anforderungen des Ingraham. In der Einschreibungsstelle wird unterstrichen, man suche »vielseitige junge Menschen mit dem gewissen Etwas, die sich der medizinischen *Praxis* in Form ärztlicher Grundversorgung – vor allem in Gebieten, in denen sie am nötigsten gebraucht wird – widmen wollen«. Akademische Brillanz ist natürlich eine wichtige Voraussetzung, aber die Verantwortlichen gestehen freimütig, daß sie keinen Wert darauf legen, Forscher heranzubilden, die danach ihr Berufsleben lang über Mikroskopen und Reagenzgläsern hocken werden. Ideale Kandidaten fürs Ingraham sind Studenten, die nicht nur beste Noten mitbringen, sondern auch Seminarsprecher oder in der studentischen Selbstverwaltung aktiv gewesen sind.

Ingraham-Absolventen gelten als die *Crème de la crème*. Allen der jährlich fünfzig Absolventen werden die begehrtesten Assistentenstellen der medizinischen Welt angeboten. Trotzdem schlagen ungewöhnlich viele Absolventen diese hochdotierten Stellen aus, um in der Grundversorgung tätig zu sein, und praktizieren in den ärmeren Gebieten Amerikas – vor allem in den Inner Cities. Ihnen verdankt das Ingraham seinen beispiellosen Ruf, akademische Höchstleistungen mit sozialem Engagement zu verbinden.

Aus AMERICAN MEDICAL SCHOOLS IN PERSPECTIVE
von Emmett Fention (Bobbs-Merill, 1994)
(Nachdr. mit frdl. Gen. des Verlags)

1

»Quinn! Komm schon, Quinn!«

Obwohl Quinn Cleary die Stimme hörte, starrte sie weiter über die Gruppe von Gebäuden unter ihr und die noch herbstlich bunten Hügel in ihrer Umgebung hinweg. Von diesem Hügel aus, dem höchsten Punkt auf dem Campus, konnte sie, wie man ihr gesagt hatte, drei Staaten sehen: natürlich Maryland – aber auch Westvirginia rechts und Virginia geradeaus vor ihr im Süden.

Und unterhalb des zu ihren Füßen sanft abfallenden Hügels standen etwa zehn Meter tiefer die halbkreisförmig um einen künstlichen See angeordneten Gebäude aus gelbem Klinker oder grauem Naturstein – die Hörsaalgebäude, das Studentenwohnheim und das Verwaltungsgebäude, in dem auch die Professoren ihre Büros hatten –, die das Ingraham College of Medicine bildeten.

Jemand berührte ihren Arm. Sie drehte sich um. Matt Crawford stand da: dunkles lockiges Haar, sonnengebräunter Teint und dunkle Augen, die sie fragend anstarrten.

»Bist du in 'ner Trance oder so was?«

»Nein. Aber ist das nicht wunderschön?« Sie betrachtete erneut die gepflegten Rasenflächen inmitten bewaldeter Hügel. »Ist das nicht fast zu schön, um wahr zu sein?«

»Yeah, großartig.« Er faßte sie leicht am Ellbogen. »Komm jetzt. Wir wollen nicht allzuweit zurückbleiben.«

Quinn ließ sich widerstrebend von der eindrucksvollen Aussicht wegführen. Ihre langen Beine hielten mühelos mit Matt Schritt, als sie sich beeilten, die anderen Studienbewerber einzuholen, die Mr. Verran auf dem Rundgang über den Campus folgten. Sie war groß und schlank – zu schlank, dachte Quinn jedesmal, wenn sie sich irgendwo ganz in einem Spiegel sah. Fast jungenhaft aussehend mit ihren kurzen rotblonden Haaren und ihrer sehr schlanken Figur. Bei solchen Gelegenheiten betrachtete sie sich mürrisch und fand, die einzigen Rundungen ihres Körpers befänden sich oberhalb der Schultern: ein rundes irisches Gesicht mit makellosem blassen Teint und rosigen Wangen, ein runder Mund mit vollen Lippen und runde blaue Augen.

Ihr Gesicht hatte ihr noch nie gefallen. Das dämliche Gesicht eines Mädchens, das Reklame für Campbell-Suppe machte. Vor allem ihre Lippen, die sie schon immer für zu dick gehalten hatte, mißfielen ihr. Als Teenager hatte Quinn bei jedem Blick in den Spiegel nur diese Lippen gesehen. Aber jetzt waren solche Lippen der letzte Schrei. Volle Lippen waren topmodern. Filmstars ließen sich Silikon einspritzen, damit ihre Lippen wie die aussahen, mit denen Quinn auf die Welt gekommen war und die sie stets gehaßt hatte.

Aber wer konnte Mode enträtseln? Deshalb war Quinn selten modisch gekleidet – und auch dann nur zufällig. Sie trug gern weite, bequeme Hosen, Blusen und Pullover. Keine engen Jeans, Stretchhosen oder gar – großer Gott! – hautenge Radfahrerhosen aus Lycra. Darin hätte sie wie eine Olivia in Strichmännchenmanier ausgesehen. Sie blickte an ihrem Pullover und ihrer Hose herab. Vielleicht nicht gerade modisch, vielleicht ein bißchen zu weit geschnitten, aber von guter Qualität, obwohl Quinn sie im Ausverkauf erstanden hatte.

Die meisten Leute tragen weite Sachen, um üppige Formen zu kaschieren, dachte sie. Ich trage sie, um ihr Fehlen zu verbergen.

Trotzdem war Quinn sich darüber im klaren, daß weder Aussehen, Körpertyp noch Modebewußtsein eine Rolle spielen würden, wenn sie und die anderen sich morgen der Aufnahmeprüfung unterzogen. Dann zählte nur das, was man zwischen den Ohren hatte. Und sie war sich ziemlich sicher, daß da einiges steckte.

Aber war es auch das richtige? War es genau das, was das Ingraham College of Medicine von seinen Studenten erwartete?

Sie müssen mich nehmen, dachte Quinn. Sie *müssen* einfach.

Das Ingraham glich einem Traum, der darauf wartete, in Erfüllung zu gehen.

Ein Medizinstudium war schon immer Quinns Traum gewesen, und das Ingraham war das einzige College, das ihr diesen Herzenswunsch erfüllen konnte – die einzige medizinische Hochschule, die sie sich leisten konnte.

Plötzlich hörte sie eilige Schritte hinter sich.

»Hey, Matt! Wart auf mich!«

Sie drehte sich um und sah einen jungen Mann, der ihr vage bekannt vorkam, den Plattenweg von den Hauptgebäuden heraufrennen.

»Timmy!« sagte Matt grinsend, während er ihm die Hand hinstreckte. »Ich hab schon gedacht, du würdest's nicht rechtzeitig schaffen.«

»Ich hätt's auch fast nicht geschafft«, gab der andere zu. »Ich bin verdammt spät in A. C. weggekommen.«

»Atlantic City?« fragte Matt. »Was hast du dort...? Nein, nicht schon wieder!«

Diesmal grinste der Nachzügler. »Auf leichtverdientes Geld verzichten? Sieht mir das ähnlich?«

Matt schüttelte verwundert den Kopf. »Du spinnst, Timmy. Du spinnst echt!« Er wandte sich an Quinn. »Du erinnerst dich an meinen Zimmergenossen Tim Brown, nicht wahr?«

Im Gegensatz zu Matt, der durchschnittlich groß, dunkelhaarig und breitschultrig war, war Tim aschblond, sehr schlank und mindestens einsfünfundachtzig groß. Seine Augen waren hinter einer Pilotenbrille mit dunklen Gläsern unsichtbar.

Quinn erinnerte sich daran, Tim und einige weitere Freunde Matts letztes Jahr in Dartmouth kennengelernt zu haben.

»Ja, natürlich, Green Key Weekend, stimmt's?«

Tim schob seine Sonnenbrille hoch und musterte sie. Seine blauen Augen waren blutunterlaufen.

»Wenn ihr meint... Von diesem Wochenende weiß ich nicht mehr allzuviel.« Er streckte ihr die rechte Hand hin. »Freut mich, dich wiederzusehen, Quinn. Ist das dein Vor- oder Nachname?«

Seine Hand war kühl und trocken, als Quinn sie kurz schüttelte.

»Mein Nachname ist Cleary.«

»Quinn Cleary.« Tim ließ seine Sonnenbrille wieder vor die Augen rutschen. »Klingt recht hübsch.«

Quinn spürte in ihren Wangen aufsteigende Hitze und wußte, daß ihre ohnehin schon rosige Farbe jetzt noch kräftiger wurde.

»Das haben meine Eltern auch gedacht.«

Sie verfluchte wieder einmal ihre Neigung, wegen Kleinigkeiten zu erröten – selbst bei einem so beiläufig gemachten Kompliment wie Tims. Er sollte bloß nicht glauben, sie finde ihn attraktiv oder so was. Auch wenn sie gerade keinen Freund hatte, fühlte sie sich durchaus nicht zu Tim Brown hingezogen. Sie kannte ihn nicht persönlich, aber Matts Erzählungen aus den zwei Jahren, in denen Tim in Dartmouth sein Zimmergenosse war, reichten ihr völlig.

Timmy Brown: ein wilder Mann.

Nach allem, was über ihn erzählt wurde, hatte er nicht nur ein Alkoholproblem, sondern war auch ein begeisterter Glücksspieler.

Aber was tat er hier in Ingraham? Er konnte keine Einladung zur Aufnahmeprüfung bekommen haben. Dazu wurden nur die MCAT-Punktbesten eingeladen. Hatte Matt nicht erzählt, Tims Hauptfach sei Betriebswirtschaft? Wie ...?

Darüber konnte sie sich später Gedanken machen. Nein, sie würde keinen weiteren Gedanken darauf verschwenden. Das ging sie nichts an. Im Augenblick interessierte sie nur die Führung, die dann im Science Center enden würde. Bisher war alles traumhaft gewesen. Die Zimmer im Studentenwohnheim glichen luxuriösen Hotelsuiten; die Labors befanden sich auf dem letzten Stand der Technik; die Hörsäle waren mit modernsten audiovisuellen Geräten ausgestattet. Und als nächstes würden sie die große medizinische Forschungsstätte hier auf dem Campus besichtigen. Dies war eine medizinische Disney World.

Aber Matt und Tim blieben zurück, schwatzten miteinander und lachten über eine Geschichte, die Tim von einem Spielkasino erzählte, aus dem er letzte Nacht hinausgeflogen war. Obwohl sie sich nur wenige Tage nicht gesehen hatten, benahmen die beiden sich wie alte Kriegskameraden, die sich nach jahrelanger Trennung wiedersehen.

Das machte Quinn ein bißchen eifersüchtig. Matt war schon immer *ihr* Freund gewesen. Seine und ihre Mutter waren miteinander zur High-School gegangen. Mit sechzehn hatten Matt und Quinn einen unbeholfenen Versuch gemacht, mehr als nur Freunde zu sein, aber sobald das ausgestanden war, waren sie weiter wie Bruder und Schwester miteinander umgegangen. Oder da es zwischen ihnen keine Geschwisterrivalität gab, eigentlich wie Cousin und Cousine, als stamme Matt aus dem reichen Zweig der Familie und Quinn aus dem armen.

Sie ermahnte sich seufzend, realistisch zu denken. Warum empfand sie plötzlich Besitzansprüche in bezug auf Matt? Es mußte Dinge geben – sogar viele Dinge –, an denen Tim, aber nicht sie teilhaben konnte.

»Hört mal«, erklärte sie den beiden, »ich möchte die Führung bis zu Ende mitmachen. Wir sehen uns dann später.«

Sie beeilte sich, die übrigen Studienbewerber einzuholen. Ihre Gruppe bestand aus etwa fünfzig jungen Leuten – weitere fünfzig hatten diese Führung morgens mitgemacht –, die alle nachmittags interviewt werden würden, bevor sie sich morgen der Aufnahmeprüfung unterzogen. Und dies war lediglich eine der vielen Gruppen, die diese Woche geprüft wurden. Schrecklich viele Bewerber. Quinn hatte gewußt, daß die Konkurrenz erbittert sein würde, aber diese Horden nahmen ihr etwas den Mut, denn das Ingraham akzeptierte jedes Jahr nur fünfzig Studienanfänger.

Du schaffst's! sagte sie sich. Du mußt es schaffen.

Sie drängte sich vor, bis sie die Spitze der Gruppe hinter Louis Verran, dem Chef des Sicherheitsdienstes im Ingraham, erreicht hatte.

Mr. Verran war ein stämmiger kleiner Mann mit Stirnglatze, dunklem Teint und einer Andeutung von Bartstoppeln, obwohl es erst früher Nachmittag war. Er hätte Betriebsleiter einer Buchbinderei oder dergleichen sein können. Wie er ihnen gleich zu Anfang erklärt hatte, herrschte auf dem ganzen Campus striktes Rauchverbot, das er durchzusetzen hatte – aber das hinderte ihn nicht daran, selbst mit einer nicht angezündeten

Zigarre herumzulaufen. Manchmal kaute er darauf herum, aber meistens benützte er sie als Zeigestab.

Quinn konnte keine Zigarre sehen, ohne an frühere Zeiten auf der Farm ihrer Eltern zu denken. Auf der Familienfarm in Connecticut war Tabak für Deckblätter von Zigarren wie die von Louis Verran angebaut worden. Aber damit war es längst vorbei.

Sie konzentrierte sich wieder auf Mr. Verran, dessen Körper anscheinend mit einem anderen Thermostaten funktionierte als alle anderen. Trotz des eisigen Dezemberwindes trug er nur ein kurzärmeliges weißes Hemd ohne Jacke und schien sich darin wohl zu fühlen. Vermutlich wirkte seine Fettschicht isolierend. Er war übergewichtig, aber eher muskulös als fett – bis auf Gesicht und Hals. Aus dem offenen Hemdkragen quollen Fettwülste, die seine Kiefer und Backen nach oben drückten. Er erinnerte Quinn an einen lebendig gewordenen chinesischen Götzen.

»Im Science Center befindet sich auch unsere Sicherheitszentrale«, sagte Mr. Verran, als sie auf dem Weg zum Krankenhaus an dem vierstöckigen Gebäude vorbeikamen. Für einen so bulligen Mann hatte er eine überraschend piepsige Stimme. »Im ersten Stock.«

Quinn waren die Überwachungskameras in und an allen Gebäuden aufgefallen; auch das Science Center bildete keine Ausnahme. Offenbar hatte nicht nur sie die Kameras bemerkt.

»Gibt's hier Sicherheitsprobleme?« fragte irgend jemand. »Hat's Schwierigkeiten gegeben?«

»Nein, und es wird auch keine geben, solange ich hier für Sicherheit zuständig bin«, sagte Verran mit schiefem Grinsen. »Jetzt mal ernsthaft: Ich habe dafür zu sorgen, daß sich auf dem Campus nur Leute aufhalten, die hierhergehören. Die Labors, Bibliotheken und Studiersäle werden nie abgeschlossen, sondern stehen unseren Studenten Tag und Nacht zur Verfügung. Ich garantiere Ihnen, daß Sie sich als Student zu jeder Tages- und Nachtzeit auf diesem Campus bewegen können, ohne einen Gedanken an Ihre persönliche Sicherheit verschwenden zu müssen. Sie werden ohnehin andere Sorgen haben.« Wieder ein Grinsen. »Zum Beispiel wegen Ihrer Noten.«

Die Studienbewerber lachten nervös.

Quinn war aufgefallen, daß ihre Gruppe ethnisch ziemlich ausgeglichen war. Auf dem Land, wo sie aufgewachsen war, hatte es nie viele Farbige gegeben, aber an der University of Connecticut waren überall schwarze Gesichter zu sehen gewesen. Auch hier gab es etliche sowie einige Latinos und Orientalen. Das Ingraham schien farbenblind, aber nicht geschlechtsblind zu sein: Zu der Gruppe zählten nur sehr wenige Frauen.

Mr. Verran führte sie an einem Wachgebäude vorbei, das am Tor in dem drei Meter hohen Maschendrahtzaun stand, mit dem der Campus gesichert war.

»Ab hier ist alles öffentlich zugänglich«, sagte er, wobei er auf das vor ihnen aufragende siebenstöckige Medical Center mit Parkplätzen auf mehreren Ebenen deutete – alles blendend weiß im Gegensatz zu den Klinker- und Natursteingebäuden hinter ihnen, »aber der Campus nicht. Für den brauchen Sie einen Sonderausweis.«

Er führte sie rasch durchs Erdgeschoß des großen Gebäudes und leierte die wichtigsten Tatsachen herunter, während sie den breiten Mittelgang entlangtrabten; fünfhundertzwanzig Betten, zweihundertzehn Ärzte für alle nur denkbaren Fachgebiete, Patienten aus Washington, D.C., Virginia, Westvirginia, Pennsylvania und natürlich Maryland. Sie kamen an den Labors vorbei – Hämatologie, Chemie, Virologie, Parasitologie, Toxikologie, Zytologie und so weiter –, besichtigten kurz die mit sämtlichen modernen Durchleuchtungsgeräten ausgestattete Röntgenabteilung und warfen einen Blick in die Notaufnahme, in der hektische Betriebsamkeit herrschte.

Quinn verstand nicht allzuviel von dem, was sie sah – sie war sich darüber im klaren, daß sie vier Jahre Medizinstudium brauchen würde, nur um die *Anfangsgründe* zu begreifen –, aber sie wußte aus Sachbüchern und Vorbereitungskursen, daß dieses tertiäre Behandlungszentrum mit an der Spitze des medizinischen Fortschritts in Amerika stand.

Als sie das Medical Center verließen, hörte Quinn das Rotorknattern eines anfliegenden Hubschraubers. Sie drehte sich wie die anderen um und sah einen Rettungshubschrauber auf dem mit einem großen H gekennzeichneten Landeplatz aufsetzen. Sie beobachtete atemlos, wie Männer in Weiß aus dem Krankenhaus gerannt kamen und einen Patienten auf einer Tragbahre aus der Maschine holten.

»Der absolute Wahnsinn!« murmelte jemand hinter ihr. Quinn konnte nur zustimmend nicken.

Sie müssen mich nehmen, dachte sie. Ich *muß* hier studieren.

Mr. Verran lotste sie vom Krankenhauskomplex weg und durch das bewachte Tor auf den Campus zurück. Am Eingang des Science Centers öffnete ein Bewegungsmelder die zweiflüglige Glasschiebetür vor ihnen.

»Okay«, sagte er, als die Gruppe in der Eingangshalle versammelt war. »Sie warten bitte hier, bis ich gefragt habe, ob wir raufkommen können.«

Quinn beobachtete, wie er zur Sicherheitstheke ging, die wie eine Insel mitten in der Eingangshalle lag, und mit den dort stationierten zwei Wachmännern in blauer Uniform sprach. Ihr fiel auf, daß diese beiden verhältnismäßig jung und fit wirkten – ganz anders als die schwammigen Expolizisten, die auf dem Campus der University of Connecticut, wo sie die vergangenen dreieinhalb Jahre verbracht hatte, den Sicherheitsdienst versahen.

Sie fragte sich, wozu diese strikten Sicherheitsmaßnahmen erforderlich waren: der drei Meter hohe Maschendrahtzaun um den gesamten Campus und die Wachposten an allen Toren. In einer Großstadt wie Baltimore oder Washington, D.C., wäre das vielleicht einzusehen gewesen – aber hier draußen im Hinterland?

Ihre Überlegungen wurden durch Mr. Verrans Rückkehr unterbrochen.

»Okay«, sagte er, indem er in die Hände klatschte und sie sich dann rieb. »Wir werden oben erwartet. Wir fahren mit den Aufzügen und sammeln uns wieder im zweiten Stock.«

Das Science Center des Ingraham begeisterte Quinn noch mehr als alles bisher Gesehene. Der vierstöckige Komplex auf einem Hügel war ein Tempel der Kunst und Wissenschaft medizinischer Forschung. Den gesamten zweiten Stock nahm ein pharmazeutisches Großlabor ein, in dem neuartige Medikamente entwickelt wurden, um dann in praktischen Versuchen an Krebs- und Aidskranken erprobt zu werden.

Sie müssen mich nehmen, dachte Quinn wieder. Ich *muß* hier studieren.

Der dritte Stock war ein Vivarium für Versuchstiere, deren strenger Geruch einem fast den Atem nahm. Die übereinanderstehenden Käfige mit den zum Tode verurteilten Ratten und Mäusen störten sie nicht weiter. Auf der Farm hatte sie frühzeitig gelernt, ihr Herz nicht an Nutztiere zu hängen. Aber die Ansammlung von winselnden Hunden, miauenden Katzen und durch die Gitter starrenden Affen bereiteten ihr körperliches Unbehagen. Sie war froh, endlich in den obersten Stock hinauffahren zu dürfen.

»Das ist Dr. Alston«, sagte Mr. Verran, als sie den vierten Stock erreichten, und präsentierte ihnen einen großen, blassen, hageren Mittfünfziger in einem weißen Labormantel, zu dem er eine Schnurkrawatte trug. Er hatte eine Stirnglatze, wäßrige haselnußbraune Augen und leicht gelbe Zähne. »Er leitet nicht nur den Fachbereich Medizinische Didaktik im Ingraham, sondern ist auch einer der berühmtesten Dermatologen Amerikas.« Er warf Dr. Alston einen fragenden Blick zu. »Hab ich das richtig gesagt?«

Dr. Alston nickte lächelnd.

»Sieht aus wie Dr. Frankenstein«, flüsterte eine Stimme neben Quinns Ohr.

Sie sah sich um. Tim Brown stand dicht hinter ihr. Verrückterweise trug er noch immer die dunkle Pilotenbrille. Vielleicht wollte er damit seine blutunterlaufenen Augen tarnen.

»Ich vertraue Sie jetzt ihm an, damit er diese Führung zu Ende bringt«, fuhr Mr. Verran fort. »Die hier oben betriebene Forschung ist so geheim, daß nicht mal ich weiß, was hier abläuft.«

Dr. Alston trat einen Schritt zurück. Sein Lächeln zum Chef des Sicherheitsdienstes hinüber wirkte gönnerhaft.

»Mr. Verran hat einen Hang zu Übertreibungen. Wir bemühen uns allerdings, Forschungsergebnisse aus dem vierten Stock unter Verschluß zu halten. Für unsere Projekte gibt es kommerzielle Anwendungen, die wir erst patentieren lassen wollen. Etwaige Gewinne aus diesen Anwendungen fließen natürlich in die Forschung zurück oder dienen zur Mitfinanzierung von College und Medical Center. Kommen Sie jetzt bitte mit.«

Während die Gruppe ihm den breiten Korridor entlang folgte, sprach er über die Schulter gewandt weiter. »Ich kann Ihnen nicht viel zeigen, fürchte ich. Mein eigenes Forschungsprojekt befindet sich im Versuchsstadium, und wir müssen die Privatsphäre der Patienten respektieren. Aber ich kann sagen, daß ich an einem halbsynthetischen, abstoßungssicheren Hauttransplantat arbeite, das hoffentlich das Leben von Brandverletzten in aller Welt verändern wird. Aber vielleicht... ah, da ist er ja!«

Vor ihnen trat eine Gestalt in einem weißen Labormantel aus einer Tür.

»Oh, Walter. Einen Augenblick bitte!«

Der andere Mann drehte sich um. Er war älter, kleiner und rundlicher als Dr. Alston. Auffällig an ihm waren eine weiße Mähne und seine leuchtendblauen Augen.

»Klasse!« flüsterte Tim wieder. »Da hätten wir Dr. Jekyll.«

Quinn drehte sich um und warf ihm einen strafenden Blick zu, der ihn zum Schweigen bringen sollte.

Der Mann namens Walter blickte über seine Lesebrille hinweg zu Dr. Alston auf und musterte dann die versammelten Bewerber. Er lächelte geistesabwesend.

»Ach, du meine Güte. Wieder eine Führung.«

»Ja, Walter. Begleitest du uns durch deine Abteilung?«

Der kleinere Mann zuckte mit den Schultern. »Meinetwegen, Arthur – solange du die Erklärungen übernimmst.«

»Das hier ist Dr. Walter Emerson«, verkündete Dr. Alston. »Höchstwahrscheinlich der beste Neuropharmakologe der Welt.«

»Wirklich, Arthur...«

Dr. Alston setzte sich in Bewegung und zog seinen kleineren, dickeren Kollegen mit. Die Gruppe, in der Quinn sich am linken Ende der vordersten Reihe befand, folgte den beiden.«

»Dr. Emersons Bescheidenheit verbietet ihm, selbst davon zu sprechen, aber sein neuentwickeltes Anästhetikum ist absolut sensationell. Er hat ihm noch keinen Namen gegeben, aber es besitzt eine Codenummer: 9574. Falls unsere Tierversuche auf

Menschen übertragbar sind, bewirkt 9574 außer einer Ganzkörperanästhesie eine selektive Paralyse der Skelettmuskeln. Mehr kann ich dazu nicht sagen, aber wenn wir Erfolg haben, wird 9574 die operative Anästhesie revolutionieren.«

In die geflieste Wand links neben Quinn war ein wandhohes Fenster eingelassen, vor dem sie jetzt mit großen Augen stehenblieb.

Hinter der Scheibe befand sich ein Raum, eine Station mit Krankenbetten. Und in diesen Betten lagen reinweiße Gestalten. Quinn sah genauer hin. Nein, das war keine blasse Haut, sondern Verbandmull. Diese Gestalten waren von Kopf bis Fuß weiß verbunden. Auf dem Verbandmull waren blaue, grüne, rote und gelbe Markierungen angebracht. Aber die Körper bewegten sich nicht. Sieben Betten, sieben Menschen, keinerlei Lebenszeichen. Sie schienen tot zu sein.

Aber sie mußten lebendig sein. Zwischen den Betten bewegten sich Krankenschwestern – in Kitteln, Handschuhen und Gesichtsmasken – wie vermummte Gespenster. Von Flaschengestellen führten Schläuche für Tropfinfusionen und Nährlösungen in die Körper, aus denen Kathederschläuche unter den Bettdecken hervor zu durchsichtigen Plastikbeuteln hinunterführten, die mit einer klaren goldgelben Flüssigkeit gefüllt waren.

Quinn spürte, daß jemand sie von hinten anstieß, und wußte, daß das Tim war.

»Jesus!« sagte er heiser.

Was? Kein Witz über Mumien? Quinn drehte sich nach ihm um, sah seinen ernsten Gesichtsausdruck und beobachtete, wie sein Adamsapfel sich bewegte, als er schluckte. Er schien aufrichtig betroffen zu sein.

Quinn starrte wieder durchs Fenster und merkte erst jetzt, daß direkt vor ihr gleich hinter der Scheibe ein Bett stand. Auch dieser Leib ... Patient ... Mensch war von Kopf bis Fuß dick in weißen Verbandmull gewickelt. Nur der Nasensattel und zwei trübe, wäßrigblaue Augen waren freigelassen. Diese Augen starrten zu ihr auf. Sie musterten Quinns Gesicht, als suchten sie darin etwas. Die Gestalt wirkte vage männlich ... ihre Schultern waren breit, die Brust flach.

»Was ... wer ...?« fragte Quinn.

Die gesamte Gruppe war stehengeblieben und drängte hinter ihr ans Fenster.

»Ach, du liebe Güte!« Das war Dr. Emerson, der sich jetzt nach vorn durcharbeitete. Er wirkte leicht verstört. »Das ist Station C – Dr. Alstons Station. Der Fenstervorhang hätte zugezogen sein sollen. Nicht etwa, weil wir etwas zu verbergen haben, sondern im Interesse dieser Patienten.«

»W-was haben sie?« fragte Quinn.

»Verbrennungen«, antwortete Dr. Emerson mit leiser Stimme, während er neben ihr durchs Fenster starrte. »Verbrennungen dritten Grades auf achtzig bis neunzig Prozent ihrer Körperoberfläche. Keine frischen Verbrennungen. Damit lägen sie in unserem Behandlungszentrum für Verbrennungen drüben im Krankenhaus in Druckkammern. Nein, dies sind Patienten, die von dort kommen. Sie leben, aber sie sind so mit Narbengewebe bedeckt, daß sie sich kaum bewegen können. Manche von ihnen sind geistig geschädigt, alle haben ständig Schmerzen.« Er seufzte. »Arthur ist ihre letzte Hoffnung.«

Quinn konnte sich nicht von dem Patienten unmittelbar vor ihr losreißen. Sein Blick ließ sie nicht mehr los. Seine Augen schienen zu versuchen, ihr irgend etwas zu sagen.

»Ihre Betten werden abwechselnd vor die Fenster nach draußen und dieses Fenster zum Korridor gestellt«, fuhr Dr. Emerson fort. »Sie können sich nicht bewegen. Nur sehr wenige von ihnen können ein bißchen sprechen. Es muß unglaublich langweilig sein, den ganzen Tag nur die Zimmerdecke anzustarren. Deshalb werden sie herumgeschoben, damit sie ins Freie blikken und das Kommen und Gehen auf dem Korridor beobachten können. Das regt sie an. Die Krankenschwestern haben Anweisung, ständig mit ihnen zu reden. Selbst wenn sie nicht wissen, ob ihre Worte gehört oder verstanden werden, halten sie ständig die Kommunikation mit den Patienten aufrecht.«

Kommunikation ... Darum schienen die blauen Augen des Patienten vor Quinn sich zu bemühen. Sie versuchten, ihr etwas begreiflich zu machen. Dabei verengten sie sich vor Anstrengung. Quinn glaubte, stumme Verzweiflung wahrzunehmen.

Dann bewegte der Patient sich etwas. Nur ganz wenig. Ein kaum merkliches Drehen und Zucken.

»Dr. Emerson«, sagte Quinn, indem sie durchs Fenster deutete. »Ist irgendwas nicht in Ordnung?«

Dr. Emerson hatte sich schon abgewandt. Jetzt sah er nochmals durch die Scheibe.

»Ach, du liebe Güte. Er scheint Schmerzen zu haben.«

Er ging weg und sprach an der Tür mit einer Krankenschwester der Station C. Dann kam er zu Quinn zurück.

»Er bekommt gleich etwas.«

Quinn sah eine Krankenschwester mit einer Spritze an sein Bett treten. Sie stieß die Nadel in die Injektionsöffnung des Y-Adapters im Tropfschlauch und drückte den Kolben herunter.

»Bessert sich sein Zustand jetzt?«

»Soweit das bei so schweren Verbrennungen überhaupt möglich ist«, antwortete Dr. Emerson. Er faßte sie sanft am Arm. »Kommen Sie, meine Liebe. Diese Patienten und ihre Schmerzen sollen uns kein Schauspiel bieten. Lassen wir ihnen den letzten Rest an Privatsphäre und Menschenwürde.«

Als Quinn sich von ihm fortziehen ließ, sah sie sich noch einmal um und glaubte, Tränen in den Augen des Patienten zu sehen. Sie hätte schwören können, daß sein Brustkorb sich zu einem einzigen Schluchzer hob, bevor der innere Vorhang zugezogen wurde.

Den Rest der Führung nahm sie nicht mehr bewußt wahr. Sie sah nur noch diese Augen – diese leidenden, klagenden blauen Augen, die sie aus dem Mullkokon heraus anstarrten und stumm an sie appellierten.

Sie wußte, daß sie zu diesem Patienten zurückkehren mußte. Irgendwann, irgendwie würde sie das schaffen. Schmerzen lindern, das Unheilbare heilen. Allein darauf kam es an. Und dazu bildete das Ingraham einen aus.

Sie müssen mich nehmen, dachte Quinn zum hundertsten Mal an diesem Tag. Sie *müssen* einfach!

2

Matt starrte die Schautafel an einer Wand der Cafeteria an.

WO SIND SIE JETZT?

»Jesus«, sagte Tim über seine Schulter hinweg. »Von hier kommen jede Menge pflichtbewußter Ärzte, was?«

Matt studierte die lange Liste. In praktisch allen Großstädten Amerikas leiteten Ingraham-Absolventen Polikliniken in den Inner Cities. Und keine war allzuweit von einem Medical Center oder Pflegeheim der Firma Kleederman Medical Industries entfernt.

»Richtig«, bestätigte Matt. Dann senkte er die Stimme und sprach in einem Ted-Baxter-Bariton weiter: »Wo die Gesundheit Amerikas seiner bedarf, steht der Ingraham-Absolvent bereit, seine Arbeitskraft einzusetzen.«

»Und wo sind die richtigen Medizinstudenten?« fragte Tim, als sie sich abwandten und zu Quinn hinübergingen, die in einer Ecke der Cafeteria an einem kleinen Tisch saß.

Cafeteria? dachte Matt. Ebensogut hätte man den Club 21 als Automatenrestaurant bezeichnen können.

Matt sah sich um. An den weißen Tischen unterschiedlicher Form und Größe saßen kleine Grüppchen von Studienbewerbern, aber keine Medizinstudenten. Die Cafeteria des Ingrahams war ein großer, offener zweigeschossiger Bau, der über zwei Eingänge betreten werden konnte: über eine lange, elegant geschwungene Treppe direkt aus dem benachbarten Hörsaalgebäude oder ebenerdig vom Campus aus. Die drei Außenwände bestanden aus sieben Meter hohen Glasscheiben zwischen weißen Leinenvorhängen und boten einen Panoramablick auf den Himmel und die bewaldeten Hügel im Norden. Selbst bei der Ausstattung der Cafeteria des Ingraham war an nichts gespart worden. Und das Essen...

Sie tranken Pepsi Light oder Mountain Dew, während sie von einem gemeinsamen Teller auf dem Tisch Pommes frites naschten. Aber keine gewöhnlichen Fritten, sondern perfekte, außen knusprige, innen heiße und weiche Pommes frites mit einer delikaten roten Sauce. Und daneben lag ein keilförmiges Stück Camembert auf dem Teller. Bisher war Matt der Ansicht gewesen, in allen Cafeterias schmecke das Essen gleich. Aber nicht im Ingraham.

»Die verbringen die Weihnachtsferien zu Hause«, erwiderte Matt. »Wo wir auch sein sollten.«

»Richtig!« sagte Tim, dessen Augen hinter seiner Sonnenbrille nicht zu sehen waren. »Aber wir sind so heiß darauf, ins Ingraham zu kommen, daß wir einen Teil unserer Ferien opfern, um diese Aufnahmeprüfung zu machen. Haben wir das wirklich nötig?«

Matt sah zu Quinn hinüber und konnte beinahe ihre Gedanken lesen. Das Ingraham war ihre einzige Chance. Seine Familie konnte ihn auf jede medizinische Hochschule schicken, die ihn akzeptierte. Die Studiengebühren konnte sein Vater wahrscheinlich aus der Portokasse bezahlen. Tims Familie konnte die Studiengebühren aufbringen, und er würde sich den Rest dazuverdienen. Auf diesem Gebiet war Tim erfinderisch. Aber Quinns Familie kam gerade so über die Runden.

»Wie ich gehört habe, ist am Montag eine genauso große Gruppe hiergewesen«, sagte Matt, »und die nächste kommt am Freitag. Das sind ziemlich viele Bewerber für fünfzig Plätze.«

Matt sah Quinn zusammenzucken und hätte sich am liebsten geohrfeigt. Er wünschte sich, es gäbe irgendeine Möglichkeit, ihr einen Studienplatz zu verschaffen, aber es hieß, im Ingraham sei mit Beziehungen nichts zu machen. Nur die Besten und Intelligentesten. Nun, zu denen gehörte Quinn eindeutig. Er kannte niemanden, der es mehr verdient hatte, den Arztberuf zu ergreifen, der für das Medizinstudium geeigneter gewesen wäre. Sie war praktisch dafür geboren. Aber sie machte so einen verängstigten Eindruck. Aus ihrem Blick sprach beinahe schon die Vorahnung, abgelehnt zu werden. Er hätte ihr gern versichert, es sei alles in Ordnung, es werde schon gutgehen. Aber das wußte er nicht.

Tim trank sein Pepsi aus und sah sich um.

»Hier sollten sie Faßbier ausschenken. Das würde ein bißchen Schwung in den Laden bringen.«

Hoppla, dachte Matt. Tim langweilt sich.

Und wenn er sich langweilte, kam er auf verrückte Einfälle. Er sah, daß Quinn seinen Freund prüfend musterte, als frage sie sich, ob Tim ernst zu nehmen sei. Die Antwort lautete ja ... und nein. Matt versuchte, das Thema zu wechseln..

»Wie hast du letzte Nacht in A.C. abgeschnitten?«

»Mit ungefähr tausend.«

»Blackjack?«

»Das ist mein Spiel.«

Quinn bekam große Augen. »*Tausend Dollar*? In einer einzigen Nacht? Einfach so?«

Matt fragte sich, wie lange sie im vergangenen Sommer in zwei Restaurants als Bedienung hatte schuften müssen, um einen Tausender zu verdienen.

»Yeah«, sagte Tim, »aber ich darf das nicht zu oft machen, sonst falle ich auf und kriege Hausverbot.« Er sah sich erneut um. »Irgendwo gibt's bestimmt ein Bier.«

»Dies ist die Cafeteria einer medizinischen Hochschule«, erklärte Quinn ihm. Matt hörte den leicht verärgerten Unterton ihrer Stimme. »Hier gibt's kein Bier!«

Tim lächelte. »Wetten?«

»Ist das dein Ernst?«

»Natürlich ist das mein Ernst. Ich wette zehn Dollar, daß ich uns ein Bier besorgen kann.«

»Echtes Bier – kein Malzbier?«

»Echtes Bier. Und es steht auf dem Tisch, bevor die Kandidatengespräche anfangen.«

»Okay», sagte sie schließlich. »Zehn ...«

Matt wußte, daß er jetzt eingreifen mußte. Er durfte sie nicht zehn Dollar wegwerfen lassen. Er legte seine Hand auf ihren Arm.

»Hmh – hmh, Quinn.«

»Was? Warum nicht?«

»Mit Tim darfst du nie wetten.«

»Aber ...«

»Niemals!« Er tätschelte ihren Arm. »Das kannst du mir glauben. Ich hab Jahre gebraucht, um diese Lektion zu lernen – und viel Lehrgeld gezahlt.«

Quinn lehnte sich zurück und verschränkte die Arme. Matt

wußte genau, was sie jetzt dachte: Sie konnte es sich nicht leisten, zehn Dollar wegzuwerfen, aber diese Wette war eine todsichere Sache. Und außerdem hatte sie dem verflixten Mr. Besserwisser Brown den Wind aus den Segeln nehmen wollen.

»Na schön«, sagte Tim und stand auf. »Dann muß ich's trotzdem besorgen. Sieht so aus, als stünde meine Glaubwürdigkeit auf dem Spiel.« Er sah zu Quinn hinüber. »Du willst vermutlich eins mit wenig Alkohol?«

»Ich will *überhaupt keins*«, antwortete sie. »Mein Gespräch beginnt in zwanzig Minuten.«

Er grinste. »Am besten bring ich dir gleich zwei mit. Du bist furchtbar verkrampft. Es wär besser für dich, wenn du ein bißchen lockerer wärst.«

Während Tim in Richtung Küche davonging, wandte Quinn sich mit vor Empörung blitzenden Augen an Matt.

»Und du *wohnst* tatsächlich mit ihm zusammen?«

Er bemühte sich vergeblich, nicht zu lachen.

»Was ist so komisch.«

»Du!« sagte Matt prustend. »Du hättest dein Gesicht sehen sollen, als er gesagt hat, du seist verkrampft.«

»Ich *bin* verkrampft. Diese Chance bedeutet mir alles. Das weißt du.«

Matt wurde sofort wieder ernst. Er legte seine Hand auf ihre und drückte sie kurz. Wie wunderbar ihre Haut sich anfühlte! Es gab Augenblicke – und dies war einer –, in denen er sich wünschte, sie wären mehr als nur gute Freunde.

»Yeah, ich weiß. Und ich halte dir die Daumen. Ist dieser Laden auch nur halb so wählerisch, wie immer behauptet wird, bist du drin, das steht fest.«

Das schien ihr wieder Mut zu machen. Gut. Er wollte, daß sie daran glaubte, daß diesmal etwas zu ihren Gunsten ausgehen würde.

»Danke«, sagte sie. »Aber was ist mit Tim? Ich dachte, du hättest erzählt, sein Hauptfach sei Betriebswirtschaft oder etwas in dieser Richtung. Ich kann nicht glauben, daß er Arzt werden will.«

»Ich weiß auch nicht, ob er das wirklich will. Eigentlich studiert er Wirtschaftswissenschaften, aber er hat letztes Jahr nebenbei die als Voraussetzung für ein Medizinstudium geforderten naturwissenschaftlichen Fächer belegt, um sich diese Option offenzuhalten. Und jetzt scheint er beschlossen zu haben, davon Gebrauch zu machen.«

»Großartig!« Sie lehnte sich zurück. »Ich mühe mich dreieinhalb Jahre mit Biologie als Hauptfach ab, um die MCATs zu bestehen; er belegt ›nebenbei‹ ein paar naturwissenschaftliche Fächer und wird vom Ingraham zur Aufnahmeprüfung eingeladen. Wie ist so was möglich?«

Matt grinste. Für ihn war das ein vertrautes Thema.

»Tim ist anders als wir gewöhnlichen Sterblichen. Er hat ein eidetisches Gedächtnis. Er vergißt niemals etwas. Darum gewinnt er beim Blackjack – er erinnert sich an jede Karte, die gespielt worden ist.«

»Alles schön und gut, aber das reicht nicht, um . . .«

»*Außerdem* hat er einen scharfen analytischen Verstand. Du erinnerst dich an Differentialrechnungen im Mathematikunterricht – mit den vielen Ableitungen, die wir dafür auswendig lernen mußten? Damit hat Tim sich nie aufgehalten. Bei Klausuren hat er sich hingesetzt und *sie selbst abgeleitet.*«

Quinn sah zur Küchentür hinüber, wo Tim sich angelegentlich mit einem bulligen Schwarzen unterhielt, der eine weiße Schürze vorgebunden hatte. Dann konzentrierte sie sich wieder auf Matt.

»Einen Kerl wie ihn könnte man hassen.«

Matt seufzte. »Manchmal tu ich's auch. Es ist nicht einfach, mit jemandem befreundet zu sein, der in jedem Test mit links das beste Ergebnis erzielen kann.«

»Du hast auch nicht gerade schlechte Noten.«

»Ich bin zufrieden.« Matt wußte genau, daß er mit seinem Notendurchschnitt nächstes Jahr zum oberen Zehntel der Dartmouth-Absolventen gehören würde. »Aber ich hab dafür ackern müssen. Und dann gibt's Tim, der bloß spielt, trinkt und seinen Wagen poliert, dessen Examensvorbereitung daraus besteht, daß er die Nacht davor durchmacht, und der trotzdem unser absoluter Star ist. Wäre er nicht ein so verdammt netter Kerl . . .«

»Netter Kerl?« fragte Quinn, deren Stimme dabei eine halbe

Oktave höherrutschte. »Matt, es gibt bestimmt keinen, der egoistischer, leichtsinniger, rücksichtsloser, selbstsüchtiger und . . .«

»Er will dich nur auf die Probe stellen«, unterbrach Matt sie. »Das ist sein Spiel, das er aber nur mit Leuten spielt, die er mag. Tim will sehen, wie weit er's treiben kann, wieviel sie aushalten. Sobald er's weiß, benimmt er sich wieder. Mit dir geht er geradezu sanft um, Quinn. Offenbar mag er dich.«

Er sah sie erröten und zwang sich dazu, nicht zu lächeln. Sie wurde so leicht rot.

»Darauf kann ich verzichten.«

»Laß dich drauf ein. Kennt man ihn erst mal, ist er nett und lustig. Und er kann . . .« Matt blickte auf. »Wenn man vom Teufel spricht . . .«

Tim kam mit drei großen Pappbechern zurück, die er auf den Tisch stellte.

»Rolling Rock für die Männer und . . .«, Tim schob einen der Becher zu Quinn hinüber, ». . . ein Coors Light für die hübsche Lady.«

Quinn warf einen Blick in den Pappbecher, sah weißen Bierschaum und roch prüfend daran.

»Wie hast du das bloß . . .?«

»Nichts dabei, meine Liebe. Ich hab mal in einer Großküche gearbeitet. In irgendeiner Kühlschrankecke hat das Personal immer seinen Privatvorrat, aus dem diese Leute mir bereitwillig drei Dosen für nur zehn Dollar abgegeben haben.« Er hob seinen Becher. »Prost!«

»Nein, danke«, sagte Quinn. Sie schob ihren Becher zu Tim hinüber. »Aber laß bitte nichts umkommen. Wie Matt ganz richtig gesagt hat, bewerben sich ziemlich viele Leute um die fünfzig Studienplätze in Ingraham. Ich muß jeden Vorteil nutzen. Trink also aus!« Quinn stand auf. »Ich muß jetzt zu meinem Kandidatengespräch.«

Matt war verwirrt – das war nicht die Quinn, die er kannte –, aber als sie sich abwandte, blinzelte sie ihm lächelnd zu. Er atmete auf. Das war's also! Tim hatte angefangen, sie aufzuziehen, deshalb revanchierte Quinn sich jetzt auf gleiche Weise.

Nicht schlecht.

Ein Blick zu Tim hinüber zeigte Matt, daß er Quinn nachstarrte. Er wandte sich Matt zu und grinste.

»Sie *gefällt* mir. Wo hast du sie gefunden ... und gibt's dort noch ein paar von der Sorte?«

»Wir sind praktisch miteinander aufgewachsen, und sie ist einmalig. Aber bestimmt nichts für *dich*.«

Tims Augenbrauen wurden über dem Rand seiner Pilotenbrille sichtbar. »Ach, wirklich? Du hast wohl selbst Ambitionen in dieser Richtung? Ein Wort von dir genügt, und ich ...«

»Nöh«, sagte Matt. »Wir kennen uns schon zu lange und zu gut, um mehr als gute Freunde zu sein.« Zumindest ist Quinn dieser Meinung, dachte er.

»Gut«, sagte Tim zufrieden und sah ihr wieder nach. »Ich glaube nämlich, daß ich gern mit ihr zusammen bin.«

Matt wußte nicht recht, ob ihm das gefiel, aber Quinn war durchaus imstande, für sich selbst zu sorgen. Sie hatte ein bestimmtes Ziel und würde sich weder von Tim Brown noch von sonst jemand davon abbringen lasen, Medizin zu studieren und Ärztin zu werden.

Er beobachtete, wie die Tür sich hinter Quinn schloß, und wünschte ihr im stillen alles Gute fürs Kandidatengespräch. Hoffentlich hatte sie Glück! Das Ingraham war dafür bekannt – und wurde deswegen häufig kritisiert –, daß es fast nur männliche Studenten aufnahm. Matt hoffte, daß ihr Gesprächspartner den Weitblick besaß, zu erkennen, welche Bereicherung Quinn Cleary für das Ingraham wäre.

Dr. Walter Emerson rieb sich die Augen, während er auf den nächsten Kandidaten wartete. Diese Gespräche waren ermüdend, aber ein notwendiges Übel. Nach gängiger Lehrmeinung waren Lebensläufe und Testergebnisse nur bedingt aussagekräftig. Man mußte selbst mit diesen jungen Leuten sprechen, ihr Auftreten beurteilen und die Überzeugung gewinnen, daß sie eines Tages Ärzte werden würden, die den gewaltigen Aufwand an Zeit und Geld rechtfertigten, indem sie in die Welt hinausgingen und an vorderster Front praktizierten.

Aber er litt unter dem Bewußtsein, daß nur wenige der hoffnungsvollen, strebsamen jungen Menschen, mit denen er diese

Woche gesprochen hatte, eine Einladung erhalten würden, im September ins Ingraham zurückzukommen.

Er gähnte. Nachmittags um diese Zeit wurde er fast immer schläfrig. Hoffentlich döste er beim nächsten Gespräch nicht ein.

Ein leises Klopfen.

»Herein!«

Er erkannte die eintretende schlanke Rotblonde sofort als die junge Frau, die er oben im Science Center gesehen hatte. Er sah sie durchs Fenster der Station C starren: mit geröteten Wangen und vor Erstaunen und Mitgefühl weit aufgerissenen blauen Augen. Er warf einen Blick in ihre Unterlagen: Quinn Cleary, 21, Connecticut, Vollstipendium an der University of Connecticut, Hauptfach Biologie; Vorsitzende des Biologie-Clubs, Mitarbeiterin der Studentenzeitung; sehr guter Notendurchschnitt, sehr gute MCAT-Ergebnisse. Ein guter Fang für jede medizinische Hochschule. Nur schade, daß ihr etwas Entscheidendes fehlte: ein Y-Chromosom.

Walter bemühte sich seit vielen Jahren, den Verwaltungsrat davon abzubringen, fast nur junge Männer aufzunehmen. Gewiß, als das Ingraham vor zwanzig Jahren seine Pforten geöffnet hatte, war die Medizin in den Vereinigten Staaten eine männliche Domäne gewesen. Aber die Verhältnisse änderten sich. Nein, sie *hatten* sich bereits geändert. Die Frauen holten auf, und ihr Einfluß würde weiter zunehmen. Wollte das Ingraham seine Position als hochkarätige Ausbildungsstätte behalten, mußte die Kleederman Foundation diese antiquierten Vorstellungen ablegen.

Bisher hatte der Verwaltungsrat sich mit bloßen Lippenbekenntnissen begnügt, aber noch keine neuen Aufnahmerichtlinien verabschiedet.

Nun, mal sehen, was er für dieses junge Ding tun konnte. Aus irgendeinem nicht recht erklärlichen Grund fühlte Walter sich zu ihr hingezogen. Vielleicht hatte er etwas von seinem früheren Wesen in der Art wiedererkannt, wie die junge Frau die Patienten auf Station C betrachtet hatte – etwas in ihrem Blick, der Wunsch, ihnen zu helfen, das *Bedürfnis*, etwas zu tun.

Und dann die Erleuchtung: seine Tochter! Diese junge Frau

erinnerte ihn an Clarice. Für Walter war Clarice fünfundzwanzig, würde immer fünfundzwanzig bleiben. Damals hatte ein Betrunkener ein Stoppschild überfahren und ihrem Leben und dem ihrer Mutter ein plötzliches Ende gesetzt. Seit damals herrschte in seinem Inneren eine Leere, die nichts und niemand mehr ausfüllen konnte.

»So, Miss Quinn Cleary«, sagte er, als sie ihm gegenübersaß. Er lächelte, um ihr etwas von der Nervosität zu nehmen, die er in ihr spürte. »Lassen Sie mich Ihnen die Frage stellen, die ich stellen muß, die Frage, von der Sie wissen, daß sie Ihnen gestellt werden wird, damit wir das hinter uns haben: Warum möchten Sie Ärztin werden?«

»Weil ich ...«

Sie sprach nicht weiter, sondern saß mit gequälter Miene und krampfhaft gefalteten Händen da.

»Fehlt Ihnen irgendwas?« fragte er.

»Ich ... ich hatte mir eine Rede zurechtgelegt, und jetzt kann ich mich an kein Wort mehr erinnern!«

»Um so besser. Reden habe ich schon den ganzen Nachmittag lang gehört. Weichen wir also vom vorbereiteten Text ab, wie die Politiker sagen, und kommen wir zu Ihrem wahren Ich. Warum gerade Ärztin?«

»Weil ich mich nicht daran erinnern kann, daß ich jemals etwas anderes werden wollte.«

»Das ist keine Antwort auf meine Frage.«

»Nun ... weil ich weiß, daß ich's könnte – daß ich's gut könnte. Ich könnte die verdammt beste Ärztin werden, die Sie je gesehen haben!«

Das mußte Walter ihr glauben.

»Aha, so kommen wir der Sache näher. Weil Sie's könnten, weil Sie's gut könnten ... Das habe ich lange nicht mehr gehört. Ich bekomme viel altruistisches Geschwafel zu hören, aber zuletzt ist doch *Kompetenz* entscheidend. Ein Arzt, der fachlich versagt, ist überhaupt kein Arzt. Aber wollen Sie denn nicht der Menschheit helfen, das Los Ihrer Mitmenschen verbessern?«

Alles das hatte Walter diese Woche *ad nauseam* gehört ... und letztes Jahr ... und vorletztes Jahr ...

Quinn Cleary zuckte mit den Schultern. Sie wirkte weniger nervös als zuvor.

»Das ist vermutlich auch wichtig.«

»Vermutlich?«

»Nun, ein Helfer der Menschheit zu sein ist großartig, aber an sich nicht mein Beweggrund. Ich meine, man studiert nicht vier Jahre lang, geht weitere vier Jahre auf die medizinische Hochschule und arbeitet dann zwei bis drei, vielleicht sogar fünf Jahre lang als Assistenzarzt, nur um Menschen zu ›helfen‹. Es gibt genügend Menschen, die jetzt, heute, in dieser Minute Hilfe brauchen. Wozu zehn Jahre warten, wenn man das Bedürfnis hat, Menschen zu helfen? Da geht man besser gleich zum Friedenskorps oder arbeitet in einer Suppenküche für Obdachlose.«

Wie erfrischend sie war! Walter fühlte seine nachmittägliche Lethargie von sich abfallen.

»Das heißt wohl, daß Sie keine Altruistin sind?«

»Ich mache mir viel aus Menschen – manchmal zuviel, glaube ich –, aber am Arztberuf muß doch mehr dran sein.«

»O ja!« stimmte Walter zu. Er gestattete sich ein Lächeln. »Wie konnten wir das nur vergessen? Die Stellung, das Ansehen und – vielleicht am wichtigsten – das Geld.«

Quinn erwiderte sein Lächeln. »Geld ... das wäre mal was Neues für mich. Aber selbst auf die Gefahr hin, daß das pharisäerhaft klingt: Als Ärztin sehe ich mich nicht am Steuer eines Mercedes, sondern in einer Praxis oder einem Krankenhaus. Die Arbeit *tun,* und sie *richtig* tun. Nur darauf kommt's an.«

Auch das glaubte Walter ihr. Trotzdem fragte er scheinbar zweifelnd: »Ach, tatsächlich?«

»Ja«, antwortete Quinn errötend. »Tut mir leid, wenn das abgedroschen oder unecht klingt, aber das ist meine ehrliche Überzeugung.«

Und couragiert dazu. Walter beschloß, sein Bestes zu tun, damit diese junge Dame ins Ingraham aufgenommen wurde.

Aber er konnte ihr nur bis zu einem gewissen Grad helfen. Viel – eigentlich fast alles – hing von der morgigen Aufnahmeprüfung ab. Sie würde die Spezialfragen richtig beantworten müssen. Dabei konnte er ihr nicht helfen. Das konnte niemand.

Überwachung

Louis Verran saß im Überwachungsraum im Keller des Science Centers an der Hauptkonsole und zündete ein Streichholz an. Kurt und Elliot würden erst in einer halben Stunde zum Dienst kommen, deshalb hatte er den Raum für sich allein. Er hielt die Flamme ans Ende seiner Panatella und paffte genüßlich. Dies war sein Reich, der einzige Ort auf dem ganzen gottverdammten Campus, wo allein er zu bestimmen hatte. Und hier gab es kein Rauchverbot, würde es nie eins geben. Er genoß das kühle Aroma der ersten Züge und inhalierte sogar ein bißchen.

Es gab nichts Besseres als eine Zigarre nach dem Abendessen. Jetzt fehlte nur noch ein Cognacschwenker mit VSOP, damit er sich hundertprozentig entspannt fühlte. Aber der mußte warten. Kein Alkohol im Dienst. Das war *seine* Regel.

Er kontrollierte die Anzeigen und überzeugte sich davon, daß sämtliche Mikrophone und Kameras einwandfrei funktionierten.

Im Studentenwohnheim herrschte Hochbetrieb. Die Bewerber waren abgefüttert – mit *Poularde à la française* und üppigen Beilagen vollgestopft – und danach auf ihre Zimmer begleitet worden. Nun hatten sie Zeit, sich einzurichten, zur Ruhe zu kommen und in die Heia zu gehen, bis um dreiundzwanzig Uhr die Lichter ausgemacht wurden.

Alles in bester Ordnung. Hundertvier Kombinationsanzeigen – eines für jedes Zimmer in den beiden Flügeln des V-förmigen Studentenwohnheims. Knapp die Hälfte war heute nacht mit Kandidaten belegt. Jeweils zwei pro Zimmer. Insgesamt eine Hundertschaft nervöser, zappeliger junger Menschen.

Louis Verran beschloß, ein paar Zufallskontrollen vorzunehmen. Er aktivierte das Mikrophon in 241. Dort waren zwei Mädchen untergebracht...

3

»... ob das auch eine Art Test sein könnte?«

Seit dem Abendessen – über das Quinn noch immer staunte – stellte Trish diese Frage nun schon zum dritten Mal. Quinn sah zu ihrer Zimmergenossin für eine Nacht hinüber, die mit einem MCAT-Fragenkatalog auf den Knien dasaß. Trish war schwabbelig, hatte langes krauses Haar und litt an leichter Akne. Über ihren Oberschenkeln waren die Nähte ihrer zwei Nummern zu kleinen Jeans fast zum Platzen gespannt.

»Ich weiß nicht, was du meinst.«

Trish verdrehte die Augen und seufzte, als sei doch alles ganz offensichtlich.

»Das.« Ihre Handbewegung umfaßte den Raum. »Dieses Zimmer. Daß wir die Nacht im Studentenwohnheim verbringen. Sie könnten uns auf die Probe stellen, um zu sehen, wie genau wir uns an ihre Vorschriften halten. Was hältst du davon?«

Ein hübscher Raum – eigentlich eine Zweizimmersuite. Mit Zedernholz getäfelte Wände, ein hochfloriger Teppich auf dem Boden, ein luxuriös gekacheltes Bad. Der äußere Raum war das Schlafzimmer mit Blick auf die bewaldeten Hügel; die Kopfenden der Betten schienen aus Mahagoni zu sein, waren in die Wand eingelassen und enthielten Schubladen, Bücherregale und Fächer in verschiedenen Größen; auch die riesigen Kleiderschränke waren eingebaut. Der innere Raum war ein Wohnzimmer mit zwei Einbauschreibtischen – offenbar ebenfalls Mahagoni –, einer hübschen Laura-Ashley-Couch, einem runden Tisch und zwei bequemen Sesseln. Welten von der Bruchbude entfernt, in der Quinn an der University of Connecticut hauste.

»Ist das nicht das unglaublichste Wohnheim, das du jemals gesehen hast?« fragte Quinn.

»Allerdings! Glaubst du, daß hier wirklich jeden Tag von Zimmermädchen aufgeräumt wird?«

»Das hab ich jedenfalls gehört.«

»Aber glaubst du, daß sie uns auf die Probe stellen wollen, indem sie uns hier unterbringen?«

»Schon möglich. Genügend Vorschriften haben sie ja.«

Soviel Quinn gehört hatte, stand das Ingraham in dem Ruf, seine Studenten ungewöhnlich strikt zu reglementieren – und das schien auch für Studienbewerber zu gelten. Alle Kandidaten – und man wurde ständig daran erinnert, daß man *eingeladen* worden war, sich zu bewerben – mußten an der Einführung teilnehmen und die Nacht vor der Aufnahmeprüfung im Studentenwohnheim verbringen.

Gleich nach ihrer Ankunft war Quinn eine Informationsbroschüre ausgehändigt worden, die in präzisen Formulierungen alle zu beachtenden Vorschriften enthielt. Und die Bedingung, daß die Nacht hier verbracht werden mußte, war in Fettdruck hervorgehoben. Das hieß praktisch: Wer nicht hier übernachtete, braucht gar nicht erst zur Prüfung zu erscheinen. Warum sind sie in diesem Punkt so unerbittlich? fragte Quinn sich.

Und diese Zimmer im Wohnheim, all diese Ermahnungen, keine Schränke oder Schubladen zu öffnen und das Eigentum und die Privatsphäre der eigentlichen Bewohner zu respektieren – als ob sie vorgehabt hätte, in anderer Leute Schubladen zu wühlen!

Quinn war für freie Kost und Unterkunft dankbar. Aber wozu diese strikten Vorschriften?

»Mir ist das alles schleierhaft«, sagte Trish, »aber ich fasse nichts an. Nicht mal die Schreibtischlampe benütze ich.«

»Vielleicht sollten wir nicht mal *in* den Betten schlafen«, neckte Quinn sie beinahe flüsternd. »Vielleicht sollten wir die Tagesdecken hochgezogen lassen und auf ihnen schlafen.«

»Meinst du wirklich?«

»Oder vielleicht schlafen wir besser auf dem Fußboden«, schlug Quinn vor. Sie fragte sich, wann Trish dahinterkommen würde. »Dann verknittern die Tagesdecken nicht.«

»Oh, ich glaube nicht, daß wir . . .« Trish begriff endlich. Sie lächelte verlegen. »Du nimmst mich auf den Arm! Wer mich so hört, muß mich für übergeschnappt halten, was?«

»Nein. Bloß nervös. Genau wie ich.«

»Du auch? Dir merkt man aber nichts an.«

Im Vergleich zu Trish mußte jeder ruhig wirken, aber Quinn hielt es für überflüssig, darauf hinzuweisen.

»Wahrscheinlich zeigt meine Nervosität sich nur anders.«

»Und du willst nicht mehr lernen?«

»Ich glaube nicht, daß man für diesen Test gezielt lernen kann. Aber laß dich nicht stören. Ich mache noch einen kleinen Spaziergang.«

Quinn schlenderte auf den Gang hinaus und machte sich auf den Weg zu Matts Zimmer im Erdgeschoß. Der Korridor erinnerte an den Flur eines Luxushotels: indirekt beleuchtet, mit Teppichboden ausgelegt und makellos sauber – keine Graffiti, keine Brandlöcher von Zigaretten, keine Abfälle. Sie fragte sich, wieviel Personal nötig war, um alles so tadellos zu erhalten.

Matt und Tim hatten es irgendwie geschafft, ein gemeinsames Zimmer zu bekommen. Quinn gestand sich widerstrebend ein, daß ihr Tim beim Abendessen sympathischer geworden war. Über seine vergeblichen Bemühungen, zur *Poularde à la française* eine Flasche Weißwein heranzuschaffen, hatte sie sich köstlich amüsiert. Jetzt fand sie ihn auf der Couch liegend, wo er einen *Cerebus*-Comic las – noch immer mit aufgesetzter Sonnenbrille. Matt hockte in einem Sessel, hatte die Füße auf den Tisch gelegt und hörte Musik aus seinem Walkman. Er sah auf, als sie hereinkam, und hob grüßend die Hand.

»Ah, The Mighty Quinn«, sagte Tim. »Willkommen!« Er zog den Stoff seines neuen Sweatshirts mit dem Aufdruck *The Ingraham* glatt. »Wie sehe ich aus?«

»›Wie ein Kranker, äthertaub auf einem Tisch.‹«

»Ah! Ein T.-S.-Eliot-Fan.«

»Aber aus welchem Gedicht?«

»Aus ›J. Alfred Prufrocks Liebeslied‹ – erste Strophe.« Er schob seine Sonnenbrille hoch und starrte sie schielend an. »Du hast das Comic-Heft gesehen und gedacht, du könntest mich reinlegen, was?«

»Nicht bei 'nem *Cerebus*-Heft, aber ist es nicht mühsam, mit diesen Dingern zu lesen?«

»Sehr. Vor allem nachts.«

»Wozu trägst du sie dann?«

Matt hängte sich seinen Kopfhörer um den Hals und antwortete an Tims Stelle. »Wie André Agassi ganz richtig sagt: ›Image ... ist alles!‹«

Quinn war im stillen anderer Meinung: Das war keine Frage des Images; Tim Brown versteckte sich hinter seiner dunklen Brille.

»Wie habt ihr's geschafft, ein gemeinsames Zimmer zu bekommen?« fragte sie und ließ sich in den zweiten Sessel fallen.

»Ich hab mit dem Kerl getauscht, der eigentlich hier hätte schlafen sollen«, sagte Tim.

»Seid ihr sicher, daß es keine Vorschrift gibt, die das verbietet?« erkundigte sie sich.

»Ich hab keine gesehen«, antwortete Matt, »aber ich möchte wetten, daß es eine gibt.«

Tim legte das *Cerebus*-Heft weg und setzte sich auf. »Verdammt viele Vorschriften, findet ihr nicht auch?«

»Sie stellen den Ball, die Handschuhe und das Spielfeld«, sagte Matt. »Also bestimmen sie auch die Regeln.«

»Yeah«, sagte Tim, »aber was soll dieser Unsinn, daß man die Nacht vor der Prüfung in ihrem Wohnheim verbringen *muß*? Mit welcher Berechtigung? Was braucht es das Ingraham zu kümmern, wenn jemand nicht auf Kantinenessen steht oder lieber im Quality Inn hier in der Nähe übernachten möchte?«

Darüber hatte Quinn bereits nachgedacht. »Vielleicht wollen sie damit erreichen, daß morgen alle unter gleichen »Bedingungen antreten. Ihr wißt schon: gleiches Essen, gleiche Schlafdauer auf gleichen Matratzen, gleiches Frühstück und so weiter. So schaffen sie einheitliche Voraussetzungen für alle Kandidaten.«

Matt nickte. »Schon möglich. In ihrer Broschüre steht jedenfalls, sie hätten die Erfahrung gemacht, daß die Bewerber unter diesen Bedingungen die besten Ergebnisse erzielen.«

»Nun, ich weiß nicht, was ihr beiden davon haltet«, sagte Tim, »aber ich komme mir wie ein Versuchskaninchen vor.«

»Vielleicht wollen sie dadurch feststellen«, sagte Quinn, »ob man bereit ist, sich an ihre Regeln zu halten.«

»Individualisten und Nonkonformisten sind hier jedenfalls fehl am Platz«, stellte Matt fest.

»Aber wer hier genommen wird, kann zufrieden sein«, sagte Quinn. Sogar *sehr* zufrieden.

Tim zuckte mit den Schultern. »Das bestreitet keiner.«

»Was gibt's hier dran auszusetzen?« fragte Quinn. »Von der Lage her ist das Ingraham ein Kurort. Das Wohnheim ist nicht schlechter als ein Hyatt, in der Cafeteria ißt man wie in einem guten Restaurant, man hat ein Sportzentrum mit Schwimmhalle, tolle Freizeiteinrichtungen und erstklassiges Lehrpersonal ...«

»Sogar einen Pub«, warf Tim ein.

»Trotzdem irgendwie merkwürdig, nicht wahr?« fragte Matt. »Ich meine, was haben *sie* davon?«

»Ganz einfach«, sagte Quinn. »Die *Crème de la crème*.«

»Yeah ... vielleicht.«

»TANSTAAFL«, sagte Tim und zeigte mit hochgezogenen Augenbrauen auf Quinn.

Sie erriet, daß sie jetzt an der Reihe war, das Zitat zu identifizieren.

»Ganz leicht« antwortete sie. »Das steht für ›There Ain't No Such Thing As A Free Lunch.‹ Aus *The Moon is a Harsh Mistress* von Robert A. Heinlein.«

»Sehr gut!« Tim nickte zustimmend und tat so, als klatsche er Beifall. »Die Lady kennt sich auch mit SF aus.«

Quinn stellte überrascht fest, daß sie seine Anerkennung genoß. Sie schüttelte dieses Gefühl ab und fragte: »Wer würde hier *nicht* studieren wollen?«

»Niemand«, sagte Matt, »bis einem klar wird, daß man die ganzen vier Jahre hier in diesen Wänden verbringen *muß*.«

Quinn fühlte Ressentiments in sich aufsteigen. Leicht gesagt, wenn Geld keine Rolle spielte! Aber sie wußte, daß sie Matt damit unrecht tat. Obwohl er aus einer stinkreichen Familie stammte, war er wirklich ein feiner Kerl.

»Genau!« stimmte Tim zu. »Was soll diese Vorschrift? Warum *muß* man vier Jahre lang in ihrem Wohnheim leben?«

Quinn zuckte mit den Schultern. »Keine Ahnung. Aber damit ist's ihnen *sehr* ernst. Soviel ich gehört habe, muß man einen Vertrag unterschreiben, in dem man sich dazu verpflichtet, in diesen vier Jahren auf dem Campus zu leben. Wer nicht unterschreibt, wird nicht aufgenommen.«

»Und wer aussteigt, muß zahlen«, sagte Tim.

Quinn starrte ihn überrascht an. Das hatte sie noch nicht gehört. »Zahlen? Was zahlen?«

»Alle aufgelaufenen Studiengebühren, Essen und Unterbringung, Lehrmittel- und Laborkosten.«

»Aber das wäre ...«

»*Verdammt* viel Geld«, bestätigte Tim. »Über dreißigtausend pro Jahr.«

»Aber wer krank wird oder aus sonstigen Gründen nicht weiterstudieren kann ...«

»Die Rückzahlung ist nur fällig, wenn du anderswo Medizin weiterstudierst. Wirst du krank oder nimmst ein anderes Studium auf, heißt's Adieu und alles Gute. Aber wer das hier begonnene Studium anderswo fortsetzen will, wird abkassiert.«

Tim schien auch das Kleingedruckte in der Informationsbroschüre aufmerksam gelesen zu haben.

»Was ist, wenn man heiraten will?«

»Damit heißt's warten«, sagte Tim.

»Oder du heiratest einen deiner Kommilitonen«, schlug Matt lachend vor. »Aber ganz im Ernst, Quinn: Als Sohn eines Staranwalts versichere ich dir, daß du aus jedem Vertrag aussteigen kannst.«

»Nicht aus dem hier«, sagte Tim. »Vor ein paar Jahren haben Eltern das Ingraham verklagt. Ihr Sohn wollte nach zwei Jahren an der Cornwell University weiterstudieren. Ihre Klage gegen die vom Ingraham geforderte Rückzahlung ist in vollem Umfang abgewiesen worden. Sie haben zahlen müssen.«

»Nun, um mich brauchen sie sich keine Sorgen zu machen«, sagte Quinn. »Falls ich reinkomme, bleibe ich drin.« Und das war ihr voller Ernst.

Aber Tims Bemerkung, daß es keinen kostenlosen Lunch gebe, nagte an ihr.

Matt starrte Tim an. »Woher weißt du so viel über den Vertrag, den das Ingraham seine Studenten unterschreiben läßt?«

»*Time* hat letztes Jahr einen Artikel darüber gebracht.« Er schob seine Sonnenbrille hoch und rieb sich das rechte Auge mit dem Zeigefinger. »Mal sehen ... Ausgabe vom fünfzehnten Oktober, Seite zwölf rechts unten.«

Quinn starrte ihn verblüfft an und sah dann zu Matt hinüber, um festzustellen, wie er darauf reagierte. Er grinste breit.

»Er will uns nur auf den Arm nehmen, stimmt's?« fragte sie Matt.

»Hab ich's dir nicht erzählt?«

Tim beugte sich nach vorn. »Erzählt? Was hast du ihr erzählt?«

»Von deinem unheimlichen Gedächtnis.«

Tim legte seine linke Hand aufs Herz und seufzte übertrieben laut. »Puh, jetzt hast du mich aber erschreckt! Ich hatte schon Angst, du hättest ihr von meiner . . . *anderen* Anomalie erzählt.«

»Niemals!« beteuerte Matt.

Quinn wußte, daß sie hochgenommen werden sollte. Sie starrte Matt mit gespielter Empörung an.

»Natürlich hast du das, Matt! Du hast mir erzählt, er sei Schuhfetischist und seine Lebensphilosophie sei etwas links von ›Whoopee!‹ angesiedelt.«

Matt lachte, aber Tim sprang auf und drohte Quinn mit dem Zeigefinger.

»Das kenne ich! Moment, das ist aus . . . *Tausend Clowns*. Das sagt Murray Burns über seine Schwester. Hab ich recht?«

»Unglaublich«, sagte Quinn. Matt hatte nicht übertrieben. Tim Browns Gedächtnis war wirklich phänomenal.

»Aber woher kennst *du* dieses Zitat?« fragte Tim.

»*Tausend Clowns* ist lange mein Lieblingsfilm gewesen.«

»Yeah, Jason Robards war großartig, aber . . .«

»Er ist's einfach gewesen.«

Quinn wollte sich nicht darüber auslassen, wie sie als Teenager davon geträumt hatte, Murray Burns Neffe zu sein – beziehungsweise seine Nichte – und von einem so liebenswerten Querkopf aufgezogen zu werden. Ihre Eltern waren so schrecklich solide, *normale* Leute! Sie hatte sich jahrelang nach ein bißchen Verrücktheit in ihrem Elternhaus gesehnt.

Sie sah auf ihre Armbanduhr. Es war zehn vor elf. »Ich muß in mein Zimmer zurück.«

»Genau«, sagte Tim. »Wie ich gehört habe, wird man in einen Kürbis verwandelt, wenn man sich verspätet.«

»Wirklich? Hat das auch in *Time* gestanden?«

»Ein Zapfenstreich!« sagte Matt und setzte sich in seinem Bett auf. »Ist das nicht unglaublich? Ich bin noch keinen ganzen Tag hier, und schon geht mir das Ingraham auf die Nerven. Und habt ihr die vielen Überwachungskameras auf dem Campus gesehen?«

Tim legte seinen Zeigefinger auf die Lippen. »Vorsichtig, mein Freund. Die Wände könnten Ohren haben.«

Überwachung

»Darauf kannst du Gift nehmen, Klugscheißer«, knurrte Louis Verran, während er auf ein anderes Mikrophon umschaltete.

»Alle Matratzensensoren positiv, Boß«, meldete Kurt von seiner Konsole aus.

»Okay«, sagte Verran. »Schon fast elf. Zeit für die Heia. Fangen wir mit der Wellentherapie an.«

Er betätigte einen Kippschalter und drehte den Regler des Deltawellengenerators nach rechts. Die Kandidaten vor Mitternacht zum Einschlafen zu bringen, war immer die schwierigste Aufgabe der Woche, in der Aufnahmeprüfungen stattfanden. Die meisten dieser Kids waren wegen der morgigen Prüfung so nervös, daß ihr hoher Adrenalinausstoß sie nicht zur Ruhe kommen ließ. Deshalb hatte es in der Cafeteria ausschließlich koffeinfreien Kaffee gegeben – auch in den anders gekennzeichneten Kannen. Ohne ein bißchen Nachhilfe hätten zu viele Bewerber diese Nacht damit verbracht, auf ihren Fingernägeln zu kauen und sich schlaflos auf den ungewohnten Matratzen zu wälzen. Und das durfte nicht sein. Alle *mußten* schlafen. Mindestens fünf Stunden lang.

Deshalb gehörten zu der in jeder Suite installierten Hardware – unter anderem – Deltawellengeneratoren. Eine gewaltige Investition, wenn man berücksichtigte, daß sie jedes Jahr nur eine Woche lang gebraucht wurden. Der Generator erzeugte ein elektromagnetisches Feld, das menschliche Gehirnströme beeinflußte und im EEG niederfrequente Potentiale erzeugte – in der behaglichsten Erscheinungsform, die den Tiefschlaf begleitete.

Das funktionierte großartig, wenn die Kids schon im Bett

lagen; schon nach dreißig bis sechzig Sekunden waren sie im Traumland. Waren sie noch auf, dauerte es etwas länger, aber irgendwann gaben auch sie diesem plötzlichen Drang nach, sich hinzulegen ... bloß für ein paar Minuten ... für ein kleines Nickerchen ...

»Guten Abend, Gentlemen«, sagte eine Stimme hinter Verran. »Schlafenszeit für die Studenten, nicht wahr?«

Verran unterdrückte ärgerliches Knurren, als er sich nach Dr. Alston umdrehte. Dieser Zombie mußte sich ständig einmischen. Er schien zu glauben, seine Stellung als Direktor gebe ihm das Recht, seine Nase überall reinzustecken. Er hatte nicht die leiseste Ahnung, wie man einen Sicherheitsdienst aufzog, aber er mußte überall seinen blöden Senf dazugeben.

»Ah, Dr. Alston«, sagte Verran und rang sich ein Lächeln ab. »Wieder mal hier, um eine Nacht voller Spiel und Spaß zu genießen?«

»Wohl kaum, Louis«, sagte Alston grimmig und sog prüfend die Luft ein. Dann fiel sein Blick auf Verrans qualmende Zigarre. »Louis ... ist das schon wieder eine Zigarre?«

Verran hielt seine Panatella hoch und gab vor, sie zu begutachten. »Großer Gott, Doc, Sie haben recht, glaub ich!«

Elliot beugte sich über seine Konsole und hüstelte, um ein Lachen zu tarnen.

»Wirklich, Louis, wie oft muß ich Sie noch daran erinnern, daß auf dem gesamten Campus strengstes Rauchverbot herrscht?«

»Und wie oft muß ich *Sie* daran erinnern, Doc, daß dies der einzige Ort auf dem gesamten Campus ist, an dem dieses Verbot nicht gilt?«

Und wie oft, du Korinthenkacker, muß ich mich noch darüber mit dir streiten? dachte Verran.

»Das können wir ein andermal besprechen«, sagte Dr. Alston. »Wie steht's im Augenblick?«

Verran beugte sich mit seiner Zigarre zwischen den Zähnen nach links, um an Alston vorbei zu Kurt sehen zu können.

»Was macht die Schlummerpatrouille?«

»Kommt gut voran«, meldete Kurt. »Zwanzig Prozent schlafen schon.«

Verran warf einen Blick auf seine Uhr. Die Deltageneratoren arbeiteten seit knapp einer Viertelstunde.

»Genau nach Plan.«

Dr. Alston rückte sich einen Stuhl zurecht und nahm hinter den Konsolen Platz, wo er sich mit einem braunen Umschlag Frischluft zufächelte, wenn wieder etwas Zigarrenrauch zu ihm hinübertrieb.

Eine halbe Stunde später schlug Kurt mit der flachen Hand auf seine Konsole.

»Jetzt hat's den letzten erwischt! Sie schlafen alle.«

Verran nickte zufrieden. Echt erstaunlich, wie gut diese Generatoren wirkten. Niemand konnte ihnen lange widerstehen – außer er nahm regelmäßig krampflösende Medikamente. Und die vom Ingraham getroffene Vorauswahl sortierte solche Bewerber aus, bevor die ersten Einladungen hinausgingen.

»Ausgezeichnet!« sagte Dr. Alston, indem er aufstand und in die Mitte des Überwachungsraums trat. »Laßt die Musik beginnen!«

»Geh mir nicht auf den Wecker«, murmelte Verran, während er Elliot zunickte.

Elliot betätigte nacheinander mehrere Schalter seiner eigenen Konsole, und wenig später begann »die Musik«, wie Dr. Alston es nannte, in den besetzten Zimmern des Wohnheims zu ertönen.

4

»Wie könnt ihr Jungs bloß was essen?« fragte Quinn.

Tim sah von den Heidelbeerpfannkuchen auf, die ihm buchstäblich auf der Zunge zergingen.

»Soll das ein Witz sein? Diese Dinger sind phantastisch. Ich hole mir gleich noch ein paar.«

Matt stand schon wieder in der Schlange, die sich vor dem Frühstücksbüfett gebildet hatte. Die Morgensonne schien hell durch die hohen Fenster, aber Tims Sonnenbrille hielt allzu grelles Licht ab. An einzelnen Tischen um sie herum bildeten hoffnungsvolle Bewerber kleine Gruppen, die entweder nervös schwatzten oder stoisch schwiegen. Tim beobachtete, wie Quinn das Gesicht verzog, während sie ihre Weizenflocken löffelte.

»Willst du nicht was Gehaltvolleres versuchen?« schlug er vor. »Die Rühreier sehen gut aus.«

Sie legte eine Hand auf ihren Magen. »Bitte! Das sind gar keine richtigen Eier.«

»Klar sind das richtige Eier – aber bloß ohne Dotter. Wer hier studiert, wird anscheinend auf cholesterinarme Diät gesetzt, ob's ihm paßt oder nicht.«

»Das wäre mir nur recht«, sagte Quinn.

Tim schluckte einen weiteren Bissen hinunter. »Kein Nikotin, cholesterinfreie Kost... als wollten sie dafür sorgen, daß wir ewig leben.«

»Das ist nur logisch, finde ich. Schließlich investieren sie ziemlich viel in ihre Studenten.«

Tim beobachtete Quinn aus dem Augenwinkel heraus. An diesem Morgen sah sie in einem marineblauen Pullover, der die Farbe ihrer Augen verstärkte, und einer weißen Hose, unter der sich ihr strammer Po abzeichnete, besonders gut aus. Tim entschied, daß ihm dieser Po gefiel. Ihr kurzes rotblondes Haar war frisch gewaschen, und sie trug dezentes Augen-Make-up.

Bei ihr paßte alles zusammen, aber ein Blick auf ihre ruhelosen Hände zeigte Tim, unter welchen Streß sie sich selbst setzte. Für sie war diese Prüfung einfach zu wichtig. Er hätte ihr am liebsten einen Arm um die Schultern gelegt, sie an sich gedrückt und ihr versichert, sie brauche sich keine Sorgen zu machen. Aber dafür kannte er sie nicht gut genug. Noch nicht.

»Hast du nicht gut geschlafen?« fragte er.

»Wie tot, was merkwürdig ist, weil ich sonst vor wichtigen Prüfungen kaum ein Auge zumachen kann. Aber gestern abend bin ich ins Bett gefallen, und das war's dann bis heute morgen. Vielleicht haben sie uns irgendwas ins Essen gemischt.«

»Schon möglich«, sagte Tim. Auch er hatte wie der sprichwörtliche Bär geschlafen, aber damit hatte er gerechnet. In der Nacht zuvor hatte er kaum Schlaf bekommen.

»Also sind wir alle ausgeschlafen«, stellte er fest. »Und wenn du jetzt noch gut frühstückst, schaffst du die Prüfung um so besser.«

Quinn schüttelte den Kopf. »Mein Magen ist wie zugeknotet. Ich könnte ...« Sie sprach nicht weiter, sondern starrte zur Rückwand der Cafeteria hinüber. »Sag mal ... ist das nicht jemand ...?«

»Das sind die meisten Leute«, sagte Tim und drehte sich um, weil ihn interessierte, von wem sie sprach.

»Nein, jemand Prominenter, meine ich.«

Jetzt sah er ihn auch. Ein großer schlanker Mann schritt von Dr. Alston begleitet auf die geschwungene Treppe zu. Tim schob seine Sonnenbrille hoch, um ihn besser sehen zu können. Energische Gesichtszüge, dunkles Haar mit ergrauten Schläfen, eine elegante Erscheinung in einem grauen Maßanzug.

Dann kam Matt mit seinem Teller, auf dem er eine doppelte Portion Rührei mit Bratkartoffeln hatte, an ihren Tisch zurück. Er nickte zu dem Neuankömmling hinüber.

»Ist das nicht ...?«

In diesem Augenblick fiel bei Tim der Groschen. »Senator Jefferson Stephen Whitney«, sagte er. »Oder genauer gesagt *Ex*senator Whitney.«

»Und ich möchte wetten, daß er mit dem Privathubschrauber gekommen ist, der vorhin gelandet ist«, warf Quinn ein.

Tim nickte. Sie hatten alle am Fenster gestanden und beobachtet, wie er auf dem Landeplatz hinter dem Medical Center aufsetzte.

Vor Tims geistigem Auge erschien ein Artikel aus dem *Wall Street Journal* mit dem dazugehörigen Photo. Gelesen hatte er ihn bei Recherchen für eine Semesterarbeit über die Rezession der siebziger Jahre. Er sah die Schlagzeile vor sich:

Senator Whitney sagt Wahlfeldzug ab
Übernimmt Führungsposition in Stiftung

»In den siebziger Jahren ist Whitney im Senat ein ehrgeiziger Liberaler gewesen«, berichtete Tim. »Er hat sich lautstark für eine Reform des amerikanischen Gesundheitswesens – vor allem für eine Umgestaltung der Food and Drug Administration – eingesetzt. Bundesweit ist er nie sonderlich populär gewesen, aber seine Wähler in Wisconsin haben ihn geliebt. Er hätte noch lange Senator bleiben können, aber als seine Wiederwahl anstand, hat er auf eine erneute Kandidatur verzichtet und ist statt dessen zur Kleederman Foundation gegangen. Seitdem ist er Vorsitzender ihres Verwaltungsrats.«

»Und deshalb ist er heute hier«, sagte Quinn.

»Richtig. Die Kleederman Foundation bezahlt dieses Frühstück, das wir essen –«

»Das *zwei* von uns essen«, warf Matt mit einem vielsagenden Blick auf die Weizenflocken ein, die Quinn kaum angerührt hatte.

» – und zahlt alle übrigen Rechnungen des Ingraham.«

Dr. Alston und der Exsenator machten auf halber Höhe der Treppe halt und blickten auf die Cafeteria hinunter. Tim sah jetzt, daß dort oben ein Mikrophon aufgestellt worden war.

»Guten Morgen allerseits!« sagte Dr. Alston. »Ich hoffe, daß Sie alle gut geschlafen haben und das Frühstück genießen, das unser Personal für Sie vorbereitet hat.«

Höflicher vereinzelter Beifall.

»Zu unserer Freude ist heute morgen überraschend hoher Besuch eingetroffen: Exsenator Jefferson Whitney, einer der Direktoren der Kleederman Foundation – jener großzügigen Organisation, die das Ingraham College of Medicine gegründet hat und seither finanziert. Senator?«

Tim fiel auf, daß der Beifall diesmal allgemein und kräftiger war. Selbst er klatschte mit. Schließlich vertrat dieser Mann die Geldgeber, die diesen Laden am Laufen hielten.

»Guten Morgen«, sagte Whitney. Sein aufblitzendes lockeres Lächeln drang sogar durch Tims Sonnenbrille. »Ich weiß, daß Sie alle wie auf Kohlen sitzen und es kaum noch erwarten können, in die Prüfung zu gehen, und ich weiß, daß ich nicht mit Ihrer ungeteilten Aufmerksamkeit rechnen kann – deshalb will ich mich kurz fassen.« Whitney machte eine Pause, bevor er fortfuhr: »Sie betrachten diesen Tag als entscheidend für Ihre Zukunft.«

Tim sah zu Quinn hinüber und beobachtete, wie ihr blonder Kopf kaum merklich nickte.

»Trotzdem sollten Sie nicht vergessen, daß dieser Tag auch für das Ingraham wichtig ist. Sie gehören einer geistigen Elite an. Ihr Werdegang beweist, daß Sie den Ehrgeiz und die Fähigkeit besitzen, Hervorragendes zu leisten. Sie sind die Leute, die wir uns als Ingraham-Studenten, als Ingraham-Absolventen wünschen. Dabei brauchen Sie sich nicht als Individuum gegen uns als Institution durchzusetzen. Wir versuchen nicht, Sie von hier fernzuhalten. Wir *wollen* Sie hier haben. Am liebsten würden wir Sie alle aufnehmen. Wir wären froh, wenn wir's uns *leisten* könnten, Sie alle aufzunehmen, aber die finanziellen Mittel der Kleederman Foundation sind leider begrenzt.

Aber den Kandidaten, die wir aufnehmen können, steht eine herrliche neue Welt offen. Sie bekommen nicht nur das beste Medizinstudium der Welt geschenkt, sondern haben später die große Chance, Karriere zu machen, die Zukunft der amerikanischen Medizin aktiv mitzugestalten und sie zu einem Vorbild zu machen, um das uns die ganze Welt beneidet.

Deshalb wünsche ich Ihnen allen für die heutige Prüfung alles Gute. Und denken Sie bitte daran, daß jeder von Ihnen – unabhängig davon, was in den kommenden Monaten passiert –, schon jetzt ein Gewinner ist. Ich weiß, daß ich fürs Ingraham College of Medicine und die Kleederman Foundation spreche, wenn ich sage, daß wir auf Sie alle stolz sind.«

Noch stärkerer Beifall. Tim klatschte mechanisch mit.

»Erstaunlich«, sagte er. »Der Bursche gibt Platitüden von sich, als seien sie ihm *ad hoc* eingefallen.«

Quinn warf ihm einen mißbilligenden Blick zu. »Ich finde es sehr nett von ihm, daß er sich die Zeit nimmt, zu uns zu sprechen. Ich meine, wir sind schließlich nur Bewerber. Keiner von uns ist schon aufgenommen. Gib ihm 'ne Chance, ja?«

Tim zuckte innerlich zusammen. So machte er bei Quinn *keine* Punkte.

Aber warum fühlte er sich überhaupt zu dieser hypernervösen Naiven vom Lande hingezogen? Sie sah reizend aus, war intelligent und hatte einen hübschen Hintern. Na und? Das traf auch auf viele andere Mädchen zu, die er kannte. Sie schien ihn und seinen persönlichen Stil zu mißbilligen. Auch nichts Neues. Viele Leute hatten etwas gegen ihn. Er mochte es, wenn Spießer ihn nicht leiden konnten. Das *genoß* er geradezu. Warum störte ihn also Quinns kleine Zurechtweisung?

Und warum, zum Teufel, zermarterte er sich jetzt das Gehirn, um eine Möglichkeit zu finden, sie irgendwie zu besänftigen?

Matt, der wieder einmal Frieden stiften wollte, sagte: »Tim mag keine Politiker.«

»Senator Whitney ist kein Politiker. Er leitet eine Stiftung.«

»Die Tatsache, daß noch immer alle Senator Whitney zu ihm sagen, muß wohl etwas bedeuten«, stellte Tim fest. »Wie man hört, verbringt er den größten Teil seiner Zeit damit, seinen alten Kumpanen im Senat um den Bart zu gehen. Einmal ein Politiker, immer ein Politiker.« Tim hob sein Orangensaftglas, als wolle er Whitney zuprosten. »Aber wenn er mir das Medizinstudium bezahlt, ist er für mich der King.«

Wieder ein kühler Blick von Quinn. Diese Sache hatte keine Zukunft. Tim stand mit seinem leeren Teller auf.

»Will noch jemand einen Nachschlag?«

Tim kaute auf dem Radiergummi am hinteren Ende seines mittelharten Bleistifts herum, während er über Frage 200 nachdachte.

Der Test hatte es in sich.

Ähnlich wie der MCAT, aber viel schlimmer. Die Biologiefragen waren jenseits von Gut und Böse. Die Chemiefragen waren noch schwieriger. Dieser Test war darauf aus, die Männer von den Knaben zu scheiden, aber natürlich auch die Frauen von den Mädchen.

Tim sah sich um. Etwa zwei Dutzend Bewerber saßen in diesem Hörsaal, die übrigen waren auf andere Räume im Hörsaalgebäude verteilt. Die Einrichtung war nichts Besonderes. Eine grüne Wandtafel über die gesamte Breite des Raums, grauer Fliesenboden, Leuchtstoffröhren an der Decke und Einzeltische mit Stahlrohrstühlen. Nur das in einer hinteren Ecke hängende Menschenskelett in natürlicher Größe lieferte einen Hinweis darauf, daß dies ein Hörsaal einer medizinischen Hochschule war.

Auf dem Platz links neben ihm runzelte Quinn angestrengt konzentriert die Stirn, während ihr Fuß einen leisen, nervösen Takt auf den Boden schlug. Rechts von ihm saß Matt über seinen Antwortbogen gebeugt und kritzelte Zahlen auf Schmierzettel. Rings um Tim herum waren nervöse junge Leute bemüht, für ihre Zukunft zu punkten.

Er konnte sie beinahe schwitzen hören.

Auch Tim nahm diese Prüfung keineswegs auf die leichte Schulter. Seine Eltern konnten es sich leisten, ihn Medizin studieren zu lassen, aber für sie wäre das keine Bagatelle gewesen wie für Matts Familie – bei weitem nicht. Sie hätten sich einschränken und vielleicht sogar eine Hypothek aufnehmen müssen, aber sie hätten es irgendwie geschafft. Ohne zu murren. Trotzdem war natürlich alles viel einfacher, wenn Tim es schaffte, hier aufgenommen zu werden.

Der Wunsch, seiner Familie finanziellen Druck zu ersparen, war jedoch nicht der eigentliche Grund, aus dem Tim diesen Test unbedingt bestehen wollte. Viel wichtiger war ihm seine persönliche Freiheit. Die Aufnahmeprüfung fürs Ingraham zu schaffen, wäre eine Art Unabhängigkeitserklärung gewesen. Endlich keine Schecks mehr, die Dad für Studiengebühren, Kost und Logis ausstellen mußte. Zum ersten Mal in seinem Leben würde Tim hundertprozentig unabhängig sein. Er würde sich wie ein Mann fühlen. Und das mußte großartig sein.

Aber Frage 200 war merkwürdig.

Verlangt wurde darin die erste Ableitung der Kleedermanschen Gleichung. An sich kein Problem. Tim wußte die Antwort. Sorgen machte ihm nur, daß er nicht ergründen konnte, *woher* er sie wußte.

Im allgemeinen sah er einfach das Buch, die Seite und den Absatz vor sich, in dem er etwas Bestimmtes gelesen hatte. Ihm erschien das so leicht und natürlich wie das Atmen. Tim erinnerte sich daran, wie er schon als kleiner Junge bei Familienfesten die Erwachsenen verblüfft hatte. Gab irgend jemand ihm seinen Führerschein, warf er einen Blick darauf und ratterte dann sämtliche Wörter und Zahlen herunter. Als nächstes kam eine Seite aus einer Zeitschrift daran, bevor sein großes Finale folgte: eine ganze Seite aus dem Telefonbuch. Alle hielten ihn für ein Genie, aber Tim begriff frühzeitig, daß das nichts mit Intelligenz zu tun hatte – sein Gehirn arbeitete einfach so.

Aber was war mit dieser Frage? Johann Kleederman . . . Tim sah eine Seite aus *U. S. News & World Report* mit einem langen Artikel über Kleederman und seine Stiftung vor sich. Kleederman war 1935 in der Schweiz geboren, wo seine reichen Eltern und er den Zweiten Weltkrieg überstanden hatten. Nach dem Tod seines Vaters hatte er 1960 die Leitung des elterlichen Pharmakonzerns übernommen und sofort angefangen, den amerikanischen Markt zu erobern. Im Jahre 1968 hatte er die Kleederman Foundation gegründet und war in den siebziger Jahren ein Pionier privatwirtschaftlicher Krankenversorgung geworden.

In der zweiten Hälfte der achtziger und Anfang der neunziger Jahre hatte er viele Pflegeheime aufgekauft und finanziell angeschlagene Krankenhäuser in Medical Centers umgewandelt – ein Manöver, das viele Fachleute für exzentrisch und finanziell riskant hielten. Trotzdem galten die Medical Centers und Pflegeheime der Kleederman Medical Industries, eines multinationalen Konglomerats, zu dem auch die innovative und sehr hohe Gewinne erwirtschaftende Firma Kleederman Pharmaceuticals gehörte, weltweit als die am besten geführten, wirtschaftlichsten Einrichtungen zur Krankenversorgung. Tim sah sogar ein altes Photo des zurückgezogen lebenden Kleedermans mit Stirnglatze und Backenbart in der oberen linken Ecke der Seite vor sich.

Aber die Kleedermansche Gleichung? Darüber hatte in diesem Artikel nichts gestanden. Tim sah kein Bild vor sich. Er wußte nur die Antwort.

Tim zuckte innerlich mit den Schultern und malte auf seinem Antwortbogen bei Frage 200 das Kästchen B aus. Wen kümmerte das schon? Der Computer, der die Testbögen auswertete, interessierte sich nicht dafür, wie jemand zu dieser Antwort gelangt war. Er stellte nur fest, ob sie richtig oder falsch war.

Und richtig war entschieden besser.

Auch die beiden nächsten Fragen betrafen die Kleedermansche Gleichung. Er hatte die Antworten wieder parat, ohne zu wissen, woher sie kamen. Auch recht! Er markierte die Kästchen und machte weiter.

Dann änderten sich die Fragen. Statt um Wissenschaft ging es jetzt um Allgemeinwissen. Das kannte Tim teilweise schon aus dem MCAT, aber hier wurde erheblich mehr verlangt: Welche Mannschaft hat letztes Jahr die World Series im Baseball gewonnen? Welcher Impressionist hat das »Frühstück im Grünen« gemalt? Wie lautet der Vorname des englischen Möbeltischlers, nach dem im 18. Jahrhundert der Chippendale-Stil benannt worden ist? Und so weiter.

Tim lächelte in sich hinein. Er wußte genau, was das Ingraham damit bezweckte: Es versuchte, die Wissenschaftsfanatiker auszusondern – alle die Stubenhocker, die ihr ganzes Leben am Mikroskop oder Bildschirm verbrachten, ohne jemals einen Blick aus dem Fenster zu werfen, um zu sehen, was in der Welt vorging. Sie waren unter Umständen hochintelligent, sie konnten die schwierigsten wissenschaftlichen Fragen mühelos beantworten, aber sie waren kulturell verkümmert. Obwohl sie großartige Forscher abgaben, wäre ein medizinischer Doktortitel an sie verschwendet gewesen. Sie konnten Wissenschaftler, aber keine *Ärzte* sein. Und das Ingraham wollte *Ärzte* ausbilden.

Nach dem Abschnitt, der die Allgemeinbildung betraf, wurden die Fragen merkwürdig.

Tim wußte nicht recht, was er damit anfangen sollte. Seltsame Fragen, die Wertvorstellungen und Entscheidungen betrafen: Man sollte sich vorstellen, man sei als General auf dem Schlachtfeld und müsse entscheiden, wer geopfert werden könne. Oder man sei als Chirurg in einem Frontlazarett von

Verwundeten umgeben – nicht etwa von Witzbolden wie in den Film M.A.S.H. – und habe zu entscheiden, wer sofort behandelt werden solle und wer bis später warten müsse.

Auf keine dieser Fragen schien es eine richtige Antwort zu geben.

Tim fühlte sich wie gelähmt. Er hatte jahrelang damit verbracht, immer nur die richtige Antwort auf die richtige Frage zu finden. Aber hier gab es keine richtige Antwort.

Vielleicht war das der springende Punkt. Vielleicht wollte das Ingraham weniger Antworten auf diese Fragen, als Aufschluß über den Kandidaten, der sich diesem Test unterzog.

Diese Erkenntnis belebte Tim wieder. Wunderbar! Er brauchte sich bloß reinzustürzen und frisch drauflloszuschreiben. Aber nicht zu frisch. Er mußte berücksichtigen, was für Antworten diese Leute lesen wollten.

Fertig.

Tim warf einen Blick auf seine Uhr. Zehn Minuten zu früh. Trotzdem war er schon fertig. Neben allen vierhundert Multiple-Choice-Fragen war rechts das Kästchen A, B, C, D oder E mit Bleistift schwarz ausgemalt. Eine Kontrolle wäre zwecklos gewesen. Dazu waren es zu viele Fragen. Und außerdem war er völlig erledigt. Er hätte es nicht ertragen, auch nur noch eine gottverdammte Frage über irgendwas lesen und beantworten zu müssen.

Er sah zu Quinn hinüber. Sie bearbeitete noch die Fragen in der untersten Reihe. Trotzdem würde sie rechtzeitig fertig werden. Tim wollte sich schon abwenden, um zu Matt hinüberzusehen, als ihm ganz oben in einer der Reihen zwei unbeantwortete Fragen auffielen. Er sah auf seinen Bögen nach und stellte fest, daß das zwei der Kleederman-Fragen waren.

Anscheinend kannte Quinn die Gleichung nicht. Vielleicht sagte ihr der Name Johann Kleederman nichts. Warum hätte sie die Fragen sonst unbeantwortet lassen sollen?

Und dabei finanzierte die Kleederman Foundation das Ingraham! Wahrscheinlich fiel jeder durch, der bei diesen Fragen versagte.

Er sah sich nach der Aufsichtsführenden um. Sie stand neben

ihrem Schreibtisch, ordnete einige Papiere und würde in wenigen Minuten die Klausurhefte einsammeln. Tim steckte den Antwortbogen in sein Heft, setzte seine Sonnenbrille auf und wartete. Sobald sie ihm den Rücken zukehrte, stand er auf, beugte sich in einer fließenden Bewegung über Quinns Schulter, schwärzte bei den Fragen 201 und 202 die Kästchen B und C, richtet sich wieder auf und schlenderte durch den Mittelgang nach vorn.

Meine gute Tat für heute.

Quinn starrte die beiden Kästchen an, die Tim auf ihrem Antwortbogen geschwärzt hatte. Damit hatte er zwei der Fragen beantwortet, mit denen sie überhaupt nichts hatte anfangen können. Was, um Himmels willen, war die Kleederman-Gleichung? Von der hatte sie noch nie gehört.

Tim offenbar schon. Wahrscheinlich hätte er ihr die Seite und den Absatz nennen können, in dem etwas darüber gestanden hatte. Gott, sie wünschte sich auch so ein Gedächtnis. Mußte das nicht großartig sein? Als ob man ein CD-ROM-Laufwerk im Kopf hätte.

Quinn starrte die beiden schwarz ausgemalten Kästchen an. Das waren nicht ihre Antworten. Bei dem Gedanken daran, den Antwortbogen so abzugeben, empfand sie Unbehagen.

Quinn drehte instinktiv ihren Bleistift um, weil sie die Kästchen wieder ausradieren wollte. Sie hatte immer selbständig gearbeitet, stets auf ihren eigenen Beinen gestanden. Daran sollte sich auch jetzt nichts ändern.

Wie aus eigenem Antrieb verharrte der Bleistift mit dem Radiergummi unmittelbar über dem Papier.

Hier stand ihre ganze Zukunft auf dem Spiel. Dies war das richtige Leben. Hier ging es ums Ganze. Ein »gut« reichte garantiert nicht aus, denn es gab jedes Jahr nur eine bestimmte Anzahl von Studienplätzen. Genau gesagt fünfzig. Sie mußte zu den fünfzig Besten gehören.

Die Kleederman-Fragen konnten den Ausschlag geben, ob sie aufgenommen oder abgelehnt wurde.

Und sie hatte keine Ahnung, wie sie diese Fragen beantworten sollte.

Trotzdem ... das waren nicht ihre Antworten.

Als sie eben wieder zu radieren anfangen wollte, ließ die Stimme der Aufsichtsführenden sie zusammenfahren.

»Die Zeit ist um! Legen Sie bitte die Bleistifte weg. Wer jetzt noch etwas an seinem Testbogen ändert, ist disqualifiziert!«

Tim stand mit Matt an dem künstlichen See und wartete darauf, daß Quinn aus dem Hörsaalgebäude kam. Ein kalter Wind trieb welkes Laub raschelnd vor sich her über die mit Natursteinen gepflasterten Gehwege. Er zog seine Jacke enger um sich. Der Winter kündigte sich an.

Dann tauchte sie endlich auf, kam langsam näher. Tim wunderte sich über ihren finsteren Gesichtsausdruck.

»Wie ist's dir gegangen?« fragte Matt.

Quinn zuckte mit den Schultern. »Hast du schon mal von der Kleederman-Gleichung gehört?«

»Klar«, sagte Tim. »Sie ...«

»Daß *du* sie kennst, weiß ich.« Ihr Blick war alles andere als freundlich. »Ich hab Matt gefragt.«

Dieser Blick beunruhigte Tim. Er hatte erwartet, ihr Ritter in schimmernder Wehr zu sein. Was hatte sie bloß?

Matt kratzte sich am Kopf. »Sie hat mit der Verfügbarkeit ärztlicher Leistungen bei wachsender Bevölkerung zu tun.«

»Du hast also auch davon gehört? Ihr habt beide davon gehört?« Sie schüttelte verzweifelt den Kopf. »Warum weiß ich dann nichts davon? Drei Fragen, und ich hätte bei den Antworten raten müssen.«

»Nur Mut!« sagte Tim. »Wenigstens hast du zwei davon richtig. Ich hoffe jedenfalls, daß sie richtig sind.«

Sie hob ruckartig den Kopf. Ihr Gesichtsausdruck war wütend. Ihre Augen funkelten, als sie ihn jetzt anstarrte.

»Nein. *Du* hast zwei davon richtig. Nicht ich. Ich hatte keine blasse Ahnung. Ich liefere nicht anderer Leute Arbeit ab, Tim.«

Er stöhnte. »Oh, nein! Du hast sie doch nicht etwa ausradiert?«

Aus ihrem Blick sprach schmerzliche Enttäuschung. »Nein. Ich hab's nicht getan. Und deshalb bin ich nicht gerade stolz auf mich.«

Quinn wandte sich ab und ging in Richtung Wohnheim davon. Tim wollte ihr folgen, blieb aber nach zwei Schritten stehen. Er wollte mit ihr zusammen sein, aber was hätte ihm das genützt? Sie hatte eine Mauer zwischen ihnen errichtet.

»Du hast zwei Antworten auf ihrem Bogen markiert?« erkundigte Matt sich.

»Yeah. Die Kästchen sind leer gewesen. Ich hab geglaubt, ich täte ihr damit einen Gefallen.« Tim wollte es sich nicht anmerken lassen – er wollte es sich nicht mal eingestehen –, aber er war *gekränkt,* verdammt noch mal! »Mann, bei ihr mache ich anscheinend alles falsch.«

»Bei neunhundertneunundneunzig anderen Leuten wärst du ein Held. Aber Quinn hat ihre eigenen Prinzipien. Du hast sie nach ihren Regeln auf die Probe gestellt, und sie glaubt, sie hat versagt.«

Tim starrte ihn erschrocken an. »Jesus . . .«

»Hab ich dir nicht gesagt, daß sie einmalig ist?«

»Da hast du recht. Aber ein bißchen altmodisch, findest du nicht auch?«

»Yeah«, sagte Matt leise. »Sie ist ein altmodisches Mädchen.«

»Ich wußte gar nicht, daß es noch welche gibt.«

Zu seinem Schrecken merkte Tim, daß er dabei war, sich in Quinn Cleary zu verlieben.

Semesterferien

Adrix (Adriazepam), das von Kleederman Pharmaceuticals auf den Markt gebrachte neue Benzodiazepin mit stark antidepressiver Wirkung, das jedoch keine Abhängigkeit erzeugt, ist rasch zu dem am zweithäufigsten verschriebenen Tranquilizer der Welt geworden.

Medical World News

5

Einer Gewohnheit folgend, die zum täglichen Ritual geworden war, saß Quinn in ihrem gemütlichen kleinen Schlafzimmer am Fenster, hob das Fernglas an die Augen und richtete es quer über den Vorgarten aufs Ende der Einfahrt. Und mit jedem neuen Tag stieg die Spannung. Sie hatte unterdessen Hitchcocksche Dimensionen angenommen.

Der Vorgarten war nichts Besonderes: ungefähr dreißig Meter im Quadrat, von Eichen und Ulmen gesäumt, mit Lorbeerbüschen und natürlichen Sträuchern auf jetzt winterbraunem Gras bewachsen. Noch ziemlich kahl und leblos, aber bald würde der Frühling die Forsythien gelb blühen lassen, und dann würde es viele Farben geben. Das Haus war alt, sein Fundament noch älter – die ersten Steine waren vor anderthalb Jahrhunderten gelegt worden; seine heutige Form hatte es irgendwann in den goldenen Zwanzigern erhalten.

Im Lauf der Jahre hatte Quinn ihr kleines Nest mit Photos, Wimpeln, Plakaten, Ehrenurkunden, Medaillen und Pokalen aus ihrer Zeit als Leichtathletikstar in der High-School ausstaffiert. Und sie hatte viele Nächte damit verbracht, sich die Kinder vorzustellen, die diesen Raum vor ihr bewohnt hatten – was aus ihnen geworden war, wo sie jetzt sein mochten, was sie mit ihrem Leben angefangen hatten.

Sie waren nicht alle Farmer geblieben, davon war sie überzeugt.

Die Farm ihres Vaters. Die Felder begannen gleich hinter dem Haus. Den Clearys gehörte ziemlich viel Land. Hätte ihr Besitz in Küstennähe – oder noch besser im Innenbereich des Long-Island-Sunds – gelegen, wären sie reich gewesen. Millionäre.

Bauträger hätten ihnen das Haus eingerannt, um Grundstücke für neue Wohnsiedlungen zu kaufen. Aber nicht hier im abgelegenen Nordosten Connecticuts.

Seit Quinns Kindheit war die Farm auf andere Produkte umgestellt worden und hatte dadurch ihr Aussehen verändert. Dad erzeugte jetzt Heu, Kartoffeln und Mais, aber in den siebziger Jahren war die Farm der Clearys eine Tabakfarm gewesen, die im Schatten angebauten Tabak für Zigarrendeckblätter lieferte. Damals hatte Quinn auf der Farm mitgeholfen: Sie hatte die Hühner gefüttert, die Kühe gemolken und die Scheunen ausgekehrt.

Alles das hatte aufgehört, als Quinn aufs College gegangen war. Obwohl sie sich nicht mehr als Farmgirl sah, erinnerte sie sich noch gut an Sommertage, an denen sie aus der Tür über Riesenfelder von rohweißen Musselinbahnen hinausgeblickt hatte, die sanft in der Nachmittagsbrise wogten, während sie die zarten Blätter der Tabakstauden vor direkter Sonneneinstrahlung schützten.

Der Gedanke an diese weißen Felder rief die Erinnerung an eine andere Farbe wach. Rot... Blutrot.

Es war im Frühjahr gewesen. Die eben siebenjährige Quinn sah den Landarbeitern auf einem Feld bei der Arbeit zu. Mehrere Männer spannten Tragedrähte von Pfosten zu Pfosten, während die anderen ihnen folgten, um Musselinbahnen darüberzulegen. Plötzlich stieß Jerry, einer der Männer, einen lauten Schmerzensschrei aus, brach zusammen und umklammerte mit beiden Händen seinen Oberschenkel. Ein zu stark gespannter Draht war gerissen, und das zurückschnellende Ende hatte Jerry das Bein aufgeschnitten.

Jerry lag auf dem Erdboden, war ganz blaß und starrte das zwischen seinen Fingern hervorquellende Blut an. Dann wurde er ohnmächtig. Und sobald der Druck seiner Finger nachließ, spritzte ein in der Sonne glitzernder hellroter Strahl, der mit jedem Herzschlag pulsierte, in die Luft. Einer der Männer war bereits losgerannt, um Hilfe zu holen, aber die drei anderen umstanden ihren zusammengebrochenen Kameraden wie gelähmt und starrten ihn schweigend an.

Auch Quinn starrte ihn an, aber ihre Untätigkeit dauerte nur wenige Sekunden lang. Sie wußte, daß Jerry verbluten würde, wenn ihm nicht rasch geholfen wurde – das wußte man einfach, wenn man auf einer Farm aufgewachsen war. Und während sie das herausspritzende Blut beobachtete, fiel ihr die Geschichte von dem kleinen holländischen Jungen ein, der seinen Finger in den Deich gesteckt und ihn so abgedichtet hatte. Sie stürzte vor, kniete neben dem Bewußtlosen nieder und tat es dem kleinen Jungen nach.

Das Blut war warm und glitschig. Als sie das aufgerissene Fleisch ertastete, wurde ihr fast schlecht, aber sie kniete weiter neben dem Verunglückten und ließ ihren Finger im Deich, bis Dad mit dem Erste-Hilfe-Kasten kam und Jerry das Bein abband.

Eine Zeitlang war sie in der ganzen Nachbarschaft als das mutige kleine Mädchen bekannt, das Jerry das Leben gerettet hatte. Die Lobeshymnen verklangen, aber dieser Vorfall wirkte sich nachhaltig aus, als habe er eine Tür geöffnet, durch die Quinn einen Blick auf einen Teil ihres eigenen Ichs hatte werfen können. Sie hatte etwas *getan*. Ihretwegen war Jerry wieder auf den Beinen; hätte sie nichts getan, wäre er gestorben. Bis dahin hatte sie vage davon geträumt, Tierärztin zu werden und das Vieh auf Dads Farm und überall im Windham County zu versorgen. Aber von diesem Tag an stand für Quinn fest, daß sie Ärztin werden würde.

Sie schüttelte ihre Erinnerungen ab und stellte das Fernglas auf den Briefkasten ein, der auf seinem Pfosten in der Nachmittagssonne stand. Sein rotes Signal zeigte noch immer nach oben. Quinn ließ das Fernglas sinken und klopfte ungeduldig mit einem Fuß auf den Boden.

Wo bleibt er?

»Ist die Post noch nicht da?«

Quinn drehte sich nach ihrer Mutter um, deren angeborener irischer Tonfall noch immer unüberhörbar war. Sie stand mit einem Stapel zusammengelegter Handtücher in den Armen an der offenen Tür. Quinn hatte Dads hageren, fast kantigen Körperbau und Moms makellosen, rosig getönten Teint geerbt. Wie oft hatte sie sich schon gewünscht, es wäre genau umgekehrt? Auch ihre Mutter war rotblond, aber sie hatte eine sehr weibliche Figur mit vollem Busen und runden Hüften: Sie war erst Mitte Vierzig und zog beim Einkaufen noch immer bewundernde Blicke auf sich. Dad war die reinste Bohnenstange, aber Menschen mit seinem Hauttyp erröteten wenigstens nicht dauernd.

Quinn hatte den Eindruck, sie habe mit den Überbleibseln ihrer gemeinsamen Gene vorliebnehmen müssen.

»Henry hat heute Verspätung.«

»Er kommt schon noch«, sagte Mom. »Ein Topf, auf den man aufpaßt, kocht nie.«

Doch, das tut er! hätte Quinn am liebsten gesagt. Und ein Topf, auf den man nicht aufpaßt, kocht über. Aber statt dessen sagte sie nickend: »Ja, ich weiß.«

Es hatte keinen Sinn, gegen Moms Sprichwörter logische Argumente ins Feld zu führen.

»Ich bin sehr stolz auf dich«, fuhr ihre Mutter fort. »Wer hätte bei deiner Geburt gedacht, daß mein kleines Mädchen eines Tages von den besten medizinischen Hochschulen der Welt umworben werden würde?«

Klar. Großartig. Harvard, Yale und Georgetown hatten geantwortet. Lauter Zusagen. Alle wollten sie haben. Das nützte ihrem Ego, aber es half ihr keinen Schritt weiter auf dem Weg zum Arztberuf. Überall dort hätte das Studium 20 000 bis 25 000 Dollar pro Jahr gekostet. Und sie konnte nicht einmal die Hälfte davon aufbringen.

Quinn sagte nichts. Was hätte sie auch sagen sollen? Ihr Vater schuftete sich Tag für Tag auf ihrer Farm ab – und was hatte er davon? Er kam finanziell gerade so über die Runden. Ernährung, Kleidung, Fuhrpark, Maschinenreparaturen, Versicherungen und Hypothekenzahlungen fraßen ziemlich alles auf. Wäre Quinn nicht mit einem Vollstipendium der University of Connecticut ausgezeichnet worden, wäre sie gar nicht so weit gekommen.

Dads Ego hatte in den letzten zehn, zwölf Jahren wirklich schwer gelitten, deshalb durfte Quinn nicht einmal andeuten, daß sie innerlich sterben würde, wenn sie nicht Medizin studieren konnte. Das hätte ihm den Rest gegeben.

Aber Mom wußte es. Und obwohl ihre Mutter nie davon

redete, hatte Quinn den Verdacht, sie sei insgeheim froh darüber, daß sie sich dieses Studium nicht leisten konnten. Aber natürlich nicht aus Bosheit, denn bestimmt würde sie darunter nicht weniger leiden als Quinn selbst. Aber Mom folgte ihrer eigenen Logik, hatte ihre eigenen Gründe dafür, sich zu wünschen, daß ihre Tochter zu Hause blieb – auch wenn sie Quinn damit vor ein Rätsel stellte.

»Heute *muß* der Brief kommen«, sagte sie und hob wieder ihr Fernglas. Sie wünschte sich, entlang der Straße stünden weniger Bäume, weil sie den weißen Postjeep dann schon in der eine halbe Meile entfernten letzten Kurve hätte sehen können. So mußte Quinn warten, bis er den Briefkasten schon fast erreicht hatte, bevor er zu sehen war.

»Vergiß das alte Sprichwort nicht«, sagte ihre Mutter. »Sei mit Wünschen vorsichtig – sie könnten in Erfüllung gehen.«

Quinn ließ ihr Gesicht dem Fenster zugewandt, damit ihre Mutter nicht sah, wie sie die Augen verdrehte. Das war Moms *liebstes* Sprichwort.

»Kriege ich, was ich mir wünsche, bin ich ganz, ganz vorsichtig«, antwortete Quinn. »Ich versprech's dir!«

Das Telefon klingelte.

»Ich geh dran«, sagte Quinn.

Sie hastete in die Küche hinunter und nahm den Hörer des Wandapparats ab. Der Anrufer war Matt.

»Quinn! Hast du schon was gehört–?«

»Nein, Matt. Heute ist noch keine Post gekommen.«

Er hatte diese Woche täglich angerufen, seitdem seine Aufnahmebestätigung fürs Ingraham gekommen war. Quinn hätte ihn am liebsten gebeten, sie in Ruhe zu lassen, bis sie ihn anrief. Aber das brachte sie nicht übers Herz, denn Matt engagierte sich für sie und war beinahe so nervös wie sie selbst.

»Mist! Sonst ist sie doch um diese Zeit längst da?«

»Wahrscheinlich kommt heute wieder kein Brief.«

»Schon möglich. Aber wenn einer kommt, ist's eine Zusage. Unbedingt! Wie kann das Ingraham dich ablehnen, wenn Harvard und all die anderen dich so dringend wollen? Du bist dabei, Quinn. Kein Problem. Mach dir deswegen keine Sorgen.«

Warum rufst du dann jeden Tag an? hätte sie ihn am liebsten gefragt.

»Wenn du meinst ...«

Quinn wünschte sich, sie könnte Matts Optimismus teilen. Vielleicht hätte sie sich dann nicht wie eine überspannte Feder gefühlt. Und sie hatte das Gefühl, innerlich von Tag zu Tag verspannter zu sein.

Matts Brief war vorigen Samstag gekommen. Heute war Freitag, und sie hatte noch immer nichts gehört. Aber ihre Chancen mußten mit jedem Tag sinken.

»Ich glaube nicht ...« Der Satz blieb ihr beinahe im Hals stecken, aber sie brachte ihn trotzdem heraus, »... daß ich's geschafft habe.«

»Ausgeschlossen, Quinn! Das ist ...«

»Hör zu, Matt. Logischerweise haben sie die Aufnahmebestätigungen alle auf einmal weggeschickt. Schließlich sind keine zweitausend zu verschicken gewesen. Jedes Jahr gibt's nur fünfzig Plätze. Und andererseits wohne ich nicht in Kalifornien. Ich meine, du bist in New Haven, und ich bin in der Provinz, aber wir sind beide in Connecticut. Sehen wir also der Wahrheit ins Auge, Matt. Die Aufnahmebestätigungen sind verschickt worden, aber für mich ist keine dabeigewesen.«

»Das kann ich nicht glauben, Quinn. Und Tim auch nicht.«

»Tim?«

»Yeah. Er ist auf Besuch bei mir, um ein bißchen Golf zu spielen und einen Abstecher ins Spielkasino in der Reservation zu machen.«

Die Erinnerung an die Aufnahmeprüfung im vergangenen Dezember und die von Tim auf ihrem Prüfungsbogen gekennzeichneten Antworten, die sie dann abgegeben hatte, war noch immer schmerzlich. Quinn hatte sich lange über ihn – und ihre eigene Schwäche – geärgert. Aber das erschien ihr jetzt unwichtig.

Es sei denn, die Antworten wären falsch gewesen.

»Matt ... ist Tim ... hat er's geschafft?«

Sie fürchtete sich beinahe vor der Antwort.

»Yeah, Quinn. Tim hat's auch geschafft. Darum müssen sie dich erst recht nehmen.«

Quinn sank auf einen der alten Stühle mit Querstreben in den Rückenlehnen, die an dem massiven, mit Kacheln belegten Küchentisch standen. Ohne wirklich wahrzunehmen, was sie sah, glitt ihr Blick von dem abgetretenen Linoleum zu den weißen Hängeschränken hinauf, die schon so oft lackiert worden waren, daß ihre Kanten abgerundet waren und man längst vergessen hatte, welches Holz sich unter den Farbschichten verbarg.

Tim hatte es geschafft. Also waren die beiden Antworten, die sie ihm verdankte, vermutlich richtig gewesen.

Warum bin *ich* dann nicht genommen worden? dachte sie.

»Hör zu«, sagte Matt. »Tim möchte mit dir reden. Er ...«

»Hab keine Zeit!« stieß sie hastig hervor. »Ich höre den Postjeep, glaub ich.«

Das stimmte nicht, aber sie wollte nicht mit Tim reden. Weil es ihr peinlich gewesen wäre?

»Großartig. Ruf mich zurück, sobald du was erfährst.«

»Okay. Klar, Matt.«

Quinn legte auf, blieb sitzen und trommelte mit den Fingern einen Marsch auf der Tischplatte. Diese Warterei machte sie noch wahnsinnig!

Und dann hörte sie von der Vorderfront des Hauses her ein leises Quietschen. Dieses Geräuch kannte sie. Das waren die Bremsen des Postjeeps. Sie sprang auf und lief zur Haustür.

Tatsächlich hielt der weiße Jeep an ihrer Einfahrt. Quinn wartete ab, bis er weitergefahren war – nur nicht *zu* eifrig wirken –, trat dann in die helle Nachmittagssonne hinaus und schlenderte so lässig wie möglich die dreißig Meter durch den Vorgarten zur Straße.

Dort klappte sie die Tür des Briefkastens nach unten und zog den dünnen Stapel Briefe und Kataloge aus seinem verzinkten Schlund. Stromrechnung ... Telefonrechnung ... Kontoauszüge ... Ingraham College of Medicine ...

Ihr Herz schien einen Schlag auszusetzen. Sie steckte die übrige Post in den Briefkasten zurück und starrte diesen Umschlag an. Er war so leicht, als enthalte er nicht mehr als ein Blatt Papier. Sie wünschte sich, sie hätte Matt nach näheren Einzelheiten seiner Aufnahmebestätigung gefragt. Hatte sie in einem größeren Umschlag mit Hinweisen für die Einschreibung gesteckt?

Es muß eine Ablehnung sein, sagte sie sich. Für ein paar höfliche Worte des Bedauerns genügt eine Seite.

Ihre Kehle war trocken, und ihre Finger zitterten, als sie den Umschlag aufriß.

Sehr geehrte Ms. Cleary,
das Ingraham College of Medicine sichtet alljährlich Hunderte von Bewerbungen und die Ergebnisse der hier stattfindenden Aufnahmeprüfungen. Es ist eine höchst schwierige Aufgabe, die fünfzig Bewerber auszuwählen, die am Ingraham studieren werden. Obwohl Sie hochqualifiziert sind und ganz sicher eine Bereicherung für jede medizinische Hochschule wären, bedauert die Einschreibungsstelle, Ihnen mitteilen zu müssen, daß Ihr Name nach reiflicher Überlegung nicht zu denen gehört hat, die aufgenommen werden konnten.
Da Sie nach Ihrem Prüfungsergebnis jedoch zu den hundert Besten gehören, ist Ihr Name auf eine Warteliste gesetzt worden. Von der Einschreibungsstelle erhalten Sie sofort Nachricht, falls dieser Status sich ändert. Sollten Sie es vorziehen, nicht auf der Warteliste zu stehen, werden Sie gebeten, die Einschreibungsstelle sofort zu benachrichtigen.

Der Brief enthielt noch einen weiteren Absatz, aber Quinn brachte es nicht über sich, ihn zu lesen. Vielleicht später. Nicht jetzt. Die Worte verschwammen vor ihren Augen. Sie blinzelte, um wieder klar sehen zu können. Sie kämpfte gegen den Drang an, den Absagebrief mit dem Umschlag zusammenzuknüllen und wieder in den Briefkasten zu stopfen oder – noch besser – auf die Straße zu werfen. Aber das durfte sie nicht tun. Sie war letzten Monat zweiundzwanzig geworden. Also mußte sie sich wie eine Erwachsene benehmen. Sie unterdrückte das in ihrer Kehle aufsteigende Schluchzen, holte die restliche Post aus dem Briefkasten und zwang ihre nachgebenden Beine, sie schwankend in Richtung Haus zurückzutragen.

Was soll ich bloß tun? Quinn fühlte sich schwindlig und war nahe daran, in Panik zu geraten, während ihre weichen Knie bei jedem Schritt einzuknicken drohten. All die bis zur Erschöpfung über Lehrbüchern verbrachten Nächte, die vielen Tassen bitteren Kaffees um vier Uhr morgens, die endlose Plackerei in der vergifteten Luft von Chemielabors ... Stunden, Tage, ihr ganzes *Leben* war auf dieses Ziel ausgerichtet gewesen: Ärztin zu werden! Und nun war plötzlich alles vorbei ... in den wenigen Sekunden, die es dauerte, einen Briefumschlag aufzureißen ... alles vorbei ...

Sie stolperte, fing sich aber wieder und ging weiter. Sie biß die Zähne zusammen.

Reiß dich zusammen, Cleary.

Quinn atmete bewußt langsamer, konnte nun wieder klar denken und schüttelte ihre Panik ab.

Okay, sagte sie sich. Schlechte Nachrichten, eine Hiobsbotschaft. Ein schlimmer Rückschlag. Aber es gab noch andere Möglichkeiten. Studiendarlehen, vielleicht ein Programm für Werkstudenten. Vielleicht sogar das Militär – sie konnte der Army oder Navy ein Stück ihres Lebens verkaufen, um dafür Medizin studieren zu dürfen. Jedenfalls würde sie nicht aufgeben. Es mußte einen Weg geben, und sie würde ihn finden, verdammt noch mal!

Außerdem hatte das Ingraham ihr nicht die Tür vor der Nase zugeschlagen. Sie stand auf der Warteliste. Folglich hatte sie noch eine Chance. Sie würde die Einschreibungsstelle anrufen, um zu erfahren, wie viele Bewerber vor ihr auf der Liste standen. Sie würde dort jeden Monat, nein, jede *Woche* anrufen. Wenn im September die Einschreibung stattfand, würde jeder in dieser Stelle den Namen Quinn Cleary kennen. Und wenn jemand von der Warteliste in den Kreis der Angenommenen aufrücken durfte, würde die Wahl auf sie fallen.

Quinn ging jetzt schneller. Das war die Lösung! Sie würde sich nicht unterkriegen lassen. Sie gab sich noch nicht geschlagen. Irgendwie würde sie's schaffen, Medizin zu studieren.

Auf der letzten Stufe zur Eingangsveranda hob sie den Kopf und sah ihre Mutter an der Haustür stehen und auf sie warten. Mom hatte feuchte Augen, und ihre Lippen zitterten.

»Oh, Quinn . . .«

Sie weiß es, dachte Quinn. Sieht man's mir so deutlich an?

Mom breitete die Arme aus.

Quinn zögerte noch einige Sekunden lang. Sie war jetzt eine erwachsene Frau. Sie hatte es nicht nötig, daß ihre Mutter sie tröstete, als sei sie ein kleines Mädchen, das sich das Knie aufgeschlagen hatte.

Aber irgendwie wünschte sie sich eine Umarmung, *brauchte* sie eine. Und das Verständnis, das geteilte Leid, das Mitgefühl, die aus dem Blick ihrer Mutter sprachen, ließen ihren inneren Widerstand zusammenbrechen. Was sich bisher in ihr angestaut hatte – die Qualen monatelangen Wartens, der bittere Schmerz, die schreckliche Enttäuschung, die Angst und Unsicherheit in bezug auf alles weitere –, brach sich jetzt Bahn. Sie klammerte sich an ihre Mutter wie ein ertrinkendes Kind an einen Fels im Meer und begann zu schluchzen.

»Oh, Mom . . . was soll ich bloß machen?«

Sie spürte, daß ihre Mutter sie umarmte und an sich drückte, und weinte hemmungslos, wie sie nicht mehr geweint hatte, seit ihr Hund Sneakers gestorben war, als sie zehn Jahre alt war.

»Du bist insgeheim froh, daß sie mich nicht genommen haben, stimmt's?«

Das sagte Quinn ohne Groll. Sie hatte sich wieder gefangen und saß jetzt an dem abgenutzten Küchentisch, während Mom ihnen einen Tee machte.

Ihre Mutter betrachtete sie einige Sekunden lang, bevor sie sich wieder nach dem pfeifenden Teekessel umdrehte.

»Wie kommst du bloß darauf, Quinn, Liebste? Froh würde bedeuten, daß ich deinen Schmerz genieße. Das tue ich nicht. Nichts wäre weiter von der Wahrheit entfernt. Ich fühle deinen Schmerz, als wärs mein eigener. Am liebsten würde ich ins Ingraham fahren und dort richtig Krach schlagen. Aber . . . nun, ich gebe zu, daß ich tief in meinem Inneren irgendwie . . . erleichtert bin.«

In den letzten Jahren hatte Quinn in ihrer Mutter ein unausgesprochenes Widerstreben gegen ihren Traum vom Arztberuf gespürt. Jetzt fühlte sie sich seltsam befreit, daß dieses Thema endlich einmal angesprochen war.

»Warum ... warum willst du nicht, daß ich Ärztin werde?«

Mom brachte die Teekanne an den Tisch und stellte sie auf den gehäkelten Untersetzer zwischen ihnen.

»Hör zu, es geht nicht darum, daß ich nicht will, daß du Ärztin wirst – ich würde dich liebend gern als Ärztin sehen. Ich habe nur ...« Sie machte eine Pause, als suche sie nach Worten. »Oh, Quinn, ich weiß, daß das verrückt klingt, aber ich mache mir Sorgen wegen deines Medizinstudiums.«

Das verblüffte Quinn. »Mom, ich habe jetzt vier Jahre an der University of Connecticut studiert und bin ...«

»Daß du nicht zu Haus wärst, macht mir weiter keine Sorgen. Aber ich ... ich habe einfach kein gutes *Gefühl* dabei.«

Oh, oh! Wieder eines von Moms *Gefühlen*.

»Ach, ich weiß natürlich, was du sagen willst – daß es unvernünftig ist, sein Leben von solchen Gefühlen beeinflussen zu lassen –, aber ich kann nicht dagegen an, Quinn. Vor allem nicht, wenn das Gefühl so stark ist.«

Quinn schüttelte den Kopf. Dagegen waren Argumente machtlos. Mom bildete sich manchmal ein, Vorahnungen zu haben, die sie als »dieses Sheedy-Ding« bezeichnete. Manche trafen ein, aber viele erfüllten sich nie. Mom neigte dazu, die letzten zu vergessen und sich nur an die zu erinnern, die eingetroffen waren. Meistens handelte es sich bloß um Ängste, um Befürchtungen, daß irgendwas schiefgehen könnte. Erfreuliche Ereignisse sah sie fast nie voraus.

Mom schien zu glauben, diese Art sechster Sinn sei in ihrer Familie erblich. Sollte das stimmen, hatte Quinn eindeutig ein weiteres nützliches Gen verpaßt. Sie wünschte sich, sie hätte den Absagebrief kommen sehen. Dann wäre sie besser darauf vorbereitet gewesen.

Während Quinn zusah, wie Mom den Tee eingoß, nahm sie sich vor, dieses eine Mal mitzuspielen.

»Okay, warum hast du ein ungutes Gefühl in bezug auf mein Medizinstudium?«

»Aus keinem bestimmten Grund.« Ihr Blick ging ins Leere. »Ich habe bloß das Gefühl, daß du nie zurückkommst.«

Ist das alles? dachte Quinn. Sie hat Angst, mich für immer an irgendein weit entferntes medizinisches Zentrum zu verlieren?

»Mom, wenn du etwa glaubst, ich könnte dich und Dad vergessen oder nichts mehr mit euch zu tun...«

»Nein, das ist's nicht, Liebste. Ich habe das Gefühl, daß du dort in Gefahr wärst.«

»Aber welche Gefahr sollte mir dort drohen?«

»Das weiß ich nicht. Aber du erinnerst dich bestimmt, was deiner Tante Sandra zugestoßen ist, nicht wahr?«

Großer Gott! Tante Sandra, Moms ältere Schwester. Die beiden waren Teenager gewesen, als die Familie Sheedy aus Irland herübergekommen war. Auch Tante Sandra hatte ständig mit »dem Sheedy-Ding« zu tun gehabt.

»Natürlich.« Quinn hatte diese Story schon tausendmal gehört. »Aber...«

»Sie ist eines Nachts aufgewacht und hat auf dem Flur vor ihrem Schlafzimmer einen Lichtschein gesehen...«

Mom war jetzt nicht mehr zu bremsen. Quinn lehnte sich zurück und ließ sie erzählen.

»... und dieser Lichtschein ist heller und heller geworden, und dann hat sie etwas gesehen: eine glühende Hand, die ein glühendes Messer umklammert hat. Die Hand ist an der Tür vorbeigeglitten und den Flur entlang verschwunden. Drei Nächte hintereinander hat sie diese Erscheinung gesehen. In der dritten Nacht hat sie versucht, deinen Onkel Evan zu wecken, aber er hat zu fest geschlafen, deshalb ist sie allein aufgestanden und der glühenden Hand mit dem Messer den Flur entlang nachgegangen. Die Hand ist am Zimmer deiner Cousine Kathy vorbeigeglitten, hat vor dem Zimmer deines Cousins Bob angehalten und ist mühelos durch die schwere Eichentür gedrungen. Sie ist hineingestürzt und hat die glühende Hand über Bob schweben gesehen. Und im nächsten Augenblick hat die Hand das Messer in Bobs Magen gestoßen. Sie hat gekreischt und das ganze Haus aufgeweckt – aber die Hand war spurlos verschwunden. Dein Onkel Evan hat sie für übergeschnappt gehalten, und selbst Bob und Kathy haben sich Sorgen um sie gemacht.«

An dieser Stelle machte Mom wie immer eine Pause, um die Wirkung des Nachfolgenden zu erhöhen.

»Aber am nächsten Tag ist dein Cousin Bob schnellstens ins Krankenhaus transportiert und in den Operationssaal gebracht worden, *wo er wegen eines Blinddarmdurchbruchs operiert werden mußte*!« Wieder eine Pause, diesmal von einem bedeutungsvollen Blick begleitet. »Mit Gottes Hilfe ist alles gutgegangen, aber danach hat niemand mehr an deiner Tante Sandra gezweifelt, wenn sie eine ihrer Vorahnungen hatte.«

Albern, aber von dieser Geschichte bekam Quinn wieder einmal eine Gänsehaut. Die Vorstellung, nachts im Bett zu sitzen und eine mit einem Messer bewaffnete glühende Hand an der Schlafzimmertür vorbeischweben zu sehen ...

Sie schüttelte den kleinen Schauder energisch ab.

»Mom, du hast keine ... äh ... Vision in bezug auf mich gehabt, stimmt's?«

Mom rührte Honig in ihren Tee. »Nein, nichts dergleichen. Bloß so ein ... Gefühl. Vor allem weil am Ingraham alles kostenlos ist. Das kommt einem ... unnatürlich vor.«

Das klang ein bißchen nach Matt.

»Na ja«, sagte Quinn, »jetzt brauchst du dir keine Sorgen mehr zu machen. Mir passiert bestimmt nichts, während ich Medizin studiere.«

Während sie das sagte, hatte sie plötzlich wieder Schmerzen in der Brust. Sich ausweinen, darüber reden, eine Tasse Tee mit ihrer Mutter trinken – das alles hatte ihr geholfen, ihre maßlose Enttäuschung zu verdrängen. Aber nur für einige Augenblicke.

»Ich muß Matt anrufen«, sagte Quinn undeutlich, weil sie jetzt wieder einen Kloß im Hals hatte. Aber vor diesem Anruf graute ihr. Sie hatte es nicht geschafft, und Matt hatte es geschafft. Und Tim ebenfalls. Sie fühlte sich beschämt, gedemütigt. Aber am besten riß sie sich zusammen und brachte es hinter sich. »Er wartet auf meinen Anruf.«

Tim saß in Matts Zimmer und beobachtete, wie sein Freund auflegte. Matt starrte den Hörer anklagend an, als habe er ihn angelogen. Dann drehte er sich um und sah Tim an.

»Sie ist abgelehnt worden«, sagte er mit belegter Stimme. »Das Ingraham fucking College of fucking Medicine hat Quinn Cleary abgelehnt. Ich kann's nicht glauben!«

Das hatte Tim bereits aus dem geschlossen, was Matt am Telefon gesagt hatte. Er empfand einen kurzen Schmerz, fast wie ein Soldat, der eben einen Kameraden verloren hat. Dabei war er ehrlich genug, um sich einzugestehen, daß sein Schmerz etwas selbstsüchtig war: Er hatte sich darauf gefreut, oft mit Quinn zusammensein zu können.

»Irgendwie ist das nicht richtig«, sagte Tim. »Ich meine, ich kenne sie nicht so gut wie du, aber sie kommt mir wie die geborene Ärztin vor.«

»Da hast du verdammt recht!« bestätigte Matt. Seine Lippen wurden ganz schmal und zeigten Tim, daß er jetzt richtig wütend wurde. »Was ist überhaupt mit diesem Laden los, verdammt noch mal? Quinn abzulehnen – was soll der Scheiß? Wo haben diese Leute ihren Kopf? Woran *denken* sie eigentlich? Wissen sie überhaupt, was sie ihr damit angetan haben?«

»Vermutlich nicht«, sagte Tim. »Sie . . .«

Matt stand auf, beförderte seinen geflochtenen Papierkorb mit einem Fußtritt an die gegenüberliegende Wand und marschierte dann im Zimmer auf und ab. Das war eine ganz schöne Strecke. Matts Zimmer war so groß wie das Wohnzimmer von Tims Elternhaus, das auch nicht gerade eine Hütte war.

»Verdammt noch mal, ich bin stinksauer! Dieser Laden mit seinen kindischen Regeln und Bestimmungen hat mir von Anfang an nicht sonderlich gefallen, aber *das* setzt dem Ganzen die Krone auf! Wenn sie Quinn Cleary nicht nehmen, muß ich mich echt fragen, ob das Ingraham überhaupt weiß, was es tut.«

»Und was noch schlimmer ist«, warf Tim ein und zog im stillen den Hut vor Groucho Marx, während er Matt aufzuheitern versuchte, »sie haben mich genommen. Ich weiß nicht, ob ich an einer medizinischen Hochschule studieren möchte, die *mich* als Studenten nimmt.«

Matt lächelte nicht einmal. »Das ist mein Ernst, Tim. Ich hätte gute Lust, diesen Dreckskerlen abzusagen, nur so aus Trotz.«

Tim merkte, daß das sein Ernst war, und sah schon die Umrisse eines Plans vor sich.

»Das ist keine schlechte Idee!« sagte er.

SOMMER

Fenostatin (Hypolip – Kleederman Pharm.) hat Lovastatin als meistverkauftes Mittel gegen Fettstoffwechselstörungen mit erhöhter Konzentration von Lopoproteinen im Serum abgelöst. In klinischer Langzeiterprobung mit einer Tagesdosis von 10 mg hat es LDL und Triglyzeride dauerhaft um 50% beziehungsweise 40% reduziert, während HDL um bis zu 60% höher lagen – und das ohne Gefahr einer Rhabdomyolyse oder Veränderung der Leberfunktionen, wie sie bei der Anwendung anderer HMG-CoA-Reduktase-Hemmer beobachtet worden sind.

Medical Tribune

6

»Ingraham College of Medicine. Zulassungsstelle, Marjory Lake. Was kann ich für Sie tun?«

»Hallo, Marge. Hier ist Quinn Cleary.«

»Quinn! Wie geht's Ihnen, meine Liebe?«

»Ich bin noch immer am Ball. Hat sich irgendwas ergeben?«

»Nein, Schätzchen. Tut mir leid, aber bisher ist kein Anruf gekommen. Wie ich Ihnen schon gesagt habe, sind Rücktritte erfolgreicher Bewerber äußerst selten. Ich bin jetzt zehn Jahre hier und kann mich nur an zwei erinnern. Und einer davon hatte eine schlimme Rückgratverletzung, die ihn für mindestens ein Jahr ans Bett gefesselt hat.«

»Ja, ich weiß. Aber ich darf trotzdem weiterhoffen, nicht wahr?«

»Und wir hoffen mit Ihnen, Schätzchen. Hätten wir zu bestimmen, wären Sie sofort hier, das wissen Sie doch!«

»Das haben Sie nett gesagt, Marge. Danke.«

»Das ist nur die Wahrheit. Sie rufen jedenfalls weiter an, ja? Ich kann Sie leider nicht anrufen – ich muß meine Ferngespräche in eine Liste eintragen, und ein Anruf bei Ihnen wäre ein Entlassungsgrund. Vielleicht fliege ich sowieso noch, wenn rauskommt, daß ich Ihnen gesagt habe, welchen Platz auf der Warteliste Sie haben.«

Quinn war am Boden zerstört gewesen, als sie erfahren hatte, daß sie auf Platz elf stand. Selbst auf dem ersten oder zweiten Platz hatte man nahezu keine Chance. Aber auf Platz *elf ...*

»Von mir erfährt's keiner, Marge.«

»Das weiß ich, meine Liebe. Aber niemand kann Ihnen verbieten, wieder anzurufen. Melden Sie sich also jederzeit, wenn Ihnen danach zumute ist.«

»Danke, Marge. Das ist nett von Ihnen. Ich rufe bald wieder an.«

»Jederzeit, Quinn, Schätzchen. Jederzeit!«

Quinn schüttelte den Kopf, als sie jetzt auflegte. Wahrscheinlich sprachen nicht allzu viele Bewerber die Sekretärinnen der Zulassungsstelle mit Vornamen an. Aber Quinn hatte dort schon so oft angerufen, daß sie glaubte, sie alle gut zu kennen. Das konnte jedenfalls nicht schaden. Ihr Pech war nur, daß Marge und die anderen nicht zu entscheiden hatten, wer aufgenommen wurde.

Der August ließ die Luft über den Kartoffelfeldern flimmern und briet Quinn hier in der Küche. Sie gähnte und rieb sich ihre brennenden Augen. Sie war erledigt – geistig mehr als körperlich. Sie hatte wie jedes Jahr zwei Sommerjobs als Bedienung und war zusätzlich auf der Jagd nach einem Studentendarlehen. Sie hatte sogar eine hiesige Freimaurerloge aufgespürt, die solche Darlehen vergab. Ihre Freizeit verbrachte Quinn damit, Bewerbungsformulare und Einkommensnachweise auszufüllen, bis die Zahlen ihr vor den Augen verschwammen.

Geld war knapp. Alle Bankiers, mit denen sie sprach, sagten übereinstimmend, vor einigen Jahren seien solche Darlehen leichter zu bekommen gewesen, aber wegen der schlechten Wirtschaftslage und der dauernden Schwierigkeiten,die einige staatliche Programme mit Studienabbrechern hatten, seien viele Finanzierungsquellen versiegt. Und von allen hörte sie das gleiche: Ab dem dritten Jahr bekamen angehende Mediziner mühelos Studentendarlehen; sie hatten die beiden ersten Jahre, in denen die Ungeeigneten ausgesiebt wurden, überstanden und galten dann als uneingeschränkt kreditwürdig. Aber damit war ihr jetzt nicht viel geholfen.

Andererseits blieb immer noch die Navy. Wie es jetzt aussah, schien Quinns Bewerbung um Aufnahme in ihr Ausbildungsprogramm gute Chancen zu haben. Falls sie angenommen wurde, bezahlte die Navy ihr das Medizinstudium – aber dafür mußte sie als fertige Ärztin zur Navy gehen und für jedes bezahlte Jahr Medizinstudium ein Jahr Militärdienst ableisten.

Das war also Quinns Situation an diesem feuchtheißen Sommermorgen. Falls sie mit ihrer Bewerbung bei der Navy Erfolg hatte, würde die Erfüllung ihres Berufswunsches sie acht Jahre ihres Lebens kosten. Ein hoher Preis, aber wenigstens eine sichere Sache.

Die zweite Möglichkeit war riskanter: Quinn konnte darauf setzen, daß es ihr gelingen würde, die Studiengebühren an der University of Connecticut durch Arbeit, Darlehen und sonstige Einnahmen aufzubringen, und die Medical School danach mit 75 000 bis 80 000 Dollar Schulden verlassen.

Die Panik und der Schmerz, die Quinn im März gelähmt hatten, waren verschwunden. Sie hatte sich zusammengerissen und einen Plan entworfen. Ihr Traum war nicht zerplatzt, wie sie an jenem schrecklichen Tag gefürchtet hatte; er war nur weiter von ihr fortgerückt. Sie würde ihn verwirklichen – aber sie würde viel mehr arbeiten müssen, um ihr Ziel doch noch zu erreichen.

Aber ein Studium am Ingraham wäre natürlich die beste Lösung gewesen. Dort hätte Quinn sich ganz auf den schwierigen Lernstoff konzentrieren können, anstatt sich ständig Sorgen über die Finanzierung ihres Studiums machen zu müssen. Oder sie hätte keine Marineuniform tragen, Befehle ausführen und sich nach Gutdünken höherer Dienststellen irgendwohin versetzen lassen müssen.

Quinn seufzte. Das Ingraham ... Sie war noch immer leicht deprimiert, wenn sie daran dachte, was ihr dort entgehen würde. Aber nun war es schon Mitte August, und keiner der Angenommenen hatte sich für eine andere Hochschule entschieden. Gewöhn dich lieber daran, ermahnte sie sich selbst.

»Ich gehe nicht ans Ingraham«, sagte Matt.

Tim setzte sich auf und starrte ihn an.

»Red keinen Quatsch!«

Die beiden lagen auf kanariengelb-weißen PVC-Liegen an dem riesigen Swimmingpool hinter der Villa von Matts Eltern. Jeder von ihnen hatte ein großes Glas Gin mit Bitter lemon auf dem Boden neben seiner Liege stehen, während auf dem niedrigen durchsichtigen Tisch zwischen ihnen ein Stapel frischgebackener Nachos abkühlte. Tim war eben dabei gewesen, langsam auf einer sanften goldenen Woge davonzutreiben.

»Nein, das ist mein Ernst«, sagte Matt und hielt die Augen geschlossen, weil die Sonne blendete. »Ich hab dir erzählt, was mir alles an diesem Laden nicht gefällt. Trotzdem hab ich diese Sachen verdrängt, weil das Ingraham ein gewaltiger Egotrip ist, verstehst du? Aber neulich abend hat mein Vater mir auseinandergesetzt, daß er und Mom sich wirklich wünschen, ich würde doch nach Yale gehen.«

»Schon möglich, aber in Yale gibt's nichts umsonst.«

»Das ist den beiden egal. Mein Vater ist Absolvent der Yale Law School, auch mein Großvater hat dort studiert, und ich hab nicht gewußt, wieviel ihm Yale bedeutet. Und meiner Mom wär's lieber, wenn ich statt in Maryland irgendwo in der Nähe studieren würde.«

Tim fühlte sich unwohl. Plötzlich war es ihm in der Sonne zu heiß. Verdammt noch mal, er verstand sich so gut mit Matt – und jetzt ließ der Kerl ihn im Stich! Aber er wußte natürlich, daß dieser Vorwurf ungerecht war.

Tim versuchte sich vorzustellen, wie seine Eltern ihm zuredeten, er solle auf über hunderttausend Dollar in Form von Studiengebühren, Kost und Unterbringung verzichten, nur um an der NYU zu studieren, wo sein Vater damals Abendkurse belegt hatte. Höchst unwahrscheinlich.

»Und was haben die Leute im Ingraham gesagt, als du's ihnen mitgeteilt hast?«

»Die wissen noch nichts«, antwortete Matt. »Ich überlege noch, wie ich's hinkriegen könnte, daß Quinn meinen Platz bekommt. Glaubst du, daß ich verlangen kann, daß sie an meiner Stelle angenommen wird?«

»Yeah, klar«, sagte Tim. »Das klappt bestimmt. Sie überspringen zehn Plätze auf der Warteliste, bloß weil du's so haben willst.«

»Hast du 'ne bessere Idee?«

»Könnte sein.« Der Entwurf eines Drehbuchs hatte seit dem Frühling in seinem Hinterkopf geschlummert.

»Na dann rück damit raus, Tim! Ich brauche den Impuls deines abwegigen Verstandes.«

»Laß mich kurz nachdenken.«

Tim ließ sich zurücksinken und schloß die Augen.

Das Ingraham ... er hatte sich echt darauf gefreut, dort mit Matt zu studieren, und sich sogar vorgenommen, es irgendwie hinzukriegen, daß sie im Seziersaal als »Kadaverpartner« gemeinsam arbeiten konnten. Aus der Traum! Andererseits war das vielleicht eine Chance für ...

Quinn.

Er hatte diesen Sommer zweimal mit ihr gesprochen. Sie war jedesmal ein bißchen freundlicher, aber noch immer zurückhaltend gewesen. Oder vielleicht eher auf der Hut? Er hatte sie zu überreden versucht, mit ihm auszugehen, aber sie war mit ihren Ferienjobs und der Suche nach Finanzierungsmöglichkeiten für ihr Studium zu beschäftigt gewesen. Wenn es ihm irgendwie gelang, sie ins Ingraham zu bringen ...

Was hatte sie letztes Mal am Telefon gesagt? Daß sie sich mit den Sekretärinnen in der Zulassungsstelle angefreundet hatte, die alle auf ihrer Seite standen und ihr die Daumen hielten.

Tim setzte sich ruckartig auf.

»Ich hab's!«

Matt blinzelte zu ihm hinüber.

»Yeah? Was machen wir? Was erzähle ich dem Ingraham?«

»Erstens erzählst du dem Ingraham überhaupt nichts. Zweitens gibst du mir mal das Telefon rüber. Ich muß Ms. Quinn Cleary anrufen.«

7

Obwohl dieser verrückte Plan bei Quinn Unbehagen, Verlegenheit und sogar Angst auslöste, war ihr praktisch keine andere Wahl geblieben, als Tims Angebot anzunehmen, sie nach Maryland mitzunehmen. Er raste mit fünfundneunzig Meilen in seinem grauen 1985er Oldsmobile Cierra dahin, den er zu lieben schien. Tim hatte ihm sogar einen Namen gegeben.

»Griffin?« fragte sie, als er ihr den Namen sagte. »Warum ein Griffin?«

»Nicht *ein* Griffin. Einfach nur ›Griffin‹. Der graue 1985er Olds Cierra ist ein unsichtbarer Wagen. GM hat eine Zillion davon verkauft – oder Buicks und Pontiacs, die genauso aussehen. Ich habe diesen Wagen schon in schlimmen Stadtvierteln geparkt, ohne daß jemals was passiert wäre. Niemand will ihn demolieren oder stehlen – niemand *sieht* ihn überhaupt. Darum habe ich ihn Griffin genannt, denn das ist bei H. G. Wells der...«

»Der Name des unsichtbaren Mannes.« Sie lächelte. Griffin – der unsichtbare Wagen. Das gefiel ihr.

Nachdem der Wachposten an der Einfahrt Tims Namen auf einer Liste abgehakt hatte, öffnete er die elektrisch betätigte Schranke und ließ sie auf den Studentenparkplatz des Ingraham fahren. Quinn, die nach fast sechsstündiger Autofahrt steif und verspannt war, stieg nicht gleich aus. Sie starrte den Komplex aus Klinker- und Natursteingebäuden an, die das Ingraham bildeten. Es war fast nicht wiederzuerkennen. Letztes Jahr waren die Bäume fast unbelaubt gewesen; jetzt waren die Eichen und Ahorne üppig grün. Sie beobachtete einige Studienanfänger, die den Fußweg zu einem der Gebäude hinaufhasteten, um sich einzuschreiben.

Sie müssen mich nehmen, dachte Quinn. Sie *müssen* einfach.

»Da wären wir«, sagte Tim mit einem Blick auf seine Armbanduhr. »Genau nach Plan.«

»Glaubst du, daß die geringste Chance besteht, daß diese Sache klappt?«

»Natürlich. Der Plan stammt vom Meisterplaner persönlich. Er kann nicht fehlschlagen.«

Aber Quinn wollte nicht hoffen, durfte sich nicht *gestatten*, zu hoffen.

Von Matt wußte sie, daß Tim diesen ganzen Plan ausgeheckt hatte. Wozu? Was hatte er davon? Quinn hatte tatsächlich geweint, als Matt ihr erzählt hatte, daß er versuchte, ihr seinen Platz im Ingraham zu verschaffen. Aber das war eigentlich keine große Überraschung gewesen, denn so etwas sah Matt ähnlich. Aber Tim... Was hatte Tim Brown davon?

»Okay«, sagte Tim und suchte seine Unterlagen zusammen. »Die Einschreibung findet im Hörsaalgebäude statt. Dort muß ich jetzt hin. Du gehst in die Zulassungsstelle und redest mit deinen Freundinnen. Ich komme später rüber.«

Quinn war noch immer zu keiner Bewegung imstande. Sie hatte plötzlich Angst.

»Was ist, wenn's nicht klappt?«

»Die Sache klappt. Zehn zu eins, daß sie klappt. Und was wäre verloren, wenn sie doch nicht klappt? Heute abend bist du hier eingeschrieben – oder stehst wieder dort, wo du vor zwei Wochen gestanden hast, als wir unsern Plan ausgearbeitet haben. Und du hast nicht das geringste riskiert.«

»Aber *fühlen* würd ich mich schrecklich.« Und ich müßte nach Connecticut zurück und mein Leben der U. S. Navy verkaufen.

»Yeah, aber noch schlimmer wäre das Gefühl, wenn du's nie versucht hättest.«

Quinn nickte. Er hatte recht. Verzichtete sie darauf, diese Chance zu nützen, würde sie sich für den Rest ihres Lebens fragen, ob Tims Plan nicht vielleicht doch funktioniert hätte.

Als sie sich zum Aussteigen zwang, sagt Tim noch: »Viel Glück, Quinn!«

»Danke. Ich werd's brauchen.«

Sie ging den ansteigenden Weg zum Verwaltungsgebäude hinauf und folgte kleinen schwarz-weißen Hinweispfeilen auf dem Rasen zur Zulassungsstelle. Im Windfang vor der schweren Eichentür blieb Quinn noch einmal stehen. Ihr Herz begann zu jagen, und ihre Handflächen waren plötzlich schweißnaß. Intrigen waren nicht ihr Fall. Wie, um alles in der Welt, sollte sie diese Sache bloß durchstehen?

Quinn gab sich einen Ruck. Wie? Weil sie es sich nicht *leisten* konnte, sie *nicht* durchzuziehen. Sie zog die Eingangstür auf.

Die Zulassungsstelle erwies sich als nicht sehr großer Raum mit Leuchtstoffröhren unter einer abgehängten Decke. Hinter der langen Marmortheke, die ihn in zwei Hälften teilte, arbeitete das Personal. Gleich hinter der Theke saß eine Frau an einem übervollen Schreibtisch. Sie schien Mitte Fünfzig zu sein und hatte viele Runzeln und Falten, ein Pferdegebiß und graues Haar, das vielleicht einmal rot gewesen war. Auf dem Namensschild aus Plastik auf ihrem Schreibtisch stand MARJORY LAKE.

»Sind ...« Das Wort kam als Krächzen heraus. Quinn räusperte sich. »Sind Sie Marge?«

Die Frau blickte auf und starrte sie mit hellblauen Augen mißtrauisch, nicht gerade freundlich an. »So nennen mich nur Freunde. Die Einschreibung findet im ...«

»Ich bin Quinn Cleary«, sagte sie und streckte ihre rechte Hand über die Theke. »Freut mich, zur Abwechslung mal persönlich mit Ihnen zu reden.«

Marge sprang wie elektrisiert auf. »Quinn? Sind Sie das, Schätzchen? Oh, Sie sehen genauso aus, wie ich Sie mir vorgestellt habe! Claire! Evelyn! Seht mal, wer da ist! Das ist Quinn!«

Zwei weitere Frauen, beide klein, mollig und brünett, verließen ihre Schreibtische, kamen nach vorn, schüttelten ihr die Hand und begrüßten sie wie eine alte Freundin. Wäre die Theke nicht zwischen ihnen gewesen, hätten sie Quinn bestimmt umarmt.

Nachdem der erste Überschwang sich gelegt hatte, warf Marge ihr einen fragenden Blick zu.

»Aber was tun Sie hier? Wir haben Ihnen nicht ... ich meine ... niemand hat ...«

»Ja, ich weiß«, sagte Quinn. »Ich wollte bloß für den Fall hier sein, daß jemand doch nicht kommt.«

»Ohhh«, machten Claire und Evelyn und wechselten einen bedauernden Blick. Marge ergriff ihre Hand.

»Ich weiß nicht, wie ich's ausdrücken kann, Quinn, Schätzchen«, sagte Marge, »aber das kommt hier einfach nicht vor.«

»Vermutlich nicht«, bestätigte Quinn. »Aber ich hab gerade nichts zu tun, deshalb wollte ich's wenigstens versuchen.«

Die drei wechselten erneut mitleidige Blicke, bevor Marge sagte: »Schön, wie Sie meinen. Nehmen Sie Platz, Schätzchen. Machen Sie's sich bequem. Natürlich können Sie hier warten, so lange Sie wollen. Möchten Sie einen Kaffee?«

Eine Pepsi wäre Quinn lieber gewesen, aber sie wollte dieses freundliche Angebot nicht ablehnen.

»Klar. Kaffee wäre großartig.«

Knapp eine Stunde später kreuzte Tim auf. Quinn stellte ihn den »Girls« vor, wie sie sich nannten. Sie kannten seinen Namen – schließlich hatten sie ihm geschrieben, daß er angenommen sei. Quinn erklärte ihnen, sie wolle sich etwas die Beine vertreten, und werde später wiederkommen, um zu fragen, ob sich etwas Neues ergeben habe.

»Wie geht's dort drinnen?« fragte Tim, als sie ins Freie traten.

»Sie sind reizend. Ich komme mir wie eine Ratte vor, weil ich sie so hintergehe.«

»Wer wird hier hintergangen? Du hältst dich bei ihnen auf, um zu versuchen, einen vielleicht freiwerdenden Platz einzunehmen. Das ist eine hundertprozentig wahre Aussage.«

»Aber...«

»Nichts aber! Das ist die Wahrheit. Die Tatsache, daß wir mehr wissen als sie, ist irrelevant.«

Sie fanden einen schattigen Platz auf einer Holzbank unter einer Eiche an dem künstlichen See. Langsam ziehende Wolken verdeckten ab und zu die Sonne, und die Luft war schwülheiß. Am Rand der Wasserfläche schlug ein badender Spatz mit den Flügeln, daß es spritzte, und ließ winzig kleine Wellen, die sich bald verloren, übers spiegelglatte Wasser laufen.

Links von sich konnte Quinn einen ganzen Zug schwitzender Neuankömmlinge beobachten, die Koffer, Kartons und Stereoanlagen ins Wohnheim schleppten. Als sie sich dann umsah, fiel ihr auf, wie *geplant* das Ingraham wirkte. Das Wohnheim, die Cafeteria und die Verwaltungs-, Hörsaal- und Bürogebäude waren alle zweigeschossig und einander in Stil und Farbe ähnlich. Rechts dahinter auf dem Hügel stand das Science Building, hinter dem wiederum das Medical Center aufragte. Eine Gebäudegruppe immer etwas höher als die andere – wie Stufen zu Wissen und Erfahrung.

»Welche Rolle spielst du bei dieser ganzen Sache, Tim?«

Er drehte sich auf der Bank zu ihr um. Quinn wünschte sich, er würde die verdammte Sonnenbrille abnehmen. Sie wollte seine Augen sehen.

»Wie meinst du das?«

»Ich meine, was hast du davon? Du kennst mich doch kaum. Okay, wir haben uns ein paarmal gesehen und haben einen gemeinsamen Freund, aber deswegen stehen wir uns noch längst nicht nahe. Was kümmert's dich, ob ich's schaffe, ins Ingraham aufgenommen zu werden?«

Er lächelte. »Ich bin der perfekte Altruist. Meine *raison d'être* ist, anderen Menschen zu helfen. Deshalb will ich Arzt werden.«

»Stimmt nicht!«

»Du zweifelst an meiner Liebe zur Menschheit? Okay, dann versuch's mal damit: Indem ich *dir* helfe, hier reinzukommen, spekuliere *ich* darauf, dich in meine fast endlose Liste weiblicher Eroberungen aufnehmen zu können.«

»Sehr witzig.«

»Hey, setz dich nicht selbst herab. Ich finde dich umwerfend. Und du hast einen sehr hübschen Hintern.«

»Und du brauchst eine Brille«, sagte Quinn. Sie war jetzt ärgerlich. »Ich stelle dir eine einfache Frage, und du . . .«

Sie wollte aufstehen und ins Verwaltungsgebäude zurückgehen. Diese Diskussion führte zu nichts. Aber sie blieb stehen, als sie seine Hand auf ihrem Arm spürte.

»Okay, okay«, sagte Tim. »Vergiß einfach, was ich gesagt habe – bis auf das mit deinem hübschen Hintern.«

»Tim . . .«

»Hey, das ist mein Ernst gewesen. Aber was das andere betrifft . . .« Er machte eine Pause, als suche er die richtigen Worte. »Hör zu, Einrichtungen wie das Ingraham sind Systeme. Graue, gesichtslose Gnome tun sich zusammen und überlegen, wie sie irgendwas aufbauen können, das dann völlig unter ihrer Kontrolle steht. Sie haben reichlich Geld, das gibt ihnen Macht, und sie bilden sich ein, jeden durch ihren Reifen springen lassen zu können. Aber bei Matt ist ihnen das nicht gelungen. Seine Familie ist so reich, daß sie ihm den Buckel runterrutschen können. Aber Leute wie du und ich, Quinn, die in ihr System reinzukommen versuchen . . . wenn sie zu uns sagen: ›Spring!‹, müssen wir fragen: ›Wie hoch?‹«

»Das ist der Lauf der Welt, Tim. Das kannst du nicht ändern.«

»Ich behaupte nicht, daß ich das kann. Aber ich versuche, sie bei jeder Gelegenheit auszutricksen.«

»Oh«, sagte Quinn langsam. Sie fragte sich, ob sie jetzt gekränkt sein müßte. »Und indem du mir hilfst, ins Ingraham zu kommen, trickst du sie also aus.«

Tim ließ den Oberkörper nach vorn sinken, bis seine Stirn auf den Unterarmen lag. Er sprach ins Gras. »Diese Diskussion führt nirgendwohin. Am besten einigen wir uns wieder darauf, daß ich mir eingebildet habe, dadurch schneller zu einer weiteren Kerbe in meinem, ähm, Colt zu kommen.«

»Nein«, sagte Quinn leise. »Du strengst dich gewaltig an, um mir einen Gefallen zu tun. Wir sind uns erst dreimal begegnet, haben ein paarmal miteinander telefoniert. Verstehst du nicht, daß mich deine Motivation interessiert? TANSTAAFL, stimmt's?«

Tim hob den Kopf. Die verspiegelten Gläser seiner Sonnenbrille starrten sie wieder an.

»Genau! Okay, ich mag dich. Ich mag dich sehr.«

Quinn spürte, daß sie rot wurde. Jetzt wünschte sie sich *wirklich*, sie könnte seine Augen sehen.

»Und ich kenne keinen Menschen«, fuhr Tim fort, »mit einer leidenschaftlicheren Liebe zum Arztberuf. Ich meine, sie leuchtet dir geradezu aus den Augen. Nimmt man deinen Notendurchschnitt und deine MCAT-Ergebnisse dazu, fällt mir keiner ein – mich vielleicht ausgenommen –, der es mehr *verdient* hätte, Arzt zu werden.«

»Wirklich, Tim ...«

»Nein, das ist mein Ernst. Und ich bin sauer, echt stinksauer gewesen, als ich erfahren habe, daß diese Idioten dich abgelehnt hatten. Natürlich nicht so sauer wie Matt. Ich meine, er wollte das Ingraham dem Erdboden gleichmachen. Keiner von uns hat sich das erklären können. Die anderen medizinischen Hochschulen hätten dich alle genommen – bloß das Ingraham nicht. Weshalb? Was hast du an dir, das nicht in ihr System paßt? Haben sie dich abgelehnt, weil du 'ne Frau bist? Oder haben sie was gegen hübsche Hintern?«

»*Bitte* hör auf, von meinem Hintern zu reden!« Quinn hatte keinen hübschen Hintern, überhaupt nichts Hübsches. »Kannst du keine zwei Minuten lang ernst sein?«

»Ich will's versuchen, aber ... Weißt du, Quinn, ich brauche bloß ein Scheißsystem wie dieses zu sehen, das einen Menschen austrickst, den ich kenne – und schon reagiere ich wie ein Stier auf ein rotes Tuch. Ich *muß* einfach versuchen, es zu schlagen.«

»Aber wer bin ich, Tim, wenn du Don Quichotte bist? Sancho Pansa?«

»Wohl kaum. Nehmen wir als Beispiel mal die Spielkasinos, die auch ein System sind. Sie legen die Spielregeln so fest, daß die Wahrscheinlichkeit immer auf ihrer Seite ist. Gelegentlich macht mal jemand einen großen Gewinn, aber das sind Ausnahmen, mit denen sie dann werben, um weitere Verlierer anzulocken. Aber Systeme sind nicht für Joker ausgelegt. Ich bin ein Joker. Ihr Blackjack-System enthält keine Sicherungen gegen Spieler mit eidetischem Gedächtnis. Aber damit kann ich ihr System austricksen und die meiste Zeit *gewinnen*, statt wie alle anderen zu *verlieren*.«

»Aber das Ingraham ist kein Spielkasino.«

»Richtig. Aber es ist ein System. Und in diesem Fall ist Matt der Joker. Seine Familie hat – entschuldige den Ausdruck – Scheiß-drauf-Geld. Er hat sich qualifiziert, sie haben ihn angenommen, aber sie können ihn nicht kaufen. Dich und mich können sie kaufen, Quinn. Um kostenlos Medizin studieren zu können, unterwerfen wir uns bereitwillig ihren dämlichen Vorschriften. Wir kämpfen sogar darum, hier aufgenommen zu werden. Wir brauchen sie, aber Matt ist nicht auf sie angewiesen. Er ist die Schwachstelle in ihrer Rüstung. Wie viele erfolgreiche Bewerber, hast du gesagt, haben bisher auf ihren Studienplatz verzichtet?«

»Zwei in den letzten zehn Jahren.«

»Richtig. An sich sind sie auch auf diesen Fall gut vorbereitet: Sie haben eine Warteliste mit qualifizierten Leuten aufgestellt. Aber ich wette, daß sie keinen Notfallplan für das haben, was Matt tun wird.« Er klatschte sich zufrieden grinsend auf die Schenkel. »Und dann zeigen wir's ihnen!«

»Tim Brown – der große Radikale.«

»Keineswegs«, sagte er mit abwehrend erhobenen Händen. »Ich bin nicht darauf aus, irgendwas zu zerstören oder Sand ins Getriebe zu streuen. Mir geht's darum, sie reinzulegen, ohne daß sie überhaupt merken, daß sie reingelegt worden sind. Wer erkennbare Schäden verursacht oder viel Aufhebens macht und überall damit prahlt, wie clever er ist, verschlechtert die Chancen des nächsten Jokers. Dann beseitigen sie nämlich diese Schwachstelle ihres Systems. Aber wenn alle den Mund halten, kriegt vielleicht jemand die Chance, sie noch mal reinzulegen.«

»Ist's denn so wichtig, sie reinzulegen?«

»Wie wichtig ist's dir im Augenblick?«

»Touché!«

»Okay, dann wollen wir mal.« Er sah auf seine Armbanduhr. »Die Einschreibungsfrist ist fast abgelaufen. Langsam müßten sie merken, daß ihnen einer fehlt.«

Auf dem Rückweg zum Verwaltungsgebäude war Quinn ängstlich und besorgt. Sie dachte über Tim nach, der weit mehr Tiefgang hatte, als sie anfangs geglaubt hatte, und fragte sich, ob er wirklich fand, sie habe einen hübschen Hintern. Quinn wußte, daß das nicht stimmte, aber über Geschmack ließ sich bekanntlich nicht streiten.

»Mußt du nicht ausladen?« fragte sie Tim, der weiter neben ihr herschlenderte.

»Wir laden später gemeinsam aus. Dieser Plan ist mein Baby. Ich möchte miterleben, wie er funktioniert.«

Quinn nahm die Veränderung in der Zulassungsstelle wahr, sobald sie den Raum betrat. Die Luft schien elektrisch geladen zu sein. Claire und Evelyn liefen wie aufgescheuchte Hühner zwischen ihren Schreibtischen und den Aktenschränken auf und ab. Auch Marge wirkte völlig konfus. Sie bekam große Augen, als sie Quinn sah.

»Quinn! Wir sind gerade angerufen worden. Die Einschreibung ist so gut wie abgeschlossen, aber jemand ist nicht gekommen. Ich kann's einfach nicht glauben! Ich bin jetzt zehn Jahre hier, aber so was ist noch nie passiert.«

Sie spürte Tims Ellbogen in ihren Rippen.

»Los, halt dich ran!« flüsterte er.

Quinn ignorierte ihn. »Vielleicht ist das meine Chance«, sagte sie zu Marge. »Wie heißt er denn?«

»Crawford. Matthew Crawford.«

»Wollen Sie ihn nicht anrufen? Vielleicht hat er bloß eine Autopanne oder so was gehabt.«

»In dem Fall«, sagte sie gekränkt, während sie nach dem Telefonhörer griff, »hätte er *uns* anrufen sollen. Ohnehin muß ich erst bei Dr. Alston nachfragen. Dann rufen wir ihn an.« Marge lächelte. »Vielleicht ist heute ihr Glückstag, Schätzchen.«

Quinn trat von der Theke zurück, um nicht den Eindruck zu erwecken, als wolle sie das Gespräch belauschen. Sie zog Tim zu der Stuhlreihe neben dem Eingang und versuchte, von dort aus mitzubekommen, was am Telefon gesprochen wurde. Marges Worte waren nur bruchstückhaft zu verstehen, aber Quinn hörte, daß sie auflegte und eine neue Telefonnummer eintippte. Die Nummer der Crawfords?

In diesem Fall würde Mrs. Crawford, die alte High-School-Freundin von Quinns Mutter, Marge die Wahrheit sagen – soweit sie ihr bekannt war.

Quinn drückte sich selbst beide Daumen und wartete.

Wenig später knallte Marge ihren Hörer auf die Gabel.

»Matthew Crawford kommt nicht!«

Quinn hörte Claire und Evelyn jubeln. Sie griff nach Tims Hand, drückte sie krampfhaft, merkte dann, was sie tat, und ließ sie hastig los.

»Schon in Ordnung«, sagte Tim. »Ich wasche sie mir regelmäßig. Manchmal sogar zweimal in der Woche.«

Marge stand an der Theke und winkte Quinn zu sich heran. Ihr Gesicht war gerötet.

»Er kommt nicht!« sagte sie, als Quinn näherkam. »Er will an der Yale Medical School studieren!«

»Und das hat er Ihnen nicht mal mitgeteilt?« fragte Tim, der neben Quinn an der Theke lehnte. »Dieser Schuft!«

»Er war nicht da – anscheinend schon in Yale –, aber ich habe mit seiner Mutter gesprochen, die gesagt hat, ihres Wissens habe er uns letzten Monat geschrieben. Sie konnte sich nicht erklären, warum wir seinen Brief nicht bekommen haben.«

»Wahrscheinlich nie abgeschickt«, murmelte Tim mit überzeugend gespieltem Abscheu. »Sie wissen ja, wie diese reichen Kids sind . . .«

Quinn trat ihn ans Schienbein. Er übertrieb allmählich.

»Kann ich seinen Platz einnehmen?« fragte sie.

»Wenn's nach mir ginge, Schätzchen, wären Sie schon unterwegs, um sich einzuschreiben. Aber die Entscheidung liegt bei Dr. Alston und dem Aufnahmeausschuß. Trotzdem tue ich natürlich mein Bestes für Sie!«

Während sie an ihren Schreibtisch zurückging und eine Telefonnummer eintippte, beugte sich Tim zu Quinn hinüber.

»Warum hast du mich getreten?«

»Weil du übertreibst!«

»Robert De Niro braucht mich nicht zu fürchten, meinst du?«

»Vielleicht solltest du mehr im Hintergrund bleiben – zum Beispiel auf einem der Stühle.«

Tim zuckte mit den Schultern. »Okay. Aber dann hast nur du den Spaß.«

Von wegen Spaß. Das war die Hölle. Quinn kehrte ihm den Rücken zu, klammerte sich an die Theke und hing an Marges Lippen.

»Dr. Alston? Hier ist Marge aus dem Büro ... Ja, wir haben ihn angerufen ... Nein, anscheinend will er statt dessen in Yale studieren ... Richtig. Sir ... Nein, ich weiß nicht, warum ... Ja, Sir, das kann ich natürlich, aber ich wollte Ihnen noch sagen, daß eine Studentin, die auf unserer Warteliste steht, hier bei mir ist ... Dr. Alston? Sind Sie noch da? ... Ja, Sir, sie hat den ganzen Tag hier verbracht – anscheinend in der Hoffnung, daß etwas in dieser Art passieren könnte ... Ich weiß, Sir. Auch meines Wissens noch nie. Sie heißt ... Augenblick ...« Marge blinzelte Quinn lächelnd zu, während sie geräuschvoll in den Akten auf ihrem Schreibtisch wühlte, als suche sie etwas. »Da haben wir's: Cleary, Quinn Cleary ... Ja, Sir. Wird gemacht, Sir ... soll ich gleich mit der Telefoniererei anfangen? ... Okay, dann warte ich auf Ihren Anruf ... Richtig, Sir.«

Sie legte auf und kam mir Verschwörermiene zu Quinn an die Theke zurück.

»Sie haben Dr. Alston ganz schön ins Schleudern gebracht, Quinn, Schätzchen. Ich sollte sofort die auf der Warteliste Stehenden anrufen – von Nummer eins abwärts. Als ich ihm gesagt habe, daß Sie hier sind, ist er echt sprachlos gewesen. Und dabei ist Dr. Alston *nie* sprachlos! Daß jemand von unserer Warteliste am Einschreibungstag hier rumhängt, ist eben noch nie vorgekommen ... Er will Ihre Bewerbung einsehen und sich mit dem Ausschuß beraten.«

Quinn fühlte sich schwindlig. Sie hatte ganz weiche Knie. Bevor sie sprechen konnte, mußte sie erst mal tief Luft holen.

»Dann habe ich also eine Chance?«

»Natürlich! Vielleicht eine bessere, als Sie glauben. Unter uns gesagt: Wenn ich die Leute auf der Warteliste anrufen soll, ist's *sehr* wahrscheinlich, daß die meisten von ihnen schon einen anderen Studienplatz haben. Und was die übrigen betrifft...« Ihre Stimme sank zu einem Flüstern herab. »Die übrigen sind vielleicht nicht zu Hause, wenn Sie wissen,was ich meine.«

»Mir wär's nicht recht, wenn Sie so was für mich täten«, sagte Quinn. »Das könnte Sie Ihren Job kosten.«

Marge tätschelte ihre Hand. »Lassen Sie das nur meine Sorge sein. Am besten setzen Sie sich jetzt zu Ihrem Freund dort drüben und warten ab, was passiert.«

»Ich wittere Betrug!«

Dr. Walter Emerson staunte über Arthurs heftigen Ausbruch. Er kannte Arthur Alston seit vielen Jahren und hatte ihn immer für phlegmatisch gehalten.

»Tatsächlich, Arthur? Ich gehe jede Wette ein, daß meine Nase besser ist als deine. Und ich wittere nichts.«

»Wirklich, Walter!« sagte Alston tadelnd. »Diese Sache ist verdammt ernst. Ich glaube nicht, daß jemand von uns sie auf die leichte Schulter nehmen sollte.«

Walter sah sich am Konferenztisch nach den »uns« um, von denen Arthur gesprochen hatte. Der Aufnahmeausschuß des Ingrahams – oder zumindest seine meisten Mitglieder –, lauter anerkannte Größen auf ihren Fachgebieten, saß im eichengetäfelten Konferenzraum an einem polierten Tisch: Arthur Alston, Phyllis Miles, Harold Cohen, Steven Mercer, Michael Cofone und Walter selbst. Obwohl Arthur der Direktor war, lag die letzte Entscheidung bei Senator Whitney, der die Kleederman Foundation vertrat und das Vetorecht besaß. Der Senator würde später mit dem Hubschrauber ankommen, um morgen wie jedes Jahr die Erstsemester zu begrüßen.

»Ich nehme die Sache nicht auf die leichte Schulter, Arthur«, versicherte Walter ihm. »Aber ich halte es für unsinnig, dies als eine Art Verschwörung zu betrachten.«

»Du mußt aber zugeben, daß es verdächtig aussieht«, sagte Arthur und klopfte mit dem Radiergummi seines Bleistifts auf die Tischplatte. »Dieser Kandidat, der uns versetzt hat, und die Bewerberin von der Warteliste stammen beide aus Connecticut. Ich weiß nicht, wie's euch geht, aber mir fällt's schwer, darin einen bloßen Zufall zu sehen.«

Walter dachte ganz ähnlich, aber hatte nicht die Absicht, das zuzugeben. Zumindest jetzt noch nicht. Er hatte eine seltsame Freude empfunden, als sich herausstellte, daß diese vor ihrer Tür sitzende unorthodoxe Studentin Quinn Cleary war – die aufgeweckte junge Frau, die ihn damals bei ihrem Gespräch so beeindruckt hatte. Walter hatte sie nachdrücklich empfohlen und war enttäuscht gewesen, als sie nur auf die Warteliste gesetzt worden war.

»Gewiß, beide kommen aus Connecticut, aber ihre Wohnorte liegen weit auseinander. Sie haben unterschiedliche Schulen in unterschiedlichen Counties besucht und an unterschiedlichen Colleges studiert. Falls es eine Verbindung zwischen ihnen gibt, ist sie jedenfalls nicht offensichtlich.«

»Genau! Darum habe ich gesagt, daß ich Betrug *wittre*. Ich kann ihn nur noch nicht beweisen.« Arthur sah sich am Konferenztisch um. »Möchte sich noch jemand dazu äußern?«

Cohen und Mercer verneinten. Cofone und Miles schüttelten die Köpfe. Dieser Fall schien ihnen ziemlich gleichgültig zu sein. Warum auch nicht? Keiner von ihnen kannte Quinn Cleary persönlich. Aber Walter hatte sie kennengelernt. Wenn es nur möglich gewesen wäre, seine Begeisterung für sie auf die anderen zu übertragen ...

»Schön«, sagte Arthur, »dann halten wir uns an das übliche Verfahren und gehen die Warteliste der Reihe nach durch. Und sollte wider Erwarten keiner zugesagt haben, bis wir zu Miss Cleary kommen ...«

»Darf ich noch etwas sagen, Arthur?«

»Walter, wir haben nicht endlos lange Zeit!«

»Hör mir einfach zu«, sagte Walter. Er stand auf und ging langsam um den Tisch herum. »Im Winter haben wir unsere Warteliste mit möglichen Kandidaten fürs Ingraham zusammengestellt. Alle haben das stillschweigend akzeptiert – mit einer Ausnahme. Miss Cleary hat etwas unternommen. Sie hat die Initiative ergriffen und ist am Einschreibungstag hier aufgekreuzt, um vielleicht doch aufgenommen zu werden. Ihre Chancen waren minimal, aber sie hat's trotzdem getan. Dazu braucht man Tatkraft, dazu braucht man *Leidenschaft*.«

»Oder Insiderwissen«, warf Arthur ein. »Sie kann im voraus gewußt haben, daß Crawford nicht kommen würde. Die beiden können die ganze Sache gemeinsam ausgeheckt haben.«

»Dann sage ich bravo! Um so besser für Miss Cleary. Sollte dein Verdacht zutreffen, müssen wir sie erst recht aufnehmen. Wir sagen doch immer, daß wir Studenten wollen, die etwas Besonderes zu bieten haben, das über einen guten Notendurchschnitt hinausgeht, nicht wahr? Nun, hier haben wir einen geradezu exemplarischen Fall: Diese junge Frau ist fest entschlossen, am Ingraham zu studieren. Sie weigert sich, unsere Absage zu akzeptieren. Ist das nicht genau der Studententyp, den wir suchen? Wird sie mit der Ausbildung und Anleitung, die das Ingraham ihr geben kann, draußen in der Welt nicht *verdammt* großen Einfluß erringen? Diese Frau wird alle Hindernisse überwinden. Ist das nicht etwas, wozu wir unsere Studenten zu erziehen versuchen?«

»Aber ...«, begann Arthur.

»Außerdem ist sie eine Frau«, fuhr Walter rasch fort. Er sah, daß die übrigen Ausschußmitglieder ihm interessiert zuhörten, und hatte nicht die Absicht, sich von Arthur bremsen zu lassen. »Das Ingraham wird ständig kritisiert, weil es nicht genügend Frauen aufnimmt. Dies ist unsere Chance, eine Frau aufzunehmen, die das Potential hat, mehr zu erreichen als die vor ihr auf der Warteliste stehenden zehn Bewerber zusammen. Ich sage: Zum Teufel mit dem Rest der Warteliste! Wir können nichts Besseres tun, als Quinn Cleary sofort aufzunehmen.«

»Aber die Fragen nach der Kleedermanschen-Gleichung«, wandte Arthur ein. »Sie hat eine nicht beantwortet.«

»Das ist negativ gedacht, Arthur«, sagte Walter und drohte ihm mit dem Zeigefinger. »Gut, sie hat nur zwei der drei Fragen beantwortet – aber beide richtig. Und mit drei richtigen Antworten hätte sie zu den allerbesten Kandidaten gehört, stimmt's?«

»Ja«, gab Arthur widerstrebend zu. »Aber ...«

»Nichts aber! Sie hat zwei richtig gehabt. Das reicht für den

Anfang. Die dritte hat sie nicht etwa falsch, sondern gar nicht beantwortet. Vielleicht durch ein Versehen. Vielleicht ist sie ihrer Sache nicht sicher gewesen, wollte diese Frage später beantworten und hat keine Zeit mehr gehabt. Das spielt keine Rolle. Sie hat zwei *richtig* beantwortet. Damit ist sie qualifiziert, Arthur. Und sie wird dem Ingraham Ehre machen.«

»Ich weiß nicht recht, Walter . . .«

Damit hatte Arthur erstmals Unsicherheit erkennen lassen. Walter beeilte sich, seinen Vorteil zu nutzen. Er wandte sich an die anderen vier.

»Was sagt ihr dazu?« Er starrte Cohen, Mercer, Cofone und Miles nacheinander an. »Nehmen wir sie auf oder erklären wir ihr, daß Eigeninitiative, Hartnäckigkeit und Durchsetzungsvermögen im Ingraham unerwünscht sind, und schicken sie nach Hause? Wofür seid ihr?«

»Die Aufnahme einer Frau statt eines Mannes schafft Unterbringungsprobleme«, sagte Mercer, »aber dafür haben wir die zusätzlichen Zimmer. Ich bin dafür, sie zu nehmen.«

Cofone nickte. »Klar. Warum nicht?«

»Schließlich ist sie bereits hier«, sagte Cohen.

Phyllis Miles runzelte die Stirn. »Ich finde – und das sage ich nicht nur, weil ich in diesem Gremium die einzige Frau bin –, das Ingraham könnte im Erstsemester eine weitere Studentin brauchen. Es ist schrecklich unausgeglichen besetzt.«

»Also abgemacht!« sagte Walter.

Arthur räusperte sich. »Nicht so schnell. Dazu muß ich die Meinung des Senators einholen. Er dürfte innerhalb der nächsten Stunde eintreffen. Ich zeige ihm Clearys Prüfungsunterlagen und teile ihm mit, wie der Ausschuß über ihre Aufnahme denkt.«

»Und wie stehst du dazu, Arthur? Sprichst du dich dagegen aus?«

»Ich finde es nicht gut, wenn Studienbewerber uns reinzulegen versuchen, aber da ich keine handfesten Beweise habe, werde ich mich nicht gegen ihre Aufnahme sträuben. Falls der Senator keine Einwände erhebt, schließe ich mich eurem Votum an.«

Gut, dachte Walter. Nur noch eine Hürde, die sich allerdings noch als hoch erweisen konnte. Wie der Senator und die Kleederman Foundation reagieren würden, war manchmal schwer vorauszusagen.

Die Wartezeit *schien* nicht nur endlos lang – sie *war* endlos lang. Stunden auf den harten, schmalen Stühlen in der Zulassungsstelle. Marge, Claire und Evelyn hätten längst heimgehen können, aber alle drei blieben da, machten Quinn Mut und ermahnten sie, ja nicht die Hoffnung aufzugeben.

»Dr. Alston hat mich noch nicht beauftragt, die Wartelistenbewerber anzurufen«, sagte Marge immer wieder. »Das muß irgendwas bedeuten – irgendwas Gutes.«

Auch Tim war optimistisch. »Solange sie dich nicht heimschicken, bist du noch im Rennen.«

Und dann kam jemand den jetzt menschenleeren Hauptkorridor des Verwaltungsgebäudes entlang auf sie zu. Die fünf warteten zusammengekauert auf ihren Stühlen hockend. Quinn bekam kaum noch Luft. Ein grauhaariger Kopf mit buschigen weißen Augenbrauen wurde durch die Tür gesteckt.

»Miss Cleary?«

»Ja?« Quinn stand zitternd auf.

»Ah, da sind Sie ja!« Er lächelte. »Erinnern Sie sich an mich?«

»Natürlich. Sie sind Dr. Emerson. Sie haben das Aufnahmegespräch mit mir geführt.«

»Richtig. Und ich habe Sie nachdrücklich empfohlen.«

»Danke.«

»Nun, beim ersten Mal hat das leider nicht viel genützt, aber das soll uns jetzt nicht mehr kümmern. Der Ausschuß hat beschlossen, Sie den Platz des nicht erschienenen Bewerbers einnehmen zu lassen.« Er streckte ihr seine leicht arthritische Hand hin. »Willkommen im Ingraham, Miss Cleary.«

Marge rief: »Ja!«, und Evelyn klatschte, und Claire wiederholte mehrmals: »Lobet den Herrn!«, als Quinn mit weichen Knien vortrat, um Dr. Emerson die Hand zu schütteln.

Sein Händedruck war fest, und seine Augen blitzten schalkhaft.

»Na, Sie scheinen hier schon zahlreiche Fans gewonnen zu haben«, sagte er lächelnd.

»Der Nachmittag ist lang gewesen, und wir haben uns inzwischen gut kennengelernt.«

»Sie verstehen es offenbar, andere rasch für sich einzunehmen. Für einen Arzt ist das eine wertvolle Fähigkeit, die Sie sich erhalten müssen.« Er drückte ihr nochmals die Hand. »Offiziell einschreiben können Sie sich morgen hier in diesem Büro. Willkommen an Bord!«

Dr. Emerson machte kehrt und ging den Korridor entlang davon. Im nächsten Augenblick stürzten Marge, Evelyn und Claire sich auf Quinn, umarmten sie und klopften ihr auf den Rücken. Quinn stand benommen da, ohne ihren Jubel richtig wahrzunehmen. Die ganze Bedeutung der eben erhaltenen Mitteilung wurde ihr erst allmählich klar. Das Ingraham hatte sie aufgenommen!

Ich hab's geschafft! Ich kann Ärztin werden!

Weihnachten, Silvester, ihr sechzehnter Geburtstag, alles in einem. Sie spürte, daß ihr die Tränen kamen, während sie zu Tim hinübersah. Er saß wie zuvor mit übereinandergeschlagenen Beinen und verschränkten Armen auf seinem Stuhl. Alles, was sie jemals über Körpersprache gelesen hatte, sagte ihr, daß er versuchte, etwas abzublocken – oder in sich zu bewahren. Aber dann lächelte er und machte ihr mit hochgerecktem Daumen ein Zeichen.

Quinn begann zu weinen. Matt und Tim . . . so gute Freunde. Sie hatten ihr das Leben gerettet – oder zumindest beinahe. Wie sollte sie sich jemals dafür revanchieren können?

Das konnte sie nicht. Niemals. Aber sie konnte Matt wenigstens anrufen und ihn wissen lassen, daß ihr gemeinsamer Plan geklappt hatte. Sie löste sich aus den Umarmungen der Damen der Einschreibungsstelle, dankte ihnen von Herzen für ihre Unterstützung, beugte sich dann über Tim und küßte ihn auf die Stirn.

»Danke«, flüsterte sie.

Er wirkte verlegen. »Nichts zu danken.«

Quinn drehte sich nach den drei Damen um und winkte ihnen zum Abschied zu. »Ich muß sofort zu Hause anrufen und erzählen, daß ich angenommen bin. Also dann bis morgen!«

Sie lief zur Telefonkabine in der Eingangshalle und wählte die Nummer ihrer Eltern.

Überwachung

Louis Verran saß zwischen blinkenden Signallampen, ausschlagenden Zeigern, leuchtenden Anzeigen und einem Gewirr aus Kabeln und träumte von Frankreich. Er hatte den Juli in Nizza verbracht und von dort aus Ausflüge in die Camargue und die Bourgogne gemacht. Er war allein gereist, hatte seinen Urlaub allein verbracht – bis auf einige Nächte mit Zufallsbekanntschaften – und war allein zurückgekommen. Vier Wochen waren reichlich gewesen.

Er liebte Nizza und die Riviera, aber diesen Raum liebte er noch mehr. Hier befanden sich alle seine Spielsachen, die ihm fehlten, wenn er auf Reisen war. Er hatte fast den ganzen August damit verbracht, die Elektronik neu abzugleichen. Alles funktionierte perfekt; alles war für ein weiteres Jahr vorbereitet. So mußte es sein: alles unter Kontrolle – unter *seiner* Kontrolle.

Versuch mal zu leben! Das hatte seine Exfrau ihm geraten, bevor sie ihn verlassen hatte. Yeah, das würde er irgendwann tun. Seinen Ruhestand wollte er in Frankreich verbringen. Er sprach Französisch wie die Einheimischen; ihr Wein, ihr Käse und ihre Vorliebe für Tafelfreuden hatten es ihm angetan. Sie verstanden es, zu *leben*. Aber bis dahin fühlte er sich hier im Überwachungsraum am wohlsten. *Dies* war sein Leben.

Er griff eben nach einer frischen Zigarre, als Alston mit Senator Whitney hereinkam. Er ließ das Röhrchen schnell wieder verschwinden.

»Die Belegung hat sich geändert«, teilte Alston ihm mit. »Zimmer 252 im Wohnheim bleibt nicht wie ursprünglich vorgesehen frei. Wir bringen dort eine Studentin unter. Sie heißt Cleary, Quinn Cleary.«

Verran nickte. »Kein Problem. Die Geräte in allen Zimmern sind überprüft und einsatzbereit.«

»Gut«, sagte der Senator. Er fuhr sich mit einer Hand über seine ergraute Schläfe. »Ich möchte, daß Sie diese Studentin in den ersten Monaten sorgfältig beobachten.«

»Interessiert Sie was Bestimmtes?« fragte Verran, der auf einen Hinweis hoffte.

»Alles, was irgendwie ungewöhnlich ist«, antwortete Senator Whitney. »Ihre Ankunft ist ein bißchen ungewöhnlich gewesen, deshalb möchten wir sie für einige Zeit beobachten lassen.«

»Wird gemacht.«

Alles, was irgendwie ungewöhnlich ist. Das half einem gewaltig weiter. Aber wenn der Senator eine besonders strikte Überwachung wünschte, brauchte er keinen Grund dafür anzugeben. Senator Whitney vertrat die Leute, die Verrans Gehaltsscheck ausstellten, deshalb führte Louis seine Anweisungen aus. Pronto.

Verran spürte sie an einem der Münzfernsprecher im Verwaltungsgebäude auf. Im ganzen Ingraham-Komplex gab es kein Telefon, das er nicht abhören konnte. Sobald er sie lokalisiert hatte, setzte er seinen Kopfhörer auf und hörte mit.

Quinn Clearys erster Anruf war nichts Besonderes: 5.06 Minuten mit ihrer Mutter, der sie unter Tränen lachend versicherte, wie glücklich sie sei, doch noch aufgenommen worden zu sein. Die mit irischem Akzent sprechende Mutter war nicht gerade überglücklich. Tatsächlich klang ihre Stimme eher bekümmert. Merkwürdig. An sich hätte sie darüber jubeln müssen, daß ihrer Tochter damit ein kostenloses Studium an der besten medizinischen Hochschule des Landes – der ganzen verdammten *Welt*! – sicher war.

Nun, seine Eltern konnte man sich leider nicht aussuchen. Auch den Namen nicht, den sie einem gaben. Was für ein Vorname sollte Quinn überhaupt sein? Er erinnerte Verran an *Alexis Sorbas*. Manche Eltern hatten eben einen Dachschaden. Zum Beispiel Louis' Mutter. Er schüttelte trübselig den Kopf, während er an ihre zusammengekniffenen Lippen und großen, wild rollenden Augen dachte. Sie war wirklich nicht ganz richtig im Kopf gewesen.

Der zweite Anruf war interessanter. Diesmal sprach sie mit einem gewissen Matt Crawford. Dieser Name klang irgendwie bekannt, und Louis mußte lächeln, als er ihn mit dem des Bewerbers verglich, der heute weggeblieben war. Das hätte den Korinthenkacker Alston bestimmt interessiert! Das kleine Biest hatte ihn reingelegt.

Trotzdem hatte sie nicht wirklich gegen irgendwelche Vorschriften verstoßen – vielleicht ein paar verbogen, aber keinen Schaden angerichtet. Und selbst wenn sie ein paar von Alstons Regeln niedergetrampelt hatte, störte das Verran nicht weiter. Irgendwie bewunderte er ihren Einfallsreichtum sogar. Die Kleine hatte Mumm, wie sein Vater gesagt hätte. Verran wußte nicht genau, was unter Mumm zu verstehen war – aber er war sich ziemlich sicher, daß sie ihn besaß.

Um so mehr Grund, sie im Auge zu behalten. Nicht nur, weil der Senator das angeordnet hatte, sondern weil Studenten mit Mumm unberechenbar waren. Louis Verran konnte Unberechenbarkeit nicht ausstehen, und er haßte Überraschungen.

Sie beendete ihr Gespräch mit Crawford und verließ die Telefonkabine. Er trennte die Verbindung zu diesem Apparat.

Ja, Miss Quinn Cleary konnte so viele von Dr. Alstons Regeln ignorieren, mißachten oder sogar vorsätzlich sabotieren, wie sie wollte, solange sie sich an die von Louis Verran aufgestellten hielt. Seine Vorschriften bewirkten, daß das Ingraham reibungslos, effizient und vor allem geräuschlos funktionierte.

Du hast deinen Spaß gehabt, Quinn Cleary, dachte er, während er den Kopfhörer abnahm. Jetzt sei eine brave kleine Medizinstudentin und stell in den nächsten vier Jahren nichts mehr an, dann lieben wir dich alle. Stellst du aber trotzdem was an, höre ich davon. Und dann kannst du was erleben!

Erstes Semester

Mit den im zweiten Quartal erzielten Umsätzen festigt Kleederman Pharmaceuticals seine Spitzenstellung als umsatzstärkster und die höchsten Gewinne erzielender Pharmakonzern der Welt.

New York Times

8

»Ich trau mich nicht rein, glaub ich.«

Quinn konnte kaum fassen, daß sie so reagierte. Sie stand mit steif durchgedrückten Knien da und lehnte mit dem Rücken an der gekachelten Korridorwand. Sie fürchtete, einzuknicken und zusammenzusacken, wenn sie ihren Platz an der Wand verließ. Das Thunfischsandwich, das sie mittags gegessen hatte, schien wieder hochzukommen; es wollte heraus. Sie konnte nur hoffen, daß die anderen Erstsemester, die in neuen grauen Labormänteln an ihr vorbeigingen, ihre geradezu panische Angst nicht wahrnahmen.

»Klar traust du dich rein«, sagte Tim. »Da ist nichts dabei. Du setzt einfach einen Fuß vor den anderen und –«

»Dort drinnen liegen Leichen«, stieß Quinn zwischen zusammengebissenen Zähnen hervor. »Fünfundzwanzig Leichen!«

»Richtig. Deshalb ist das hier der Seziersaal.«

Quinns Euphorie über ihre Aufnahme ins Ingraham war kurzlebig gewesen; sie hatte eigentlich nur die erste Nacht angehalten. Alle sechzehn am Ingraham eingeschriebenen Studentinnen – mit Quinn waren es jetzt siebzehn – waren im von ihnen so genannten Women's Country untergebracht, das aus einer Gruppe von Zweibettzimmern am Ende des ersten Stocks des Südflügels bestand. Auch die ursprünglich vier neuen Studentinnen hatten dort schon zwei Doppelzimmer bezogen.

Da Quinn nicht gut Matts Platz einnehmen konnte – obwohl der Student, der sich das Zweibettzimmer mit ihm hätte teilen sollen, nachdrücklich versicherte, er habe absolut *nichts* dagegen, mit ihr zusammenzuwohnen –, hatte sie ein Doppelzimmer ganz für sich allein bekommen, was sie keineswegs störte.

Tatsächlich gefiel ihr die Idee, eine Privatsuite zu haben. Aber daß Zimmermädchen hier täglich aufräumen würden ... Sie fragte sich, ob sie sich daran jemals gewöhnen würde.

Ihre Hochstimmung hielt auch während der Einführungsvorträge am ersten Tag noch an, aber sie flaute beträchtlich ab, als Quinn an der Lehrmittelausgabe ihr Mikroskop, ihr Sezierbesteck und einen fast meterhohen Stapel Arbeits- und Lehrbücher in Empfang nahm.

Der letzte Rest ihrer Euphorie zerstob während der ersten Anatomievorlesung. Die Professoren am Ingraham dachten nicht daran, Rücksicht auf Studenten zu nehmen, die vielleicht Eingewöhnungsprobleme hatten. Ihre Einstellung war klar: Da sie zu den Besten der Besten, zu einer geistigen Elite sprachen, sahen sie keinen Grund, sich nicht in ihr Fachgebiet zu stürzen und es mit rasanter Geschwindigkeit abzuhandeln. So bewältigten sie pro Doppelstunde eine geradezu erschreckende Materialfülle.

Quinns Konzentrationsvermögen wurde an diesem ersten Vormittag aufs äußerste beansprucht. Auch an der University of Connecticut hatte sie büffeln müssen, um gute Noten zu bekommen, aber sie hatte gewußt, daß sie irgendwo am oberen Ende der Lernkurve ihres Semesters angesiedelt war. Die Vorlesungen waren auf den Mittelwert dieser Kurve ausgerichtet gewesen. Deshalb war Quinn mühelos mitgekommen.

Vielleicht waren auch diese Vorlesungen auf einen Mittelwert ausgerichtet, aber Quinn wußte ziemlich sicher, daß sie nicht am oberen Ende der hiesigen Lernkurve angesiedelt war. Sie hoffte, daß sie sich wenigstens irgendwo in der Mitte befand. Hier würde es kein müheloses Mitkommen geben. Sie würde kämpfen müssen, verbissen kämpfen.

Du trittst jetzt in der obersten Spielklasse an, sagte sie sich.

Aber sie würde es schaffen! Irgendwie würde sie alle Hindernisse, die das Ingraham zwischen ihr und dem Arztberuf zu errichten versuchte, siegreich überwinden.

Außer vielleicht einen toten Menschen.

Quinn hatte niemals richtig darüber nachgedacht, daß sie einen großen Teil ihres ersten Jahres damit zubringen würde, einen menschlichen Leichnam zu sezieren. Der Seziersaal war eine Abstraktion gewesen. Du lieber Gott, sie war schließlich auf einer Farm aufgewachsen! Sie hatte selbständig Geburtshelferin gespielt, wenn Kälber kamen, und mitgeholfen, Hühner, Truthähne und Schweine für den Hausgebrauch zu schlachten. Und im College hatte sie die üblichen Würmer, Frösche, Fische und Schweinefeten seziert – und im letzten Jahr in vergleichender Anatomie sogar eine Katze.

Alles kein Problem. Doch, die Katze hatte sie vor gewisse Probleme gestellt: Obwohl Quinn wußte, daß es ein herumstreunendes Tier war, fragte sie sich unwillkürlich, wem sie einmal gehört haben mochte – und ob vielleicht irgendwo ein Kind noch immer darauf wartete, daß seine Mieze heimkam. Aber auch das hatte sie überwunden.

Dies war etwas anderes. Ab heute würde sie einen Menschen sezieren – hineinschneiden, freilegen, Gewebeteile von etwas wegschneiden, das einmal *jemand* gewesen war. Geistig war sie damit fertig geworden – zumindest bis sie sich dem Eingang des Seziersaals genähert, bei jedem Auf- und Zuschwingen der beiden Türflügel den Modergeruch der kühlen, mit Formaldehyd geschwängerten Luft wahrgenommen und einen flüchtigen Blick auf die langen Reihen großer, mit Nylontüchern bedeckter Formen auf ihren Tischen unter gleißend hellen Leuchtstoffröhren erhascht hatte.

Plötzlich war das, was dort auf sie wartete, nicht länger abstrakt. Unter den Nylontüchern lagen Leichen, und sie würde eine davon anfassen müssen. Sie würde sie sogar aufschneiden müssen.

Quinn wußte nicht, ob sie das konnte. Und das machte sie wütend. Warum war sie plötzlich so empfindlich?

»Los, Quinn!« forderte Tim sie auf. Seine Hand griff nach ihrem Ellbogen. »Ich bleib bei dir.«

»Schon gut«, sagte sie, schüttelte seine Hand ab und löste sich von der Wand. Sie hatte keine Lust, sich wie eine Behinderte in den Seziersaal führen zu lassen. »Mir fehlt weiter nichts. Bloß ... der Geruch ist im ersten Augenblick ein bißchen viel gewesen.«

»Yeah. Ich weiß, was du meinst.« Tim verzog das Gesicht. »Es ist ziemlich schlimm. Aber wir müssen uns daran gewöhnen, fürchte ich. In den beiden nächsten Semestern sind wir drei Nachmittage pro Woche dort drinnen.«

»Wunderbar!« Quinn holte tief Luft. »Okay. Geh voran, Macduff.«

»Das ist leicht: Shakespeare, *Macbeth*, die Titelfigur.«

»Wenn du meinst.«

Als sie die Doppelflügel der Schwingtür aufstießen, traf der Formaldehydgeruch Quinn wie ein Faustschlag auf die Nase. Ihre Augen tränten, und ihre Nase begann zu laufen. Sie sah zu Tim hinüber. Auch er blinzelte hinter seiner Sonnenbrille und schnüffelte hörbar.

Er lächelte ihr zu – ziemlich angegriffen, fand sie. »Na, wie geht's, Quinn?«

Quinn hustete. Sie hätte schwören können, das Formaldehyd auf der Zunge zu schmecken. »Angeblich gewöhnt man sich daran. Das würde ich gern glauben.«

Tim nickte. »Sei bloß froh, daß die Klimaanlage funktioniert. Draußen herrschen fünfunddreißig Grad. Kannst du dir vorstellen, was hier bei einem längeren Stromausfall los wäre?«

Aber Quinn wollte nicht einmal versuchen, sich das auszumalen.

Statt dessen schlug sie vor: »Komm, wir sehen auf der Liste nach, wo –«

»Das hab ich schon getan. Unser Tisch ist dort drüben.«

»*Unser Tisch*?«

»Nummer vier.«

»Wie kommt's, daß wir zusammen sind?« fragte Quinn. »Hast du irgendwas gedreht ...?«

»Nicht das geringste, ich schwör's dir! Du kannst selbst nachsehen. Brown ist der letzte Name mit B. Es gibt nur zwei Namen mit C, und da Cleary vor Coye kommt, gehören wir zusammen.«

Quinn trat ans schwarze Brett. Tatsächlich: Brown, T. und Cleary, Q. hatten Tisch vier.

»Los jetzt!« sagte Tim. »Irgendwann muß es ja doch sein. Komm, wir wollen Mr. Kadaver kennenlernen.«

Tisch vier stand ganz hinten links. Auf dem Weg dorthin begutachtete Quinn ihre neue Umgebung. Der Seziersaal war ein langer, hoher Raum, der in gleißend hellem Neonlicht vor ihr lag. Die fünfundzwanzig Tische waren in zwei Reihen zu zehn und einer zu fünf Tischen angeordnet; der freie Raum diente für Vorträge oder praktische Vorführungen.

Tim und sie kamen mit als letzte herein, aber niemand achtete auf sie. Alle standen an den ihnen zugewiesenen Metalltischen rechts und links neben ihren Leichen – unbeweglichen Formen unter hellgrünen Nylontüchern. Im Vorbeigehen betrachtete Quinn die Gesichter ihrer Kommilitonen. Manche finster entschlossen, manche grünlich, manche so grau wie ihre Labormäntel, manche eifrig und animiert, alle ein bißchen ängstlich.

Das machte Quinn wieder Mut. Vielleicht war sie doch keine Memme. Sie spürte die meisten dieser Emotionen auch in sich selbst gären: Obgleich sie die Vorstellung haßte, einen menschlichen Körper aufschneiden zu müssen, sehnte sie sich danach, ihr Wissen zu vermehren. Und obwohl sie's kaum noch erwarten konnte, endlich anfangen zu dürfen, fürchtete sie sich vor ihrem ersten Blick auf dieses tote Gesicht.

»Da wären wir!« sagte Tim. »Tisch vier.« Er ging auf die andere Seite der bewegungslosen Gestalt unter dem grünen Nylontuch hinüber. »Und hier ist Mr. Kadaver.« Er hob das Tuch an der Kante hoch und blickte darunter. »Oh, Entschuldigung! *Mrs.* Kadaver.«

»Laß das, Tim«, flüsterte sie. »Bist du nicht ... im geringsten ...?« Sie fand keine Worte mehr.

Tim zog seine Sonnenbrille nach unten und sah Quinn über den Rand hinweg mit seinen blauen Augen an.

»Willst du die Wahrheit wissen?« fragte er halblaut. »Mir ist ganz schön mulmig. Und ich hab eine Heidenangst.« Er schob seine Sonnenbrille ruckartig wieder hoch und grinste nonchalant. »Aber ja nicht weitersagen!«

Nun, wir haben alle unsere eigene Methode, mit so was fertig zu werden, sagte Quinn sich. Und dies scheint seine zu sein.

Immerhin besser, als sich zu übergeben, wonach ihr zumute war.

Sie fuhr zusammen, als eine Stimme aus den Deckenlautsprechern kam.

»Meine Damen und Herren, wir beginnen in Kürze mit der ersten Sektion. Aber bevor Sie anfangen, darf ich Sie bitten, mir sehr aufmerksam zuzuhören.«

Quinn drehte sich um und sah ihren Anatomieprofessor Dr. Titus Kogan: klein, kahlköpfig, dicklich und mit ungesunder Gesichtsfarbe, als habe er selbst einige Zeit in einem Formaldehydbad gelegen. Er stand mit einem Mikrophon in der Hand in der für Vorträge und praktische Vorführungen reservierten Ecke des Seziersaals.

»In den kommenden neun Wochen werden Sie die Leichen auf den Ihnen zugewiesenen Tischen sezieren. Im Augenblick sind sie Ihnen bestimmt noch unheimlich, aber Sie werden bald ein vertrautes Verhältnis zu ihnen entwickeln. Achten Sie darauf, daß es nicht *allzu* vertraut wird. Ich wiederhole das für den Fall, daß jemand nicht richtig zugehört hat: Hüten Sie sich vor allzu großer Vertrautheit mit Ihrer Leiche.

Vergessen Sie bei Ihrer Arbeit nie, daß Sie den Körper eines Mitmenschen zergliedern. Das ist ein seltenes und kostbares Privileg. Viele dieser Menschen haben uns ihren Körper für diesen Zweck vermacht. Andere haben zum Bodensatz unserer Gesellschaft gehört, denen ohne ein festes Dach über dem Kopf, denen, die nicht identifiziert oder von Angehörigen reklamiert worden sind. Sie alle sind anonym, aber das bedeutet nicht, daß sie früher keine Namen, keine Angehörigen und Freunde gehabt haben. Denken Sie daran, während Sie sie zerlegen. Unabhängig von ihrem Werdegang, ihrem sozioökonomischen Status zu Lebzeiten oder den verschlungenen Pfaden, auf denen sie hierhergelangt sind, verdienen sie unseren Respekt. Und ich werde darauf bestehen, daß ihnen dieser Respekt gezollt wird.

Zu Ihrer Information darf ich Ihnen mitteilen, daß dieses Anatomielabor ständig geöffnet ist. Ein abgeschlossener Campus mit eigenem Sicherheitsdienst hat eben den Vorteil, daß die Studenten jederzeit Zugang zu allen Labors haben. Zögern Sie nicht, diesen Vorteil zu nutzen.

So, jetzt schlagen Sie bitte die Abdecktücher ans Fußende zurück. Wir fangen an.«

Quinn sah über den Tisch hinweg zu Tim hinüber. Er zog die Augenbrauen hoch.

»Kann's losgehen, Partner?«

»Klar«, sagte sie und schluckte trocken. »Jetzt oder nie. Los!«

Beide erfaßten je eine Ecke des grünen Nylontuchs und zogen es rasch bis zum Fußende hinunter.

Graues Haar, blasse, runzlige, schlaffe, leblos wirkende Haut, faltiges Gesäß, dünne Beine ... solche Eindrücke wurden wie stroboskopische Nahaufnahmen in ihr Bewußtsein projiziert. Erst als Quinn heftig blinzelte, entstand daraus ein Gesamtbild. Eine Frau, eine hagere Greisin. Ansonsten hielt ihre Leiche keine schockierenden Überraschungen für sie bereit – außer daß sie mit dem Gesicht nach unten auf dem Metalltisch lag.

Quinn sah sich nach den übrigen Tischen um. Alle Leichen lagen auf dem Bauch.

Sie drehte sich wieder zu ihrem Tisch um. Auch wenn sie nicht wußte, wer die Greisin war – oder gewesen war –, machte es Quinn verlegen, sie nackt im gleißend hellen Neonlicht daliegen zu sehen. Am liebsten hätte sie das Tuch wenigstens bis zum Gesäß heraufgezogen, aber dann ließ sie es doch, wo es war. Als sie das Nylontuch unter die Füße der Toten faltete, fiel ihr ein Anhänger am linken großen Zeh der Leiche auf. Quinn drehte ihn um und las den Aufdruck:

BESTATTUNGEN FREDERICKSON
TOWSON, MD

Darunter stand in Druckschrift ein mit blauer Tinte handschriftlich eingetragener Name:

DOROTHY HAVERS

Dorothy Havers ... das konnte nichts anderes als der Name der Toten sein. Aber sie durften nicht wissen, wie ihre Leiche hieß. Das durfte niemand erfahren.

Quinn zog ihr Sezierbesteck aus einer Tasche ihres Labormantels, nahm die Schere heraus und schnitt den Anhänger ab. Dabei streifte ihr Handrücken das kalte, starre Fleisch. Sie fuhr zusammen.

»Was machst du?« fragte Tim und beugte sich über den Metalltisch.

»Nichts.« Quinn stopfte den Anhänger in ihre Tasche. »Ich kontrolliere nur, ob mein Besteck komplett ist.«

»Guten Tag, Miss Cleary.«

Quinn drehte sich um und erkannte den am oberen Ende ihres Tisches stehenden weißhaarigen Mann. Er trug einen fleckigen, verknitterten Labormantel und hatte eine abgegriffene gebundene Ausgabe von Grays *Anatomy* unter dem linken Arm.

»Sie haben Glück gehabt«, sagte er mit einem Blick auf ihre Leiche. »Sie haben eine magere erwischt.«

»Dr. Emerson . . . Ich hatte nicht erwartet, Sie hier zu sehen.«

»Oh, Sie werden mich hier noch öfter sehen«, sagte er lächelnd. »Neuropharmakologie ist mein Fachgebiet, das ich liebe, aber man kann jeden Tag nur bestimmte Zeit damit zubringen, winzige Veränderungen in den Erholungsraten verschiedener Neurotransmitter zu berechnen, ohne durchzudrehen. Deshalb tut's mir gut, mich ein paarmal pro Woche wieder mit den Grundlagen der Anatomie zu beschäftigen.«

Quinn war froh, daß er da war. Sie mochte Dr. Emerson. Sie hatte den Eindruck, er habe bei ihrer Aufnahme eine wichtige Rolle gespielt – aber sie hätte ihn auf jeden Fall gemocht. Er strahlte eine gewisse Wärme aus, die Vertrauen erweckte. Und das Bewußtsein, daß jemand bereit war, sich im Ingraham für sie einzusetzen, war natürlich angenehm.

Sie stellte ihm Tim vor.

»Leiden Sie an einer Photophobie, Mr. Brown?« erkundigte er sich mit einem Blick auf Tims Sonnenbrille.

»Ja«, sagte Tim langsam. »Gewissermaßen schon.«

Nun stellte Quinn die Frage, die sie bewegte, seitdem sie das Nylontuch zurückgeschlagen hatten.

»Warum liegt sie auf dem Bauch?«

»Weil die erste Sektion im Nackenbereich beginnt, wo Sie den großen Hinterhauptnerv herauspräparieren sollen. Dr. Kogan wird Ihnen gleich seine Anweisungen geben, aber wenn Sie sich im voraus informieren wollen, brauchen Sie nur in Teil eins Ihres Laborarbeitsbuchs nachzuschlagen.«

»Okay«, sagte Quinn. »Aber als erstes ...«

Sie zog das Ende des Nylontuchs unter Dorothys Füßen heraus und zog es bis zur Rückenmitte hoch.

Dr. Emerson musterte sie neugierig. Um seine Lippen spielte ein schwaches Lächeln. »Fürchten Sie, daß Ihre Leiche sich erkälten könnte?«

Sie ist nicht bloß eine Leiche, dachte Quinn. Sie ist Dorothy.

Sie zuckte mit den Schultern. »Da wir nur am Nacken arbeiten, finde ich ...« Dann wußte sie nicht weiter.

Offenbar hatte sie genug gesagt, denn Dr. Emerson, dessen Augen blitzten, nickte langsam.

»Ich verstehe, Miss Cleary. Ich verstehe vollkommen.«

Quinn machte den ersten Schnitt.

Während Dr. Kogan über die Deckenlautsprecher Anweisungen gab und Dr. Emerson ihr zusah, streifte sie Gummihandschuhe über, steckte eine Klinge in ihr Skalpell und hielt die Spitze über den weißbehaarten Hinterkopf. Die Zeichnung verlangte einen Senkrechtschnitt von der Hinterhauptmitte bis hinunter zur Nackengrube.

Quinn zögerte.

Sie schüttelte den Kopf. An diese Sache würde sie sich gewöhnen müssen – und das ging am schnellsten, wenn sie gleich ins kalte Wasser sprang.

»Kräftig reindrücken«, riet Dr. Emerson ihr. »Menschliche Haut ist zäh. Und menschliche Haut, die in Formaldehydlösung gelegen hat, kann fast wie Schuhleder sein.«

Quinn biß die Zähne zusammen und stieß die Skalpellspitze durch die Haut. Dr. Emerson hatte nicht übertrieben. Selbst mit einer ganz neuen Klinge war der Schnitt mühsame Arbeit. Die scharfe Schneide knirschte und kratzte, während Quinn die Klinge von der Hinterhauptmitte zur Schädelbasis und bis zur Grube oberhalb der Nackenwirbel führte.

»Sehr gut«, sagte Dr. Emerson. »Damit ist der Anfang gemacht. Von nun an arbeiten Sie beide selbständig – jeder auf seiner eigenen Seite. Später müssen Sie sich allerdings die unpaarigen inneren Organe teilen.« Er klopfte Quinn auf die Schulter. »Ich komme später zurück, um nachzusehen, wie Sie zurechtkommen.«

»*Wow!*« sagte Tim halblaut, als Dr. Emerson an einen anderen Tisch getreten war. »Gerade erst angekommen – und schon Lieblingsschülerin!«

Quinn grinste zu ihm hinüber. »Manche von uns haben eben eine gewinnende Persönlichkeit, manche von uns nicht.«

»Tatsächlich?« Tim hob herausfordernd sein Skalpell. »Wie wär's mit einem Wettrennen zum großen Hinterhauptnerv?«

»Einverstanden.«

Quinn siegte.

Tatsächlich mußte sie ihre eigene Arbeit mehrmals unterbrechen, um Tim bei seiner zu helfen.

Am Ende sagte sie zu ihm: »Ich wage die Behauptung, daß deine manuelle Geschicklichkeit umgekehrt proportional zur Leistungsfähigkeit deines Gedächtnisses ist.«

»Soll das heißen, daß Neurochirurgie deiner Ansicht nach nicht das ideale Betätigungsfeld für mich wäre?«

»Nur wenn du den besten auf Kunstfehler spezialisierten Strafverteidiger der Welt auf Dauer engagierst.«

»Wer weiß? Vielleicht beschließe ich, der beste Strafverteidiger der Welt zu *werden*.«

»Dazu müßtest du Jura studieren. Dies ist eine medizinische Hochschule, falls du's vergessen haben solltest.«

»Hab ich dir das nicht erzählt? Sobald ich das Ingraham absolviert habe, hänge ich ein Jurastudium an.«

Bevor Quinn ihn fragen konnte, ob das wirklich sein Ernst sei, kam einer der als Assistenten eingesetzten Studenten im zweiten Studienjahr an ihren Tisch. Auf dem Namensschild an seinem Labormantel stand HARRISON. Er war auffällig mager und hatte langes blondes Haar und blasse, von Pockennarben entstellte Haut, die im Neonlicht glänzte. Seine gönnerhafte Art grenzte an Anmaßung. Quinn fand ihn auf den ersten Blick unsympathisch.

»Nicht schlecht«, sagte er, während er ihre Arbeit begutachtete.

Er zog lächelnd eine Metallhülse aus der Brusttasche seines Labormantels, zog sie zu einem Zeigestab auseinander und begann, Quinn über die freigelegte Anatomie auszufragen. Solange es sich um Gewebe handelte, die schon besprochen worden waren, hielt sie sich gut, aber dann stieß er mit seinen Fragen auf Neuland vor.

»Das haben wir noch nicht gehabt«, sagte Tim, um ihr zu Hilfe zu kommen.

»Ach, tatsächlich?« fragte Harrison. Sein Blick ging von einem zum anderen. »Nun, vielleicht sollten Sie's mal mit Eigeninitiative versuchen. Wer am Ingraham vorwärtskommen will, tut gut daran, vorauszuarbeiten.«

»Danke für diesen Hinweis«, sagte Tim gelassen. »Sind Sie so freundlich, mir nochmals Verlauf und Funktion dieses letzten Muskels zu erklären?«

Harrison grinste hämisch. »Schlagen Sie's nach«, forderte er Tim auf, wandte sich ab und wäre fast mit dem hinter ihm stehenden Mann zusammengeprallt.

»Oh!« sagte Harrison. »Entschuldigung, Dr. Emerson.«

Dr. Emerson machte einen nicht eben erfreuten Eindruck.

Quinn fragte sich, wie lange er schon dort gestanden haben mochte. Bestimmt lange genug, um Harrisons letzte Bemerkung zu hören. Quinn hatte ihn nicht kommen gehört. Aber Tim mußte ihn gesehen haben. Sein schiefes Grinsen zeigte Quinn, daß er den Assistenten bewußt hatte auflaufen lassen. Jetzt nickte er zu Harrison hinüber, während seine Lippen die Worte *Blöder Arsch*! formten.

»Ich möchte Sie einen Augenblick sprechen, Mr. Harrison«, sagte Dr. Emerson.

Er nahm den jüngeren Mann beiseite und sprach überwiegend selbst. Quinn bekam nicht viel mit, aber sie schnappte Bruchstücke wie »... wenn Sie Ihr Stipendium behalten wollen ...« und »... nicht der Platz für billige Angeberei ...« auf.

Zuletzt nickte Harrison, machte kehrt und marschierte mit gesenktem Kopf davon. Auch Dr. Emerson ging weiter, ohne sich die Mühe zu machen, an ihrem Tisch stehenzubleiben.

»Das hast du mit Absicht getan, stimmt's?« fragte Quinn.

»›Mit seinem eigenen Pulver in die Luft gesprengt.‹«

»Ganz leicht«, sagte Quinn. »*Hamlet*. Die Titelfigur. Aber heißt das, daß ich hier zwei Schutzengel habe?«

Tim lächelte. »Schon möglich.«

»Ich weiß nicht, ob ich damit fertig werde.«

Judy Trachtenberg, die das sagte, starrte ein Stück Steak an, das sie auf der Gabel über ihren Teller hielt. Sie hatte ihr schwarzes Haar zu einem Pferdeschwanz zusammengebunden, trug kein Make-up und war sehr blaß. Sie und ihre Zimmergefährtin Karen Evers wohnten neben Quinn, die sich ihnen auf dem Weg in die Cafeteria angeschlossen hatte. Dort waren Tim und sein Zimmerpartner Kevin Sanders – ein dunkler, schweigsamer Typ – zu ihnen gestoßen.

»Wenn's dir nicht durchgebraten genug ist«, sagte Tim, »kannst du's gern mir geben.«

Judy verdrehte die Augen und legte die Gabel auf den Teller zurück.

»Ich rede nicht vom *Essen*. Ich rede von dieser... diesem ganzen Medizinstudium.«

»Heute war erst der erste Tag«, sagte Quinn. »Es wird bestimmt besser. Es *muß* besser werden.«

Damit wollte sie nicht nur Judy, sondern sich selbst Mut machen. Sie wußte genau, wie ihr zumute war. Wie Judy hatte dieser Tag sie beinahe überwältigt.

»Vom Stoff her hab ich keine Probleme«, stellte Judy fest. »Ich meine, solange ich in Vorlesungen sitze und gute Lehrbücher habe, kann ich alles lernen. Aber diese Labors! Habt ihr den Laborstundenplan gesehen? Jeden Nachmittag! Und das Anatomielabor ist am schlimmsten! Hab ich recht?«

Die anderen stimmten ihr im Chor zu.

Sie sprachen weiter. »Ich meine, seitdem wir dort rausgekommen sind, habe ich mir ein halbes dutzendmal die Hände gewaschen, aber sie riechen *noch immer* nach Formaldehyd – und dabei hab ich *Handschuhe* getragen! Mein Gott, ich rieche dieses verdammte Zeug noch immer. Es muß mir in die Nase geraten sein. Ich meine, sogar das *Essen* schmeckt nach Formaldehyd. Ich weiß nicht, ob ich das ein ganzes Jahr lang aushalten kann.«

Quinn roch an ihren Fingern. Tatsächlich war ein schwacher Formaldehydgeruch unverkennbar. Anfangs hatte sie sich eingebildet, ihn zu schmecken, aber das war jetzt vorbei. Vielleicht war Judy in dieser Beziehung empfindlicher – oder dramatischer veranlagt. Jedenfalls schien sie ziemlich unglücklich zu sein.

»Heißt das, daß du dein Fleisch nicht willst?« fragte Tim mit begehrlichem Blick.

Judy schob ihm ihren Teller hin. »Hier. Du kannst es gern haben. Schlag dich voll, bis du platzt. Stört dich das alles überhaupt nicht?«

Tim spießte ihr Steak auf und beförderte es auf seinen eigenen Teller.

»Doch«, sagte er. »Es ist ekelhaft. Aber ich verdränge es möglichst schnell. Es ist etwas, das wir durchstehen müssen. Und wenn du damit nicht zurechtkommst, solltest du vielleicht keine Ärztin werden.«

Judy wurde rot. »Ich hab nicht die Absicht, konservierte Leichen zu behandeln. Ich will *lebende* Patienten haben.«

»Richtig. Aber du brauchst ein gewisses Stehvermögen und mußt auf dem Weg zu diesen lebenden Patienten einige Hürden überwinden. Wenn du hier schlappmachst, wie willst du dann spritzendes Blut und herausquellende Eingeweide bewältigen, wenn Leute einen Arzt rufen und von dir Hilfe erwarten?«

Quinn beobachtete fasziniert, wie Tim es irgendwie schaffte, sein Steak zu zerschneiden, Stücke davon in den Mund zu stecken, mehrmals zu kauen und sie hinunterzuschlucken, ohne aus dem Sprechrhythmus zu kommen. Und was er sagte, brachte in ihr eine vertraute Saite zum Klingen: *Man tut, was man tun muß.*

Vielleicht waren Tim und sie doch nicht so sehr verschieden.

»Wenn ich sehe, wie du dieses rote Fleisch ißt«, sagte Judy, »kann ich mir vorstellen, daß Blut und Gedärm dich nicht schrecken.«

Während die anderen lachten, hielt Tim grinsend sein Messer hoch.

»Okay. Wie wär's mit folgendem? Wir alle haben den ehrenwerten Mr. Harrison kennengelernt, nicht wahr?«

Nicken und Stöhnen am ganzen Tisch.

»Ein Arsch erster Klasse«, sagte Judy.

»Unbedingt. Aber denkt mal darüber nach, daß er im zweiten Studienjahr ist. Das heißt, daß er alles bewältigt hat, was das

Ingraham ihm im ersten Jahr vorgesetzt hat – daß er alles durchgestanden hat. Bei Anwandlungen von Selbstzweifel könnt ihr euch mit diesem kleinen Vorsatz wappnen: Ich will nicht schlechter sein als Harrison.«

Judy starrte einige Sekunden lang in Tims dunkle Brillengläser. Dann nickte sie langsam, griff nach ihrer Gabel und holte sich den Rest ihres Steaks zurück.

»Ich will *nicht* schlechter sein als Harrison«, sagte sie dabei.

Während alle applaudierten, sah Quinn zu Tim hinüber und machte eine erstaunliche Entdeckung.

Ich mag dich, Tim Brown. Ich mag dich sehr.

Aber das würde sie ihm nie sagen.

9

Tim hatte bohrende Kopfschmerzen, als er seinen Wagen auf dem Studentenparkplatz des Ingraham abstellte. Er ließ sich etwas nach vorn sinken, bis seine Stirn auf dem Lenkrad ruhte.

Jack Daniel's . . . zuviel Jack Daniel's. Das passierte jedesmal, wenn er sich dazu überreden ließ, diesen Sour-mash-Whiskey zu probieren.

Er schüttelte sich und setzte sich entschlossen auf. Von Baltimore hierher hatte er nur rekordverdächtige vierzig Minuten gebraucht. Aber er war nicht die ganze Strecke gerast, bloß um auf dem Parkplatz ein Nickerchen zu machen. Tim sah auf seine Uhr. Noch zwei Minuten, bis Dr. Alstons Vorlesung begann. Er sprang aus dem Auto und hastete zum Hörsaalgebäude hinüber. Unterwegs sah er zu den Überwachungskameras hoch oben an den Gebäudeecken auf und fragte sich, ob sie ihn beobachteten.

Während die Tage im Ingraham zu Wochen wurden, hatte Tim sich allmählich an den Rhythmus aus Vorlesungen und Laborarbeit gewöhnt. Im ersten Jahr kam es hauptsächlich darauf an, sich die Grundlagen durch stures Auswendiglernen anzueignen. Anatomie und Physiologie waren analytischer, aber auch sie bestanden größtenteils aus Fakten, die rekapituliert werden mußten. Und Fakten zu rekapitulieren, war Tims Spezialität. Die arme Quinn mußte stundenlang büffeln, um zu beherrschen, was er in wenigen Minuten in sich aufnahm.

Deshalb hatte Tim allmählich angefangen, sich zu langweilen. Gewiß, im Wohnheim fand sich allabendlich in wechselnden Zimmern eine Diskussionsrunde zusammen, aber diese endlosen Spekulationen über die Zukunft der Medizin waren auf die Dauer nicht auszuhalten. Auch Romane und seine Musikkassetten wurden irgendwann uninteressant. Und da alle Nasen außer seiner fast ständig in Lehrbüchern steckten, hatte Tim allmählich den Eindruck, in einem Land der Tauben und Blinden der einzige Mensch zu sein, der sehen und sprechen konnte.

Dagegen half nur eines: Er mußte ab und zu den Campus verlassen. Die nahegelegene Kreisstadt Frederick war kaum besser als das Ingraham. Er brauchte eine Großstadt. Baltimore und Washington boten sich an.

Er war am Teich entlang unterwegs, als er eine vertraute Stimme hörte.

»Wo hast du gesteckt?«

Er drehte sich um und sah Quinn, die sich beeilte, um ihn einzuholen. Tim blieb stehen, wartete auf sie und nickte anderen Vorbeihastenden zu, die er kannte. Obwohl sie wunderbar aussah, wollte er sie nicht zu nahe an sich herankommen lassen. Sonst hätte sie vielleicht gemerkt, daß er unter einem tödlichen Mundgeruch litt.

»Hast du mich vermißt?« fragte er.

»Ich habe dich gestern abend gesucht. Kevin hat erzählt, daß du nach dem Abendessen weggefahren bist. Gott, du siehst schrecklich aus! Wo hast du bloß gesteckt?«

»Baltimore.«

Diese Stadt kannte er flüchtig. Einige seiner Schulfreunde hatten am Loyola College studiert, und er hatte sie in den vier Jahren seiner Studienzeit in Dartmouth mehrmals besucht. Aber letzte Nacht hatte Tim einen weiten Bogen um den Vorort gemacht, in dem das Loyola lag, und war gleich in die Innenstadt gefahren. Direkt in die Baltimore Street, *The Block* – eine verkleinerte Ausgabe der New Yorker West 42nd Street oder der Bostoner Combat Zone.

Dort lockten ihn weder die Pornoshops noch die Peepshows, die Stripperinnen oder die Nutten. Tim war hingegangen, weil dort gespielt wurde. Bei seinen früheren Besuchen hatte er festgestellt, daß jede Nacht in zwei, drei Hinterzimmern Kartenspiele liefen – mit Einsätzen, die hoch genug waren, um die Sache interessant zu machen.

Das Dumme war nur, daß hier kaum jemals Blackjack gepielt wurde. Poker, Poker, Poker . . . was anderes hatten diese Kerle nicht im Kopf. Tim wußte, daß er kein schlechter Pokerspieler, aber als Blackjackspieler unvergleichlich besser war. Trotzdem wollte er endlich mal wieder spielen, und Atlantic City war ihm zu weit.

»Bist du unter die Räuber gefallen?« fragte Quinn und musterte ihn von oben bis unten.

Tim lächelte nur. In gewisser Beziehung schon, dachte er.

Er hatte die ganze Nacht Five-Card Stud gespielt. Die anderen Spieler waren anfangs etwas reserviert gewesen – wegen seines jugendlichen Alters, vermutete Tim –, aber als sie sahen, daß er spielen konnte, waren sie aufgetaut. Nach einiger Zeit hatten sie sogar angefangen, ihm Drinks zu spendieren. Jack Daniel's. Viele Jack Daniel's.

Guter alter Tim. Kannst jederzeit wiederkommen.

Alle hatten ihn gern. Warum auch nicht? Er hatte ein paar Hunderter verloren.

Poker. Nicht sein Spiel.

»Nein. Ich hab bloß nicht geschlafen.«

»Los, wir haben's eilig! Wenn du zu spät kommst, zerreißt Dr. Alston dich in kleine Stücke.«

»Geh schon mal voraus. Ich setze mich irgendwo hinten hin. *Ganz* weit hinten.«

Er sah ihrem süßen Po nach und folgte ihr deutlich langsamer.

Dr. Alstons Medizinische Ethik: das einzige Fach, das ohne sture Paukerei auskam. Seine Vorlesung dauerte pro Woche nur eine Stunde – aber diese Stunde begann jeden Mittwoch um sieben Uhr. An manchen Tagen war es schlimm, pünktlich dasein zu müssen, und heute war es reiner Mord, aber Tim hatte bisher noch keine Vorlesung versäumt. Nicht nur deshalb, weil

Dr. Alston die Anwesenheit genau kontrollieren ließ, sondern vor allem auch, weil seine Vorlesung wirklich anregend war.

Etwas Anregendes täte jetzt gut, dachte Tim, als er sich einen Platz im hintersten Winkel der letzten Reihe suchte.

Dr. Alston schien es Vergnügen zu machen, kontroverse Thesen provokativ vorzutragen. Seine Art war brüsk, geistreich, sarkastisch und kühl intellektuell, als habe er den Ehrgeiz, als der William F. Buckley der medizinischen Welt zu gelten.

Tim erinnerte sich noch deutlich an seine Einführungsvorlesung vor ein paar Wochen ...

»Die meisten medizinischen Hochschulen bieten dieses Fach nicht an«, hatte Dr. Alston an diesem ersten Mittwochmorgen gesagt. In seinem dunklen Geschäftsanzug mit einer der Schnurkrawatten, die sein Markenzeichen waren, wirkte er wölfisch hager. Die Deckenbeleuchtung spiegelte sich auf seinem kahlen Schädel. Seine raschen Bewegungen waren fahrig, fast hektisch, als sei sein Morgenkaffee zu stark gewesen. »Vermutlich erwarten sie, daß ihre Studenten durch Osmose – oder womöglich durch Pinozytose – zu ethisch handelnden Ärzten werden. Und einige wenige Hochschulen bieten etwas an, das Medizinische Ethik *heißt*, aber ich versichere Ihnen, daß es keinem Vergleich mit meiner Vorlesung standhält. *Ihre* Vorlesungen sind langweilig.«

Während höflich gelacht wurde, verließ er das Podium und deutete auf einen der Studenten.

»Mr. Kahl. Stellen Sie sich bitte folgende Situation vor: Sie haben eine Spenderniere und vier perfekt geeignete potentielle Empfänger. Wer bekommt die Niere?«

Kahl schluckte hörbar. »Ich ... ich habe nicht genügend Informationen, um das entscheiden zu können.«

»Richtig. Nehmen wir also an, wir hätten ein neunjähriges Mädchen, einen fünfunddreißigjährigen Hüttenarbeiter mit Familie, eine siebenundvierzigjährige Obdachlose und den zweiundsechzigjährigen Generaldirektor einer Weltfirma – der übrigens bereit ist, einen sechsstelligen Betrag für das Transplantat zu bezahlen.« Alston deutete auf einen weiter hinten sitzenden Studenten. »Wem würden Sie die Niere geben, Mr. Coye?«

»Dem Mädchen.«

»Die Kleine hat aber kein Geld.«

»Geld darf keine Rolle spielen. Mir wär's egal, wenn der Generaldirektor einen *siebenstelligen* Betrag bieten würde.«

»Aber das wäre nicht zufällig ein leichter Fall von umgekehrter Diskriminierung eines reichen alten Mannes gegenüber einem unschuldigen Kind, Mr. Coye?« Er wandte sich an einen anderen Studenten. »Wie steht's mit Ihnen, Mr. Greely? Denken Sie sorgfältig und emotionslos nach, bevor Sie antworten.«

Tim war beeindruckt. Obwohl dies Dr. Alstons erste Vorlesung war, schien er bereits alle Studenten bei ihrem Namen zu kennen.

»Ich würde sie auch dem Mädchen geben, glaube ich«, sagte Greely.

»Tatsächlich? Weshalb?«

»Weil sie noch die meisten Jahre vor sich hat.«

»Die meisten Jahre, um was zu tun? Sie wissen nicht, was sie mit ihrem Leben anfangen wird. Vielleicht perfektioniert sie die Kernfusion; vielleicht stirbt sie als Achtzehnjährige mit einer Nadel im Arm. Und inzwischen wollen Sie den Hüttenarbeiter, die Obdachlose und den Generaldirektor vor die Hunde gehen lassen?«

Er wandte sich an die zweite Reihe. »Wen würden Sie auswählen, Miss Cleary?«

Tim beugte sich nach vorn, als er merkte, daß diese Frage Quinn galt. Er sah sie erröten. Darauf war sie nicht vorbereitet. Das war keiner von ihnen.

»Den Hüttenarbeiter«, sagte sie mit ihrer klaren Stimme.

»Und aus welchem Grund?«

»Weil er eine Familie zu ernähren hat. Andere Leute sind von ihm abhängig. Und er hat noch viele produktive Jahre vor sich.«

»Was ist mit dem Generaldirektor? Er ist sehr produktiv.«

Quinn überlegte kurz. »Ja, aber die Niere verlängert sein Leben möglicherweise nur um zwanzig Jahre. Bei dem Hüttenarbeiter könnten es vierzig sein.«

»Vielleicht, vielleicht auch nicht. Aber in seiner jetzigen Position sichert der Generaldirektor Tausenden von Menschen

Arbeit und Brot. Ohne seine besonderen Fähigkeiten als Manager könnte der Konzern zugrunde gehen.«

Das hatte Quinn offenbar nicht bedacht – aber sie schien trotzdem nicht nachgeben zu wollen. Tim beschloß, ihr etwas Bedenkzeit zu verschaffen.

»Sollen Ärzte denn auf diese Weise Gott spielen?« rief er nach vorn.

Dr. Alston hob den Kopf und deutete auf ihn. Daß Tim sich mit einem Zwischenruf eingemischt hatte, störte ihn anscheinend nicht.

»Eine ausgezeichnete Frage, Mr. Brown. Aber ›Gott spielen‹ ist ein mit Emotionen befrachteter Ausdruck, finden Sie nicht auch? Er impliziert einen unerschöpflichen Vorrat von Wohltaten, die einigen zugeteilt und anderen vorenthalten werden. Aber das ist hier nicht der Fall, denn wir haben es mit knappen Ressourcen zu tun. Mit Organspenden kann jeweils gerade ein *Zehntel* der Bedürfnisse aller registrierten Empfänger befriedigt werden. Nein, Mr. Brown, das nenne ich nicht Gott spielen. Man könnte eher glauben, wir wischten hinter ihm auf.«

Er trat wieder aufs Podium und betrachtete die Studenten einen Augenblick, bevor er weitersprach. Tim fand Dr. Alston etwas zu pompös, aber das Thema war faszinierend.

»In einer idealen Welt«, sagte Dr. Alston, »würde für jeden Patienten, der eins braucht, ein Spenderorgan bereitliegen; es gäbe ein Dialysegerät für jeden chronisch Nierenkranken mit lebensgefährlichen Abstoßungsreaktionen, eine Bypassoperation bei jeder blockierten Koronararterie, eine Ballondilatation von Stenosen in der Halsschlagader, künstliche Knie- oder Hüftgelenke in schweren Arthritisfällen ... Ich könnte den ganzen Vormittag damit fortfahren. Die traurige, grausame Wahrheit ist, daß es das nicht gibt. Und nie geben wird. Und noch schlimmer ist die sich vergrößernde Lücke zwischen dem Bedarf an solch teuren High-Tech-Verfahren, die den neuesten Stand der Technik repräsentieren, und der Fähigkeit unserer Gesellschaft, sie zur Verfügung zu stellen.

Zur Illustration ein paar Zahlen: Gegenwärtig erhalten etwa dreißig Millionen Amerikaner, die über fünfundsechzig sind, kostenlose medizinische Leistungen von Medicare. Im Jahr 2011, wenn Sie auf dem Höhepunkt Ihrer Praxisjahre stehen, erreichen die ersten Produkte des Babybooms der Nachkriegszeit das Medicare-Alter. Bis zum Jahr 2030 lassen sie die Zahl der Medicare-Empfänger auf fündundsechzig Millionen anschwellen. Aber das ist nichts im Vergleich zu dem, was sich außerhalb unserer Grenzen abspielen wird, wo die Weltbevölkerung auf *zehn Milliarden* Menschen gestiegen sein wird.«

Er machte eine Pause, um das Gesagte einwirken zu lassen, und Tim bemühte sich, diese Zahl zu begreifen. Zehn Milliarden Menschen – praktisch eine Verdoppelung der gegenwärtigen Weltbevölkerung. Wer zum Teufel sollte sie alle medizinisch versorgen?

Dr. Alston fuhr fort, als habe er seine Gedanken gelesen.

»Aber zermartern Sie sich nicht den Kopf, um Möglichkeiten zu finden, die Weltbevölkerung medizinisch zu versorgen, denn Sie werden die größte Mühe haben, die Anforderungen der Alten hierzulande zu befriedigen. Und glauben Sie mir, ihre Anforderungen werden beträchtlich sein. Diese Menschen haben ihr Leben lang die beste medizinische Versorgung der Welt genossen und werden sie auch in Zukunft erwarten.«

»*Ist* sie die beste?« fragte jemand aus einer der hinteren Reihen.

»Ja, Mr. Finlay, sie ist die beste. Manche Methoden sind umstritten, aber wohin gehen die Reichen, die sich jede Klinik leisten können, wenn sie eine Behandlung nach dem letzten Stand der Technik brauchen? Sie kommen hierher. Wo bewerben sich junge ausländische Ärzte zur Weiterbildung im Krankenhaus? In den medizinischen Zentren ihrer Heimatländer? Nein, sie bewerben sich hier. Die Vereinigten Staaten können nur einen Bruchteil der ausländischen Ärzte aufnehmen, die sich bei uns weiterbilden möchten. Wie viele amerikanische Ärzte lassen sich andererseits in Bombay oder Kiew, sogar in Brüssel, Stockholm, Paris oder London nieder? Haben Sie auch nur von *einem* gehört? Selbst auf die Gefahr hin, daß das chauvinistisch klingt: Der medizinische Fortschritt findet in unserem Land statt.«

Seine Worte lösten bei Tim schuldbewußten Stolz aus. Wenn die USA die Spitzenstellung einnahmen, genoß er eindeutig das

Allerbeste, was es an Ausbildung gab. Er nahm sich insgeheim vor, das am Ingraham Gelernte später gut zu nutzen.

»Aber kommen wir wieder auf die alternden Babyboomer zurück: Wer soll ihren gewaltigen Bedarf an medizinischen Leistungen befriedigen? Dieser Bedarf wird einen unverhältnismäßig großen Teil des Bruttosozialprodukts aufzehren. Die US-Staatsverschuldung hat 1980 eine Billion Dollar betragen. Im Augenblick nähert sie sich der Fünfbillionenmarke. Wer könnte voraussagen, wie hoch sie zu Beginn des einundzwanzigsten Jahrhunderts sein wird? Wer soll all diese medizinischen Leistungen bezahlen?

In einer idealen Welt wäre das kein Problem. Aber in dieser Welt, der realen Welt, muß eine Auswahl getroffen werden. In der realen Welt gibt es Gewinner und Verlierer. Manche bekommen ihr Transplantat, ihre Endarteriektomie, ihre Chance, wieder ein normales Leben zu führen; andere gehen leer aus. Wer wird darüber entscheiden? Wer wird die Liste aufstellen, sie zweimal überprüfen und dann entscheiden, für wen ein Teil der begrenzt verfügbaren medizinischen Ressourcen aufgewandt werden soll – und für wen nicht?

Heißt das Gott spielen? Schon möglich. Aber irgend jemand muß diese Entscheidungen treffen. Letztlich werden die Richtlinien von den Politikern aufgestellt und von ihren Bürokraten in die Tat umgesetzt werden.«

Auch Tim stimmte in das allgemeine laute Stöhnen ein. Dr. Alston hob die Arme, um sich wieder Gehör zu verschaffen.

»Aber Sie *können* dabei etwas zu sagen haben. Letzten Endes *werden* Sie etwas zu sagen haben. Oft wird die Entscheidung bei Ihnen liegen. Denken Sie nur an die stillschweigende Entscheidung, die Sie vorhin alle getroffen haben. Wer von Ihnen hat daran gedacht, die Spenderniere der Obdachlosen zu geben?«

Von seinem Platz aus konnte Tim den gesamten Hörsaal überblicken. Nirgends erhob sich eine Hand.

Dr. Alston nickte langsam. »Warum nicht, Mr. Jessup?«

Jessup zuckte wie unter einem Stromstoß zusammen. »Äh ... ich ... weil die anderen Kandidaten das Transplantat vermutlich zweckmäßiger nutzen würden.«

»Genau! Hier spielt der gesellschaftliche Stellenwert eine

Rolle. Es gibt Menschen, die mehr für die menschliche Gemeinschaft tun, als sie von ihr bekommen, und es gibt andere, die etwa soviel beitragen, wie sie ihrerseits erhalten. Und dann gibt es Leute, die absolut nichts für die Allgemeinheit tun, sondern ihr ganzes Leben damit verbringen, zu nehmen und zu nehmen. Welchen Rang sollten sie erhalten, wenn es um die Zuteilung medizinischer Ressourcen geht? Sollten sie wie die schwer arbeitende Mehrheit eingeordnet werden, damit sie wertvolle Leistungen in Anspruch nehmen und ihr nutzloses Leben auf Kosten des produktiven Teils unserer Gesellschaft fortführen können?«

»Niemand ist völlig nutzlos«, sagte eine weibliche Stimme, die Tim als Quinns erkannte.

Gut gesagt, Babe!

Dr. Alstons Augen glitzerten. »Damit haben Sie natürlich ganz recht, Miss Cleary. Und eines Tages könnte es Ihre Aufgabe sein, diesen Leuten zu helfen, nützlich zu sein, und sie dazu anzuleiten, der Gesellschaft, die sie praktisch ihr Leben lang abgezockt haben, einen Dienst zu erweisen. Aber davon ein andermal mehr. Diese Vorlesung soll Ihnen das Rüstzeug geben und die Perspektiven vermitteln, die Sie brauchen werden, um die schweren ethischen und moralischen Entscheidungen zu treffen, die zum ärztlichen Alltag der Zukunft gehören werden.«

Damit hatte Dr. Alston seine Einführungsvorlesung im Fach Medizinische Ethik beendet. Und Tim hatte sich zum ersten Mal seit Semesterbeginn intellektuell lebendig gefühlt. Deshalb hatte er sich vorgenommen, keine dieser Vorlesungen zu versäumen.

Obwohl er gräßlich verkatert war, blieb er seinem Vorsatz auch an diesem Morgen treu.

WO SIND SIE JETZT?

Quinn stand in der Eingangshalle des Verwaltungsgebäudes vor der riesigen Schautafel – dem Gegenstück zu der in der Cafeteria hängenden. Im Vorbeigehen hatte sie täglich einen Blick darauf geworfen, aber dies war seit längerer Zeit das erste

Mal, daß sie stehengeblieben war, um die Liste mit den Namen der Absolventen zu studieren, auf die das Ingraham am stolzesten zu sein schien. Tim blieb neben ihr stehen.

Während sie die Namen und ihre übers ganze Land verstreuten Dienstorte las, beeindruckte sie, wie flächendeckend die Ingraham-Absolventen sich von diesem kleinen Winkel Marylands aus über ganz Amerika verteilt hatten. Sie leiteten Polikliniken oder Pflegeheime in Inner Cities von Los Angeles bis Lower Manhattan, in Miami, Houston, Dallas und sämtlichen dazwischenliegenden Großstädten. Und alle gehörten dem Ärztekollegium eines von Kleederman Medical Industries betriebenen Medical Centers an, das niemals allzuweit entfernt war.

Dann fiel ihr etwas auf.

»Absolviert denn keiner das Ingraham und eröffnet danach eine Praxis in irgendeinem Vorort?«

»Vermutlich schon«, sagte Tim. »Aber ich glaube nicht, daß sie hier aufgeführt sind.«

»Merkwürdig, nicht wahr?« sagte Quinn, als sie weitergingen. »Dr. Alston redet immer von einer Einstufung von Patienten nach ihrem gesellschaftlichen Stellenwert, so daß man glauben könnte, auf seiner Skala stünden die Leute in den Inner Cities ganz unten. Und trotzdem verbringen alle diese Ingraham-Absolventen ihr Berufsleben in Kliniken und Pflegeheimen der Inner Cities...«

Quinn hätte keinen bestimmten Grund dafür angeben können, aber irgendwie bereitete diese Schautafel *Wo sind sie jetzt?* ihr vages Unbehagen.

Die längste ständig wandernde medizinische Debatte der Welt
(I)

»Nicht heute abend«, wehrte Quinn ab, als Tim versuchte, sie zu überreden, sich an der Debatte zu beteiligen, die diesmal in seinem Zimmer stattfand. »Ich muß Pathologie büffeln.«

»Übertreib's nicht, sonst geht's dir wie Metzger«, sagte ein Student im zweiten Jahr, den sie nicht kannte.

»Wer ist Metzger?« fragte Quinn.

»Einer aus unserem Jahrgang. Er hat vor lauter Lernen angefangen, Stimmen zu hören. Zuletzt ist er ganz übergeschnappt.«

»Oder was war mit dem Kerl im Jahr vor uns?« warf ein anderer ein. »Der Kerl, der über die Mauer geklettert ist. Wie hat er gleich wieder geheißen?«

»Prosser«, sagte der erste Student. »Yeah. Wer zuviel büffelt, macht vielleicht 'nen Prosser.«

»Was heißt das?« wollte Quinn wissen.

»Er ist eines Nachts abgehauen. Spurlos verschwunden. Kein Mensch hat jemals wieder was von ihm gehört.«

»Gut, ich bleibe«, sagte Quinn. »Aber nicht lange.«

»Also weiter!« sagte Tim und machte ihr neben sich Platz. »Wo sind wir gewesen?«

Ihre Diskussionsrunde hatte Tradition. Niemand wußte, wie sie angefangen hatte, aber es schien sie schon immer gegeben zu haben. Eine permanente Debatte, die von Zimmer zu Zimmer, von Stockwerk zu Stockwerk wanderte, allabendlich mit wechselnden Teilnehmern stattfand, tagsüber und nachts in eine Art Winterschlaf verfiel und daraus jeweils nach dem Abendessen erwachte, um dort fortgesetzt zu werden, wo sie aufgehört hatte.

Quinn beteiligte sich nur selten an diesen Diskussionen; sie hatte zuviel zu tun und schien immer dicht davor zu sein – auch wenn sie nie ganz herankam –, alles aufzuholen. Aber wenn sie mal dabei war, wurde fast unweigerlich über Dr. Alstons Vorlesungen gesprochen. Wie heute abend.

»Ich war dran«, sagte Judy Trachtenberg. »Ich hab gerade

gesagt: Sollte die Rationierung medizinischer Leistungen unvermeidlich werden, wäre es vielleicht zweckmäßig, die Alten ans Ende der Wartelisten zu setzen.«

»Klar«, sagte Tim. »Ich kann mir gut vorstellen, wie du deiner Großmutter erzählst, daß sie kein neues Hüftgelenk kriegen kann, weil sie über fünfundsiebzig ist.«

»Na schön, ich würd's schaffen, sie irgendwie reinzuquetschen«, antwortete Judy mit vielsagendem Schulterzucken.

Ihre beiläufige Art mißfiel Quinn. Obwohl sie keinesfalls in eine dieser endlosen Debatten verwickelt werden wollte, mußte sie einfach widersprechen.

»Wenn du diesen Vorschlag machst, mußt du dich auch daran halten«, stellte sie fest. »Du kannst nicht sagen: So machen wir's, dies sind die Regeln, die für alle gleichermaßen gelten – bloß für meine Freunde und Angehörigen nicht.«

Judy lachte. »Quinn, wo hast du im letzten Jahrtausend gesteckt? Das ist eben der Lauf der Welt. Was du weißt, ist längst nicht so wichtig, wie wen du kennst.«

Quinn fühlte, daß sie errötete, aber sie sprach unbeirrt weiter.

»Aber die daraus entstehende Korruption nimmt Größenordnungen an wie der Kommunismus in der ehemaligen Sowjetunion, wo die Größe deiner Wohnung und die Fleischzuteilung auf deinem Teller davon abhängig waren, wie gut du mit dem örtlichen Kommissar befreundet warst. Ich glaube nicht, daß ein System dieser Art die Lösung sein kann.«

»Aber wir brauchen irgendein System«, sagte Judy. »Ein nationales Krankenversicherungsprogramm, das die Kosten senkt, damit wir die Leistungen möglichst breitgefächert verteilen können.«

»Um dann wie die Briten zu enden?« fragte Tim. »Nein, danke! Ihr System ist bankrott, und sie müssen medizinische Leistungen für Alte bereits rationieren. Eine Million Menschen auf Wartelisten. Keiner über fünfundfünfzig bekommt eine Dialyse. Auch Chemotherapie und Bypassoperationen sind streng rationiert. Das ist ziemlich zynisch. Ein System dieser Art scheint zu gewährleisten, daß alle *etwas* Krankenversorgung bekommen, aber niemand bekommt *erstklassige* Leistungen. Und ich bin hundertprozentig gegen eine Rationierung.«

»Ich auch«, sagte Judy. »Aber da ich nicht vorhabe, in Shangri-La zu praktizieren, frage ich dich: Was sollen wir also tun, wenn wir nicht mehr alle behandeln können, die zu uns kommen?«

»Wir behandeln nach Dringlichkeit«, sagte Tim. »Der Patient mit den schlechtesten Koronararterien, der es nicht mehr lange machen wird, bekommt den ersten Listenplatz, der mit den zweitschlechtesten den nächsten und so weiter.«

»Aber was ist mit dem Mann, der mit nur einer schlechten Koronararterie ganz unten auf der Liste steht«, wandte Quinn ein, »aber eine so schlimme Angina pectoris hat, daß er seinen Gabelstapler nicht mehr fahren kann? Muß er erst mit einem kardiogenen Schock eingeliefert werden, bevor ihm geholfen wird?«

»Wenn sein Zustand sich verschlechtert, rückt er auf der Liste nach oben.«

»Mit anderen Worten: In deinem System müssen die Menschen erst kränker werden, bevor sie gesund werden dürfen?«

Tim kratzte sich sichtlich beunruhigt hinter dem Ohr. »So hab ich die Sache noch nie gesehen.«

»Okay, Quinn«, sagte Judy. »Nachdem du alles abgeschossen hast, wüßte ich doch gern, welche Lösung du für diese Misere hast.«

»Für die *kommende* Misere«, sagte Quinn. »Dr. Alston spricht von ihr, als sei sie bereits da, aber das stimmt nicht. Der medizinisch-technische Fortschritt kann bis 2011 eine Revolution der gesamten Medizin bewirken. Unter Umständen ist sie später völlig anders als heute. Dann verfügen wir über neue Ressourcen, neue Behandlungsmethoden, die . . .«

»Darauf kann man nicht bauen«, wandte Judy ein.

»Der technologische Fortschritt wächst exponentiell«, sagte Quinn. »Auf breiter werdender Grundlage . . .«

»Trotzdem kann man nicht darauf bauen.«

Quinn seufzte. Judy hatte recht. Die Zahl der auf Medicare angewiesenen Menschen würde sich in den nächsten dreißig bis fünfzig Jahren auf jeden Fall verdoppeln, aber die medizinischen Ressourcen würden damit nicht Schritt halten.

Sie hatte eine plötzliche Vision der Zukunft. Sie steckte in dem abgenutzten, verbrauchten Körper einer sechsundsiebzigjährigen Greisin, die mit Herzinsuffizienz, Gallensteinen und Arthritis von einem Facharzt, einer Ambulanz und einem Krankenhaus zum anderen zog, um Linderung zu finden – und wiederholt zu hören bekam, keines ihrer Leiden entspreche den festgelegten Kriterien, die eine sofortige Behandlung gerechtfertigt hätten, so daß sie warten müsse, bis sie an der Reihe sei.

Das mochte auf dem Papier richtig sein. Und es stimmte in bezug auf die Kennziffern, mit denen die Ärzte ihre Diagnosen für die staatlichen Computer verschlüsselt hatten.

Richtig war: Ihre Herzinsuffizienz war in Kategorie II eingestuft worden, was bedeutete, daß die alte Pumpe nicht mehr recht wollte und hundert Schritte genügten, um sie völlig außer Atem geraten zu lassen, aber immerhin noch gut genug arbeitete, um sie nicht zum Pflegefall werden zu lassen. Eine Herzinsuffizienz der Kategorie II rechtfertigte lediglich etwas Krankengymnastik, aber ganz sicher keine aggressive Therapie.

Richtig war: Ihr Gallenleiden der Kategorie II löste keine so schweren Anfälle aus, daß ihre Haut sich gelb verfärbt hätte, und bewirkte nicht genügend ständige Schmerzen, um eine Notoperation zu rechtfertigen. Aber ihre klappernden Gallensteine verursachten ihr tägliche Unterleibsschmerzen und dauerndes Aufstoßen; zudem lebte sie in ständiger Angst vor einer weiteren Kolik, so daß jede Mahlzeit für sie zu einer Art gastrischem russischen Roulette geworden war.

Richtig war: Die Arthritis der Kategorie II in ihrer Hüfte schickte bei jedem Schritt eine Treppe hinauf oder hinunter stechende Schmerzen durch ihren Körper, und ihr Rückgrat war so arthritisch, daß es wie ein rostiges Gartentor steif wurde, sobald sie länger als eine Viertelstunde saß oder lag, was das Aufstehen von einem Stuhl oder morgens aus ihrem Bett zu einer äußerst schmerzhaften Prozedur machte. Aber ihre – um einen Altersfaktor korrigierten – Symptome waren nach den geltenden Richtlinien nicht schwer genug (man brauchte Kategorie V), um eine Hüftoperation oder auch nur eines der neueren, wirksameren entzündungshemmenden Medikamente zu rechtfertigen, die so knapp waren; sie würde sich mit älteren (und billigeren) Generika begnügen müssen.

Alles richtig, wenn jedes Leiden für sich allein betrachtet wurde. Hätte sie nur an Arthritis, nur an Gallensteinen oder nur an Herzinsuffizienz gelitten, wäre sie damit fertiggeworden. Und selbst mit einer Kombination aus zwei dieser drei Krankheiten wäre sie wohl einigermaßen zurechtgekommen.

Aber mit allen dreien?

Die Dreierkombination gab ihr langsam den Rest, ließ ihre Tage in einem Nebel aus Schmerz und Erschöpfung verschwimmen und minderte ihre Lebensqualität allmählich bis zu dem Punkt, an dem sie sich fragte, ob ihr Leben überhaupt noch lebenswert sei.

Weshalb gab es keine Kennziffer für Lebensqualität? Weshalb konnten die Computer nicht die Kategorien II und III eines Kranken zusammenzählen und ein rotes Signal blinken lassen, das *Hilfe!* bedeutete, sobald ein bestimmter Schwellenwert erreicht wurde – unabhängig vom Alter des Betroffenen?

Würde die Zukunft wirklich so aussehen? Kennziffer-Ärzte, die Kennziffer-Leiden bei Kennziffer-Patienten behandelten? Nein, es mußte irgendeinen anderen Weg geben.

Aber welchen?

»Quinn?« Das war Tims Stimme. »Hallo, Quinn! Wo bist du? Komm zurück!«

Quinn gab sich einen Ruck. »Ich ... äh ... ich hab nachgedacht«, sagte sie.

»Gut«, sagte Tim. »Du hast wie in Trance ausgesehen. Ist dir was eingefallen?«

»Nein«, antwortete sie, »keine Lösung. Früher oder später werden die Politiker und Bürokraten das Gesundheitswesen unter ihre Kontrolle bringen. Sie können über die Finanzmittel und die Verteilung ihrer sogenannten Ressourcen bestimmen – und auch wir werden unter den Begriff ›Ressourcen‹ fallen –, aber die Ausübung von Mitleid entzieht sich ihrer Kontrolle, nicht wahr?«

Judy stöhnte, aber Tim brachte sie mit einer knappen, einem Karateschlag ähnlichen Handbewegung zum Schweigen.

Er nickte. »Du hast recht. Die grauen Anzüge werden versuchen, Patientenkarteien, Operationssäle, Krankenakten und sogar Untersuchungszimmer zu kontrollieren.« Er tippte sich an die Brust. »Sie werden sogar versuchen, hier reinzukommen, und glaubt mir, das wird ihnen häufig gelingen, aber sie können nicht in das Vertrauensverhältnis zwischen Arzt und Patient eindringen, wenn wir es nicht zulassen. Und zu diesem besonderen Verhältnis gehört auch Mitleid. Empathie.«

»Der Fußboden ist vor lauter Idealismus schon ganz glitschig«, sagte Judy. »Wir wär's mit ein bißchen Realismus?«

»Wir sind noch Studenten«, sagte Tim. »Wir brauchen keine Realisten zu sein. Das kommt später. Vorerst wollen wir noch an die heilende Kraft des Mitleids glauben.«

Quinn sah das Feuer in seinem Blick, die Wildheit in seinem schmallippigen Lächeln und wußte, daß sie eine verwandte Seele gefunden hatte. Sie hob ihre geballte Faust bis auf Kinnhöhe und erwiderte sein Lächeln.

»Mitleid«, wiederholte sie. »Dafür sollen sie erst mal eine Kennziffer finden!«

Überwachung

»Ich glaube, es wird Zeit, mit der Nachtmusik zu beginnen«, sagte Alston. »Was halten Sie davon?«

Louis Verran hatte Mühe, seine Gereiztheit zu verbergen, als Alston, der mit auf den Rücken gelegten Händen hinter ihm stand, sich nach vorn beugte, um die Anzeigen der Hauptkonsole zu betrachten.

Richtig, dachte Verran. Als wüßte er beinahe, was er vor sich hat.

»Sie sind der Boß«, sagte er, ohne es wirklich zu meinen. In diesem Raum war Louis Verran der Boß.

Alston deutete auf eine der Anzeigen. »Mein Gott, was geht in Zimmer eins-null-sieben vor?«

Verran sah genauer hin. Die Nadel des Gewichtssensors in der Matratze von Bett A befand sich im roten Bereich.

»Da scheinen ein paar zusätzliche Körper auf dem Bett zu sein. Ich tippe auf insgesamt vier.«

Alston bekam große Augen. »Tatsächlich? Um Himmels willen, was kann dort los sein?«

»Wahrscheinlich 'ne Orgie«, sagte Verran mit ausdrucksloser Miene. »Wär's Ihnen nicht lieber, wenn wir jetzt Video hätten?«

»Durchaus nicht. Aber lassen Sie mal hören, was dort gesprochen wird.«

Verran aktivierte die winzigen Abhörmikrophone, mit denen alle Räume ausgestattet waren. Aus den Lautsprechern drangen Männerstimmen, die einander über hepatische Histologie ausfragten.

»Schöne Orgie!« sagte Alston. Er deutete auf eine weitere Anzeige. »Sehen Sie sich Zimmer zwei-zwei-vier an. Was ...?«

Verran zog kräftig an seiner Zigarre und ließ drei wohlgeformte bläulichweiße Rauchringe aufsteigen. Er beobachtete innerlich amüsiert, wie Alston zurückwich und mit einer Hand durch die Luft wedelte.

»Muß das sein, Louis?«

»Wer den Rauch nicht verträgt«, murmelte Verran, »muß von der Konsole wegbleiben.«

Er sah zu Alston auf und erschrak angesichts der Wut, die dessen Miene verzerrte. Sie war nur für Augenblicke sichtbar; dann verschwand sie spurlos und machte wieder seinem gewohnten hochnäsigen, besserwisserischem Gesichtsausdruck Platz. Aber Verran war sich darüber im klaren, daß seine Bemerkung diese Maske hatte verrutschen lassen, so daß er einen Blick auf die dunklere Seite Dr. Arthur Alstons hatte tun können.

Verran sah zu Kurt und Elliot hinüber. Seine beiden Assistenten waren an ihren eigenen Konsolen damit beschäftigt, mit Hilfe der Matratzensensoren zu kontrollieren, wer schon alles im Bett lag. Die beiden ließen sich nicht anmerken, ob sie irgendwas mitbekommen hatten. Gut. Sie hatten rasch gelernt, die kleinen Auseinandersetzungen zwischen Dr. Alston und ihrem Boß zu ignorieren. Verran kannte sie aus ihrer gemeinsamen CIA-Zeit. Er hatte sie der »Firma« abgeworben, als er diesen Job an Land gezogen hatte.

Kurt und Elliot – der Hase und der Igel.

Elliot, der sorgfältig und präzise arbeitete, gehörte zu den besten Überwachungselektronikern der Branche. Er konnte in jedem Raum Wanzen anbringen, ohne daß jemand das geringste merkte. Aber er war eines Nachts in Costa Rica in eine Straßenkontrolle geraten und hatte nicht erklären können, wozu er den ganzen Elektronikkram in seinem Kofferraum brauchte. Er hatte eine schlimme Woche im Gefängnis Alajuela verbracht, bis die Firma ihn hatte rausholen können. Obwohl Elliot nie über diese Woche sprach, wurde er noch jetzt wortkarg und nervös, wenn das Wort Gefängnis fiel. Nach dem Vorfall in Costa Rica hatte er weitere Auslandseinsätze strikt verweigert, was bedeutete, daß seine Karriere praktisch beendet war.

Kurt war flink auf den Beinen, aber er kochte leicht über. Da er als unberechenbar gegolten hatte, war er mehrmals übergangen worden, wenn Beförderungen anstanden. Daß er in der Firma nicht weiter nach oben kommen würde, war ein offenes Geheimnis.

Beide hatten keinen Augenblick gezögert, als Verran ihnen Jobs im Ingraham angeboten hatte. Keiner der drei hatte diesen Entschluß jemals bereut.

Louis Verran bedauerte nur, mit Alston zu tun zu haben. Trotzdem hätte er diese Art Bemerkung nie gemacht, wenn Alston sein direkter Vorgesetzter gewesen wäre. Aber seitdem er Alstons wütende Reaktion beobachtet hatte, war Verran plötzlich froh, daß er diesem Mann nicht unterstand. Er hatte den Verdacht, daß das Leben eines Untergebenen, der es sich mit dem guten Direktor verdarb, ziemlich beschissen sein konnte. Zum Glück war der Sicherheitsdienst eine Alston nicht unterstellte selbständige Abteilung. Aber beide unterstanden der Kleederman Foundation. Und die unterstand selbstverständlich Mr. Kleederman.

Verran kannte Mr. Kleederman nicht persönlich und hatte nicht den geringsten Wunsch, seine Bekanntschaft zu machen.

»Glauben Sie mir, Louis«, sagte Alston nüchtern, »ich wäre nicht hier, wenn ich nicht müßte. Ich genieße Ihre qualvolle Gegenwart nicht mehr als Sie die meine.«

Verran legte seine Zigarre in den Aschenbecher. Er würde sie als friedenstiftende Geste darin ausgehen lassen. Außerdem brauchte er Frieden, um effektiv arbeiten zu können.

Vielleicht hätte er Alston mehr auf Distanz halten sollen. Der Kerl war ein chronisches Leiden wie sein Magengeschwür, und er würde lernen müssen, mit ihm zu leben, wie er gelernt hatte, mit seinen ständigen Magenschmerzen zu leben. Aber unter offenen Ausbrüchen der zwischen ihnen schwelenden Feindseligkeit litt Verrans Konzentration – und das durfte nicht sein. Der Sicherheitsdienst im Ingraham war ein Job, der ihn zehn Monate im Jahr sieben Tage die Woche rund um die Uhr beschäftigte. Und er leistete gute Arbeit. Sogar verdammt gute. In der Vergangenheit hatte es gelegentlich Pannen und ein paar kritische Situationen gegeben, aber ihm und Alston war es gelungen, den Deckel draufzuhalten, so daß keiner – außer der Foundation – davon erfahren hatte.

Also mußten sie, ob's ihnen gefiel oder nicht, weiter zusammenarbeiten, wenn ihre Köpfe nicht unters Fallbeil kommen sollten.

»Ich hab nichts gegen Sie, Doc. Wir haben's hier nur mit sehr empfindlichen Geräten zu tun. Mit hochmodernen Sensoren und Mikrophonen. Die spielen leicht verrückt. Ich werde nervös, wenn jemand außer mir oder Kurt oder Elliot in ihre Nähe kommt. Der Überwachungsraum ist mein Baby, und ich bin ein besorgter Vater. Nehmen Sie's also nicht persönlich.«

Alston akzeptierte den Waffenstillstand mit leichtem Nicken. »Ja, ich verstehe. Ich nehme es Ihnen nicht übel. Die Sache ist schon vergessen.«

Falsch, dachte Verran. Korinthenkacker vergessen nie etwas.

»Gut«, sagte Alston und räusperte sich mit einem Geräusch, als springe eine Grammophonnadel in eine andere Rille über, »wir haben ihnen genügend Zeit gelassen, sich in ihrer neuen Umgebung zu akklimatisieren, finde ich. Ein paar Wochen sollten für jeden genügen. Alle Geräte sind doch wohl einsatzbereit?«

»Die DWG-Einheiten sind überprüft und betriebsbereit. Alle Überwachungsgeräte in den Zimmern funktionieren einwandfrei.«

»Ausgezeichnet! Und unsere neuen Schutzbefohlenen benehmen sich alle gut? Keiner tanzt aus der Reihe?«

»Doch, einer – der junge Brown.«

»Timothy Brown? Der Junge aus New Hampshire mit dem hohen IQ? Was hat er angestellt?«

Alstons Fähigkeit, sich an das Gesicht jedes Studenten zu erinnern und seine wichtigsten Daten herunterzurattern, verblüffte Verran jedesmal wieder. Sie war das einzige, um was er Alston beneidete.

»Er macht ganze Nächte durch.«

»Wir haben doch nichts gegen fleißige Studenten, Louis.«

»Nein. Ich meine, daß er nächtelang *unterwegs* ist. Nicht auf dem Campus.«

»Tatsächlich?« Alston machte ein besorgtes Gesicht. »Das ist schlecht. Wohin fährt er?«

»Ich denke nach Baltimore.«

»Wie oft?«

»Bisher zweimal.«

»Auch an Wochentagen?«

»Augenblick, ich sehe mal nach.« Verran drehte sich nach seiner Tastatur um und gab Browns Zimmernummer ein. Auf dem Bildschirm erschienen seine persönlichen Daten. »Einmal von Dienstag auf Mittwoch, einmal von Samstag auf Sonntag.«

»Hmmm. Diese Abwesenheit mitten in der Woche gefällt mir nicht. Hoffentlich gewöhnt er sich das nicht an. Macht er so weiter, müssen wir ihn nachdrücklich verwarnen, aber vorerst sehen wir darüber hinweg. An den Wochenenden liegt mir nicht sonderlich viel. Das bißchen Nachtmusik am Wochenende ist ohnehin ziemlich bedeutungslos. Aber behalten Sie den jungen Mister Brown gut im Auge! Ich will kein weiteres Fiasko wie vor zwei Jahren mehr erleben.«

Dic Erinnerung bescherte Verran heftiges Sodbrennen. In diesem Punkt war er sich mit Alston einig. Ein Fall dieser Art reichte fürs ganze Leben.

»Wird gemacht«, sagte er. »Sie sind der Boß.«

Alstons Lächeln wirkte beinahe echt. »Ihr Tonfall klingt so überzeugend, wenn Sie das sagen, Louis.«

»Nun, schließlich sind Sie hier der Direktor.«

»Ja. Gewissermaßen der Maestro. Schön, lassen Sie das Orchester loslegen und die nächtliche Konzertreihe im Ingraham beginnen.«

Er wandte sich ab, ging zur Tür und summte dabei eine Melodie, die Verran aus *Das Phantom der Oper* kannte: »The Music of the Night.«

Oktober

Carbenamycin (Carbocin – Kleederman Pharm.), das erst vor zwei Jahren auf den Markt gebrachte neue Makrolid-Antibiotikum, hat sich zu dem in den Vereinigten Staaten am meisten verordneten Antibiotikum entwickelt.

P. M. A. News

10

Ein für Oktober warmer Tag mit hoher, unverschleierter Sonne, die den Asphalt des Parkplatzes wie im Sommer aufheizte. Gutes Wetter zum Ausfahren.

»Weißt du bestimmt, daß du keine Begleitung willst?« fragte Tim, der an der Fahrertür lehnte und durchs offene Fenster sprach. »Ich würde sogar fahren.«

»Bei jeder anderen Gelegenheit würde ich ja sagen«, antwortete Quinn, während sie den Sicherheitsgurt anlegte. »Aber diese Sache ist privat.«

Er griff durchs Fenster und umklammerte ihre Schulter. In seiner zitternden Stimme klang panikartige Unsicherheit an.

»Nein, Quinn! Nicht wieder eine Abtreibung. Das wäre dieses Jahr schon die dritte! Ich hab dir doch *gesagt,* daß ich zu dir halte.«

Ein Kommilitone, der im Histologielabor in Quinns Nähe arbeitete, kam dicht an ihnen vorbei. Er sah ruckartig zu ihnen hinüber, wäre beinahe über den Randstein gestolpert, fing sich aber wieder und hastete weiter.

Quinn starrte angestrengt geradeaus, während sie spürte, wie ihre Wangen feuerrot wurden. Sie bemühte sich, mit ruhiger Stimme zu sprechen.

»Ich hasse dich, Timothy Brown. So einfach ist die Sache. Auch wenn du mir dein Auto in den kommenden vier Jahren tagtäglich leihst, werde ich dich trotzdem für immer hassen.«

Tim ließ sein jungenhaftes Lächeln aufblitzen und schlug mit der flachen Hand aufs Dach.

»Paß gut auf Griffin auf, fahr vorsichtig und trag öfter Shorts – du hast nämlich tolle Beine.«

Ihre Wangen kühlten erst wieder ab, als sie auf die Straße hinausfuhr. Dann schüttelte Quinn den Kopf und lächelte. *Meine dritte Abtreibung?* Wie kam er bloß auf solche Sachen?

Sie sah auf die Tankanzeige und stellte fest, daß der Wagen vollgetankt war. Tim war ein Clown, aber ein rücksichtsvoller Clown.

Quinn fand die Route 70 und folgte ihr nach Osten. Natürlich wäre es nett gewesen, ihn dabeizuhaben, aber wie hätte sie Tim erklären sollen, daß sie das Bedürfnis hatte, Näheres über ihre gemeinsame Leiche zu erfahren?

Von der Route 695 bog sie auf die York Road in Towson ab und folgte ihr nach Süden. An der Towson Library wäre Quinn fast vorbeigefahren, ohne sie wahrzunehmen. Aber nicht etwa, weil die Stadtbibliothek so klein war. Sie war riesig, aber die Stadt schien sie bei dem Architekten der Berliner Mauer in Auftrag gegeben zu haben. Mit ihren nackten Sichtbetonflächen wirkte sie ungefähr so warm und einladend wie ein Luftschutzbunker.

Innen sah es nicht viel besser aus, aber die Freundlichkeit der Bibliothekarinnen machte die Bunkeratmosphäre weitgehend wett. Sie gaben ihr einen Stapel alter Ausgaben der *Towson Times*, des hiesigen Wochenblättchens, und Quinn machte sich daran, die Nachrufe durchzusehen. Es gab nicht allzu viele. Quinn fürchtete schon, die *Times* bringe nur ausgewählte Nachrufe, als ihr Blick auf eine Überschrift fiel:

DOROTHY HAVERS, EINE ALTE EINWOHNERIN
UNSERER STADT, 82 JAHRE

Dorothy O'Boyle Havers, die einzige Tochter von Francis und Catherine O'Boyle, beide irische Einwanderer, ist am 12. Juli im Laurel Hills Medical Center eines natürlichen Todes gestorben. Davor hatte sie die letzten sieben Jahre ihres Lebens als Patientin im Towson Nursing Center verbracht. Vorangegangen sind Mrs. Havers ihr Ehemann Earl sowie ihre beiden Töchter Catherine und Francine. Ein Aufbahrungs- und Bestattungstermin ist bisher nicht bekanntgegeben worden.

Irland ... Dorothy war aus Irland herübergekommen ... genau wie Quinns Mutter. Und sie war hier praktisch neben dem Ingraham gestorben.

Quinn las den kurzen Nachruf erneut durch und fühlte, wie eine Woge der Trauer sie erfaßte. Natürlich war kein Aufbahrungs- und Bestattungstermin bekanntgegeben worden. Niemand hätte die Aufgebahrte sehen wollen; niemand hätte am offenen Grab getrauert. Ehemann tot, Töchter gestorben, sieben Jahre in einem Pflegeheim, wahrscheinlich ohne einen einzigen Besuch, völlig vergessen, von keinem Menschen betrauert. Darum hatte sie ihren Leichnam dem Ingraham vermacht.

Arme Frau.

Aber woran war sie gestorben? Darüber würde unter Umständen die Sektion Aufschluß geben. Quinn fragte sich, ob das Towson Nursing Center – das Pflegeheim, in dem sie ihren Lebensabend verbracht hatte –, die Todesursache kannte. Wie weit konnte es von hier entfernt sein?

Quinn fotokopierte den Nachruf und machte sich danach auf die Suche nach einem Telefon.

»Dorothy Havers?« fragte Virginia Bennett, die Oberschwester des Pflegeheims. »Ja, an den Namen erinnere ich mich ... Sie sind eine Verwandte, sagen Sie?«

»Ja, ihre Großnichte«, bestätigte Quinn.

Sie hatte festgestellt, daß das Towson Nursing Center nur wenige Meilen von der Stadtbibliothek entfernt lag, und dort haltgemacht, um vielleicht Näheres zu erfahren. Das ebenerdige Klinkergebäude wirkte so freundlich wie etwas, das sich Pflegeheim nannte, überhaupt wirken konnte. Die Eingangshalle war von alten Männern und Frauen in Rollstühlen bevölkert, während andere sich mit vierfüßigen Gehhilfen im Schneckentempo vorbeibewegten. Über allem lag vager Uringeruch wie olfaktorische Hintergrundmusik.

»Na, das wundert mich.« Schwester Bennett kratzte sich mit kurzen scharlachroten Fingernägeln an der rechten Halsseite. Sie hatte ebenholzschwarze Haut, graue Haare und ein Bulldoggengesicht, schien aber ganz umgänglich zu sein. »Wir haben Himmel und Erde in Bewegung gesetzt, um irgendwelche Angehörigen zu finden, bevor wir sie letztes Jahr ins Medical Center verlegt haben. Aber wir haben keine gefunden. Unserer Ansicht nach hat sie völlig alleingestanden.«

»Wir haben eine gemeinsame Verwandte in Irland«, behauptete Quinn und staunte darüber, wie leicht ihr diese Lüge über die Lippen ging. Aber sie hatte sich überlegt, daß ihr niemand etwas über Dorothy erzählen würde, wenn sie sich nicht als Angehörige ausgab. »Ich bin nur zufällig auf ihren Namen gestoßen, während ich mich für die Krankengeschichte meiner Familie interessiert habe. Ist sie sehr krank gewesen?«

»Bloß ein kleines Herzversagen, wenn ich mich recht erinnere. Aber Dr. Clifton – einer unserer Ärzte – ist sehr konservativ. Er überweist alle Patienten beim ersten Anzeichen von Komplikationen ins Medical Center. Aber er ist ein erstklassiger Arzt. Ein Ingraham-Absolvent, wissen Sie.«

»Tatsächlich? Das ist allerdings erfreulich.«

»Aber warum haben Sie sich für die Krankengeschichte Ihrer Familie interessiert?«

»Eine meiner Tanten hat Gebärmutterkrebs, und ich wollte wissen, ob . . .«

»Sehr wichtig!« sagte Schwester Bennett und tippte Quinn mit einem Zeigefinger an. »Aber ich weiß so gut wie nichts über Mrs. Havers, deshalb kann ich Ihnen keine . . .« Sie sah an Quinn vorbei. »Augenblick – da kommt gerade Dr. Clifton. Vielleicht kann er Ihnen weiterhelfen . . . Dr. Clifton? Hätten Sie eine Minute für uns Zeit?«

Quinn drehte sich um und sah einen jungen schwarzhaarigen Arzt, bestimmt nicht älter als dreißig, durch den Hintereingang hereinkommen. Er trug ein modisches Sportsakko und hatte eine schwarze Arzttasche in der Hand.

»Dr. Clifton«, sagte Schwester Bennett, als er an die Empfangstheke trat. »Sie erinnern sich an Dorothy Havers, nicht wahr? Dies ist ihre Großnichte.«

Quinn hatte fast den Eindruck, Dr. Clifton sei kurz gestolpert. Er blinzelte zweimal und lächelte dann.

»Ich wußte gar nicht, daß Dotty eine Großnichte oder überhaupt Angehörige hatte.«

Quinn wiederholte ihre Story von der gemeinsamen Verwandten in Irland und ihren eigenen Nachforschungen hinsichtlich der Krankengeschichte ihrer Familie. Beim zweiten Mal klangen die Lügen flüssiger.

»Nein«, antwortete Dr. Clifton, »Krebs hat Dotty nie gehabt. Ihr Hauptproblem ist Arteriosklerose gewesen – koronar und zerebral. Uns hat's leid getan, als sie uns diesen Sommer verlassen hat. Sie ist eine nette alte Dame gewesen.«

»Ich wollte, ich hätte sie noch gekannt«, sagte Quinn, was nicht gelogen war. »Hat denn schweres Herzversagen vorgelegen, als sie von Ihnen ins Medical Center überwiesen worden ist?«

»Es war jedenfalls so schwer, daß sie nach meiner Ansicht bessere Betreuung brauchte, als ein Pflegeheim bieten kann«, antwortete er steif. »Wollen Sie mit Ihren Fragen auf etwas Bestimmtes hinaus, Miss ...?«

»Sheedy«, sagte Quinn sofort. »Nein. Ich bin bloß neugierig.«

»Nun, Miss Sheedy, obwohl ich Ihre Neugier gern befriedigen würde, muß ich jetzt zur Visite. Entschuldigen Sie mich also bitte.«

»Keine sehr freundliche Art am Krankenbett«, sagte Quinn, nachdem er davongehastet war.

»Scheint 'nen schlechten Tag gehabt zu haben«, sagte Schwester Bennett. »Meistens ist er sehr nett und locker.«

Nur heute nicht, dachte Quinn. Heute ist er ausgesprochen defensiv.

Als sie das Towson Nursing Center verließ, fiel ihr auf, was in kleiner Schrift unter dem Namen des Pflegeheims stand: *Eigentümer und Betreiber – Kleederman Medical Industries.*

KMI ist überall, sagte Quinn sich. Gute Verbindungen hast du später vermutlich automatisch. Dann fragte sie sich, warum ihr diese Aussicht keineswegs tröstlich erschien.

Sie zog die Fotokopie von Dorothy Havers' Nachruf aus ihrer Tasche und las den Text nochmals durch.

»Es lebt wohl keiner mehr, der deiner gedenkt, Dorothy Havers?« sagte sie leise. »Aber das stimmt nicht ganz. Ich werde mich dankbar an dich erinnern, solange ich lebe. Und vielleicht kann ich noch jemanden dazu bringen, deiner ebenfalls zu gedenken.«

»Hey! Seht euch die bloß an!«

Quinn, die damit beschäftigt war, den Nervus accessorius herauszupräparieren, hob den Kopf und sah Tim auf seiner Seite der Leiche stehen. Er war eben erst gekommen – wie üblich mit Verspätung.

»Was ist mit mir?« fragte sie.

»Da haben wir unsere Kleine, die noch letzten Monat draußen im Gang vor dem Seziersaal abwechselnd blaß und grün geworden ist – und was tut sie jetzt? Sie ißt mit ihrer Leiche zu Mittag!«

Quinn nickte. Er hatte recht. Sie hatte nicht bewußt darauf geachtet, aber seit jenem ersten Tag, an dem sie befürchtet hatte, sich übergeben zu müssen, sobald sie diesen Raum betrat, hatte ihre Einstellung sich gewaltig verändert. Der Geruch fiel ihr fast nicht mehr auf, und sie war jetzt, kaum einen Monat später, in die Präparation der Schädelbasisnerven vertieft – mit einer Pepsi links neben sich an der Schulter ihrer Leiche und einem halb aufgegessenen Twinkie rechts neben sich an der Hüfte.

»Ein Beleg für die Anpassungsfähigkeit des menschlichen Organismus, nehme ich an«, sagte sie.

»Und was für einer!«

Quinn beobachtete, wie er sein Sezierbesteck ausbreitete, das feuchte Tuch von der Stelle zog, an der er gerade arbeitete, und sich hinsetzte. Als er sich dann wieder an die Arbeit machte, war auf der anderen Seite nur sein Kopf zu sehen. Quinn, die überlegt hatte, wie sie ein ganz bestimmtes Thema anschneiden sollte, fand diesen Zeitpunkt ebensogut geeignet wie jeden anderen.

»Ich hab nachgedacht«, begann sie.

»Vorsicht! Das kann gefährlich sein. Es kann sogar zur Gewohnheit werden.«

»Nein, im Ernst. Ich möchte unserer Leiche einen Namen geben.«

Tim sah zu ihr auf. »Yeah? Schön, warum nicht? Kevin und Jerry nennen ihre Leiche Tante Griselda. Unsere könnten wir Skinny Minnie nennen.«

»Nein. Sie soll einen richtigen Namen bekommen – wie ein richtiger Mensch.«

Tim arbeitete weiter. »Denkst du an einen bestimmten Namen?«

»Dorothy.«

»Dorothy ... wie Dorothy im *Zauberer von Oz?*«

»Genau.«

»Sollten wir uns noch 'nen kleinen toten Hund besorgen und ihn Toto nennen?«

Gott, manchmal konnte er einem echt auf die Nerven gehen! »Ich weiß gar nicht, warum ich davon angefangen habe.«

Tim schien zu spüren, daß er überzogen hatte. Er sah wieder auf. »Gut, dann bleibt's bei Dorothy. Wir können sie Dot nennen.«

»Nein«, sagte Quinn nachdrücklich, »nicht Dot. Dorothy.«

»Warum ist das plötzlich so wichtig?«

Quinn hatte gehofft, daß er diese Frage nicht stellen würde. Sie konnte nicht einfach antworten: »Weil sie so heißt!« und wußte nicht, wie sie ihren Wunsch sonst erklären sollte, ohne den Eindruck zu erwecken, ein Waschlappen zu sein.

»Ich hab meine Gründe dafür«, antwortete Quinn. »Aber du wirst sie für abgedroschen und sentimental halten.«

Tim legte seine Instrumente weg und beugte sich nach vorn. »Versuch's mal!«

»Okay.« Sie holte tief Luft und rasselte ihre Begründung herunter: »Ich möchte ihr einen richtigen Namen geben, weil sie ihr Leben lang ein richtiger Mensch gewesen ist. Und während wir sie zerschnipseln, bis sie zuletzt nichts Menschenähnliches mehr an sich hat, fällt es uns bestimmt leichter, sie weiterhin als Menschen zu sehen, wenn sie einen richtigen Namen hat. Eine Kurzform wie Dot ist nicht menschlich genug. Aber Dorothy klingt persönlich und sehr menschlich – auch *ohne* Hund.«

Tim bemühte sich, ernst zu bleiben, während er Quinn forschend betrachtete. Aber zuletzt mußte er doch lächeln.

»Du hast recht«, sagte er. »Das sind *sehr* abgedroschene, sentimentale Gründe. Aber wenn dir viel daran liegt, ist die Sache abgemacht. Von jetzt an heißt unsere Freundin hier Dorothy. Willst du ihr auch einen Nachnamen geben?«

»Nein.« Großer Gott, nein! Schon der Vorname kam der Wirklichkeit gefährlich nahe. »Einfach Dorothy genügt.«

Das wird ihr gefallen. Hoffentlich.

Tim starrte sie noch immer an.

»Was hast du?« fragte sie.

»Dorothy ist ihr richtiger Name, stimmt's? Wie hast du den rausgekriegt?«

Quinn war wie vor den Kopf geschlagen. Woher wußte er das? »Du spinnst, Tim. Ich ...«

»Mal ganz ehrlich, Quinn: Wie hast du den rausgekriegt?«

Sie zögerte, fand dann aber, er habe ein Recht darauf, alles zu erfahren. Schließlich sezierte er Dorothy ebenfalls.

Sie erzählte ihm die ganze Geschichte vom Namensschild am großen Zeh bis zu Dr. Cliftons kühler Reaktion auf ihre Fragen.

Tim grinste nur. »Vermutlich hat er dich für 'ne geldgierige Verwandte gehalten, die versuchen könnte, ihm 'nen Kunstfehler nachzuweisen. Wie man hört, geht's dort draußen zu wie im Dschungel.«

Harrison, der wieder sein überlegenes Assistentenlächeln aufgesetzt hatte, kam an ihren Tisch.

»Mal wieder zu spät, Brown?«

»Wirklich?« fragte Tim. »Ich hab nicht auf die Uhr gesehen.«

»Aber ich! Und Sie sind zu spät dran – zum dritten Mal in dieser Woche. Sie leben gefährlich, Brown.« Er deutete auf Tims Sektion. »Mal sehen, was Sie hier gelernt haben. Der Nervus accessorius ist welcher Schädelnerv?«

»Der zwölfte.«

»Nennen Sie die anderen elf.«

Tim rasselte sie herunter.

»Okay«, sagte Harrison. Er zog seinen Zeigestab auseinander und tippte damit Teile von Tims Sektion an. »Identifizieren Sie diese Gewebe hier.«

Tim benannte sie fehlerlos. Quinn wußte, daß er seine Arbeit im Geiste nur mit den entsprechenden Abbildungen in Gray's *Anatomy* verglich.

»Hmmm, Sie scheinen hieraus etwas gelernt zu haben, obwohl ich nicht sehe, wie. Ihre Sektion sieht aus, als hätten Sie statt mit einem Skalpell mit einer Kettensäge gearbeitet. Wo ist Ihre Technik, Brown?«

»Dort, wo Ihr Takt ist, glaub ich«, sagte Tim und lächelte wie ein kleiner Junge.

Harrison stand einen Augenblick stocksteif da, als traue er seinen Ohren nicht, und horchte angestrengt, falls es vielleicht wiederholt wurde. Dann verwandelte sein Grinsen sich in ein widerstrebendes, aber ehrliches Lächeln.

»Eins zu null für Sie, Brown.« Er sprach Quinn an. »Ihnen habe ich etwas von Dr. Emerson auszurichten, Cleary. Sie sollen anschließend in sein Büro im Dozentengebäude kommen.«

Diese Aufforderung verblüffte Quinn. »Ich? Hat er gesagt, warum?«

»Es geht um irgendeinen Job.«

Harrison schlenderte zu einem anderen Tisch davon.

»Da geht er hin«, sagte Tim halblaut, »und hinterläßt eine Schleimspur, während er –«

»Gerade hat er einen Augenblick lang fast menschlich gewirkt«, sagte Quinn.

»Fast. Was glaubst du, was Emerson von dir will?«

»Ich hab keinen blassen Schimmer.«

»Bei diesen alten Knaben muß man aufpassen.«

»Wie meinst du das?«

Tim zwinkerte ihr zu. »Am besten trägst du 'ne zusätzliche Strumpfhose.«

Quinn hätte ihm beinahe ihr Skalpell nachgeworfen.

Walter Emerson saß im Dozentengebäude in seinem eichengetäfelten Büro und studierte die letzten Computerausdrucke von Versuchsreihen mit 9574. Die neuen Ergebnisse waren gut, sogar besser als erwartet. Diese Verbindung würde eine Revolution der –

»Sie wollten mich sprechen, Dr. Emerson?«

Er hob den Kopf und sah die schlanke junge Rotblonde auf seiner Schwelle stehen – genau wie letztes Jahr im Dezember, bevor er das Aufnahmegespräch mit ihr geführt hatte. Und sie wirkte ebenso nervös, was verständlich war, wenn man als Studentin im ersten Jahr ins Büro eines der Professoren zitiert wurde.

Eine wahre Augenweide, dachte er. Vorausgesetzt, man hat

nichts gegen Klischees – und eine Schwäche für schlanke junge Rotblonde.

»Miss Cleary. Ja. Ja, das wollte ich. Kommen Sie herein. Nehmen Sie Platz. Möchten Sie einen Kaffee?«

Quinn schüttelte den Kopf, während sie in dem Ledersessel vor seinem Schreibtisch Platz nahm. »Nein, danke.«

»Um so besser«, sagte er. »Um diese Tageszeit ist Kaffee nicht mehr für menschlichen Genuß geeignet. Sogar die Laborratten rühren ihn nicht mehr an.«

Freundlicherweise bedachte sie seinen schwachen Versuch, eine humorvolle Bemerkung zu machen, mit einem höflichen Lächeln.

»Harrison hat irgend etwas von einem Job gesagt«, stellte sie fest.

»Ja. Ich brauche eine Assistentin für meine Forschungsarbeit. Das Gehalt ist bescheiden, um es gleich zu sagen, aber doch annehmbar.«

»Wirklich?« fragte sie, während ihre großen blauen Augen noch größer wurden. »Dafür wollen Sie mich?«

»Nun, deshalb habe ich Sie zu mir gebeten.«

»Aber was wird aus meinem Studium?«

»Das ist ein Teilzeitjob, und die Arbeit ist leicht. Tatsächlich werden Sie bald merken, daß Assistentin ein Euphemismus für Putzfrau und Mädchen für alles ist. Aber Sie arbeiten im sakrosankten vierten Stock des Science Centers und bekommen neben der Schmutzarbeit einen guten Einblick in die neuropharmakologische Forschung, der sich später günstig auf Ihr Studium auswirken wird. Und wir können Ihre Arbeitszeit so legen, daß sie nicht mit Vorlesungen und Laborübungen kollidiert.«

Er beobachtete, wie sie an ihrer Unterlippe nagte, während sie das Für und Wider gegeneinander abwog. Der Student, der voriges Jahr sein Assistent gewesen war, befand sich jetzt in der klinischen Ausbildung und verbrachte die Nachmittage im Medical Center, um von Patienten zu lernen. Walter brauchte eine Aushilfskraft, und er wußte, daß sie Geld brauchte.

»Wieviel . . .?«

»Zehn Dollar pro Stunde.«

»Kann ich mal probeweise arbeiten?« fragte sie nach einer

weiteren, diesmal kürzeren Pause. »Ich würd's wirklich gern machen, aber ich möchte nicht zusagen und danach feststellen, daß mir nicht mehr genug Zeit zum Lernen bleibt.«

»Einverstanden«, sagte Walter. »Sie bekommen drei bis vier Wochen – sagen wir bis zum ersten November. Dann können Sie für ein Jahr unterschreiben oder mir erklären, daß ich mich nach jemand anderem umsehen muß.«

Sie lächelte. Das Zimmer wurde heller. »Okay. Großartig.«

»Wunderbar. Morgen haben Sie nachmittags früher frei. Kommen Sie ins Science Center, damit ich Sie herumführen kann. Das ist zugleich Ihr offizieller Arbeitsbeginn.«

»Gut, ich komme«, sagte sie und stand auf. Dann blieb sie jedoch mit fragendem, zweifelndem Gesichtsausdruck an der Tür stehen. »Aber ... warum gerade ich?«

»Wie bitte?« Auf diese Frage war er nicht vorbereitet.

»In meinem Semester gibt's neunundvierzig weitere Studenten. Wie sind Sie gerade auf mich gekommen?«

»Weil ...«

Wie sollte er sich ausdrücken? Er wollte vor allem nicht, daß sie glaubte, er halte sie für einen Sozialfall. Natürlich hatte er sich über die finanzielle Lage ihrer Eltern informiert und wußte daher, daß sie das Geld brauchen konnte. Aber das war nicht der Hauptgrund für sein Angebot gewesen.

Walter hatte sie im Seziersaal beobachtet, mit ihr gesprochen, sie im Umgang mit ihren Kommilitonen belauscht und seinen ersten Eindruck bestätigt gefunden: Quinn Cleary war ein Naturtalent, eine seltene Ausnahmeerscheinung. Sie würde es im Leben weit bringen. Und wenn sie später in die reale Welt hinaustrat, würde sie den schon glänzenden Namen des Ingraham noch mehr aufpolieren. Deshalb wollte er dafür sorgen, daß nichts – vor allem kein Geldmangel – Quinn Cleary daran hinderte, ihr Medizinstudium zu absolvieren.

Und daß sie ihn sehr an Clarice erinnerte, schadete natürlich auch nicht.

»Weil ich glaube, daß Sie nicht nur Ihre Arbeit tun, sondern vielleicht auch einen eigenen Beitrag leisten können.«

Wieder dieses Lächeln. »Okay. Ich werd's jedenfalls versuchen.«

Und dann war sie fort, und Walter Emersons Büro versank wieder in relative Dunkelheit.

»Die Sache ist also in Ordnung?« fragte Tim. »Und er ist kein schmutziger alter Mann?«

Er war vorbeigekommen, um sich zu erkundigen, was Emerson gewollt hatte, und lag mit hinter dem Kopf gefalteten Händen auf dem zweiten Bett ausgestreckt.

»In Wirklichkeit ist er ein ziemlich sauberer alter Mann«, sagte Quinn. Sie drehte sich rasch mit dem Schreibtischstuhl um und zeigte auf Tim. »Woraus?«

»Einfach – *A Hard Day's Night*. McCartney hat's zuerst gesagt, glaub ich, aber irgendwann hat jeder von ihnen diesen Ausdruck gebraucht.«

Quinn zuckte resigniert mit den Schultern. Das hätte sie sich denken können. Wenn er eine Zeile aus *Tausend Clowns* erkannte, war ein Beatles-Film ein Kinderspiel für ihn.

Tim setzte sich auf, zog einen zusammengefalteten Briefumschlag aus der hinteren Tasche seiner Jeans und hielt ihn hoch.

»Und jetzt *meine* Neuigkeit. Meine Eltern haben mir einen ganzen Berg Post nachgeschickt – und weißt du, was das hier ist? Das Taj spendiert mir ein Zimmer.«

»Das *Taj?*«

Tim lächelte. »Das Taj Mahal – Trumps großes Spielkasino in Atlantic City – bietet mir für beliebig viele Nächte von Anfang November bis Ende Februar ein Zimmer an. Kostenlos!«

»Woher diese Großzügigkeit?«

»Gleich nach meinem einundzwanzigsten Geburtstag habe ich dort letzten Winter und im Frühjahr regelmäßig gewonnen. Aber ich bin lange nicht mehr in A. C. gewesen. Im Taj glauben sie vermutlich, daß ich in das neue Kasino abgewandert bin, das die Indianer in Connecticut eröffnet haben, und wollen mich zurücklocken.«

»Wozu das, wenn du ihnen Geld abgenommen hast? Müßten sie nicht froh sein, wenn du in Zukunft anderswo spielst?«

»Weil die Chancen auf ihrer Seite sind. Ob ich früher gewonnen habe, interessiert sie nicht. Sie sind nur auf meine Action scharf.«

»Action?«

»Daß ich bei ihnen spiele. Tue ich das lange genug, rechnen sie damit, daß sie ihr Geld zurückbekommen. Aber sie wollen nicht, daß ich das bei ihnen gewonnene Geld anderswo verspiele. Ich soll es an *ihren* Tischen verlieren.«

»Fährst du hin?«

»Natürlich. Und du bist eingeladen.«

Quinn lachte. »Ich soll mit dir in einem Hotel in Atlantic City übernachten? Na, wer ist jetzt der schmutzige alte Mann?«

»Ich bin nicht alt. Außerdem stehen in allen Zimmern zwei französische Betten. Du könntest ein eigenes haben.«

»Wie großzügig von dir!«

»Solltest du allerdings nachts plötzlich einsam sein und lieber wollen, daß ich . . .«

»Träum nur weiter, Brown.«

»Okay, aber im Ernst: Ich würde dir wirklich gern zeigen, wie ich dort spiele. Das würde dir Spaß machen.«

»Und was wäre ich? Dein Maskottchen?«

»Quinn, Baby, wäre ich auf Glück angewiesen, würde ich einen weiten Bogen um jedes Kasino machen. Auf Glück setzen nur Verlierer. Also, wie wär's damit?«

Sie betrachtete sein Gesicht mit dem eifrigen Lächeln und überlegte. Wäre dieser Vorschlag von einem anderen gekommen, den sie erst so kurz kannte, hätte sie sofort abgelehnt. Aber Tim . . . zu Tim hatte sie irgendwie Vertrauen.

»Ich kann dir ein definitives Vielleicht anbieten. Denken wir noch mal drüber nach.«

»Großartig. Ich hab ans zweite Wochenende im November gedacht – gleich nach der Anatomiezwischenprüfung. Dann haben wir uns einen Kurzurlaub verdient. Einverstanden?«

»Ich werd's mir überlegen.«

Er war bereits zur Tür unterwegs. »Okay, abgemacht! Zweites Wochenende im November. Nicht vergessen!«

»Tim . . .« Aber er war schon draußen im Flur.

Quinn lächelte unwillkürlich, während sie sich mit ihrem Schreibtischstuhl von einer Seite zur anderen drehte. Ein Wochenende in Atlantic City mit Tim. Das machte bestimmt Spaß. In einem Spielkasino war sie noch nie gewesen.

Aber die gemeinsame Übernachtung in einem Doppelzimmer...

»Wovor habe ich Angst? Etwa vor Tim?

Nein, das war's nicht. Sie mochte Tim, mochte ihn von Tag zu Tag mehr. Wenn er neben ihr saß, hatte sie manchmal das Bedürfnis, eine Hand auszustrecken und seine Wange zu streicheln oder ihm den Nacken zu kraulen.

Vielleicht fürchtete sie, sich irgendwann nicht mehr beherrschen zu können. Aber vielleicht steckte mehr dahinter. Vielleicht hatte sie Angst vor einer festen Beziehung. Hatte George Washington die Vereinigten Staaten nicht vor ausländischen Verstrickungen gewarnt? Genau davor hatten sie sich in den vier Jahren an der University of Connecticut gehütet. Sie war viel ausgegangen – mit netten Jungs, unverbesserlichen Grapschern und dem ganzen Spektrum dazwischen –, aber sie hatte stets emotionale Distanz gewahrt. Keine ausländischen Verstrickungen.

Und offen gesagt hatte keiner ihrer Verehrer sie wirklich beeindruckt.

Verliebt – bis über beide Ohren verliebt – war Quinn zuletzt in der High-School gewesen, und diese Beziehung hatte katastrophal geendet. Vielleicht war das die Wurzel des Problems. Vielleicht war letztlich alles auf Bobby Roca zurückzuführen.

Sie drehte sich nach dem Schreibtisch um, verbannte alle Gedanken an Männer, Hotelzimmer und November aus ihrem Kopf und konzentrierte sich auf ihr Pathologieskript. Im Augenblick war nur *morgen* wichtig. Quinn wollte vorauslernen, um den Zeitverlust wettzumachen, den sie einkalkulieren mußte, wenn sie morgen nachmittag anfing, in Dr. Emersons Labor zu arbeiten.

Überwachung

Louis Verran fluchte, ohne dabei seine Zigarre aus dem Mund zu nehmen, während er die Lautstärke aus Zimmer 252 nachregelte. Aber das nützte nichts, sondern machte die Störgeräusche nur lauter. Er hatte gehört, daß die Rede von Atlantic City war, aber das war so ziemlich alles.

Alston wollte, daß die Studienanfänger Brown und Cleary besonders überwacht wurden. Freundlicherweise machten diese beiden die Überwachung leichter, indem sie viel Zeit gemeinsam verbrachten – entweder in Clearys Zimmer oder in Browns. Verran wußte diese Zweisamkeit zu schätzen. Nur schade, daß die beiden nicht miteinander bumsten. Das hätte ihre Überwachung ein bißchen interessanter gemacht.

Und jetzt lieferte das Abhörmikrophon in Zimmer 252 solche Störgeräusche, daß er vermutlich nicht mal mitbekommen hätte, wenn die beiden gevögelt hätten. Dabei war das Electret-Mikrophon so ziemlich das stabilste auf dem Markt. Jedenfalls hätte es nicht schon so bald nach Semesterbeginn defekt werden dürfen.

Verdammt. Er widerstand der Versuchung, mit der Faust auf die Konsole zu hämmern – das Problem lag nicht hier, sondern im Wohnheim –, und wandte sich an Kurt.

»Mit dem Mikro in 252 ist irgendwas nicht in Ordnung. Wann ist's zuletzt ausgewechselt worden?«

»Augenblick!« Kurt fragte seinen Computer ab und sah dann zu Verran auf. »Im Dezember vor zwei Jahren. Was ist los damit? Im Sommer hat's noch einwandfrei funktioniert.«

»Es gibt allmählich den Geist auf.«

»Okay, dann wechseln wir's am Thanksgiving Day aus, wenn die Studenten Ferien haben.«

»Bis dahin können wir nicht warten«, widersprach Verran. »Ich wechsle es morgen selber aus.«

»Elliot kann länger dableiben und ...«

»Nein, das erledige ich selbst.«

Kurt und Elliot waren fähige Leute, aber Verran hielt es für besser, wenn die Studenten die beiden möglichst wenig zu Gesicht bekamen. Das galt vor allem für Kurt. Er sah gut aus, und seine blonde Mähne war ziemlich auffällig. Irgend jemand konnte sich daran erinnern, ihn durchs Wohnheim streifen gesehen zu haben. Und falls Kurt von Studenten angehalten wurde, waren Unannehmlichkeiten vorprogrammiert. Er hatte einen Hang zur Brutalität.

Aber als Chef des Sicherheitsdienstes betrachtete Verran den gesamten Campus als sein Revier. Und irgendwann morgen vormittag würde er die Sache mit dem Mikrophon in Ms. Clearys Zimmer in Ordnung bringen, während sie im Hörsaal saß.

11

Die gelbliche Klinkerfassade des Science Centers ragte über Quinn auf, als sie den Hügel hinaufhastete. Die zweiflüglige Glastür öffnete sich bei ihrem Näherkommen automatisch. Quinn durchquerte eilig die hohe Eingangshalle mit dem Marmorboden und steuerte direkt auf die Aufzüge zu. Sonst war sie um diese Zeit am Nachmittag müde und abgespannt, aber heute fühlte sie sich voller Energie. Heute würde sie ihren neuen Job antreten.

»Augenblick, bitte«, sagte eine Frauenstimme rechts neben ihr.

Quinn drehte sich halb um und stellte fest, daß die Stimme einer stämmmigen Schwarzen gehörte, die hinter der kreisförmigen Sicherheitstheke stand.

»Meinen Sie mich?«

»Was kann ich für Sie tun, Miss?«

Quinn trat an die Theke. Auf dem Namensschild der Frau stand CHARLENE TURNER. Sie lächelte, aber ihr Blick und ihre Haltung zeigten, daß sie sich im Dienst fühlte.

»Ich soll heute nachmittag nach oben zu Dr. Emerson kommen«, sagte Quinn.

»In den vierten Stock?« fragte die Schwarze mit zweifelnder Miene. »Er will Sie im vierten Stock sprechen? Wie heißen Sie?«

»Cleary.«

Die Frau tippte etwas in die Tastatur und sah auf ihren Bildschirm.

»Für Sie ist kein Termin eingetragen. Wann sollten Sie zu ihm kommen?«

»Zu keiner bestimmten Zeit. Einfach nachmittags nach der Vorlesung, hat er gesagt. Ich soll für ihn arbeiten.«

»Ah! Warum haben Sie das nicht gleich gesagt?« Noch mehr Tippen auf der Tastatur. »Jetzt hab ich Sie! Cleary, Quinn – Assistentin bei Dr. Emerson.«

»Genau«, bestätigte Quinn. »Kann ich jetzt rauffahren?«

»Nicht so schnell. Sie brauchen erst Ihren Ausweis.« Charlene Turner zog eine Karteischublade auf und entnahm dem Register einen braunen Umschlag, aus dem sie eine Ausweiskarte mit Klammer und eine Art Kreditkarte nahm. Sie verglich das Ausweisfoto mit Quinn.

»Yeah, das sind Sie.« Die Schwarze reichte ihr beide Karten über die Theke. »Den Ausweis bringen Sie am Labormantel, an der Bluse oder sonstwie sichtbar an, solange Sie sich hier im Gebäude aufhalten. Diese Karte kommt in Ihre Geldbörse. Nicht verlieren, sonst gibt's Riesenärger.«

Auf dem Ausweis standen ihr Name und ihre Tätigkeit im Department für Neuropharmakologie neben einem Photo, das eine Kopie dessen zu sein schien, das sie mit ihrer Bewerbung eingeschickt hatte. Quinn befestigte ihn sofort am Gürtel ihrer Leinenhose. Aber die Karte ...

»Was ist das?«

»Ihr Sicherheitsschlüssel«, sagte Charlene Turner. »Ohne den kommen Sie gar nicht in den vierten Stock.«

»Schlüssel?« Auf der dunkelblauen Karte mit dem Aufdruck *Science Center* zeigte ein weißer Pfeil von dem S weg; ihre weiße Rückseite war mit einem quer über den Pfeil verlaufenden braunen Streifen versehen.

»Yeah. Der kleine Streifen enthält einen Magnetcode. Die Karte wird in Pfeilrichtung eingeführt. Im Aufzug einfach mit der blauen Seite nach oben in den Schlitz stecken, und schon sind Sie unterwegs.«

»Okay. Danke.«

Diese Sicherheitsmaßnahmen sind ein bißchen übertrieben, dachte Quinn auf dem Weg zu den Aufzügen.

Eine der beiden Türen stand offen. Die Kabine war geräumig – groß genug für ein Krankenbett. In eine Messingplatte waren sechs mit K, E und 1 bis 4 bezeichnete Knöpfe eingelassen: Keller, Erdgeschoß und die Stockwerke 1 bis 4. Neben dem K und der 4 waren jeweils zwei kleine Signalleuchten angeordnet. Im Augenblick brannten die roten Lämpchen. Quinn steckte ihre Karte – ihren Schlüssel – in den Schlitz über den Knöpfen und drückte auf die 4. Ein leises Klicken, dann erlosch das rote Lämpchen und wurde durch ein grünes ersetzt. Die Türen gingen zu, und der Aufzug setzte sich nach oben in Bewegung.

»Klasse«, sagte Quinn lächelnd, indem sie die Magnetkarte herauszog und einsteckte. Nun besaß sie einen Schlüssel, mit dem sie einen nur wenigen Auserlesenen zugänglichen Teil des Science Centers betreten konnte. Das war aufregend. Es verlieh ihr das Gefühl, arriviert zu sein, dazuzugehören.

Als sie im vierten Stock aus dem Aufzug trat, wußte Quinn zunächst nicht, wohin sie sich wenden sollte. Im Korridor war niemand, den sie hätte fragen können. Sie versuchte, sich an die Führung zu erinnern, die sie letztes Jahr zu Weihnachten mitgemacht hatte, und hatte den Eindruck, sich nach rechts wenden zu müssen.

Und dann sah sie eine in die Wand des Korridors eingelassene Glasscheibe: das Fenster zur Station C.

Sie blieb wie angewurzelt stehen. Die Station C hatte sie völlig vergessen. Jetzt fiel ihr alles wieder ein – vor allem die Augen. Sie erinnerte sich, wie sie an diesem Fenster vorbeigekommen war und zwei von Mullbinden umrahmte trübe blaue Augen auf sich gerichtet gesehen hatte; sie erinnerte sich an ihren bittenden Blick, erinnerte sich an die Tränen, als sie weitergegangen war.

Wie hatte sie das vergessen können? *Warum* hatte sie das vergessen? Eine allzu schmerzliche Erinnerung? Eine allzu beunruhigende?

Als ob eine unsichtbare Hand aus der Station für Brandverletzte durch Glas hindurch nach Quinn gegriffen und sie gepackt hätte, näherte sie sich dem Fenster. Sie kam nicht dagegen an. Sie blieb davor stehen und sah hinein.

Die Szene war unverändert; von Kopf bis Fuß in Mullbinden eingehüllte Körper auf Luftmatratzen, unbewegliche weiße Gestalten, die Tropfe, die Schläuche für Nährlösungen, die Katheter, die blauen, grünen, roten und gelben Markierungen an Rümpfen und Gliedern, die wie helfende Phantome zwischen ihnen dahingleitenden Krankenschwestern, die sie untersuchten, sie umdrehten und ihre unausgesprochenen Bedürfnisse erfüllten. Durch die Scheibe drang nicht der geringste Laut – als sehe man einen Stummfilm.

Nach kurzem Zögern zwang Quinn sich dazu, auf das direkt hinter dem Fenster stehende Bett hinunterzusehen. Sie fürchtete sich vor dem Anblick desselben blauen Augenpaars – und sehnte sich zugleich danach, weil sie sich fragte, ob dieser Patient noch hier liege, noch Schmerzen habe, noch lebe.

Die Gestalt im Bett am Fenster schlief. Aber obwohl ihre Augen geschlossen waren, wußte Quinn, daß dies nicht derselbe Patient war. Dies schien eine Patientin zu sein. Kleiner, schmalere Schultern, eine Andeutung von Busen unter den Mullbinden ...

»Miss Cleary?«

Die Stimme ließ Quinn erschrocken herumfahren. Hinter ihr stand Dr. Emerson.

»Ich wollte Sie nicht erschrecken, aber von unten ist gemeldet worden, Sie seien zu mir unterwegs. Als sie nicht gekommen sind ...«

»Ich war mir nicht sicher, wohin ich gehen sollte.«

Emerson lächelte. »Entschuldigung, ich hätte Sie natürlich abholen lassen sollen.« Er nickte zu dem Stationsfenster hinüber. »Hier haben unsere Wege sich erstmals gekreuzt, glaube ich.«

Quinn erinnerte sich ... der Patient mit den blauen Augen, seine offensichtlichen Schmerzen, Dr. Emersons Anweisung an die Krankenschwester, ihm ein Medikament zu geben.

»Ja – während der Führung.«

»Und jetzt sind Sie wieder hier.«

»Wegen dieser Patienten. Sie sind ...«

Quinn wußte nicht, wie sie ihre Gefühle ausdrücken sollte, ohne theatralisch zu wirken, aber irgend etwas an diesen gesichtslosen, hilflosen Unbekannten zog sie an. Sie spürte ein Bedürfnis auf dieser Station und hatte den Drang, es zu erfüllen.

»Die anderen Patienten drüben im Medical Center kommen und gehen«, sagte Dr. Emerson. »Aber dies sind unsere Waisen, die Obdachlosen, die Abgeschobenen. Sie brauchen mehr Pflege, als ein Pflegeheim bieten kann, aber trotzdem kann kein Krankenhaus es sich leisten, sie zu behalten. Deshalb landen sie zuletzt hier im Science Center, wo sie uns die Möglichkeit geben, mit Heilverfahren für Brandverletzungen zu experimentieren.«

Quinn schluckte. »Experimentieren?«

Er lachte. »Das sagen Sie, als seien wir verrückte Wissenschaftler, Miss Cleary. Alle Patienten hier im vierten Stock sind Versuchspersonen. Sie oder ihre Angehörigen haben sich darum beworben, daß sie hier behandelt werden. Es gibt sogar eine Warteliste.«

»Für eine experimentelle Behandlung?«

»Jedes neue Medikament und jeder therapeutische Fortschritt wie Dr. Alstons halbsynthetischer Hautersatz wird in umfangreichen Versuchsreihen an Mäusen, Hunden und Affen erprobt, bevor eine Anwendung bei Menschen auch nur in Betracht gezogen wird. Erst *nachdem* die FDA die Ergebnisse hat, finden Versuche mit Freiwilligen statt. Äußerst sorgfältig kontrollierte Versuche.«

Quinn warf einen Blick durchs Fenster. »Aber diese –«

»Das sind alles Freiwillige. Oder Patienten, die ihre Angehörigen uns anvertraut haben. Wie Sie wissen, werden ständig neue Mittel gegen Aids getestet. An wem wohl? Natürlich an Aidskranken. Und Medikamente zur Senkung hoher Cholesterinwerte. An wem werden die erprobt? An Patienten mit hohem Cholesterinspiegel. Und an wem außer an Brandverletzten könnte man eine neuartige Kunsthaut testen? Dr. Alston und sein Team haben sich der schlimmsten Fälle angenommen, denen mit herkömmlicher Therapie nicht mehr zu helfen war.« Seine Stimme klang weicher, als er ans Fenster trat und die Vermummten betrachtete. »Und für die Patienten der Station C ist das Ingraham die einzige, die allerletzte Hoffnung.«

»Wozu die farbigen Markierungen?« fragte Quinn.

»Das sind Farbkodierungen für unterschiedliche Chargen von Dr. Alstons Hautersatz. Dazu entnimmt er Proben der gesunden Haut des Patienten – und bei manchen dieser armen Teufel ist es gar nicht so einfach, welche zu finden – und zieht in Kulturen neue Hautzellen heran. Danach bedeckt er eine synthetische Mikrogitterfolie mit der eigenen DNA des Patienten. Da das Immunsystem seines Körpers nicht negativ auf seine eigene DNA reagiert, wird die Folie nicht abgestoßen. Die in ihr enthaltenen Hautzellen vermehren sich – und bald hat man ein Stück gesunder Haut. Die Ergebnisse von Tierversuchen sind sehr ermutigend gewesen. In etwa zwei Jahren dürfte dieses Verfahren von der FDA genehmigt werden.«

Quinn wünschte sich fast, sie könnte für Dr. Alston arbeiten. Dr. Emerson schien ihre Gedanken zu erraten.

»Ich habe Ihnen noch nichts davon erzählt, aber Ihre Arbeit bei mir wird sich auf diese Brandverletzten auswirken.«

Quinn deutete durchs Fenster. »Sie meinen ...?«

Er forderte sie mit einer Handbewegung auf, ihn zu begleiten. »Kommen Sie, ich zeige Ihnen mein Labor, dann wird Ihnen einiges klarer.«

Die Aussicht darauf, mit richtigen lebenden Patienten umgehen zu dürfen, machte Quinn noch aufgeregter, als sie ohnehin schon war, während sie mit Dr. Emerson den Korridor entlangging. Sie folgte ihm an der Schwesternstation vorbei und durch eine schmale Tür.

»Nicht sehr luxuriös, fürchte ich«, sagte er. »Aber dies ist der Vorraum meines kleinen Reichs.«

An den Wänden des nicht sehr großen Zimmers waren Bildschirmarbeitsplätze installiert. Eine Frau mittleren Alters saß über eine Tastatur gebeugt und tippte rasend schnell.

»Alice«, sagte Dr. Emerson und berührte kurz ihre Schultern. »Das hier ist Quinn Cleary, meine neue studentische Hilfskraft, von der ich Ihnen erzählt habe.«

Alice drehte sich um und streckte Quinn die Hand hin. Sie war ungefähr fünfzig, hatte braunes Haar mit grauen Strähnen, trug kein Make-up und hatte ungewöhnlich trockene Haut. Aber ihr Lächeln war offen und herzlich.

»Bin ich froh, daß Sie da sind! Fangen Sie heute an?«

Quinn sah zu Dr. Emerson hinüber. »Ich weiß nicht ...«

»Sie stehen ab heute auf der Lohnliste«, sagte er. »Deshalb sollten Sie gleich anfangen.«

»Großartig«, sagte Alice. »Wir sind mit der Datenerfassung so im Rückstand, daß Sie's nicht glauben würden! Setzen Sie sich dort drüben hin, damit ich Ihnen –«

»Ich möchte erst den Rundgang mit ihr machen, Alice«, unterbrach Emerson sie mit nachsichtigem Lächeln.

»Oh, richtig. Klar. Natürlich. Gut, dann bis später. Ich bin hier, wenn Sie fertig sind.«

Dr. Emerson führte Quinn durch die Tür in der Rückwand des Vorraums weiter. Dahinter roch es merkwürdig streng. Sie sog prüfend die Luft ein.

»Riecht man's noch?« fragte Dr. Emerson.

»Irgendwas schon.«

»Dies ist früher das Vivarium gewesen – mit lauter Rattenkäfigen an den Wänden. Aber jetzt haben wir die Tiere in den dritten Stock umquartiert. Viele sind ohnehin nicht mehr da, über dieses Stadium sind wir längst hinaus.« Er deutete auf die Arbeitsplätze, an denen zwei Laborantinnen mit Pipetten winzige Mengen bernsteinfarbener Flüssigkeiten aufsogen und in alle möglichen Analysegeräte träufelten. »Hier haben wir früher mit Ratten experimentiert. Jetzt werden hier Seren untersucht, die wir unseren Patienten entnehmen.«

»Patienten aus Station C?«

»Ja.«

Emerson schien Quinns leichte Verwirrung zu spüren, denn er nickte ihr zu und zeigte in die Richtung, aus der sie gekommen waren.

»Kommen Sie bitte mit.«

Sie kamen wieder an Alice vorbei, die sich mit erwartungsvoller Miene umdrehte.

»Noch nicht, Alice.«

Quinn folgte ihm auf den Korridor hinaus zur Schwesternstation. »Marguerite«, sagte er zu der schlanken, etwa fünfundvierzig Jahre alten, mokkabraunen Krankenschwester hinter der Theke. Sie trug ihr schwarzes Haar zu einem straffen Knoten nach hinten gekämmt; ihr heller Lidschatten betonte ihre schwarzen, durchdringenden Augen. »Geben Sie mir bitte eine Phiole 9574.«

Die Schwester drehte sich um und nahm ein Fläschchen mit fünfzig Milliliter Inhalt aus einem Fach des hinter ihr stehenden Medikamentenwagens. Sie gab es Dr. Emerson, der es an Quinn weitergab.

»Dies«, sagte er, »ist der Grund, warum Dr. Alston und ich unsere Labors im selben Stockwerk haben. Es ist das neue Änasthetikum, das ich entwickle. Wir haben noch keinen Namen dafür, deshalb bezeichnen wir es mit der Eintragungsnummer, die es bekommen hat, als wir es isolieren konnten. Dies ist die neuntausendfünfhundertvierundsiebzigste Verbindung, die wir im Ingraham getestet haben.«

Quinn starrte auf die klare Flüssigkeit in dem Fläschchen in ihrer Hand. Sie sah wie Wasser aus.

»So viele?«

»Wir haben *Zehntausende* synthetisiert, aber wir registrieren nur Verbindungen, die unserer Ansicht nach Therapiepotential haben.«

»Ist das Mittel gut?«

»Gut?« Seine ganze Stirn bewegte sich mit den Augenbrauen nach oben. »Es ist *wundervoll.* Das reinste Zaubermittel. Und wissen Sie, was das Beste daran ist?«

Quinn stellte das Fläschchen auf die Theke. »Was?«

»Es ist ungiftig. Es ist nämlich keine körperfremde chemische Verbindung, sondern ein natürlich vorkommendes Neuroamin, das im REM-Schlaf in winzigen Mengen vom Kleinhirn abgesondert wird.«

Quinn mußte ihn einfach anlächeln. Seine Begeisterung war ansteckend. Er war wie ein kleiner Junge, der von einem Raketenflug zum Mars erzählt. Sie nickte ihm aufmunternd zu.

»Tatsächlich?«

»Ja. Im Traumschlaf ist man gelähmt, wissen Sie – oder zumindest beinahe. Sonst würde man im Traum reden, lachen, um sich schlagen und womöglich aus dem Bett fallen. Aber die Augen bewegen sich immer. Sie haben natürlich schon von Rapid Eye Movements – REM-Schlaf – gehört. Und der Brustkorb hebt und senkt sich, damit die Lungen atmen können. Das ist also eine selektive Paralyse aller Skelettmuskeln mit Ausnahme der Augen, des Brustkorbs und des Zwerchfells. Und man ist natürlich bewußtlos.«

»Das Mittel lähmt also?« fragte Quinn. »Ich dachte, es sei ein Anästhetikum?«

»Das ist es auch. In höheren Dosen erzeugt es vollständige Anästhesie. Ich bin dabei, den Wirkungsmechanismus aufzuklären, aber ich weiß schon jetzt, daß es außer auf den Hirnstamm auch aufs Großhirn wirkt.« Als seine Begeisterung wuchs, schienen die Jahre von ihm abzufallen. »Verstehen Sie, was wir damit zur Verfügung haben, Miss Cleary? Ein wirksames Anästhetikum, das völlige Lähmung auslöst, aber den Patienten selbständig weiteratmen läßt. Also braucht er während der Operation nicht mehr künstlich beatmet zu werden.

Außer bei Eingriffen im Brustraum ist dieses Anästhetikum für sämtliche Operationen geeignet; zu allergischen Reaktionen kommt es nicht, denn 9574 ist ein menschliches Neurohormon, das jeder im Körper hat. Und seine vielleicht beste Eigenschaft: Es verursacht keine postoperativen Nachwirkungen. Man erwacht im Aufwachraum, als habe man ein Nickerchen gemacht.« Er stemmte seine Arme in die Hüften und starrte das Fläschchen wie ein stolzer Vater an. »Das sind also die Eigenschaften des Neurohormons, mit dem Sie hier arbeiten werden. Was halten Sie davon?«

»Alles klingt fast zu gut, um wahr zu sein.«

»Ja, nicht wahr?« Dr. Emerson begann aufgeregt zu gestikulieren. »Aber das ist noch nicht alles. Schon diese Eigenschaften würden es zu einem fast perfekten Anästhetikum machen, aber es ist darüber hinaus völlig ungiftig. Seine LD_{50} ...«

»Elldee ...?«

»LD_{50}«, sagte Dr. Emerson. »Darunter versteht man die letale Dosis irgendeines Mittels für fünfzig Prozent der Versuchstiere. Diese tödliche Dosis muß für jedes für Menschen bestimmte Medikament angegeben werden. Ich nehme beispielsweise das von Kleederman Pharmaceuticals hergestellte Fenostatin gegen zuviel Cholesterin – eine Tagesdosis von zwanzig *Milli*gramm. Zufällig weiß ich, daß die LD_{50} von Fenostatin zwanzig *Gramm* pro Kilogramm beträgt. Mit anderen Worten, wenn ich hundert Labormäusen eine Dosis von zwanzig Gramm Fenostatin pro Kilogramm ihres Körpergewichts gäbe, würden fünfzig von ihnen sterben. Das ist ein guter LD_{50}-Wert. Wollte ich damit Selbstmord verüben, müßte ich bei siebzig Kilogramm Körpergewicht siebzigtausend Fenostatintabletten zu zwanzig Milligramm in mich hineinstopfen und hätte dann immer noch eine fünfzigprozentige Überlebenschance. Wahrscheinlich würde es eher meinen Darm zerreißen. Aber das Wunderbare an 9574 ist, daß es noch weniger toxisch ist. Wir haben noch gar keine letale Dosis *gefunden.*«

Er breitete triumphierend die Arme aus und stieß dabei gegen das Fläschchen 9574, das aufs Ende der Theke zurutschte. Schwester Marguerite war mit einem Satz auf den Beinen, warf dabei ihren Stuhl um und stürzte sich auf die kleine Flasche. Sie konnte sie gerade noch auffangen, als sie zu fallen begann. Dann kauerte sie dort, schüttelte den Kopf und atmete keuchend, als habe sie einen Fünfzigmeterspurt hinter sich.

»Gott sei Dank, daß Sie das aufgefangen haben, Marguerite«, sagte Dr. Emerson. Er wirkte ziemlich mitgenommen.

Marguerite richtete sich auf und stellte die Phiole sorgfältig in ihr Fach auf dem Wagen zurück.

»Dr. Emerson«, sagte sie, während sie ihren Stuhl aufhob, »das hätte ins Auge gehen können.«

»Amen«. Er wandte sich wieder an Quinn. »Leider haben wir nur sehr wenig 9574 zur Verfügung. Für ein Pharmalabor wäre die Synthese größerer Mengen kein Problem, aber unser winziges Labor im zweiten Stock hat alle Mühe, soviel zu produzieren, wie wir für Forschungszwecke brauchen. Deshalb gehen wir damit um, als sei es Gold.«

»Und für wen brauchen Sie dieses Mittel?«

»Natürlich für die Patienten auf Station C. Gerade für sie ist es ideal geeignet.«

Quinn runzelte die Stirn. »Aber wozu wollen Sie diese Patienten lähmen?«

»Uns geht's weniger um Paralyse«, antwortete er, »sondern um Anästhesie. Die meisten der Patienten auf Station C haben grausige Narben – großflächig verdicktes Gewebe, das die Bewegungsfähigkeit einschränkt, weil es so unelastisch ist. Das 9574 bekommen sie bei der Krankengymnastik. Dann können Physiotherapeuten ihre Gliedmaßen strecken und ihre Gelenke bewegen, um Sehnenverkürzungen zu vermeiden. Ohne unsere Gymnastik würden die meisten sich in fetaler Position zusammenrollen. Und ohne 9574 wären diese Übungen unerträglich schmerzhaft.«

»Aber haben Sie nicht gesagt, daß die niedrigere Dosis paralysiert und die höhere anästhesiert? Heißt das nicht, daß sie während der Krankengymnastik völlig gelähmt sind?« Quinn fühlte sich langsam unbehaglich.

Dr. Emerson musterte sie prüfend. Um seine Lippen spielte ein schwaches Lächeln.

»Sie lernen rasch, nicht wahr?«

Quinn war plötzlich verwirrt. Hatte sie ihn verärgert?

»Nun, ich weiß nicht ... ich meine, ich ...«

»Das gefällt mir. Das gefällt mir sehr. Es zeigt, daß Sie zugehört haben. Tatsächlich ist die durch 9574 bewirkte Lähmung für einige Patienten auf Station C eine harmlose Nebenwirkung, während andere unbedingt auf sie angewiesen sind.« Er deutete den Korridor entlang. »Kommen Sie, ich will's Ihnen zeigen.«

Sie gingen etwa ein Dutzend Schritte weit zum Fenster und hatten nun die Station C vor sich. Quinn zählte die vermummten Gestalten. Sieben. Alle lagen so stumm und still da, als seien sie ...«

»Sind sie jetzt auch gelähmt?«

»Nein«, antwortete Dr. Emerson, »sie ruhen nur. Sie schlafen viel. Sonst können sie nicht viel tun. Ihre Narben sind so großflächig, daß sie sich nicht selbst bewegen können. Bei vier von ihnen brauchen die Physiotherapeuten die mit 9574 erzielbare Paralyse der Skelettmuskeln. Diese vier haben zusätzlich Gehirnschäden.«

Quinn riß sich von den Patienten los und starrte ihn fragend an.

»Wie ...?«

»Anoxie. Das Feuer hat entweder zuviel Sauerstoff verbraucht, oder der bei derart starken Verbrennungen dritten Grades unvermeidliche Schock hat die Blutversorgung des Gehirns zu lange unterbrochen. Jedenfalls ist ihr Gehirn durch Sauerstoffmangel permanent geschädigt. Alle vier sind desorientiert und verwirrt; zwei sind eindeutig psychotisch. Ohne 9574 müßten unsere Physiotherapeuten regelrecht mit ihnen kämpfen. Aber mit 9574 können sie Gymnastik mit ihnen machen, um Muskelschwund zu verhindern.«

Quinn starrte wieder die Patienten an, und ihr Herz blutete für diese armen Menschen. »Die Ärmsten!« Dann fiel ihr etwas ein. »Aber selbst wenn Dr. Alston ihnen eine neue Haut geben könnte, hätten sie nichts davon.«

»Richtig. Ihr körperlicher Zustand kann sich bessern, aber

nicht ihr geistiger. Trotzdem ist ihr Leben nicht vergeudet. Andere Brandverletzte werden von den Erkenntnissen profitieren, die wir aus dem Leid dieser armen Teufel gewinnen.« Seine Hand umfaßte sanft ihren Ellbogen. »Aber jetzt haben wir genug philosophiert. Es wird Zeit, Sie auf den Boden der Tatsachen zurückzuholen und mit den gewöhnlicheren Aspekten der Plackerei vertraut zu machen, die sich medizinische Forschung nennt. Mit unserem Alltag, der größtenteils daraus besteht, Daten zu sammeln, zu sortieren, zu analysieren und auf hunderterlei verschiedene Arten aufzubereiten, um die FDA-Bürokraten zufriedenzustellen.«

Das ist das Problem mit dem Women's Country, überlegte Louis Verran sich, während er vor dem Wohnheim wartete und die Fenster im ersten Stock des Südflügels beobachtete. Zu viele verschiedene Jahrgangsstufen.

Women's Country. Das klang so arrogant. Eine Bezeichnung, für die seine Frau sich nach ihrem Gesinnungswandel hätte begeistern können. Elizabeth, die spätberufene Feministin. Sie hatte sich in die Frauenbewegung gestürzt wie eine Konvertitin in eine neue Religion. Sie hatte Louis ausgeplündert und dann verlassen. Gut, daß er sie los war!

Women's Country? Die Weiber sollten sich bloß nicht zuviel einbilden!

Alston hatte die großartige Idee gehabt – übrigens keine schlechte Idee –, die Studenten nach Jahrgängen zusammenzulegen und ihnen jeweils ein Stockwerk des Wohnheims zuzuweisen, damit sie Arbeitsgruppen bilden, Freundschaften schließen und ganz allgemein ein Zusammengehörigkeitsgefühl entwickeln konnten. Die Studenten im dritten und vierten Jahr waren meistens drüben im Medical Center, wo sie ihre klinische Ausbildung erhielten, aber die im ersten und zweiten Jahr saßen gemeinsam im Hörsaal, arbeiteten gemeinsam in den Labors und nahmen ihre Mahlzeiten gemeinsam ein. Ein Blick auf den Vorlesungsplan zeigte, wann ein bestimmtes Stockwerk leerstehen würde.

Aber im Women's Country gab es dafür keine Garantie. Die Weiber hatten sich dort zu einer Enklave aus Studentinnen aller vier Jahrgänge zusammengeschlossen, so daß es fast nicht möglich war, einen Zeitpunkt zu finden, an dem alle unterwegs waren.

Außer beim Abendessen. Das Abendessen versäumte kaum einer der jungen Leute auf dem Campus.

Verran war an diesem Tag schon zum dritten Mal hierher unterwegs. Bei seinen beiden ersten Besuchen war er dort oben Studentinnen begegnet. Diesmal würde das Stockwerk menschenleer sein. Es mußte menschenleer sein. Er wollte nicht noch einmal herkommen müssen.

Er hatte sein Handfunkgerät am Gürtel, und Kurt überwachte im Science Center die Aufzüge, um ihn zu warnen, sobald die Cleary das Gebäude verließ. Wahrscheinlich ging sie direkt in die Cafeteria, aber Verran wollte nichts riskieren. Sobald Kurt meldete, daß sie das Science Center verließ, würde er verschwinden.

Als jetzt wieder einige Studentinnen aus dem Wohnheim kamen, beschloß er, die Gelegenheit zu nutzen.

Der Korridor im Womens' Country war menschenleer. Verran überzeugte sich davon, daß sein Handfunkgerät eingeschaltet war. Da Kurt sich noch nicht gemeldet hatte, mußte die Cleary noch oben im vierten Stock sein. Nachdem er sich mit einem Blick in die Runde überzeugt hatte, daß ihn niemand beobachtete, benützte er seinen Generalschlüssel, um die Tür von Zimmer 252 aufzusperren.

Er war froh, daß er kein Licht zu machen brauchte. Damit konnte man sich leicht verraten. Er hatte seine Taschenlampe, und die untergehende Sonne schien durchs Fenster des Schlafzimmers, in dem sich das defekte Mikrophon befand. Genug Licht.

An ihrem neuen Arbeitsplatz sah Quinn vom Bildschirm auf und stellte erstaunt fest, daß es schon Zeit zum Abendessen war. Also wurde es allmählich Zeit, hier aufzuhören.

Sie rieb sich die Augen. Dr. Emerson hatte nicht übertrieben, als er von Plackerei gesprochen hatte. Alice hatte sie vor einen Computer gesetzt, ihr gezeigt, wie die Dateneingabe des Programms funktionierte, ihr einen Berg von Analysen aus dem Labor nebenan hingelegt und sie arbeiten lassen.

Kein bißchen aufregend, eigentlich kaum medizinisch oder gar wissenschaftlich. Nur langweilige Datenerfassung. Quinn war etwas enttäuscht gewesen, aber Dr. Emerson hatte sie im voraus gewarnt, daß auch solche Arbeiten mit zu ihren Obliegenheiten gehören würden. Dabei konnte sie sich mit dem Betrieb in seiner kleinen Abteilung vertraut machen, und sobald der Datenstau beseitigt war, würde Quinn an der Analyse dieser Daten beteiligt werden. Klappte alles wie vorgesehen, konnte ihre Mitarbeit an den wissenschaftlichen Artikeln, die aus diesen Zahlenbergen entstehen würden, ihr sogar Punkte einbringen, die sie sonst durch Prüfungen hätte erwerben müssen.

Dr. Emerson hatte die Abteilung vor kurzem verlassen, und auch Alice wollte jetzt gehen. Sie zeigte Quinn noch, wie sie die gespeicherten Daten sichern und den Computer abschalten mußte. Dann ging sie, während Quinn noch ihren Arbeitsplatz aufräumte. Als alles ordentlich aussah, verließ sie den Raum und ging zu den Aufzügen.

Auf ihrem Weg den Korridor entlang, fiel ihr auf, daß die Vorhänge des Fensters der Station C jetzt geschlossen waren. Sie war beinahe froh, daß sie diese Ärmsten nicht noch einmal sehen mußte.

Vor den Aufzügen stellte sie fest, daß beide Kabinen sich laut Anzeige im Erdgeschoß befanden. Neben dem Rufknopf sah sie einen Kartenschlitz. Quinn steckte ihre Karte hinein und drückte mehrmals auf den Knopf, aber die Lichter blieben bei E stehen. Dann fiel ihr Blick auf das Schild AUSGANG über der Tür zur Treppe rechts neben den Aufzügen.

Warum nicht? Sie hatte fast den ganzen Tag im Hörsaal, am Mikroskop und vor dem Computer sitzend verbracht. Etwas Bewegung würde ihr guttun.

An der Tür fand sie ein kleines rotes Lämpchen und einen ins Schloß integrierten Kartenschlitz. Als Quinn ihre Karte hineinsteckte, leuchtete ein grünes Lämpchen auf. Jetzt ließ die Tür sich öffnen. Auf der anderen Seite befanden sich wieder zwei Lämpchen und ein Kartenschlitz. Offenbar konnten nur Karteninhaber den vierten Stock betreten oder verlassen. Das kam ihr etwas übertrieben vor. Gott, was passierte, wenn es hier mal brannte?

Sie rannte die vier Treppen ins Erdgeschoß hinunter. Dort endete die Treppe in einem eigenen Vorraum, der von der Eingangshalle aus nicht einzusehen war. Quinn wollte schon weitergehen, als ihr die rote Stahltür eines Nebenausgangs auffiel, dessen Benützung ihr einen weiten Umweg erspart hätte. Aber als sie darauf zuging, las sie die übliche Warnung:

DIES IST KEIN AUSGANG
ÖFFNEN LÖST ALARM AUS

Andererseits wies auch das Schloß dieser Stahltür einen Kartenschlitz wie die Tür im vierten Stock auf. Das rote Lämpchen brannte. Quinn fragte sich...

Sie trat vor die rote Tür und steckte ihre Magnetkarte in den dafür vorgesehenen Schlitz. Das Schloß klickte, und statt des roten Lämpchens leuchtete ein grünes auf.

Quinn lächelte zufrieden. »Ja!«

Sie verließ das Gebäude und sah, daß diese Tür auch außen mit einem elektronischen Schloß gesichert war. Das bedeutete, daß sie die Stahltür auch als Eingang benützen konnte. Um so besser. Ihre kleine Magnetkarte würde sich als sehr nützlich erweisen – vor allem bei schlechtem Wetter.

Sie drehte sich um und blieb einen Augenblick in der milden Oktoberluft stehen, um den orangeroten Sonnenuntergang zu genießen. Prachtvoll. Sie war hungrig, aber sie hatte das Bedürfnis, sich erst frisch zu machen. Sie beschloß, rasch in ihr Zimmer hinaufzulaufen, um vor dem Abendessen zu duschen.

Das würde nur ein paar Minuten dauern.

Verran steckte das defekte Electret-Mikrophon ein, holte ein neues aus der Jackentasche und schob den dünnen Stiftsockel in die Halterung, in der bis vor kurzem das andere Mikrophon gesteckt hatte.

»Kinderspiel«, sagte er halblaut.

Als er das Schlafzimmer darauf kontrollierte, ob auch alles unberührt aussah, hörte er auf dem Korridor draußen vor der Zimmertür ein Rascheln. Er erstarrte. Verdammt noch mal, wer...?

Und dann hörte er, wie der Schlüssel ins Schloß gesteckt wurde. Er warf sich zwischen Bett und Fenster auf den Boden, blieb dort liegen und hielt schwitzend den Atem an. Die Tür wurde geöffnet, und jemand knipste im vorderen Raum das Licht an. Im nächsten Augenblick auch im Schlafzimmer. Die Helligkeit der Deckenlampe traf Verran wie ein Tritt an den Kopf. Er fuhr zusammen.

Scheiße! Warum hatte Kurt ihn nicht angefunkt? Dieser Mistkerl! Wahrscheinlich hatte er sein Spiegelbild in der Glastür bewundert, anstatt die Aufzüge zu beobachten. Verran nahm sich vor, ihn in seinen Pfauenarsch zu treten, wenn er zurückkam.

Aber was sollte er jetzt tun? Er würde todsicher erwischt werden. Damit hatte er sich bereits abgefunden. Aber was zum Teufel sollte er sagen?

Das Bett neben ihm erzitterte, als etwas drauffiel. Nicht schwer genug für einen Menschen. Bücher? Gleich war's soweit! Das spürte er deutlich. Er würde wie ein Idiot dastehen. Er suchte krampfhaft nach einer Ausrede. Er hatte seine Taschenlampe ... er konnte behaupten, er suche etwas. Aber selbst wenn er sich eine halbwegs plausible Erklärung einfallen ließ, würde die Geschichte noch an diesem Abend auf dem gesamten Campus die Runde machen: Chief Verran hinter dem Bett einer Studentin auf dem Boden kauernd entdeckt. Alston, diesem alten Korinthenkacker, würde vor Freude einer abgehen. Und ihm selbst würde diese Sache ewig nachhängen.

Der Scheißkerl Kurt gehörte dafür gefeuert. Aber das Arschgesicht wußte leider zuviel. Nun, er würde dafür sorgen, daß Kurt *nie wieder* Mist baute.

Aber jetzt ... jetzt biß er die Zähne zusammen und wartete auf den Schrei, der –

Eine Tür fiel ins Schloß. Im Bad begann Wasser zu laufen.

In seiner Brust flammte Hoffnung wie eine Leuchtkugel auf.

Er riskierte es, den Kopf zu heben und sich umzusehen. Der Raum war leer. Sie war auf dem Klo. Verran zögerte keinen Augenblick länger, sprang auf und hastete auf leisen Sohlen ins Wohnzimmer hinüber. Er erreichte die Tür, öffnete sie ganz sachte und behutsam, schlüpfte hindurch und stand nun im

Korridor. Dann schloß er sie sehr langsam, sehr vorsichtig hinter sich und ließ das Schloß mit einem kaum hörbaren Klicken einrasten.

Keuchend, schwitzend und mit jagendem Puls sah Verran sich auf dem Korridor um. Niemand zu sehen. Mit zu Fäusten geballten schweißnassen Händen hastete er in Richtung Treppe davon.

Kurt, dieser gottverdammte Scheißkerl!

Überwachung

»An mir ist sie nicht vorbeigekommen, Lou. Ich hab die ganze Zeit aufgepaßt und kann *beschwören,* daß sie nicht aus einem der Aufzüge gekommen ist.«

Verran starrte Kurt aufgebracht an. Sie standen sich mitten im Überwachungsraum gegenüber. Elliot saß an seiner Konsole, mampfte ein Sandwich und versuchte, Chamäleon zu spielen und mit dem Hintergrund zu verschmelzen. Mit gekränktem Blick und jammernder Stimme wirkte Kurt verdammt überzeugend. Wäre Verran nicht vor wenigen Minuten selbst in Zimmer 252 gewesen, hätte er ihm womöglich geglaubt. Eine erstklassige Vorstellung.

»Wer ist dann in Clearys Zimmer gekommen, hat die Bücher aufs Bett geworfen und ist im Bad verschwunden? Rotkäppchen? Die böse Fee?«

»Schon möglich. Aber die Cleary ist's nicht gewesen, das kannst du mir glauben. Ich hab die Sicherheitsstation keinen gottverdammten Augenblick verlassen. Nicht mal, um aufs Klo zu gehn.«

»Oh, daß du dort gewesen bist, glaub ich dir sofort. Aber du bist zu beschäftigt gewesen, dich in irgendeinem Stück Glas zu bewundern, um zu merken, daß sie an dir vorbeigegangen ist.«

»Du bist unfair, Lou!«

»Gib's endlich zu, Kurt. Du hast Scheiß gebaut. Aber ich warne dich jetzt: Beim nächsten Mal hast du's hinter dir!«

»Red keinen Stuß! Ich laß mir nichts anhängen, wofür ich nichts kann. Vor allem nicht, weil du niemals was vergißt, Lou.«

Zumindest dieser letzte Satz stimmte, Verran neigte dazu, nachtragend zu sein. Und warum nicht? Da baut der Kerl

Scheiß, weswegen er fast wie ein Idiot dasteht, und er sollte bloß sagen: Macht nichts, kann passieren? Ausgeschlossen! Am liebsten hätte er eine Handvoll Haar aus Kurts blonder Mähne gerissen und ihm in den Rachen gestopft.

»Wie ist sie dann an dir vorbeigekommen, Kurt? Aus einem Fenster im vierten Stock geflogen? Solange du mir das nicht erklären kannst –«

»Augenblick!« unterbrach Kurt ihn. »Ich werd's dir beweisen!« Er stürzte sich geradezu auf seine Konsole und begann rasend schnell zu tippen.

»Was hast du vor?«

»Ich kontrolliere die Schlösser. Sie hat 'nen Schlüssel bekommen, stimmt's? Mal sehen, wo sie ihn benützt hat.«

Verran stand dicht hinter Kurt und starrte auf seinen Monitor. Die elektronischen Schlösser im Science Center waren mit diesem Raum verbunden – nicht nur aus Sicherheitsgründen, sondern auch zu Überwachungszwecken. Ging ein Schlüssel verloren, konnte sein Code minutenschnell aus dem Speicher gelöscht werden, so daß nur eine wertlose Plastikkarte übrigblieb. Ein weiterer Vorteil des Systems war, daß es lückenlos registrierte, wann welches Schloß mit welcher Karte geöffnet worden war.

Er sah zu, wie Kurt die Liste der aktuellen Schlüsselinhaber aufrief. Clearys Nummer hervorhob und eine Aufstellung ihrer Aktivitäten am heutigen Tag anforderte.

Der Monitor piepste, und als die Ergebnisse auf dem Bildschirm erschienen, schlug Kurt mit der flachen Hand auf seine Konsole.

»Da! Was hab ich dir gesagt?« Er sprang auf und deutete auf den Bildschirm. »Verdammt noch mal, was hab ich dir gesagt?«

Verran starrte auf Kurts Bildschirm. Er zeigte drei Orte, an denen Cleary heute nachmittag ihren Schlüssel benützt hatte. Um 15.12 Uhr im Aufzug, um in den vierten Stock zu fahren; um 17.14 Uhr im vierten Stock, um die Tür zum Treppenhaus West zu öffnen; um 17.16 Uhr im Erdgeschoß, um den Notausgang an der Westseite des Science Centers zu entriegeln.

Scheiße. Kurt traf nicht die geringste Schuld. Das kleine Biest hatte den Notausgang benützt.

Was nun? Verran kam sich wie ein Idiot vor.

Da half nur eines: 'nen Swann machen.

Der gute alte Ed Swann war Verrans direkter Vorgesetzter in der Firma gewesen. Als damals die amerikanischen Geiseln im Iran festsaßen, hatte er Verran einen gewaltigen Anschiß verpaßt, weil er einen ganzen Tag das falsche syrische Diplomatenfahrzeug kreuz und quer durch Washington verfolgt hatte. Aber was hatte Swann getan, als sich rausstellte, daß *er* Verran das falsche Autokennzeichen gegeben hatte?

Er hatte sich nach Verran umgedreht und ihm die Hand hingestreckt.

Genau das tat Verran jetzt auch.

»Entschuldigung, Kurt«, sagte er ohne die geringste Verlegenheit in der Stimme. »Sie hat uns beide reingelegt. Ich hätte nicht so über dich herfallen dürfen. Tut mir leid.«

Kurt starrte ihn sekundenlang verwirrt an; dann schüttelte er ihm die Hand.

»Yeah ... okay, Lou«, sagte er völlig entwaffnet. »Wär's umgekehrt gewesen, hätte ich wahrscheinlich auch gedacht, du hättest Scheiß gebaut.«

Verran lächelte – innerlich genauso wie nach außen. Kurt hatte gerade loslegen wollen, aber Verran hatte ihm mit seiner freimütigen Entschuldigung den Wind aus den Segeln genommen. Diese Taktik hatte bei Swann funktioniert, und sie funktionierte noch immer wie ein Zauberspruch. Kurt befand sich scheinbar im Vorteil, aber die Entschuldigung ließ Verran als den größeren Mann dastehen – *und* entschärfte eine kritische Situation, die der normalerweise entspannten Arbeitsatmosphäre im Überwachungsraum hätte schaden können.

Er wollte nicht, daß *irgend etwas* ihre Arbeit beeinträchtigte.

Er deutete auf den Bildschirm. »Die Kleine hat's faustdick hinter den Ohren. Beinahe hätte sie mich auf frischer Tat ertappt. Bei der dürfen wir nichts als selbstverständlich voraussetzen.«

Elliot schien es endlich für ungefährlich zu halten, den Mund aufzumachen. »Hast du die Wanze rausgeholt, Chief?«

»Natürlich.« Verran griff in seine Jackentasche. »Ich hab sie hier in ...«

Die Tasche war leer. Er versuchte es mit der anderen Seite. Auch leer. Er griff in seine Hosentaschen und zog sie sogar heraus.

»Verdammt!«

»Was ist los, Lou?« fragte Kurt.

»Die defekte Wanze. Ich weiß, daß ich sie gehabt habe.«

»Du hast sie verloren?« sagte Elliot. »Scheiße!«

Scheiße stimmt, dachte Verran, während er nochmals seine Taschen durchsuchte. Er konnte nur beten, daß er das winzige Abhörmikrophon nicht verloren hatte. Geriet es in falsche Hände, war der Teufel los.

Kurt wühlte inzwischen in den Fächern unter seiner Konsole herum. Verran dachte zuerst, er suche den elektronischen Sweeper, der nichts genützt hätte, weil die Electret-Mikrophone völlig abgeschirmt waren. Aber statt dessen brachte er einen Metalldetektor zum Vorschein. Er schaltete ihn ein, regelte die Empfindlichkeit und kam damit auf Verran zu.

»Okay. Du leerst deine Taschen aus, und ich suche dich ab. Hast du das Mikro an dir, finden wir's auch.«

Nachdem Verran sein ganzes Kleingeld auf die Konsole gelegt hatte, führte Kurt den Detektor langsam über seine Kleidung. Während der Stab über seinen Körper glitt, beobachtete Verran die Nadel des in den Griff eingebauten Anzeigegeräts. Sie würde ausschlagen, sobald der Detektor etwas aus Metall ortete. Aber sie zuckte nicht einmal.

»An dir hast du's nicht, Lou«, stellte Kurt fest. »Du mußt es verloren haben.«

»Wie kann ich's verloren haben?« knurrte Verran. »Ich weiß noch genau, wie ich's in meine Tasche gesteckt habe.«

»Okay, aber in deiner Tasche ist's nicht mehr.«

»Was bedeutet, daß es irgendwo zwischen hier und dem Zimmer sein muß«, warf Elliot ein.

»Schon gut, schon gut.« Verran war stinksauer – und konnte nur auf sich sauer sein. »Laßt mich nachdenken.«

Kurt und Elliot hielten den Mund, während Verran sich ins Gedächtnis zurückrief, was er nach dem Auswechseln des Mikrophons getan hatte. Er wußte bestimmt, daß er es eingesteckt hatte, nachdem er den Stuhl zurückgestellt hatte ... Sekunden vor dem Geräusch draußen im Korridor, dem Schlüssel im Türschloß ...

Magensäure stieg ihm heiß in die Kehle.

»Verdammt«, sagte er, »es muß mir aus der Tasche gefallen sein, als ich in Deckung gegangen bin.«

Kurt hielt den Metalldetektor hoch. »Soll ich rübergehen und versuchen, es zu finden?«

»Nein«, wehrte Verran mit einem Blick auf die Uhr ab. »Um diese Zeit kommen sie allmählich vom Abendessen zurück. Keine Chance, ungesehen rein- und rauszukommen.«

»Aber du kannst es nicht einfach dort liegen lassen.«

Richtig, es durfte nicht einfach dort liegenbleiben. Die Entdeckung eines Electret-Mikrophons in einem der Zimmer des Wohnheims konnte den ersten Dominostein umkippen lassen. Er sah den ganzen weiteren Ablauf deutlich vor sich: Fragen, die gestellt wurden, Witze, die gerissen wurden, allgemeines Gerede über Wanzen, mißtrauisch gewordene Leute, die anfingen, ihre Zimmer zu durchsuchen ...

Dieses eine kleine Mikrophon konnte die gesamte Überwachung zu Fall bringen.

»Das Ding ist winzig klein. Falls es im Zimmer ist, liegt es zwischen Bett und Fenster. Dort sieht es kein Mensch. Vorläufig kann nichts passieren. Wir holen's uns morgen zurück. Kein Problem.«

Kein Problem? dachte er. Warum zittere ich dann innerlich wie eine ängstliche alte Frau?

12

Quinn befestigte ihren Ausweis an ihrem neuen Labormantel – ihrem *weißen* Labormantel – und drehte sich nach Tim um.

»Na, wie sehe ich aus?«

Tim blickte von dem zweiten Bett auf. Dort lag er auf der Tagesdecke ausgestreckt und las die Morgenausgabe der *Baltimore Sun*. Er hatte seine Schuhe abgestreift und schien sich ganz wie zu Hause zu fühlen.

»Zum Anbeißen wissenschaftlich. Aber ich behaupte trotzdem, daß du in Shorts mehr Punkte machen würdest.«

»Schön«, sagte Quinn hastig. Sie wollte nicht, daß er wieder von ihren Beinen anfing. »Und was machst du, während ich schufte, um der medizinischen Wissenschaft neues Terrain zu erobern?«

»Ich lese Comics.«

»Du bleibst hier in meinem Zimmer?«

»Yeah, zumindest noch einige Zeit, wenn's dir recht ist. Kevin liegt im Bett – er hat die halbe Nacht gelernt –, und ich wollte ihn ungestört schlafen lassen.«

Quinn nickte verständnisvoll. Dagegen hatte sie durchaus nichts. Tatsächlich wünschte sie sich sogar, Tim bliebe bis zu ihrer Rückkehr da. Nicht nur, weil sie ihn gern in ihrer Nähe hatte, sondern auch, weil es gestern irgendwie unheimlich gewesen war, zur Abendessenszeit in ihr Zimmer zurückzukehren. Obwohl die Etage menschenleer gewesen war, hatte sie das unheimliche Gefühl gehabt, von irgend jemand belauert zu werden.

»Meinetwegen bleibst du, so lange du willst. Oder du wartest hier auf mich, bis ich zurückkomme, dann lade ich dich zum Abendessen ein.«

»Abgemacht«, sagte Tim und vertiefte sich wieder in seine Zeitung.

Matt Crawford betrat seine Eigentumswohnung in New Haven und warf seine Skripten auf die Couch. Er ließ sich in den Liegesessel fallen, schaltete den Fernseher mit der Fernbedienung ein, wechselte die vierunddreißig Kanäle in ebenso vielen Sekunden durch und schaltete das Gerät wieder aus. Dann saß er da und starrte den leeren Bildschirm an.

Er war leicht deprimiert, ohne recht zu wissen, warum. Dabei hatte er diese Luxuswohnung in einem neuen Apartmenthochhaus mit Panoramablick auf den Hafen und den dahinterliegenden Sund, teuren Möbeln, die eine Innenarchitektin im Auftrag seiner Mutter ausgesucht und arrangiert hatte, und einem immer vollen Kühlschrank ganz für sich allein.

Vielleicht war das das Problem. Er war in letzter Zeit zuviel allein. Er hatte kaum Gesellschaft – zumindest nicht von Menschen, mit denen er etwas gemeinsam gehabt hätte. Im Gegensatz zum Ingraham hatten Yale und die meisten anderen Medical Schools keine Studentenwohnheime. Ihre Studenten lebten, wo sie eine Wohnung fanden, die sie sich leisten konnten. Matts Vater hatte sich sofort auf diese Eigentumswohnung gestürzt – nicht nur als großartige Studentenbude für Matt, sondern auch als großartige Geldanlage.

Damit hatte er zur Hälfte recht.

In Zeiten wie diesen wünschte Matt sich beinahe, er wäre im Ingraham. Aber wäre er dort, wäre Quinn woanders und müßte sich abstrampeln, um neben ihrem Studium noch Geld für die Studiengebühren zu verdienen.

Er fühlte, wie seine Lippen sich zu einem schiefen Lächeln verzogen. »Wie unglaublich großherzig von dir!«

Matt sah Quinns rotblonden Kopf mit den großen blauen Augen und den roten Wangen vor sich und hatte plötzlich das Bedürfnis, mit ihr zu reden. Er schlug sein Adreßbuch auf und tippte ihre Nummer ein.

Nach dem dritten Klingeln meldete sich eine schlaftrunkene Männerstimme.

»'lo?«

Matt wußte nicht recht, was er sagen sollte. »Ist... äh... Quinn da?«

»Matt?«

Jetzt erkannte er die Stimme. »Tim?« Was machst du da?«

»Hat Quinn dir das nicht erzählt? Wir sind zusammengezogen. Tatsächlich liegt sie hier neben mir im Bett.«

Matt war sprachlos.

Quinn und Tim – war das möglich? Er hatte die beiden zusammen erlebt, bevor sie im August abgereist waren. Tim hatte sich wie Tim aufgeführt, und Quinn hatte ihn anscheinend nur mühsam ertragen. Ms. No-nonsense und der Spaßvogel. In ein paar Monaten konnte viel passieren, aber das war zuviel. *Entschieden* zuviel.

»Niemals.«

Tims Lachen kam blechern aus dem Hörer. »Aber 'ne Sekunde lang hast du's geglaubt, was?«

»Keine Nanosekunde lang!«

Matt staunte über die plötzliche Erleichterung, die er empfand, und fragte sich: Wieso?

Tim erzählte ihm, Quinn sei eben fortgegangen. Danach gerieten sie ins Plaudern, verglichen Professoren, Vorlesungen und Prüfungsanforderungen und schwärmten von der guten alten Zeit in Dartmouth. Und während sie so redeten, breitete sich in Matts Brust langsam eine schmerzhafte Leere aus.

Als er schließlich auflegte, nachdem er darum gebeten hatte, Quinn solle ihn bei Gelegenheit anrufen, fühlte Matt sich einsamer als je zuvor.

Er hatte das Gefühl, von etwas ausgeschlossen zu sein. Von etwas Gutem.

Quinn hastete zum Science Center hinüber. Sie war versucht, den Nebeneingang mit der roten Stahltür zu benützen, beschloß dann aber, ihn sich für Tage aufzuheben, an denen sie zu spät dran war.

An der Sicherheitstheke tat wieder Charlene Dienst. Quinn zeigte beim Näherkommen ihren Ausweis vor, und Charlene winkte sie durch.

Oben im vierten Stock versuchte Quinn, nicht in die Station C zu sehen, als sie an dem Fenster vorüberkam, aber dann riskierte sie doch einen Blick.

Der Vorhang war zugezogen.

Sie wollte eigentlich weitergehen, aber der Anblick dieser leeren beigen Fläche brachte sie dazu, ruckartig vor der Scheibe stehenzubleiben. Sie trat näher heran und versuchte einen Blick durch einen Vorhangspalt zu werfen. Aber der Vorhang verdeckte das gesamte Fenster.

Quinn ging frustriert weiter zur Schwesternstation um die Ecke. Vielleicht war Marguerite dort. Quinn wollte nur, daß irgend jemand ihr bestätigte, daß auf Station C alles in Ordnung war. Obwohl sie nichts hätte tun können, wenn das nicht der Fall gewesen wäre, fühlte sie sich diesen sieben hilflosen Patienten verbunden, als sei sie auf seltsame Weise für sie mitverantwortlich.

Die Schwesternstation war unbesetzt. Wo waren alle? Wachte denn niemand über Station C?

Links hinter der Schwesternstation sah Quinn eine Tür mit Glaseinsatz. Diese Tür mußte in Station C führen. Wozu sonst das rot-weiße Warnschild unter dem Glas?

KEIN ZUTRITT FÜR UNBEFUGTE

Sie sah nach beiden Seiten den Korridor entlang. Noch immer war niemand in Sicht, den sie hätte fragen können. Quinn zuckte mit den Schultern und trat hinter die Schwesternstation, um einen Blick durchs Glas zu werfen.

Was konnte das schaden?

Ja, hinter der Tür lag die Station C, die diesmal jedoch anders aussah. Heller. Nicht nur durch reflektiertes einfallendes Tageslicht, sondern durch gleißend helle Leuchtstoffröhren an der Decke beleuchtet. Alles schien klarer umrissen zu sein. Ansonsten hatte sich nichts verändert. Die noch immer sieben Patienten – zumindest war keiner gestorben – lagen noch immer in ihren Betten: weiß vermummte bewegungslose Gestalten mit . . .

Nein. Nicht alle waren bewegungslos. Ein Patient, der auf einem Bett mitten im Raum auf der Seite lag, bewegte sich etwas, verdrehte den Körper, verlagerte sein Gewicht und schob sein rot verbundenes Bein in Richtung Bettkante. Dieser rote Verband an seinem Oberschenkel weckte Quinns Aufmerksamkeit. Das Rot glitzerte so seltsam . . .

Sie holte erschrocken tief Luft und drückte sich die Nase an der Scheibe platt. Das war kein Verband. Das war Blut. Ein Stück rohes Fleisch, aus dem Blut sickerte.

Und dann fiel Quinn auf, daß das Sicherheitsgitter auf der einen Seite, auf dem sich das Bein in Richtung Bettkante bewegte, heruntergelassen war. Der Patient versuchte aufzustehen. Wenn niemand ihn daran hinderte, würde er auf dem Fußboden vor dem Bett zusammenbrechen.

Quinn trat von der Tür zurück und sah nach beiden Seiten den Korridor entlang. Noch immer niemand in Sicht. Sie rief zweimal nach Marguerite, ohne eine Antwort zu bekommen. Sie dachte daran, den Korridor hinunterzulaufen und Dr. Emerson zu holen, aber das hätte zu lange gedauert. Und was hätte er dann tun können, was sie nicht gleich jetzt tun konnte?

Sie kehrte zur Tür zurück. Das blutige Bein des Patienten hatte sich weiterbewegt – jetzt ragte bereits das Knie über die Bettkante hinaus. In spätestens dreißig Sekunden würde er auf den Fußboden rutschen.

Quinn erkannte, daß sie nicht länger warten durfte. Sie holte tief Luft, stieß die Tür auf und hastete ans Krankenbett. Sie bekam das untere Bein des Patienten zu fassen, als der Fuß gerade über die Kante rutschte.

»Vorsicht!« sagte sie halblaut und mit einem Lächeln, das hoffentlich beruhigend wirken würde. »Wenn Sie nicht aufpassen, fallen Sie noch raus!«

Sie hob das Bein sanft wieder auf die Matratze. Sie vermied es, das blutige rohe Fleisch anzusehen, und konzentrierte sich statt dessen auf die Augen. Ja, sie waren blau – dieselben Augen, in die sie schon vergangenes Jahr zu Weihnachten geblickt hatte.

Quinn fuhr zusammen, als ganz dicht hinter ihr eine laute Stimme wütend loskreischte.

Verdammt noch mal, was MACHEN Sie da?«

Sie fuhr herum und sah Marguerite, deren weit aufgerissene dunkle Augen über ihrer Gesichtsmaske aufgebracht funkelten, keinen Meter hinter sich stehen.

»Er ... er wäre beinahe rausgefallen«, sagte Quinn.

»Sie dürfen hier nicht rein!« fauchte die Krankenschwester, deren Stimme durch ihre Maske gedämpft wurde. »Können Sie nicht lesen?«

»Schaffen Sie sie erst mal raus, Marguerite«, sagte eine

scharfe Stimme irgendwo hinter der Krankenschwester. »Bevor sie noch mehr Schaden anrichtet.«

Das war Dr. Alstons Stimme. Quinn blickte über Marguerites Schulter hinweg und sah ihn – mit Mütze, Gesichtsmaske und Handschuhen – in einer Nische links neben der Tür stehen, durch die sie hereingekommen war. Über einem Edelstahltablett hielt er etwas, das wie ein feuchtes rosa Papierhandtuch aussah.

Quinn fühlte sich, als habe sie einen Schlag ins Gesicht bekommen. »Aber ich . . .«

»Schaffen Sie sie *raus!«* brüllte Dr. Alston. »Um sie kümmern wir uns später!«

»Haben Sie nicht gehört?« fragte Marguerite. »Los, raus jetzt!«

Quinn, der die Stimme versagte, drängte sich mit hochrotem Gesicht an ihr vorbei und lief zur Tür. Was hatte sie so Schlimmes getan? Sie hatte nur zu helfen versucht.

Arthur Alston war bleich vor Zorn, als er mit bebendem Zeigefinger auf Quinn Cleary deutete.

»Es wird Tage dauern, bevor wir die Folgen Ihres unverantwortlichen Fehlverhaltens einschätzen können, junge Dame.«

Walter Emerson, der Quinn aufmerksam beobachtete, war gespannt, was sie erwidern würde. Sie war vor fast einer Stunde sichtlich erregt mit ihrer Geschichte zu ihm gekommen. Er hatte ihr zugehört und sie beruhigt, aber sich nicht weiter dazu geäußert, sondern ihr nur versprochen, dabeizusein, wenn sie sich vor Arthur rechtfertigen mußte.

Das mußte sie schon bald. Arthur war in seiner unerträglichen Manier in Walters Labor hereingeplatzt und hatte verlangt, »die Ignorantin, die in Station C eingedrungen ist«, vorgeführt zu bekommen. Walter hatte Alice in eine vorzeitige Kaffeepause geschickt und Quinn zu sich gebeten. Nun saß er in seinen Sessel zurückgelehnt und wartete ab, wie Quinn sich verteidigen würde. Hatte sie nur halb soviel Mumm, wie er ihr zutraute, würde sie sich behaupten.

»Tut mir leid, Dr. Alston«, sagte sie. »Ich weiß, daß ich einen Raum betreten habe, den ich nicht hätte betreten dürfen, aber ich habe in diesem Augenblick keine andere Möglichkeit gesehen.«

»Auf dem Schild steht ›Kein Zutritt für Unbefugte‹«, sagte Arthur. »Kann man's noch deutlicher ausdrücken?«

»Nein, aber...«

»Hier gibt's kein ›aber‹, Miss Cleary. Wenn Sie hier Assistentin bleiben wollen – übrigens auch – wenn Sie eine *Studentin* dieser Einrichtung bleiben wollen –, halten Sie sich in Zukunft an die Vorschriften, sonst fliegen Sie schneller raus, als Sie mit Ihren babyblauen Augen blinzeln können.«

Walter beobachtete, wie Quinn errötete. Er war versucht, sich einzumischen, bevor Arthur übertrieb, aber dann schwieg er doch. Er wollte Quinns Antwort hören.

»Ich habe einen Ihrer Patienten in Gefahr gesehen, Dr. Alston«, sagte sie mit schmalen Lippen. »Ich habe gesehen, daß das Sicherheitsgitter seines Betts heruntergelassen war und daß er über die Bettkante gerutscht ist. Was hätte ich also tun sollen?«

»Sie hätten überhaupt nicht an der Tür sein sollen!«

»Was hätte ich tun sollen, Sir?«

Sehr gut, dachte Walter. Höflich und respektvoll, aber in der Sache hart.

»Sie hätten eine Schwester rufen sollen«, sagte Arthur.

»Das habe ich getan, Sir. Mehr als einmal. Aber keine hat geantwortet. Was hätte ich danach tun sollen, Sir? Dastehen und zusehen, wie einer Ihrer Patienten zu Boden fällt?«

»Sie hätten das Verbotsschild an der Tür nicht mißachten dürfen, Miss Cleary. Der Gesundheitszustand dieser Patienten ist äußerst fragil. Die Flächen mit Hautverpflanzungen sind sehr infektionsgefährdet. Die Station C darf nur mit Chirurgenmütze, Gesichtsmaske und sterilen Gummihandschuhen betreten werden. Sie haben nichts dergleichen getragen. Weiß der Teufel, was für Keime Sie dort eingeschleppt haben!«

»Vielleicht irre ich mich, Sir, aber wäre er infektionsmäßig nicht schlimmer dran, wenn er auf den Fußboden gefallen wäre?«

»Das wäre nicht passiert, Miss Cleary. Marguerite hat ihn die ganze Zeit im Auge behalten.«

»Schon möglich, Sir. Aber das habe ich zu diesem Zeitpunkt nicht wissen können. Ich habe getan, was ich für richtig gehalten habe. Tut mir leid, wenn ich Sie verärgert oder Ihren Patienten gefährdet habe. Aber gestatten Sie mir eine Frage, Sir: Wären Sie jetzt hier, um mich wegen meiner Untätigkeit zu *loben*, wenn ich dagestanden und zugesehen hätte, wie Ihr Patient auf den Fußboden knallt?«

Arthur öffnete den Mund, schloß ihn und öffnete ihn erneut.

»Sie betreten die Station nicht wieder, Miss Cleary. Unter *keinen* Umständen. Ist das klar?«

»Völlig klar, Sir.« Sie sah zu Walter hinüber. »Ich möchte für heute Schluß machen, wenn's Ihnen recht ist, Dr. Emerson.«

Walter sah, daß sie Mühe hatte, Tränen zurückzuhalten. Er hätte ihr am liebsten die Hand geschüttelt und ihr zu ihrem Auftreten gratuliert, aber das konnte er in Arthurs Gegenwart unmöglich tun.

»Schön, Quinn«, sagte er. »Gehen Sie essen und entspannen Sie sich ein bißchen. Heute ist Freitagabend. Amüsieren Sie sich irgendwo.«

Sie rang sich ein Lächeln ab, das Walter zeigte, daß sie nicht in der Laune war, sich zu amüsieren, und ging zur Tür.

»Guten Abend, Dr. Alston«, sagte sie, als sie an ihm vorbeikam.

Arthur sagte kein Wort. Als sie gegangen war, wandte er sich an Walter, aber Walter kam ihm zuvor.

»Findest du nicht auch, daß du ein bißchen streng zu ihr gewesen bist, Arthur?«

»Nicht streng genug, fürchte ich«, erwiderte Arthur. »Mit der gibt's noch Probleme, Walter, weil sie ihre Nase in Dinge steckt, die sie nichts angehen.«

»Sie hat einen Notfall gesehen und sich beeilt, zu Hilfe zu kommen. Eine humanitäre Geste. Warum tadelst du eine zukünftige Ärztin wegen einer humanitären Geste?«

»Sie hätte das Transplantat infizieren können. Sie hätte schlicht und einfach nicht dort drinnen sein dürfen.«

Walter starrte Arthur durchdringend an. »Und das Sicherheitsgitter hätte nicht unten bleiben dürfen«, sagte er nachdrücklich. »Schlicht und einfach.«

Arthur erwiderte seinen Blick einige Herzschläge lang und sah dann weg.

»Das bringt uns nicht weiter. Aber diese Sache zeigt ein Problem auf: Das 9574 braucht eine längere Halbwertzeit. Die Versuchspersonen scheinen dagegen immun zu werden. Je länger sie das Zeug bekommen, desto weniger scheint es zu wirken.«

»Daran arbeite ich bereits«, sagte Walter. »Und mit Miss Cleary als Assistentin gelingt es mir vielleicht, dieses Problem für dich zu lösen.«

Arthur starrte ihn an und schüttelte den Kopf. »Dir macht es richtig Spaß, Salz in Wunden zu reiben, stimmt's?«

»Nur in deine, Arthur. Nur in deine.«

Sie lachten gemeinsam.

Tim hatte auf dem zweiten Bett in Quinns Zimmer gedöst. Erst das Geräusch eines Schlüssels im Schloß weckte ihn. Er stand rasch auf und ging auf Zehenspitzen zur Tür, wo er neben den Angeln an die Wand gedrückt stehenblieb und wartete. Als die Tür sich langsam nach innen öffnete, packte er die Klinke, riß sie ganz auf und rief: »Uaaaahhhh!«

Aber draußen stand nicht Quinn, die ihn mit offenem Mund erschrocken anstarrte, sondern irgendein fetter Kerl um die Fünfzig. Tim stieß einen überraschten Schrei aus und trat einen Schritt zurück.

»Wer zum Teufel sind Sie?« fragte Tim.

»Das ist meine Frage, Kumpel«, sagte der Kerl mit piepsiger Stimme. »Wer zum Teufel sind *Sie,* und was zum Teufel haben Sie im Zimmer einer Studentin zu suchen?«

Der Mann wirkte leicht verstört. Er hatte ein Bulldoggengesicht und einen Stiernacken. In einer Hand hielt er eine Taschenlampe, in der anderen eine Art Elektronikstab. Tim betrachtete ihn genauer und erkannte ihn wieder.

»Sie sind Mr. Verran, der Sicherheitsmann.«

»Chef des Sicherheitsdienstes. Und Sie haben meine Fragen noch nicht beantwortet.

»Oh. Yeah. Ich bin Tim Brown. Student im ersten Jahr. Ich warte auf Quinn Cleary – dies ist ihr Zimmer . . .«

»Das weiß ich. Lassen Sie mal Ihren Ausweis sehen.«

Tim angelte seinen Studentenausweis mit Lichtbild aus der Geldbörse und gab ihn Verran. Ihm fiel auf, daß die Hand des älteren Mannes zitterte, während er den Ausweis prüfte.

»Verraten Sie mir etwas, Mr. Verran. Wie kommen Sie dazu, sich hier einzuschleichen?«

»Ich schleiche mich nirgends ein«, widersprach er scharf. Er schien seine Fassung zurückgewonnen zu haben, als er Tim den Ausweis zurückgab. »Wir ... uns ist gemeldet worden, daß irgendein Kerl sich im Zimmer einer Studentin versteckt hält. Ich bin raufgekommen, um nach dem Rechten zu sehen. Wo ist die eigentliche Bewohnerin?«

»Drüben im Science Center. Sie arbeitet bei Dr. Emerson.«

»Weiß sie, daß Sie hier sind?«

»Natürlich. Wir wollen miteinander zum Abendessen gehen, sobald sie zurückkommt. Aber verraten Sie mir etwas: Wer hat gemeldet, daß –?«

»Eine besorgte Kommilitonin. Aber woher weiß ich, daß die eigentliche Bewohnerin weiß, daß Sie hier sind?«

»Das wissen Sie nicht. Aber wir können auf Miss eigentliche Bewohnerin warten, und sie kann's Ihnen selbst sagen.«

»Ich hätte Lust, genau das ...« Das Handfunkgerät an Verrans Gürtel piepste. Er zog es aus der Halterung und drehte Tim den Rücken zu. »Yeah?«

»Sie ist unterwegs, Lou«, sagte eine blecherne Stimme.

»Verstanden.« Verran drehte sich wieder nach Tim um. »Ich muß jetzt weiter. Aber ich überprüfe Ihre Story, Kumpel. Ist sie wahr, okay. Ist sie's nicht, können Sie sich auf was gefaßt machen!«

Tim beobachtete, wie er den Korridor entlanghastete, und sah sich um. Das Women's Country war menschenleer. Wer konnte dem Sicherheitsdienst einen Kerl in Quinns Zimmer gemeldet haben? Und wie konnte überhaupt jemand gewußt haben, daß er hier war?

Tim schloß die Zimmertür und schlenderte in Richtung zweites Bett zurück.

Bei näherer Überlegung hatte dieser Verran verdammt überrascht gewirkt – bei Tims Anblick mindestens so erschrocken wie Tim bei seinem. Vielleicht sogar noch mehr. Und wozu eine Taschenlampe und das andere merkwürdige Gerät. Nicht gerade die richtige Ausrüstung, um einen Herumtreiber zu stellen.

Was hatte er mit seiner Taschenlampe in Quinns Zimmer gewollt?

Tim trat ans Fenster.

Irgendwas war hier faul. Irgendwas –

»Verdammt!«

Ein stechender Schmerz unter seinem rechten Fuß. Etwas hatte sich hineingebohrt. Ein spitzer Gegenstand.

Er ließ sich aufs Bett fallen und hob seinen Fuß, bis er die Sohle sehen konnte. Irgendeine Art Nadel hatte die Socke durchbohrt und steckte nun in seinem Fuß. Er zog sie heraus und hielt sie ans Licht.

Ein kleines schwarzes Ding, ein flacher, runder, nur wenige Millimeter großer Knopf, der an einen Eishockeypuck erinnerte, auf einer geraden Nadel. Was war das? Eine Krawattennadel? Eine dieser altmodischen Anstecknadeln? Tim fragte sich, ob sie Quinn gehörte. Vermutlich nicht. Sie trug in etwa so viel Schmuck wie Make-up. Und dieses Ding wirkte ohnehin nicht sehr weiblich.

Dann hörte er wieder den Schlüssel im Türschloß. Er hoffte, daß es diesmal Quinn war – nicht nur, weil er keine Lust hatte, noch mal Louis Verrans häßliche Fresse vor sich zu haben, nicht nur, weil sein Magen knurrte, sondern vor allem, weil er sich nach ihrem Anblick sehnte. Bilder ihres Gesichts – redend, essend, über Lehrbücher gebeugt, konzentriert, während sie ihr Skalpell führte – erschienen zu allen möglichen und unmöglichen Zeiten vor seinem inneren Auge.

Als sie den Raum betrat, brachte ihr Anblick ihn zum Lächeln und schickte eine heiße Woge durch seinen Körper.

Was hast du mit mir gemacht, Quinn Cleary? dachte Timm.

Aber er fragte: »Wie war's heute im Büro, Liebste?«

Quinn lächelte, aber es war ein halbherziges Lächeln, als müsse sie sich dazu zwingen. Das sah ihr nicht ähnlich.

»Irgendwas nicht in Ordnung?«

»Ach, eigentlich nichts«, antwortete sie, während sie aus

ihrem Labormantel schlüpfte. »Ich habe bloß vorhin im Science Center eine üble Auseinandersetzung mit Dr. Alston gehabt.«

Sie erzählte von dem Patienten auf Station C, der beinahe aus dem Bett gefallen wäre, und dem Rüffel, den ihr das eingebracht hatte.

»Dieser undankbare Dreckskerl!« sagte Tim, als sie fertig war. »Das ist keine faire oder auch vernünftige Reaktion gewesen.«

»Du sagst es. Aber weißt du, ich habe das komische Gefühl, daß er fast so ängstlich wie wütend gewesen ist.«

Auch Tim war wütend. Und das Ausmaß seiner Wut überraschte ihn. Tim fühlte den Drang, Alston aufzuspüren, ihn an seiner dämlichen Schnurkrawatte zu packen und ihn handgreiflich zu belehren, wie man eine junge Frau behandelt, die einem Patienten in Gefahr zu helfen versucht.

War er so wütend, weil diese junge Frau Quinn war?

Ein weiterer Beweis dafür, wie sehr sie sich schon in seinem Herzen eingenistet hatte.

Aber er unterdrückte seine Wut. Alston so gegenüberzutreten war ohnehin nicht viel mehr als eine müßige Phantasie.

»Vergiß den Blödmann«, sagte Tim. »Komm, wir gehen essen.«

»Mir ist der Appetit vergangen«, sagte sie, »aber ich leiste dir Gesellschaft.«

Tim erinnerte sich an die komische schwarze Anstecknadel, die er gefunden hatte, und hielt sie ihr hin.

»Gehört das übrigens dir?«

Quinn sah sie kaum richtig an. »Nö, nie gesehen. Was ist das denn?«

»Keine Ahnung. Ich hab's drüben zwischen Bett und Fenster auf dem Teppich gefunden. Hat mich in den Fuß gestochen.«

Sie betrachtete die kleine Nadel erneut, diesmal genauer, ohne etwas damit anfangen zu können. Dann zuckte sie mit den Schultern.

»Vielleicht hat eines der Zimmermädchen sie verloren.«

Tim schlüpfte in sein Sportsakko, steckte die Nadel ins Revers und stellte sich in Positur.

»Bitte sehr – der letzte Schrei, was Accessoires für Herren betrifft. Glaubst du, daß sie Furore macht?«

Quinn betrachtete die Nadel mit zusammengekniffenen Augen. »Sie ist kaum zu sehen.«

Tim sah nach unten. Der winzige schwarze Eishockeypuck verschwand fast im Fischgrätmuster seiner Jacke.

»Schön, dann eben nicht. Wieder geht einer meiner modischen Meilensteine den Bach runter.«

Er folgte ihr aus dem Zimmer.

Wird allmählich Zeit, dachte Verran, während er beobachtete, wie Brown und Cleary sich auf den Weg in die Cafeteria machten. Er hatte schon befürchtet, die beiden würden gar nicht zum Abendessen gehen.

Er wartete in den Büschen, bis sie in der Cafeteria verschwunden waren, betrat dann das Wohnheim und rannte ins Women's Country hinauf.

Niemand zu sehen. Er sperrte rasch die Tür von Zimmer 252 auf und schloß sie hinter sich. Dann schaltete er den Metalldetektor ein und ging damit zu der Stelle zwischen Bett und Fenster, wo er sich zu Boden geworfen hatte, als die Cleary ihn gestern abend überrascht hatte. Er führte das Gerät langsam über den hochflorigen Teppich und behielt die Nadel der beleuchteten Anzeige im Griff dabei genau im Auge.

Sie bewegte sich nicht.

Er tastete den Teppichflor mit beiden Händen ab. Dies war der logischste Platz. Hier mußte es liegen.

Als seine Finger nichts ertasteten, kehrte er um, rutschte auf den Knien durch die beiden Zimmer und suchte den Teppich bis zur Tür sorgfältig mit dem Metalldetektor ab.

Die Nadel schlug nur zweimal aus: bei einem Centstück und einem Dime.

Großartig. Einfach großartig. Das Gerät funktionierte tatsächlich, aber das Mikrophon blieb unauffindbar.

Wo war es dann, verdammt noch mal?

November

Claropril (ACE-1), der neue ultrastarke ACE-Hemmer von Kleederman Pharmaceuticals, hat bei den blutdrucksenkenden Mitteln nur sechs Monate nach seiner Zulassung einen Marktanteil von 20 Prozent errungen.

Modern Medicine

Die längste ständig wandernde medizinische Debatte der Welt (II)

Die allabendliche Diskussionsrunde fand diesmal – ausgerechnet! – in Harrisons Zimmer statt.

»Er ist nicht so schlimm, wie wir alle geglaubt haben«, sagte Tim, als er mit Quinn den Flur im ersten Stock des Nordflügels entlangging. Dabei blitzten seine blauen Augen hellwach. Er verzichtete jetzt immer öfter auf seine Sonnenbrille. So gefiel er ihr besser. »Andererseits ist er natürlich nicht gerade der herzliche Typ. Durchaus nicht. Aber er kann sich wenigstens ausdrücken.«

Quinn sah auf ihre Armbanduhr. Sie hatte aufarbeiten wollen, was sie in der Histologievorlesung mitgeschrieben hatte, als Tim hereingeplatzt war und sie zu dieser abendlichen Debatte mitgeschleppt hatte.

»Komm schon, Quinn!« hatte er gesagt. »Du brauchst eine Pause. Laß deinen Kram liegen und geh mit zu dieser Diskussion. Die könnte eine Blutauffrischung vertragen.«

»Aber meine Notizen . . .«

»Willst du überschnappen wie dieser Kerl Prosser, der vor ein paar Jahren spurlos verschwunden ist? Zur Medizin gehört mehr als nur Histologie, weißt du.«

»Aber wenn ich bei den Prüfungen durchfalle, ist der Rest unwichtig.«

»Du fällst nicht durch.«

Quinn war mitgegangen, weil sie wußte, daß Tim recht hatte. Sie würde durchkommen. Es genügte ihr nicht, mit knapper Not durchzukommen, aber sie brauchte eine Pause. Vorlesungen, Laborübungen, Lernen und die Arbeit bei Dr. Emerson strengten auf die Dauer ziemlich an. Sie hatte schon daran gedacht, ihren Job aufzugeben, aber die Arbeit wurde jetzt interessanter, und Quinn hatte gemerkt, daß sie ihr Zusatzeinkommen gut für Kleinigkeiten brauchen konnte, die das Ingraham nicht zur Verfügung stellte.

In Harrisons Zimmer waren acht Leute versammelt. Mit Quinn und Tim waren es zehn. Quinn wurde freundlich begrüßt, aber Tims Erscheinen löste geradezu Jubel aus. Offensichtlich hatte er sich zu einer treibenden Kraft dieser Debatten entwickelt. Quinn staunte über seine Fähigkeit, sich mit praktisch jedermann anzufreunden. Und beneidete ihn darum.

»Tim, du kommst gerade rechtzeitig.« Das war Judy Trachtenberg. Mußte sie nie lernen? »Harrison vertritt plötzlich radikale Ansichten. Er findet, daß auch Chiropraktiker in die Staffelung der medizinischen Versorgung aufgenommen werden sollten.«

»Staffelung?« fragte Quinn.

Alle verstummten und sahen sie an.

»Anrechtsstaffelung«, erklärte Tim ihr. »Du weißt schon. Alston spricht häufiger darüber.«

»Oh, natürlich«, sagte Quinn. Erst letzte Woche hatte Dr. Alston seine Studenten aufgefordert, unter der Voraussetzung, daß medizinische Ressourcen nur beschränkt zur Verfügung stünden, zwei Rangfolgen aufzustellen: eine mit Behandlungsmethoden, die nach dem für sie erforderlichen Aufwand in absteigender Folge geordnet waren, und eine weitere mit Bevölkerungsgruppen, die nach ihrem Wert für die Gesellschaft in absteigender Folge geordnet waren. Für Quinn war das eine beängstigende Übung, aber eben nicht mehr als eine Übung in ärztlicher Ethik gewesen. Hier schien das Thema jedoch ernsthaft diskutiert zu werden.

»Was hältst du davon?« sagte Harrison. Quinn fragte sich, ob irgend jemand seinen Vornamen kannte. »Ja oder nein, was die Rückgratbrecher angeht?«

»Entschieden ja«, antwortete Tim. »Auch die Akupunkteure. Soll das System funktionieren, muß es *alle* Heilberufe einschließen.«

Quinn wartete auf die Pointe, auf einen Gag, der das eben Gesagte ins Gegenteil verkehren würde. Aber sie wurde wider Erwarten enttäuscht.

»Einverstanden«, sagte Judy. »Aber in welche Berufsgruppe ordnen wir sie ein?«

»Sie gehören zu den Physiotherapeuthen«, antwortete Tim. »Laßt den wissenschaftlichen Hokuspokus weg und seht euch an, was sie in Wirklichkeit leisten: Physiotherapie.«

Quinn wollte ihren Ohren nicht trauen. »Ich dachte immer, du seist gegen jede Art Rationierung«, sagte sie.

»Jetzt nicht mehr«, sagte Tim.

»Warum hast du deine Meinung geändert?« Sie war sich darüber im klaren, daß die zukünftige Struktur des Gesundheitswesens nicht zu den Themen gehörte, über die sie mit ihm diskutiert hatte. Aber sie hatte nicht geahnt, daß er einen Meinungsschwenk um hundertachtzig Grad vollzogen hatte.

»Weil ich jetzt den vollen Umfang des Problems erkannt habe. Irgendwann werden nicht mehr genügend medizinische Leistungen zur Verfügung stehen. Und das bedeutet, daß manche Leute mit einem niedrigeren Leistungsniveau werden auskommen müssen. Wer was bekommt, läßt sich nur durch eine Anrechtsstaffelung festlegen, Quinn. Das ist die *einzig* vernünftige Lösung.«

Sie hörte zustimmendes Gemurmel und sah alle anderen zustimmend nicken.

»Was heißt das in der Praxis? Sobald jemand ein bestimmtes Alter überschreitet, werfen wir ihn den Wölfen zum Fraß vor?«

»So primitiv ist die Staffelung nicht«, sagte Harrison. »Natürlich darf das Lebensalter nicht das einzige Kriterium sein; auch der Gesamtwert jedes einzelnen für die Gesellschaft muß berücksichtigt werden. Allerdings hat man mit zunehmendem Alter immer weniger Jahre vor sich – und folglich immer weniger Gelegenheit, etwas zum Gemeinwohl beizutragen.

Massenhaft Leute jeden Alters tragen nichts dazu bei. Obdachlose, Trinker und Drogensüchtige fallen am meisten auf, aber es gibt auch andere, auf die keiner achtet. Leute, die wir niemals sehen; Einsiedler, die bloß rumsitzen und nichts tun. Soll irgendein Sofahocker, der von Sozialhilfe lebt, eine Bypassoperation bekommen, während ein fleißiger Mechaniker, der drei Kinder hat, mit Brustschmerzen weiterarbeiten muß? Meiner Ansicht nach nicht.«

»Auch meiner Ansicht nach nicht. Aber wer soll entscheiden, wer wo eingeordnet wird? Wer soll menschliche Werte abschätzen?«

»Du kannst darauf wetten, daß wir dabei etwas zu sagen haben werden«, sagte Tim. »Besonders die von uns, die später in der Primärversorgung tätig sind. Wir werden entscheiden, wer weiterüberwiesen wird – und wer nicht.«

»Aber diese Staffelung – die Einteilung der Menschen nach ihrer Nützlichkeit – ist so . . . kalt.« Quinn wandte sich an Tim. »Wo bleibt das Mitleid? Erinnerst du dich, wie wir über eine Kennziffer für Mitleid gesprochen haben?«

»Yeah«, sagte Tim leise und sah dabei leicht verstört drein. »Ich erinnere mich daran. Ich weiß nur nicht, warum ich das vergessen habe.«

Quinn hätte nicht sagen können, was sie störte – aber irgend etwas an Tims Blick war ihr fast unheimlich.

13

Quinn hatte einige Minuten Zeit, deshalb ging sie durchs Labor zu Dr. Emerson hinüber, der einen Journalartikel las. Er blickte auf, als sie näher kam, und lächelte ihr zu.

»Na, machen Sie eine kleine Pause?« fragte er.

Sie nickte. »Der Computer ist gerade dabei, die Daten der letzten Versuchsreihen aufzubereiten und graphisch darzustellen. Dafür braucht er noch ungefähr zehn Minuten.«

»Gut, gut.« Er vertiefte sich wieder in seinen Artikel.

»Äh, Dr. Emerson«, sagte Quinn, die nicht recht wußte, wie sie ihr Thema anschneiden sollte. Obwohl sie diese Gesprächseröffnung gestern abend und heute vormittag immer wieder geübt hatte, fühlte sie sich ziemlich unbeholfen. »Darf ich Ihnen eine seltsame Frage stellen?«

«Natürlich«, sagte er, ohne das Journal sinken zu lassen. »Bitte sehr. Ich habe schon immer eine Vorliebe für seltsame Fragen.«

»Was geht hier vor?«

Er sah sie über seine Lesebrille hinweg an.

»Eigentlich müßten Sie das langsam wissen. Wir testen das 9574, um ...«

»Nein, nicht hier in Ihrem Labor. Ich meine das Ingraham. Was geht dort vor?«

Dr. Emerson legte das Journal weg und nahm seine Lesebrille ab. Er starrte sie an.

»Ich weiß nicht recht, ob ich Ihnen folgen kann, Quinn.«

Sie nahm ihm gegenüber Platz. »Ich weiß nicht mal, ob ich mir selbst folgen kann. Alles ist so vage ...« Quinn suchte nach den richtigen Worten, nach der passenden Analogie, ohne aber fündig zu werden. »Die Sache ist nur die, daß alle hier am Ingraham gleich zu denken, denselben Standpunkt zu haben scheinen.«

»Tatsächlich ist das nicht ungewöhnlich«, sagte Dr. Emerson. »Das kommt in vielen akademischen Einrichtungen vor. Bestimmte Ansichten setzen sich bei einflußreichen Leuten eines Instituts durch, schlagen Wurzeln, gedeihen und ziehen Gleichgesinnte an. Während der Einfluß dieser Gruppe wächst, ziehen andere, die ihre Positionen nicht billigen, sich allmählich zurück, während die, die sie billigen, und die Indifferenten bleiben. Sehen Sie sich nur an, wie die Dekonstruktivisten die Herrschaft über das Anglistikseminar in Yale an sich gebracht haben. Oder wie . . .«

»Aber ich rede nicht von irgendeinem Seminar, sondern von einer ganzen Hochschule – von Dozenten wie Studenten.«

»Sie meinen das Ingraham? Das sollten Sie mir lieber erklären.«

Quinn holte tief Luft. Wie sollte sie das nüchtern und zusammenhängend erklären, wenn es ihr selbst ziemlich verrückt erschien?

»Alle fangen an, genau wie Dr. Alston zu reden.«

Dr. Emerson prustete los. »Oh, das will ich nicht hoffen! Das will ich wirklich nicht hoffen!«

»Es stimmt aber. Alle plappern bloß nach, was sie in seinen Vorlesungen hören. Erst gestern abend . . .«

Dr. Emerson legte Quinn eine Hand auf den Arm und hob die andere, um jemanden vom Korridor hereinzuwinken.

»Arthur! Komm einen Augenblick rein, Arthur. Ich möchte, daß du das hörst.«

Quinn drehte sich um und fuhr zusammen, als sie Dr. Alston quer durchs Labor auf sie zukommen sah. Was fiel Dr. Emerson ein? Wollte er, daß sie noch mehr Schwierigkeiten mit Dr. Alston bekam?

»Du erinnerst dich an Miss Cleary, nicht wahr?«

»Ah, ja«, sagte Dr. Alston und nickte ihr zu. »Die Leidtragende meines Wutausbruchs vor einigen Wochen. Das ist wohl eine Überreaktion gewesen. Entschuldigung, Miss Cleary.«

»Freut mich, daß du dich entschuldigt hast, Arthur«, fuhr Dr. Emerson fort. »Quinn hier hat dir nämlich gerade ein Kompliment gemacht.«

Dr. Alston lächelte schmallippig, während er auf sie herabsah. »Ach, wirklich? Und was hat sie gesagt?«

Quinn kämpfte das Verlangen nieder, ihn aufzufordern, von ihr nicht in der dritten Person zu sprechen. Schließlich war sie selbst anwesend und durchaus imstande, seine Frage zu beantworten.

»Sie hält dich für einen sehr überzeugenden Dozenten.«

Das schmallippige Lächeln wurde breiter. »Tatsächlich?«

»Ja. Sie sagt, daß die gesamte Studentenschaft allmählich wie du redest.«

Dr. Alstons Blick wurde durchdringend. »Darf ich aus Ihrer Perspektive schließen, daß Sie's irgendwie geschafft haben, gegen meine rhetorischen Leistungen immun zu bleiben?«

Quinn schluckte. Die Sache nahm einen unerwartet schlechten Verlauf.

»Ich finde, daß Sie sehr gut argumentieren, aber es fällt mir schwer zu akzeptieren, daß medizinische Leistungen auf der Grundlage des finanziellen und sozialen Werts des einzelnen rationiert werden müssen.«

Seine Freundlichkeit schwand rasch. »Nehmen wir einmal an, diese Rationierung wäre unvermeidlich – welche Kriterien würden Sie dann vorschlagen?«

»Ich glaube nicht, daß ich für Entscheidungen dieser Größenordnung qualifiziert bin«, sagte Quinn. »Ich weiß nicht, ob das irgend jemand ist. Aber früher hat es auch geheißen, ein globaler Kommunismus sei unvermeidlich, so daß es lediglich eine Frage der Zeit sei, wann der Marxismus die Welt erobere. Und jetzt ist die Sowjetunion zerfallen. Ich bin sicher, daß es massenhaft weitere ›Unvermeidlichkeiten‹ gibt, die nie Wirklichkeit geworden sind.«

»Das glaube ich auch, Miss Cleary«, sagte Dr. Alston. Er nickte langsam, während er sie anstarrte. Sein Blick bewirkte, daß sie sich unbehaglich fühlte. »Ich bin froh, daß wir dieses kleine Gespräch geführt haben. Sie haben mir Stoff zum Nachdenken geliefert.«

Er verabschiedete sich mit einem Nicken von Quinn und Dr. Emerson und verließ das Labor.

Quinn schüttelte ihr Unbehagen ab und wandte sich wieder an Dr. Emerson.

»Bin ich solch eine unverbesserliche Optimistin?« fragte sie ihn. »Ich meine, warum scheine ich die einzige hier zu sein, die sich Dr. Alstons Zukunftspessimismus nicht zu eigen macht?«

»Wie ich Arthur kenne«, sagte Dr. Emerson, »stellt er sich diese Frage jetzt bestimmt auch.«

Auf dem Weg zu Alstons Büro im Dozentengebäude fragte Louis Verran sich, was Dr. Korinthenkacker diesmal von ihm wollte. Jedenfalls nichts Gutes. Nicht nach dem Tonfall der Stimme, die Verran vor einigen Minuten am Telefon gehört hatte.

Bitte kommen Sie sofort in mein Büro. Ich habe eine faszinierende Entdeckung gemacht, die ich Ihnen nicht vorenthalten möchte.

Klar. Verran zweifelte nicht im geringsten daran, daß die faszinierende Entdeckung bedeutete, daß Alston über irgendein Sicherheitsmanko gestolpert war, das er ihm jetzt vorhalten wollte. Er konnte nur hoffen, daß Alston nicht irgendwie von dem verlorengegangenen Mikrophon erfahren hatte.

Verdammt! Wo zum Teufel war das Ding bloß geblieben? Sie hatten die Flure beider Etagen des Wohnheims abgesucht, ohne es zu finden.

Verran wußte, daß er keine ruhige Nacht mehr haben würde, bis er das verdammte Ding gefunden hatte.

Er klopfte an Alstons Tür.

»Treten Sie ein«, sagte jemand auf der anderen Seite.

Treten Sie ein? Was soll der Scheiß?

Er betrat das Büro – dunkel, eichengetäfelt und das größte in diesem Gebäude, wie es Alstons Status als Direktor entsprach – und sah ihn hinter dem Schreibtisch sitzen: in seinen Sessel zurückgelehnt, die Fingerspitzen vor den Lippen und mit dem Gesichtsausdruck der sprichwörtlichen Katze, die den Kanarienvogel gefressen hat.

Verran ließ sich in einen der Besuchersessel fallen, ohne um Erlaubnis zu fragen. Er beobachtete zufrieden, wie Alston erstarrte, als er seine Füße auf den Schreibtisch legte.

»Was gibt's, Doc?«

»Eines Ihrer DWG-Geräte ist defekt – und nehmen Sie bitte Ihre Schuhe von meinem Schreibtisch.«

Verran ließ seine Füße zu Boden sinken, um seine Erleichterung zu verbergen. Alston wußte also nichts von dem verlorengegangenen Mikrophon.

»Yeah? In welchem Zimmer?«

»Die Nummer weiß ich nicht, aber ich kenne den Namen der Studentin. Alles weitere können Sie veranlassen. Aber ich habe Sie nicht herkommen lassen, um Ihnen das mitzuteilen. Dafür hätte ein einfacher Anruf genügt. Tatsächlich beunruhigt mich sehr, daß sie womöglich ein ganzes Semester lang keine Nachtmusik gehört hätte, wenn ich nicht durch reinen Zufall davon erfahren hätte.«

Verran mußte zugeben, daß das keine Bagatelle war. Ein defektes DWG-Gerät machte den eigentlichen Zweck des Ingraham zunichte. Aber Alstons Verdacht brauchte nicht unbedingt den Tatsachen zu entsprechen.

»Wie kommen Sie darauf, daß das Gerät nicht arbeitet? Ich kann mir nicht vorstellen, daß die Studentin zu Ihnen gekommen ist und Ihnen das erzählt hat.«

Alston lächelte. »Doch, gewissermaßen schon. Sie hat mir erzählt, ihr sei aufgefallen, daß ihre sämtlichen Kommilitonen sich in bezug auf bestimmte Themen meiner Meinung angenähert hätten, was sie sich nicht erklären könne. Er beugte sich nach vorn. »Ihre Ansichten ändern sich offenbar *nicht*. Folglich hört sie keine Nachtmusik. Folglich ist ihr DWG-Gerät defekt. Können Sie das bestreiten?«

Verran, dem unbehaglich zumute war, kratzte sich am Kinn. »Nein, das ist logisch.«

»Für mich ergibt sich daraus eine Frage, Louis«, fuhr Alston fort. »Warum haben *Sie* nichts von diesem defekten Gerät gewußt?«

Verran zuckte mit den Schultern. »Unsere DWG-Indikatoren leuchten alle grün. Störungen werden nirgends angezeigt. Die Geräte sind wie üblich im Sommer überholt worden. Und nachts scheint alles einwandfrei zu funktionieren.«

Alston runzelte die Stirn. »Aber irgend etwas stimmt offenbar nicht! Ich möchte, daß Sie sich sofort darum kümmern.«

Verran knirschte mit den Zähnen. Auf Dr. Korinthenkackers Anweisungen konnte er verzichten.

»Wird gemacht. Wer ist die Studentin?«

»Erstes Studienjahr. Sie sollen sie ohnehin genau überwachen. Quinn Cleary.«

»Scheiße«, sagte Verran. »Nicht schon wieder 252.«

Alston setzte sich auf. »Wieder? Hat's schon Schwierigkeiten mit der Cleary gegeben?«

Verran wußte, daß er jetzt sehr vorsichtig sein mußte. Er durfte sich nicht verplappern und zugeben, daß er beinahe erwischt worden wäre – *oder* daß er ein Mikrophon verloren hatte.

»Nein, nein. Nicht mit ihr persönlich. Nur mit ihrem Zimmer. Ihr Mikrophon ist vergangenen Monat ausgefallen, und ich hab's ersetzen müssen.«

»Ach, tatsächlich?« Er machte eine Pause und lehnte sich wieder zurück. »Eigenartig, nicht wahr?«

»Was?«

»Daß in einem einzigen Raum binnen weniger Wochen gleich zwei elektronische Geräte versagen – in einem Zimmer mit nur einer Bewohnerin.« Sein Tonfall wurde nachdenklich, fast distanziert. »Und diese Bewohnerin . . . eine junge Frau, gegen deren Aufnahme ich von Anfang an gewesen bin. Sehr eigenartig. Ich frage mich . . . Geht da irgendwas vor?«

»Sie hat nichts, mit dem sie unsere Geräte stören könnte, wenn Sie das meinen.« Er grinste Alston an. »Sie leiden doch nicht etwa an Verfolgungswahn, Doc?«

»Durchaus nicht, Louis. Ich weiß recht gut, daß es Zufälle gibt, aber ich bin immer mißtrauisch, wenn sie auftreten. Das ist der Wissenschaftler in mir, nehme ich an.«

»Als erstes sollten wir prüfen, ob Ihre Vermutung stimmt, Dr. Wissenschaftler«, sagte Verran, indem er aufstand. »Meines Wissens funktioniert die DWG-Einheit in Zimmer 252 tadellos.«

»Hoffentlich *nicht*, Louis«, sagte Alston, »denn sonst stehen wir vor einem riesigen Problem. Ich möchte kein weiteres Problem, Louis. Die Probleme vor zwei Jahren reichen mir für den Rest meines Lebens.«

Verran nickte. Das war ein Punkt, in dem Dr. Korinthenkakker und er sich völlig einig waren. Diese Sache war ein Alptraum gewesen.

»Amen, Doc.« Er ging zur Tür. »Ich melde mich, sobald ich das Zimmer überprüft habe.«

»Wie wollen Sie dort reinkommen?«

»Mit dem alten Kammerjägertrick.«

Alston nickte geistesabwesend. »Seltsam, aber in letzter Zeit scheint überall, wo's Schwierigkeiten gibt, die Cleary beteiligt zu sein. Wie kommt das?«

»Keine Ahnung«, sagte Verran, indem er das Zimmer verließ.

»Werde ich bereuen, sie aufgenommen zu haben?«

Verran schloß die Tür und hoffte, daß Alston es nicht bereuen würde. Denn falls Alston bereute, die Cleary aufgenommen zu haben, würde Verran es eines Tages unweigerlich ebenfalls bereuen.

Am allermeisten bereuen würde es letzten Endes natürlich Miss Quinn Cleary.

14

»Nicht absperren, Quinn«, sagte Tim, als er das Klirren ihres Schlüsselbundes hörte.

»Warum nicht?«

»Heute wird gesprüht.«

»Ach, richtig!«

Tim sah zu, wie sie ihre Schlüssel wieder einsteckte. Mit Pullover und langer Hose sah sie großartig aus, aber dieser Pullover war zu lang – er verdeckte zuviel von ihr. Er seufzte, während er sie beobachtete. Heute war ein besonders langer Tag, denn heute abend würden sie gemeinsam nach A. C. fahren. Das bedeutete viele schöne Stunden mit Quinn – sogar eine *Übernachtung* mit ihr in seinem kostenlosen Hotelzimmer.

In den letzten Wochen hatte er sich häufig wilden Sexphantasien hingegeben – lebhaften Träumen, in denen diese langen, schlanken, tollen Beine ihn eng umklammerten –, die sich zwar garantiert nicht erfüllen würden, aber seine Vorfreude trotzdem steigerten. Er hatte sogar eine Packung Kondome gekauft, was vermutlich dem Ausfüllen eines Lottoscheins gleichkam – die Chancen auf einen Hauptgewinn standen sechs Millionen zu eins, aber das hinderte einen nicht daran, sich vorzustellen, wie es wäre, ein Multimillionär zu sein.

Er lächelte. In der Lottowerbung hieß es ganz richtig: Nur wer mitmacht, kann gewinnen.

Tim ging über den Flur und warf nochmals einen Blick auf die Ankündigung am Schwarzen Brett.

MITTEILUNG

Im Wohnheim findet die jährliche Ungezieferbekämpfung statt. Das Sprühen beginnt am Freitag, dem 18. November, im ersten Stock. Dazu müssen alle Zimmer zwischen 8 und 12 Uhr leer sein. Sperren Sie bitte Ihre Tür nicht ab und lassen Sie keine Gegenstände auf dem Fußboden liegen, wenn Sie morgens in die Vorlesung gehen.

Louis Verran
Chef des Sicherheitsdienstes

Irgend etwas an dieser Mitteilung störte Tim, aber er hätte um keinen Preis der Welt sagen können, was ihm daran nicht gefiel.

»Hast du in deinem Zimmer jemals irgendwelches Ungeziefer gesehen, Quinn?« fragte er.

»Nein, niemals«, antwortete sie und kam über den Flur auf ihn zu. »Aber ich möchte auch keines sehen.«

»Und die anderen Mädchen? Haben die über Ungezieferbefall geklagt?«

»Nein, eigentlich nicht. Weshalb?«

»Ach, ich weiß nicht. Mir kommt es irgendwie verrückt vor, mit dem Sprühen im ersten Stock anzufangen. Falls es im Wohnheim Ungeziefer gibt, müßte es sich eigentlich vom Erdgeschoß aus nach oben vorgearbeitet haben.«

»Bist du jetzt auch Fachmann für Ungeziefer?«

»Nein. Aber wenn niemand sich darüber beklagt hat . . .«

»Wahrscheinlich ist das eine Art Präventivbehandlung«, schlug Quinn vor. »Wo regelmäßig gesprüht wird, gibt's keine Probleme mit Ungeziefer. Eigentlich keine schlechte Idee. Außerdem soll das hier verwendete Mittel farblos, geruchlos und, wenn es abgetrocknet ist, für Menschen ungiftig sein.« Sie zupfte Tim am Ärmel. »Los, wir müssen weiter, sonst kommen wir zur Pathologie zu spät!«

Tim warf einen letzten Blick auf die Mitteilung. Vermutlich störte ihn daran, daß sie von Louis Verran unterschrieben war. Er hatte Quinn nichts von seinem kleinen Zusammenstoß mit Verran erzählt, als dieser neulich ihr Zimmer hatte betreten wollen. Quinn war schon wegen ihrer Auseinandersetzung mit Alston erregt gewesen, und er hatte sie nicht noch mehr aufregen wollen. Irgend etwas an Verrans Auftreten an diesem Abend war jedoch wie ein schlechter Nachgeschmack haften geblieben. Tim hatte den vagen Eindruck gehabt, der Mann habe etwas zu verbergen. Er hatte schuldbewußt gewirkt. In den Wochen danach hatte Tim sich eingeredet, das sei eine Fehleinschätzung gewesen – und nun diese Mitteilung: Der erste Stock würde menschenleer sein, sämtliche Türen mußten unversperrt bleiben, und Louis Verran würde die Aktion leiten.

War das irgendwie verdächtig?

Unsinn.

Er folgte Quinn in Richtung Treppe.

Louis Verran stand vor der Tür von Zimmer 252 und sah auf seine Armbanduhr. Sie zeigte 9.16 Uhr an. Noch massenhaft Zeit. Er trat ins Zimmer zurück und verfolgte, wie das zweite DWG-Gerät überprüft wurde. Elliot hatte die Kopfenden der Betten abgebaut, um an die Geräte heranzukommen, und prüfte sie mit einem Universalmeßgerät durch.

»Wie sieht's aus?« fragte Verran.

»Der erste DWG ist in Ordnung, Chief. Ich bin jetzt beim zweiten und habe noch nichts gefunden. Und ich habe das Gefühl, daß ich nichts finden werde.«

»Um Gefühle geht's hier nicht«, sagte Verran. »Paß lieber auf, damit du nichts übersiehst.«

Dieses Gerät *mußte* irgendwie defekt sein; es mußte irgendeinen elektronischen oder mechanischen Defekt haben, der repariert werden konnte. Arbeitete der DWG jedoch einwandfrei, konnte das Problem nur bei der Cleary liegen. Ein nicht funktionierendes Gerät ließ sich instand setzen oder auswechseln, aber eine nicht funktionierende Studentin ...?

Einen Fall dieser Art hatten sie vor zwei Jahren erlebt. Großer Gott, nicht schon wieder!

Er sah erneut auf seine Uhr.

»Laß dich nicht hetzen, Elliot. Wichtig ist, daß du nichts übersiehst. Du hast noch reichlich Zeit.«

Tim sah Quinn aus dem Augenwinkel heraus, während er spürte, daß sie sich über seine Schulter lehnte.

»Ich muß noch mal ins Wohnheim«, flüsterte sie.

»Jetzt?«

Die Wanduhr im Hörsaal zeigte 9.30 Uhr an. Dr. Hagers Vorlesung über die Pathologie von Entzündungen würde noch zehn Minuten dauern. »Ich hab meine Histologie-Notizen vergessen. Ich möchte sie für die Wiederholung haben.«

Quinn arbeitete sich geduckt bis zum Rand ihrer Bankreihe vor und stieg dann die Treppe zum Ausgang hinauf. Nach kurzem Zögern stand Tim ebenfalls auf und folgte ihr.

»Wart auf mich!« rief er auf dem Korridor.

Sie drehte sich überrascht um. »Tim? Wohin willst du?«

»Ich komme mit.«

»Hast du auch was vergessen?«

»Nein. Ich glaube nur . . .« Wie sollte er sich ausdrücken? Tim wollte Quinn nicht von seinen Befürchtungen hinsichtlich Louis Verrans erzählen. Er konnte sich denken, wie haltlos sie laut ausgesprochen klingen würden. Aber die Vorstellung, daß Quinn das menschenleere Wohnheim selbst an diesem strahlenden Herbstmorgen allein betrat, war ihm unsympathisch. »Ich finde, du solltest nicht allein raufgehen.«

Sie blieb stehen und starrte ihn an. »*Wie bitte?* Das soll wohl ein Witz sein?«

»Nein, das ist mein Ernst. Dort oben sind jetzt Leute unterwegs, die von draußen kommen.«

»Der Sicherheitsdienst ist auch da.«

Tim war versucht, ihr zu erklären, das sei möglicherweise das Problem, aber dann ließ er es doch lieber bleiben.

»Yeah, aber selbst unser berühmter Sicherheitsdienst kann nicht überall sein. Einer der Desinfektoren könnte hier oben . . .« Dabei tippte er sich an die Stirn. ». . . nicht ganz richtig sein. Alle Zimmer sind unversperrt. Er könnte dich abfangen, wenn du deines betrittst und . . . nun, wer weiß.«

»Mein Held!« sagte Quinn. Sie legte ihm eine Hand auf den Arm. »Danke, daß du dir Sorgen um mich machst, aber ich . . .«

»Keine Widerrede«, unterbrach er sie. »Ich komme mit, und wir haben nicht viel Zeit. Außerdem will ich nicht, daß irgendein Idiot, der zuviel Pestizid geschnüffelt hat, mir *mein* Wochenende in A. C. ruiniert.«

»Ein schöner Held!« sagte sie lachend.

Tim liebte dieses Lachen.

Sie brauchten keine fünf Minuten, um das Women's Country zu erreichen. Als Quinn, die vorausgelaufen war, die Tür zum Korridor im ersten Stock aufstieß, blieb sie stehen und deutete den Flur entlang.

»Siehst du? Kein Grund zur Sorge. Das Mitgehen hättest du dir sparen können. In meiner Zimmertür steht der Chef des Sicherheitsdienstes persönlich.«

Ich hab's gewußt!

Tim zwängte sich an ihr vorbei in den Flur. Er sah Verran, aber der Sicherheitsmann stand nicht mehr in Quinns Tür. Er hatte sie eben geschlossen und kam mit schwabbelnden Hängebacken und besorgtem Gesichtsausdruck auf die beiden zugehastet.

»Was haben Sie hier zu suchen?« fragte er. »Sie müßten in der Vorlesung sein.«

»Wir gehen gleich wieder zurück«, sagte Quinn.

»Haben Sie die Mitteilung nicht gelesen? Die Zimmer dürfen von acht bis zwölf nicht betreten werden.«

»Ich bin gleich wieder da«, sagte Quinn. »Ich muß nur meine . . .«

Der Chef des Sicherheitsdienstes trat ihr in den Weg.

»Dort können Sie jetzt nicht rein. Er ist gerade dabei, in Ihrem Zimmer zu sprühen.«

»Quatsch!« sagte Tim.

Er machte einen Bogen um Verran und trabte auf Quinns Tür zu. Ihm reichte es jetzt. Ein merkwürdiger Zufall nach dem anderen: Hier oben gab es zweiundfünfzig Zimmer – aber als Quinn und er unerwartet auftauchten, wurde ausgerechnet in Zimmer 252 gesprüht, und Verran war offensichtlich über ihr Aufkreuzen erschrocken. Noch beunruhigender war die Tatsache, daß Verran Quinn nicht hatte fragen müssen, wer sie sei und welches Zimmer sie habe.

Irgend etwas war hier faul.

»Hey! Kommen Sie zurück!«

Obwohl Tim hörte, daß Verran ihm nachlief, wurde er nicht langsamer. Mit seinem Vorsprung würde er Quinns Zimmer lange vor dem Dicken erreichen. Aber als er eben die Hand nach der Türklinke ausstrecken wollte, wurde die Tür von innen geöffnet.

Auf der Schwelle erschien ein großer schwarzhaariger Mann Anfang Dreißig. Er trug einen grauen Overall mit einem ovalen Aufnäher mit dem Schriftzug A-JACKS EXTERMINATING auf der linken Brusttasche. In einer Hand hielt er einen Werkzeugkasten, in der anderen einen Zehnliterkanister mit angeschlossener Sprühlanze.

Er lächelte Tim unbefangen an. »Hey, wie geht's?« Dann sah er an ihm vorbei. »Hier bin ich fertig, Mr. Verran. Wo soll ich weitermachen?«

Verran machte schnaufend neben Tim halt. »Was? Oh, yeah – als nächstes nehmen wir uns 251 vor.« Er starrte Tim aufgebracht an. »Was fällt Ihnen ein, plötzlich loszurennen? Sind Sie nicht ganz dicht?«

Tim sah Quinn hinter Verran näherkommen. Sie musterte ihn mit eigenartigem Blick. Was hätte er sagen können? Irgend etwas stimmte nicht, aber er hatte keinen blassen Schimmer was.

Er drehte sich nach dem Kammerjäger um und merkte, daß der Mann ihn ebenfalls anstarrte. Aber eigentlich nicht ihn, sondern das Revers seines Sportsakkos.

»Eine hübsche Anstecknadel haben Sie da«, sagte der Mann. »Wo haben Sie die her?«

»Gefunden«, antwortete Tim knapp.

Tim hatte keine Lust, sich zu unterhalten, aber der Kammerjäger schien von seiner Nadel geradezu fasziniert zu sein.

»Sehen Sie sich das an, Mr. Verran«, sagte er und zeigte dabei auf Tims Revers. »Haben Sie so was schon mal gesehen?«

Verran kam auf die andere Seite, um sich die Nadel anzusehen. Tim bildete sich ein, er sei dabei leicht zusammengefahren, aber das konnte eine Täuschung gewesen sein. Was war so faszinierend an einem kleinen schwarzen Eishockeypuck?

»Nein«, antwortete Verran langsam. »Noch nie.« Seine Stimme klang heiser. »Wollen Sie sie mir verkaufen?«

»Nein.«

Tim fand ihre Aufmerksamkeit irritierend. Er wollte nichts kaufen oder verkaufen. Er wollte nur, daß Quinn ihre Notizen holte, damit sie verschwinden konnten.

»Bestimmt nicht?« fragte Verran.«

»Todsicher nicht. Kann sie jetzt ihre Notizen holen?«

Die Frage schien den Kammerjäger zu verblüffen. »Hmmm? Oh, äh, yeah, klar.«

Tim gab Quinn ein Zeichen, sie solle vorausgehen, folgte ihr ins Zimmer und schloß die Tür hinter ihnen.

»Wie sieht's hier aus?« fragte er.

Sie sah sich um. »Normal.«

»Alles genau wie heute morgen?«

»Ich glaube schon. Die Tagesdecken sind nicht ganz glatt, aber ansonsten ...«

»Fehlt nichts?«

»Nicht daß ich wüßte.« Quinn starrte ihn forschend an. »Tim, geht's dir gut?«

»Natürlich. Warum?«

»Du benimmst dich so ...«

»Komisch? Yeah, ich weiß.« Tim suchte eine plausible Erklärung. »Vielleicht bin ich zu lange auf diesem Campus eingesperrt gewesen. Vielleicht bekomme ich den Ingrahamkoller. Ich muß hier raus, ich brauche mal wieder Abwechslung!«

»Aber heute abend kommst du hier raus, stimmt's? Wir kommen beide raus.«

»Richtig – nach A. C. Und keinen Augenblick zu früh!«

»Okay. Also halt durch.«

Tim lächelte sie an. »Wird gemacht.« Dann sog er prüfend die Luft ein. »Riechst du was?«

»Nein. Müßte ich was riechen?«

»Hier ist gerade ein Pestizid versprüht worden, stimmt's? Müßten wir da nicht irgendwas riechen?«

»Das verwendete Mittel soll farb- und geruchlos sein.«

Das ist Wasser auch, dachte Tim.

»Darf ich mal kurz telefonieren?«

»Klar.«

Während Quinn in einer Schublade nach ihren Notizen wühlte, tippte er die 411 ein. Tim kehrte ihr den Rücken zu und verlangte halblaut die Telefonnumer der Fima A-Jacks Exterminating. Er wußte nicht, ob er erleichtert oder enttäuscht sein sollte, als die Auskunft ihm eine Nummer nannte. Als er auflegte, stand Quinn schon an der Tür.

»Fertig?« fragte sie.

»Yeah. Bloß raus hier!«

Bevor Tim die Zimmertür hinter ihnen schloß, sah er sich noch einmal um. Hier war irgendwas passiert, das nichts mit Ungezieferbekämpfung zu tun hatte. Aber er kam einfach nicht darauf...

Überwachung

Kurt lachte schallend.

»Was ist so gottverdammt lustig?« fragte Verran.

»Die ganze Sache! Wir suchen den ganzen Scheißcampus wochenlang nach der Wanze ab, die du verloren hast – und dabei hat dieser Trottel sie die ganze Zeit wie 'ne Anstecknadel an seiner Jacke getragen.«

»Immerhin erklärt das, warum wir sie nie finden konnten«, sagte Verran.

»Gott, ich wollte, ich wär dabeigewesen ... bloß um dein Gesicht zu sehen, als du ...« Kurt bog sich wieder vor Lachen.

Sogar Elliot grinste wie ein Idiot.

Verran biß die Zähne zusammen. Das war kein bißchen komisch, verdammt noch mal. Dieser Brown hatte ihre Wanze auf dem ganzen Campus spazierengetragen. Wenn jemand gemerkt hätte, was das war ... Herrje, wenn sie Alston aufgefallen wäre?

Daran wollte er gar nicht denken.

»Reiß dich lieber zusammen«, forderte er Kurt auf, »denn du mußt sie zurückholen.«

Kurt lachte nicht mehr. »Wieso ich? Ich hab keine ...«

»Heute abend.«

»Er fährt heute abend nach Atlantic City, Chief«, sagte Elliot.

»Woher weißt du das?«

»Ich hab gehört, wie er mit der Cleary darüber gesprochen hat. Die beiden fahren zusammen.«

»Spitze!« sagte Kurt. »Die Blondine bumsen! Da hätte ich auch nichts dagegen.«

Verran machte ihm ein Zeichen, er solle die Klappe halten.

»Vielleicht ist unsere Pechsträhne damit vorbei. Wenn der Kerl weg ist, holen wir uns die Wanze zurück.«

»Was ist, wenn er sie mitnimmt, wenn er wegfährt?« fragte Elliot.

Kurt schnaubte. »Bei unserem Glück nimmt er sie todsicher mit.«

Verran konnte nicht widersprechen. Aber vielleicht ließen sich daraus sogar Vorteile ziehen.

»Paßt auf, was wir machen«, sagte er. »Wir beobachten ihn, wenn er abfährt. Trägt er dieselbe Jacke wie heute vormittag, nehmen wir an, daß er die Wanze noch am Revers hat. Dann verfolgt ihr beiden ihn nach Atlantic City . . .«

»Und nieten ihn um!«

Verran funkelte Kurt an, weil er ihn unterbrochen hatte, und zuckte zusammen, als er die .38er in seiner Hand sah.

»Weg damit!«

Kurt grinste. »Ich hab bloß Spaß gemacht, Lou.«

Er beobachtete, wie Kurt die Pistole in die untere Schublade der Hauptkonsole zurücklegte, und fuhr dann fort: »Ihr folgt ihm wie gesagt nach A. C. und wartet auf eine Gelegenheit, ihn ein bißchen aufzumischen. Sorgt dafür, daß die Sache wie ein Raubüberfall aussieht.«

Elliot runzelte die Stirn. »Was ist, wenn wir 'ne Chance sehen, das Ding ohne Gewalt zurückzuholen?«

»Ihr nehmt ihn auf jeden Fall in die Mangel.«

Kurt schlug sich mit der rechten Faust in die linke Handfläche. »Wird gemacht!«

»Ich weiß nicht recht, Chief«, sagte Elliot. »Dabei könnten wir geschnappt werden.«

»Wir müssen's bloß richtig anfangen«, sagte Kurt.

»Ich weiß nicht«, murmelte Elliot. »Ich weiß nicht.«

Verran wußte, wie fickerig Elliot bei dem Gedanken wurde, er könnte wieder in einer Gefängniszelle landen.

»Die Sache geht klar, Elliot«, sagte er und gab ihm einen aufmunternden Klaps auf die Schulter. »Ich versprech's dir.«

Kurt grinste. »Keine Angst, Kleiner. Ich paß auf dich auf.«

Verran starrte Kurt an. Er kam sich fast wie ein gottverdammter Footballtrainer vor, der einen Spieler anspornen und den anderen bremsen mußte. »Keine bleibenden Schäden, Kurt. Nur soviel, daß die Cops sich damit befassen. Und sorgt dafür, daß sie eingeschaltet werden – auch wenn ihr sie selbst anrufen müßt.«

Elliot machte ein verständnisloses Gesicht. »Wieso?«

»Ich hab meine Gründe.«

15

»Hoffentlich mache ich keinen Fehler«, sagte Quinn, als sie ihre Reisetasche in Griffins Kofferraum fallen ließ.

Sie beobachtete, wie Tim ihre Tasche neben seine stellte und den Kofferraumdeckel zuknallte.

»Wie meinst du das?« fragte er.

»Ich meine, daß wir als Freunde reisen und es keine Fisimatenten geben darf.«

Er lachte. »Fisimatenten?«

Sie spürte, daß sie errötete. »Ein Lieblingsausdruck meiner Mutter. Aber du weißt, was ich meine. Ich will bloß keine ... Mißverständnisse. Ist das klar?«

Er ließ den Kopf hängen. »Du meinst, daß uns keine Nacht wilder, dionysischer sexueller Ausschweifungen bevorsteht, die meinem elenden Dasein endlich einen Sinn geben wird?« Er schniefte.

»Mach den Kofferraum auf«, sagte sie. »Ich bleibe.«

Er grinste. »War bloß Spaß!«

»Hoffentlich, denn sonst kenne ich nach diesem Wochenende einen verdammt enttäuschten Medizinstudenten.«

»Komm, wir fahren.«

Als Quinn zur Beifahrertür ging, hörte sie ein Auto hinter sich. Ein schwarzer Celica GTS fuhr auf den Parkplatz neben ihr. Da es überall freie Plätze gab, fragte sie sich unwillkürlich, warum dieser Wagen genau neben ihnen parken mußte. Ein großer blonder Mann stieg aus und nickte ihnen freundlich zu.

Er kam Quinn bekannt vor; dann fiel ihr ein, daß sie ihn einige Male an der Sicherheitstheke im Science Center gesehen hatte. Warum parkte er auf dem Studentenparkplatz? Ihr fiel auf, daß er an ihr vorbei zu Tim hinübersah und ihn geradezu anstarrte. Im nächsten Augenblick knallte er seine Tür zu und marschierte den Fußweg zum Verwaltungsgebäude hinauf davon.

Ob er weiß, daß wir über Nacht wegfahren? fragte sie sich. Wahrscheinlich. Alle anderen schienen es auch zu wissen. In einer kleinen Gemeinschaft wie dem Ingraham konnte man nicht viele Geheimnisse bewahren.

Und alle schienen zu glauben, sie seien nach A. C. unterwegs, um tatsächlich die wilde Nacht zu erleben, von der Tim im Scherz gesprochen hatte. Erst vorhin hatte Judy Trachtenberg sie auf dem Flur abgefangen, ihr wissend zugeblinzelt, sie angestoßen und mit miserablem Cockneyakzent gefragt: »Na, geht's los zu 'ner kleinen Spritztour, was?«

Quinn wußte, daß diese Annahme verständlich war. Tim und sie waren viel miteinander gesehen worden – und jetzt fuhren sie mit Reisetaschen fort.

Sie nahm auf dem Beifahrersitz Platz, schnallte sich an und sah zu Tim hinüber, der jetzt den Motor anließ. Sie mochte Tim, mochte ihn sogar *sehr*. Quinn hatte das Gefühl, seine gelegentlichen sexistischen Bemerkungen und seine schroffe Art sollten Männlichkeit vorspiegeln und seien in Wirklichkeit nur eine Fassade, hinter der er seine Sensibilität verbarg. Sie wußte genau, daß er unter seiner rauhen Schale sensibel war. Warum hielt er es für nötig, diese Eigenschaft zu verbergen?

Eine Romanze mit Tim, ein bißchen Petting oder sogar Sex ... wäre das so schlimm? In ihrem Leben gab es eine Leere, eine Art Vakuum, das sie niemals hatte ausfüllen können, eine subtile, schmerzende Einsamkeit, die Quinn mit den vielfältigen Aktivitäten ihres Alltags überspielte. Aber in ruhigen Augenblicken – manchmal frühmorgens, wenn sie schon wach war, bevor der Wecker klingelte – litt sie unter dieser schmerzhaften Leere.

Sie war keine Jungfrau mehr. Das hatte in der High-School mit Bobby Roca aufgehört. Quinn war sich sicher gewesen, die große Liebe ihres Lebens gefunden zu haben; sie hatten einander ewige Treue geschworen und waren eines Samstagabends, als seine Eltern übers Wochenende verreist waren, in seinem Schlafzimmer gelandet. Ihre nächste Periode hatte sich verspätet, und Quinn war zu Tode erschrocken gewesen. Sie hatte befürchtet, dies sei das Aus für ihre medizinische Zukunft; sie hatte verzweifelt Zuspruch und eine starke Schulter zum Anlehnen gesucht. Aber Bobby hatte ihr nicht mehr Trost und Wärme geboten als eine Schlange. Noch schlimmer – er hatte Quinn sogar Vorwürfe gemacht. Als ihre Periode dann mit einer Woche Verspätung doch noch gekommen war, hatte sie Bobby den Laufpaß gegeben.

Seither hatte es keinen mehr gegeben ... zumindest keinen mehr, der wichtig gewesen wäre. Nicht aus Mangel an Gelegenheit, sondern weil Quinn sich auf keine enge Beziehung mehr eingelassen hatte. Den Grund dafür kannte sie selbst nicht. Warum nahm sie Sex so ernst? Viele Mädchen an der University of Connecticut hatten das viel lockerer gesehen. Man ging ein paarmal miteinander aus, und Sex gehörte dann wie selbstverständlich zu einer Beziehung. Mann und Frau – was konnte natürlicher sein? Sie wußte, daß es für die anderen nicht immer großartig war, aber andererseits war es auch nicht gerade schwierig. Warum war es für sie nicht leicht? Warum mußte sie jeder Beziehung gleich so große Bedeutung beimessen?

Waren denn nicht die meisten Mädchen wie sie erzogen worden – der richtige Mann zur rechten Zeit, am rechten Ort, unter den richtigen Umständen?

Tim war vielleicht der richtige Mann, aber dies war nicht die rechte Zeit in Quinns Leben, und ein Gratiszimmer in einem Hotel in Atlantic City, nachdem sie Tim eine Nacht lang am Spieltisch zugesehen hatte, entsprach nicht ihrer Vorstellung vom rechten Ort und den richtigen Umständen.

Und schwerer als alles andere wog ihre Sorge um ihre Karriere. Quinn durfte sich jetzt keine Ablenkung leisten. Dies war nicht die rechte Zeit in ihrem Leben für eine ernsthafte Beziehung – die einzige Beziehung, zu der sie imstande gewesen wäre. Später. Dafür war später noch viel Zeit. Vorläufig mußte sie darauf achten, sich nicht mit Tim einzulassen und ihren Blick – und alles übrige – in die Zukunft gerichtet zu halten.

Keine ausländischen Verwicklungen.

Aber sich heute nacht an ihn zu kuscheln, in seinen Armen zu liegen ... ein angenehmer Gedanke, ein wärmender Gedanke. Aber er würde genau das bleiben müssen: ein Gedanke.

»Weißt du bestimmt, daß du's gesehen hast?« fragte Verran.

Er stand mit Kurt und Elliot auf der Anhöhe oberhalb des Studentenparkplatzes.

Kurt nickte. »Er trägt's genau dort, wo Elliot es gesehen hat – am Revers seines Sportsakkos. Ich hätte danach greifen und es ihm wegreißen können.«

»Das tut ihr später. Fahrt ihnen nach. Beschattet sie in A. C., ohne euch blicken zu lassen. Habt Geduld. Wartet eure Chance ab und schlagt dann blitzschnell zu. Habt ihr alles, was ihr braucht?«

Kurt nickte. »Wendejacken, Handschuhe, Skimützen, alles übrige.«

»Läßt sich das nicht irgendwie anders machen?« fragte Elliot.

Er war schon den ganzen Tag nervös und schweigsam. Verran wußte, daß Elliot sich schon wieder hinter Gittern sah, aber nicht als feige gelten wollte und deshalb mit Kurt mitfahren würde.

»Das ist wirklich keine große Sache, Elliot. Und das Gute daran ist, daß alles in Jersey passiert. So hat das Ingraham absolut nichts damit zu schaffen. Und falls es irgendwelche Fragen gibt, seid ihr beide die ganze Nacht hier bei mir gewesen. Und jetzt los! Sonst hängen sie euch ab.«

Verran beobachtete, wie sie in ihre Autos stiegen und davonröhrten. Morgen früh würde er die verschwundene Wanze zurückbekommen und wieder ruhig schlafen können.

»Mmmmm«, sagte Tim, als sie von der Delaware Memorial Bridge auf die New Jersey Route 40 abbogen. »Die Straße nach Atlantic City. Ich kann das Geld schon riechen.«

Während die vierspurige Straße sich rasch auf zwei Fahrbahnen verengte, betrachtete Quinn die sie umgebende Dunkelheit.

»Ziemlich ausgestorben.«

»Überwiegend Farmland. Wenn du's hier dunkel findest, meine Liebe, wirst du über die Jersey Pine Barrens staunen. Eine halbe Million Hektar gar nichts. *Dann* siehst du mal, was Dunkelheit ist. Nach A. C. sind's nur noch sechzig Meilen, darum sollten wir allmählich unsere Strategie planen.«

»Strategie?«

»Klar. Wir spielen nämlich beide.«

»Nein! Von Glücksspielen verstehe ich nicht das geringste. Und ich kann's mir nicht leisten ...«

»Du spielst mit meinem Geld. Die Sache läuft folgendermaßen: In den Kasinos wird Blackjack ...«

»Blackjack? Das hab ich noch nie gespielt.«

»Klar hast du's gespielt – als Siebzehn und Vier. Gewinner ist, wer mit seinen Karten der Zahl Einundzwanzig am nächsten kommt, ohne sie zu überschreiten. Zahlenkarten haben den aufgedruckten Wert, Bildkarten zählen als zehn, und jedes As ist nach deiner Wahl eine oder elf Augen wert. Bekommst du beispielsweise ein As und eine Bildkarte – sagen wir eine Königin –, hast du einundzwanzig Augen. Das ist ein Blackjack, und damit hast du automatisch gewonnen.«

»Was gewonnen?«

»Geld. Schon wer bloß gegen den Bankhalter gewinnt, verdoppelt seinen Einsatz. Setzt du also einen Zehner, bekommst du ihn zurück – und einen weiteren dazu. Ein Blackjack bringt natürlich noch mehr.«

»Wer zahlt das?«

»Die Bank.«

»Welche Bank?«

»Das Kasino! Quinn, wo hast du in den letzten zweiundzwanzig Jahren gesteckt?«

»Oh, ich bin ziemlich rumgekommen.« Warum regte Tim sich so auf? »Bloß eben nicht in Kasinos.«

»Das merkt man. Und das ist vielleicht sogar ein Vorteil. Aber ...« Er verzog das Gesicht, als von draußen ein starker Geruch in den Wagen drang. »Puh! Was ist das?«

Quinn erkannte ihn sofort. »Kühe«, sagte sie. »Irgend jemand hat hier eine Kuhherde. Wer auf einer Farm aufgewachsen ist, kennt diesen Geruch.«

»Yeah? Dabei trägt New Jersey den Beinamen ›Garden State‹ ... Aber laß dir erklären, wie die Sache läuft. Wir sind Gäste eines Kasinos, und da im Kasino gespielt wird, werden wir als Spieler bezeichnet.«

»Ich wäre lieber ein Gast.«

»Ja, schon gut, Quinn. Wir gehen also ins Kasino und setzen uns zu weiteren Spielern an den Tisch. Aber spielen nicht gegeneinander, sondern gegen die Bank – gegen das durch den Bankhalter vertretene Kasino. Dieser Bankhalter ist lediglich ein Mann – oder oft eine Frau –, der dafür bezahlt wird, daß er eine Maschine ist.«

»Das verstehe ich nicht.«

»Bankhalter besitzen keine Entscheidungsbefugnis. Wenn die Karten, die sie sich gegeben haben, sich zu sechzehn oder weniger Augen summieren, nehmen sie sich noch eine dazu. Sind's über sechzehn Augen, nehmen sie keine mehr. Die Kasinos haben sich ausgerechnet, daß sie mit dieser Strategie die besten Chancen haben, mehr zu gewinnen als ihre Gäste. Und sie haben recht.«

Diese Vorstellung erstaunte Quinn. »Aber warum spielt man überhaupt, wenn man weiß, daß letztlich die Bank gewinnt?«

»Eine sehr gute Frage, Quinn. Eine Frage, die sich unzählige Spieler schon unzählige Male gestellt haben.«

»Weißt du, ich finde, man sollte einfach ins Kasino gehen, sein Geld beim Bankhalter abliefern und wieder gehen. So würde man sich all den Schweiß und die Ungewißheit sparen – und könnte mit der gewonnenen Zeit vielleicht sogar was Nützliches anfangen.«

Tim starrte sie völlig verblüfft an.

»Das soll kein Witz sein, stimmt's?« fragte er. »Das meinst du vollkommen ernst, stimmt's?«

»Die Straße, Tim«, sagte Quinn und zeigte durch die Windschutzscheibe. »Bitte, sieh auf die Straße.«

Er sah wieder nach vorn. »Und was ist mit der Aufregung, dem Nervenkitzel, Quinn?«

»Was ist am Geldverlieren aufregend?«

»Aber das ist der springende Punkt. Man verliert nicht *immer*. Manchmal gewinnt man auch. Und wichtiger als Gewinn oder Verlust ist das Spiel an sich. Es ist eine Chance, das System zu besiegen – oder zumindest *ein* System. Und das System möchte jeder besiegen. Vor allem ich.«

»Darüber haben wir schon mal gesprochen, glaub ich.«

»Richtig. Als wir darauf gewartet haben, ob das Ingraham dich nehmen würde. Damals habe ich dir erzählt, daß ich das Kasinosystem aushebeln kann.«

»Gibt es nicht einen alten Witz, daß die Kasinos den Erfinder eines völlig neuartigen, narrensicheren, garantiert erfolgreichen Spielsystems mit einer Limousine vom Flughafen abholen lassen würden, um ihn direkt an ihre Spieltische zu fahren?«

»Genau. Das liegt daran, daß die Kasinos ihr eigenes System haben: die Struktur der Auszahlungen, die Höchsteinsätze, das simple Gesetz der Wahrscheinlichkeit – alles trägt mit dazu bei, ihnen den Löwenanteil des Geldes zu garantieren, das über ihre Tische geht. Aber kein Kasinosystem ist auf einen Joker wie mich eingerichtet.«

Quinn lachte, weil sie plötzlich Dustin Hoffmans Gesicht vor sich hatte. »Du hältst dich für Rain Man, stimmt's?«

»Entschuldigung, Miss Cleary. Ich bin vielleicht ein Idiot – aber ich bin kein Fachidiot. Rain Man und ich arbeiten unterschiedlich. Sein Gehirn ist zahlenorientiert gewesen; meines ist bilderorientiert. Aber das Ergebnis bleibt gleich: Nach ein paar Spielen wissen wir beide ziemlich genau, was noch im Schuh ist.«

»Jetzt verstehe ich gar nichts mehr.«

Tim seufzte geduldig. »Okay. Seit eine Gruppe von Leuten ein Zählsystem ausgetüftelt hat, das ihnen anständige Gewinnchancen verschafft hat, wird Blackjack in Kasinos nicht mehr mit nur einem Kartenspiel gespielt.«

»Aber . . .«

Er hob eine Hand. »Laß mich ausreden. Dann haben die Kasinos angefangen, bis zu acht Spiele zu mischen, die Karten in eine hufeisenförmige Halterung zu legen, die man Schuh nennt, und daraus zu geben. Die meisten Spieler können lernen, fünfzig oder hundert Karten im Kopf zu behalten, doch bei vierhundert müssen sie passen. Aber ich kann sie mir merken.«

»Mit deinem fotografischen Gedächtnis«, sagte Quinn.

»Genau. Ich erinnere mich an jede Karte, die ausgeteilt worden ist.«

»Aber was nützt dir das?«

»Nicht viel, bis der Kartenstapel kleiner wird. Sind dann nur noch etwa hundert Karten im Spiel, weiß ich meistens genau, welche im Stapel liegen.«

»Was hilft das, wenn du ihre Reihenfolge nicht kennst?«

»Die brauche ich nicht zu kennen. Ich muß nur wissen, ob hohe oder niedrige Karten überwiegen. Lassen die letzten etwa hundert Karten ein großes Übergewicht einer dieser Kategorien erkennen, schlage ich zu. *Dann* gewinne ich und besiege ihr System. Und du wirst mir dabei helfen.«

»Wie meinst du das?«

»Weißt du, was das ist?« Tim hielt die rechte Hand hoch. Daumen und Zeigefinger waren ausgestreckt, die drei anderen Finger angelegt. Er bewegte seine Hand hin und her. »Das ist das hawaiianische Bleib-locker-Zeichen.« Er bewegte die Hand erneut. *»In hoc signo vinces.«*

Sie wußte, was das hieß, aber . . . »Ich verstehe noch immer nichts.«

Er tätschelte ihr linkes Knie. »Wart's nur ab, Quinn. Bis wir in A. C. sind, ist dir alles klar. Und dann schlagen wir gemeinsam das System.«

Atlantic City entsprach ganz und gar nicht Quinns Vorstellungen. Auf Photos und Postkarten, die sie im Laufe der Jahre gesehen hatte, waren sonnige Strände, große, neue, saubere Gebäude und der Boardwalk, die erhöhte Strandpromenade, mit lachenden, glücklichen Menschen abgebildet gewesen. Die Stadt, in die sie durch sumpfige Marschen einfuhren, war trist, verbraucht, baufällig und heruntergekommen, mit leerstehenden Geschäften, abblätternden Anstrichen, zersprungenen Dachziegeln und eingeworfenen Fenstern. Ebenso heruntergekommene Gestalten – überwiegend Schwarze – schlichen oder schlurften im Halogenlicht der Straßenlampen die schmalen, abbröckelnden, mit Abfällen übersäten Bürgersteige entlang.

»Sieht wie Beirut aus«, sagte Quinn.

»Yeah, aber ein von den Parker Brothers geplantes Beirut.«

Trotz der allgemeinen Trostlosigkeit mußte Quinn lächeln, als sie die Straßennamen las: Atlantic Avenue, Illinois Avenue, New York Avenue, Pennsylvania Avenue . . .

»Stimmt – die Monopolystadt! Diese Straßen habe ich schon oft gekauft. Aber wenn sie mir noch gehörten, wären sie in einem besseren Zustand.«

»Hier wirst du nochmals mit der Realität konfrontiert, bevor du das Land der Illusionen betrittst.«

Sie bogen auf die Virginia Avenue ab und befanden sich im nächsten Augenblick in einem Traumland aus 1001 Nacht: glatter, gut beleuchteter Asphalt führte auf einer zwischen langen Mauern verlaufenden, von Steinelefanten flankierten Zufahrt zum Palast eines Maharadschas – oder vielmehr der Hollywoodversion eines Maharadschapalasts mit bonbonbunten Kuppeln und arabisch angehauchter Leuchtschrift, die verkündete: *Donald J. Trump presents the TAJ MAHAL.* Tim hielt unter dem Vordach, wo Hotelpersonal mit Turbanen ihr Gepäck auslud und den Wagen in die Tiefgarage fuhr.

»Als träte man aus Kansas ins Land Oz, nicht wahr?« sagte Tim, als sie dem Pagen, der ihr Gepäck trug, zur Rezeption folgten.

Quinn dachte an die Trostlosigkeit ihrer Umgebung, die in auffälligem Gegensatz zu dem kostümierten Personal stand, von dem es in der luxuriösen Hotelhalle wimmelte.

»Ich komme mir eher wie in die Maske des Roten Todes versetzt vor.«

Tim musterte sie mit schiefem Blick. »Es geht nichts über eine gelungene literarische Analogie, wenn man sich richtig auf den Abend einstimmen will.«

Auf dem Weg zur Rezeption fiel Quinn auf, daß die arabisch inspirierte Schrift durchgängig verwendet worden war – selbst über den Toiletten und dem VIP Check-in, wo sie nun haltmachten.

»Können wir zwei Betten bekommen?« fragte Quinn die Hotelangestellte, während Tim ihr seine Einladung über die Theke reichte.

»Ich sehe nach, was sich tun läßt, Ma'am.« Sie warf einen Blick auf ihren Bildschirm. »Ja. Kein Problem.«

»Für Sie vielleicht nicht«, murmelte Tim.

Quinn lachte.

Sobald der Page gegangen war, warf Quinn ihre Reisetasche auf das französische Bett am Fenster.

»Das ist meins!«

Tim ließ seine Reisetasche aufs andere Bett fallen. »Dann gehört das hier wohl mir.«

Im Vergleich zum Rest des Hotels erschien Quinn ihr Zimmer eher gewöhnlich. Fast eine Erleichterung, daß die Bettpfosten nicht als Minarette ausgebildet waren.

»Auspacken können wir später«, schlug sie vor. »Komm, wir

fahren gleich runter! Oder bin ich etwa nicht elegant genug angezogen?«

Er lachte. »Nein, für den Spielsaal gibt's praktisch keine Bekleidungsvorschriften.«

»Gut. Sind wir also soweit?«

Quinn kam allmählich in Stimmung und überließ sich bereitwillig einer gewissen Erregung. Dagegen wollte sie auch gar nicht ankämpfen. Sie konnte es kaum noch erwarten, das Kasino zu sehen und Tims Plan auszuprobieren.

»Klar«, sagte Tim. »Aber wie wär's mit 'nem Quickie, bevor wie zum Spielen runtergehen?«

Sie merkte, daß das scherzhaft gemeint war – na ja, halb scherzhaft. Und sie war fast versucht ...

Keine ausländischen Verwicklungen.

Quinn spielte die Empörte und zeigte auf die Tür. »Raus!«

»Damit es Glück bringt?«

»Du hast mir erzählt, daß du nichts von Glück hältst.«

Er zögerte. »Stimmt, das habe ich. Warum rede ich solchen Blödsinn?« Dann hellte seine Miene sich auf. »Aber ich würde mich verdammt glücklich schätzen, wenn ...«

Sie zeigte erneut auf die Tür. »Raus!«

Der Betrieb in den Spielsälen des Kasinos erschreckte Quinn zunächst. Die blitzenden Lichter und den Lärm, die Glockenzeichen, das Scheppern von Spielautomaten und das Stimmengewirr hatte sie erwartet, aber sie war nicht auf solches Gedränge, auf Menschenmassen in unaufhörlicher Bewegung und die Rauchschwaden gefaßt, die wie Musselinbahnen über den Spieltischen wogten.

Sie blieb vor den beiden zu den Spielsälen hinunterführenden Stufen stehen und zögerte, sich ins Gedränge zu stürzen. Alle dort unten schienen zu wissen, was sie taten, wohin sie wollten. Sie kam sich plötzlich vor, als hätte sie sich verlaufen, und umklammerte Tims Arm.

»Paß auf, daß du mich nicht verlierst.«

Er tätschelte ihre Hand an seinem Bizeps. »Wird gemacht.«

Tim führte sie behutsam in das Tohuwabohu hinunter.

»Erst machen wir einen Rundgang, damit du dich orientieren

kannst; dann suchen wir uns einen Tisch und erleichtern Mr. Trump um einen Teil seines Geldes.«

Quinn wußte selbst nicht genau, was sie in einem Spielkasino zu erwarten hatte, aber damit hatte sie nicht gerechnet. Ganz und gar nicht.

Aber die Szenerie war absolut faszinierend.

Sie hatte schon immer gern andere Menschen beobachtet, und dies war ein Paradies für Menschenbeobachter.

Als erstes passierten sie lange Reihen von Spielautomaten mit ihren teilnahmslosen Spielern, die meistens alt und nicht sonderlich gut gekleidet zu sein schienen. Jeder stand – außer den Rollstuhlfahrern – mit einer Schale Münzen in der linken Hand und einer im Mundwinkel hängenden Zigarette vor seinem Automaten, warf mit der rechten Hand Geldstücke ein und zog mit dieser Hand den Hebel herunter. Der Spielautomat ließ gehorsam seine bunten Scheiben surren; dann wiederholte sich der Vorgang. Endlos. Roboter, die an Robotern spielten. Auch wenn die Automaten scheppernd Münzen ausspuckten, ließen die Spieler keine Gemütsregung erkennen.

Quinn hatte das Gefühl, diese Szene schon einmal gesehen zu haben. Dann erinnerte sie sich an einen alten Stummfilm, Fritz Langs *Metropolis,* in dem Arbeiter in der Stadt der Zukunft die Maschinen der Zukunft bedienten und ihre Hebel mit seelenloser Langeweile betätigten.

Aber dies war keine feuchte unterirdische Fabrik. In Kuppeln der verspiegelten Decke hingen Dutzende von prachtvollen riesigen Kristallüstern. Überall blitzten bunte Lichter.

Sie hörte einen Jubelschrei aus einer Gruppe von Männern, die sich um einen Tisch drängten.

»Was spielen die?«

»Dort wird gewürfelt. Ich hab jahrelang versucht, hinter die Geheimnisse dieses Spiels zu kommen, aber ich versteh's noch immer nicht.«

»Es scheint ihnen Spaß zu machen.«

»Nur den Gewinnern. Wer nicht aufpaßt, kann dabei schnell das letzte Hemd verlieren.«

Sie folgte ihm zu den langen Reihen von halbkreisförmigen Blackjacktischen, die teils voll, teils unbesetzt waren.

»Suchen wir uns einen Nichtrauchertisch?«

»Das gehört nicht zu meinen Kriterien«, sagte Tim, »aber ich werd's versuchen.«

»An dem spielt gerade niemand«, sagte sie und deutete auf einen Tisch, hinter dem eine Bankhalterin mit auf den Rücken gelegten Händen stand und ausdruckslos über die grüne Filzbespannung des Spieltischs hinwegstarrte. Über ihrer am Hals mit einer goldenen Brosche geschlossenen Bluse trug sie eine mit Goldbrokat besetzte purpurrote Weste. Diese Dienstkleidung trugen alle Angestellten an allen Tischen. »Den hätten wir ganz für uns allein.«

»Wir wollen ihn nicht ganz für uns allein«, sagte er. »Es würde ewig dauern, bis wir die Karten durch haben.«

»Aber sie sieht so einsam aus.«

»Quinn . . .«

»Sorry.«

Sie gingen zwischen den Blackjacktischen auf und ab. Quinn beobachtete, wie Tims Blick suchend von einem Tisch zum anderen glitt.

»Worauf warten wir noch?«

»Ich suche den richtigen Tisch«, antwortete Tim. »Er muß fast voll sein, und der Bankhalter hat gerade neu gemischt.« Er blieb ruckartig stehen. »Und jetzt hab ich ihn gefunden, glaub ich.«

Er führte sie nach rechts.

»Aber dort ist bloß ein Platz frei.«

»Der gehört dir.«

»Was tust du inzwischen?«

»Ich stehe hinter dir, bringe dir das Spiel bei und warte darauf, daß ein weiterer Platz frei wird.«

Sie sah, daß zwei der vier schon am Tisch sitzenden Spieler rauchten.

»Was ist mit dem Nichtrauchertisch?«

»Quinn . . .«

»Sorry.«

Während Tim den äußersten Stuhl rechts von der Bankhalterin herauszog und für Quinn zurechtrückte, betrachtete er die auf dem Tisch liegenden Karten. Dies war das erste Blatt. Er hatte gesehen, wie einer der Spieler die gelbe Karte zum Teilen in den Stapel steckte, und die Chance rasch genutzt, obwohl an diesem Tisch mit limitierten Einsätzen gespielt wurde: Mindesteinsatz zehn Dollar, Höchsteinsatz fünfhundert Dollar. Höhere Einsätze wären ihm lieber gewesen. Sobald er die bereits gespielten Karten in seinem Gedächtnis gespeichert hatte, schob er Quinn etwas nach vorn und warf zwanzig Hundertdollarscheine auf den Tisch.

»Hunderter«, sagte er und wartete auf Quinns Reaktion.

Quinn enttäuschte ihn nicht, als die Bankhalterin mit lauter Stimme bestätigte: »Zweitausend in Hundertern.« Sie verpaßte sich beinahe ein Schleudertrauma, als sie blitzartig zu ihm aufsah. Tim blinzelte ihr lächelnd zu, schob ihr die schwarz-grünen Chips hin und richtete sich wieder auf, um den Tisch überblikken zu können.

Die anderen Spieler waren drei Männer mittleren Alters, die mit ausdruckslosen Gesichtern vor ihren Drinks hockten – Scotch oder Wodka on the rocks, vermutete Tim –, sowie eine ältliche Kettenraucherin mit orangeroten Haaren.

»Was mache ich jetzt?« fragte Quinn.

»Du setzt hundert. Schieb einen Chip nach vorn.«

»Aber das sind hundert Dollar!«

»Tu's bitte, Quinn.« Tim blinzelte zur Bankhalterin – einer hübschen Blondine mit einer Tonne Lidschatten – hinüber. »Sie ist Anfängerin.« Die Bankhalterin schenkte ihm ein verständnisvolles Lächeln.

Quinn setzte den Chip und bekam eine Acht und eine Zehn. Die Bankhalterin hatte einen König vor sich liegen.

»Was mache ich jetzt?«

»Nichts mehr.«

Die Bankhalterin deckte eine Neun auf und zog Quinns Chip mit ihrem Rechen zu sich her.

»Was ist passiert?«

»Wir haben verloren.«

»Wir haben hundert Dollar verloren? Einfach so?«

Einer der anderen Spieler ächzte vernehmlich.

»Setz den nächsten Chip.«

»Wir wär's mit 'nem halben?«

»Quinn . . .«

»Sorry.«

Sie setzte einen Chip und bekam dafür eine Vier und eine Fünf. Die Bankhalterin gab sich eine Sieben.

»Was mache ist jetzt?«

»Sieh dir an, was sie hat. Sie kann bestenfalls achtzehn bekommen. Da das über sechzehn ist, muß sie passen. Mit dem, was du bisher hast, bist du eine sicherere Verliererin, deshalb nimmst du noch eine Karte, wenn du wieder an der Reihe bist.«

Die Bankhalterin sah zu Qinn hinüber und zog fragend die Augenbrauen hoch.

»Ich nehme bitte noch eine Karte.«

»Richtige Spieler sagen ›Kaufe‹ oder tippen bloß auf ihre Karten«, sagte Tim.

Quinn tippte auf ihre Karten. »Kaufe. Bitte.«

Tim ließ seinen Blick über die aufgedeckten Karten gleiten und sah dabei, daß zwei der anderen Spieler nachsichtig lächelten.

Vor Quinn landete eine Kreuz-Zehn. Die Bankhalterin deckte eine Dame auf. Dann schob sie einen weiteren schwarz-grünen Chip neben den von Quinn gesetzten.

»Ich hab gewonnen?« fragte sie.

»Du hast gewonnen.«

»Dann sind wir quitt. Vielleicht sollten wir jetzt aufhören.«

»Quinn . . .«

»Sorry.« Sie wollte nach einem der beiden vor ihr liegenden Chips greifen.

»Laß den Einsatz stehen«, sagte Tim.

»Zweihundert Dollar auf einmal? Na, hoffentlich weißt du, was du tust!«

Der Geschäftsführer, der einen grauen Anzug trug, erschien neben Tim und sprach ihn halblaut an. »Kann das Kasino irgend etwas für Sie tun, Sir?«

Tim hatte ihn schon erwartet. Zweitausend auf den Spieltisch geworfene Dollar erregten die erwünschte Aufmerksamkeit. Deshalb hatte er seine Chips alle auf einmal gekauft.

Tim zuckte mit den Schultern. »Unser Zimmer ist schon kostenlos.«

Der Geschäftsführer nickte weise. »Vielleicht dürfen wir Sie dann zum Dinner einladen? Und zur Show. Heute abend tritt Julio Iglesias auf.«

»Lieber bloß zum Dinner«, sagte Tim.

Der Geschäftsführer verbeugte sich leicht und ging wieder.

Unterdessen hatte Quinn einen Kreuz-Buben bekommen. Danach folgte ein Karo-As.

»Blackjack!« sagte Tim, und Quinn quietschte aufgeregt, als die Bankhalterin ihr drei weitere Chips hinschob.

»Dieses Spiel *gefällt* mir!« sagte sie.

Die anderen lächelten jetzt offen, stießen sich sogar an. Alle liebten Quinn.

Natürlich taten sie das. Tim legte seine Hände auf Quinns Schultern und knetete sanft die verspannten Muskeln unter dem Stoff ihrer Bluse. Wer hätte sich ihrem Zauber entziehen können?

Quinn fühlte sich jetzt am Spieltisch etwas wohler. Sie hatte sich an den Ablauf, den Rhythmus des Spiels gewöhnt, aber in letzter Zeit blieben die Gewinne aus. Ihr Stapel mit Hunderdollarchips war kleiner geworden.

Sie merkte deutlich, daß sie keine Spielernatur war. Diese ganze Atmosphäre gefiel ihr nicht – das Kasino mit seinem Lärm und Gedränge, die Stadt dort drüben, die Menschen hier drinnen mit ihren glanzlosen Augen und ihren Zigaretten, ihren unzähligen Zigaretten, deren Qualm die Luft verpestete, einem den Atem nahm und die Augen brennen ließ.

Und sie wäre längst blau gewesen, wenn sie die angebotenen Cocktails auf Kosten des Hauses wirklich getrunken hätte. Alle paar Minuten stand eine langbeinige Serviererin in Minirock und federbesetztem Fes – Quinn hatte eine Weile gebraucht, um sich an diesen Fes zu gewöhnen – neben ihr und fragte, ob sie einen Drink wünsche. Quinn bestellte ihr gewohntes Pepsi Light.

Sie war zunächst unsicher gewesen, als die Dame mit den orangefarbenen Haaren ihren Platz aufgegeben hatte und Tim ans andere Ende des Tischs gegangen war, um sich dort hinzusetzen, wobei er die Hälfte der ihr verbliebenen Chips mitnahm.

»Ich schätze, ich muß Mr. Trump jetzt mal zeigen, wie man Blackjack richtig spielt«, sagte er mit übertrieben tiefem Baß – eine perfekte Parodie auf das übersteigerte Selbstvertrauen eines Machos.

Als Tim ihr vom anderen Tischende aus aufmunternd zunickte, erkannte sie, weshalb er diesen Platz sofort eingenommen hatte: Da sie an einem halbkreisförmigen Tisch saßen, konnte Quinn ihn ungehindert rechts von sich sehen. Der beruhigende Druck seiner Hände auf ihren Schultern fehlte ihr, aber sie war sich darüber im klaren, daß etwas Abstand zwischen ihnen eher vorteilhaft war. Nun konnte sie die Handzeichen, die Tim mit ihr vereinbart hatte, leichter sehen.

Er hatte gesagt, daß sie sich höchst unbeliebt machen würde, falls das Kasino dahinterkam, was sie trieben. Vermutlich spürte Quinn deshalb dieses Prickeln im Nacken, dieses Gefühl, beobachtet zu werden. Sie hatte sich schon mehrmals umgedreht, wenn das Gefühl besonders stark gewesen war, aber sie hatte niemanden gesehen, der sie anstarrte.

Wahrscheinlich nur eine milde Form von durch Timothy Brown hervorgerufenem Verfolgungswahn.

Die nächsten Runden spielte sie selbständig, ohne von Tim direkt angeleitet zu werden. Danach sah sie kurz zu ihm hinüber und stellte fest, daß seine linke Hand das hawaiianische Bleib-locker-Zeichen bildete, das er ihr gezeigt hatte.

Dies war das Signal, ihre Einsätze bis zum Limit zu steigern. Quinn fühlte einen Adrenalinstoß. Das Zeichen bedeutete, daß Tim festgestellt hatte, daß in dem jetzt zu Ende gehenden Stapel die hohen oder niedrigen Karten überwogen. Sie fragte sich, welche der beiden Kategorien überwiegen mochte. Aber das spielte keine Rolle.

Jedenfalls war nach Tims Überzeugung der Zeitpunkt gekommen, zu ihrem großen Schlag auszuholen.

Quinn beobachtete ihn jetzt aufmerksam und achtete besonders auf seine linke Hand, die ihr signalisieren würde, wie sie spielen sollte.

Sie warf einen Blick auf das vor ihr auf dem Tisch stehende Plastikkärtchen.

Mindesteinsatz: $ 10
Tischlimit: $ 500

Mit äußerster Selbstüberwindung ignorierte sie die Bauchschmerzen, die sie allein bei dem Gedanken bekam, soviel Geld auf ein paar Karten zu setzen, und schob fünf Hundertdollarchips auf die Spielfläche.

Vor ihr landeten eine Dame und eine Zwei. Was sollte sie nach Tims Meinung damit anfangen? Vor allem, da die Bankhalterin sich eine Fünf gegeben hatte?

Sie blickte nach rechts und mußte einen leisen Aufschrei unterdrücken, als sie sah, daß Tim ebenfalls fünfhundert Dollar gesetzt hatte. Dann stellte sie fest, daß seine linke Hand zur Faust geballt war. Sie sah nochmals hin, um ganz sicherzugehen, und holte dann tief Luft. Hoffentlich wußte Tim, was er tat!

Als die Bankhalterin sich wieder an sie wandte, waren ihre Handflächen schweißnaß. Quinn schüttelte den Kopf.

»Ich passe«, sagte sie mit heiser klingender Stimme. Sie wußte, daß daran nicht nur der Rauch schuld war.

Genau. Erst passe ich, dann kotze ich.

Die Bankhalterin deckte ihre zweite Karte auf – einen Buben. Damit hatte sie fünfzehn. Folglich mußte sie ziehen. *Wie eine Maschine,* hatte Tim gesagt. Quinn hielt den Atem an ... und sah sie einen König ziehen.

Aus!

Die Bankhalterin schob einen kleinen Stapel aus fünf Hundertdollarchips neben Tims Einsatz und einen weiteren neben Quinns.

Quinn fühlte sich zu schwach, um zu jubeln. Sie warf einen Blick auf ihre Armbanduhr. Wie lange hatte das gedauert? Dreißig Sekunden? Sie hatte eben in einer halben Minute fünfhundert Dollar verdient. Wie viele Wochen lang hatte sie den Sommer über in anstrengenden Doppelschichten als Serviererin geschuftet, ohne soviel zu verdienen?

Andererseits hatte sie als Serviererin nie riskiert, Geld zu *verlieren.*

»Sie sind über dem Tischlimit, Miss.«

Quinn sah verwirrt aus. »Was?«

»Das Limit ist fünfhundert Dollar«, sagte die Bankhalterin.

»Oh, natürlich. Sorry.« Quinn strich ihren Gewinn ein und ließ den ursprünglichen Einsatz stehen.

Danach holte sie tief Luft und drehte sich um. Dieses Gefühl, beobachtet zu werden, war stärker denn je. Aber außer der Bankhalterin schien sich niemand erkennbar für sie zu interessieren.

Sie tat das Gefühl mit einem Schulterzucken ab und machte sich auf eine weitere nervenaufreibende Runde gefaßt.

Sie gewannen drei der nächsten vier Runden. Dann kam eine gelbe Karte aus dem Schuh, und das Spiel wurde unterbrochen. Tim stand auf und reckte sich.

»Vielleicht hätten wir doch vorher was essen sollen, Honey«, sagte er. »Ich bin richtig ausgehungert. Gehen wir was essen?«

Honey? Quinn wußte nicht gleich, worauf er hinauswollte – bis sie zur Bankhalterin hinübersah und feststellte, daß sie ein neues Kartenspiel mischte.

»Von mir aus gern, *Honey*. Ich könnte selbst ein großes, fettes, saftiges Steak vertragen, *Honey*.«

Tim lachte laut und machte sich daran, seine Chips einzusammeln. Auch Quinn stapelte ihre auf. Sie hatte das Gefühl, der Geschäftsführer beobachte sie etwas zu aufmerksam. Hatte er etwa Verdacht geschöpft?

»Für 'ne Anfängerin haben Sie verdammt Glück gehabt, junge Lady«, sagte der Alte neben ihr.

Quinn nickte zu Tim hinüber. »Ich habe einen hervorragenden Lehrer.«

Ihr Stapel war ungefähr wieder so hoch wie zu Anfang, aber Tim hatte einen ähnlich hohen angesammelt. Quinns Hände zitterten, als sie die Chips in ihre Taschen stopfte.

Sie sah, wie Tim der Bankhalterin einen seiner Chips hinschob. Weshalb? Die Blondine war nicht besonders freundlich oder hilfsbereit gewesen. Sie zuckte mit den Schultern. Vermutlich war das so üblich. Wie ein Trinkgeld für die Serviererin.

Sie schob einen ihrer eigenen Chips über den Tisch.

Tim steckte seine Chips ein und führte Quinn vom Spieltisch weg. Am liebsten hätte er sie umarmt und geküßt, aber er begnügte sich damit, ihr einen Arm um die Schultern zu legen. Er spürte ein leichtes Zittern, das ihren Körper durchlief, und drückte sie an sich.

»Quinn«, flüsterte er, »du bist *großartig* gewesen.«

»Ich muß unter die Dusche, glaub ich«, sagte sie.

»Nicht schlecht für weniger als eine Stunde Arbeit«, sagte er.

»Wieviel *haben* wir gewonnen?«

»Nach meiner Schätzung fast zweitausend. Und das ist erst der Anfang!«

Quinn sackte gegen ihn. »Ich weiß nicht, wieviel ich noch aushalten kann.«

»Reiß dich zusammen, Kid! Soviel gewinne ich meistens allein. Zu zweit müssen wir deutlich mehr kassieren.«

»Soll das heißen, daß du nach jedem Kasinobesuch zweitausend Dollar reicher bist?«

»Nicht immer, aber meistens. Manchmal zieht sich das Spiel verdammt in die Länge. Und die Karten können so gleichmäßig verteilt sein, daß der restliche Stapel keine eindeutige Tendenz aufweist. Das ist dann verlorene Zeit.«

»Aber ...« Quinn schien es schwerzufallen, diese Zahlen zu begreifen. »Wenn du jedesmal zweitausend Dollar gewinnst und nur einmal in der Woche herkommst, könntest du ...«

»Im Jahr einen sechsstelligen Betrag gewinnen?« Er zuckte mit den Schultern. »Schon möglich. Du brauchst nicht zu denken, das hätte ich mir noch nie überlegt. Einen Tag arbeiten und die übrigen sechs freihaben, um die hundert Mille auszugeben, die man gewinnt. Klingt großartig, nicht wahr?«

Sie waren vom Spielkasino in die Hotelhalle gegangen und schlenderten an den Auslagen der Ladenpassage vorbei.

»Keine Ahnung«, sagte Quinn. »Wäre das denn ideal?«

Tim merkte, daß sie ihn aufmerksam beobachtete. Er hatte das Gefühl, seine Antwort sei ihr wichtig. Aber er brauchte nicht lange darüber nachzudenken. In den vergangenen Jahren hatte er sich oft mit dieser Frage beschäftigt.

Trotzdem zögerte Tim noch. Er war es nicht gewöhnt, über sich selbst – über sein wahres Ich – zu reden. Er hatte seine

Jugend damit verbracht, eine coole Persönlichkeit aufzubauen, die seinen weichen Kern tarnte. Aber jetzt sprach er mit Quinn, deren große blauen Augen ihn anstarrten. Vielleicht konnte er's riskieren, ein bißchen von sich preiszugeben.

»Auf den ersten Blick schon. Beinahe ideal. Aber was hätte man, wenn man später alt genug ist, um Anspruch auf Medicare zu haben?«

»Was denn?« fragte sie. »Einen Haufen Geld?«

»Yeah, schon möglich. Aber nicht viel mehr. Das kann doch kaum der einzige Sinn des Lebens sein, nicht wahr? Bloß Geld zu verdienen, heißt nicht schon, irgendwas zu *tun*. Durch ein Leben dieser Art hätte man nur sein Bankkonto bereichert. Als wäre man Währungsspekulant, Klatschreporter oder was ähnlich Belangloses.«

»Also hast du dich für den Arztberuf entschieden – um etwas mit deinem Leben anfangen zu können?«

Jetzt wurde die Sache allmählich kritisch, und Tim merkte, daß er sich instinktiv zurückzog.

»Na ja, ich finde, daß der Arztberuf eine gute Rückversicherung ist. Und so habe ich wenigstens was, das edel klingt, wenn ich's den Kindern – *unseren* Kindern –«

»Hüte deine Zunge!«

» – erzähle, wenn sie mich fragen, was ich mit meinem Leben angefangen habe.«

»Kannst du nicht mal zwei Minuten lang ernst sein?«

»Das liegt durchaus im Bereich des Möglichen, Miss Cleary, aber wir wollen mir lieber noch keinen Heiligenschein anmessen. Wie du weißt, bin ich vor allem am Ingraham, weil es nichts kostet und mir die Möglichkeit gibt, das Erwachsenwerden noch ein bißchen hinauszuschieben.«

»Mmh-hmm.« Er spürte, daß sie ihm das nicht abnahm, zumal sie langsam nickte und ihn dabei anlächelte. Ein strahlendes, sehr warmes Lächeln.

»Komm, wir gehen ins Freie«, schlug Quinn vor. »Ich könnte etwas frische Luft vertragen.«

Tim seufzte. Er hatte gehofft, sie würde vorschlagen, ins Zimmer hochzugehen.

»Klar. Hier entlang, bitte.«

»Aaaahhh!«

Quinn holte tief Luft, während sie auf der Meeresseite des Boardwalks ans Geländer lief und die Arme weit ausbreitete, um die vom Atlantik kommende kühle Seebrise aufzufangen. Sie genoß den reinen, salzigen Geruch.

»Warum können sie nicht etwas davon ins Spielkasino pumpen?« fragte sie.

Tim lehnte neben ihr am Geländer. »Weil dann wahrscheinlich jeder zweite Gast wegen einer Überdosis Sauerstoff umkippen würde. Manche von ihnen haben seit zwanzig Jahren keine frische Luft mehr geatmet.«

Sie drehte sich um und betrachtete all die hellen Blinklichter, all die leuchtenden Metallicfarben der Kuppeln des Taj Mahal.

»Irgendwie verleiht es dem Begriff protzig neue Dimensionen, nicht wahr?« sagte sie.

Tim lachte. »Sogar total verkitscht ist noch zu schwach.«

Sie lehnten am Geländer, hörten die Brandung an den dunklen Strand rauschen und beobachteten, wie das Licht des Halbmondes auf den schaumgekrönten Wogen glitzerte. Quinn fühlte, daß die Spannung, unter der sie am Spieltisch gestanden hatte, sich durch ihre Poren verflüchtigte. Links von ihnen sah sie eine nach unten führende Treppe.

»Komm, wir gehen zum Strand runter – bloß für eine Minute!«

Sie schleuderte ihre Schuhe von sich.

»Ich möchte Sand zwischen den Zehen spüren.«

Tim folgte ihr widerwillig. »Ich hasse es, Sand in die Schuhe zu kriegen.«

Am Fuß der Treppe steckte Quinn ihre Füße in den kalten, trockenen körnigen Sand, spürte dabei wieder ein Prickeln im Nacken und hatte das Gefühl, beobachtet zu werden. Sie drehte sich um und sah zwei dunkle Gestalten, die über ihnen auf dem Boardwalk unterwegs waren, dicht am Geländer blieben und sie beobachteten. Irgendwie wirkten sie bedrohlich ...

Sie stieß Tim an. »Vielleicht sollten wir wieder raufgehen.«

»Wir sind gerade erst unten.«

Während Tim sich bückte, um seine Schuhe auszuleeren, in die Sand geraten war, blickte Quinn erneut auf. Die beiden

Gestalten waren jetzt oben an der Treppe: eindeutig zwei Männer, die Strickmützen trugen. Da alles Licht von hinten kam, waren ihre Gesichter nicht zu erkennen. Sie hätten Matrosen sein können, aber während Quinn die beiden beobachtete, zogen sie ihre Mützen herunter – Strickmützen! – und kamen die Stufen heruntergerannt.

»Tim!« rief sie.

Sie sah, wie er sich umdrehte, als er polternde Schritte hörte, aber er konnte nicht mehr reagieren, bevor die beiden über ihn herfielen. Sie rissen ihn um, so daß er im Sand auf dem Rücken lag, schlugen ihn ins Gesicht, machten sich über seine Jackentaschen her und rissen sie auf. Quinn war einige Pulsschläge lang vor Schock und Entsetzen wie gelähmt – sie hatte dergleichen noch nie erlebt, hatte immer geglaubt, es stoße nur anderen zu; dann begann sie laut kreischend um Hilfe zu rufen und die Rücken der Angreifer mit ihren Fäusten zu bearbeiten.

Einer der Männer drehte sich um und stieß sie zurück. Obwohl der Stoß nicht besonders kräftig war, verlor Quinn das Gleichgewicht, rutschte im Sand aus und fiel hin. Während sie weiter um Hilfe schrie, sah sie im kalten Mondschein zu Boden fallende Chips, die um Tim herum im Sand lagen. Der Kleinere der Angreifer machte sich daran, die Chips aufzusammeln, während der größere Mann weiter auf Tim einschlug und ihn an der Jacke riß. Nach einem besonders heftigen Schlag gegen Tims Kopf kam der Größere ungefähr gleichzeitig mit Quinn auf die Beine.

Er wollte sich auf sie stürzen, aber sie rannte zur Treppe, rief dabei weiter um Hilfe und hoffte inbrünstig, daß jemand sie hören oder vielleicht sehen würde. Sie war auf halber Treppe, als er sie einholte, den Bund ihrer Hose zu fassen bekam und sie ihr vom Leib zu reißen versuchte. Mit der anderen Hand begann er, ihr zwischen die Beine zu grapschen. Sie stieß mit dem Ellbogen nach hinten, aber ihr Stoß glitt von seiner Schulter ab. Dabei verlor sie langsam das Gleichgewicht.

Plötzlich tauchte Tim mit blutender Nase und blutiger Lippe neben ihnen auf, riß den Größeren herum und traf mit seiner Faust die Ausbuchtung der Nase unter seiner Skimütze. Quinn hörte ein gräßliches Knacken, hörte einen lauten Schmerzensschrei; dann war der Kleinere da, zog seinen Partner mit sich und deutete unter den Boardwalk.

Quinn schrie weiter. Sie verrenkte sich den Hals, um über die oberste Treppenstufe hinwegsehen zu können, und erkannte uniformierte Wachleute, die vom Kasino her auf sie zugerannt kamen. Als sie sich wieder umdrehte, verschwanden die beiden Gangster bereits im Dunkel unter dem Boardwalk. Dann sah sie Tim keuchend und würgend am Geländer hängen. Sie war sofort bei ihm, wußte nicht, was sie tun sollte, wo sie ihn anfassen durfte und wo nicht, wußte aber recht gut, daß sie dabei war, die Beherrschung zu verlieren, daß sie nur noch die Arme um ihn schlingen und losheulen wollte.

Und genau das tat sie dann.

Überwachung

Louis Verran riß den Hörer beim ersten Klingeln von der Gabel.

»Yeah?«

»Chief . . . hier ist Elliot.«

Erzähl mir was Gutes, Elliot!«

»Wir haben das Ding.«

Verran atmete lange und langsam seufzend aus. Endlich! Soviel Streß wegen einer verdammten Wanze.

»Wo seid ihr jetzt? Seid ihr gut aus der Stadt rausgekommen?«

»Kein Problem.« Die Stimme klang aufgekratzt, als sei Elliot halb betrunken vor Erleichterung, weil sie ihren Auftrag ausgeführt hatten, ohne geschnappt worden zu sein. »Wir sind auf einem Rastplatz am Delaware Turnpike. Wir haben ihn draußen am Strand überfallen. Die Gelegenheit ist einmalig günstig gewesen. Er hat sich gewehrt, aber wir haben ihn zusammengeschlagen. Dann sind wir unter dem Boardwalk verschwunden, haben die Skimützen weggeworfen und die Jacken gewendet. Kurt ist nach Norden zu seinem Wagen gerannt, und ich bin nach Süden zu meinem gelaufen. Alles genau wie geplant. Kein Mensch hat versucht, uns anzuhalten. Eine glatte Sache, Chief. Sehr glatt.«

Natürlich, dachte Verran. Bei sorgfältiger Planung läuft immer alles glatt. Selbst wenn es die Cops in A. C. geschafft hätten, rechtzeitig eine Ringfahndung auszulösen, hätten sie nach zwei Männern unbekannter Rasse in schwarzen oder dunkelblauen Windjacken gefahndet. Ein einzelner Weißer, der in einer roten Jacke stadtauswärts fuhr, wäre keines zweiten Blikkes gewürdigt worden.

»Und die Cops? Habt ihr die angerufen?«

»War nicht nötig. Die Hotelbullen sind angerückt, als wir gerade abgehauen sind.«

Perfekt.

»Wo ist Kurt jetzt?«

»Er sitzt keine fünf Meter von mir entfernt in seinem Wagen und wartet darauf, daß wir weiterfahren.«

»Okay. Ihr kommt beide auf dem kürzesten Weg hierher. Ich bin stolz auf euch, Jungs!«

Außerdem wollte Verran dieses verfluchte defekte Mikrophon mit eigenen Augen sehen und selbst in der Hand halten. Noch heute nacht.

16

»Wenigstens hab ich keinen Zahn verloren.«

Tim saß auf dem Bett und hielt sich einen Eisbeutel an die rechte Backe. Quinn kniete neben ihm, hatte ihre Hände zwischen die Oberschenkel gesteckt und zitterte innerlich noch immer. Im Zimmer war es warm, aber ihre Hände fühlten sich kalt an; sie fror am ganzen Körper.

»Du hättest dein *Leben* verlieren können!«

Sie waren einmal in der Erste-Hilfe-Station des Hotels und zweimal im Büro des Sicherheitsdienstes gewesen – Quinn mußte zugeben, daß das Taj Mahal sehr fürsorglich gewesen war, obwohl der Überfall außerhalb des Hotels passiert war –, hatten im hiesigen Polizeipräsidium ihre Aussage gemacht und waren jetzt wieder hier. Sie hatten Vordrucke ausgefüllt, Personenbeschreibungen abgegeben und die Ereignisse vor und während des Überfalls so oft schildern müssen, bis sie es beide satt hatten, darüber zu reden.

Nach allgemeiner Ansicht hatten die Täter nur eine günstige Gelegenheit ausgenützt, aber Quinn erinnerte sich an ihr Gefühl, beobachtet zu werden. Bei der polizeilichen Vernehmung hatte sie dieses Gefühl jedoch nicht erwähnt. Aber sie vermutete, daß die beiden Täter ihre hohen Gewinne beobachtet hatten, ihnen auf den menschenleeren Boardwalk hinaus nachgeschlichen waren und dort ihre Chance genützt hatten.

Tim betastete mit seiner freien Hand die Risse in seinem Sportsakko.

»Sieh dir das an! Völlig zerfetzt.« Er sah zu Quinn hinüber, streckte die Hand aus und rieb ihren Arm. Seine warme Hand tat ihr gut. »Bei dir alles in Ordnung?«

Sie nickte. »Mich haben sie nur ein bißchen rumgeschubst. Aber ich bin völlig erledigt.« Sie hatte das Gefühl, jemand habe sie auf doppelte Größe aufgeblasen und dann den Stöpsel rausgezogen. Dazu kamen noch dumpf pochende Kopfschmerzen.

»Ich weiß, was du meinst. Aber du bist nicht bloß rumgeschubst worden. Dieser verdammte Dreckskerl!«

Quinn wollte nicht darüber reden, nicht mal daran denken.

Sie bedeckte seine Hand mit ihrer. »Du bist sehr tapfer gewesen.«

Tim schnaubte. *»Tapfer?* Die beiden haben mich ganz schön fertiggemacht.«

»Nein, ich meine danach, als der große Kerl mich verfolgt hat. Obwohl du verletzt gewesen bist, hast du dich aufgerappelt und bist... mir zu Hilfe gekommen.«

»Ich konnte doch nicht liegenbleiben und zusehen, wie er dich mißhandelt, stimmt's?«

»Aber du bist verletzt gewesen.«

»Yeah, aber ich hab jede Menge Filme mit John Wayne und Clint Eastwood gesehen. Sie machen einem irgendwie klar, daß es Dinge gibt, die man tun sollte, auch wenn man dabei riskiert, verletzt zu werden.«

Quinn rutschte näher heran, lehnte sich an ihn und legte ihren Kopf auf seine Schulter.

»Tut das weh?«

»Es ist genau das, was der Arzt mir verschrieben hat.«

Quinn fror plötzlich nicht mehr. Statt dessen spürte sie eigenartige Hitzewellen durch ihren Körper fahren. Kurzatmig war sie auch. Alle guten Gefühle, die sie für Tim hegte, kamen an die Oberfläche, drängten sie gegen ihn, und alle Bedenken und Zweifel, die sie gehabt hatte, alle Irritationen, die er hervorgerufen hatte, waren verschwunden, weggeblasen. Sie spielten keine Rolle mehr. Heute abend waren sie gemeinsam durchs Feuer gegangen. Sie fühlte sich diesem Mann verbunden.

Sie hob den Kopf und küßte ihn zart auf die Lippen.

»Sorry«, sagte sie. »Ich weiß nicht, warum ich das getan habe.« Und das stimmte. Sie hatte es nicht vorgehabt, nicht einmal daran gedacht. Sie hatte es einfach... getan.

»Tu's noch mal«, sagte er leise. »Aber vorsichtig mit der Unterlippe. Die tut verdammt weh.«

Und was folgte, ergab sich ganz von selbst, sehr langsam, mit nach und nach abgelegten Kleidungsstücken, als streiften sie alte Haut ab, während die Hitze in kleinen Schritten, aber unwiderstehlich zunahm, bis sie mit verzehrender Glut pulsierte, als sie sich dann wie langjährige Liebende vereinigten, die einander seit Ewigkeiten kennen.

Quinn lag im Bett auf dem Bauch und erschauderte in der Dunkelheit, während Tims Finger leicht ihr Rückgrat hinauf und hinunter glitten. Einer dieser Streifzüge führte noch tiefer, und seine Hände umfaßten sanft ihre Gesäßbacken.

»Ich hab von Anfang an gewußt, daß du . . .«

»Sag's nicht!«

». . . einen hübschen Hintern hast.«

»Du hast's doch gesagt.«

»Es stimmt auch.«

»Ich hab einen Quadrathintern an einer Figur wie Olivia.«

»Nein, du hast ein Gehirn wie Pluto. Du brauchst 'ne Therapie, um von deinem falschen Körpergefühl wegzukommen.«

Sie lag still da, aber ihre Gedanken befanden sich in wildem Aufruhr, während er seine federleichten Liebkosungen fortsetzte.

»Was haben wir getan, Tim?« fragte sie schließlich.

»Etwas ganz Natürliches.«

»Nein, ernsthaft.«

»Du meinst, ob wir eine wundervolle Freundschaft ruiniert haben?«

»Genau.«

Tim rückte näher an Quinn heran, streckte sich rechts neben ihr aus und schob ein Knie über die Rückseite ihrer Oberschenkel. Seine Lippen streiften ihr Ohr.

»Hoffentlich nicht. Das wäre schrecklich. Aber wir können nicht so tun, als ob nichts passiert wäre.«

»Ich weiß.«

»Sollen wir aufhören und das nie wieder tun?«

»Nein. Gott, nein. Aber wirst du mich jedesmal so haben wollen, wenn du bei mir vorbeikommst? Werde ich es wollen? Ich wollte mich nicht verlieben, Tim. Ehrlich nicht!«

»Bist du verliebt?«

Quinn wandte sich ihm zu und spürte, wie seine Brustbehaarung ihre Brustwarzen streifte, während ihre Beine sich verschränkten. Sie konnte sich nicht daran erinnern, jemals etwas Ähnliches für einen anderen Menschen empfunden zu haben. Niemals. Das mußte Liebe sein.

»Ja. Ja, ja, ja. Und du?«

»Seit dem Dezembertag, an dem wir uns letztes Jahr kennengelernt haben. Ich hab sofort gewußt, daß wir zusammengehören. Ich hätte nicht sagen können, wie lange es dauern würde oder was für verschiedene Wege wir gehen müßten, aber irgendein Teil meines Ichs hat gespürt, daß wir zusammenkommen würden. Du mußt was Ähnliches gespürt haben.«

Quinn lachte und zog ihn enger an sich – aber ganz sanft. »Ausgeschlossen! Ich hab dich für 'nen arroganten Fiesling gehalten, einen der letzten Menschen, mit dem ich irgendwas zu tun haben wollte. Kaum besser als Saddam Hussein.«

»Vielen Dank.« Er knabberte sanft an ihrer Kehle. »Aber ich habe eine Idee, einen Kompromiß. Wir machen es uns zur Regel, uns nie auf dem Campus zu lieben. Wir verschwinden bei jeder Gelegenheit ins No-Tell Motel oder sonstwohin und toben uns aus, aber im Ingraham bleibt's bei einer platonischen Freundschaft.«

Quinn bemühte sich, in der Dunkelheit seinen Gesichtsausdruck zu erkennen. War das wieder nur einer seiner Scherze? Das hätte sie gern gewußt, denn sein Vorschlag klang geradezu ideal.

»Wie bist du darauf gekommen?«

»Oh, ganz einfach. Ich hab mich in einen sehr praktisch veranlagten, fast spießigen Menschen versetzt und mir vorzustellen versucht, was ihm dazu einfallen würde.«

Sie boxte ihn leicht gegen die Schulter, und er zuckte zusammen.

»Autsch!«

»Sorry. Aber ist das deine Meinung von mir?«

»Ist das nicht, was dir eingefallen wäre?«

Sie mußte widerstrebend zugeben, daß er recht hatte.

»Irgendwie müssen wir's schaffen, aus dieser Sache Vorteile zu ziehen«, sagte Tim. »Vielleicht können wir bei Dr. Alston für unsere kleinen Ausflüge ins Motel Zusatzpunkte beantragen.«

»Zusatzpunkte?«

»Klar. Extracurriculare Anatomiestudien. Oder wie findest du ein Praktikum in menschlicher Sexualität? Das muß irgendwas wert sein. Tatsächlich bin ich gerade wieder soweit, daß ich mir ein paar Zusatzpunkte verdienen könnte.«

Quinn ließ ihre Hand an seinem Bauch nach unten gleiten. »Ja, das bist du. Ja, das bist du allerdings!«

Überwachung

»Wo zum Teufel hast du das her?«

Verran starrte Kurts geschwollene, purpurrot angelaufene Nase an, als er mit Elliot den Überwachungsraum betrat.

»Der Junge hat mich zufällig getroffen, als ich nicht aufgepaßt habe.« Kurts Stimme klang, als habe er eine schlimme Erkältung.

»Großartig. Einfach großartig. Das bedeutet, daß du außer Sicht bleiben mußt, bis deine Nase abgeschwollen ist.«

»Wozu das, verdammt noch mal?«

»Weil Brown dich auf dem Studentenparkplatz gesehen hat, bevor er abgefahren ist – mit heiler Nase. Wenn er weiß, daß er einem der Kerle, die ihn überfallen haben, die Nase zerdeppert hat, und dich jetzt mit frisch geschwollenem Zinken sieht ...«

»Ach, so kombiniert der doch nie!«

»Vielleicht nicht. Aber diese Kids sind nicht hier, weil sie doof sind. Damit nichts schiefgeht, hast du Nachtdienst, bis deine Nase wieder in Ordnung ist.«

»Mensch, Lou ...«

Verran streckte die Hand aus. »Wo ist die Wanze?«

Elliot beugte sich leicht nach vorn und ließ sie in Verrans Handfläche fallen.

»So gut wie neu, Chief.«

Verran starrte sie an. Dieses kleine Scheißding hatte ihm verdammt großen Ärger gemacht.

»Soll ich versuchen, sie zu reparieren?« fragte Elliot.

»Du spinnst wohl?«

Verran bückte sich, legte das defekte Mikrophon auf den Betonboden, richtete sich auf und zermalmte es unter dem linken Absatz.

»So, jetzt hat dieses kleine Scheißding mich zum letzten Mal geärgert!«

Elliot setzte sich grinsend an seine Konsole, während Kurt sich auf die Suche nach etwas Eis für seine Nase machte. Verran ließ seinen Blick mit stiller Befriedigung über die verschiedenfarbenen Anzeigen, Terminals und LEDs seines kleinen Reichs gleiten. Bloß ein Problem störte seinen Seelenfrieden noch: der Fall Cleary.

Gestern hatte Elliot ihr DWG-Gerät in allen Teilen eingehend überprüft und nicht den kleinsten Fehler gefunden, aber der Korinthenkacker Alston bestand weiter darauf, daß es irgendwie defekt sein müsse. Verran wußte, daß das nicht der Fall war. Seiner Überzeugung nach war an dem Problem nicht das Gerät, sondern die Studentin schuld.

Und da Alston für die Auswahl der Studenten verantwortlich war, fiel diese Sache in seine Zuständigkeit.

Für Verran war das eine große Erleichterung. Er hatte sein Problem mit dem verlorenen Mikrophon aus der Welt geschafft; Dr. Korinthenkacker sollte selbst zusehen, wie er das Problem Cleary löste.

Aus Louis Verrans Sicht herrschten in seinem Überwachungsraum wieder normale Verhältnisse.

Dezember

Börsenspitzenreiter:
Nach einem Jahr beispiellosen Wachstums, in dem die Firma drei neue Erfolgsprodukte auf den Markt gebracht hat, eröffnete Kleederman Pharmaceutical heute mit 150 und wurde dann 3:1 gesplittet. Danach legte die Aktie weitere drei Punkte zu und wurde bei Börsenschluß mit 53⅛ notiert.

The Wall Street Journal

Die längste ständig wandernde medizinische Debatte der Welt (III)

Tim hatte Quinn an diesem Abend zu einer weiteren Debatte in Harrisons Zimmer mitgeschleppt. Mit der üblichen Begründung: Sie arbeite in letzter Zeit zuviel und müsse ab und zu ausspannen. Aber das war nicht der Hauptgrund. Er wollte einfach mehr mit ihr zusammensein.

Obwohl es Tim schwerfiel, die Finger von Quinn zu lassen, hatte er sich in den Wochen seit Atlantic City strikt an ihre Vereinbarung gehalten. Und wenn er ein HSR-Praktikum vorgeschlagen hatte – HSR war ihre Abkürzung für Human Sexual Response –, war sie immer einverstanden gewesen. Der Vorschlag dazu war einige Male sogar von ihr gekommen. Obwohl sie seit A. C. angefangen hatte, die Pille zu nehmen, bestand sie darauf, daß er Kondome benützte. Quinn war eben sehr vorsichtig.

Sie hatten nicht allzuoft Gelegenheit, im Quality Inn zu übernachten, aber wenn sie's taten, war Tim jedesmal tagelang erledigt.

In diesen Nächten wurden seine wildesten Träume wahr. Quinn, die angezogen nüchtern, fast prüde wirkte, war im Bett wie ausgewechselt. Sämtliche Hemmungen schienen mit ihrer Kleidung von ihr abzufallen. Mit Sex befaßte sie sich wie mit allem anderen: ernsthaft, praktisch veranlagt, mit grenzenlosem Enthusiasmus. Sie stürzte sich darauf, sie *studierte* ihn – was keine Überraschung war – und wollte alles ausprobieren. Nur sehr wenig war tabu. Sie lieh sich sogar Pornovideos als Anschauungsmaterial aus, und Tim und sie verbrachten anstrengende Nächte damit, die Paare auf dem Bildschirm zu imitieren.

Aber für Tim war Sex nur der Zuckerguß auf der Torte. Sex festigte ihre Beziehung, die für ihn einfach daraus bestand, mit ihr zusammenzusein, ihre Gegenwart zu genießen. Er schien sie niemals lange genug für sich allein zu haben. Vorlesungen, Laborpraktika, Quinns Job als Dr. Emersons Assistentin und die widerwillig mit Schlaf vergeudeten Stunden ließen ihnen nie genug Zeit füreinander. Manchmal lernten sie gemeinsam und hielten Händchen, wenn sie keine Seiten umblätterten oder sich Notizen machten, aber Quinns Gegenwart lenkte ihn so sehr ab, daß er nicht viel Stoff bewältigte.

Tim *dürstete* nach ihrer Gegenwart. Und das verwirrte ihn. Er war immer so autark gewesen. Jetzt fühlte er sich unvollständig, wenn Quinn nicht in seiner Nähe war. Er wußte nicht recht, ob ihm das gefiel.

Aber als er jetzt ihren Gesichtsausdruck beobachtete, der mal besorgt, mal verstört wirkte, fragte er sich, ob es richtig gewesen war, Quinn zu dieser Debatte mitzuschleppen. Ihr Ausdruck war geradezu entsetzt, als Harrison erläuterte, wie er sich den Aufbau einer staatlichen Zentralstelle zur Überwachung der gleichmäßigen Neuverteilung aller medizinischen Ressourcen vorstellte. Ihre Reaktion war Tim ein Rätsel. Ihm erschien Harrisons Plan völlig vernünftig.

»Das nehme ich euch nicht ab, Leute«, warf Quinn ein, als Harrison zwischendurch Atem holen mußte. »Ihr redet alle von einer ›Neuverteilung‹ medizinischer Leistungen, als sprächen wir über natürliche Ressourcen.«

»Auch das Gesundheitswesen eines Landes ist eine natürliche Ressource«, sagte Judy Trachtenberg. »Eine seiner wertvollsten Ressourcen.«

»Aber keine *natürliche* Ressource«, sagte Quinn. »Es hat nicht unter der Erde drauf gewartet, ausgegraben zu werden. Es ist von Menschen geschaffen. Ihr redet nicht von Kohle- oder Erztransporten, sondern von Menschen – Ärzten, Pflegepersonal, Technikern. Ich weiß nicht, was ihr davon haltet, aber ich werde keine nationale Ressource, bloß weil ich mein Studium abgeschlossen habe. Ich denke nicht daran, mich herumschikken zu lassen, wie's irgendeinem Beamten in Washington gefällt. Ich kann mich nicht daran erinnern, auf meine Menschenrechte verzichtet zu haben, als ich mein Studium am Ingraham aufgenommen habe.«

Nach diesem Ausbruch herrschte Schweigen. Die übrigen acht Anwesenden schlürften Pepsi oder mampften Partybrezeln, während sie Quinn anstarrten.

»Nicht aufregen, Quinn«, sagte Tim.

»Ich will mich aber aufregen!« Quinn geriet allmählich in Rage. Er sah die Röte in ihren Wangen aufsteigen.

»Seit wann seid ihr alle dafür, daß Bürokraten ärztliche Entscheidungen treffen?« fragte sie. »Wozu studieren wir Medizin? Um nicht viel mehr als Techniker zu werden? Um uns im Berufsleben von Beamten Vorschriften machen zu lassen? ›Hier, Brown. Bringen Sie den hier in Ordnung, aber vergessen Sie den dort drüben.‹ Sie werden euch mal hierhin, mal dorthin verschieben und als ›Versorger‹ und ›Ressource‹ bezeichnen, aber was wird aus den Patienten?«

Danach herrschte völliges Schweigen. Tim blickte in acht verständnislose Gesichter, die Quinn anstarrten, als spreche sie eine fremde Sprache.

»Nun«, sagte Harrison langsam, *»wegen* der Patienten – *für* die Patienten – ist eine Staffelung nach Behandlungskategorien unerläßlich. Da nicht alle erstklassig behandelt werden können, werden manche mit der zweiten oder sogar der dritten Kategorie zufrieden sein müssen. Und irgend jemand muß entscheiden, wer welche Behandlungskategorie verdient. Das gefällt keinem von uns, aber es ist eine Realität, der wir uns stellen müssen. Sie verschwindet nicht dadurch, daß man den Kopf in den Sand steckt.«

Tim ärgerte sich über den blöden Spruch, aber Quinn lachte nur darüber.

»Wessen Kopf steckt hier im Sand? Ihr redet von Sozialpolitik. Aber was kommt danach? Eugenik? Oder vielleicht eine neue Herrenrasse?«

Judy ächzte verächtlich. »Wir sind keine Nazis.«

»Wirklich nicht? Ich wollte, ihr würdet aufwachen und den Braten riechen. Ich meine, glaubt ihr denn nicht, daß manche von uns in Versuchung kämen, Patienten nach politischen, rassischen oder religiösen Vorurteilen zu ›staffeln‹?«

Harrison räusperte sich. »Ich sehe das nicht als Problem für einen ethisch denkenden Arzt.«

»Richtig«, sagte Quinn, »aber wir denken nicht immer ethisch – wir sind Menschen. Und wir sollten Krankheiten heilen, wo wir sie antreffen, nicht nur bei einer privilegierten Schicht. Das ist ein Gottesspiel, das ich nicht mitspielen möchte.«

»Aber es wird das einzige Spiel in der ganzen Stadt sein«, sagte Harrison. »Darum ist's wichtig, daß Ingraham-Absolventen in der Primärversorgung tätig werden. Dort verlaufen die Frontlinien. Dort gehen wir mit nützlichen und unnützen Mitgliedern unserer Gesellschaft um. Dort können wir Entscheidendes leisten. Und vielleicht können wir dafür sorgen, daß einige dieser Unnützen doch irgendeinen Beitrag zum Gemeinwohl leisten.« Er wandte sich an Tim. »Du bist diesmal ungewöhnlich schweigsam, Brown. Irgendein Kommentar?«

Tim schüttelte den Kopf. »Nein, äh ... ich bin heute bloß Zuhörer.«

Obwohl er nicht zu Quinn hinübersah, ahnte er, daß sie ihn mit einem seltsamen Blick musterte.

Den hatte er verdient. Er *fühlte* sich seltsam. Während er dasaß und die Debatte verfolgte, kam er sich eigenartig schizoid vor. Ein Teil seines Ichs war völlig Quinns Auffassung, aber ein anderer zerrte ihn in die entgegengesetzte Richtung. Diese Dichotomie seiner persönlichen Einstellung war ihm bisher nur aufgefallen, wenn er mit Quinn über Gesundheitspolitik diskutierte, was selten genug vorkam, oder sie zu einer dieser Debatten mitschleppte.

Den Wandel seiner ursprünglichen Einstellung hatte er bisher auf die Tatsache zurückgeführt, daß er jetzt besser als im September über die bevorstehende Krise im Gesundheitswesen informiert war. Bei den regelmäßigen Teilnehmern dieser Debatten schien es so gut wie keine Differenzen über die notwendige Staffelung nach Anrechtskategorien zu geben; diskutiert wurde lediglich über die beste Methode, diesen Wandel herbeizuführen. Quinn spielte allmählich den Störenfried, den Advocatus diaboli, den sie wahrscheinlich brauchten, um einen Anstoß zu bekommen, ihre Prämissen zu hinterfragen.

Aber niemand kam auf die Idee, ihre Prämissen zu hinterfragen. In der ganzen Gruppe schien Tim der einzige zu sein, der auch nur halbwegs für Quinns Argumente empfänglich war.

Aber der eigentliche Schock für Tim war Harrisons letzte Feststellung gewesen.

Darum ist's wichtig, daß Ingraham-Absolventen in der Primärversorgung tätig werden. Dort verlaufen die Frontlinien. Dort gehen wir mit nützlichen und unnützen Mitgliedern unserer Gesellschaft um. Dort können wir Entscheidendes leisten. Und vielleicht können wir dafür sorgen, daß einige dieser Unnützen doch irgendeinen Beitrag zum Gemeinwohl leisten.

Das war eine für Harrison typische Aussage gewesen. Darin lag das Problem nicht. Das Problem lag in Tims Kopf: Dieselbe Antwort – nicht dieselbe Argumentation, sondern wortwörtlich *dieselbe Formulierung* – war Tim als Reaktion auf Quinns Frage durch den Kopf gegangen.

Fast als wäre sie ihm eingesagt worden.

Plötzlich wollte er nur noch fort aus diesem Raum.

Nicht einfach weggehen. Weglaufen.

Überwachung

»Rate mal, wer hierher unterwegs ist«, sagte Elliot.

Louis Verran sah von dem täglichen Statusausdruck auf und ächzte. »Doch nicht etwa . . .?«

»Genau.«

»Scheiße!« sagte Verran. Er war heute abend nicht in der Stimmung für Alston. Aber wann war er *jemals* in Stimmung für Dr. Korinthenkacker? »Okay, du suchst jetzt die Aufnahme von der letzten Studentendebatte raus. Vielleicht läßt er uns dann in Ruhe.«

Alston hatte es sich anscheinend in den Kopf gesetzt, die Cleary persönlich zu überwachen. Seit Mitte November kreuzte er regelmäßig im Überwachungsraum auf und wollte alles, wirklich alles hören, was Verran über sie in Erfahrung bringen konnte.

»Guten Abend, Gentlemen«, sagte er und kam durch den Raum stolziert, als gehöre ihm der Laden. »Haben Sie neue informative Tonbandschnipsel für mich, Louis?«

»Diesmal tatsächlich«, antwortete Verran. »Wir haben ein paar gute Sachen für Sie gefunden.« Er wandte sich an Elliot. »Ist das Band eingelegt? Okay, laß knacken.«

Alston nahm vor dem Lautsprecher Platz und hörte sich die Aufzeichnung gespannt an. Auch Verran hörte zu; er achtete allerdings weniger auf das Gerede, das er bereits kannte, als auf die Aufnahmequalität. Nicht schlecht. Genaugenommen sogar verdammt gut. Die Kids mußten einen Kreis um das Mikrophon herum gebildet haben. Diesmal würde Alston nicht wieder darüber meckern können, daß nichts zu verstehen sei, was gesprochen wurde.

Verran schnitt keineswegs alles mit. Das konnte er nicht, und er hätte es auch gar nicht gewollt. Im Wohnheim wurde vor allem gelernt und geschlafen: Dem Rascheln von Papier folgte tiefes, rhythmisches Atmen. Und wenn die Kids sich unterhielten, ging es im allgemeinen um den trivialsten, langweiligsten Blödsinn, den man sich vorstellen konnte. Deshalb hörte er nur stichprobenartig mit.

Er schaltete von einem Mikrophon zum anderen um, belauschte Unterhaltungen oder Telefongespräche und achtete auf alle Äußerungen über das Ingraham, seine Dozenten und das übrige Personal. Unbekümmertes Geschwätz interessierte im allgemeinen nicht, aber in Diskussionen geäußerte Kritik wurde immer mitgeschnitten. Und alle Gespräche über möglicherweise kompromittierende Themen – sexuelle Eskapaden, Betrugsversuche bei Prüfungen und ähnliches – wurden aufgenommen, katalogisiert und in Louis Verrans persönlicher J.-Edgar-Hoover-Akte gespeichert... für alle Fälle.

Die in wechselnden Zimmern stattfindende Studentendebatte war meistens so langweilig wie das sonstige Geschwätz, außer wenn einzelne anderer Meinung waren und richtig sauer wurden. Aber das passierte nur bei Debatten zwischen Neuankömmlingen zu Beginn ihres ersten Jahres. Sobald alle eine Zeitlang hier gewesen waren, gab es nur noch selten Meinungsverschiedenheiten – und erst recht keine heftigen.

Aber als gestern abend die Stimme der Cleary zu hören gewesen war, hatte Verran nicht weiter herumgeschaltet, sondern die ganze Debatte aufgenommen. Alston interessierte sich für alles, was Aufschluß über die Ansichten der Cleary geben konnte, soweit sie die Zukunft der Medizin betrafen. Verran hatte eine ihrer seltenen Teilnahmen an der Debatte als große Chance erkannt. Eigentlich hatte er vorgehabt, Alston mit dieser Aufnahme zu reizen, sie ihm hinzuhalten wie dem Esel eine Möhre. Aber als er hörte, wie die Cleary loslegte, wußte er, daß er nicht länger warten konnte. Er mußte Alston alles auf einmal verpassen... und zusehen, wie er sich krümmte und wand.

Verran beobachtete, wie Alstons Miene immer sorgenvoller wurde, während er stocksteif dasaß und zuhörte. Auch nachdem die Cleary aus der Debatte ausgestiegen war, hörte er weiter zu. Louis wußte genau, was Dr. Korinthenkacker jetzt dachte? *Wem kann ich das anhängen?*

Aber er war abwehrbereit, als Alston sich schließlich zu ihm umdrehte.

»Was muß ich tun, Louis, um Sie dazu zu bewegen, das defekte DWG-Gerät dieser jungen Frau zu reparieren?«

»Da gibt's nichts zu reparieren.«

»Für mich ist ganz offensichtlich, und unsere Kontrolleure in der Foundation werden meine Ansichten teilen, daß Sie Ihrer Aufgabe nicht gewachsen sind.«

Verran hatte plötzlich genug. Am liebsten hätte er diesen Knirps gepackt und so geschüttelt, daß sein Gehirn im Schädel klapperte. Statt dessen umklammerte er mit beiden Händen seine Sessellehnen.

»Ich bin nicht zu Spielchen aufgelegt, Doc, deshalb gleich die ganze Story: Ihr Gerät ist in Ordnung. Elliot und ich haben es am vergangenen Wochenende getestet, als die Cleary und ihr Freund irgendwo auf Bumstour gewesen sind. Das Gerät arbeitet tadellos. Ist das klar, Doc? Ihr DWG funktioniert einwandfrei. *Perfectamento.* Sparen Sie sich also Ihre Drohungen und sagen Sie mir lieber, was Sie dagegen tun wollen.«

Alston schwieg sekundenlang. Als er endlich sprach, klang seine Stimme müde.

»Was bleibt mir anderes übrig? Sie muß eben durchfallen.«

17

Tim war unruhig, nervös. Er konnte heute abend nicht lernen. Am liebsten wäre er mit Quinn zusammengewesen, aber sie büffelte für das morgige Anatomiepraktikum. Also war er ziellos unterwegs.

Er landete im Aufenthaltsraum im Erdgeschoß des Nordflügels ... weiche, formlose Ledersofas, eine zur Verbesserung der Akustik abgehängte Decke, Imbiß- und Getränkeautomaten an der Rückwand des Raums. Joe Nappo saß halb liegend vor dem Großbildschirm und sah sich irgendeinen Kriminalfilm an. Tim ließ sich in einen der hinteren Sessel fallen. Den Film kannte er nicht, aber er erkannte Peter Wellers Gesicht aus den Robocop-Filmen.

Auf dem Bildschirm nahm Weller auf der Suche nach irgend etwas sein Apartment auseinander. Tim wußte nicht, worum es in dem Film ging, aber das war ihm auch egal. Er starrte den Bildschirm an, ohne die Handlung wirklich mitzubekommen. Er hatte andere Dinge im Kopf.

Zum Beispiel seinen eigenen Kopf und was darin vorging. Die letzte abendliche Debatte – an der auch Quinn teilgenommen hatte – beschäftigte ihn noch immer. Ihm blieb rätselhaft, wie er etwas *glauben* und etwas anderes *denken* konnte. Die Psychologen hatten einen Fachausdruck dafür: kognitive Dissoziation. Zwei gegensätzliche Standpunkte im selben Kopf.

... auf dem Bildschirm zerlegte Peter Weller seine Telefone und schraubte die Abdeckplatten von Lichtschaltern und Steckdosen ab ...

Tim erkannte, daß in seinem Kopf zwei intellektuelle Positionen – die eine Quinns Auffassung sehr ähnlich, die andere mit der Harrisons identisch – im Widerstreit lagen. Die erste schien aus seinem Inneren zu kommen, schien ihm zu *gehören,* aber sie war von der zweiten verschüttet worden. Hätten Quinns Argumente sie nicht wachgerüttelt, hätte er womöglich vergessen, daß sie je existiert hatte. Und dabei war er auf die vage Fremdartigkeit von Harrisons Position aufmerksam geworden. Was hatte sie in seinem Kopf zu suchen? Sie klang wie ein Echo der

Beiträge aller anderen, die während der Debatte das Wort ergriffen hatten.

Wie alle anderen.

Tim war immer stolz darauf gewesen, nicht wie alle anderen zu denken. Trotzdem spürte er, daß er im Begriff war, ein intellektueller Klon Dr. Alstons zu werden. Gewiß, der Mann war ein geistreicher und überzeugender Dozent – aber *so* gut war er auch wieder nicht.

... auf dem Bildschirm hielt Peter Weller etwas hoch, das er gefunden hatte. Ein kleines schwarzes Objekt. Er begutachtete es, drehte es zwischen den Fingern hin und her. Die Kamera zeigte es in Großaufnahme ...

Tim setzte sich ruckartig auf.

»Verdammt noch mal!«

Das Objekt in Peter Wellers Hand kam Tim erstaunlich bekannt vor: ein winziger Eishockeypuck an einer Nadel.

»Hey, Joe«, sagte er. »Was ist das?«

Nappo antwortete, ohne sich nach ihm umzudrehen. »Der Film heißt *Rainbow Drive* oder so ähnlich.«

»Was passiert gerade?«

»Angefangen hat's damit, daß sein Partner umgelegt worden ist, und er ...«

»Nein. Ich meine *jetzt.* Was macht er da?«

»Er hat in seinem Apartment 'ne Wanze gefunden.«

Tim starrte den Bildschirm sprachlos erschrocken an; dann sprang er auf und stürmte zur Tür. In seinem Kopf herrschte chaotisches Durcheinander, als er den Flur entlangtrabte und in die kalte Dezembernacht hinausstürzte. Der Nachthimmel war eine schwarze Kuppel, und die Sterne schienen sich zu drehen, während er ziellos über die Wege zwischen den einzelnen Gebäuden lief. Da die spätherbstliche Kälte sich bemerkbar machte, vergrub er seine Hände tief in den Hosentaschen.

Eine Wanze. Sein Verstand sträubte sich dagegen, die Tatsache zu akzeptieren, daß seine kleine Anstecknadel ein Abhörmikrophon gewesen war. Tim wußte, daß es welche gab, aber er hätte nie erwartet, einmal ein richtiges zu sehen. Nicht im Ingraham. Bestimmt nicht in Quinns Zimmer. Auf diese Möglichkeit wäre er nie gekommen.

Wurde im Ingraham abgehört? Oder genauer gefragt: War das Wohnheim mit Wanzen gespickt? Allein schon die Idee war lächerlich. Eine Wahnvorstellung erster Klasse. Welcher vernünftige Mensch konnte das Geschwätz einer Bande junger Medizinstudenten abhören wollen? Die Idee verließ den Bereich des Lächerlichen und geriet rasch in den des Lachhaften.

Und trotzdem ... *Wie kommt's, daß ich nicht lache?*

Weil diese Idee auf bisher noch rätselhafte Weise mit allem zusammenzupassen schien, was ihn in letzter Zeit so nervös machte.

Okay, sagte Tim sich. Denken wir die Sache einmal durch und verfolgen die jeweiligen Möglichkeiten, wohin sie auch führen mögen. Nehmen wir an, das Wohnheim sei mit Abhörmikrophonen gespickt. Oder genauer gesagt: Quinns Zimmer werde abgehört, weil ich die Wanze dort gefunden habe.

Warum?

Wer weiß? Diese Frage heben wir uns für später auf. Im Augenblick geht's nur darum, logisch zu denken.

Prämisse: Zimmer 252 wird elektronisch überwacht.

Wer wäre für die Überwachung zuständig, wenn wir die Prämisse akzeptieren?

Natürlich der Sicherheitsdienst des Ingraham.

Wer leitet diesen Sicherheitsdienst?

Mr. Louis Verran.

Und wer ist in Quinns Abwesenheit schon zweimal in ihrem Zimmer erwischt worden?

Mr. Louis Verran.

Tim schüttelte den Kopf, wobei seine Schritte automatisch langsamer wurden. Die Sache wurde allmählich unheimlich. Syllogistische Logik war keineswegs unfehlbar, aber dieser kleine Syllogismus paßte nur allzu genau zu den Ereignissen der letzten Zeit: Wenn Zimmer 252 abgehört wird, wenn der Sicherheitsdienst fürs Abhören zuständig ist und wenn Louis Verran den Sicherheitsdienst leitet, müßte Louis Verran sich auffällig für Zimmer 252 interessieren. Und genau das hatte er getan.

Tim blieb ruckartig stehen und beobachtete, wie sein Atem in der kalten Nachtluft Dampfwolken bildete, während seine Gedanken durch seine geistige Vorratskammer rasten, sich einzelne Vorfälle und Beobachtungen aus den Regalen schnappten und sie in das Schmorgericht auf dem Herd warfen. Ihm gefiel der Geruch nicht, der von dem Topf aufzusteigen begann.

Tatsache: Louis Verran hat die Wanze letzten Monat an meiner Jacke gesehen – der sogenannte Kammerjäger hat ihn darauf aufmerksam gemacht. Und zwölf Stunden später werde ich in A. C. überfallen, angeblich wegen meines Gewinns. Aber vielleicht sind diese Kerle hinter einem ganz anderen Chip hergewesen. Sie haben sich große Mühe gegeben, mir die Jacke zu zerfetzen – und danach fehlt zufällig meine kleine Anstecknadel mitsamt den Chips.

Er machte kehrt und ging in Richtung Wohnheim zurück. Normalerweise hätte der Lichtschein aus den Fenstern ihn an ein freundliches Leuchtfeuer erinnert, das ihn aus der Kälte hereinlockte. An diesem Abend erschienen die hellen Fenster ihm wie ein großes Facettenauge, das ihn beobachtete.

Wenn ein Zimmer abgehört wurde – warum nicht auch weitere? Warum nicht gleich alle?

Tim stieß die Eingangstür des Südflügels auf und ging zur Treppe, die ins Women's Country im ersten Stock hinaufführte. Er mußte Quinn einweihen. Sie hatte ein Recht darauf, alles zu erfahren.

Aber dann blieb er unsicher stehen. War das fair? Mit Vorlesungen, Praktika, Prüfungen und ihrer Arbeit als Assistentin war sie ohnehin schon überlastet. Dieser Verdacht würde sie ebenso verrückt machen wie ihn. Und möglicherweise ganz umsonst. Er konnte sich geirrt haben. Wozu sollte er sie damit belasten, bevor er sich seiner Sache sicher war?

Aber wie konnte er das sein, ehe ...?

Falls es in Quinns Zimmer Abhörmikrophone gab, waren vermutlich auch in seinem welche installiert. Tim fiel nur eine Methode ein, das rauszukriegen: Er mußte die Bude auf den Kopf stellen.

Er machte sich auf den Weg zu seinem Zimmer.

»Damit tust du mir echt 'nen Gefallen, Kevin.«

Es hatte Tim einige Mühe gekostet, aber zuletzt hatte er es geschafft, seinen Zimmergenossen dazu zu überreden, ausnahmsweise bei Scotty Moore zu übernachten. Bill Black, Moores Zimmergenosse, war wegen eines Todesfalls in seiner Familie schon am Freitag übers Wochenende heimgefahren. Kevin, der ein guter Kerl war, aber krumme Touren haßte, war nicht gerade begeistert. Er fürchtete, das sei gegen die Vorschriften, hatte aber kein ausdrückliches Verbot finden können. Daher hatte er widerstrebend zugestimmt.

»Yeah, gut, diesmal geht's in Ordnung, aber laß es nicht zur Gewohnheit werden, ja?«

»Es bleibt bei diesem einzigen Mal, Kev«, sagte Tim. »Ich schwör's dir!«

Er hatte Kevin erzählt, Quinn und er hätten das Bedürfnis, »mal ganz ungestört zusammenzusein«, aber die Bewohnerinnen des Women's Country seien zu verdammt neugierig, um sie »wirklich in Ruhe zu lassen«. Das klang ziemlich dünn, aber ihm war auf die Schnelle nichts Besseres eingefallen. Er hatte nicht das Gefühl, warten zu können, bis Kevin mal übers Wochenende heimfuhr; er wollte das Zimmer *jetzt* durchsuchen. Die Sache ging hauptsächlich deshalb in Ordnung, weil alle wußten, daß Quinn und Tim etwas miteinander hatten.

»Aber du bleibst in deinem Bett, ja?« sagte Kevin.

»In meinem Bett? Was –«

Kevins Gesicht wurde noch eine Schattierung dunkler. »Ich meine, du wirst mein Bett nicht... irgendwie benutzen?«

Tim hielt drei Finger hoch. »Pfadfinderehrenwort.«

»Okay. Aber ich muß gleich morgen früh wieder hier rein.«

»Kein Problem, Kumpel. Du findest alles genauso vor, wie du's zurückgelassen hast.«

Sobald Kevin gegangen war, verließ Tim das Zimmer und lief zum Parkplatz hinunter. Er holte den Werkzeugkasten aus dem Kofferraum seines Wagens und schleppte ihn ins Wohnheim hinauf. Im Zimmer sperrte er die Tür ab, stand da und sah sich um.

Wo sollte er anfangen?

Tim beschloß, sich erst das Schlafzimmer vorzunehmen. War er denn nicht in Quinns Schlafzimmer auf die Wanze getreten, die er irrtümlich für eine Anstecknadel gehalten hatte?

Er fing mit den Möbeln an. Mit seiner Taschenlampe in der

Hand suchte Tim den Raum ab und sah in jede Ecke, jeden Winkel und jede Spalte. Er kroch unter beide Betten, und als er unter ihren Gestellen nichts fand, nahm er Matratzen und Federrahmen ab, um die Gestelle von oben abzusuchen. Da er die mit den Kopfenden an die Wand geschraubten Betten nicht verschieben konnte, schraubte er die Bettgestelle ab und untersuchte sie gründlich. Er räumte die Kleiderschränke aus, zog die Schubladen der Nachttische heraus, holte alle Bücher aus den Einbaufächern über den Betten, nahm sogar die Vorhänge ab und schraubte die Vorhangstangen auf.

Nichts.

Dann fiel ihm ein, was er im Film gesehen hatte. Er machte sich über das Telefon her und zerlegte nicht nur den Apparat, sondern auch den Hörer. Danach entfernte er die Abdeckplatten aller Lichtschalter und Steckdosen. Und er demontierte die Schreibtischlampen und die beweglichen Lampen über den Kopfenden der Betten.

Nichts.

Nach stundenlanger Arbeit machte er eine Pause und begutachtete das Chaos um sich herum. Als ob Nirvana hier ein Video aufgenommen hätte. Er hatte die Bude zerlegt. Und wofür? Er war müde – vermutlich gehörte er zu den letzten Wohnheimbewohnern, die noch wach waren – und wütend. Hier mußte etwas zu finden sein. Die Zufälle hatten sich in letzter Zeit so gehäuft, daß er sie nicht länger ignorieren konnte. Und er war nicht verrückt.

Er sank rückwärts auf die Matratze, die neben seinem Bett auf dem Fußboden lag. Er faltete die Hände hinter dem Kopf, starrte die Zimmerdecke an und fragte sich: Wo ist der beste Platz für ein Mikrophon, wenn man jedes Geräusch im Raum aufnehmen will? Irgendein zentraler Punkt, der nicht abgeschirmt oder zugedeckt werden kann . . .

Sein Blick glitt an der Deckenlampe vorbei und kehrte hastig zu ihr zurück.

Natürlich!

Tim sprang auf und stieg aufs Bett, ohne die Lampe jedoch erreichen zu können. Er zog seinen Schreibtischsessel unter die Lampe, stieg darauf und kam so heran. Während er die Mittelschraube der Streuscheibe aus Milchglas löste, fragte er sich, ob es ein Zufall war, daß das Lampenglas zwei Zentimeter Abstand von der Decke hatte. Ein dort oben installiertes empfindliches Mikrophon würde jedes in diesem Raum gesprochene Wort aufnehmen.

Er nahm das Glas ab, legte es aufs Bett und starrte dann mit zusammengekniffenen Augen die zwei nackten 60-Watt-Glühbirnen an. Sie waren so hell, daß er nicht viel sehen konnte, und sehr heiß, weil sie seit Stunden brannten. Tim verrenkte sich fast den Hals, suchte die Lampe von allen Seiten ab und konnte trotzdem nichts entdecken.

Mist! dachte er. Das war nicht nur der ideale Platz, sondern auch der letzte Ort. Tim gab auf und wollte die Streuscheibe wieder anschrauben, als er etwas in dem Drahtgewirr über den beiden Glühbirnen entdeckte. Ein winziges Ding – schwarz wie das Teil, das er in Quinns Zimmer gefunden hatte, aber mit mehr Facetten –, dessen Stift in einem Draht über den Lampenfassungen steckte. Aber für jemanden, der eine Glühbirne wechselte, so gut wie unsichtbar.

»Jesus.«

Tim konnte seine eigene Stimme kaum hören.

Seine Magennerven verkrampften sich, während er die Wanze anstarrte. Dabei wurde ihm klar, daß er in seinem Innersten nicht damit gerechnet hatte, irgend etwas zu finden. Er war mißtrauisch gewesen, es hatte unbeantwortete Fragen gegeben, aber eigentlich war alles doch eine Art Spiel gewesen. Seine Suche hatte nicht dazu führen sollen, daß er tatsächlich eine Wanze fand. Die ungeschriebenen Spielregeln sahen vor, daß er das Zimmer gründlich, aber erfolglos durchsuchte; dann war das Spiel zu Ende, und er blieb frustriert zurück, ohne handfeste Beweise für seinen Verdacht zu haben.

Aber das Spiel war kein Spiel mehr. Ein handfester Beweis befand sich dicht vor seiner Nase. Tim starrte ihn noch einige Sekunden lang an, stieg dann vom Stuhl und setzte sich auf die Bettdecke.

Was nun?

Sollte er den Fund melden? Wem? Bestimmt nicht Louis Verran. Und was bewies eine einzige Wanze? Nein, bevor er etwas unternahm, mußte er dafür sorgen, daß alle ihre Deckenlampen kontrollierten, und dann alle Wanzen auf einmal der Verwaltung vorlegen, obwohl sie vermutlich ebenfalls eingeweiht war. Aber was konnten die Leute in der Verwaltung tun, selbst wenn sie unbeteiligt waren? Was konnten sie sagen? Er glaubte zu hören, was sie sagen würden:

Ja, Sie haben in den Zimmern elektronische Abhörvorrichtungen entdeckt, aber das beweist noch nicht, daß irgendwer Sie wirklich abhört. Das Ganze muß irgendein kunstvoller Schabernack sein. Denn wer würde letztlich die belanglosen Gespräche einer Gruppe von Medizinstudenten abhören wollen? *Wir* bestimmt nicht. Wir könnten uns nichts Langweiligeres vorstellen.

Das konnte Tim auch nicht.

Aber daraus ergab sich eine weitere Frage: Warum bestand die Verwaltung darauf, daß alle Studenten des Ingraham während des vierjährigen Studiums hier wohnten, wenn sie nichts mit dem Abhören zu tun hatten und sich nicht für die im Wohnheim geführten Gespräche interessierte?«

Das war unverständlich.

Es sei denn, hier ginge noch etwas anderes vor.

Tim hatte über die scheinbar fremden Gedanken nachgerätselt, die sich allmählich in seinem Kopf einnisteten. Waren sie etwa dort eingepflanzt worden?

Er schüttelte den Kopf. Diese Sache wurde wilder und wilder. Gut, er hatte ein Mikrophon entdeckt, aber ...

... aber was war, wenn die Leute, die hinter der Abhöraktion steckten, sich dafür interessierten, was die Studenten *von sich gaben,* um zu kontrollieren, wie etwas wirkte, das sie ihnen eingaben?

Nein. Diese ganze Idee war absurd. Wie sollte es außerdem möglich sein, den Studenten Ideen zu suggerieren? Wo konnten sie die Geräte dafür versteckt haben?

Sein Blick fiel auf die einzigen Einrichtungsgegenstände, die er noch nicht zerlegt hatte.

Die Kopfenden der Betten.

Bevor Tim sich darüber hermachte, schraubte er die Streuscheibe der Deckenlampe wieder fest, ohne das Mikrophon zu berühren – die Lauscher durften nicht merken, daß sie enttarnt waren. Dann trat er mit einem Schraubenzieher in der Hand ans Kopfende seines Bettes.

Überwachung

»Hey, Chief!«

Louis Verran blickte von seinem Exemplar der *Shotgun News* auf und sah, daß Elliot ihn zu sich an seine Konsole winkte. Er stemmte sich hoch, warf die Zeitschrift auf seinen Sessel und watschelte hinüber.

Bisher war die Nacht sehr routinemäßig verlaufen. Eigentlich sogar noch ruhiger. Im Wohnheim passierte nicht viel Interessantes, weil die Kids im ersten und zweiten Studienjahr alle für ihre Prüfungen vor Weihnachten büffelten. Sogar die abendliche Debatte war flau gewesen.

Eintönig. Genauso, wie Verran es am liebsten hatte.

»Was ist los?« fragte er, beugte sich über Elliots Sessel und überflog die Anzeigen.

»In Zimmer 125 geht irgendwas vor.«

»Yeah? Schön, hören wir mal rein.«

»Nein. Kein Gerede, Chief. Aber ich habe den ganzen Abend lang komische Geräusche gehört.«

»Yeah? Was für welche?«

»Alle möglichen Knarr-, Quietsch- und Scharrgeräusche, als würden Möbel bewegt.«

»Stellt dort jemand die Möbel um?«

»Das glaube ich nicht. Schon deshalb nicht, weil ich mir ziemlich sicher bin, daß er an der Deckenlampe rumgeschraubt hat.«

Großartig, dachte Verran. Genau, was wir brauchen.

»Funktioniert das Mikrophon noch?«

»Yeah. Einwandfrei.«

»Gut.« Verran, der unwillkürlich die Luft angehalten hatte,

atmete langsam aus. »Also hat er nichts gefunden, selbst wenn er aus irgendeinem Grund an der Lampe rumgeschraubt haben sollte.«

»Das kann ich nicht mit Bestimmtheit sagen«, stellte Elliot fest. »Ich kann bloß sagen, daß er das Mikrophon nicht *angefaßt* hat. Aber ich wollte, das könnte ich auch von seinem DWG behaupten.«

Verran spürte, wie ihm kalter Schweiß zwischen den Schulterblättern ausbrach und sich langsam über seinen ganzen Rükken verteilte.

»Hör auf, um den beschissenen heißen Brei rumzureden, Elliot. Was ist dort los?«

»Sein DWG ist vor ungefähr fünf Minuten ausgefallen. Ich bekomme keine Rückmeldung mehr.«

»Hast du das Fehlersuchprogramm laufen lassen?«

»Klar. Das hab ich sofort gemacht. Aber das nützt nichts, wenn das Gerät mausetot ist.«

»Scheiße!« sagte Verran. Ging das jetzt dieses Jahr so weiter? Erst beschwert Alston sich über den DWG der Cleary, der völlig in Ordnung ist, und jetzt haben wir ein Gerät, das echt nicht funktioniert. »Was ist deiner Meinung nach damit los?«

Elliot sah ihn an. »Willst du das wirklich wissen?«

»Natürlich will ich's wissen!«

»Ich glaube, daß jemand dran rumbastelt.«

Verran tastete nach einem Sessel und sank langsam hinein. Das hatte er nicht wissen wollen.

»Er hat das Kopfende aufgeschraubt, meinst du?«

Elliot nickte. »Nicht nur das. Ich glaube, daß er das Gerät ausgesteckt hat.«

»Wer?« fragte Verran. »Wer ist der Scheißkerl?«

»Brown.«

Brown. Verran rieb sich mit zitternder Hand die Augen. Es war wieder mal soweit. Genau wie vor zwei Jahren.

»Hätt ich mir denken können. Wo ist Kurt?«

Elliot sah auf seine Armbanduhr. »Der kommt erst in einer Stunde zum Dienst.«

»Ruf ihn an. Er soll sofort kommen. Sag ihm, daß wir ihn schnellstens brauchen.«

»Immer mit der Ruhe, Chief. Vielleicht ist alles bloß ein Fehlalarm.«

»Fehlalarm, Quatsch! Dieser Brown hat Schwierigkeiten gemacht, seit er auf dem Campus ist! Dem müssen wir endlich das Handwerk legen!«

Brown hat einen Zimmergenossen, dachte Verran. Steckt der mit ihm unter einer Decke? Jesus, gleich zwei auf einmal! Was soll ich bloß tun?

Während Elliot telefonierte, drückte Verran mit der rechten Hand gegen seinen Magen, als ließen die stärker werdenden Schmerzen sich dadurch lindern. Sein Magengeschwür spielte wieder mal verrückt. Er hatte es schon seit zwei Jahren, aber nun war es wieder voll da – und daran waren hauptsächlich dieser Brown und seine Freundin Cleary schuld.

Schwierigkeiten. Nichts als Schwierigkeiten.

Und falls Elliot mit seinem Verdacht recht behielt, Brown habe das Kopfende seines Betts abgeschraubt, saßen sie wirklich bis zum Kinn in der Scheiße.

18

Gut, dachte Tim, während er den Drahtverhau hinter dem abgenommenen Kopfende seines Betts betrachtete, ich hab's gefunden. Aber *was* hab ich gefunden?

Das Kopfende abzukriegen, war ein hartes Stück Arbeit gewesen. Es wurde nicht von gewöhnlichen Schrauben oder Kreuzschlitzschrauben, sondern von Inbusschrauben gehalten, die fest in Stahlbuchsen saßen. Die stabil gearbeiteten Kopfenden waren offenbar speziell dafür gebaut, allen denkbaren Beanspruchungen zu widerstehen. Aber Tim hatte in seinem Werkzeugkasten den passenden Inbusschlüssel gefunden, mit dem sich diese Schrauben lösen ließen – nicht leicht, aber nach einer Stunde, in der er viel fluchte und sich einige Blasen holte, war es ihm gelungen, das Kopfende abzunehmen und die dahinter verborgenen Innereien freizulegen.

Tim besaß Elektronikgrundkenntnisse – er hatte schon öfter Stereoanlagen und Videorecorder zerlegt, um sie zu reparieren –, aber so etwas wie hinter dieser Verkleidung hatte er noch nie gesehen. Drähte und Platinen, okay, aber was war diese aufs Bett gerichtete große schwarze, glänzende Scheibe? Sie erinnerte an einen gigantischen Sub-Woofer.

Jedenfalls war ihm das Ding ein Rätsel, was immer es sein mochte. Aber eines stand fest: Hier ging etwas Unheimliches vor. Er war zu erledigt, um auch das Kopfende von Kevins Bett abzuschrauben, und außerdem davon überzeugt, daß er dahinter das gleiche Ding finden würde. Wahrscheinlich steckte hinter jedem verdammten Bett in diesem verdammten Wohnheim das gleiche verdammte Science-fiction-Gerät.

Dann klirrte etwas gegen die Fensterscheibe und ließ Tim erschrocken zusammenfahren. Er starrte den zugezogenen Vorhang an. War dort draußen jemand? Sein Zimmer lag im Erdgeschoß. Das Fensterbrett befand sich in Kinnhöhe eines durchschnittlich großen Mannes. Falls jemand kontrollieren wollte, was er hier trieb, würde er als erstes versuchen, einen Blick durchs Fenster zu werfen.

Tim nahm seinen ganzen Mut zusammen, trat an den Vorhang und zog ihn auf. Die zwischen Fensterscheibe und Vorhang eingeschlossene kalte Luft wirbelte ihm entgegen, so daß er eine Gänsehaut an den Armen bekam, aber zum Glück starrten keine Gesichter durchs Fenster. Draußen war nichts als nächtliches Dunkel zu sehen.

Ich werde allmählich nervös.

Er zog den Vorhang zu und betrachtete wieder die freigelegten Elektronikeinbauten hinter dem Kopfende seines Betts. Vielleicht hatte er allen Grund, nervös zu sein. War in diesem ganzen Drahtverhau möglicherweise ein Alarmschalter versteckt, der irgendwo ein Warnsignal auslöste, wenn das Kopfende abgenommen wurde?

Vielleicht sollte er lieber verschwinden.

Tim hatte jetzt Angst. Er spürte, daß er fröstelte, und seine Hände zitterten, als er einen Pullover überzog. Er wünschte sich, er hätte diese Suche nie begonnen; er wünschte sich, er hätte die Finger von einer Sache gelassen, die ihn nichts anging.

Aber sie ging ihn etwas an, verdammt noch mal! Irgend jemand hatte seine Gedanken beeinflußt und seine Wertvorstellungen verfälscht. Wie hätte er das weiter hinnehmen können?

Aber jetzt mußte er Quinn warnen. Sie mußte erfahren, was hier vorging. Was sie hier mit den Köpfen der Leute anstellten.

Merkwürdig daran war nur ... Quinn schien dagegen immun zu sein. Sie war auf Kurs geblieben ...

... was die Erklärung dafür sein konnte, daß Verran schon mehrmals in ihrem Zimmer gewesen war. Vielleicht funktionierte das Gerät hinter ihrem Bett nicht richtig.

Er mußte ihr alles erzählen. Tim sah auf seine Uhr. Schon verdammt spät, aber diese Sache war dringend. Er nahm Quinns Zimmerschlüssel vom Nachttisch und steckte ihn ein. Vor einiger Zeit hatten sie Schlüssel getauscht: Tim hatte ihr einen Satz seiner Autoschlüssel gegeben, und Quinn hatte sich mit einem Zimmerschlüssel revanchiert, damit er sich jederzeit in ihr Zimmer zurückziehen konnte, wenn sie gerade nicht da war.

Aber er konnte weder dort noch sonstwo im Wohnheim mit ihr reden. Wo? Als er sein Zimmer verließ, nahm er Notizblock und Bleistift mit. Hoffentlich fiel ihm ein sicherer Ort für ein Gespräch ein, bis er oben im ersten Stock war.

»Wa-was?«

Quinn war plötzlich wach, ohne zu wissen, warum. Sie hob den Kopf, sah sich in ihrem dunklen Zimmer um und horchte dabei angestrengt. Sie kam sich in der Dunkelheit sehr verwundbar vor, zumal sie nur ein übergroßes T-Shirt und einen Slip trug. Aber nichts bewegte sich, nichts . . .

Sie hörte, wie die Flurtür sich leise klickend schloß.

Im Zimmer ist jemand!

Sie griff nach dem Telefon auf ihrem Nachttisch.

»Wer ist da? Bist du's Tim?«

Während im vorderen Zimmer Licht gemacht wurde, kam Tims Stimme durch die offene Tür.

»Keine Angst, ich bin's.« Seine Stimme klang seltsam . . . irgendwie angestrengt.

Sie sah auf ihren Radiowecker. Die roten Ziffern zeigten 2.34 Uhr an.

»Weißt du, wie spät es ist?«

Er kam herein und machte Licht.

»Tut mir leid, daß ich dich so spät störe, aber ich konnte nicht schlafen.«

Quinn blinzelte ins grelle Licht. »Muß das sein?«

»Yeah. Ich möchte dich sehen.«

Als ihre Augen sich ans Licht gewöhnt hatten, starrte sie ihn an und holte erschrocken tief Luft. Er sah grausig aus – blaß, erschöpft und . . . ängstlich.

»Tim, was ist passiert?«

»Nichts. Ich wollte dich bloß mal sehen.«

Nach dem letzten Wort legte er den rechten Zeigefinger an seine Lippen und hielt Quinn einen Notizblock hin.

»Was . . .?«

Tim klopfte drängend mit dem Zeigefinger an seine Lippen und deutete auf seinen Block.

Quinn starrte den in Druckbuchstaben geschriebenen kurzen Text an.

WIR WERDEN ABGEHÖRT!!!

»*Was?* Du bist wohl . . .«

Daraufhin klopfte er wie wild mit dem Zeigefinger gegen seine Lippen. Quinn machte große Augen und zuckte verwirrt mit den Schultern. War dies nur einer seiner Scherze – oder war er völlig übergeschnappt? Er nahm den Notizblock wieder an sich und kritzelte etwas auf die nächste Seite.

FANG EIN HARMLOSES GESPRÄCH AN!

Quinn starrte ihn an. Tim schien wirklich verzweifelt zu sein. Sie suchte krampfhaft nach irgendeinem Thema.

»Äh . . . bist du schon fit fürs Anatomiepraktikum?«

Er reckte zustimmend den linken Daumen hoch und beschrieb ein drittes Blatt, während er antwortete.

»Klar. Du kennst mich doch. Ich lerne schnell. Die Praktika sind ein Klacks.«

Er hielt den neuen Text joch.

WIR TREFFEN UNS
IN MEINEM WAGEN,
DANN ERKLÄR ICH
DIR ALLES!

»Yeah. Ich wollte, ich hätte ein Gedächtnis wie du«, sagte Quinn, während sie Block und Bleistift an sich nahm, um ihrerseits zu kritzeln.

IST DAS DEIN ERNST???

Sein langsames, grimmiges Nicken ließ ihr einen Schauder über den Rücken laufen.

Er griff laut gähnend nach dem Block und kritzelte etwas, während er sprach.

»So, jetzt hab ich dich lange genug gestört. Vielleicht kann ich jetzt endlich schlafen.«

Er gab ihr den Notizblock zurück.

Sie nickte. »Gute Idee. Also, dann bis später.«

Tim reckte nochmals den Daumen hoch, winkte kurz und ließ Quinn, die sich fragte, was in ihn gefahren sein mochte, in ihrem Bett sitzen. Sie starrte den Notizblock an, den er auf der Bettdecke zurückgelassen hatte, und blätterte in seinen bizarren Texten. Sie erkannte sehr bald, daß es nur eine Möglichkeit gab, sich Klarheit über sein merkwürdiges Verhalten zu verschaffen: Sie mußte sich mit Tim in seinem Wagen treffen. Sie sprang aus dem Bett und zog sich an.

»Kannst du mich hören, Chief?«

Das war Elliots Stimme, die übers Abhörmikrophon in Zimmer 125 kam.

In seinem Überwachungsraum stand Louis Verran so dicht vor dem Lautsprecher, als wolle er hineinkriechen.

»Du weißt genau, daß ich zuhöre«, sagte er gereizt, obwohl er wußte, daß Elliot seine Antwort nicht hören konnte.

»Paß auf, wir sind im Schlafzimmer von 125. Durchs Fenster ist nichts zu sehen gewesen – er hätte uns beinahe erwischt, als wir die Spannernummer abgezogen haben –, aber wir sind reingegangen, sobald er weg war. Ich hab recht gehabt, Chief. Er hat die Bude auf den Kopf gestellt und das Kopfende seines Betts abmontiert.«

»Scheiße!« sagte Verran. »Scheiße, *Scheiße*, SCHEISSE!«

»Wir wissen nicht, wo er jetzt steckt, aber wir können's uns denken. Wir machen uns auf die Suche nach ihm, Ende.«

»Yeah«, murmelte Verran. »Ende.«

Das war schlimm. Sogar sehr schlimm. Kurt und Elliot würden Brown aufspüren und herbringen müssen, bevor er mit jemandem reden konnte.

Und Louis Verran würde den Telefonhörer abnehmen, Dr. Arthur Korinthenkacker Alston anrufen und ihm mitteilen müssen, daß der Alptraum von vor zwei Jahren eine Wiederaufführung erfuhr.

Seine Eingeweide verschlangen sich zu einem gordischen Knoten, als er nach dem Hörer griff.

Während Tim die Treppe hinuntergaloppierte, griff er in seine Taschen und stellte fest, daß er die Autoschlüssel nicht bei sich hatte. Er würde sie aus seinem Zimmer holen müssen.

Als er die Tür öffnete, war es im Zimmer dunkel. Hatte er das Licht ausgemacht? Er konnte sich nicht daran erinnern. Als er nach dem Lichtschalter tastete, packte ihn jemand am Arm und zerrte ihn hinein. Der Schock und das jähe Entsetzen lähmten seine Stimmbänder. Er hörte, wie die Tür hinter ihm zugeknallt wurde, und stand jetzt in völliger Dunkelheit da. Bevor er schreien konnte, rammte jemand seine Faust in eine seiner Nieren, so daß er nur ein schmerzliches Stöhnen herausbrachte. Während der Schmerz ihn keuchend und würgend zusammensacken ließ, wurden seine Arme nach hinten gerissen.

Jetzt kommt's! dachte er. Eine Kugel in den Kopf.

Aber dann wurde ihm etwas – irgendein Fetzen Stoff – mit Gewalt in den Mund gezwängt. Er hörte, wie Klebeband abgerissen wurde, und spürte, daß jemand es ihm auf den Mund drückte. Er mußte durch die Nase atmen. Die Luft pfiff durch seine Nasenlöcher hinein und hinaus. Er kämpfte gegen panische Angst an, als er hörte, wie ein weiteres Stück Klebeband abgerissen wurde. Wenn sie ihm die Nase zuklebten, würde er ersticken. Aber das nächste Stück bedeckte seine Augen. Dann spürte er Metallbänder, die seine Handgelenke umschlossen.

Handschellen. Er fühlte die Panik zu bloßem Entsetzen abebben. Sie würden ihn nicht umbringen.

Zumindest nicht sofort.

Schon bevor Quinn den Parkplatz erreichte, wußte sie, daß irgend etwas nicht in Ordnung war. Als sie den Fußweg hinunterrannte, sah sie Tims Wagen auf dem gewohnten Platz stehen – aber der Motor lief nicht. Sie näherte sich Griffin vorsichtig und warf einen Blick ins Wageninnere.

Leer.

Sie berührte die Motorhaube und stellte fest, daß sie kalt war.

Was ist los, Tim? Was hast du vor?

Der eisige Wind ließ sie zittern. Sie fror, obwohl sie ihren Jogginganzug und eine Jacke trug. Aber sie war eben erst aus einem warmen Bett aufgestanden, in dem sie fest geschlafen hatte, und ihr Körper konnte diesen Temperatursturz noch nicht bewältigen.

Dann hörte sie ein Knarren, als eine der ins Freie führenden Türen des Wohnheims geöffnet und geschlossen wurde.

Endlich!

Quinn sah zu dem dunklen Wohnheim hinauf und rechnete damit, Tim zu sehen, der den Fußweg heruntergetrabt kommen würde. Sie hörte Räder quietschen, als schiebe jemand dort oben einen Wagen, und bildete sich ein, auf der freien Fläche zwischen Wohnheim und Cafeteria schemenhafte Gestalten zu sehen, die jedoch verschwanden, bevor sie sich richtig auf sie konzentrieren konnte. Sie wartete, aber Tim ließ sich noch immer nicht blicken.

Wer konnte um diese Zeit sonst noch auf dem Campus unterwegs sein?

Wir treffen uns in meinem Wagen. Das hatte Tim ihr aufgeschrieben. Und er hatte versprochen, den Motor laufenzulassen, damit der Wagen warm wurde.

Das brachte Quinn auf eine Idee. Sie zog ihren Schlüsselring aus einer Tasche, sperrte die Fahrertür auf und setzte sich ins Auto. Sobald sie auf dem Kunstleder saß, drang die Kälte durch ihren Jogginganzug. Sie ließ den Motor an und schob den Heizungsregler ganz nach rechts.

Wenn Tim es nicht schaffte, den Wagen für sie anzuwärmen, würde sie ihn für ihn anwärmen. Wenn er sich nur beeilen würde! Hier draußen war es unheimlich.

Sie verriegelte die Tür von innen, rieb sich die Hände und wartete auf die Wärme.

Komm doch, Tim! Komm raus, komm raus, wo immer du bist.

Tim bemühte sich, die aufkommende Panik in Schach zu halten, indem er katalogisierte, was er wußte.

Erstens: Er lebte noch. Das war ein guter Anfang.

Zweitens: Er war unverletzt – relativ zumindest. Seine linke Körperhälfte pochte und schmerzte noch immer von dem gemeinen Nierenhaken – der ihm offenbar verpaßt worden war, um ihn zum Schweigen zu bringen –, aber danach war er zwar grob, aber nicht absichtlich bösartig behandelt worden. Seine

Entführer schienen nichts gegen ihn persönlich zu haben. Alles war ziemlich geschäftsmäßig abgelaufen. Tim wußte nicht, ob er das für ein gutes oder schlechtes Zeichen halten sollte.

Drittens: Er befand sich noch auf dem Campus, ohne genau zu wissen, wo er war. Sie hatten ihn geknebelt und mit zugeklebten Augen in einen der Wagen geworfen, in denen die Zimmermädchen die schmutzige Bettwäsche sammelten, und aus dem Wohnheim geschoben – genau wie Häftlinge in alten B-Pictures aus dem Gefängnis ausbrachen. Der Wagen war holpernd und klappernd über verhältnismäßig ebene Wege auf dem Campus geschoben worden. Nach einer kleinen Steigung hatten sie ein Gebäude erreicht, waren kurz mit einem Aufzug nach unten gefahren und hatten am Ende eines Korridors diesen Raum erreicht, in dem er jetzt auf einem gepolsterten Armstuhl festgeschnallt war, der jedesmal hölzern knarrte, wenn Tim sein Gewicht verlagerte.

Wo er sich befinden mußte, war einigermaßen klar: im Keller des Science Centers.

Plötzlich wurde ihm das Klebeband vom Mund abgerissen. Tim spuckte den Knebel aus und holte keuchend tief Luft. Er wartete darauf, daß auch das zweite Klebeband abgerissen werden würde, aber seine Augen blieben zugeklebt.

»Wer sind Sie?« fragte ihn jemand.

Die Stimme, die er eigentlich hätte erkennen müssen, verblüffte ihn durch ihren nüchternen Tonfall.

»Was?« Tims Zunge war durch den Stoffknebel ausgetrocknet, und seine Stimme klang wie die eines Froschs, der eine ganze Nacht lang gequakt hat. Er hatte Mühe, etwas Speichel zu produzieren, um seine Zunge anzufeuchten.

Die Frage wurde wiederholt. »Wer sind Sie?«

Jetzt wußte er, wem die Stimme gehörte: Louis Verran. Die Erkenntnis, daß sein Verdacht damit bewiesen war, brachte ihm zwar keinen Trost, aber eine gewisse grimmige Befriedigung.

»Sie wissen verdammt genau, wer ich bin . . .« Er hätte Verran fast beim Namen genannt, beherrschte sich aber in letzter Sekunde. Möglicherweise war das Klebeband vor seinen Augen absichtlich nicht entfernt worden. Möglicherweise gefährdete er sich selbst, wenn er preisgab, daß er den Fragensteller erkannte.

»Ich möchte es von Ihnen hören. Sagen Sie Ihren Namen.«

Okay. Er würde sich nicht länger sträuben. Ein paar Antworten konnten ihm nicht schaden.

»Timothy Brown.«

»Welches College haben Sie absolviert, Mr. Brown?«

»Dartmouth.«

»Und welche Zimmernummer haben Sie hier auf dem Campus?«

»Zimmer eins-zwei-fünf.«

»Okay«, sagte Verrans Stimme ganz aus der Nähe. »Jetzt gehört er ganz Ihnen.«

Tim verzog schmerzlich das Gesicht, als das Klebeband von seinen Augen gerissen wurde und einige Haare aus den Augenbrauen mitnahm. Er blinzelte ins ungewohnt helle Licht, bis Licht und Schatten langsam Formen anzunehmen begannen.

»Mr. Brown, Mr. Brown, Mr. Brown«, sagte eine müde Stimme, die er sofort erkannte. »Was sollen wir nur mit Ihnen anfangen, Mr. Brown?«

Tim kniff die Augen zusammen, um die vor ihm stehende Gestalt besser erkennen zu können.

»Dr. Alston!«

»Ja, Mr. Brown.«

»Sie stecken also auch in dieser Sache drin?«

Dr. Alston zog sich einen Stuhl heran und setzte sich Tim gegenüber. Er wirkte völlig entspannt, als habe er alles unter Kontrolle.

»In welcher Sache, Mr. Brown? Was geht Ihrer Ansicht nach hier vor?«

Tim sah sich um. Dies hätte der Himmel – oder die Hölle – eines Elektronikbastlers sein können. Überall Monitore, Lautsprecher, Computer, Equalizer, Oszillographen, weiße, rote und grüne Signallämpchen, Leitungen, Kabel und Dutzende von weiteren Geräten, die er nicht identifizieren konnte. Im Hintergrund rechts saß Louis Verran vor einem Monitor. Tim versuchte, seine Arme zu befreien, aber sie waren an Handgelenken, Unterarmen und Bizeps mit breiten Lederriemen an die Armlehnen gefesselt.

Dann stellte Tim fest, daß an seinen Fingern Metallklammern befestigt waren, von denen Drähte wegführten. Sollte er etwa mit Elektroschocks gefoltert werden? Er bewegte die Finger und versuchte, die Klammern abzuschütteln, aber sie saßen fest.

Er sah zu Dr. Alston hinüber, der wissend lächelte.

»Nein, Mr. Brown. Wir haben nicht die Absicht, Sie zu foltern. Aber wir wollen sicherstellen, daß Sie bleiben, bis wir mit Ihnen fertig sind.«

Bleiben würde er allerdings müssen. Er war gefangen. Eingesperrt wie ein Versuchstier. Tim spürte, wie seine Magennerven sich bei dieser Erkenntnis verkrampften. Aber wenigstens war Dr. Alston ein angesehener, vernünftiger, geistig normaler Arzt, Forscher und Wissenschaftler.

Oder etwa nicht?

»Also, Mr. Brown«, sagte Dr. Alston. »Was geht Ihrer Meinung nach hier vor?«

»Das weiß ich nicht«, antwortete Tim. »Aber ich weiß, daß Sie das Ingraham mit Wanzen gespickt haben.«

Dr. Alston lächelte sein schwaches, kaltes Lächeln, während er sich entspannt auf seinem Stuhl zurücklehnte. »›Mit Wanzen gespickt.‹ Ein drolliger Ausdruck. Ich versichere Ihnen, daß das Ingraham nicht mit Wanzen gespickt ist.«

»Dann eben das Wohnheim.«

»Das Wohnheim, ja. Und das haben Sie entdeckt, nicht wahr? Was haben Sie noch entdeckt, Mr. Brown?«

Tim hielt es für zwecklos abzustreiten, daß er das Kopfende seines Betts abgeschraubt hatte. Die beiden Kerle,die ihn überfallen hatten, mußten alles gesehen haben.

»Etwas hinter dem Kopfende meines Betts.«

»*Was* hinter dem Kopfende?«

»Das weiß ich nicht.«

»Sie sind der intelligente Medizinstudent, Mr. Brown. Was vermuten Sie?«

Am besten packst du gleich aus, dachte Tim.

»Ich glaube, daß Sie uns einer Gehirnwäsche unterziehen.«

Tim sah, wie Dr. Alston leicht zusammenfuhr und sich dann ruckartig aufsetzte. Mit der entspannten Haltung war's jetzt vorbei.

Treffer!

»Was, um Himmels willen, hat Sie auf eine so ausgefallene Idee gebracht?«

»Interessiert Sie das wirklich – oder unterhalten wir uns bloß, um die Zeit totzuschlagen?«

»Ich wüßte es wirklich gern, Mr. Brown. Für mich ist das sehr wichtig.«

Tim glaubte ihm aufs Wort. Er schilderte kurz seinen durch die Anstecknadel/Wanze geweckten Verdacht, die Veränderungen, die ihm in bezug auf seine eigene Einstellung aufgefallen waren, die Durchsuchung seines Zimmers – und was er dabei entdeckt hatte.

Dr. Alston hörte mit erkennbar wachsender Erregung zu und blickte mehrmals zu Verran hinüber, der durch seinen Kopfhörer teilweise isoliert war und sich vor allem für die Anzeigen seiner Geräte zu interessieren schien.

»Soll das also heißen, daß Sie weiterhin ein Musterstudent am Ingraham wären, wenn Sie nicht zufällig auf die verlorengegangene Wanze getreten wären?«

»Nicht ganz«, antwortete Tim. »Einer der anderen Teilnehmer unserer abendlichen Debatten hat keine Veränderung seiner Einstellung erkennen lassen.« Weil er Quinn nicht mit in diese Sache hineinziehen wollte, änderte er ihr Geschlecht. »Seine unveränderten Ansichten haben mich darauf aufmerksam gemacht, daß meine sich verändert hatten.«

»Er redet von keinem ›er‹«, sagte Verran halblaut. »Er meint die Cleary, die Studentin in Zimmer zwei-fünf-zwei.«

»Ah, die berühmt-berüchtigte Miss Cleary. Merkwürdig, wie oft ihr Name immer wieder auftaucht. Warum ist sie übrigens nicht hier?«

Zum ersten Mal seitdem Louis Verran ihm das Klebeband von den Augen gerissen hatte, sah Tim ihn jetzt von seinen Anzeigen aufblicken.

»Sie hat hier nichts verloren.«

»Ich wollte, daß sie hergebracht wird«, sagte Dr. Alston.

»Kurt und Elliot sind zu sehr mit Schadensbegrenzung ausgelastet, um sich auch noch um sie kümmern zu können.«

»Ich habe Kurt ausdrücklich gesagt, daß er sie herbringen soll.«

Verran drehte sich mit seinem Stuhl um und starrte Dr. Alston an.

»Kurt? Sie haben *Kurt* gesagt, daß er sie herbringen soll? Der verdammte Kerl ist ein Tier!«

Tim ballte die Fäuste, während seine Magennerven sich verkrampften. Kurt? Wer war Kurt?

Dr. Alston rümpfte die Nase. »Ich kann mir nicht vorstellen, daß er sich danebenbenimmt, solange er unter meinem direkten Befehl steht.«

»Da wäre ich mir nicht so verdammt sicher!«

Dr. Alston winkte ab. »Schon gut.«

»Sollte ihr etwas zustoßen –«, begann Tim.

»Was?« fragte Dr. Alston ihn. »Was werden Sie dann tun? Ich will Ihnen sagen, was Sie tun werden, junger Mann. Sie bleiben ruhig sitzen und hören mir zu, während ich Ihnen erkläre, was sich hier im Ingraham wirklich abspielt. Und sobald Sie die ganze Story gehört haben, denken Sie bestimmt ganz anders darüber.«

Aber Tim konnte nicht zuhören. Er konnte nur an Quinn und daran denken, was dieses Tier Kurt ihr antun könnte.

Quinn schaltete die Innenbeleuchtung ein und warf einen Blick auf die Uhr. Es war 3.02 Uhr. Die Heizung lief, ihr war inzwischen warm, aber Tim war noch immer nicht aufgetaucht.

Ihre von Minute zu Minute wachsende Besorgnis schnürte ihr die Kehle zu. Tim ... er hatte so seltsam, so ängstlich gewirkt. Und seine Behauptung, sie könnten in ihrem Zimmer abgehört werden. Hatte er etwa eine Art Nervenzusammenbruch erlitten?

Und wo *blieb* er? Er hatte sie aufgefordert, sich hier mit ihm zu treffen. Sie hatte seine Mitteilung doch richtig gelesen? Quinn wünschte sich, sie hätte die Zettel mitgenommen, aber sie hatte sie auf ihrem Bett liegengelassen.

Sie versuchte, sich an den Text zu erinnern, mit dem Tim sie aufgefordert hatte, sich im Auto mit ihm zu treffen. Er hatte ursprünglich einen anderen Treffpunkt genannt, den er dann durchgestrichen hatte. Richtig – den Seziersaal! Er hatte sich im Seziersaal mit ihr treffen wollen, hatte es sich dann aber anders überlegt.

Vielleicht hatte er sich die Sache wieder anders überlegt. Quinn hielt es für unsinnig, noch länger in Griffin zu sitzen. Sie stellte den Motor ab, stieg in die kalte Nacht aus und trabte die leichte Steigung zu den Gebäuden hinauf, die den Mittelpunkt des Campus bildeten. Sie folgte dem Weg zwischen Cafeteria und Verwaltungsgebäude hindurch, kam an dem künstlichen See vorbei, auf dem sich eine dünne Eisschicht gebildet hatte, und steuerte geradewegs auf den beleuchteten Eingang des Hörsaalgebäudes zu. Die Tür war wie immer unversperrt. Sie hastete den Korridor entlang.

Der linke Flügel des Eingangs zum Seziersaal stand offen. Das gab ihr neue Hoffnung. Normalerweise waren beide Flügel geschlossen. Das konnte nur bedeuten, daß Tim bereits im Seziersaal war.

Aber der Saal war dunkel.

»Tim? Tim, bist du dort drinnen?«

Keine Antwort. Sie machte Licht.

Der Seziersaal war bis auf die Reihen zugedeckter Leichen auf den Tischen leer.

Quinn bewegte sich zögernd weiter. Tagsüber war der Saal ihr inzwischen vertraut, aber nachts – oder vielmehr frühmorgens – erschien er ihr unheimlich.

»Tim?«

Der Seziersaal war leer, das stand fest. Sie ging auf ihren Tisch in der hintersten Ecke des Saals zu. Irgend jemand war hier gewesen und hatte die Tür offengelassen. Vielleicht war das Tim gewesen. Vielleicht hatte er eine Nachricht auf ihrem Tisch zurückgelassen.

Aber nein, Dorothy lag genauso da, wie Quinn sie zuletzt gesehen hatte. Nirgends ein Zettel, nirgends eine Nachricht von Tim.

Quinn seufzte müde, verwirrt und sorgenvoll auf und lehnte sich an den Tisch. Wo konnte ...?

Das Licht ging aus.

Quinn fuhr in der plötzlichen Dunkelheit herum und sah noch, wie der bisher offene Flügel der Schwingtür sich schloß. Durch den rasch schmaler werdenden Lichtstrahl der Korridorbeleuchtung huschte ein Schatten.

Das war nicht Tim. Tim hatte eine Vorliebe für Streiche, aber er war nicht grausam. Das war *nicht* Tim.

Sie hätte am liebsten aufgeschrien, beherrschte sich dann aber doch. Was hätten Schreie genützt? Sie konnte nicht hoffen, daß jemand sie hören und ihr zur Hilfe eilen würde, sondern hätte damit nur ihre Position verraten.

Während ihr das Herz bis zum Hals schlug, bückte sie sich und streifte ihre Schuhe ab. Die Kälte des gefliesten Bodens drang durch ihre Socken, als sie von Dorothy weg nach links davonglitt und sich lautlos die Rückwand des Seziersaals entlangtastete.

Der Unbekannte hatte seine Schuhe nicht ausgezogen. Quinn hörte leise schlurfende Schritte, als er sich diagonal durch den Saal bewegte – genau auf Dorothy zu.

O Gott, Dorothy, ich wollte du wärst lebendig! dachte sie. Ich wollte, du könntest dich aufsetzen und diesem Dreckskerl, wer immer er sein mag, einen Fausthieb verpassen.

Während die schlurfenden Schritte sich weiter vom Eingang entfernten, tastete Quinn sich die Wand entlang auf den winzig schmalen Lichtstreifen zu, der durch den Spalt zwischen den Schwingflügeln in den Saal fiel. In einigen Minuten würde sie einen Spurt nach draußen riskieren können.

Dann herrschte plötzliche Stille. Das leise Schlurfen der Ledersohlen des Eindringlings verstummte, und Quinn erstarrte in der Dunkelheit. Sie wagte nicht, sich zu bewegen, und fürchtete sogar, sich durch ihre Atemzüge zu verraten.

Sie kauerte mit ihren Schuhen in der Hand da und horchte angestrengt.

Wo war er? Warum war er stehengeblieben? Überlegte er, wo er weitersuchen sollte, weil er festgestellt hatte, daß die Umgebung von Dorothys Tisch leer war? Oder hatte auch er die Schuhe ausgezogen und kam in diesem Augenblick auf sie zugeschlichen?

Plötzlich zerschnitt der Lichtstrahl einer Stablampe die Dunkelheit, schwenkte von einer Seite zur anderen, glitt über die Tische hinweg und kam mit jedem Schwenk näher. Er folgte dem Gang auf der anderen Seite des Tischs, hinter dem Quinn kauerte, kam näher, befand sich auf gleicher Höhe mit ihr und glitt an ihr vorbei. Als Quinn eben erleichtert aufatmen wollte, stieß der Eindringling plötzlich einen Triumphschrei aus, schwenkte die Stablampe um 180 Grad und leuchtete ihr direkt ins Gesicht.

Diesmal gab es keine Zurückhaltung mehr. Quinn schrie erschrocken auf, während sie vor dem gleißend hellen Licht zurückfuhr, und schlug instinktiv danach. Ihre Schuhe, die sie noch immer in der Hand hielt, trafen die Stablampe und ließen sie davonfliegen. Als sie klirrend auf dem Fliesenboden zerschellte, war es im Seziersaal plötzlich wieder stockfinster. Quinn richtete sich auf und spürte eine Hand, die ihren Arm streifte; sie riß das Nylontuch von der nächsten Leiche und warf es dem Eindringling entgegen, der sich darin verwickelte. Er stolperte und ging in die Knie. Quinn zog die halb sezierte Leiche vom Tisch und ließ sie über ihn rutschen.

Während er vor Schreck und Entsetzen aufschrie, wandte sie sich ab und rannte auf Socken rutschend zum Ausgang. Sie hörte Schritte, die sie verfolgten, warf sich dem schmalen Lichtstreifen entgegen, spürte die Schwingtür unter ihren Handflächen und stieß sie in den lichtdurchfluteten Korridor auf. Aber Quinn wußte, daß sie noch keineswegs in Sicherheit war. Das Gebäude war leer, und sie war so schutzlos wie zuvor, deshalb rannte sie weiter, bog rutschend um die nächste Ecke –

– und stieß mit jemandem zusammen: einem schwergewichtien Mann mit kräftigen Händen, die Quinn an den Schultern packten und hochzogen, einem Mann mit weißen Haaren und randloser Brille –

»Dr. Emerson!«

»Quinn!« sagte er. »Um Himmels willen, was . . .?«

Vor Erleichterung hätte Quinn am liebsten losgeheult. Sie klammerte sich an ihn.

»Im Seziersaal!« sagte sie nach Atem ringend. »Dort drinnen ist jemand! Hinter mir her! Mit 'ner Taschenlampe!«

Er machte sich sanft aus ihrer Umklammerung frei. »Hinter Ihnen her? Wissen Sie das bestimmt?«

»Ja!«

»Hier? Auf dem Campus? Das ist unerhört!«

Er wollte in Richtung Seziersaal weitergehen, aber Quinn hielt ihn zurück. Sie hatte Angst um ihn.

»Nein, lieber nicht. Vielleicht ist er noch drinnen. Kommen Sie, wir verschwinden lieber.«

»Gut«, sagte Dr. Emerson. »Wir gehen in mein Büro. Von dort aus rufen wir den Sicherheitsdienst an, damit er sich darum kümmert.« Er nahm ihren Arm und führte sie zum Ausgang. »Was, um Himmels willen, haben Sie zu nachtschlafender Zeit hier zu suchen gehabt?«

»Ich sollte mich mit Tim treffen . . .«

»Ah, natürlich. Mr. Brown. Ihr Sezierpartner. Eine letzte Übungsstunde vor dem Praktikum?«

Quinn wußte nicht, wieviel sie Dr. Emerson erzählen durfte. Sie wollte nicht, daß er glaubte, Tim sei übergeschnappt. Als sie in die eiskalte Nacht hinaustraten, schlüpfte sie in ihre Schuhe und wich seiner Frage aus, indem sie selbst eine stellte.

»Ich weiß, warum ich um diese Zeit hier bin«, sagte sie. »Aber was ist mit Ihnen? *Sie* haben morgen kein Praktikum.«

»Ich schlafe schlecht. Seit dem Tod meiner Frau leide ich an Schlaflosigkeit.«

Quinn hatte gehört, daß er Witwer war, aber dies war das erste Mal, daß er selbst davon gesprochen hatte.

Er tippte mit dem Zeigefinger an das zerschlissene Notizbuch, das aus einer Seitentasche seiner Jacke ragte. »Ich bin hergekommen, um das hier aus Hörsaal B zu holen. Danach wollte ich mal ins Science Center rüberschauen.«

»Um an 9574 zu arbeiten?« fragte Quinn.

Er nickte. »Vermutlich. Aber das hat Zeit bis später.« Er deutete auf das Verwaltungsgebäude jenseits des Teichs. »Wir gehen in mein Büro und rufen den Sicherheitsdienst an; dann mache ich uns eine Tasse Tee, und Sie erzählen mir genau, was heute nacht passiert ist.«

Quinn nickte in der Dunkelheit. Damit war sie einverstanden. Bei Dr. Emerson fühlte sie sich sicher. Aber wo war Tim?

Tim beobachtete, wie Dr. Alston vor ihm auf und ab ging.

»Sie haben meine Vorlesungen gehört, Mr. Brown«, sagte er. »Sie sind ein intelligenter junger Mann. Ich setze voraus, daß ich nicht allzu detailliert auf die finsteren Perspektiven für das Gesundheitswesen und die Verabreichung ärztlicher Leistungen in den vor Ihnen liegenden produktiven Jahren eingehen muß.«

»Das ist mir alles egal«, sagte Tim. »Ich will wissen, was mit Quinn ist.«

»Vergessen Sie sie vorläufig. Sie müssen mir zuhören und sich ...«

Tim funkelte ihn an. »Wie kann ich Ihnen zuhören, wenn sie in Gefahr sein könnte? Seien Sie doch realistisch, Alston!«

»Oh?« fragte er mit hochgezogenen Augenbrauen. »Auf einmal bin ich ›Alston‹ für Sie, was?« Er wandte sich an Verran und seufzte. »Louis, versuchen Sie bitte festzustellen, was mit der Cleary geschehen ist.«

»Okay, ich rufe Kurt, damit er sich meldet«, sagte Verran.

Er stand auf, trat an eine andere Konsole und tippte einen Code ein. Dann warteten sie alle schweigend – Tim ängstlich besorgt, vor Angst schwitzend –, bis ein Klingelzeichen ertönte. Verran legte einen Schalter um und sprach halblaut in sein Mikrophon. Danach wandte er sich an Dr. Alston.

Bei seinen ersten Worten atmete Tim erleichtert auf.

»Sie ist entwischt«, sagte er. »Kurt hat sie schon beinahe gehabt, aber Ihr Kumpel Dr. Emerson ist im falschen Augenblick vorbeigekommen, deshalb hat Kurt sie laufenlassen müssen.«

»Walter?« fragte Alston. »Er versteht's wirklich, zur unrechten Zeit das Falsche zu sagen oder zu tun. Was hat er um diese Zeit dort zu suchen gehabt?«

»Keine Ahnung«, sagte Verran schulterzuckend. »Vielleicht ist er –«

Das Telefon neben ihm klingelte. Nach dem zweiten Klingeln nahm er den Hörer ab.

»Sicherheitsdienst ... Ja, Sir. Im Seziersaal, sagen Sie? ... Ja, Sir. Wir kümmern uns sofort darum.«

Er grinste zu Alston hinüber. »Wenn man vom Teufel spricht ... Das ist Ihr Freund Dr. Emerson gewesen, der mir gemeldet hat, daß eine ›Miss Cleary‹ von einem unbekannten Eindringling durch den Seziersaal gejagt worden ist. Er sagt, daß sie vorerst bei ihm bleibt – sie trinkt Tee mit ihm, sagt er –, bis wir das Gebäude durchsucht haben.«

»Zumindest wissen wir jetzt, wo sie ist.« Er wandte sich an Tim. »Zufrieden?«

»Woher weiß ich, daß das stimmt?«

Alston lächelte schief. »Sehen Sie sich an, wo Sie sind, und sehen Sie sich an, wo ich bin. Ich brauche Sie nicht zu belügen, Mr. Brown.«

»Okay, okay«, sagte Tim. Quinn vertraute Dr. Emerson. Wenn er sich ihrer annahm, war sie vermutlich in Sicherheit. »Was wollen Sie von mir?«

»Ihre Aufmerksamkeit. Hören Sie mir bitte unbefangen zu; dann wollen wir sehen, was Sie denken, wenn ich fertig bin.«

»Ich weiß bereits, was ich denke.«

»Aber Sie sind intelligent genug, um sich durch logische Argumente beeinflussen zu lassen – und genau die werden Sie von mir hören.«

»Wie wär's damit, wenn Sie mich von diesem Stuhl losbinden würden?«

»Alles zu seiner Zeit. Erst hören Sie zu.«

Er ging wieder auf und ab.

»Ich werde Ihnen alles erzählen. Aber damit Sie imstande sind, die ganze Bedeutung des Gesagten zu erfassen, brauchen Sie ein paar Hintergrundinformationen.«

»Die sind im allgemeinen nützlich.«

»Als Mr. Kleederman seine Stiftung gegründet hat – Jahre vor Ihrer Geburt, Mr. Brown –, hat er in ihren Verwaltungsrat nicht nur einen ehemaligen Senator, sondern auch hohe Beamte und weitere einflußreiche Männer aus Industrie und Gewerkschaften berufen, die seine Ziele, seine Visionen geteilt haben. Die Firma Kleederman Pharmaceuticals war in den Vereinigten Staaten längst etabliert, aber schon damals hat er die Schrift an der Wand erkannt: Falls vernünftige Änderungen ausbleiben, würde das Verfahren zur Zulassung neuer Medikamente sich zu einem Verhinderungsverfahren entwickeln. Da er jedoch wußte, daß diese Änderungen nie kommen würden, hat er versucht, einen gangbaren Weg zu finden, um den Kranken dieser Welt neue Medikamente trotz der Verhinderungstaktik ihrer eigenen Regierungen zugänglich zu machen.«

»Und um zugleich«, fragte Tim, »Johann Kleederman den Aufstieg vom Multimillionär zum Multimilliardär zu ermöglichen?«

»Ich glaube nicht, daß das Geld sein Motiv ist. Vermutlich können er und seine Erben nicht mal die *Zinsen* seines Vermögens ausgeben. Nein, er hat wirklich eine Vision. Krankheiten sind eine Geißel der Menschheit. Die Mittel zu ihrer Ausrottung warten nur darauf, entdeckt zu werden. Aber kleine Bürokraten unterwerfen neue Medikamente einem langwierigen Genehmigungsverfahren, das ihren Einsatz um Jahre verzögert. Mr. Kleederman findet das unerträglich, und ich bin ganz seiner Meinung.«

»Alle scheinen auf die FDA sauer zu sein, aber was hat das –«

»Fundament der Kleedermanschen Vision ist die Firma Kleederman Pharmaceuticals. Auf dieser Grundlage hat er sich im Gesundheitswesen engagiert, Pflegeheime gebaut und in Finanznöte geratene Krankenhäuser im Einzugsbereich von Großstädten aufgekauft, um daraus Medical Centers zu machen, deren vorbildliche Leistungen allgemein anerkannt werden. Die Medical Centers stehen schon immer jedermann ohne Ansehen der Person oder des Bankkontos zur Verfügung; sie befinden sich deshalb stets in der Nähe von Großstädten, um auch für Bedürftige aus den Inner Cities erreichbar zu sein. Die Medical Centers, die Pflegeheime und den Pharmakonzern hat Mr. Kleederman unter dem Dach der Kleederman Medical Industries zusammengefaßt. Die KMI finanzieren die Kleederman Foundation, die ihrerseits das Ingraham College of Medicine finanziert.«

»Wunderbar«, sagte Tim. Bisher hatte Alston ihm nichts erzählt, was er nicht längst wußte. »Aber das ist alles keine Erklärung für die Wanzen oder die komischen Geräte hinter den Kopfenden unserer Betten.«

»Sagen Sie mir, Mr. Brown: Haben Sie eine Ahnung, wieviel es im Augenblick durchschnittlich kostet, in den Vereinigten Staaten ein neues Medikament einzuführen?«

»Das ist keine Antwort auf meine Frage.«

»Wissen Sie's?«

Tim wußte es nicht, deshalb griff er eine Zahl aus der Luft. »Fünfzig Millionen.«

»Ach, wenn's doch nur so wäre!« sagte Alston lachend. »In Wirklichkeit liegen die Kosten bei einer Viertelmilliarde – genau gesagt bei zweihunderteinunddreißig Millionen Dollar.«

Tim blinzelte, als er diese gigantische Zahl hörte. »Okay, ich bin beeindruckt, aber der Patentschutz gibt Ihnen siebzehn Jahre lang Zeit, sich das Geld zurückzuholen.«

»Das stimmt nicht. Wir haben keine siebzehn Jahre. Von der Synthese bis zur Genehmigung durch die FDA vergehen bei jedem neuen Medikament durchschnittlich zwölf Jahre ... zwölf Jahre, bevor Sie einen einzigen Dollar wieder reinholen können. Aber die Patentuhr beginnt zu laufen, sobald das neue Mittel angemeldet ist, deshalb meldet man es möglichst spät an. Trotzdem können zwischen Patentanmeldung und endgültiger Genehmigung bis zu sieben Jahre liegen. Folglich bleiben Ihnen nur zehn Jahre, in denen Sie ein Produkt, das Sie selbst entwikkelt haben, allein verkaufen können.«

»Mir ist noch nicht aufgefallen, daß Pharmakonzerne Schlange stehen, um Konkurs anzumelden.«

»Sollte die Preiskontrolle kommen, von der Präsident Clinton spricht, werden Sie das möglicherweise noch erleben. Aber hier geht's nicht um Gewinne. Zumindest nicht ausschließlich. Ich spreche von einer ungeheuren Vergeudung von Ressourcen. Ganz zu schweigen von dem menschlichen Leid, solange wirksame Medikamente unerkannt bleiben, während ihre wertlosen Brüder in langwierigen Tierversuchen erprobt werden, um dann doch aufgegeben zu werden, weil sie bei Menschen keine Wirkung zeigen. Und selbst als nützlich identifizierte Verbindungen bleiben außer Reichweite von Leuten, die helfen könnten, im Regal liegen, während das unsinnig bürokratische Zulassungsverfahren sich quälend lange hinzieht.

Von jeweils zehntausend untersuchten Verbindungen schaffen es nur zehn – *zehn!* –, über das Stadium von Versuchen an Nagetieren und Primaten hinauszukommen. Allein das ist schon ein ungeheurer Verlust. Aber es kommt noch schlimmer:

Nur eine dieser Verbindungen übersteht die Versuche an Menschen und gelangt schließlich auf den Markt. Ihre Erfolgsaussichten stehen also zehntausend zu eins, Mr. Brown – bei einer Verlustquote von neunundneunzig Komma neunundneunzig Prozent. Was halten Sie als Spieler von solchen Gewinnchancen, Mr. Brown?«

»Ungefähr so, als ließe man eine Murmel in den Grand Canyon fallen und versuchte, unten eine ganz bestimmte Ameise zu treffen.«

»Genau. Und da wundern sich die Leute, daß neue Medikamente so teuer sind. Diese eine übriggebliebene Verbindung hat nur zehn Jahre Zeit, sämtliche Verluste der neuntausendneunhundertneunundneunzig Versager wettzumachen und genügend Gewinn abzuwerfen, um die Aktionäre davon zu überzeugen, daß dieser Aufwand für Forschung und Entwicklung sich lohnt. Aber ohne gäbe es überhaupt keine neuen Medikamente.«

»Liegt die Lösung nicht auf der Hand?« fragte Tim. »Der Patentschutz für neue Medikamente müßte verlängert werden.«

Alston lächelte säuerlich. »Einige wenige Medikamente haben das Glück, eine Verlängerung zu bekommen, aber darauf besteht eigentlich kein Rechtsanspruch. Die Pharmafirmen haben sich jahrzehntelang um eine Verlängerung der Schutzfristen bemüht – leider ergebnislos.«

»Dann müssen sie die FDA dazu bringen, das Zulassungsverfahren zu beschleunigen.«

»Um den Antragsstau abzubauen, zahlen wir bereits für zusätzliches Personal bei der FDA. Noch irgendwelche Vorschläge?«

Tim überlegte kurz und meinte dann: »Ich sehe nur eine weitere Möglichkeit: Das Feld muß verkleinert werden.«

»Und das heißt?«

»Sie müssen eine Methode finden, die unbrauchbaren Verbindungen früher auszusondern. Das würde Ihre Kosten senken.«

Alston klatschte ihm grinsend Beifall. »Mr. Kleederman wäre stolz auf Sie! Genau seine Lösung! Irgendeine neue Verbindung durch die endlosen vorgeschriebenen Tierversuche zu erproben, nur um später feststellen zu müssen, daß sie bei Menschen völlig wertlos sind, bedeutet eine sündhafte Vergeudung von Zeit und Geld.«

»Was soll das heißen? Wollen Sie neue Medikamente etwa zuerst an Menschen erproben?« Im Grunde genommen fürchtete er sich vor der Antwort.

»Natürlich nicht.«

»Gut. Ich dachte schon . . .«

»Wir geben sie einigen Nagetieren und Primaten, bis feststeht, daß sie nicht toxisch sind, und erproben sie *dann* an Menschen.«

Tim starrte ihn an und wollte seinen Ohren nicht trauen.

»Das Problem besteht natürlich darin«, fuhr Alston fort, »genügend Versuchspersonen zu finden . . . *kranke* Versuchspersonen. Selbstverständlich läßt die Wirksamkeit eines Medikaments sich nicht an gesunden Menschen erproben. Dabei spielen die Ingraham-Absolventen eine entscheidende Rolle.«

Vor Tims geistigem Auge erschien die Schautafel »Wo sind sie jetzt?«, und er begann zu verstehen.

»All die Polikliniken in den Inner Cities, die Pflegeheime . . .«

»Genau. Besonders in den Inner Cities wimmelt es von alleinstehenden, gesellschaftlich unbedeutenden Menschen, die nicht auf ihre Gesundheit achten und daher an einer Vielzahl von Krankheiten leiden – manche könnte man geradezu als wandelnde Pathologielehrbücher bezeichnen. Wir haben eine Möglichkeit gebraucht, solche Patienten den Kleederman Medical Centers zuzuführen, um noch unerprobte Verbindungen der Firma Kleederman Pharmaceuticals an diesen Mehrfachkranken testen zu können.

Da wir nicht damit rechnen konnten, selbst durch hohe finanzielle Anreize genügend praktische Ärzte zu finden, die uns solche Patienten überweisen würden, hat die Stiftung beschlossen, ein für ihre Zwecke maßgeschneidertes Ärztemodell zu produzieren. Denkbar war das natürlich nur durch eine Ausbildung an einer eigenen medizinischen Hochschule. Deshalb hat sie das Laurel Hills Hospital gekauft, daraus ein erstklassiges Medical Center gemacht und gleich daneben eine medizinische

Hochschule errichtet ... *voilà* das Ingraham College of Medicine.«

»Sie geben's also zu!« Großer Gott, das war die Wahrheit. Alston hatte keinen Grund, sich das alles auszudenken. »Sie *haben* uns einer Gehirnwäsche unterzogen!«

»Gehirnwäsche ist ein so negativ besetzter Ausdruck, Mr. Brown. Meinungsbeeinflussung klingt viel freundlicher. Wissen Sie, durch die Beziehungen ihrer Verwaltungsratsmitglieder hatte die Stiftung Verbindungen zu allen möglichen staatlichen Stellen. Damals befand der Vietnamkrieg sich auf seinem Höhepunkt, und eine dieser Stellen hatte ein Gerät zur unterschwelligen Beeinflussung und Indoktrinierung amerikanischer Soldaten vor ihrem Einsatz in Übersee entwickelt – um ihnen die richtige Einstellung zu unserem Krieg und dem Vietkong zu vermitteln.

Wie sich dann gezeigt hat, waren die DWG-Geräte für diesen Zweck jedoch ungeeignet. Sie haben funktioniert, aber die maximale Wirkung ist erst nach Jahren eingetreten, so daß die staatlichen Mittel für dieses Projekt gestrichen wurden. Die Stiftung hat einen Verwendungszweck für die DWG-Geräte gesehen und sie auf dem Weg zum Schrottplatz abgefangen. Sie hat die ursprünglichen Konstrukteure und Techniker angestellt, um sie perfektionieren und für die Zwecke der Stiftung einrichten zu lassen. Seit nunmehr fast zwei Jahrzehnten sind diese Geräte im Ingraham mit großem Erfolg im Einsatz.«

»Das ist Gehirnwäsche«, sagte Tim. »Schlicht und ergreifend.«

»Nein, nur Meinungsbeeinflussung. Wir waschen Ihr Gehirn nicht, wir verändern Ihr Wesen nicht, wir beeinflussen lediglich Ihre Einstellung gegenüber bestimmten Kranken, die Gelegenheit erhalten sollen, sich der Allgemeinheit gegenüber für alle Wohltaten zu revanchieren, die sie empfangen haben, ohne jemals etwas fürs Gemeinwohl zu leisten, oder gegenüber anderen Personen, deren Lebenserwartung nur noch wenige Jahre beträgt und die eine Chance bekommen sollen, eine bessere Welt zu hinterlassen, als sie einst angetroffen haben. Darüber hinaus wecken wir in Ihnen den Wunsch, dort zu praktizieren, wo solche Patienten am häufigsten anzutreffen sind. Und sobald Sie einen alleinstehenden Menschen vor sich haben, der an einer häufiger auftretenden Krankheit leidet, fühlen Sie automatisch den Drang, ihn ins nächste KMI Medical Center zu überweisen.«

Tim dachte an Dorothy – die Leiche, die er sich mit Quinn teilte. Ihr Arzt war ein Ingraham-Absolvent gewesen, der sie ins benachbarte Medical Center überwiesen hatte. Dort war sie nicht mehr lebend rausgekommen. Hatte Dorothy als menschliches Versuchskaninchen gedient? Und er dachte wieder an die vielen Ingraham-Absolventen, die in allen Inner Cities in Polikliniken arbeiteten, die ohne Ausnahme in der Nähe von KMI Medical Centers lagen. Wirklich ein großangelegtes Unternehmen.

Er hatte Mühe, seinen Abscheu zu verbergen.

»Dann ist Ihr ganzes Gerede über die zukünftige Rationierung ärztlicher Leistungen also nur ein Ablenkungsmanöver gewesen?«

»Nicht ausschließlich. Eine Rationierung ärztlicher Leistungen kommt, das garantiere ich Ihnen. Aber meine Vorlesung sollte Sie lediglich mit der Anrechtsstaffelung nach sozialen Kriterien vertraut machen, während die DWG-Geräte sie gleichzeitig Ihrem Unterbewußtsein suggeriert haben.«

»Wie? Soviel ich weiß, gibt's keine unterschwellige Methode, die hundertprozentig effektiv ist.«

»Richtig. Aber unser System *funktioniert* – nicht zufällig, sondern durch sorgfältige Auswahl der Studenten.«

Dr. Alston zog seinen Stuhl noch etwas näher heran, setzte sich dicht vor Tim, beugte sich nach vorn und wirkte dabei lebhafter, als Tim ihn jemals gesehen hatte. Aus seinem Mienenspiel, seinen Handbewegungen sprach mühsam unterdrückte Erregung. Er ging jetzt wirklich in seiner Story auf.

»Der Schlüssel dazu ist unsere spezielle Aufnahmeprüfung. Da das Ingraham als die ›24karätige medizinische Hochschule‹ gilt, bewerben sich die besten zukünftigen Mediziner Amerikas bei uns. Wir wählen die Aufgeschlossensten und Intelligentesten aus und laden sie ein, den Tag und die Nacht vor der Aufnahmeprüfung hier zu verbringen – tatsächlich bestehen wir darauf, aber wir formulieren es etwas freundlicher.

Während die jungen Leute in der Nacht vor der Prüfung im Wohnheim schlafen, erproben wir die DWG-Geräte an ihnen, indem wir in ihr Unterbewußtsein Informationen über eine fiktive Kleedermansche Gleichung einpflanzen. Bei der Prüfung am nächsten Tag stellen wir drei Fragen über diese Gleichung. Wer sie richtig beantwortet, läßt erkennen, daß er durch die DWG-Geräte beeinflußbar ist. So wissen wir sofort, welche Bewerber für unterschwellige Beeinflussung empfänglich sind. Unsere Studenten kommen dann ausschließlich aus dieser Untergruppe.« Er lachte bellend. »Ist das nicht brillant?«

Du Dreckskerl, dachte Tim. Du *verdammter* Dreckskerl!

»So brillant wieder nicht«, sagte Verran. »Was ist mit der Cleary?«

Tim erstarrte, als Quinns Name fiel. »Was ist mit ihr?«

»Mit dem DWG im Zimmer Ihrer Freundin hat's Probleme gegeben«, erklärte Alston ihm.

»Das Gerät arbeitet einwandfrei«, sagte Verran. »Aber die Cleary reagiert nicht darauf.«

Alston machte ein unbehagliches Gesicht. »Vorläufig weiß ich noch keine Erklärung für Miss Clearys scheinbare Immunität gegen DWG-Einflüsse. In der Prüfung hat sie zwei der drei Kleederman-Fragen beantwortet – beide richtig. Das hätte sie nicht geschafft, wenn sie durch DWG nicht beeinflußbar wäre. Hier gibt's eine Variable, die ich bisher nicht habe identifizieren können. Aber ich finde sie noch. Ich finde sie, darauf können Sie Gift nehmen!«

Tim unterdrückte ein Lächeln, als ihm klarwurde, daß *er* die Variable war. Er hatte die beiden Fragen auf Quinns Testbogen im Vorbeigehen richtig beantwortet. Quinn hatte keinen blassen Schimmer gehabt, was die Kleedermansche Gleichung bedeuten sollte.

Sein heimliches Lächeln erstarb jedoch in wachsendem Zorn, als ihm dämmerte, wie sehr er getäuscht und manipuliert worden war – wie sehr sie *alle* durch die Kleederman Foundation, durch die Hochschulverwaltung getäuscht und manipuliert worden waren.

Wie umfangreich war diese Verschwörung? Wie tief reichten ihre Wurzeln? Johann Kleederman kontrollierte ein weltumspannendes Imperium, und Leute wie der ehemalige Senator Whitney standen offenbar stramm, wenn er etwas sagte. Die Verschwörung reichte bis in höchste Kreise hinein – aber wie sah es hier im Ingraham damit aus? Die Hochschule diente nicht ausschließlich zur Tarnung. Ihr war ein funktionierendes Medical Center angeschlossen, und Leute wie Dr. Emerson arbeiteten hier an wichtigen Forschungsprojekten.

»Ist das *gesamte* Personal daran beteiligt?«

»Um Himmels willen, nein! Je weniger eingeweiht sind, desto besser klappt die Geheimhaltung. Nur Leute in Schlüsselpositionen in Verwaltung, Aufnahmeausschuß und Krankenpflege sind der Stiftung gegenüber verantwortlich. Alle anderen ahnen nichts.«

Wer ist also Freund, wer ist Feind? fragte Tim sich. Und wie soll man sie auseinanderhalten?

Alston lächelte triumphierend. »Sieht man von gelegentlichen Pannen ab, sind wir hier im Ingraham außergewöhnlich erfolgreich gewesen. Heute sind in allen größeren Städten Ingraham-Absolventen tätig, um die medizinische Versorgung ihrer bedürftigsten Einwohner sicherzustellen.«

»Wie können Sie und die anderen uns das antun und trotzdem noch ruhig schlafen?«

»*Quid pro quo,* Mr. Brown. Sie erhalten kostenlos die beste medizinische Ausbildung der Welt, und . . .«

»Kostenlos? Was ist mit unseren Seelen?«

»Bitte nicht so dramatisch! Ihre Seele, falls es so etwas geben sollte, bleibt durchaus unbeschädigt. Als einzige Gegenleistung bekommen wir ein paar Überweisungen.«

»Richtig. Überweisungen in ein vorzeitiges Grab.«

»Kommen Sie, kommen Sie. Das klingt ja, als seien unsere Medical Centers die reinsten Todeslager. Das sind sie durchaus nicht! Hier geht's um kranke Menschen, die an uns überwiesen werden. Und wir behandeln ihre Krankheiten.«

»Mit nicht erprobten Medikamenten!«

»Die sich oft als wirksam erweisen. Wir können jeden Tag Patienten als geheilt entlassen.«

»Und die anderen, die nicht geheilt werden?«

»Bei denen versuchen wir's mit einem anderen Mittel.«

»Wie viele Tote haben Sie schon auf dem Gewissen, Alston?«

Er schüttelte irritiert den Kopf. »Hören Sie, Brown, ich bin kein größenwahnsinniger Comic-book-Schurke. Die Grundzüge dieses Plans haben bereits festgestanden, als ich ans Ingraham gekommen bin. Der Verwaltungsrat der Stiftung, dem einige der besten Köpfe aus Staat, Industrie und Gewerkschaften angehören, hatte sich nach jahrelangen Debatten auf dieses Konzept geeinigt. Hier gibt's nichts Zufälliges, nichts Willkürliches. Alles ist sorgfältig durchdacht.«

»Wie sind diese Leute auf Sie gekommen?«

»Sie haben mich angeworben. Sie haben meine Vorträge gehört und verschiedene Artikel gelesen, in denen ich die Arbeitsweise der FDA kritisiert hatte; sie haben mich beobachten lassen, mich eingestellt, begutachtet und zuletzt in ihren großen Plan eingeweiht. Ich habe sofort mitgemacht – mit Begeisterung. Ich bin vom Wert unserer Arbeit überzeugt. Wir bereichern die Medizin, die ganze Welt um erstaunlich neue Therapien. Dies ist die wichtigste Aufgabe meines Lebens. Und ich bin stolz darauf, meinen Beitrag zu leisten.«

Werde *ich* angeworben? fragte Tim sich. Er überlegte sich, daß es für ihn – und auch für Quinn – vermutlich besser war, wenn er sich kritische Bemerkungen sparte und wachsende Sympathie für Alstons Standpunkt vorgab.

»Aber ich sehe nicht, wie das funktionieren soll.«

Alston lächelte. »Oh, es funktioniert bereits, Mr. Brown. Kleedermans Fähigkeit, eine ganz neue Produktpalette auf den Markt zu bringen, hat die Firma zum erfolgreichsten Pharmakonzern der Welt gemacht. Denken Sie nur an die Vorteile, die Adriazepam, Fenostatin und Carbenamycin für Patienten haben – lauter Verbindungen, die ohne unser Programm noch im Dschungel der Prüfverfahren stecken würden. Diese Medikamente haben unzähligen Kranken das Leben gerettet. Und Tausende und Abertausende von Menschen haben an Lebensqualität gewonnen, weil es sie gibt.«

»So hab ich die Sache noch nie gesehen«, sagte Tim, indem er langsam und nachdenklich nickte. Er konnte nur hoffen, daß das überzeugend wirkte. »Vielleicht sind Sie doch nicht so verrückt, wie Sie sich anfangs angehört haben.«

»Verrückt?« Alston runzelte die Stirn. »Ich kann es nicht verrückt finden, die Spitzenposition auf technologischem und therapeutischem Gebiet bewahren zu wollen. Möchten Sie mit zweitklassigem Werkzeug arbeiten müssen, Mr. Brown?«

»Nein. Bestimmt nicht.« Das war nicht gelogen.

»Dann müssen Sie bereit sein, Risiken einzugehen.«

Risiken, dachte Tim. Gewiß – aber mit wessen Leben?

»Das ist eine wunderbare Herausforderung. Gewaltig und erregend. Aber wer nicht für uns ist, ist gegen uns. Was sagen Sie also, Mr. Brown? Wollen Sie mitmachen? Wollen Sie gemeinsam mit Mr. Kleederman alle bisherigen Therapiemöglichkeiten erweitern und unsere Medizin ins einundzwanzigste Jahrhundert führen?«

Was passiert, wenn ich nein sage? fragte Tim sich.

Während Dr. Alstons PR-Vortrag hatte er sich etwas entspannt, aber jetzt hatte er plötzlich Angst. Er wußte zuviel. Ging er mit seinem Wissen zu einer Zeitung, zum FBI oder zur Ärztekammer, konnte er das Ingraham an den Pranger stellen und die jahrzehntelangen Bemühungen und die Dollarmillionen, die Kleederman in diese komplexe, ungeheuerliche Verschwörung investiert hatte, mit einem Schlag zunichte machen. Der Skandal konnte womöglich sogar das Aus für die Kleederman Medical Industries bedeuten.

Sie mußten ihn beseitigen ... falls es ihm nicht gelang, Alston davon zu überzeugen, daß er mitmachen würde. Jetzt erkannte Tim auch, warum Alston sich die Zeit genommen hatte, ihm alles so ausführlich zu erklären: Er wollte ihn nicht beseitigen müssen. Es war viel leichter, viel unkomplizierter, ihn einfach anzuwerben. Und Alston war vermessen genug, sich einzubilden, er sei imstande, Tim zu bekehren. Er wollte ihm eine Chance geben. Tim sah keine andere Möglichkeit, als darauf einzugehen.

Und er *würde* mitmachen. Er würde ein musterhafter Student sein, bis er eine Chance sah, hier rauszukommen und alles zu erzählen, was er wußte.

»Gut, ich bin dabei«, sagte Tim.

Alston beobachtete ihn aufmerksam. »Warum sollte ich Ihnen glauben?«

Tim hielt seinem Blick stand. »Wie Sie sagten: Warum sollte ich mit zweitklassigem Werkzeug arbeiten wollen?«

»Beantworten Sie meine Frage nicht mit einer Gegenfrage. Überzeugen Sie mich, Mr. Brown.«

»Die Überzeugungsarbeit haben Sie geleistet, Dr. Alston. Sie haben wirklich schlüssig argumentiert.« Tim machte eine kurze Pause. »Und vielleicht können wir ja auch ein paar Optionsscheine für KMI-Aktien in meine Richtung schieben?«

»Kann ich das so verstehen, daß Sie hier weiterstudieren werden, als ob nichts passiert sei, und niemals verraten werden, was Sie übers Ingraham wissen?«

»Das können Sie.«

»Alston stand auf und ging zu Verran hinüber, der sich auf seine Konsole konzentrierte.

»Na, Louis, was sagen Sie dazu? Können wir Mr. Brown beim Wort nehmen?«

Verran schüttelte den Kopf. »Er lügt.«

Tims Magennerven verkrampften sich bei diesen Worten, die keine Meinung ausdrückten, sondern eine Tatsache feststellten. »Das stimmt nicht!« sagte Tim. »Wie können Sie das behaupten?«

»Der Stuhl ist ein Lügendetektor, Kid« antwortete Verran. »Und er zeigt, daß Sie ein verdammter Lügner sind.« Er drückte auf einen Knopf und sprach in sein Mikrophon. »Okay, Jungs. Ihr könnt ihn abholen.«

Tim, dem nun vor Angst fast schlecht war, drehte und wand sich auf dem Stuhl und riß an seinen Fesseln. Aber sie gaben nicht nach.

»Zum Teufel mit Ihnen!« sagte Alston. Sein Gesicht war vor Wut verzerrt, als er sich über Tim beugte. »Warum haben Sie nicht mitmachen können? Durch Ihre Kurzsichtigkeit haben Sie uns in eine unhaltbare Lage gebracht. Jetzt müssen wir zu unserem Schutz extreme Maßnahmen ergreifen.«

»W-w-welche?« Tim hatte noch nie gestottert, aber nun fing er damit an.

»Das werden Sie gleich sehen.«

Alston zog eine Injektionsspritze und eine Phiole mit einer klaren Flüssigkeit aus seiner Jackentasche.

Tim beobachtete ihn starr vor Angst.

»W-was ist das? Was haben Sie vor?«

Alston gab keine Antwort, sondern zog die Spritze auf und trat einen Schritt näher an ihn heran. In seiner Verzweiflung versuchte Tim vergebens, der Nadel auszuweichen, als Alston sie in seinen Deltamuskel stieß, ohne sich erst die Mühe zu machen, den dazwischenliegenden Hemdärmel hochzukrempeln. Tim zuckte unter dem Einstich und dann vom Brennen der in seinen Muskel gespritzten Flüssigkeit zusammen.

Ein Teil seines Gehirns kreischte, er werde sterben, werde sterben, werde sterben, während ein anderer Teil sich weigerte, das zu glauben. Dann ging die Tür auf, und zwei Männer kamen herein. Tim erkannte beide wieder. Einer war der blonde Sicherheitsbeamte, den Quinn und er vor der Abfahrt nach Atlantic City hier auf dem Parkplatz gesehen hatten, und der andere war der angebliche Kammerjäger, der aus Quinns Zimmer gekommen war.

Der große Blonde trat vor und blieb vor Tim stehen.

»Ist er fällig?« fragte er Verran.

Verran nickte. Er machte keinen sehr glücklichen Eindruck. »Yeah, Kurt. Er ist überfällig.«

»Gut«, sagte Kurt. »Wurde auch Zeit.«

Er ballte die rechte Faust, holte aus und schlug Tim ins Gesicht.

Während Tim Sterne vor den Augen sah, hörte er Alston sagen: »Schluß damit! Was fällt Ihnen ein?«

»Das ist der Schweinehund, der mir das Nasenbein gebrochen hat.«

»Das ist kein Grund, ihn zu mißhandeln – vor allem nicht, wenn ihm noch viel Schlimmeres bevorsteht.«

Vielleicht war's die Spritze, vielleicht der Faustschlag, vielleicht Alstons Bemerkung – oder vielleicht eine Kombination aus allem. Tim wurde ohnmächtig.

19

Quinn beobachtete gespannt, wie Dr. Emerson telefonierte. Ihr fiel auf, daß seine Tweedjacke an den Ellbogen durchgewetzte Stellen hatte, seine Cordsamthose verknittert war und er sich hätte rasieren müssen. Er sah müde aus.

»Gut, ich sag's ihr . . . Nein, das ist nicht nötig. Besten Dank.« Er legte auf und wandte sich an sie. »Das ist der Sicherheitsdienst gewesen. Sie haben den Seziersaal und das gesamte Hörsaalgebäude durchsucht, ohne irgend jemanden zu finden. Der Unbekannte hat's offenbar mit der Angst zu tun bekommen und ist geflüchtet.«

Trotzdem konnte Quinn nicht recht aufatmen.

»Mir wär's lieber, sie hätten ihn geschnappt«, sagte sie. »Jetzt halten sie mich wahrscheinlich für ein hysterisches Frauenzimmer.«

»Das tun sie bestimmt nicht. Vermutlich ist der Mann ein Einbrecher auf der Suche nach irgendwelchen Wertgegenständen gewesen. Sie sind ihm nur in die Quere gekommen, das war alles. Der Sicherheitsdienst wollte sogar einen Mann herüberschicken, der Sie ins Wohnheim zurückbegleitet. Aber ich habe gesagt, das sei nicht nötig.« Er begann, sich aus seinem Sessel hochzustemmen. »Kommen Sie, ich bringe Sie selbst hinüber.«

»Nein, bitte nicht«, sagte Quinn. »Das ist nicht nötig.« Sie sah aus dem Fenster, wo der beginnende Tag sich als grauer Streifen am Horizont ankündigte. »Die Sonne geht bald auf. Jetzt passiert mir nichts mehr.«

»Wissen Sie das bestimmt? Es macht mir wirklich keine Mühe, Sie . . .«

»Sie haben schon genug für mich getan«, sagte Quinn. Sie trank ihren Tee aus und stand auf. »Vielen Dank für Ihre Hilfe.«

»Nichts zu danken, mein Kind. Das war eine Kleinigkeit. Sollten Sie wieder Hilfe brauchen, rufen Sie mich einfach an.«

Komisch, daß Dr. Emerson sie »Kind« nannte. Aber das störte sie nicht.

»Das wird hoffentlich nicht nötig sein.«

»Noch etwas«, sagte er, als sie nach der Türklinke griff. »Der

Sicherheitsdienst läßt Sie bitten, möglichst bald vorbeizukommen und eine Personenbeschreibung des Mannes abzugeben, der Sie überfallen hat.«

»Ich wüßte nicht, wie ich ihn beschreiben sollte. Ich habe nur einen Schatten und eine Taschenlampe gesehen.«

»Der Sicherheitsdienst muß den Vorfall der hiesigen Polizei melden, deshalb sollten Sie ihm erzählen, was Sie gesehen haben. Man weiß nie, welche Kleinigkeiten zu einer Identifizierung führen können.«

»Wird gemacht.«

Quinn hob grüßend die Hand, trat auf den Flur hinaus und hastete in Richtung Ausgang davon.

Die Luft vor Tagesanbruch war kalt und klar, und das Gras war von Rauhreif überzogen. Während Quinn zum Wohnheim trabte, bildete ihr Atem weißliche Dampfwolken, die an ihrem Gesicht vorbeiströmten. Unterwegs warf sie unwillkürlich besorgte Blicke nach rechts und links, wo hinter jedem Busch Schatten zu lauern schienen. Der Sicherheitsdienst hatte behauptet, der Unbekannte sei fort, aber der Sicherheitsdienst hätte eigentlich verhindern sollen, daß Fremde sich auf dem Campus herumtrieben . . .

Trotz eines Rests von Ängstlichkeit war es schön, sich zu bewegen, zu laufen, die kalte Luft einzuatmen und zu spüren, wie sie ihre Bronchien füllte und Lungen und Gehirn zu reinigen schien. Die Ängste der vergangenen Nacht lagen scheinbar weit zurück, fast als sei das alles vor Monaten passiert und jemand anderem zugestoßen. All die seltsamen Ereignisse dieser Nacht hatten etwas vage Irreales angenommen.

Aber was war mit Tim? Was hatte er sich letzte Nacht Verrücktes eingebildet. Und dieses absonderliche Benehmen . . . Sie bekam eine Gänsehaut, wenn sie daran dachte, vor allem bei jemandem, den sie so liebgewonnen hatte. Und wo hatte er die ganze Zeit über gesteckt? Wahrscheinlich lag er in seinem Bett und schlief fest. Quinn lächelte. Das würde sie ihm heimzahlen!

Sie trabte geradewegs zu seinem Zimmer und hob schon die Faust, um an die Tür zu trommeln. Aber dann beherrschte sie sich doch, weil ihr klarwurde, daß sie damit auch Kevin und die meisten Bewohner der Zimmer an diesem Ende des Korridors geweckt hätte. Sie konnte warten.

Quinn lief die Treppe zu ihrem Zimmer hinauf. Es wäre gut gewesen, jetzt ein Nickerchen zu machen, um wenigstens etwas Schlaf nachzuholen, aber das Teein in Dr. Emersons Tee würde sie bestimmt wach halten. Vielleicht konnte sie noch ein bißchen fürs Anatomiepraktikum büffeln. Aber zuerst...

Sie suchte ihr ungemachtes Bett nach den Zetteln ab, auf die Tim seine sonderbaren Mitteilungen geschrieben hatte, als er mitten in der Nacht bei ihr aufgekreuzt war. Sie würde ihn nicht vergessen lassen, wie verrückt er sich benommen hatte. Sie würde diese Zettel aufbewahren und daraus Lesungen veranstalten, wann immer die Situation es erforderte.

Aber wo waren sie? Quinn wußte bestimmt, daß sie die Zettel neben ihrem Kopfkissen zurückgelassen hatte. Sie suchte Kissen, Decke und Laken ab. Sie sah unters Bett. Sie kontrollierte ihre sämtlichen Taschen.

Verschwunden.

Quinn sank verwirrt und ratlos auf die Bettkante. Um Himmels willen, wo...?

Es sei denn, Tim wäre zurückgekommen und hätte sie mitgenommen.

Sie schlug sich auf die Oberschenkel. Jetzt reicht's! Sie griff nach dem Telefonhörer. Sorry, Kevin, aber jetzt kommt ein Weckruf. Dafür kannst du dich bei deinem verrückten Zimmerkameraden bedanken.

Zehnmaliges Klingeln. Keine Antwort.

Quinn rannte besorgt hinunter, klopfte an Tims Zimmertür und rief seinen Namen. Jetzt wünschte sie sich, sie hätte zugegriffen, als er ihr einen seiner Zimmerschlüssel hatte geben wollen. Aber das war ihr nicht richtig vorgekommen, weil er sich das Zimmer mit jemandem teilte – auch wenn sein Zimmernachbar ein so lockerer Typ wie Kevin war.

»Hey, Quinn. Was ist los?«

Sie drehte sich um und bekam große Augen. »Kevin!«

Er kam in T-Shirt und Boxershorts den Korridor entlang und hatte sich sein Kopfkissen über die Schulter geworfen.

»Habt ihr zwei euch gestritten?«

»Wo ist Tim?«

Kevin grinste. »Hey, *du* hast die Nacht mit ihm verbracht, nicht ich.«

»Red keinen Unsinn! Ich bin gerade erst zurückgekommen. Ich hab vor einer Minute angerufen, aber Tim hat sich nicht gemeldet.«

Sein Grinsen verschwand. »Soll das ein Witz sein?«

»Nein. Los, schließ schon auf! Heute nacht ist er richtig komisch gewesen.«

Kevin hielt bereits den Schlüssel in der Hand. Er sperrte auf. Quinn lief voraus, durchquerte das Wohnzimmer und blieb an der Schlafzimmertür stehen.

»O Gott!«

Beide Betten waren unbenützt. Das Zimmer sah genau wie irgendein anderes von den Zimmermädchen aufgeräumtes Schlafzimmer aus. Quinn öffnete die Schiebetür des Kleiderschranks. Er war nicht ausgeräumt, aber auf der Stange hingen viele leere Kleiderbügel.

»Wo steckt er, Kevin? Was hat er gestern abend zu dir gesagt?«

Kevin erzählte ihr, daß Tim ihn gebeten hatte, bei einem Kommilitonen zu übernachten, damit Quinn und er ungestört zusammensein konnten.

Quinn, deren vor Angst jagendes Herz gegen ihre Rippen zu pochen schien, drängte sich an Kevin vorbei, rannte zum Ausgang und lief in Richtung Parkplatz weiter. In dem mit Rauhreif bedeckten Gras auf dem Hügel kam sie rutschend zum Stehen. Selbst von hier aus, selbst im blaugrauen Zwielicht der Dämmerung war zu sehen, daß Griffin verschwunden war. Sie suchte den ganzen Parkplatz ab, aber nirgends stand ein alter Oldsmobile Cierra. Tims unsichtbarer Wagen war nirgends zu sehen.

»Tim!« rief sie ins Morgengrauen hinein, obwohl sie wußte, daß keine Antwort kommen würde.

Wo bist du? Was ist los mit dir? Was hast du getan?

Quinns Rufen steigerte sich zu einem Schrei, der hügelabwärts hallte.

»Tim!«

»Ich hab dich gewarnt, daß es nur Schwierigkeiten geben würde, wenn du dort studierst. Das weißt du noch, nicht wahr?«

Quinn ächzte innerlich. Sie hatte geahnt, daß sie den Anruf bei ihrer Mutter bereuen würde, aber nach diesem Tag hatte sie das Bedürfnis gehabt, mit jemandem zu reden. Sie hatte das Gefühl, allmählich den Verstand zu verlieren.

Sie hatte den Tag benommen herumstolpernd hinter sich gebracht und war außerstande gewesen, sich auf die Vorlesungen zu konzentrieren. Tim hatte ihre Gedanken beherrscht: Wo er sein und wie es ihm gehen mochte, warum er zu keiner Vorlesung gekommen war und das Praktikum versäumt hatte. Wenn sie in den Pausen nicht sein Zimmer anrief und darum betete, Tim möge abnehmen, war Quinn draußen auf dem Hügel über dem Parkplatz für Studenten und hielt Ausschau nach Griffin.

Da sie ohnehin keinen Bissen heruntergebracht hätte, benutzte sie ihre Mittagspause zu einem Besuch im Security Office – scheinbar, um über den nächtlichen Vorfall im Seziersaal zu berichten, aber hauptsächlich, um zu fragen, ob dort etwas über Tim bekannt war.

Mr. Verran wirkte übermüdet, noch mehr wie eine traurige Bulldogge als sonst. Tims Verschwinden schien ihn kein bißchen zu beunruhigen.

Seine Reaktion war: »Na, und? Er hat ein paar Vorlesungen geschwänzt und ist in ein langes Wochenende gefahren. Er ist nicht der erste Student, der das macht, und bleibt nicht der letzte, das garantiere ich Ihnen!«

Quinn wußte, daß er unrecht hatte. Tim nahm sein Studium ziemlich auf die leichte Schulter – aber er versäumte keine Prüfungen. Mr. Verran wollte auch nichts von einer Vermißtenanzeige bei der Polizei hören. Bevor irgend jemand sich daran machte, nach Tim zu suchen, mußten mindestens vierundzwanzig Stunden verstrichen sein. Quinn verließ das Security Office aufgebracht und über ihr Unvermögen frustriert, anderen die schrecklichen Angstgefühle zu vermitteln, die in ihr zu explodieren drohten.

Nachdem sie das Anatomiepraktikum mühsam hinter sich

gebracht und gerade noch bestanden hatte, rief sie Dr. Emerson an und bat ihn, an diesem Nachmittag nicht zur Arbeit kommen zu müssen. Er forderte sie auf, unbedingt eine Pause einzulegen – nach allem, was sie vergangene Nacht durchgemacht hatte, wäre es ihm nicht im Traum eingefallen, von ihr zu erwarten, daß sie nachmittags vorbeikäme. Er glaubte, sie leide noch immer unter den Nachwirkungen des Überfalls im Seziersaal. Sie erzählte ihm nichts von Tim.

Nach einem halbherzigen Versuch, zu Abend zu essen, kontrollierte Quinn erneut den Parkplatz, ging dann in ihr Zimmer hinauf und rief Matt in Yale an. Hoffentlich hatte *er* etwas von Tim gehört! Oder noch besser: Hoffentlich war Tim bei ihm und lag mit einer Bierdose in der Hand vor dem Fernseher.

Aber Matt hatte kein Wort von seinem alten Zimmergefährten gehört und war so ratlos wie Quinn. Sie ließ sich von ihm versprechen, daß er zurückrufen würde, sobald er etwas hörte. *Irgendwas.*

Der nächste Anruf war der schwierigste: Tims Eltern. Mrs. Brown meldete sich und gab den Hörer rasch an ihren Mann weiter. Mr. Brown reagierte anfangs feindselig – und warum auch nicht? Er hatte Quinn nie persönlich kennengelernt und wollte nicht hören, was sie ihm zu erzählen hatte. Aber irgendwie mußte Quinns Stimme ihre Gefühle – ihre Angst um Tim und ihre Sorge wegen seines spurlosen Verschwindens – durch die Leitung transportiert haben, denn er taute auf, hörte wirklich zu und stellte Fragen. Gegen Ende des Gesprächs war er bedrückt und nachdenklich. Er ließ sich Quinns Nummer geben und versprach ihr, sie sofort anzurufen, falls Tim sich zu Hause meldete.

Danach saß sie auf ihrem Bett, während draußen die Abenddämmerung herabsank. Trotz der gelegentlich vom Korridor hereindringenden Stimmen schien ihr das Wohnheim menschenleer. Quinn hatte das Gefühl, allein auf der Welt zu sein. Plötzlich empfand sie das unwiderstehliche Bedürfnis, ihre Eltern anzurufen, um sich dadurch zu vergewissern, daß zu Hause alles in Ordnung war, ihre Eltern noch lebten und sie selbst tatsächlich existierte.

»Ja, Mom«, antwortete sie. »Ich weiß, daß du mich gewarnt

hast. Aber du hast behauptet, *mir* würde etwas zustoßen. Hier geht's um einen Freund.«

Die Stimme ihrer Mutter wurde etwas sanfter. »Aus der Art, wie du von ihm gesprochen hast, hab ich gemerkt, daß Tim mehr als ein Freund ist.«

»Ja, das stimmt.«

»Liebst du ihn?«

»Ich... ich glaub schon.« Quinn wußte es, aber sie hatte keine Lust, jetzt mit ihrer Mutter darüber zu diskutieren. Sie hatte schreckliche Sehnsucht nach Tim, und wenn sie anfing, über ihre Gefühle für ihn zu sprechen, würde sie vollends die Fassung verlieren. »Er bedeutet mir sehr viel.«

Die Stimme ihrer Mutter klang plötzlich wehklagend. »Komm nach Hause, Quinn. Komm nach Hause, bevor dir auch was zustößt!«

Der Wechsel im Tonfall verblüffte sie ebenso wie das Gesagte.

»Was soll das heißen, Mom?«

»Deinem Freund ist was Schreckliches zugestoßen, Quinn«, antwortete ihre Mutter. »Spürst du das nicht?«

»Das darfst du nicht sagen, Mom. Das kannst du nicht wissen. Du machst mir angst.«

Wirklich beängstigend war jedoch, daß Quinn das sehr wohl spürte. Auf ihren Schultern lastete die bleierne Gewißheit, Tim sei irgend etwas Unvorstellbares zugestoßen. Aber das durfte sie nicht erzählen, weil ihre Mutter sonst denken würde, auch sie erlebe jetzt »dieses Sheedy-Ding«. Schließlich hatte sie viele Jahre lang nichts davon wissen wollen.

»Ich hab schon Angst, Quinn. Seit du an diesem schrecklichen Ort bist, lebe ich in ständiger Angst.«

Das klang fast so, als wisse ihre Mutter von dem nächtlichen Vorfall im Seziersaal. Aber woher konnte sie davon wissen? Quinn hatte ihn wohlweislich nicht erwähnt.

»Aber dies ist *kein* schrecklicher Ort, Mom. Das Ingraham gehört zu den besten medizinischen Hochschulen der Welt. Wie kannst du so was behaupten?«

»Das ist nur so ein Gefühl...«

»Ich muß jetzt aufhören, Mom. Ich hab letzte Nacht kaum geschlafen. Ich rufe dich an, sobald Tim wieder auftaucht.«

»Ruf mich auf jeden Fall an, Quinn. Ruf mich jeden Tag an. Bitte.«

»Mom –«

»Bitte?«

Die nackte Angst, die im Tonfall ihrer Mutter mitschwang, ließ Quinn einlenken. »Klar, Mom. Jeden Tag. Ich versprech's dir.«

Als Quinn auflegte, war sie ängstlicher und besorgter als zuvor. Sie überzeugte sich davon, daß die Korridortür abgesperrt war, und klemmte einen Stuhl mit der Lehne unter die Türklinke. Dann kroch sie ins Bett, ohne sich erst auszuziehen, und zog sich die Decke über den Kopf. Quinn weinte noch eine Zeitlang. Irgendwann schlief sie ein.

Hartnäckiges Hämmern gegen die Korridortür riß Quinn aus tiefem Schlaf. Im Zimmer war es hell. Sie warf einen Blick auf ihren Wecker: 9.05 Uhr. Sie hatte fast zwölf Stunden geschlafen. Quinn rieb sich das Gesicht, um schneller wach zu werden, schlurfte zur Tür, zog den Stuhl weg und machte auf.

Sie hätte fast aufgeschrien, wäre fast in Ohnmacht gefallen, hätte sich fast in seine Arme geworfen, aber dann merkte sie, daß dort nicht wirklich Tim stand, lehnte zitternd am Türrahmen und starrte ihn mit großen Augen an.

»Quinn Cleary?«

Sie erkannte diese Stimme wieder, obwohl das Blut in ihren Ohren pochte.

»Sie müssen Mr. Brown sein.«

Tims Vater war jung, sah zumindest jung aus. Er war drahtig, dunkelbraun und braunäugig wie sein Sohn. An einem guten Tag hätte er als Tims älterer Bruder gelten können. Aber dies war offenbar kein guter Tag. Mr. Brown wirkte ausgelaugt und erschöpft, als sei er die ganze Nacht durchgefahren. Und man merkte ihm an, daß es ihm schwerfiel, seine aufgestaute innere Unruhe in Schach zu halten. Hinter ihm auf dem Flur stand Mr. Verran wie eine wachsame Bulldogge.

»Ja«, sagte Mr. Brown und streckte seine Hand aus. »Haben Sie etwas von Tim gehört?«

»Nein. Nichts.« Seine Handfläche war feucht, als sie sich die

Hand gaben. »Ich hoffe noch immer, daß demnächst das Telefon klingeln wird, aber ...«

»Ja, ich weiß.« Er ließ ihre Hand los. »Mr. Verran ist so freundlich, mich jetzt zum Sheriff's Office zu fahren, damit ich Tim als vermißt melden kann. Da Sie ihn zuletzt gesehen haben, wäre ich Ihnen dankbar, wenn Sie ...«

»Natürlich!« Quinn wußte, daß sie sich erst hätte waschen und umziehen sollen, aber das hätte eine weitere Verzögerung bedeutet, bevor die Suche nach Tim begann, und in dieser Sache war schon zuviel Zeit vergeudet worden. »Augenblick, ich hole bloß schnell meine Handtasche.«

Quinn hielt ihre kalten Hände zwischen die Oberschenkel eingeklemmt, sah und hörte zu und hatte das Gefühl, dies alles passiere nicht wirklich, während Deputy Southworth vom Frederick County Sheriff's Department vor ihnen saß und Vordrucke ausfüllte. Sie saßen zu dritt um seinen Schreibtisch, der mit vier weiteren in einem Großraumbüro stand. Quinn sehnte sich nach mehr Abgeschlossenheit. Dies war eine Privatsache. Hier ging es um Tim ...

Aber der Deputy war cool, professionell und dem Anlaß entsprechend teilnahmsvoll, während er Mr. Brown nach Einzelheiten befragte, die seine Dienststelle für wichtig hielt: Geburtsdatum, Personenbeschreibung, unveränderliche äußerliche Kennzeichen, Krankengeschichte, die Nummern von Sozialversicherungsausweis, Führerschein und Kreditkarte, Hobbys, Laster, die Namen seiner besten Freunde und so weiter. Quinn fiel auf, daß Mr. Brown nicht angab, daß Tim gelegentlich spielte. Vielleicht wußte er nichts davon.

Vor allem brauchte der Deputy Photos. Darauf war Mr. Brown vorbereitet: Er hatte einen ganzen Umschlag mit zur Abschlußfeier in Dartmouth aufgenommenen Photos mitgebracht.

Als nächstes fragte der Deputy Mr. Verran, ob er irgend etwas hinzuzufügen habe. Quinn spürte, daß das Verhältnis der beiden Männer gespannt war. Der Chef des Sicherheitsdienstes des Ingraham zuckte mit den Schultern.

»Nicht viel. Ich habe mir vorhin seine Unterlagen angesehen.

Er hat gute Noten und scheint allgemein beliebt zu sein. Aber er bleibt oft ganze Nächte lang weg. Häufiger als jeder andere unserer Studenten.«

Quinn fühlte, daß sie langsam rot wurde, und hoffte, daß das keinem auffiel. Sie wußte genau, wohin Tim bei solchen nächtlichen Ausflügen fuhr, was er dort trieb – und mit wem er es trieb. Sie konnte nur hoffen, daß außer ihr niemand davon wußte. Und sie fragte sich, wieso Mr. Verran so gut über Tims Kommen und Gehen informiert war.

Sein Vater stellte sich offenbar dieselbe Frage.

»Tatsächlich?« Mr. Brown wirkte ehrlich überrascht. »Das ist mir neu. Woher wissen Sie das?«

»Von der Schranke an der Ausfahrt unseres Studentenparkplatzes. Jeder Student mit einem Wagen bekommt eine Karte, mit der er sie öffnen kann. Die Karte ist mit seinem Namen codiert. Bei jeder Benützung der Schranke werden automatisch Datum, Uhrzeit und Name des Kartenbesitzers registriert.«

»Wissen Sie denn auch, ob er allein oder mit jemand anderem wegfährt?«

»Das meldet uns die Schranke nicht.«

Was eigentlich keine Antwort ist, dachte Quinn. Sie hatte das Gefühl, daß Mr. Verran wußte, daß meistens sie neben Tim im Auto gesessen hatte – zumindest seit Atlantic City –, aber sie war froh, daß er das nicht erwähnt hatte.

Damit nicht noch länger von nächtlichen Ausflügen geredet wurde, fragte Quinn: »Glauben Sie, daß ein Zusammenhang zwischen Tims Verschwinden und dem Einbruch von letzter Nacht in unseren Seziersaal besteht?«

»Ein Einbruch?« sagte Deputy Southworth mit einem scharfen Blick zu Mr. Verran hinüber. »Davon weiß ich gar nichts.«

»In Wirklichkeit ist gar nicht eingebrochen worden«, antwortete Mr. Verran rasch. »Und nichts gestohlen. Eigentlich liegt nur Hausfriedensbruch vor. Meinen Bericht über diesen Vorfall habe ich gestern bei der Sekretärin des Sheriffs abgegeben. Die Sache wäre völlig belanglos gewesen, wenn Miss Cleary nicht zufällig zur selben Zeit ins Hörsaalgebäude gekommen und von ihm erschreckt worden wäre.« Seine Stimme sank zu einem Knurren herab. »Ich mag's nicht, wenn irgendein Fremder sich im Ingraham rumtreibt und unsere Studenten erschreckt. Der Kerl soll sich bloß nicht von mir auf dem Campus erwischen lassen!«

Der Deputy wandte sich an Quinn. »Nun, von Ihnen haben wir noch gar nichts gehört, Miss Cleary. Warum sind Sie um diese Zeit unterwegs gewesen?«

»Ich habe Tim gesucht.«

Plötzlich konzentrierte sich die Aufmerksamkeit aller drei Männer ganz auf sie.

Diesen Augenblick hatte Quinn gefürchtet, seit Mr. Brown sie gebeten hatte, ihn hierher zu begleiten. Wieviel sollte sie ihnen erzählen? Bestimmt nichts über ihre Beziehung, ihr intimes Verhältnis. Das ging sie nichts an, hatte nichts mit Tims Verschwinden zu tun. Gott, sie hoffte es zumindest. Sie wußte langsam nicht mehr, ob sie überhaupt noch einer Sache sicher sein konnte.

Aber was war mit ihrem letzten Zusammentreffen mit Tim – mit der bizarren Szene am frühen Morgen des gestrigen Tages, als sie dagesessen, stockend miteinander geredet und zugleich Fragen und Antworten auf einen Notizblock gekritzelt hatten, weil Tim glaubte, ihr Zimmer werde abgehört? Das wollte sie nicht wiederholen, nicht einmal teilweise. Wer es hörte, mußte Tim für übergeschnappt halten. Und das war er nicht.

Aber Tim war in dieser Nacht völlig anders als sonst gewesen. Hatte er den Kontakt zur Realität verloren? Hockte er etwa frierend und hungrig in einem dunklen Loch, um sich vor einem Heer imaginärer Feinde zu verbergen?

Bei diesem Gedanken war sie den Tränen nahe.

Sie mußte ihnen alles erzählen. Vielleicht enthielt ihre Geschichte einen Hinweis auf Tims Geisteszustand zum fraglichen Zeitpunkt und konnte dazu beitragen, ihn irgendwo aufzuspüren.

»Wann haben Sie Ihren Freund Timothy Brown zuletzt gesehen, Miss Cleary?« fragte Deputy Southworth.

Quinn erzählte ihnen alles: von Tims hingekritzelten Mitteilungen, dem Warten in seinem Wagen, ihrer Suche im Seziersaal, dem unbekannten Eindringling, Dr. Emerson. Alles.

Als sie fertig war, herrschte verblüfftes Schweigen.

»Abgehört?« wiederholte Mr. Brown schließlich. »Er hat Ihnen erzählt, seiner Meinung nach werde Ihr Zimmer *abgehört*?«

»Er hat's aufgeschrieben«, sagte Quinn mit vom Reden trokkenem Mund. »Auf seinen Notizblock.«

»Haben Sie diese Zettel noch?« fragte der Deputy.

Sie schüttelte den Kopf. »Das ist eben das Verrückte daran. Als ich in mein Zimmer zurückgekommen bin, hab ich sie nirgends finden können. Dabei hab ich sie bestimmt auf meinem Bett liegenlassen.«

»Abgehört?« sagte Mr. Brown erneut. Er wandte sich an Mr. Verran. »Um Himmels willen, wie kann er bloß auf diese Idee gekommen sein?«

Der Chef des Sicherheitsdienstes zuckte mit den Schultern. »Keine Ahnung.«

»Hat Ihr Sohn schon einmal Wahnvorstellungen gehabt, Mr. Brown?« erkundigte sich der Deputy. »Ist er jemals in psychiatrischer Behandlung gewesen?«

»Nein, niemals.« Das klang beleidigt.

»Im Ingraham herrscht ein hoher Leistungsdruck«, sagte Mr. Verran. »Da kommt's schon mal vor, daß einer durchdreht.«

»Das wäre nicht der erste Fall dieser Art«, stellte Deputy Southworth fest.

»Tatsächlich?« Mr. Brown setzte sich langsam auf. Er wandte sich an den Chef des Sicherheitsdienstes. »Soll das heißen, daß schon *andere* Studenten spurlos verschwunden sind?«

Mr. Verran war diese Frage sichtlich peinlich. »Vorletztes Jahr ist ein Student im zweiten Studienjahr vor den Abschlußprüfungen weggelaufen.«

»Proctor, stimmt's?« fragte Deputy Southworth.

»Prosser.« Mr. Verran hielt sich die rechte Hand vor den Mund und unterdrückte einen Rülpser. »Anthony Prosser.«

»Ist er wieder aufgetaucht?«

»Soviel ich weiß, ja«, antwortete Mr. Verran. Sein Blick blieb so starr auf die abgetretenen Linoleumfliesen des Fußbodens gerichtet, daß Quinn sich fragte, was daran interessant sein mochte. »Da die Familie keinen Kontakt zu mir hält, könnte ich's nicht beschwören, aber ich glaube, ich hab was in der

Richtung gehört, daß er wieder zu Hause ist.« Er räusperte sich. »Vielleicht liegt dieser Fall ähnlich, und . . .«

»So, jetzt hören Sie mir mal beide zu!« sagte Mr. Brown. Quinn sah seine Augen zornig funkeln. »Tim ist erst vor ein paar Wochen zum Thanksgiving-Wochenende nach Hause gekommen. Er war so entspannt und vernünftig wie nur möglich. Das ist nicht nur mir, sondern auch meiner Frau aufgefallen, und wir haben sogar darüber gesprochen.

Und unter Leistungsdruck hat dieser junge Mann nie gestanden! Seit der Schule hat's kein einziges Fach gegeben, dem er nicht mühelos gewachsen gewesen wäre. Darum ist es unvorstellbar, daß ein derartiger Druck ihn dazu gebracht haben könnte, in einer Art Geistesverwirrung umherzuirren. Wenn er gesagt hat, in einem Zimmer seien Abhörmikrophone installiert, können Sie Gift darauf nehmen, daß er verdammt gute Gründe für diesen Verdacht gehabt hat!«

»Sie haben bestimmt recht«, stimmte Deputy Southworth zu. Er stand auf und streckte seine rechte Hand über den Schreibtisch aus. »Mr. Brown, ich leite diese Vermißtenanzeige sofort weiter. Wir lassen alle Polizeidienststellen nach seinem Wagen suchen und überprüfen seine Kreditkarte. Außerdem schalte ich das FBI ein, denn bei einem Staat unserer Größe ist anzunehmen, daß er ihn längst verlassen hat. Ich habe die Telefonnummer Ihres Hotels und melde mich, sobald ich etwas erfahre.«

»Kommen Sie.« Mr. Verran stand ebenfalls auf; seine Stimme war voller Mitgefühl. »Wir haben jetzt getan, was wir konnten. Ich nehme Sie beide mit zurück.«

Aber Mr. Brown bewegte sich nicht. Er stand wie eine Statue vor dem Schreibtisch. Quinn sah, daß er trocken schluckte und heftig blinzelte, um seine Tränen zurückzuhalten. Sie kämpfte gegen den Drang an, ihn zu umarmen, ihm zu sagen, er habe den besten Sohn der Welt, ihn aufzufordern, sich keine Sorgen zu machen, weil alles wieder in Ordnung kommen werde, und ihm zu versichern, daß Tim nichts Schlimmes zustoßen könne, weil sie's nicht zulassen werde.

Statt dessen berührte sie jedoch nur seinen Ellbogen und sagte halblaut: »Kommen Sie, Mr. Brown. Wer weiß, vielleicht wartet Tim im Wohnheim auf uns, wenn wir zurückkommen.«

Er reagierte mit einem schwachen dankbaren Lächeln. »Yeah. Vielleicht haben Sie recht.«

Keiner der beiden glaubte daran.

Am Nachmittag saß Quinn in ihrem Zimmer und starrte aus dem Fenster, ohne wirklich etwas wahrzunehmen, als jemand an ihre Tür klopfte. Draußen stand Mr. Brown. Begleitet wurde er von Mr. Verran und einem Unbekannten.

»Quinn?« fragte Mr. Brown. »Darf ich Sie bitten, Ihr Zimmer von diesem Mann . . .« Er nickte zu dem Unbekannten hinüber. ». . . nach Abhörmikrophonen absuchen zu lassen?«

Sie holte erschrocken tief Luft. Sein nüchtern vorgebrachtes Anliegen erzeugte ein flaues Gefühl in ihrem Magen. Tim hatte behauptet, ihr Zimmer werde abgehört – und jetzt stand sein Vater hier und versuchte tatsächlich, diese Behauptung zu beweisen. Quinn betrachtete Mr. Brown genauer. Seine Miene war starr, wie versteinert. Auf dem Flur hinter ihm stand Mr. Verran, der nicht gerade glücklich aussah.

»Klar«, antwortete sie. »Warum nicht?«

»Okay, Don«, sagte er zu dem Unbekannten. »Sie können anfangen.«

Der Mann trat an Quinn vorbei ins Zimmer. In seiner rechten Hand hielt er einen schwarzen Stab mit einem Drahtring am vorderen Ende, der sie an den elektrischen Grillanzünder ihres Vaters erinnerte. Diesen Stab führte er langsam die Wände entlang und über alle Möbelstücke und Einrichtungsgegenstände. Die Prozedur hatte etwas von einem schamanistischen Ritual an sich.

»Was macht er da?«

»Er sucht den Raum nach elektronischen Impulsen, nach Abstrahlungen im Mikrowellenbereich ab.«

Während Quinn ihm zusah, wurde sie wieder von dem Gefühl befallen, eine irreale Szene mitzuerleben. Nun folgte sie dem Mann wie in Trance ins Schlafzimmer hinüber und beobachtete, wie er auch dort alles absuchte. Sie wünschte sich, sie hätte daran gedacht, ein bißchen aufzuräumen. Aber man gewöhnte sich schnell daran, daß die Zimmermädchen einem das abnahmen – und sie hatten übers Wochenende frei.

Er suchte den ganzen Raum ab und schraubte sogar das Telefon auf.

Als er fertig war, nickte er Quinn freundlich zu und ging ins Wohnzimmer zurück, wo Tims Vater ihn erwartete. Mr. Verran hielt sich noch immer in der Nähe der Korridortür auf und verfolgte die Suche von dort aus.

»Nicht ein Piepser«, sagte der Mann namens Don. »Die Bude ist genauso clean wie die Ihres Sohnes.«

Mr. Brown nickte. Er schien weder zufrieden noch unzufrieden zu sein. Er wandte sich an Mr. Verran.

»Ich hab's wissen müssen. Das verstehen Sie, nicht wahr? Ich habe mir Gewißheit verschaffen müssen.«

»Natürlich verstehe ich das«, sagte Mr. Verran. »Hundertprozentig! Ich an Ihrer Stelle hätt's auch getan.«

Während Don an ihm vorbei auf den Flur hinaustrat, drehte Mr. Brown sich nach Quinn um. »Danke, Quinn.«

Haben Sie schon was gehört? Irgendwas?« Sie kam sich bei dieser Frage dumm vor – schließlich hatten sie erst vor wenigen Stunden die Vermißtenanzeige erstattet –, aber sie konnte nicht anders.

»Nein.« Sein Blick war ausdruckslos, sein Mund eine schmale, grimmige Linie. »Kein Wort.«

»Versprechen Sie mir . . .?«

»Ich melde mich, sobald ich was höre.« Er berührte ihren Arm und rang sich ein Lächeln ab, das dem Tims herzzerreißend ähnlich war. »Danke, daß Sie sich Sorgen um ihn machen.«

Sobald die Tür sich hinter ihm geschlossen hatte, ließ sie sich aufs Bett fallen und heulte los.

Quinn hatte in dieser Nacht nur dann und wann ein Auge zugetan, deshalb war sie wach und hatte schon geduscht, als am Sonntag morgen jemand an ihre Tür klopfte. Sie lief hoffnungsvoll hin . . .

Draußen stand Mr. Brown. Er lächelte nicht, aber sein Gesichtsausdruck war nicht mehr so grimmig.

»Wir haben ihn gefunden, glaub ich«, sagte er.

Quinn hatte plötzlich weiche Knie. Ihr Herzschlag rauschte in ihren Ohren. Während das Zimmer sich um sie zu drehen schien, griff sie hinter sich, ertastete einen Stuhl und sank darauf nieder.

»Er ist . . . er ist gesund?«

»Das wissen wir noch nicht. Die Polizei hat seinen Wagen auf dem Flughafen südlich von Baltimore entdeckt.«

»BWI.«

»Richtig. Er steht auf einem der Plätze für Langzeitparker. Die Polizei hat bei den Fluggesellschaften nachgefragt und erfahren, daß Tim am Freitag morgen ein einfaches Ticket nach Las Vegas gekauft hat.«

Vor Quinns innerem Auge zogen Bilder vorbei: Tim, der mit seiner Sonnenbrille und einem Drink in der Hand am Blackjacktisch saß, während um ihn herum farbige Laserstrahlen zuckten, und ihr unbekümmert grinsend sein hawaiianisches Bleiblocker-Zeichen machte.

»Und die weitere Überprüfung seiner Kreditkarte hat ergeben, daß er dort angekommen ist und sich bei Avis einen Wagen geliehen hat. Zunächst für eine Woche.«

»Vegas«, sagte Quinn leise, ohne schon alles zu begreifen.

»Ja. Ich verstehe nicht, was Tim dort zu suchen hat, aber ich bin so froh, daß er noch lebt! Ich habe mir tagelang vorgestellt, daß er irgendwo im Straßengraben liegt . . .«

Quinn sagte nichts. Sie war zu überwältigt von Erleichterung, um sprechen zu können.

»Wir haben noch etwas anderes erfahren«, fuhr Mr. Brown mit einem raschen Blick zu ihr hinüber fort. »Das Police Department in Atlantic City hat einen Bericht hergeschickt.«

Quinn schloß kurz die Augen. In diesem Bericht stand auch ihr Name. Eigentlich hätte sie ahnen müssen, daß das irgendwann rauskommen würde.

»Vielleicht hätte ich das besser gleich erzählen sollen«, gestand sie ein. »Aber ich habe keinen Zusammenhang zwischen dieser Geschichte und Tims Verschwinden gesehen.«

»Ist Tim ein krankhafter Spieler?«

Sie blickte zu seinem Vater auf und stellte fest, daß er sie forschend anstarrte. Er schien gespannt auf ihre Antwort zu warten.

»Ich weiß nicht, ob ich das beurteilen kann, aber –«

»Hat er sich mit den falschen Leuten eingelassen?«

»Nein. Wie kommen Sie darauf?«

»Nun, er ist häufig eine ganze Nacht lang weg gewesen und vor einem Spielkasino überfallen worden.«

»Das war ein Raubüberfall. Hätte ich nicht darauf bestanden, zum Strand runterzugehen, wäre das nie passiert. Und um's ganz ehrlich zu sagen, Mr. Brown: Tim ist kein echter Spieler. Er hat seit damals nie wieder davon gesprochen, ein Spielkasino zu besuchen. Für ihn liegt der Reiz nicht im Glücksspiel, sondern darin, das System durch sein Gedächtnis zu schlagen.«

Mr. Brown lächelte zum ersten Mal. »Ja, sein phänomenales Gedächtnis! Das hat er schon immer für alle möglichen Spiele und Tricks benützt.« Er streckte ihr die Hand hin. »Ich bin froh, vorbeigekommen zu sein, Quinn. Obwohl noch viele Fragen ungeklärt sind, haben Sie dazu beigetragen, mich etwas zu beruhigen.«

»Wohin wollen Sie jetzt?«

»Ich fliege nach Las Vegas. Ich kann nicht untätig herumsitzen und warten. Ich muß ihn selbst suchen.«

Nehmen Sie mich mit! hätte Quinn am liebsten gesagt. Hätte sie's sich leisten können, wäre sie selbst hingeflogen.

»Sie rufen mich an, sobald Sie ihn gefunden haben?«

Mr. Brown nickte. »Noch besser – ich sorge dafür, daß er Sie selbst anruft.« Er hob grüßend die Hand und verließ das Zimmer.

Quinn blieb sitzen und starrte ihre zitternden Hände an. Las Vegas ... was, um Himmels willen ...?

Zumindest wußte sie jetzt, daß er noch lebte.

Warum fühlte sie sich trotzdem nicht besser?

So saß sie endlos lange da, ohne recht zu wissen, was ihr alles durch den Kopf ging. Dann stand sie ruckartig auf und schüttelte diese Lähmung ab. Sie durfte ihr nicht erliegen. Sie mußte in Bewegung bleiben.

Ein Spaziergang. Der würde ihr jetzt guttun. Frische Luft, damit sie einen klaren Kopf bekam und wieder vernünftig denken konnte. Als sie ins Freie trat, steuerte sie als erstes auf den Studentenparkplatz zu. Das war eine Gewohnheit, fast schon ein Zwang geworden: Sobald Quinn das Gebäude verließ, warf sie einen Blick auf den Parkplatz. Vielleicht fuhr Griffin eben unter der geöffneten Schranke hindurch.

Aber sie sah keinen Cierra.

Quinn folgte dem Fußweg am Teich entlang und hatte wenig später das Science Center vor sich. Sie griff in ihre Jackentasche und fand ihre Brieftasche. Ihre Schlüsselkarte steckte darin. Warum nicht? überlegte sie sich. Sie brauchte eine Ablenkung, damit sie sich nicht ständig Sorgen um Tim machte. Sortieren, registrieren, speichern ... die Beschäftigung mit den Analysedaten von 9574 würde sie vielleicht ablenken und die Zeit schneller vergehen lassen. Lernen konnte sie in ihrem jetzigen Zustand ohnehin nicht.

Und vielleicht war Dr. Emerson im Labor. Das war gut möglich, denn 9574 war zu seinem Lebensinhalt geworden. Man wußte nie, wann er im Labor anzutreffen war. Sie hoffte, daß er auch heute gekommen war. Allein seine Gegenwart wirkte beruhigend auf sie. Er war der Fels, an den Quinn sich in all diesem Chaos klammern konnte.

Oben im vierten Stock warf sie im Vorbeigehen wie gewohnt einen raschen Blick in Station C, um sich davon zu überzeugen, daß dort alles in Ordnung war, und hastete dann den Korridor entlang weiter.

Sie blieb stehen. In Station C hatte sich etwas verändert. Sie hätte nicht sagen können, was anders war, aber irgend etwas ...

Sie kehrte um und blickte erneut durchs Fenster. Was sich verändert hatte, wurde ihr sofort klar. In Station C lagen jetzt acht Patienten. Seit sie zuletzt hier oben gewesen war, war ein neuer Brandverletzter eingeliefert worden.

Quinn ging in Richtung Labor weiter und fragte sich unterwegs, welcher Katastrophe dieser arme Teufel zum Opfer gefallen sein mochte.

Überwachung

»Verflucht, ich wüßte zu gern, worüber die beiden dort drinnen gequatscht haben«, sagte Louis Verran, während er auf dem Bildschirm beobachtete, wie Timothy Browns Vater das Wohnheim verließ.

»Nun«, sagte Kurt, dem der Rückflug aus Vegas noch in den Knochen steckte, und räkelte sich genußvoll, »schließlich hast *du* darauf bestanden, daß wir die Wanzen aus beiden Zimmern entfernen.«

»Und das ist verdammt gut gewesen! Könnt ihr beiden Kerle euch vorstellen, wie mir zumute gewesen ist, als Browns Alter mit diesem auf Werkspionage spezialisierten Industrieberater aufgekreuzt ist? Mir wäre fast das Mittagessen hochgekommen!«

»Warum? Die Zimmer sind clean gewesen. Kein Grund zur Panik.«

»Ach, wirklich? Ihr beiden habt in letzter Zeit nicht gerade musterhaft effizient gearbeitet. Ihr mußtet Browns DWG wieder zusammenbauen, das Kopfende seines Betts anschrauben, das DWG-Gerät seines Zimmernachbarn stillegen, unsere Wanzen entfernen und zuletzt Zimmermädchen spielen und alles ordentlich aufräumen. Das ist 'ne Menge Zeug. Ihr hättet irgendwas übersehen können.«

»Aber wir haben nichts übersehen. Und vergiß nicht, wessen Idee es gewesen ist, das Zimmer von dem Mädchen zu überprüfen.«

»Okay, okay, ich geb's zu. Das ist 'ne gute Idee gewesen.«

Eine *verdammt* gute Idee. Verran rieb sich behutsam seinen rebellierenden Magen. Hätte Elliot nicht das Zimmer der Cleary kontrolliert, hätten sie die Mitteilungen nicht gefunden. Und als

Browns Vater mit einem Elektronikfachmann aufgekreuzt war, hatte Verran rasch *sämtliche* DWG-Geräte im Wohnheim ausschalten lassen.

Allerdings wäre die Suche nach den Wanzen ohnehin ergebnislos geblieben. Die Electret-Mikrophone gaben keine meßbare Strahlung ab. Und die Telefone der Studenten wurden alle erst außerhalb des Wohnheims abgehört.

Insgesamt jedoch ein schlimmes Wochenende mit schlaflosen Nächten, in denen er sich Sorgen darüber gemacht hatte, wen der junge Brown noch alles eingeweiht haben könnte. Aber da bisher niemand Laut gegeben hatte, war ziemlich sicher anzunehmen, daß es ihnen gelungen war, die Sache unter Verschluß zu halten.

Das einzige nicht zu beseitigende Risiko würde Deputy Ted Southworth bleiben. Verran wußte, daß die Sicherheitsmaßnahmen im Ingraham dem Sheriff's Department suspekt erschienen – man hielt Verrans Team dort für eine Art Bürgerwehr –, aber seit dieser Sache mit Prosser damals vor zwei Jahren hatte Southworth das Ingraham auf dem Kieker. Nach Prossers Verschwinden hatte er verdammt viele bohrende Fragen gestellt und keinen Zweifel daran gelassen, daß er mit den Antworten keineswegs zufrieden war.

Er wandte sich an Kurt. »Ist der Leihwagen in Vegas richtig abgestellt?«

»Genau wie du gesagt hast: Ohne jeden Fingerabdruck und mitten auf dem Parkplatz vor dem MGM Grand Hotel.«

Verran nickte zufrieden. Öffentlich sicher verstecken – das war die beste Methode. Die Hotelparkplätze in Vegas standen immer voller Leihwagen. Es würde lange dauern, bis dieser eine auffiel. Und wenn er dann gefunden wurde, enthielt er keinerlei Hinweise.

»Okay«, sagte er und lehnte sich zurück. »Ich glaube, wir haben alles wieder unter Kontrolle. Alle denken, daß der Junge von der Spielleidenschaft gepackt ist, noch lebt und sich in Vegas rumtreibt. Seinen Vater sind wir los – der sucht ihn in Nevada.«

»Sorgen brauchen wir uns nur noch wegen der Kleinen zu machen«, sagte Kurt gähnend. »Was fangen wir mit ihr an?«

»Wir jagen sie nicht noch mal durch den Seziersaal«, sagte Verran scharf. »Das steht fest.«

»Hey, Alston wollte, daß ich sie herbringe.«

»Yeah, aber eigentlich ist's besser, daß du sie nicht erwischt hast.«

»Ich hätte sie gehabt, wenn Emerson nicht zufällig vorbeigekommen wäre.«

In diesem Augenblick wurde die Tür des Überwachungsraums geöffnet, und Doc Alston kam herein. Er sah blaß aus, als er sich schwer in seinen angestammten Sessel fallen ließ.

»Ich habe gerade mit Senator Whitney und zwei Mitgliedern des Verwaltungsrats telefoniert.«

»Gleichzeitig?«

»Über eine Konferenzschaltung.« Seine Hand zitterte, als er sich die hohe Stirn rieb. »Und sie sind *nicht* zufrieden – mit keinem von uns. Durchaus nicht zufrieden.«

Verran spürte, wie sein Herz zu hämmern begann. Zwei Mitglieder des Verwaltungsrats und Senator Whitney gleichzeitig am Telefon. Das bewies, daß jemand stinksauer war. Und dieser Jemand konnte nur Johann Kleederman persönlich sein.

Obwohl er Alston nicht ausstehen konnte, empfand Verran in diesem Augenblick ein bißchen Mitleid mit ihm.

»Haben Sie ihnen die Sachlage erklärt?«

Alston nickte. »Ich hab mir fast den Mund fusselig geredet. Glauben Sie mir, es ist nicht leicht, zwei Beinahekatastrophen in zwei Jahren zu erklären.«

»Werde ich ... als nächster angerufen?« Beim Gedanken daran wurde sein Mund trocken.

»Das glaube ich nicht. Ich habe alles hinlänglich erklärt, denke ich.«

Falls das stimmte, war er Alston etwas schuldig. Aber ...

»Irgendein Sündenbock wird immer gebraucht«, sagte Verran, indem er Alston scharf beobachtete. »Wer muß diesmal den Kopf hinhalten?«

»Mir ist's gelungen, die Schuld gleichmäßig zu verteilen. Ich habe ihnen erklärt, daß wir auch weiterhin mit ähnlichen Vorfällen rechnen müssen. Da sie die intelligentesten jungen Leute Amerikas wollen, ist's unvermeidlich, daß ab und zu einer aus dieser Elite eine Ungereimtheit entdeckt und sich dafür interessiert.«

»Und das haben sie Ihnen abgenommen?«

»Selbstverständlich. Es ist wahr, und die dahinterstehende Logik ist unwiderlegbar. Etwas besänftigt hat sie die Erklärung, daß wir Brown geschnappt haben, bevor er Gelegenheit hatte, seiner Freundin allzuviel zu erzählen. Ich hoffe, daß das noch immer stimmt, Louis.«

»Yeah. Übrigens glaube ich, daß wir uns ihretwegen zuviel Sorgen gemacht haben. Wie sich jetzt zeigt, weiß die Cleary überhaupt nichts. Und es war gut, daß der alte Brown gestern mit diesem Elektronikfachmann aufgekreuzt ist. Die Cleary hat in ihrem Zimmer gestanden und selbst gehört, wie er bestätigt hat, daß dort keine Wanzen zu finden waren. Jetzt denkt auch sie, daß ihr Freund übergeschnappt ist.«

»Ersetzen wir die Wanzen wieder?« fragte Elliot.

»Noch nicht. Sie ist allein im Zimmer und redet folglich sowieso nichts. Und ihr Telefon können wir von außerhalb abhören. Deshalb bin ich dafür, daß wir vorläufig alles so lassen, wie's ist.« Er sah zu Alston hinüber. »Einverstanden?«

Alston nickte. »Auf das DWG-Gerät in ihrem Zimmer hat sie ohnehin nicht reagiert. Am besten lassen wir's abgeschaltet, bis mir einfällt, wie wir sie loswerden können.«

»Wird gemacht«, sagte Verran.

»Aber ich möchte, daß ihr Telefon Tag und Nacht abgehört wird.«

»Kein Problem. Ich lasse Elliot an ihre Telefonleitung einen sprachgesteuerten Recorder anschließen, den wir dann regelmäßig abhören.«

»Das dürfte genügen«, stimmte Alston zu. »Aber ich will, daß immer jemand weiß, wo sie sich zu jeder Minute aufhält. Kapiert?« Er fixierte Kurt und Elliot nacheinander mit starrem Blick und sah danach zu Verran hinüber. »Zu jeder Minute.«

»Sie sind der Boß«, sagte Verran.

20

Schweben. In völliger Dunkelheit. Durch ein endloses schwarzes Nichts fallen – ohne Gefühl von Bewegung oder Richtung, ohne auch nur den geringsten Luftzug auf seiner Haut zu spüren.

Ich lebe.

Tim wußte weder Uhrzeit noch Tag, nicht einmal den Monat, wo er sich befand oder wie er dorthin gekommen war, aber er wußte, daß er lebte.

Oder etwa doch nicht? Durfte man eine Existenz in dieser konturlosen Dunkelheit, in der man weder fühlen noch hören konnte, als Leben bezeichnen?

Cogito, ergo sum.

Okay. Laut Descartes lebte er. Aber war er wach, oder war dies alles nur ein Traum?

Er schien wach zu sein. Langsam begann er, seine Umgebung zu erahnen: leise Geräusche, schemenhafte Bewegungen, antiseptischer Geruch. Er versuchte, seine Augen zu öffnen, aber die Lider wollten ihm nicht gehorchen. Und dann erkannte er, daß er nicht einmal wußte, ob er auf dem Bauch oder dem Rücken lag. Er konnte überhaupt *nichts* fühlen.

Wo war er, verdammt noch mal?

Dann fiel ihm alles wieder ein . . . er war am frühen Freitagmorgen nach einem Faustschlag ins Gesicht ohnmächtig geworden. Plötzlich wollte Tim seine Wut, seinen Zorn hinausschreien. Aber wie hätte er das können? Er konnte noch nicht mal den Mund aufmachen!

Augenblick. Alles mußte ein Traum gewesen sein. Die Wanze in der Deckenlampe, das unheimliche Gerät hinter dem Kopfende seines Betts, das Verhör durch Dr. Alston, die von Alston geschilderte weitreichende Kleederman-Verschwörung . . . alles ein Alptraum.

Er brauchte nur endlich die Augen zu öffnen, damit dieser Spuk vorbei war. Über sich an der Zimmerdecke würde er diese häßliche Lampe sehen, von der er im Traum geglaubt hatte, sie enthalte eine Wanze. Und danach konnte er sich auf die Seite wälzen und seinen Zimmergefährten sehen, der im anderen Bett pennte. Der gute alte Kevin.

Die Augen. Er konzentrierte sich auf die Lider, zwang sie dazu, sich zu bewegen. Ein schwacher Lichtschein. Er strengte sich weiter an, und das Licht wurde langsam heller – wie die Morgensonne hinter sich auflösenden Nebelschleiern. Aber dies war kein Tageslicht. Es war blasser. Künstliches Licht. Leuchtstoffröhren.

Umrisse nahmen Formen an. Weiße Gestalten.

Und dann sah Tim sich – oder zumindest seinen Rumpf – auf der rechten Seite unter einer Decke in einem Bett liegend.

Schon besser!

Als nächstes versuchte er, sich auf den Rücken zu wälzen, aber sein Körper wollte nicht reagieren. Weshalb nicht? Wenn er einfach nur ...

Moment mal. Sein auf der linken Körperseite ruhender linker Arm war weiß umwickelt. Mit einer Art Stoff. Mullbinden. Und auch sein bewegungslos auf der Matratze liegender rechter Arm war bis zu den Fingerspitzen dick mit Mullbinden umwickelt. Warum?

Vielleicht träumte er noch immer. Das mußte es sein. Denn obwohl er seine mit Mullbinden umwickelten Arme deutlich sah, konnte er sie nicht fühlen – konnte den Verband nicht fühlen, konnte den Druck ihres Gewichts auf seiner Hüfte oder der Matratze nicht fühlen, konnte *überhaupt nichts* fühlen. Fast als hätte er gar keinen Körper.

Dann fiel sein Blick auf den durchsichtigen Schlauch, der von einer IVAC 560 an ihrem Ständer unter den Verband führte. Ein Tropf. Er hing an einem Tropf! Das bedeutete, daß er im Krankenhaus lag. Jesus, was war ihm zugestoßen? Hatte er einen Unfall gehabt?

Als nächstes sah er noch einen Schlauch: ebenfalls durchsichtig, aber mit etwas größerem Durchmesser. Dieser andere schlängelte sich unter der Bettdecke hervor und führte über die Bettkante nach unten. Die gelbliche Flüssigkeit, die er enthielt, floß aus seinem Körper und durch den Schlauch über die Bettkante.

Ein Katheter. Jemand hatte ihm einen Blasenkatheter gelegt. Er kannte diese Gummiröhrchen mit dem aufblasbaren Ballon am vorderen Ende. Sein Inneres verkrampfte sich, als er sich vorstellte, wie der Katheter durch seine Harnröhre bis in die Blase geschoben worden war. Aber warum konnte er ihn dort nicht spüren?

Tim riß seinen Blick von seinem Körper los und zwang seine Lider dazu, sich noch einen Millimeter weiter zu öffnen, damit er seine Umgebung inspizieren konnte.

Er war nicht allein. Neben ihm – etwa zwei Meter entfernt – stand ein weiteres Bett. Mit einer vollständig in Mullbinden gehüllten weißen Gestalt unter der Bettdecke. Und dahinter noch eine. Und noch eine. Lauter Mumien mit hinein- und hinausführenden Schläuchen. Und hinter ihnen allen ein Panoramafenster, das den Blick in einen Korridor freigab.

Tim erkannte, daß er diesen Raum schon einmal gesehen hatte. Er hatte ihn jedoch aus anderer Perspektive gesehen: vom Korridor hinter diesem Fenster aus.

Ich liege auf Station C!

Er wollte schreien, aber sein Kehlkopf war ebenso gelähmt wie sein übriger Körper. Tim kämpfte gegen die Panik an, knüppelte sie nieder. Panik half ihm hier nicht weiter. Er versuchte klar zu denken. Er *mußte* klar denken.

Der Traum, dieser Alptraum, in dem er gefesselt und geknebelt worden war, in dem er im Keller des Science Centers an einen Stuhl gefesselt Dr. Alstons Vortrag über sich hatte ergehen lassen müssen ... das alles war wirklich passiert. Und jetzt lag er als Gefangener in Alstons privatem Herrschaftsbereich.

Wenigstens hatten sie ihn nicht umgebracht.

Aber vielleicht war das hier schlimmer.

Tim konzentrierte sich wieder auf seinen Körper. Sein Gesichtsfeld war überall weiß begrenzt – also war sein Kopf so dick verbunden wie der Rest seines Körpers. Ein weiterer gesichtsloser Patient auf Station C. Und noch etwas: An seinem rechten Auge führte ... ein weißer Schlauch vorbei, der in seiner Nase zu verschwinden schien. Ein dünner Schlauch, durch den er künstlich ernährt wurde, der durch Nase, Rachen und Speiseröhre bis in seinen Magen reichte.

Weiter unten konnte er das sanfte Heben und Senken seines Brustkorbs beobachten. Quinn hatte ihm von den Eigenschaften des von Dr. Emerson entwickelten Anästhetikums erzählt, das den Patienten auf Station C Linderung brachte. Offenbar war ihm ebenfalls eine kräftige Dosis verabreicht worden.

Was hatte sie gesagt? Das Wundermittel mit der vorläufigen Bezeichnung 9574 lähmte angeblich nur die willkürlichen Muskeln, während sich das Zwerchfell weiter hob und senkte – wie im Schlaf. Aber bei ihm schien es nicht hundertprozentig zu wirken. Er hatte es geschafft, die Augen zu öffnen, nicht wahr? Er konnte seine Augen bewegen, nicht wahr?

Er mußte es schaffen, seinen Körper wieder unter Kontrolle zu bekommen. Er konnte seine Lider, seine Augäpfel bewegen. Aber er brauchte seine Hände. Er konzentrierte sich auf seine rechte Hand, die mit der Handfläche nach oben vor ihm auf der Matratze lag. Wenn er sie bewegen konnte ...

Vielleicht mußte er klein anfangen. Mit nur einem Finger. Mit einem einzigen lächerlichen Finger. Er entschied sich für seinen kleinen Finger. Er versetzte sich in ihn, kroch durchs Gewebe, umklammerte den kurzen Fingerbeuger und zog daran ... zerrte mit aller Kraft daran ...

Und dann bewegte er sich. Er *bewegte sich!*

Tim versuchte es nochmals. Ja, die Fingerspitze war deutlich in Bewegung vor und zurück, vor und zurück. Gewiß, der Ausschlag betrug nicht mehr als etwa einen Zentimeter – aber er konnte sie bewegen, verdammt noch mal, er konnte sie *bewegen.* Und er fühlte dabei auch etwas. Ein leichtes Kribbeln. Er war dabei, die Kontrolle über seinen Körper zurückzugewinnen. Er würde hier rauskommen. Und danach würde er die Bombe platzen lassen!

»Guten Morgen, Nummer acht. Wurde allmählich Zeit, daß du aufwachst.«

Eine Krankenschwester – dunkle Haut, braune Augen, Nase, Mund und Kinn hinter einer Chirurgenmaske verborgen, das Haar unter einer Chirurgenmütze hochgesteckt – sah auf ihn herab. Tim fixierte ihren blauen Lidschatten, so glänzend, beinahe leuchtend. Die Augen lächelten auf ihn herab.

»Gleich wirst du umgedreht, Nummer acht. Aber zuerst ...«

Sie hielt eine mit einer klaren Flüssigkeit gefüllte Injektionsspritze hoch. »Erst bekommst du deine Zwei-Uhr-Dosis.«

Sie stieß die Nadel in den Gummipfropfen des Y-Adapters am Infusionsschlauch und leerte die Spritze in die Tropfflüssigkeit.

Als sie seine Schulter tätschelte, spürte er nichts. »Bin gleich wieder da, um dich umzudrehen.«

Tim beobachtete, wie sie aus seinem Blickfeld verschwand, und konzentrierte sich dann wieder auf seine kribbelnden Finger. Er sah, daß der kleine Finger sich bewegte, aber diesmal schien der Ausschlag geringer zu sein. Er mußte weiterüben. Er versuchte es nochmals, nahm alle Kraft zusammen und strengte sich gewaltig an, aber diesmal bewegte sein Finger sich gar nicht mehr. Und das Kribbeln wie von schwachen Nadelstichen in seiner Hand war völlig abgeklungen.

... Erst bekommst du deine Zwei-Uhr-Dosis ...

Die Spritze der Krankenschwester. Sie hatte 9574 enthalten. Diese neue Dosis hatte ihn wieder bewegungsunfähig gemacht. Und so würde es Tag und Nacht in regelmäßigen Abständen weitergehen. Bewegung ... am Fenster zum Korridor. Dort draußen stand jemand, sah herein. Er hatte Mühe, seine Augen darauf einzustellen.

Quinn! Jesus, dort stand Quinn und betrachtete ihn mitfühlend. Erkannte sie ihn denn nicht? Nein, wie sollte sie ihn erkennen? Er war von Kopf bis Fuß in Mullbinden eingewickelt. Tim versuchte zu schreien und flehte seine Hände an, sich zu bewegen, aber seine Stimmbänder blieben stumm, seine Glieder unbeweglich.

Angst, Frustration, Zorn und Entsetzen brandeten über ihn hinweg. Hilflos ... er war völlig hilflos.

Und dann wandte Quinn sich ab und ging davon.

Tims Blick verschwamm. Er wußte, daß ihm eine Träne über die Wange lief, aber er konnte sie nicht spüren.

Matt Crawford kehrte der Fensterwand mit Blick über den Hafen den Rücken zu und ging ins Wohnzimmer hinüber. Er hatte sich den ganzen Tag lang beherrscht, aber jetzt – kurz nach einundzwanzig Uhr – hielt er's nicht länger aus. Er nahm den Telefonhörer ab und wählte Quinns Nummer.

Was für einen Alptraum der wilde Mann Brown durch seinen verrückten Ausflug nach Las Vegas ausgelöst hatte! Seine Eltern waren praktisch reif für die Gummizelle. Matt hatte erst gestern mit Tims Mutter telefoniert, die eigentlich nur geweint hatte; sie hatte von ihrem Mann in Vegas gehört, aber seine Suche nach Tim war bisher ergebnislos gewesen. Seitdem Tim am Flughafen einen Wagen gemietet hatte, schien er seine Kreditkarte nicht wieder benützt zu haben.

Und Quinn ... Quinn schien kurz vor einem Nervenzusammenbruch zu stehen. Als sie ihn letzten Freitag angerufen hatte, war ihm nicht entgangen, wie ihre Stimme klang, wenn sie Tims Namen aussprach. Das zeigte ihm, daß sie sich um jemanden Sorgen machte, der weit mehr als nur ein Freund war.

Eines stand außer Zweifel: Quinn hatte *gelitten*. Und das konnte nur bedeuten ...

Quinn und Tim ... Er hatte sich nicht weiter damit befassen wollen, aber denkbar war's immerhin. Sie schien verzweifelt zu sein, weil er fortgegangen ... weil er *sie* verlassen hatte.

Und Tim. Was, zum Teufel, hatte er sich überhaupt bei diesem Ausflug nach Las Vegas gedacht. Matt kannte ihn und wußte, daß es ihm Spaß machte, andere aus dem Gleichgewicht zu bringen, unberechenbar zu sein – aber diese Sache ging weit über alles hinaus, was Matt jemals von ihm erlebt hatte.

Und genau das machte Matt seit Freitag Sorgen. So was sah Tim nicht ähnlich. Das war etwas ganz anderes. An dieser Sache war irgendwas faul.

Matt hörte das Klingeln am anderen Ende. Quinn nahm nach dem dritten Klingeln ab. Als er sich meldete, war sie sofort in heller Aufregung. Ihre Stimme überschlug sich fast.

»Matt! Rufst du wegen Tim an? Hast du von ihm gehört? Haben sie ihn gefunden?«

Er hatte sie geradeheraus fragen wollen, ob sie etwas mit Tim habe. Diese Frage erübrigte sich jetzt. Matt wußte nicht recht, was er dabei empfand. Quinn hatte niemals ihm gehört – warum hatte er also das Gefühl, etwas sehr Kostbares sei ihm praktisch vor seiner Nase geklaut worden?

»Nein, Quinn. Noch immer nichts. Ich wollte bloß anrufen, um mit dir zu reden und zu fragen, wie's dir geht.«

»Mir geht's gut.«

»Ehrlich?«

Sie gab keine Antwort, zumindest nicht mit Worten. Er hörte leises Schluchzen am anderen Ende.

»Er fehlt dir so sehr.« Das war keine Frage.

Quinn holte tief Luft. »Ja.«

»Er kommt bald zurück.«

»Ich hab Angst, Matt.« Ihre Stimme klang allmählich fester. »Ich hab das schreckliche Gefühl, daß ich ihn nie wiedersehen werde.«

Sie wirkte hilflos. Das war nicht die Quinn, die er kannte. Wurde man so, wenn man verliebt war?

»Klar siehst du ihn wieder! Er kreuzt bestimmt bald wieder auf.«

»Glaubst du das wirklich?« Ihre Stimme erinnerte Matt an einen Schiffbrüchigen, der verzweifelt ein Stück Treibgut ergreift.

»Dafür garantiere ich. Wann kommst du am Freitag nach Hause?«

In einigen Tagen begannen die Weihnachtsferien. Matt hatte schon überlegt, ob er ins Windham County rausfahren und versuchen sollte, Quinn ein bißchen aufzuheitern.

»Zu Weihnachten? Ich fahre erst Freitag nächster Woche.«

»Erst am Dreiundzwanzigsten? Unsere Ferien beginnen schon am Sechzehnten. Warum so spät?«

»Ich arbeite hier an einem Projekt mit, weißt du. Bleibe ich länger, kriege ich Überstunden bezahlt, und wenn Tim zurückkommt, möchte ich hier sein.«

Matt widerstand der Versuchung, ihr impulsiv zu erklären, das sei verrückt, denn falls Tims Alter ihn in Vegas aufspüre, werde er ihn sofort nach New Hampshire mitnehmen.

»Du willst auf dem leeren Campus rumhängen?« Der Gedanke, sie könnte im Wohnheim allein sein, war ihm verhaßt. »Hältst du das für 'ne gute Idee?«

»Er ist nicht leer, und du redest wie meine Mutter.«

»Mütter sind manchmal sehr vernünftig.«

»Ich hab gerade vorhin mit ihr telefoniert. Sie hat eine ihrer ›Ahnungen‹ und will, daß ich sofort nach Hause komme.«

»Wäre das so schlimm?«

»Kannst du dir überhaupt vorstellen, wie still es auf einer Farm im Winter ist?«

»Was hältst du davon, wenn ich dich mal dort unten besuche?« hörte er sich fragen, ohne richtig darüber nachgedacht zu haben.

»Nein, Matt. Du hast wichtigere –«

»Was wäre wichtiger, als eine alte Freundin zu besuchen, die einen Freund zu brauchen scheint.«

»Das ist lieb von dir, Matt, aber ich bin mit meiner Arbeit im Labor wirklich ausgelastet, und in diesem Teil Marylands gibt's kein großes Freizeitangebot. Ich danke dir für deinen Vorschlag, aber ich komme allein zurecht. Und ich verspreche dir, dich anzurufen, sobald ich zu Hause bin. Dann können wir drei gemeinsam ausgehen und uns erzählen, was wir alles erlebt haben.«

»Wir drei?«

»Klar. Bis dahin ist Tim wieder da. Er kommt bestimmt zurück, über Weihnachten würde er nie wegbleiben.«

»Richtig«, sagte Matt langsam. »Klar. Wir drei gemeinsam. Das wäre großartig.«

Hoffentlich hast du recht, Quinn! dachte er, als er einige Minuten später auflegte. Das Telefon klingelte fast sofort. Matt erkannte die Stimme nicht gleich.

»Matthew? Hier ist Lydia Cleary. Quinns Mutter.«

Was hatte dieser Anruf zu bedeuten? Ihre Stimme klang aufgeregt.

»Hi, Mrs. Cleary. Ich hab gerade mit Quinn geredet.«

»Oh. Deshalb ist bei Ihnen besetzt gewesen. Ich habe vorhin mit ihr gesprochen, und sie sagt, daß sie auch kommende Woche dort unten bleiben will.«

»Das hat sie mir auch erzählt.«

»Matthew, Sie müssen irgendwie dafür sorgen, daß sie heimkommt. Bleibt sie dort, passiert was Schreckliches mit ihr. Genau wie es mit diesem Freund von ihr passiert ist.«

Matt lief ein kalter Schauer über den Rücken.

»Was soll mit Tim ›passiert‹ sein? Er ist bloß nach Las Vegas abgehauen.«

»Davon weiß ich nichts. Ich weiß nur, daß was Schlimmes mit ihm passiert ist, das auch Quinn droht, wenn sie dort unten bleibt. Sie wissen ja, wie dickköpfig sie ist. Aber auf mich hört sie nicht.«

»Auf mich auch nicht.«

»Vielleicht wenn Sie selbst runterfahren, Matthew. Vielleicht hört sie dann auf Sie, und Sie können sie mit zurückbringen. Ich weiß, daß das viel verlangt ist...«

»Durchaus nicht«, sagte er und versuchte, ihre wachsende Erregung zu dämpfen. »Ganz und gar nicht. Ich fahre los, sobald sie uns hier am Freitag rauslassen.«

»Oh, vielen Dank, Matthew!« Sie schien den Tränen nahe zu sein. »Dafür werde ich Ihnen ewig dankbar sein!«

Nachdem Mrs. Cleary aufgelegt hatte, blieb Matt nachdenklich sitzen und versuchte, sein Unbehagen zu analysieren. Ihr Gefühl, mit ihm seit etwas »passiert«, beunruhigte ihn. Und sie war fest davon überzeugt, Quinn werde das gleiche passieren. Natürlich reiner Aberglaube, aber trotzdem...

Matt beschloß jetzt, am Freitag nachmittag nach Maryland zu fahren, ohne Quinn etwas davon zu sagen. Er würde sie überrumpeln und ihr das ganze Wochenende lang zusetzen. Bis Sonntag hatte er sie garantiert soweit, daß sie gepackt hatte und abfahrbereit war.

In ein paar Tagen würde er Quinn heil und gesund heimbringen. Aber was war mit Tim? Er wünschte sich, er könnte auch Tim heimholen.

Tim, alter Kumpel, wo zum Teufel bist du?

Tim existierte in einem zeitlosen Raum aus Langeweile, Zorn und Entsetzen. Manchmal schlief er, und ein Alptraum umfing ihn, in dem er keinen Körper besaß. Manchmal war er wach, und ein Alptraum umfing ihn, in dem er seinen Körper nicht fühlen konnte.

Das Pflegepersonal sorgte gut für diesen Körper. Dreimal täglich, in jeder Schicht, wurden seine Gliedmaßen nach allen Richtungen gebeugt und gestreckt, um die Gelenke beweglich zu erhalten und Sehnenverkürzungen zu verhindern. Er wurde hin und her gedreht, seine Körperhaltung alle paar Stunden verändert, damit auf seiner Haut keine Druckgeschwüre entstanden. Und wenn Krankenschwestern in seiner Nähe waren, sprachen sie ständig mit ihm – wie kleine Mädchen, die mit ihren Puppen reden.

Und genauso kam Tim sich allmählich vor. Er konnte nichts fühlen, konnte nicht antworten, konnte sich nicht selbst bewegen. Er war eine lebensgroße Ken-Puppe.

Trotz aller Fürsorge hatte er Angst um seinen Körper. Was hatten sie mit ihm angestellt? Hatten sie seine Haut großflächig verbrannt? War er nun ein Brandverletzter wie die anderen? Er fühlte nichts. Hätte er bloß *irgendwas* fühlen können – selbst Schmerz wäre willkommen gewesen –, hätte er's vielleicht gewußt.

Und Tim hatte angefangen, sich Sorgen um seinen Verstand zu machen. Diese Gefangenschaft in einem stummen, bewegungslosen Körper tat ihm nicht gut. Gelegentlich spürte Tim, daß sein Verstand kurzzeitig aussetzte, ertappte seine Gedanken auf Abwegen und mußte sie dann aus wilden, surrealen Phantasien mit schwebenden Riesenspritzen und stolpernden, mumienhaften Gestalten zurückholen. Er war sich darüber im klaren, daß diese Gedanken eines Tages – vielleicht schon bald – ihre Fesseln sprengen und nie mehr zurückkehren würden.

Konzentration. Das war das einzige Mittel, seinen Verstand im Zaum zu halten. Er konzentrierte sich auf Bewegungen, auf kurze, nur in winzigen Zeiträumen meßbare Siege über die Droge, die sein Nervensystem lähmte.

Er hatte gelernt, die Anzeichen dafür zu erkennen, daß die Wirkung der letzten Dosis 9574 allmählich abklang. Hauptsächlich handelte es sich um ein Kribbeln, das in seinen Fingern und Zehen begann und sich auf Handflächen und Fußsohlen fortpflanzte. Sobald dieses Gefühl einsetzte, konzentrierte Tim seine gesamte Willenskraft auf seine Finger. Manchmal lagen seine Hände so, daß er sie sehen konnte, aber das war nicht immer der Fall. Trotzdem ließ er sich dadurch nicht von diesen Übungen abhalten. Die meiste Zeit des Tages existierten seine Hände nicht. Aber sobald das Kribbeln einsetzte, wußte er, wo sie waren, und konnte sich auf sie konzentrieren, sie zum Mittelpunkt seiner Welt machen und ihnen befehlen, ihm zu gehorchen.

Tim war sich seiner Sache nicht ganz sicher, aber er hatte den Eindruck, daß dieses Kribbeln jedesmal etwas länger andauerte und vor jeder neuen Injektion etwas früher einsetzte. Was hatte das zu bedeuten? Wurde sein Körper allmählich gegen 9574 resistent? Lernte seine Leber, dieses Anästhetikum schneller abzubauen?

Irgendwo hatte er gelesen, die Leber sei »lernfähig«. Gelangte eine neue Substanz in den Blutkreislauf, hatte die Leber die Aufgabe, sie zu zerlegen und auszuscheiden. Anfangs dauerte dieser Vorgang lange. Trat eine Substanz dann öfter auf, paßten die Enzyme der Leberzellen sich ihr an und arbeiteten effizienter. Deshalb konnte ein Abstinenzler von einem Glas Wein beschwipst sein, während ein Alkoholiker auch nach einer halben Flasche nur wenig oder keine Wirkung zeigte: Die Leber des Abstinenzlers hatte keine Erfahrung mit der Zerlegung von Äthanol, aber für die Trinkerleber war das ein Routinevorgang.

Tim wußte, daß er Alkohol schon immer gut vertragen hatte. Vielleicht ließ das auf eine besonders gut funktionierende Leber schließen. Vielleicht lernte seine Leber, das 9574 effizienter zu zerlegen – und wurde dabei von Tag zu Tag besser.

Er klammerte sich an diesen Gedanken. Das war keine allzu große Hoffnung, aber immerhin eine Hoffnung. Und er brauchte etwas, das ihm Hoffnung gab. Im Augenblick kribbelte es wieder in seinen Händen. Da er auf dem Rücken lag und die Decke über sich anstarrte, konnte er sie nicht sehen. Aber er wußte jetzt, wo sie waren. Heute spürte er auch etwas anderes: einen dumpfen Schmerz an der Außenseite seines linken Oberschenkels. Er ignorierte ihn jedoch. Im Augenblick waren nur seine Hände wichtig. Er konzentrierte seine gesamte Willenskraft darauf, sie ...

»Ist Nummer acht wach?«

Diese Stimme. Er kannte diese Stimme!

»Ja, Doktor.«

Alston ... Dr. Arthur Alston. Tim wollte seinen Namen herausschreien, wollte aufspringen und über den Mann herfallen, aber er konnte nur daliegen und das stärker werdende Kribbeln in seinen Händen fühlen.

»Wann bekommt er die nächste Dosis?« fragte Alstons Stimme.

»Erst in zwanzig Minuten.«

»Geben Sie sie ihm jetzt. Ich muß eine Gewebeprobe entnehmen und will nicht, daß er dabei zuckt.«

Plötzlich erschien Dr. Alstons Gesicht über ihm. Er trug die Mütze und Gesichtsmaske eines Chirurgen.

»Hallo, Brown. Tut mir schrecklich leid, daß es soweit kommen mußte – aber Sie haben mir keine andere Wahl gelassen. Dies ist übrigens das letzte Mal, daß sie mit ihrem richtigen Namen angesprochen werden. In Zukunft sind Sie der John Doe in Bett acht. Hoffen Sie nicht auf Rettung durchs Pflegepersonal der Station C. Die Krankenschwestern sind von der Stiftung ausgewählt und eingestellt worden. Sie wissen nicht, wer Sie sind, aber sie wissen, daß Sie keiner unserer üblichen Patienten mit Brandverletzungen sind, sondern hier liegen, weil Sie eine Gefahr für die Stiftung darstellen.«

Wäre Tim dazu imstande gewesen, hätte er aufgestöhnt. Die Krankenschwestern also auch?

»Bemerke ich etwa Überraschung in Ihrem Blick, Brown? Eine sexistische Reaktion? Gibt's irgendeinen Grund, weshalb Frauen mit guter Ausbildung wie diese Krankenschwestern nicht imstande sein sollten, die Ziele der Stiftung zu fördern? Hier in Station C haben wir viele gemeinsame Ziele. Die Perfektionierung eines halbsynthetischen Hauttransplantats ist nur eines davon. Jeder von uns arbeitet auf seine Weise an der Verwirklichung dieser Ziele, aber insgesamt bilden wir doch ein Team.«

Was Alston da sagte, klang so überlegt, so vernünftig. Der Prototyp eines verrückten Wissenschaftlers wäre Tim viel lieber gewesen. Damit wäre er besser zurechtgekommen. Diese Art war verdammt beunruhigend. Tim kam sich beinahe wie der Irre vor. Aber nur beinahe.

Alstons Gesicht wurde durch das der mokkabraunen Krankenschwester ersetzt. In ihren Augenwinkeln bildeten sich Fältchen, als sie unter ihrer Maske lächelte. Sie tat irgend etwas, das Tim nicht sehen konnte. Wahrscheinlich gab sie ihm eine weitere

Dosis 9574. Als das Kribbeln in seinen Fingern und Zehen nachließ, wußte er, daß er richtig vermutet hatte.

»Gut, Marguerite«, sagte Alston wenig später. »Inzwischen dürfte die Wirkung eingetreten sein. Drehen Sie ihn auf die Seite, damit wir anfangen können.«

Tims Magen rebellierte kurz, und der Raum schien sich vor seinen Augen zu drehen, als unsichtbare Hände ihn vom Rükken auf die rechte Seite wälzten. Dabei geriet das Panoramafenster zum Korridor in sein Blickfeld, aber die Vorhänge waren zugezogen.

»Vorsichtig mit dem Nasenschlauch«, sagte Alston warnend. »Gut, gut ... keine Sorge, Nummer acht, dieser Schlauch ist nur ein Provisorium. Wir stellen Sie schon bald auf PKE um. Das bedeutet parenterale künstliche Ernährung – ein Verfahren, das Sie in den nächsten Jahren während Ihres Klinikpraktikums kennengelernt hätten.«

Klinikpraktikum ...

Tim wußte recht gut, daß es für ihn nie ein Klinikpraktikum geben würde.

»Gleich hier«, sagte Alston zu Marguerite. »Ausgezeichnet. Und jetzt bitte die Schale.«

Tims Verstand begehrte lautstark dagegen auf, daß er keine Ahnung hatte, was mit seinem Körper geschah. Alston schien seine Gedanken zu erraten. Er sprach irgendwo hinter Tim.

»Die bedauerliche Tatsache, daß Sie jetzt auf ein vegetatives Stadium reduziert sind, bedeutet noch längst nicht das Ende Ihrer Nützlichkeit als produktives menschliches Wesen. Ganz im Gegenteil. Sie verdienen sich Ihren Lebensunterhalt, Nummer acht. Und Sie leisten dadurch einen wichtigen Beitrag zum Wohlergehen Ihrer Mitmenschen.«

Tim spürte Bewegungen hinter sich und hörte ein Rascheln, dann das leise Klirren einer Metallschale.

»Wissen Sie, bei der klinischen Erprobung unseres neuartigen Transplantats stehen wir unter anderem ständig vor dem Problem, es nicht an frischen Brandwunden erproben zu können. Da das Material für autogene Transplantationen erst aus Kulturen der Hautzellen des Brandverletzten herangezüchtet werden muß, steht es logischerweise nicht schon für die Behandlung frischer Brandwunden zur Verfügung. Für Personen mit hohem Brandverletzungsrisiko – zum Beispiel Feuerwehrmänner – könnten wir Hautbanken anlegen, und ich bin davon überzeugt, daß ein solches Programm eines Tages kommen wird, aber vorläufig ist daran noch nicht zu denken. Daher haben wir schon seit einiger Zeit eine weitere Versuchsperson gebraucht, deren Eigentransplantate im voraus herangezüchtet und dann an frischen Brandwunden unterschiedlicher Größe und Schwere erprobt werden kann.«

Eine *weitere* Versuchsperson? dachte Tim.

»Ihnen ist natürlich klar, nicht wahr, daß Sie nicht der erste Student sind, der zuviel in Erfahrung gebracht hat. In der Vergangenheit hat es einige bedauerliche Fälle gegeben, in denen die unterschwellige Beeinflussung durch DWG-Geräte bei Studenten unerwartete Psychosen ausgelöst hat. Aber bisher hat erst ein Student soviel rausbekommen wie Sie: Anthony Prosser. Das war vor zwei Jahren.«

Tim erinnerte sich an eine Redewendung, die er von einigen Studenten im zweiten Jahr gehört hatte: 'nen Prosser machen. Das bedeutete, bei Nacht und Nebel zu verschwinden und nie wieder von sich hören zu lassen.

Vermutlich denken alle, ich hätte 'nen Prosser gemacht.

»Anthony ist seit nunmehr zwei Jahren als Nummer fünf bei uns.«

Seit zwei Jahren!

»In diesem Zeitraum hat er einen gewaltigen Beitrag zu unserer Transplantationsforschung geleistet. Aber jetzt...« Tim hörte Alston seufzen. »Jetzt hat er alles gegeben, was er zu geben vermochte. Jetzt liegt er einfach nur da. Aber wir lassen ihn nicht im Stich. Wir versorgen ihn bis an sein Lebensende.«

Gegeben? Was hat Prosser gegeben?

»So bedauerlich es gewesen ist, daß sie über unsere kleinen Geheimnisse hier im Ingraham stolpern mußten, so günstig war andererseits der Zeitpunkt gewählt. Wir hatten gerade angefangen, unsere Transplantationstechnik für akute Fälle zu vervollkommnen, als Nummer fünf die unverletzten Hautpartien ausgegangen sind. Sie können dort weitermachen, wo er aufgehört hat.«

Tims Verstand kreischte lautlos: *Sie wollen mich verbrennen!*

»Seitdem Sie hier sind, haben wir angefangen, Ihre Hautzellen zu züchten. Gestern haben wir Ihrer Nachmittagsdosis 9574 ein Sedativum zugesetzt. Während Ihrer Bewußtlosigkeit habe ich Ihnen auf der Rückseite des linken Oberschenkels eine großflächige Verbrennung dritten Grades beigebracht.«

Die Abteilung C – soviel Tim davon sehen konnte – drehte sich und verschwamm vor seinen Augen. Sie *hatten* ihn bereits verbrannt!

»Ich hab's für humaner gehalten, Ihnen zu ersparen, diese Prozedur miterleben zu müssen. Obwohl Sie nichts gespürt hätten, wäre der Geruch schlimm gewesen. Der Geruch verbrannten Fleisches ist ziemlich unangenehm – und erst recht, wenn's das eigene ist. Das habe ich Ihnen erspart. Wir sind hier nicht grausam, Nummer acht; wir begegnen Ihnen weder bösartig noch böswillig. In Wirklichkeit tun Sie uns sogar leid.

Sie stecken in einer besonders schlimmen Zwickmühle: Genau die intellektuelle Neugier und die analytische Brillanz, die Sie früher zu einem Aktivposten fürs Ingraham gemacht haben, machen Sie jetzt zu einer Belastung. Wir konnten Sie nicht laufenlassen, und wir konnten Sie nicht umbringen – trotz allem, was Sie vermutlich von uns denken, sind wir keine Mörder, Nummer acht.

Deshalb haben wir diese Vorgehensweise gewählt, um die Gefahr, die Sie fürs Ingraham und die Stiftung bedeuten, zu neutralisieren. Sie haben Ihr Leben behalten und leisten noch immer einen höchst wichtigen Beitrag zum medizinischen Wohlergehen Ihrer Mitmenschen. Und das ist doch einer der Gründe gewesen, aus denen Sie ursprünglich ans Ingraham gekommen sind, nicht wahr, Nummer acht?«

Ihr habt mich trotzdem umgebracht, dachte Tim. So muß es gewesen sein. Denn das hier ist schlimmer als der Tod. Das ist die Hölle.

Überwachung

Louis Verran sah das rote Lämpchen des Recorders blinken. Er stieß Elliot an.

»Wie lange brennt das schon?«

Elliot sah zu dem Recorder auf und zuckte mit den Schultern. »Keine Ahnung.«

»Wann hast du ihn zum letzten Mal kontrolliert?«

»Heute morgen, als ich reingekommen bin. Da hat das Licht nicht geblinkt.«

Verran mußte sich beherrschen, um nicht loszubrüllen.

»Okay, aber jetzt blinkt es. Und dieses Blinken bedeutet, daß der Recorder aktiviert worden ist. Und das bedeutet, daß die Cleary telefoniert hat. Und falls du's vergessen haben solltest: Wir haben den Auftrag, alle ihre Telefongespräche abzuhören. Glaubst du, daß du trotz deiner Arbeitsüberlastung etwas Zeit erübrigen könntest, um dir anzuhören, was sie geredet hat?«

»Klar, Chief.«

Verran schüttelte den Kopf. Der beste sprachgesteuerte Recorder der Welt war keinen Furz wert, wenn niemand sich die Aufnahmen anhörte.

Er sah zu, wie Elliot sich den Kopfhörer aufsetzte und das Tonband ablaufen ließ. Dabei machte er ein gelangweiltes Gesicht. Nach einiger Zeit nahm er den Kopfhörer wieder ab.

»Derselbe alte Scheiß, Chief. Ihre Mutter will, daß sie am Freitag heimkommt. Das will auch ihr ehemaliger Freund – er hat ihr sogar angeboten, sie hier abzuholen, aber sie hat abgelehnt. Sie will bleiben.«

»Sie soll lieber verschwinden. Mit der haben wir bloß Ärger.«

»Sie denkt, daß Brown zurückkommt, und will hier auf ihn warten.« Elliot grinste. »Da kann sie lange warten, was?«

»Yeah«, bestätigte Verran. »Aber solange sie wartet, behältst du den Recorder im Auge. Siehst du das Licht blinken, hörst du ihn sofort ab. Nicht irgendwann später. *Sofort*.«

Die Cleary tat Verran beinahe leid. Ihr Freund würde nie wieder zurückkommen. Aus Station C, in die Alston ihn gesteckt hatte, kam keiner mehr raus.

21

Tim beobachtete, wie die Krankenschwestern der Tagschicht – die mokkabraune namens Marguerite und eine andere, deren Namen er noch nicht kannte – das Fenster zum Korridor mit Girlanden und Stechpalmen schmückten. Die beiden arbeiteten auf der anderen Seite des Fensters; in der keimfreien Station C waren Weihnachtsdekorationen offenbar nicht gestattet. Wie sie bei der Arbeit fröhlich lächelnd miteinander scherzten, hätten sie Norman Rockwell für ein Bild, das Weihnachtsstimmung verbreitete, Modell stehen können.

Wer in aller Welt hätte geglaubt, in was die beiden diesseits des Fensters verwickelt waren?

Und wie würde ein von Rockwell gemaltes Portrait meines linken Oberschenkels aussehen? fragte Tim sich.

Alle Schwestern versicherten ihm, wie gut das Transplantat anwachse – als ob ihn das interessiert hätte. Wie lange war es schon her, daß Alston ihm die Brandwunde zugefügt hatte? Wie lange lag die Transplantation schon zurück? Wenn es hier bloß eine Uhr gegeben hätte! Oder einen Kalender. Tims einziger Zeitmaßstab waren die Injektionen. Er wußte, daß heute Freitag war – »Wieder mal Freitag, Gott sei Dank«, hatte er Marguerite morgens sagen gehört –, aber *welcher* Freitag? Der letzte Freitag vor Weihnachten oder der vorletzte?

Er tippte auf den vorletzten. Dann war heute der sechzehnte Dezember. Vielleicht.

Seit der Transplantation hatte er nicht mehr auf der linken Seite gelegen. Seit ein paar Stunden lag er dem Fenster zum Korridor zugewandt auf der rechten Seite. Aber sein Bett war noch nie unmittelbar vors Fenster geschoben worden. Jeder der sieben anderen Patienten in Station C bekam regelmäßig diesen Platz, nur Tim blieb stets irgendwo im Hintergrund. Weshalb?

Das mußte mit Quinn zusammenhängen. Obwohl er wie eine Mumie eingewickelt war, würde sie ihn unter Umständen doch erkennen, wenn sie bis auf ein, zwei Meter an ihn herankam.

Der Gedanke an Quinn tat ihm tief in der Brust weh. Tim lag gern so da, daß er irgendwelche Tätigkeiten beobachten konnte – alles war besser, als stundenlang die Decke anzustarren –, aber er hoffte, daß Quinn nicht draußen vorbeigehen würde. Er sehnte sich nach ihrem Anblick, aber wenn sie nach einer kurzen Pause am Fenster weiterging, starb wieder ein Stück von ihm.

Deshalb sah er lieber zu, wie Marguerite und ihre Kollegin das Fenster schmückten.

Nur weiter so, Ladies. Leistet gute Arbeit. Laßt euch ruhig Zeit. Laßt euch jede Menge Zeit.

Denn je länger sie dort draußen blieben, desto später bekam er seine nächste Dosis 9574.

In seinen Händen kribbelte es bereits bis zu den Handgelenken. Sobald das Kribbeln eingesetzt hatte, hatte er sich auf die Finger der linken Hand konzentriert. Tim wußte, daß sie auf der linken Hüfte lagen, und wünschte sich, er könnte sie sehen, um seine Fortschritte beurteilen zu können.

Und er *machte* Fortschritte – das stand außer Zweifel. Er spürte, wie seine Finger sich bewegten, wie der kleine Finger gebeugt und wieder gestreckt wurde . . . beugen, dann wieder strecken. Aber er hätte gern mit eigenen Augen gesehen, wieviel Bewegungsfähigkeit er zurückgewonnen hatte. Er wußte nicht, wie weit er seinem Körpergefühl trauen konnte; er mußte die Bewegung *sehen*, um sie zu glauben.

Dann merkte er, daß eine der Schwestern – Marguerite – zu ihm hinübersah. Er ließ seine Hand zur Bewegungslosigkeit erstarren. Hatte Marguerite eine Bewegung gesehen? Hoffentlich nicht! Sobald sie merkten, daß die Wirkung nachließ, spritzten sie ihm bestimmt eine weitere Dosis 9574. Unter Umständen fingen sie sogar an, besonders auf Bewegungen zu achten. Und falls er sich zuviel bewegte, waren sie imstande, die Tagesdosis zu erhöhen.

Tim war fest davon überzeugt, daß ihm das endgültig den Rest geben würde. Daß er noch bei Verstand war, verdankte er nur diesen Augenblicken, in denen er etwas fühlen, etwas *tun* konnte. Er verbrachte seine Tage damit, auf diese Augenblicke zu warten. Er lebte für sie. Würden sie ihm jedoch weggenommen . . .

Marguerite wandte sich ab und sagte etwas zu ihrer Kollegin.

Dann lachten sie und schmückten weiter das Fenster. Gut. Sie hatte nichts gesehen. Er konnte mit seinen Fingerübungen weitermachen.

Tim konzentrierte sich jetzt auf seinen linken Daumen.

... beugen ...

... strecken ...

... beugen ...

... strecken ...

Schnee.

Während Quinn ins Science Center hinüberhastete, wischte sie sich eine Flocke ab, die sich in ihren Wimpern verfangen hatte. Die Rundfunkstationen in Baltimore sprachen alle von einem großen Schneesturm, der aus dem Mittleren Westen heranrückte. Falls er seinen gegenwärtigen Kurs beibehielt, würden Pennsylvania und New York das meiste abbekommen; in Maryland am Rand des Niederschlagsgebiets sollten dagegen nur wenige Zentimeter fallen.

Unter normalen Umständen wäre sie jetzt aufgeregt gewesen. Quinn liebte Schnee, war eine begeisterte Skiläuferin. In ihrer Collegezeit hatte sie sich nach jedem Schneesturm in New England mit zwei, drei Freundinnen ins Auto gesetzt, um nach Great Barrington zu fahren, wo die Eltern ihrer Zimmergenossin eine Eigentumswohnung mitten im Skigebiet hatten.

Aber sie empfand kein Interesse und erst recht keine Aufregung, wenn sie an den bevorstehenden Schneesturm dachte. Er war ihr gleichgültig. Eigentlich interessierte sie gar nichts mehr.

Eines hatten die drohenden Schneefälle jedoch bewirkt: Die Praktika am Freitag nachmittag fielen aus. Da dies der letzte Tag vor den Weihnachtsferien war, hielt die Verwaltung es für besser, ihren Studenten einen Vorsprung vor dem Sturm zu verschaffen.

Natürlich nur denen, die heimfuhren. Für Quinn bedeutete das nur, daß sie ihre Arbeit in Dr. Emersons Labor früher als sonst beginnen konnte. Nach dem Mittagessen hatte sie einigen Freunden geholfen, ihre Autos zu beladen, und ihnen nachgewinkt, als sie zu ihren fröhlichen Weihnachten davonfuhren.

Fröhliche Weihnachten.

Verdammt unwahrscheinlich.

Ein weiterer Grund, erst in letzter Minute heimzufahren: Quinn war's nicht sehr weihnachtlich zumute – eigentlich alles *andere* als weihnachtlich. Und Mom feierte Weihnachten immer ganz groß und schmückte das ganze Erdgeschoß, als ginge es darum, einen Wettbewerb zu gewinnen. Alles würde so fröhlich und herzlich und glücklich sein, und Quinn wußte, daß sie allen die Stimmung verderben würde. Wer Trübsal blasen wollte, blieb am besten allein.

Sie gab sich einen Ruck. Dieses Selbstmitleid mußte aufhören. Alles würde wieder in Ordnung kommen, alles würde wieder …

Warum hast du mich verlassen, Tim? Warum hast du mich dazu gebracht, dich zu lieben, und bist dann einfach weggelaufen? Weshalb?

Sie unterdrückte ein Schluchzen.

»Mir geht's gut«, sagte sie halblaut. »Echt, mir geht's gut.«

Quinn stöhnte, als sie das Science Center betrat. Auch der Vorraum und die Eingangshalle waren schon weihnachtlich dekoriert. Nicht einmal hier würde es ein Entrinnen vor dem Weihnachtsrummel geben.

Die Sicherheitstheke war unbesetzt. Einer der uniformierten Wachmänner hielt eine Leiter, auf der Charlene stand, um mit Klebstreifen eine Goldgirlande an der Wand zu befestigen. Die beiden erkannten Quinn und winkten sie durch.

Im vierten Stock war's auch nicht besser. Überall hingen Santa-Claus-Masken aus Pappmaché, Merry-Christmas-Karten, Mistelzweige aus Plastik, Gold- und Silbergirlanden …

Quinn starrte angestrengt geradeaus und sah nur kurz nach links, als sie am frisch geschmückten Fenster zur Station C vorbeikam, das von winzigen bunten Lämpchen umrahmt war, die chaotisch blinkten.

Sie blieb stehen, als ihr ein Gedanke kam: Du bist deprimiert, wenn du an dein Weihnachten denkst – aber was ist mit *ihrem*? Ihr Blick glitt über die Betten hinweg und ruhte zuletzt auf dem ganz hinten an der Wand. Der Körper dieses Patienten – es schien sich um einen Mann zu handeln – war groß und auffällig schlank.

Genau wie Tim, dachte Quinn. Sie empfand diese Erinnerung wie einen Stich ins Herz.

Der Patient lag mit ihr zugewandtem Gesicht auf der rechten Seite. Seine Augen waren unter den dicken Verbänden und wegen der Entfernung nicht recht zu erkennen, aber er schien sie anzublicken.

Quinn!

Jesus, dort draußen stand Quinn. Und sie starrte ihn direkt an. Wäre er bloß imstande gewesen, sich den Verbandmull vom Gesicht zu reißen, ihren Namen zu kreischen oder nur zu winken, um ihre Aufmerksamkeit zu erregen! Nur nicht wie ein gottverdammter Spargel hier liegen und zusehen müssen, wie sie auch diesmal weiterging.

Seine Hand ... seine linke Hand ... wenn er sie jetzt dazu bringen konnte, sich zu bewegen ... *jetzt*, wo er sie dringend brauchte ... um ihr ein Zeichen zu geben ... ein erkennbares Zeichen ... irgend etwas, das nicht nach einem willkürlichen Muskelzucken aussah ... wenn er bloß die Zeichensprache beherrschte ... Und dann wurde Tim klar, daß er tatsächlich eine Art Zeichensprache kannte.

Quinn starrte das Gesicht unter dem dicken Verband an und bemühte sich, seinen Ausdruck zu deuten. Sie hatte das Gefühl, er starre sie seinerseits an, als versuche er, ihr etwas mitzuteilen. Obwohl sein Körper schlaff, völlig entspannt wirkte, spürte sie seine mühsam beherrschte Erregung.

Dann wurde sie auf eine Bewegung aufmerksam. Seine auf der linken Hüfte liegende linke Hand zuckte. Ihre Finger krümmten sich zu einer Faust. Nein, nicht alle. Nur die mittleren drei. Daumen und kleiner Finger blieben ausgestreckt.

Und dann bewegte sich die Hand ganz leicht, eben wahrnehmbar vor und zurück.

Quinn merkte, daß ihre Lippen sich zu einem schwachen Lächeln verzogen. Hey, das sah fast wie –

Während sie aufschrie, gaben ihre Knie nach, und sie fiel mit dumpfem Aufprall, der den Korridor entlanghallte, gegen das Fenster.

Tims hawaiianisches Bleib-locker-Zeichen... Der Patient ganz hinten in Station C hatte sie angestarrt und zugleich eine primitive Version des Zeichens gemacht, das Tim für das Spielkasino mit ihr vereinbart hatte.

Plötzlich faßten Hände sie am Oberarm, stützten sie.

»Was ist mit Ihnen?«

Quinn hob den Kopf und sah eine Krankenschwester, die sie am Arm gefaßt hielt und sie hochzog, während Quinn sich aufrichtete und an den Fensterrahmen gelehnt stehenblieb.

»Ich...« Ihre Stimme versagte.

»Sie sehen schrecklich aus«, sagte die Krankenschwester. »Sie sind weiß wie ein Gespenst.«

Ich habe eben eins *gesehen*, dachte Quinn.

Sie zitterte und war in Schweiß gebadet. Ihr Magen rebellierte, aber sie zwang sich dazu, sich nicht zu übergeben.

»Was fehlt Ihnen?« fragte die Krankenschwester und musterte Quinn. »Sind Sie zuckerkrank? Leiden Sie an Unterzukker?«

Ich sehe wahrscheinlich aus, als litte ich an einer Insulinreaktion, dachte Quinn. Vielleicht wäre das sogar besser.

Sie schüttelte den Kopf, setzte zu einer Antwort an, wollte nach dem Patienten ganz hinten in Station C fragen und hielt dann doch lieber den Mund.

Das konnte nicht Tim sein. Nicht bei den Brandverletzten in Station C. Überall außer in Station C.

Wenn sie davon anfing, würden alle glauben, sie sei nicht mehr ganz richtig im Kopf. Halluzinationen. Verlust des Kontakts mit der Realität. Am Ingraham wußten inzwischen alle, daß Tim nach einem Nervenzusammenbruch abgehauen war... daß er 'nen Prosser gemacht hatte. Die Verwaltung würde glauben, sie stehe ebenfalls vor einem Nervenzusammenbruch. Sie würde Quinn heimschicken. Vielleicht für immer. Ein Nervenzusammenbruch pro Jahrgang war mehr, als die Verwaltung sich aufhalsen wollte.

»Meine Periode«, sagte sie geistesgegenwärtig. »Am ersten Tag hab ich oft schlimme Krämpfe.«

Die Schwester nickte. »Ja, das kenne ich. Am besten kommen Sie gleich mit. Ich gebe Ihnen ein paar Anaprox.«

Quinn, die sich mit einer Hand von der Flurwand abstützte, folgte ihr zum Schwesternzimmer, wo sie sich hinsetzte, ihr schweißnasses Gesicht mit einem Papierhandtuch abtupfte und die beiden blauen Tabletten hinunterwürgte.

Nach einigen Minuten hatte sie sich soweit erholt, daß sie weitergehen konnte. Sie bedankte sich bei der Schwester und schaffte es bis zu Dr. Emersons Labor, wo sie Alice erklärte, es gehe ihr heute nicht gut; sie könne nicht arbeiten.

Nach einem Blick in Quinns Gesicht sprang Alice von ihrem Platz auf.

»Das will ich meinen, Schätzchen! Sie sehen gräßlich aus! Vielleicht haben Sie 'ne Grippe. Dr. Emerson kommt erst später abends rein, also verschwinden Sie am besten gleich und gehen aufs Krankenrevier. Wenn Sie noch 'nen Augenblick warten können, bring ich Sie selbst rüber.«

»Danke, das ist nicht nötig. Ich komme schon zurecht. Sagen Sie Dr. Emerson bitte, daß ich morgen wieder da bin.«

Alice scheuchte sie hinaus, und Quinn blieb vor dem Labor stehen und blickte den Korridor entlang. Die Aufzüge befanden sich am anderen Ende – jenseits von Station C. Um dorthin zu gelangen, mußte sie am Fenster vorbei.

Sie wußte nicht, ob sie dem gewachsen sein würde.

Aber sie fühlte sich auch nicht stark genug, um die Treppe zu benützen. Welche Wahl blieb ihr also?

Keine.

Quinn holte zittrig Luft, nahm die Schultern zurück und marschierte den Flur entlang. Das Schwesternzimmer war unbesetzt, als sie daran vorbeikam. Eigentlich hatte sie ohne Aufenthalt an Station C vorbeimarschieren wollen, aber als sie das Fenster erreichte, mußte sie doch stehenbleiben. Sie konnte einfach nicht vorbeigehen, ohne noch einen Blick hineingeworfen zu haben.

Beide Krankenschwestern standen jetzt drinnen am Bett des Patienten, der ihr das Zeichen gemacht hatte. Marguerite zog eben eine Injektionsspritze aus seinem Tropfschlauch. War irgend etwas nicht in Ordnung?

Quinn drückte sich die Nase am Fenster platt. Die farbigen Blinklichter, von denen es umrahmt war, erschwerten die Beobachtung, aber sie sah immerhin die linke Hand des Patienten, die das Bleib-locker-Zeichen gemacht hatte. Jetzt hing sie schlaff und leblos herab. Während Quinn zusah, drehten die Schwestern ihn behutsam nach links in die Rückenlage zurück. Alles ganz normal. Ein weiterer Tag mit Routinepflege in Station C.

Die Krankenschwester, die Quinn vorhin geholfen hatte, sah auf und lächelte ihr zu. Quinn winkte freundlich; dann zwang sie sich dazu, ruhig weiterzugehen.

Halb benommen, noch immer schwach und zittrig, wie in einem Traum gefangen, fand Quinn den Kartenschlitz zwischen den Aufzügen und steckte ihre Karte hinein.

Was war vorhin in Station C passiert? Was war real? Und was nicht? Die Fragen wirbelten in einem Strudel der Verwirrung um sie herum. Quinns Magen rebellierte erneut. Diesmal so stark, daß sie schon fürchtete, sich gleich hier auf dem Flur übergeben zu müssen.

Sie mußte hier raus, mußte ins Wohnheim zurück. Zurück in ihr Zimmer, wo sie die Tür absperren, ins Bett kriechen, sich die Decke über den Kopf ziehen und nachdenken konnte.

Vermutlich hatten Mom und Matt doch recht gehabt. Vermutlich war es keine so gute Idee gewesen, noch eine Woche hierzubleiben.

Als sie ins Freie trat, hatte dichtes Schneetreiben eingesetzt. Alles war schon mit einer dünnen weißen Schicht bedeckt. Unter anderen Umständen wäre Quinn vielleicht stehengeblieben, um die stumme Schönheit dieser Szenerie zu bewundern. Aber diesmal trabte sie in Richtung Wohnheim davon und paßte nur auf, daß sie nicht ausrutschte.

Tim starrte die Decke an.

Was war mit Quinn los? Sie hatte ihn genau angesehen, als er ihr das Bleib-locker-Zeichen gemacht hatte. Sie hatte sogar reagiert, als habe sie's erkannt, und ausgesehen, als sei sie kurz davor, in Ohnmacht zu fallen, aber sie hatte nichts unternommen.

Nichts!

Vielleicht hatte sie das Zeichen nicht wirklich erkannt – oder nicht *geglaubt*, daß sie's gesehen hatte. Was es gewesen war, spielte keine Rolle. Eine Chance dieser Art kam niemals wieder. Jetzt war alles vorbei. Nun konnte er alle Hoffnungen begraben, hier jemals wieder rauszukommen.

Während Tim weiter hilflos das gebrochene Weiß der Decke über sich anstarrte, fühlte er sich in ein schwarzes Loch der Verzweiflung fallen.

22

Das ist keine Autobahn, dachte Matt. Das ist ein Parkplatz.

Der Verkehr auf dem New Jersey Turnpike stand nicht gerade, aber seit einer Stunde kroch er so langsam dahin, daß die Tachometernadel nicht mehr ausschlug. So weit er sehen konnte, glichen die drei nach Süden führenden Fahrspuren einem trägen roten Fluß aus Brems- und Schlußleuchten, die sich im fallenden Schnee verloren.

Aber der Schnee fiel eigentlich nicht. Er wurde eher fast waagrecht über den Turnpike getrieben. Und das in unglaublichen Mengen. Die rechten Fenster von Matts Cherokee waren bereits mit einer gut drei Zentimeter dicken weißen Schicht bedeckt. Auf der Fahrbahn und besonders auf dem Standstreifen bildeten sich erste Schneeverwehungen.

Matt schlug ungeduldig mit der Handfläche aufs Lenkrad und sah auf die Borduhr. 21.04 Uhr. Um diese Zeit hätte er schon dasein sollen. Statt dessen befand er sich knapp südlich der Ausfahrt 7A und hatte noch halb Jersey vor sich. Und je länger er hierblieb, desto schlimmer würde der Stau werden. Er hatte alle seine CDs längst zweimal gespielt, und aus dem Radio kamen nur Meldungen über Verkehrsbehinderungen an der gesamten Ostküste und Vorhersagen, nach denen das Wetter in den nächsten Stunden noch weit schlimmer werden würde.

Dieser kleine Ausflug wurde allmählich zu einer Strapaze.

Eine Werbetafel mit den Firmenzeichen von Roy Rogers, Big Boy's und Sunoco kündigte an, daß die »Richard Stockton Service Area« noch zwei Meilen entfernt war. Matt sah auf seine Treibstoffanzeige und stellte fest, daß die Nadel schon fast auf *E* stand. Bei diesem Kriechtempo konnte er für zwei Meilen eine Stunde brauchen, vielleicht sogar länger. Hier ohne Benzin liegenzubleiben, wäre der Zuckerguß auf der Torte gewesen.

Er lenkte den Cherokee nach rechts und fuhr mit etwa zwanzig Meilen auf dem Standstreifen weiter. Das war nicht zulässig, aber so kam er wenigstens voran. Er konnte nur hoffen, daß er dabei von keinem Cop aufgehalten wurde. Ein Strafmandat wäre die Kerze auf dem Zuckerguß auf der Torte gewesen.

Er trat auf die Bremse und kam rutschend zum Stehen, als ein klappriger, zwanzig Jahre alter Cadillac De Ville mit New Yorker Kennzeichen vor ihm auf den Standstreifen hinausfuhr und anhielt. Matt blendete auf und hupte, aber der Caddy bewegte sich nicht von der Stelle. Jetzt blieben ihm zwei Möglichkeiten: Er konnte hinter diesem Kerl stehenbleiben oder versuchen, ihn rechts zu überholen – aber dazu hätte er riskieren müssen, die gut fünfundvierzig Grad abfallende tiefverschneite Böschung zu befahren.

Er stieg aus und ging nach vorn zu dem Caddy. Das Fahrerfenster glitt nach unten, als er sich dem Wagen näherte, und blitzende Augen in einem bärtigen Gesicht funkelten ihn an.

»Mit mir kannst du so 'n Scheiß nicht machen, Mann.«

»Wie wär's, wenn Sie mich vorbeilassen würden?« sagte Matt freundlich. »Ich will bloß zur nächsten Tankstelle.«

»Du wartest gefälligst wie alle anderen.«

»Dann geht mir das Benzin aus.«

»Dein Pech!«

Matt starrte ihn prüfend an. Alle waren gereizt, aber dieser Kerl suchte Streit. Matt war versucht, ihm den Gefallen zu tun, aber wenn er Pech hatte, saßen in dem alten Cadillac noch drei weitere Kerle gleichen Formats. Er betrachtete die schwere Limousine und die verschneite Böschung und hatte eine bessere Idee.

Er ging wortlos zu seinem Cherokee zurück. Nachdem er den Allradantrieb zugeschaltet hatte, fuhr er langsam weiter nach rechts. Der andere Fahrer zog ebenfalls nach rechts, um ihn nicht vorbeizulassen. Auch als Matt noch weiter auf die Böschung hinausfuhr, imitierte der Cadillac jede seiner Lenkbewegungen, um ihn ja nicht vorbeizulassen.

Sobald Matt sah, daß der Caddy mit allen vier Rädern den Standstreifen verlassen hatte, zog er scharf nach links und fuhr wieder die Böschung hinauf. Die schwere Limousine wollte ihm den Weg abschneiden, aber ihre Hinterräder drehten im Schnee durch. Dann brach ihr Heck aus, und sie stellte sich quer, während sie mit wild durchdrehenden Rädern weiter die Böschung hinunterrutschte. Zuletzt prallte sie mit dem Heck voraus gegen die nach einem Wassergraben wieder ansteigende Böschung und blieb mit himmelwärts gerichteten Scheinwerfern stecken.

Matt, der wieder auf dem Standstreifen war, hupte zweimal kurz und fuhr davon.

»Ich wollte bloß vorbei«, sagte er halblaut.

Danach erreichte er die Raststätte ohne weitere Zwischenfälle.

»Was gibt's weiter vorn für Probleme?« fragte er, während der Tankwart den Tank des Cherokees füllte. Er hatte strähniges blondes Haar und war ungefähr neunzehn. »Das kann nicht nur am Schnee liegen.«

»Genau. Der Polizeifunk meldet, daß an der Einfahrt sechs ein Sattelschlepper umgestürzt ist.«

»Sechs? Dort müßte ich raus. Verdammt, das kann stundenlang dauern!«

»Vielleicht sogar länger. Wir haben gehört, daß vier weitere Autos in den Sattelschlepper gerast und in Brand geraten sind. Die Bergungsarbeiten haben erst angefangen. An ihrer Stelle würd ich jetzt parken, mir 'nen gemütlichen Platz im Roy's oder Big Boy's suchen und damit rechnen, die Nacht hier zu verbringen.«

Matt verzog das Gesicht. Dann sah er Autoscheinwerfer auf einer Überführung unmittelbar südlich der Raststätte.

»Komme ich auf dieser Straße zum Pennsylvania Turnpike?«

Der Tankwart sah in die Richtung, in die er deutete, und nickte. »Yeah, irgendwann schon. Wenn Sie draufkönnten. Aber hier gibt's keine Ausfahrt zu dieser Straße.«

»Und wenn ich mir selbst eine mache?«

Der Tankwart betrachtete den Cherokee und sah dann wieder zu Matt hinüber.

»Gleich hinter der Raststätte liegt ein Maisfeld. Mit Allradantrieb wär's vielleicht zu schaffen.«

»Immer noch besser, als auf dem Turnpike im Stau zu stekken!«

»Na, hoffentlich ist's echt wichtig, daß Sie weiterkommen. Wenn Sie mitten im Feld steckenbleiben, haben Sie morgen früh verdammt viel zu erklären.«

»Ich muß dringend zu 'ner Freundin«, sagte Matt.

Der Tankwart grinste. »Und Sie sind der gute Freund, den sie braucht, stimmt's?«

»So könnte man sagen.«

»In ein paar Minuten hab ich meine Pause. Dann zeig ich Ihnen, wo Sie rausfahren können.«

Matt drückte ihm einen Zwanziger in die Hand.

»Zeigen Sie's mir gleich.«

Quinn saß in ihrem dunklen Zimmer im Schneidersitz auf ihrem Bett und beobachtete den Flockenwirbel in den Lichtkegeln der Außenbeleuchtung des Wohnheims. Sie wünschte sich, sie könnte wie eines der Kinder in *Peter Pan* aus dem Fenster fliegen und sich im Schneesturm verlieren.

Dann müßte sie nicht dauernd an den Patienten in Station C und das Zeichen denken, das er ihr gemacht hatte.

Dieser Patient war Tim.

Das klang verrückt, aber er mußte Tim sein. Je länger sie darüber nachdachte, desto überzeugter war sie.

Er war groß wie Tim, er war schlank wie Tim, und er hatte Tims hawaiianisches Bleib-locker-Zeichen gemacht, das gewissermaßen ihr Geheimsignal war.

Quinns erster Impuls war es gewesen, zur Polizei zu laufen, Deputy Soutworth anzurufen und zu verlangen, er solle die Station C stürmen und Tim aus den Händen irgendwelcher Leute zu befreien, die ihn dort aus irgendwelchen Gründen gefangenhielten.

Sie war bis zu ihrer Tür gekommen, bevor sie sich die Sache anders überlegt hatte.

Sie stellte sich dieses Telefongespräch mit dem Sheriff's Department vor:

»Wer hat Ihrer Ansicht nach Ihren Freund entführt und hält ihn jetzt in der Abteilung für Brandverletzte gefangen, Miss Cleary?«

»Dr. Alston, nehme ich an. Er leitet die Station C.«

»Weshalb sollte der Medizinische Direktor des Ingraham so etwas tun?«

»Keine Ahnung. Vielleicht weil Tim entdeckt hat, daß es im Wohnheim Abhörmikrophone gibt.«

»Aber sein eigener Vater hat einen Fachmann hinzugezogen, der nicht den geringsten Beweis für eine elektronische Überwachung entdeckt hat.«

»Er liegt in Station C. Ich weiß, daß er dort liegt!«

»Woher wissen Sie das, Miss Cleary?«

»Als ich einen der Patienten in Station C beobachtet habe, hat er mir ein geheimes Handzeichen gegeben, das Tim und ich in Atlantic City benützt hatten.«

»Ein geheimes Handzeichen. Ja, ich verstehe. Sind Sie nahe an ihn herangekommen? Haben Sie sein Gesicht gesehen?«

»Nein, aber ...«

»Warum haben Sie gerade diesen Patienten beobachtet?«

»Er hat Tims Körperbau. Er hat mich an Tim erinnert.«

»Ihr Freund fehlt Ihnen wirklich sehr, was? Sie wünschen sich wirklich, er käme zurück.«

»Ja aber –«

»Das verstehen wir, Miss Cleary. Seien Sie unbesorgt, wir befassen uns demnächst mit dieser Sache. Aber rufen Sie uns nicht wieder an. Wir melden uns, falls wir etwas finden. Gute Nacht.«

Also saß Quinn jetzt wieder auf ihrem Bett, starrte in den Flockenwirbel hinaus und zermarterte sich das Gehirn, um einen Weg zu finden, die Polizei davon zu überzeugen, daß Tim in Station C lag.

Falls er wirklich in Station C lag.

Manchmal sieht man, was man sehen will.

Was war, wenn sie's schaffte, Deputy Southworth zu überreden, das Science Center zu stürmen, wo sich dann herausstellte, daß der neue Patient in Station C ein Farmersjunge aus Westvirginia war, der mit dem Traktor unterwegs gewesen war, als der Tank unter ihm explodierte? Was würde dann geschehen?

Wahrscheinlich würde das Ingraham sie relegieren.

Und was würde das für sie persönlich bedeuten? Sie mußte weiterhin ohne Tim auskommen – aber dann auch ohne Medizinstudium.

Quinn fiel nur eine einzige Lösung ein: Sie mußte imstande sein, im Sheriff's Office aufzutreten und zu sagen, sie habe dem Patienten ins Gesicht gesehen und könne beschwören, daß er Tim Brown sei.

Und genau das würde sie tun! Heute nacht. Gleich nach dem Schichtwechsel.

Das war die einzige Möglichkeit.

Sie zitterte. Dabei war es in ihrem Zimmer angenehm warm. Aber sie hatte Angst.

Matt rieb sich die brennenden Augen. Seine Arme waren bleischwer, seine Hände, die das Lenkrad umklammerten, waren verkrampft, und sein rechtes Bein schmerzte von dem ewigen Wechsel zwischen Gas- und Bremspedal. Er warf einen Blick auf die Borduhr.

Unglaublich! dachte er. Nach Mitternacht, und ich bin noch nicht mal in Gettysburg. Und es schneit *weiter* wie verrückt.

Nachdem er sich auf den Landstraßen im Westen New Jerseys zweimal verfahren hatte, hatte er schließlich den Pennsylvania Turnpike erreicht. Auch dort war es nur zäh vorangegangen, weil Unfälle immer wieder Staus verursacht hatten, aber immerhin war er vorangekommen – eine große Verbesserung gegenüber dem Jersey Pike.

Seinen großen Fehler hatte Matt jedoch bei Harrisburg gemacht, als er den Pennsy Pike verlassen hatte, um nach Süden in Richtung Maryland weiterzufahren. Dabei hatte er zwischen drei Straßen wählen können: Route 83, Route 81 oder Route 15. Die beiden ersten waren große Durchgangsstraßen, aber die 83 holte zu weit nach Osten aus, während die 81 zu weit nach Westen führte; die Route 15 verlief genau zwischen den beiden anderen und würde ihn auf dem kürzesten Weg in die Nähe des Ingraham bringen.

Aber die Route 15 war nur zweispurig und von dunklen Häusern, deren Bewohner längst schliefen, und verschneiten

Bäumen gesäumt, deren schwere Äste tief über die Fahrbahn herabhingen. Matt war seit vielen Meilen im Schneckentempo unterwegs und würde wahrscheinlich noch stundenlang so weiterfahren.

Das ist doch verrückt! dachte er.

Am besten suchte er sich irgendwo ein Motel und übernachtete dort. Das Ingraham hatte Zeit bis morgen, wenn er wieder ausgeschlafen war. Morgens waren die Straßen bestimmt besser geräumt.

Er hielt auf dem Bankett und zog das Mobiltelefon aus seiner Halterung zwischen den Schalensitzen. Danach angelte er den Zettel mit Quinns Nummer aus seiner Hemdtasche und tippte sie ein.

Da er erst morgen vormittag ankommen würde, wollte er sicherstellen, daß sie nicht etwa einen Tagesausflug nach Baltimore oder dergleichen machte.

Die Verbindung war ziemlich schlecht, aber er erkannte ihre Stimme.

»Hey, Quinn, hier ist Matt.«

»Oh, Matt. Gott sei Dank, daß du anrufst. Es geht um Tim! Ich glaube, daß er hier ist!«

»Was? Ist er zurückgekommen?«

Matt war verblüfft. Aber dahinter stand eine seltsame Gefühlsmischung: ein unbehagliches Gleichgewicht zwischen Erleichterung darüber, daß Tim wieder da war, und Zorn darüber, daß er zuvor abgehauen war.

»Nein. Ich glau ... icht, daß er jemals weggewesen ist.«

Die Verbindung wurde noch schlechter. Trotz der atmosphärischen Störungen glaubte Matt zu hören, daß sie behauptete, Tim habe das Ingraham nie verlassen.

»Was sagst du, Quinn? Das habe ich nicht verstanden.«

»Ich glaube, da ... hier ist, hier im ... graham! Ich ... aube, daß sie ihn versteckt halten.«

»Quinn –«

»... will versuchen, mi ... heute nacht ... elbst Gewißheit zu veschaffen ... Sheriff's ... Southworth ...«

Und dann riß die Verbindung völlig ab. Matt drückte mehrmals auf die Taste für Wahlwiederholung, aber Quinn meldete sich nicht wieder. Vermutlich stand er am äußersten Rand des Bereichs des hiesigen Mobilfunksenders – oder der Schneesturm störte den Funkverkehr. Jedenfalls kam keine Verbindung mehr zustande.

Aber trotz des starken Rauschens hatte ihre Stimme merkwürdig geklungen. Ängstlich. Fast hysterisch.

Hatte sie wirklich gesagt, irgend jemand halte Tim im Ingraham versteckt? Was war bloß in sie gefahren?

Zum Teufel mit der Übernachtung, dachte Matt, als er wieder anfuhr. Er würde zusehen, daß er noch in dieser Nacht das Ingraham erreichte. Nach einem Blick auf die Uhr am Armaturenbrett verbesserte er sich: noch an diesem Morgen. Inzwischen war es kurz vor eins.

Quinn wartete darauf, daß Matt erneut anrief. Sie hatte ihn kaum verstanden. Er hatte wohl von seinem Cherokee aus telefoniert. Aber weshalb hätte er das von Connecticut aus tun sollen?

Sie wartete noch eine Weile, und als er sich nicht wieder meldete, fand sie, nun sei es allmählich Zeit. Sie hatte lange genug gewartet. Jetzt mußte sie etwas *tun*. Auf ihrem Bett lag schon alles bereit: Tennisschuhe, Ausweiskarte und Taschenlampe. Sie brauchte nur noch die Jacke anzuziehen und in ihre Stiefel zu schlüpfen.

Ihre Hände zitterten, als sie die Stiefelschäfte über ihre Waden hochzog. Ein Teil ihres Ichs konnte nicht begreifen, warum sie sich überhaupt auf ein so aussichtsloses, verrücktes Unternehmen einließ. Falls sie Tim nicht fand, aber vom Sicherheitsdienst geschnappt wurde, waren Dr. Alston und vermutlich auch Dr. Emerson stinksauer; falls sie Tim fand und dann geschnappt wurde, saß sie noch schlimmer in der Patsche, weil sie etwas wußte, das sie nicht hätte wissen dürfen, so daß den Leuten, die sich Tim geschnappt hatten, nichts anderes übrigbleiben würde, als sie ebenfalls in Station C zu stecken.

Aber sie würde *nicht* erwischt werden. Sie konnte es schaffen. Sie *mußte* es schaffen.

Denn ein anderer Teil ihres Ichs trieb sie unablässig an, machte ihr klar, sie werde keine weitere Nacht überstehen, in der sie darüber nachdachte, ob der Patient in Station C Tim gewesen war oder nicht, und keinen Tag weiterleben können, bevor sie die Wahrheit wußte.

Aber wie sollte diese Wahrheit aussehen? Wollte sie heute nacht wirklich Tim finden? Falls er in Abteilung C lag, wußte sie wenigstens, daß er noch lebte und wo er war. Aber sie wollte ihn nicht *dort* finden, denn das hätte bedeutet, daß am Ingraham schreckliche Dinge passierten. Dieses Wissen konnte sie gefährden und Tim in noch größere Gefahr als bisher bringen.

Ich muß es wissen, dachte sie, als sie ihre Jacke anzog. Ich habe keine ruhige Minute mehr, bis ich's *weiß*.

Mit in die Jackentaschen gestopften Tennisschuhen stürmte Quinn aus dem Wohnheim, hastete an der Überwachungskamera im beleuchteten Eingangsbereich vorbei und verschwand im Schneetreiben. Die Flocken schienen jetzt kleiner geworden zu sein und fielen weniger dicht, aber der Wind trieb den Schnee vor sich her, häufte ihn hinter Büschen und zwischen den Gebäuden zu Verwehungen auf und fegte die freien Flächen kahl.

Sie hatte sich gegen die direkte Route zum Science Center auf den Fußwegen am Teich entlang entschieden. Das wäre einem Spießrutenlaufen an den Überwachungskameras der benachbarten Gebäude vorbei gleichgekommen. Statt dessen trabte sie querfeldein, umging das Hörsaalgebäude und näherte sich dem Science Center von hinten. Anfangs machte sie sich Sorgen wegen ihrer Fußabdrücke, aber als sie sich einmal umdrehte, um nach ihren Spuren zu sehen, zeigte sich, daß der Wind die Abdrücke sofort wieder mit Schnee füllte.

In der Nähe des Science Centers blieb Quinn im Dunkel außerhalb des Lichtkegels der Lampe über dem Notausgang stehen und sah sich um. Obwohl niemand zu sehen war, fühlte sie sich beobachtet. Sie wußte, daß über der Tür eine Kamera montiert war – aber gab es hier noch andere? Quinn wünschte sich, sie hätte in den vergangenen Monaten darauf geachtet, wo überall Kameras standen. Aber wer hätte gedacht, daß das jemals eine Rolle spielen würde?

Sie zog die Sicherheitskarte aus ihrer Jeans, holte tief Luft, marschierte zur Tür, steckte die Karte in den Schlitz und betrat das Gebäude. Auch nachdem sie die Tür hinter sich geschlossen hatte, blieb sie mit ihren schneebedeckten Stiefeln so dicht wie möglich an der Schwelle. Sie zog rasch ihre Tennisschuhe aus den Jackentaschen, stellte sie vor sich hin und streifte dann ihre Stiefel ab. Es war unangenehm, in diesem strahlend hell beleuchteten Vorraum zu stehen, wo jeder, der den rückwärtigen Teil der Eingangshalle betrat, sie sehen mußte, aber sie wollte auf keinen Fall eine Spur aus nassen Stiefelabdrücken hinterlassen.

Außerdem war das eine gute Entschuldigung, falls jemand an der Sicherheitstheke den Monitor der Kamera über dem Notausgang in den zwei Sekunden beobachtet hatte, in denen Quinn darauf sichtbar gewesen war. Wäre jemand zur Kontrolle herübergekommen, hätte er hier keinen unbefugten Eindringling, sondern eine Studentin angetroffen, die ihre Schuhe wechselte. Quinn hatte sich sogar eine Story zurechtgelegt: Sie konnte nicht schlafen, deshalb war sie herübergekommen, um nachzusehen, ob Dr. Emerson im Labor war und vielleicht Arbeit für sie hatte.

Als niemand kam, um den Notausgang zu kontrollieren, nahm sie ihre Stiefel zum Treppenhaus mit, öffnete die Tür mit ihrer Karte und zog sie rasch wieder hinter sich zu. Sie ließ die Stiefel in der Ecke neben der Tür zurück, stieg die Treppe hinauf und zog dabei ihre Jacke aus.

Im vierten Stock öffnete Quinn die Korridortür mit ihrer Karte, hielt sie offen, indem sie ihre Jacke in den Türspalt stopfte, kauerte sich dann in eine Ecke und beobachtete den Flur. Die Deckenbeleuchtung war nachts ausgeschaltet; nur das Schwesternzimmer war hell erleuchtet. In die Wände eingelassene Nachtleuchten tauchten den Korridor in sanftes rötliches Dämmerlicht. Aus dem Radio des Schwesternzimmers kam ein leiser Neil-Diamond-Song.

Quinn schlich den Korridor entlang. Bisher hatte sie noch nichts Verbotenes getan. Wurde sie jetzt ertappt, konnte sie sich noch immer auf ihre Schlaflosigkeit herausreden. Im Vorbeigehen warf sie einen Blick in Station C, aber der Raum hinter dem Fenster war dunkel. Die einzigen Lichtquellen waren die bunten Signallämpchen der medizinischen Überwachungsgeräte und die Monitore für die Herzstromkurven über den Betten. Sie versuchte, den Patienten zu identifizieren, den sie für Tim hielt, aber das war bei dem schwachen Licht unmöglich.

Quinn blieb dicht an der Wand, während sie weiter auf die Schwesternstation zuschlich. Im Radio war Neil Diamonds Bariton durch Michael Boltons Gejaule abgelöst worden – offenbar einer dieser Sender, die für jeden Geschmack etwas brachten. Quinn wußte, daß zwei Krankenschwestern, deren Stimmen die leise Musik übertönten, Nachtdienst hatten. Da sie nicht in der Schwesternstation zu sein schienen, riskierte sie einen Blick um die Ecke der Station hinüber.

Leer.

Die Musik und die Stimmen kamen aus dem kleinen Stationszimmer hinter dem Medizinschrank. Dort schrieben die Schwestern Berichte, ruhten sich aus und achteten nebenbei auf die zentrale Herzüberwachungsanlage für die Patienten auf Station C.

Das war ihre Chance! Sie mußte handeln, bevor die beiden wieder aus dem Stationszimmer kamen. Während die Schwestern leise lachten, setzte Quinn sich in Bewegung. Ohne sich Zeit zu lassen, ihre Meinung zu ändern oder den Mut zu verlieren, hastete sie tiefgebückt um die Ecke und verschwand in Station C.

Jetzt sind die Würfel gefallen! dachte sie, als sie leise die Tür hinter sich schloß und mit wild jagendem Herzen dagegengelehnt stehenblieb. Jetzt bekommst du *große* Schwierigkeiten, falls du erwischt wirst.

Louis Verran wußte sekundenlang nicht, wo er sich befand. Er schreckte auf seinem Stuhl hoch und sah sich blinzelnd um. Er war im Überwachungsraum.

Jesus! Er war eingeschlafen.

Verran rieb sich die Augen. Bloß gut, daß er allein war. Hätten Kurt oder Elliot ihn schlafend ertappt, hätten sie ihn unbarmherzig damit aufgezogen. Aber Elliot war auf Wochenendurlaub in Baltimore, und Kurt schnarchte nebenan im Bereitschaftsraum.

Gottverdammte Quinn Cleary.

Eigentlich hätten sie alle Urlaub verdient gehabt. In den Weihnachtsferien gab es ohnehin keinen, weil nächste Woche wieder die Horden neuer Studienbewerber durchgeschleust werden mußten. Jesus, manchmal kam man sich wie in einer Tretmühle vor! Aber sonst war wenigstens das erste Ferienwochenende frei gewesen – bloß dieses Jahr nicht. Weil die Cleary noch da war und Dr. Alston sie überwacht haben wollte, hatte heute nur einer von ihnen frei. Elliot hatte das große Los gezogen.

Verran stand auf und reckte sich. Sein Magen brannte. Er brauchte Urlaub. Er *sehnte* sich nach Urlaub. Der Streß dieser letzten Wochen steckte ihm noch in den Knochen – sich den jungen Brown schnappen und auf Eis zu legen, das alles lag ihm nicht. Er hatte nicht mit Aktionen dieser Art gerechnet, als er diesen Job angenommen hatte – wer hätte das ahnen können? Sie waren auch selten erforderlich, aber die Möglichkeit war immer vorhanden und steigerte seine Magensäureproduktion ganz erheblich.

Er griff nach seinem Fläschchen Mylanta und schraubte es auf. Während er den Kopf zurücklegte, um einen Schluck davon zu nehmen, sah er das rote Signallämpchen des Recorders blinken.

Scheiße! Sie hatte telefoniert. Wann, zum Teufel, war das gewesen?

Er drückte auf die Rückspultaste, setzte seinen Kopfhörer auf und hörte sich die Aufnahme an.

Ein Anruf ihres Freundes Matt. Starke atmosphärische Störungen. Die beiden hatten tagsüber schon einmal miteinander telefoniert. Verran entspannte sich und grinste. Vielleicht versuchte der alte Matt, den abwesenden Tim zu ersetzen. Aber sein Grinsen verschwand schlagartig, als die Cleary von Tim sprach.

»Es geht um Tim! Ich glaube, daß er hier ist!«

Verran spürte eine neue Woge Magensäure.

»Ich glaube nicht, daß er jemals weggewesen ist« ... »Ich glaube, daß Tim hier ist, hier im Ingraham! Ich glaube, daß sie ihn versteckt halten« ... »Ich will versuchen, mir heute nacht selbst Gewißheit zu verschaffen. Sollte mir was zustoßen, rufst du das Sheriff's Department an und verlangst Deputy Southworth.«

Verran riß sich den Kopfhörer ab. Wie war sie nur auf solche Ideen gekommen? Und wann hatte ihr Freund sie angerufen? Der Recorder zeichnete leider nicht auf, wann von ihrem Apparat aus telefoniert worden war.

»...*Ich will versuchen, mir heute nacht Gewißheit zu verschaffen...*«

Herr im Himmel! Sie konnte in diesem Augenblick oben in Station C sein.

Er griff nach dem Telefonhörer und wählte ihre Nummer im Wohnheim. Falls sie abhob, war vorerst alles in Ordnung. Dann konnte er sich hinsetzen und in aller Ruhe über die nächsten Maßnahmen nachdenken. Falls nicht...

Auch nach dem sechsten Klingeln meldete sich niemand. Verran brach der Schweiß aus. Nach dem zehnten Klingeln knallte er den Hörer auf die Gabel. Falls die Cleary noch nicht oben war, schien sie zumindest dorthin unterwegs zu sein.

Als nächstes rief er das Schwesternzimmer der Station C an. Doris meldete sich.

»Hier ist Verran. Geistert bei euch jemand rum, der dort nichts zu suchen hat?«

»Geistern?« fragte Doris lachend. »Hier ist *niemand* außer uns Hühnern.«

»Sehen Sie trotzdem in Station C nach.«

»Mr. Verran, hier kann unmöglich jemand...«

»Sie sollen *sofort* nachsehen, verdammt noch mal!« knurrte er. »Möglicherweise hat sich jemand dort eingeschlichen.«

Er hörte sie schlucken. »Ja, Sir.«

Verran legte auf und brüllte nach Kurt.

Jetzt muß alles schnell gehen.

Die Taschenlampe in Quinns Hand zitterte. Ihr abgeblendeter Lichtstrahl tanzte vor ihr her, während sie sich zwischen den Patienten von Station C hindurch auf das Bett zubewegte, in dem sie den Patienten gesehen hatte, der das Zeichen gemacht hatte.

Als Quinn sich dem Bett näherte, hörte sie draußen in der Schwesternstation das Telefon klingeln. Sie richtete die Taschenlampe auf das verbundene Gesicht des Patienten. Nur seine Augen waren sichtbar; sie waren schlafend geschlossen und reagierten nicht auf das Licht. Quinn hielt den Atem an, während sie einen Finger unter den Gesichtsverband schob und ihn nach unten zog.

Die Nase wurde sichtbar. Sie gehörte nicht Tim.

Sie zog den Verband noch etwas weiter herunter, bis blasses Narbengewebe zu sehen war. Ihre Hand zuckte zurück. Das war nicht Tim.

Danach stand sie verwirrt und unsicher im Halbdunkel: *bedrückt*, weil es nicht Tim war, der also weiter vermißt gelten mußte; *erleichtert*, weil es nicht Tim war, der also nicht das Opfer eines grausigen Komplotts geworden war.

Sie brachte den Verband in die ursprüngliche Lage zurück. Wie konnte sie sich so schrecklich getäuscht haben? Sie war sich ihrer Sache so *sicher* gewesen.

Sie trat einen Schritt vom Bett zurück, um sich zu vergewissern, daß sie am richtigen Platz war. Ja, hier war's gewesen. Hier hatte sie ...

Augenblick! Quinn ließ den Lichtstrahl ihrer Taschenlampe über den Körper gleiten. Dieser Patient war klein und stämmig. Der andere, der ihr das Zeichen gemacht hatte, war groß und schlank gewesen.

Genau wie Tim.

Als sie sich abwandte, um den halbdunklen Raum abzusuchen, wurde am Fenster in der Tür ein Schatten sichtbar. Sie duckte sich blitzschnell. Einen Herzschlag später wurde die Tür aufgestoßen, und die Deckenbeleuchtung flammte auf.

Kurt stand da und blinzelte ins helle Licht.

»Herrgott, Lou. Ich hab fest geschlafen.«

Darum beneidete Verran ihn. Er hätte selbst ein paar Stunden ordentlichen Schlaf brauchen können.

»Genieß die Erinnerung. So schnell kommst du nicht wieder dazu, dich aufs Ohr zu legen. Unsere Freundin Cleary ist unterwegs.«

»Was soll das heißen?«

»Frag mich nicht, wie sie darauf gekommen ist, aber sie hat den Verdacht, daß wir Brown haben. Ich hab sie am Telefon gehört. Sie ist auf dem Weg nach oben ... ist vielleicht schon oben.

»Verdammte Scheiße!« sagte Kurt. »Wir hätten sie uns wie diesen Brown schnappen sollen!«

»Darüber haben wir nicht zu entscheiden. Außerdem läßt die Sache sich noch bereinigen. Soviel ich mitgekriegt hab, *weiß* sie nicht, daß Brown hier ist. Fangen wir sie rechtzeitig ab, bringen sie ins Wohnheim zurück und verlegen dann Brown, können wir sie als übergeschnappt hinstellen und mit 'nem Tritt in den Arsch nach Connecticut zurückbefördern.«

»Wozu der ganze Aufwand?« fragte Kurt. »Überlaß die Sache mir. Ich sorge dafür, daß sie fünfzig Meilen von hier in einem Waldstück tot aufgefunden wird – als Opfer eines Sexualmörders. Dann sind wir sie los.«

Verran starrte den großen Blonden an. Manchmal jagte Kurt ihm wirklich Angst ein.

»Du machst, was ich dir sage. Sie ist nicht in ihrem Zimmer. Ich hab im vierten Stock angerufen, um die Station C überprüfen zu lassen. An der Sicherheitstheke ist sie nicht vorbeigekommen, also ist sie wahrscheinlich erst hierher unterwegs.«

»Was ist mit dem Nebeneingang?« fragte Kurt und drehte sich nach seiner Konsole um. »Damit hat das Biest mich schon mal reingelegt.« Er gab eine Anfrage ein und zeigte dann auf den Bildschirm. »Da ist sie: vor zehn Minuten durch die Westtür reingekommen.«

»*Herrgott, nein*!«

»Sieh zu, daß du raufkommst! Halt sie auf! Findet sie ihn dort oben, sind wir alle erledigt!«

Tim beobachtete, wie alles ablief, ohne selbst eingreifen zu können. Das reale Leben war auf eine Art Fernsehen reduziert, und er war ein passiver, hilfloser Zuschauer. Er konnte nicht mal das verdammte Programm wechseln.

Das Kribbeln in seinen Händen hatte ihn geweckt, aber er hatte sich gewünscht, er wäre nicht aufgewacht. Die Ereignisse – oder vielmehr *Nicht*ereignisse – des Tages hatten ihn so deprimiert, daß er seine Finger nur lustlos bewegte. Keine Hoffnung, keine Zukunft – welchen Unterschied machte es da, wie gut er seine Finger bewegen konnte? Und was hatte er davon, wenn das Kribbeln diesmal sogar schon bis zu seinen Ellbogen hinaufreichte?

Also lag er in der Dunkelheit da und starrte die blinkenden Lichter um das Fenster zum Korridor an – diesmal jedoch aus anderer Perspektive. Gegen Ende der vorigen Schicht war sein Bett an die am weitesten von der Tür entfernte Wand geschoben worden. Die jetzige Schicht hatte ihn wieder auf die rechte Seite gedreht.

Als er ihren vertrauten rotblonden Haarschopf am Fenster vorbeihuschen sah, glaubte Tim zuerst, er sei wieder eingeschlafen und träume nur. Aber als sie Sekunden später hereingehuscht kam und ihre Taschenlampe einschaltete, begann er zu beten, sie möge real sein. Sie *mußte* real sein.

Er hätte am liebsten gelacht, vor Freude geweint, laut gejubelt. Es gab einen Gott, es gab einen Weihnachtsmann. Quinn war da! Sie hatte sein Zeichen gesehen! Sie hatte es richtig gedeutet!

Dann wollte er losschreien, als er sah, daß sie sich dem falschen Bett näherte.

Hier drüben! Hier drüben! Sie haben mich hier drüben hingestellt!

Tim sah, wie sie dem anderen Patienten ins Gesicht leuchtete, sah sie zusammenzucken, als sie erkannte, daß das nicht er war. Er flehte sie wortlos an, nicht etwa zu glauben, sie habe sich nachmittags alles nur eingebildet, und vorschnell aufzugeben. Als sie sich wieder umsah, wußte er, daß er noch hoffen durfte, aber er war verwirrt, als sie plötzlich in die Hocke ging.

Dann flammte die Deckenbeleuchtung auf, und Tim verstand ihre Reaktion.

Er kniff die Augen zusammen und beobachtete, wie die Krankenschwester namens Doris den Raum betrat. Sie wirkte wachsam, als sie mit in die Hüften gestemmten Armen dastand und die Station C absuchte. Tim konnte sich an keine Nacht erinnern, in der plötzlich Licht gemacht worden war. Hatte sie etwas gehört? Suchte sie etwa Quinn?

Vielleicht hatte sein eigener Herzmonitor sie hereingerufen. Sein Herz hämmerte wie rasend.

Er sah Quinn neben dem Bett von Nummer vier kauern: stocksteif, kaum atmend.

Menschenskind, sie hatte Mut! Wie viele Frauen – wie viele *Männer* hätten sich nachts hierher gewagt, um ihn zu suchen?

Doris schien nach diesem Rundblick zufrieden zu sein. Sie knipste das Licht aus und schloß die Tür hinter sich.

Quinns Schatten tauchte fast sofort wieder auf. Sie fing an, die Gesichter der Patienten in ihrer Nähe kurz anzuleuchten.

Hier drüben, verdammt noch mal!

Vielleicht nahm sie seinen stummen Hilfeschrei wahr. Oder vielleicht wurde sie auf das hektische Blinken seines Herzmonitors aufmerksam. Jedenfalls kam sie geradewegs zu ihm und leuchtete ihm ins Gesicht.

Sie brauchte seinen Gesichtsverband nicht herunterzuziehen. Sie schien ihn zu erkennen, sobald sie seine Augen sah.

»Oh, Tim!« flüsterte sie heiser.

Sie beugte sich über ihn, umklammerte seine Schultern und vergrub schluchzend ihr Gesicht an seinem Hals.

»Oh, Tim, du bist's, du bist's . . . ich hab gewußt, daß du mich nie so verlassen würdest . . .«

Tim fühlte sein eigenes Schluchzen in seiner Brust emporquellen und eine Stimme, ein Ventil suchen. Sein Blick verschwamm, und er spürte überrascht, daß seine Wangen tränennaß waren. Offenbar waren seine Gesichtsnerven nicht mehr gelähmt.

Hätte er nur sprechen können! So wundervoll dieser Augenblick war, so dringend mußte Quinn jetzt gehen.

Okay. Du hast mich gefunden. Nun verschwinde, bring dich irgendwo in Sicherheit und ruf die Cops, das FBI, die CIA, das Pentagon an – aber bring dich erst in Sicherheit!

Und dann sah Tim mit tränenverschleiertem Blick über ihre Schulter hinweg die andere Krankenschwester namens Ellie am Fenster zum Korridor vorbeigehen. Sie machte abrupt halt und starrte in den Raum hinein. Sie näherte ihr Gesicht der Fensterscheibe und hielt ihre Hände sekundenlang über die Augen; dann wandte sie sich ruckartig ab und hastete zurück.

Aber Quinn hatte nichts gemerkt.

Sie mußte verschwinden, mußte weglaufen! Er mußte sie

warnen! Tim versuchte zu sprechen; er wußte, daß er keinen Ton herausbringen würde, aber er mußte es versuchen.

»Geh.«

Das Wort schockierte ihn. Seine Stimme klang wie ein Reibeisen, aber er erkannte sie wieder.

Quinn richtete sich auf und starrte ihn an. »Tim! Kannst du reden?«

Tim versuchte sie zu warnen, daß eine Krankenschwester sie gesehen hatte, aber Zunge und Lippen wollten ihm nicht gehorchen. Er mußte sich auf einfache Laute beschränken.

»Geh!«

»Nicht ohne dich. Das kannst du nicht von mir . . .«

Dann flammte die Deckenbeleuchtung wieder auf.

Als es plötzlich hell wurde, fuhr Quinn herum und sah an der Tür zwei Krankenschwestern – eine stämmige Blondine und eine zierliche Brünette –, die sie anstarrten.

»Glaubst du mir *jetzt*?« fragte die Brünette.

»Wer sind Sie?« wollte die Blondine wissen. »Und was tun Sie hier? Ist Ihnen klar, daß Sie diese Patienten gefährden?«

Quinn war einen Augenblick lang sprachlos. Sie hatte sich eine Ausrede für den Fall zurechtgelegt, daß sie vor der Station C abgefangen wurde, aber keine für den Fall, daß sie hier drinnen erwischt wurde. Sie merkte, daß die beiden nicht wußten, wer sie war. Woher denn auch? Schließlich war sie immer nur nachmittags im vierten Stock gewesen. Sie konnte irgend jemand sein. Deshalb stieß sie rasch hervor, was ihr gerade einfiel.

»Ich dachte, sie wären vielleicht einsam«, antwortete sie schwerfällig. Sie bemühte sich, leicht verwirrt, nicht ganz richtig im Kopf zu wirken, während sie auf die Krankenschwestern zuschlurfte . . . auf die Tür zu. »Aber keiner will mit mir reden.«

Die Schwestern wechselten einen Blick, bevor die Stämmige wieder das Wort ergriff. Sie schien die Oberschwester dieser Zweierschicht zu sein.

»Sie hätten hier eine Infektion einschleppen können.«

»Nein, nein!« sagte Quinn nachdrücklich, während sie unbeirrbar weiterging. »Ich wasche mir jeden Tag die Hände, aber sie haben trotzdem nicht mit mir reden wollen. Reden Sie mit mir?«

Nachdem die beiden erneut einen Blick gewechselt hatten, sprach diesmal die Zierliche.

»Natürlich reden wir mit Ihnen.« Sie öffnete die Tür zum Schwesternzimmer. »Kommen Sie mit. Wir haben Kaffee und Doughnuts und reden mit Ihnen, so lange Sie möchten.«

Quinn lächelte schläfrig, während sie zwischen den beiden hindurch auf den Korridor trat ... und weiterging. Aber nach rechts, in Richtung Treppenhaus.

Dann packte jemand sie an der Schulter. »Nicht dorthin.« Das war die stämmige Blondine. »Das Schwesternzimmer ist dort drüben.«

»Schon gut«, sagte Quinn und schüttelte die Hand ab. »Ich hab keine Lust mehr, mit jemandem zu reden.«

»Halt ...!«

Quinn riß sich los und spurtete den Korridor entlang aufs Treppenhaus zu, ohne auf die Schreie hinter sich zu achten. Sie sah, daß die Tür noch immer durch ihre Jacke offengehalten wurde, und gratulierte sich zu dieser Vorsichtsmaßnahme. Sie hatte Angst, aber ihr Körper produzierte jetzt reichlich Adrenalin, und sie wußte, daß sie die Krankenschwestern mühelos abhängen konnte. Bevor sie nach unten telefonieren konnten, um den Sicherheitsdienst zu alarmieren, war sie bestimmt schon die Treppe hinunter, durch den Notausgang in den Schnee hinaus und quer über den Campus zum Wohnheim unterwegs.

Dort würde sie sich in ihrem Zimmer verbarrikadieren und das Sheriff's Department anrufen. Sie würde aufdecken, was in Station C vor sich ging, und alle entlarven, die daran beteiligt waren. Und danach würde Tim frei sein, und sie würden wieder zusammen sein, und sie würde sich nichts daraus machen, wenn sie das Ingraham nie wiedersah.

Quinn hatte das Treppenhaus schon fast erreicht, als die Tür vor ihr aufgestoßen wurde. Ein großer blonder Mann stieg über ihre Jacke hinweg und blieb im Korridor stehen. Sie erkannte ihn sofort als Angehörigen des Sicherheitsdienstes – als den Mann, den Tim und sie auf dem Parkplatz gesehen hatten, bevor sie vergangenen Monat nach Atlantic City gefahren waren.

Sein plötzliches Grinsen wirkte bösartig. »Ah, wen haben wir denn da? Ich hab dich schon gesucht, Sweetheart.«

Quinns Tennisschuhe quietschten, als sie kehrtmachte und zurücklief. Die stämmige Krankenschwester war dicht hinter ihr gewesen, aber die plötzliche Richtungsänderung kam so überraschend, daß sie ausrutschte und hinfiel. Quinn wich ihr aus und rannte in die Richtung, aus der sie gekommen war.

Sie spürte rasch anschwellende Panik, die sie zu überwältigen drohte. Das zweite Treppenhaus am anderen Ende des Korridors war unerreichbar. Sie hätte die Tür mit ihrer Ausweiskarte öffnen müssen, und der blonde Kerl hätte sie eingeholt, noch während sie die Karte in den Schlitz zu stecken versuchte. Aber vielleicht konnte sie ins Labor flüchten ...

Als sie wieder an Station C vorbeikam, sah sie den kleinen Aufenthaltsraum hinter dem Schwesternzimmer. Vielleicht konnte sie sich darin einsperren, und falls es dort ein Telefon gab ...

Aber die zierliche Brünette stand an der Station und telefonierte – bestimmt mit dem Sicherheitsdienst. Als sie Quinn kommen sah, ließ sie den Hörer fallen und machte sich bereit, sie aufzuhalten. Quinn versuchte gar nicht erst, ihr auszuweichen, sondern rannte sie über den Haufen, so daß sie rückwärts gegen den Wagen mit Medikamenten stolperte, der scheppernd umstürzte. Sie sah noch, wie Spritzen und Fläschchen vom Wagen flogen und auf dem Boden zerschellten, während die unteren Schubladen sich öffneten, ihren Inhalt verstreuten und das Chaos durch noch mehr Flüssigkeit und Glassplitter vergrößerten. Dann war Quinn in dem Aufenthaltsraum, knallte die Tür hinter sich zu und sperrte sie ab.

Sie warf sich herum, fand das Telefon, nahm den Hörer ab, drückte auf die 9 und tippte danach 4-1-1 ein. Hätte sie bloß daran gedacht, sich die Nummer des Sheriff's Departments zu merken!

Aus dem Hörer kam ein Besetztzeichen. Wie konnte die Auskunft um diese Zeit besetzt sein?

Während draußen Fäuste gegen die Tür zu hämmern begannen, legte sie auf und versuchte es nochmals. Aber diesmal hörte Quinn nach der 9, die ihr eine Amtsleitung hätte bringen müssen, genauer hin: besetzt! Der Sicherheitsdienst hatte sämtliche nach außen führenden Leitungen blockiert.

Ein schweres Gewicht prallte gegen die Tür. Ihre Füllung begann um den Türknopf herum nachzugeben.

Quinn begann zu zittern. Ihr Magen schmerzte. Sie war gefangen. Und sie würde wie Tim enden, das wußte sie.

Ein weiterer Aufprall gegen die Tür, ein größerer Spalt in der Füllung. In ihrer Verzweiflung war Quinn bereit, nichts unversucht zu lassen. Sie sprang auf, entriegelte das Schloß im Türknopf, drehte ihn unmerklich nach links, um den Riegel zu öffnen, trat dann zur Seite und blieb rechts neben der Tür an die Wand gedrückt stehen.

Die Tür flog mit solcher Gewalt auf, daß sie fast aus den Angeln gerissen wäre, und der Blonde stürzte herein – außer Kontrolle, wild stolpernd.

Quinn huschte sofort durch die Tür hinaus. Sie sah nicht, wie er landete, aber sie hörte das Krachen umstürzender Möbel, ein Stöhnen und dann wütende Flüche, als sie wieder auf den Flur hinauslief. Dort blockierten ihr die beiden Krankenschwestern mit vor Überraschung weit aufgerissenen Augen den Weg und versuchten, Quinn an den Armen festzuhalten. Aber sie schüttelte ihre Hände ab und lief hinter die Theke des Schwesternzimmers, um so den Korridor zu erreichen. Das hätte sie auch geschafft, wenn sie nicht auf dem nassen Fußboden ausgerutscht wäre. Sie konnte sich gerade noch an der Theke festhalten, aber durch diese Verzögerung hatte die stämmige Blondine Zeit, ans andere Ende der Theke zu gelangen und ihr den Weg abzuschneiden.

Als Quinn sich aufrichtete, fiel ihr Blick auf drei faustgroße Flaschen für Mehrfachdosen, die eine klare Flüssigkeit enthielten, neben ihrer rechten Hand. Sie schnappte sich die erste und warf damit nach der Blondine. Die Flasche traf sie an der Schulter, prallte ab und zersplitterte auf dem Fußboden. Quinn griff nach der nächsten, drehte sich blitzschnell um und warf sie nach der Brünetten, die sie mit beiden Händen abwehrte. Auch diese Flasche zerschellte. Quinn drehte sich erneut um und warf die letzte Flasche nach der Stämmigen, die sich rasch duckte. Die Flasche knallte gegen die Wand hinter ihr und zersplitterte. Bevor die Krankenschwester sich wieder aufrichten konnte, war Quinn an ihr vorbei und spurtete den Korridor entlang.

Diesmal gelang es ihr, das Treppenhaus zu erreichen. Sie hob im Vorbeilaufen ihre Jacke auf, schlüpfte hinein und holte ihre Sicherheitskarte aus der Tasche, während sie die Stufen hinuntersprang. Im Erdgeschoß ignorierte sie ihre neben dem Notausgang trockenen Stiefel. Sie schob ihre Karte in den Schlitz neben der Tür und stürmte ins eisige Dunkel hinaus.

Zuerst rannte sie ohne bestimmtes Ziel durch den Schnee – hügelabwärts auf die anderen Gebäude zu, um möglichst rasch eine möglichst große Entfernung zwischen sich und das Science Center zu bringen. Dann hörte sie hinter sich eine Sirene losheulen: Jemand hatte den Notausgang ohne Ausweiskarte benützt. Sie drehte sich um und sah die lange Spur, die sie im Schnee zurückgelassen hatte, und den großen blonden Mann vom Sicherheitsdienst, der ihr hangabwärts folgte. Sie war vermutlich schneller als er, aber sie würde ihn nie abschütteln können, nicht bei diesem Schnee.

Quinn hörte ein furchtsames Wimmern und merkte, daß es aus ihrer Kehle gekommen war.

Vor ihr lag das Gebäude, in dem die Professoren ihre Büros hatten. Hinter einem der Fenster brannte noch Licht. In Dr. Emersons Büro?

»O Gott, bitte, lieber Gott!« flüsterte Quinn und spurtete mit letzter Kraft weiter.

Sie rutschte gegen die Eingangstür und drückte die Griffstange nach unten. Die Tür ging auf. Im nächsten Augenblick war sie hindurch, verriegelte die Tür hinter sich und streifte ihre Tennisschuhe ab. Nasse Fußabdrücke waren ebenso verräterisch wie Spuren im Schnee. Dann lief sie auf Socken zu Dr. Emersons Büro weiter. Sie stürmte hinein, ohne anzuklopfen, und knallte die Tür hinter sich zu.

Dr. Emerson, der an seinem Schreibtisch saß, fuhr zusammen und sah blinzelnd zu ihr auf.

»Oh, Dr. Emerson, ich bin so froh, daß Sie da sind!«

»Quinn!« sagte er, indem er seine Brille abnahm. »Um Himmels willen, was ist passiert?«

»Sie müssen mich verstecken! Jemand vom Sicherheitsdienst ist hinter mir her! Sie müssen das Sheriff's Department anrufen!«

»Wovon reden Sie überhaupt?«

»Tim Brown! Er ist nicht nach Las Vegas gefahren. Er ist noch immer hier – in Station C!«

»Ausgeschlossen! Wer hat Ihnen diesen Unsinn erzählt?«

»Ich hab ihn *gesehen*, Dr. Emerson. Ich komme gerade aus Station C, und Tim Brown liegt *dort*!«

In Dr. Emersons Miene lagen Schock und Verwirrung im Widerstreit.

»Aber warum ...?«

»Das weiß ich nicht«, sagte sie. »Ich verstehe überhaupt nichts mehr. Ich weiß nur, daß er dort liegt, daß Dr. Alston Ihr neues Mittel benützt, um ihn ruhigzustellen, und daß wir ihn rausholen müssen.« Sie begann zu schluchzen. Sie wollte nicht heulen, aber sie hatte solche Angst, und ihre Tränen schienen von selbst zu fließen. »Also rufen Sie bitte, *bitte* den Sheriff an!«

Dr. Emerson schloß die Augen und schüttelte den Kopf, als versuche er etwas auszuschließen, das er nicht hören wollte.

»Das ist gräßlich«, murmelte er. »Das ist schrecklich.« Er wirkte zutiefst betroffen.

»Was haben Sie?«

»Nichts. Diese Sache bestätigt nur meine schlimmsten Befürchtungen.« Er rieb sich die Augen und setzte sich dann gerade auf. »Also gut. Wenn Sie wollen, können Sie sich in dem Einbauschrank dort drüben verstecken. Ich kann das alles noch immer nicht glauben, aber ich rufe das Sheriff's Department an. Aber ich bin nicht bereit, diese Geschichte zu wiederholen. Ich werde versuchen, jemanden aus dem Sheriff's Office herkommen zu lassen, dem Sie dann alles selbst erzählen können. Einverstanden?«

»Ja! O ja! ich danke Ihnen!«

Quinn lief zu dem großen Einbaukleiderschrank, trat hinein und zog die Tür hinter sich zu. Sie konnte verfolgen, wie Dr.

Emerson den Hörer abnahm und eine Nummer wählte. Was er sagte, war deutlich zu verstehen.

»Sheriff's Office?... Ja, hier ist Dr. Emerson im Ingraham. In meinem Büro ist eine höchst verängstigte junge Frau, die in Gefahr zu sein glaubt. Könnten Sie sofort einen Wagen vorbeischicken?... Ja, ich bin im Dozentengebäude in Zimmer hundertsieben. Besten Dank.« Er legte auf und fügte laut hinzu: »Jemand ist schon unterwegs.«

Mit einem tiefen Seufzer der Erleichterung rutschte Quinn die Wand hinunter, bis sie auf dem Boden des Einbauschranks saß. Sie hatte nicht gewußt, ob sie irgend jemandem im Ingraham trauen durfte – nicht einmal Dr. Emerson. Nun machte sie sich Vorwürfe, weil sie einen Augenblick lang an ihm gezweifelt hatte.

Gleich ist alles vorbei.

Sie brauchte nur noch hier zu sitzen, bis der Sheriff oder sein Deputy kam, ihn dann in Station C hinaufzuführen und ihm den verschwundenen Timothy Brown zu zeigen. Danach würden Köpfe rollen.

Vielleicht würde sie dann erfahren, was dieser Alptraum zu bedeuten hatte. So kam ihr diese Sache nämlich vor – bizarr, verdammt beängstigend, surreal und völlig unverständlich.

Draußen im Büro ging eine Tür auf.

»Wo ist sie?« fragte eine Stimme.

»Drüben im Schrank«, antwortete Dr. Emerson, dessen Stimme sehr alt und sehr müde klang.

Quinn stemmte sich gerade wieder hoch, als die Schranktür aufgerissen wurde. Sie kreischte gellend, als sie den blonden Mann vom Sicherheitsdienst grinsend vor sich stehen sah.

Nein! Das kann nicht sein! Kann nicht SEIN!

Sie wollte an ihm vorbei, aber er bekam sie am Oberarm zu fassen. Seine kräftigen Finger umklammerten ihren Bizeps. Das tat so weh, daß Quinn mit einem Aufschrei zusammenzuckte.

»Tun Sie ihr nicht weh«, sagte Dr. Emerson.

»Soll das ein Witz sein?« fragte der Blonde. »Nach all dem Scheiß, den sie heute nacht mit mir abgezogen hat? Ich hab schon geglaubt, ich hätt mir oben im vierten Stock den Arm gebrochen. Alles bloß wegen ihr!«

Während Quinn am Schreibtisch vorbei zur Tür gezerrt wurde, starrte sie Dr. Emerson entsetzt und erschrocken an.

»Sie? Sie auch?«

Er konnte ihren Blick nicht erwidern. Statt dessen starrte er die Schreibtischplatte an. Sein Verrat war wie ein Messerstich in ihr Herz. In diesem Augenblick war Quinns Empörung größer als ihre Angst.

»Wie konnten Sie nur? Ich habe Sie für einen anständigen Mann, für einen *großen* Mann gehalten! Ich habe geglaubt, Sie wären mein *Freund*!«

Nun blickte er endlich zu ihr auf. Sein Gesichtsausdruck war betrübt, kummervoll. Er hatte Tränen in den Augen.

»Das habe ich auch geglaubt. Aber manche Prozesse lassen sich nicht mehr aufhalten, sobald sie einmal in Gang gesetzt sind.«

Ihre Empörung verwandelte sich jäh in flammenden Zorn, der von wachsender Angst um ihr Leben angefacht wurde. Im nächsten Augenblick rempelte sie den Blonden heftig an und riß sich mit einem plötzlichen Kraftausbruch los, der sie ebenso überraschte.

Dann war sie frei und rannte wieder davon, ohne zu wissen wohin.

Ein Blick nach hinten zeigte ihr, daß der Blonde sie verfolgte: Arme und Beine wie Kolbenstangen pumpend, die Zähne gefletscht, sein Gesicht zu einer wütenden Grimasse verzerrt. Quinn schrie auf und versuchte, ihr Tempo zu steigern, aber mit ihren Socken rutschte sie auf dem glatten Steinboden aus. Diesmal holte er sie rasch ein und warf sich von hinten auf sie, als sie um die Ecke zur Eingangshalle biegen wollte.

Sein Gewicht ließ Quinn auf den Boden knallen und drückte ihr die Luft aus den Lungen, als sie gegen die Wand rutschten. Dann richtete er sich kniend auf und überragte sie keuchend und mit Mordgier im Blick, während sie unter ihm nach Atem rang.

Er packte sie an den Haaren. »Für eine Nacht hab ich genug von deiner Scheiße!« keuchte er.

Quinn schrie auf, als er ihren Kopf an den Haaren hochriß. Bevor sie nach seinen Armen greifen konnte, knallte er ihren

Kopf auf den Fußboden. Grellweiße Blitzstrahlen zuckten vom Hinterkopf ausgehend um ihr Gehirn, schienen sich hinter den Augen zu treffen, erloschen dann jäh und zogen Quinn mit sich ins Dunkel hinab.

23

Endlich!

Matt fühlte die lähmende Müdigkeit von sich abfallen, als er von der Straße auf die Zufahrt zum Ingraham hinauf abbog. Es schneite nicht mehr, und die Schneedecke war hier nur etwa fünfzehn Zentimeter hoch. Er war viel leichter und schneller vorangekommen, sobald er die Grenze nach Maryland überquert hatte und von Emmitsburg nach Süden weitergefahren war. Ab dort waren die Straßen nur teilweise geräumt gewesen, aber wenigstens war keine von meterhohen Schneewehen blokkiert gewesen wie in Pennsylvania.

Der Uniformierte im Wachgebäude am Schlagbaum sah ihm mißtrauisch entgegen, als Matt an der hellbeleuchteten Einfahrt hielt. Er schien das Fenster seines geheizten Kokons nur widerwillig zu öffnen.

»Ja?«

»Ich möchte zu einer Studentin namens Cleary, Quinn Cleary«, sagte Matt freundlich.

»Die sind alle über Weihnachten nach Hause gefahren.«

»Sie ist noch hier. Sie erwartet mich.«

»Davon weiß ich nichts. Sorry, aber um diese Zeit darf ich Sie nicht auf den Campus lassen.«

»Ich komme extra aus Connecticut. Wäre dieser Schneesturm nicht gewesen, wäre ich schon seit Stunden da. Rufen Sie sie bitte an. Zimmer zwo-fünf-zwo.«

Der Wachmann zuckte mit den Schultern, schob sein Fenster zu, nahm den Hörer ab und wählte. Und wartete. Und wartete. Zuletzt legte er kopfschüttelnd auf. Dann öffnete er wieder sein Fenster.

»Da meldet sich niemand. Ich hab's Ihnen ja gesagt: Die sind alle über Weihnachten nach Hause gefahren. Sie kommen erst nach Neujahr zurück.«

Matt spürte ein unbehagliches Gefühl in sich aufsteigen. Obwohl Quinn kaum zu verstehen gewesen war, hatte ihre Stimme ängstlich geklungen. Und warum auch nicht? Wenn er daran dachte, was sie alles gesagt hatte . . .

Er hatte die Stunden seit ihrem bruchstückhaften Telefongespräch damit zugebracht, die Fragmente zusammenzusetzen, die er deutlich verstanden hatte. Je länger er darüber nachdachte, desto beunruhigender klangen sie.

Es geht um Tim! Ich glaube, daß er hier ist! . . . Ich glaube nicht, daß er jemals weggewesen ist . . . Ich glaube, daß sie ihn hier versteckt halten . . .

Das genügte, um jeden nervös zu machen.

»Ich weiß, daß sie hier ist. Ich hab erst vor ein paar Stunden mit ihr telefoniert. Versuchen Sie's noch mal.«

Der andere schüttelte den Kopf. »Ich hab's schon ein dutzendmal klingeln lassen. Wäre sie in ihrem Zimmer, hätte sie abgehoben.«

»Dann ist ihr vielleicht was passiert. Vielleicht . . .«

»Passiert ist ihr bloß, daß sie für ein paar Wochen nach Hause gefahren ist.«

»Aber sie könnte verunglückt sein. Lassen Sie mich rauf, damit ich nach ihr sehen kann.«

Der Wachmann schüttelte betont langsam den Kopf. »Diesen Campus dürfen Besucher nur mit Begleitung betreten – und um diese Zeit ist keiner da, der Sie begleiten könnte. Wenn Sie nach acht Uhr zurückkommen, ist die Tagschicht hier und kann Ihnen weiterhelfen. Jetzt schlage ich Ihnen vor, zwei Meilen nach Westen bis zum Quality Inn zu fahren und den Rest der Nacht dort zu verbringen.«

»Aber . . .«

Der Uniformierte knallte sein Fenster zu.

Matt starrte ihn an und begutachtete dann den rot-weißen Schlagbaum. Er war versucht, Vollgas zu geben und die nicht sehr stabil wirkende Schranke mit seinem Cherokee zu durchbrechen. Aber was würde ihm das nutzen? Er würde vom Campus fliegen, bevor er irgend etwas in Erfahrung bringen konnte, und vermutlich sogar Hausverbot erhalten. Das konnte er sich nicht leisten.

Vielleicht war das Quality Inn keine schlechte Idee. Aber bevor er weiterfuhr, mußte er noch etwas ausprobieren.

Matt nahm das Mobiltelefon aus der Halterung zwischen den Sitzen, wählte Quinns Nummer und ließ es ein dutzendmal und noch öfter klingeln. Als er das Klingeln nicht länger ertragen konnte, legte er endlich widerstrebend auf. Aber was sie vor Stunden mit hörbar ängstlicher Stimme gesagt hatte, ging ihm nicht mehr aus dem Kopf.

Es geht um Tim! Ich glaube, daß er hier ist... Ich glaube nicht, daß er jemals weggewesen ist... Ich glaube, daß sie ihn hier versteckt halten...

Entweder litt Quinn an Verfolgungswahn, was aber unwahrscheinlich war – genauso unwahrscheinlich wie die Idee, Tim sei abgehauen, um nach Las Vegas zu fliegen –, oder hier am Ingraham passierten verdammt merkwürdige Dinge.

Matt rieb sich die Augen.

Gott, bin ich müde.

Er war zu erschöpft, um noch klar denken zu können. Vielleicht würde er am Morgen den Durchblick haben. Im Moment verstand er jedenfalls nichts. Aber er würde um Punkt acht Uhr zurückkommen, Quinn finden und dieses ganze Chaos aufklären.

Als er den Rückwärtsgang einlegte, hörte er das Knattern eines anfliegenden Hubschraubers. Er hob den Kopf und sah die Lichter, die auf dem Hubschrauberlandeplatz des Medical Centers niedergingen. Als er letztes Jahr hiergewesen war, hatte er Ex-Senator Whitney mit einem Hubschrauber landen gesehen. Matt bezweifelte jedoch, daß Whitney um diese Zeit ins Ingraham kommen würde. Wahrscheinlich ein Rettungshubschrauber, der einen Schwerverletzten brachte.

Großartige Erfindung, Hubschrauber. Schneebedeckte Straßen hielten sie kein bißchen auf.

Matt wendete den Cherokee und fuhr los, um das Quality Inn zu suchen.

Tim lag mit zum Zerreißen gespannten Nerven weiter auf der rechten Seite. Er hatte gesehen, wie Quinn den Raum von den beiden Krankenschwestern eskortiert verließ, von einer Schwester verfolgt draußen am Fenster vorbeirannte und wenig später zurückgelaufen kam, weil sie von dem blonden Dreckskerl gejagt wurde, der ihm in jener endlos lange zurückliegenden Nacht, in der er auf einem Stuhl festgebunden mit Dr. Alston gesprochen hatte, ins Gesicht geschlagen hatte.

Danach war einige Minuten lang nichts passiert. Tim hatte schwere Schläge gehört, von denen die Wände vibrierten, dann schien draußen Glas zu zersplittern, zuletzt hatte er Quinn wieder am Fenster vorbeilaufen gesehen. Gleich danach, aber nicht zu dicht hinter ihr, war dieser blonde Kerl vom Sicherheitsdienst vorbeigekommen.

Seither hatte er Quinn nicht wieder gesehen.

Sie ist entkommen.

Das hatte Tim sich wie eine Litanei in Gedanken endlos oft vorgesagt. Quinn *mußte* entkommen sein. Sie konnte nicht soviel Mut aufgebracht, nicht all diesen Gefahren getrotzt haben, nur um zuletzt geschnappt und in den Keller geschleppt zu werden, um in Verrans Gruselkabinett mit Alston konfrontiert zu werden. Das wäre zu grausam, zu unfair gewesen.

Nein, Quinn war entkommen, und die Cops würden bald hier sein.

Nur für den Fall, daß sie doch geschnappt worden war, tat Tim sein Bestes, um seine Arme und Beine wieder beweglich zu machen. Seine Zwei-Uhr-Dosis 9574 hatte sich verspätet. Für die Schmerzen an seinem linken Oberschenkel, wo Alston ihm eine Brandwunde zugefügt und eine Hauttransplantation vorgenommen hatte, gab es praktisch keine andere Erklärung. *Schmerzen* ... Wann hatte Tim hier jemals das geringste körperliche Unbehagen empfunden? Und warum konnte er sonst plötzlich wieder die Arme abwinkeln, mit den Schultern zucken und die Knie beugen? Seine Gelenke waren schmerzhaft steif, aber sie ließen sich bewegen. Die tägliche Krankengymnastik hatte sie beweglich erhalten.

Wichtig war, daß er sie *bewegen* konnte. Selbständig. Und Tim bewegte seine Gelenke, beugte sie, streckte sie, vor und zurück.

Aber er mußte vorsichtig sein. Die Krankenschwestern hatten das Licht angelassen, so daß jede Bewegung zu sehen war. Er sah einige der anderen Patienten krampfartig zucken – wie Mumien in einem B-Movie im Frühstadium der Wiederbelebung –, aber keiner schien auch nur annähernd so beweglich zu sein wie er. Er behielt Tür und Fenster im Auge, während er weiterübte. Dabei durfte er sich nicht erwischen lassen, sonst bekam er sofort eine Spritze verpaßt, die ihn in die Unbeweglichkeit zurückwarf.

Quinns Flucht mußte den Dosierungsplan durcheinandergebracht haben – mußte dort draußen eine *Menge* durcheinandergebracht haben. Wahrscheinlich war ihr gesamter Dienstplan auf den Kopf gestellt worden.

Ein tolles Mädchen, dachte Tim grinsend. Ja, er grinste! Er fühlte, wie seine Gesichtsmuskeln sich bewegten, wie seine Haut Falten bildete. *Hab ich mir nicht ein tolles Mädchen ausgesucht?*

Tim wischte das Grinsen von seinem Gesicht und erstarrte, als er einen Kopf im Türfenster auftauchen sah. Die Tür ging auf, und Doris, die Oberschwester dieser Schicht, kam herein. Sie marschierte geradewegs an Tims Bett und blickte stirnrunzelnd auf ihn herab.

»Hast du eine Vorstellung davon, was deine Freundin heute nacht hier oben angerichtet hat?«

Nicht genau, aber hoffentlich ist's viel gewesen. Er spürte, daß die Muskeln seiner Hände krampfartig zu zucken begannen, und war froh, daß sie unter der Bettdecke versteckt waren.

»Tut dir die Stelle am Oberschenkel weh? Spürst du sie? Und das ist nichts im Vergleich zu den Schmerzen, die deine Mitpatienten bald haben werden. Und das ist allein die Schuld deiner Freundin!«

Wovon redete sie überhaupt?

»Sie ist dort draußen Amok gelaufen. Hat praktisch unsere sämtlichen Flaschen mit Injektionslösung zerschlagen. Hat damit nach uns *geworfen!*«

Gut gemacht, Quinn.

»Ihretwegen haben wir jetzt nichts mehr von dem speziellen neuromuskulären Mittel, das wir hier erprobt haben.«

Kein 9574 mehr! Er mußte sich beherrschen, um nicht triumphierend eine Faust emporzurecken. *Ja!*

»Aber keine Angst: Wir bekommen Nachschub, sobald Dr. Alston uns den zweiten Stock aufmacht. Und dann kriegst du deine Dosis, Nummer acht. Ein bißchen spät, aber lieber spät als nie, stimmt's?« Sie lächelte säuerlich. »Und wer weiß? Vielleicht liegt deine Freundin dann auch bei uns und kriegt ihre eigene Dosis verpaßt.«

Tim kniff die Augen zusammen und hielt mühsam seine Hände ruhig, die sich nach oben schieben und seine Ohren bedecken wollten.

Nicht! Nicht auch Quinn. Nicht hier.

»Du hast doch nicht etwa geglaubt, daß ihr die Flucht gelingen würde? Keine Chance! Kurt hat sie erwischt, aber ich bezweifle, daß wir sie zum letzten Mal gesehen haben.« Doris seufzte. »Warum konntet ihr zwei keine Ruhe geben? Warum habt ihr überall rumschnüffeln müssen? Dadurch habt ihr uns in eine schreckliche Lage gebracht. Glaub mir, niemand ist über diese Situation glücklich. Wir haben hier ganz andere Aufgaben zu erfüllen.«

Sie wandte sich ab, machte eine Runde bei den anderen Patienten, sprach beruhigend auf sie ein und kontrollierte ihre Infusionsflaschen, ihre Verbände. Plötzlich begann der Raum zu vibrieren. Tim brauchte einen Augenblick, um das Geräusch zu erkennen: ein Hubschrauber. Wer kam um diese Zeit mit einem Hubschrauber an? Auch Doris schien sich diese Frage zu stellen. Sie stürzte zur Schwesternstation hinaus, knipste das Licht aus, bevor sie die Tür schloß, und ließ die Patienten der Station C im Dunkel zurück.

Tim blieb sekundenlang unbeweglich liegen, so sehr hatte ihn die Nachricht erschüttert, daß Quinn gefangen war; dann entwickelte er hektische Aktivität, bewegte Arme und Beine, rieb sich die Hände und knetete seine Muskeln. Er hatte lange genug wie ein Kloß dagelegen. Er mußte etwas *tun*, mußte sich etwas einfallen lassen, das er trotz seines geschwächten Zustands tun konnte. Wieviel Zeit blieb ihm, bevor Doris mit einem neuen Vorrat an 9574 zurückkam? Eine Stunde? Wenige Minuten?

Auf jeden Fall mußte er dann für sie bereit sein.

»Muß ich Ihnen erklären, wie besorgt Mr. Kleederman ist, Arthur?«

Quinn hörte die entfernt vertraute Stimme durch den dumpfen, fast betäubenden Schmerz hindurch, der unablässig gegen die Innenseite ihres Schädels hämmerte. Sie lag auf dem Rükken; das Gefühl von Polstern unter Gesäß und Schultern erinnerte an eine Couch, aber Quinn hatte keine Ahnung, wo diese Couch stand.

Wo immer die Couch stehen mochte: Die Luft roch abgestanden, nach kaltem Zigarrenrauch.

»Nein. Durchaus nicht. Schon daß Sie um diese Zeit hergekommen sind, ist Hinweis genug.«

Eine Stimme, die sie sofort erkannte: Dr. Alston. Das war keine Überraschung. Quinn hatte vermutet, daß er an dieser Sache beteiligt war. Aber Dr. Emerson . . .

Quinn unterdrückte ein Schluchzen und öffnete ihre Augen mühsam einen Spalt weit. Sie sah Dr. Alston, der halb von ihr abgewandt war. Der Mann, mit dem er sprach, war groß, schlank und elegant; kein einziges seiner graumelierten Haare schien nicht an seinem Platz zu sein. Selbst durch den Vorhang ihrer Wimpern erkannte Quinn ihn sofort: Ex-Senator Whitney.

»Wir brauchen eine gründliche Überprüfung des Auswahlverfahrens, Arthur.«

»Das Auswahlverfahren funktioniert hervorragend«, sagte Dr. Alston. »Aber es ist nicht perfekt. Kein System, das mit menschlichen Variablen arbeitet, kann perfekt sein.«

Durch ihre Lidschlitze sah Quinn, wie der Senator auf sie deutete, ohne sie anzusehen.

»Mir ihr sind dann in zwei Jahren drei Studenten spurlos verschwunden, Arthur. Drei in zwei Jahren. Früher oder später wird irgend jemand mißtrauisch werden und anfangen, Fragen zu stellen. Irgend jemand wird eine Untersuchung verlangen. Dank meiner Beziehungen und dem kombinierten Einfluß unseres Verwaltungsrats können wir solche Dinge in gewissem Umfang unter den Teppich kehren. Aber mißtrauische Eltern und ein vorlauter Reporter könnten gemeinsam eine Katastrophe für die Stiftung heraufbeschwören. Sagen Sie mir,

Arthur: Wie erklären wir das Verschwinden zweier Studenten in einem einzigen Jahr?«

»Ich . . .« Dr. Alston schien keine Antwort zu wissen.

»Und sie muß verschwinden, Arthur. Obwohl sie nichts über Auftrag und Methoden des Ingraham weiß, kann sie uns wegen Entführung, Freiheitsberaubung, Körperverletzung und weiß der Teufel was noch anzeigen. Sollten Sie eine andere Lösung haben, bin ich gern bereit, sie dem Verwaltungsrat vorzulegen. Mir gefällt das alles auch nicht, aber wir wissen schließlich beide, wie der Verwaltungsrat in solchen Fällen entscheidet: Sie muß weg!«

Quinn nahm an, daß sie unter Halluzinationen litt. Ein ehemaliger US-Senator und ein angesehener Professor einer der führenden medizinischen Hochschulen der Welt besprachen die Notwendigkeit, sie »verschwinden« zu lassen. Das konnte nicht wahr sein.

Dann meldete sich eine dritte, ebenfalls vertraute Stimme zu Wort. »Ich weiß eine Lösung, glaub ich.«

Mr. Verran, der Chef des Sicherheitsdienstes, mußte irgendwo rechts neben Quinn stehen.

»Schön, dann spannen Sie uns nicht auf die Folter, Lou«, sagte Whitney. »Wie lösen wir dieses Problem?«

»Wir legen die beiden Fälle zusammen. Kombinieren sie. Machen daraus *einen* Fall.«

Dr. Alston hatte sich Verran zugewandt, den Quinn noch immer nicht sehen konnte.

»Wir hören Lou«, sagte Whitney.

»Die Vorbereitungen sind bereits getroffen. Ich habe Elliot in Baltimore erreicht. Er sagt, daß es dort unten nicht viel geschneit hat und der Flughafen deshalb nicht geschlossen worden ist. Also habe ich ihn zum BWI rausgeschickt, damit er Browns Wagen vom Parkplatz für Langzeitparker holt und herbringt.«

»Was?« fragte Dr. Alston entsetzt. »Sind Sie verrückt geworden? Damit machen wir doch geradezu auf uns aufmerksam!«

»Lassen Sie ihn ausreden, Arthur«, verlangte Whitney.

»Danke, Senator. Mein Plan sieht folgendermaßen aus: Wir behaupten, daß der junge Brown unerwartet zurückgekommen ist, seine Freundin Cleary abgeholt hat und mit ihr davongefahren ist. Danach haben wir die beiden nicht wieder gesehen.«

»Ja, ich verstehe«, sagte Whitney. »Obwohl zwei Studenten verschwunden sind, handelt es sich in Wirklichkeit nur um einen Vorfall. Das gefällt mir. Sehr gut ausgedacht, Louis.«

»Aber wir müssen trotzdem noch immer ein Auto beseitigen«, wandte Dr. Alston ein.

»Das können wir bestimmt eine Zeitlang verstecken und später irgendwo vernichten«, sagte Whitney.

»Am besten gleich heute nacht.«

Eine neue Stimme, die Quinn nicht gleich einordnen konnte.

»Wie meinst du das, Kurt?« fragte Verran.

Der Blonde, der Quinn verfolgt und k. o. geschlagen hatte, trat in ihr Blickfeld.

»Ein Autounfall, bei dem der Wagen in Brand gerät. Dafür ist diese Nacht ideal. Wir injizieren Brown etwas Alkohol und flößen ihm Bourbon durch den Mund ein. Die beiden Turteltauben rasen über vereiste Straßen, knallen gegen einen Baum, der Benzintank explodiert, *wumms*, sie müssen anhand der Unterlagen ihrer Zahnärzte identifiziert werden. Kein Verschwinden. Keine Fragen. Ein tragischer Fall von Alkohol am Steuer. Fall abgeschlossen.«

Quinn beobachtete, wie Dr. Alston und der ehemalige Senator sich ansahen, wie ihre Blicke sich begegneten und dann wieder abgewandt wurden. Ihr Herz begann zu jagen.

Warum sagen sie nichts? Der Mann spricht von einem Doppelmord. Warum fordert ihn niemand auf, die Klappe zu halten?

Whitney brach das Schweigen als erster. »Nein. Das kommt nicht in Frage.

Lieber Gott, ich danke dir! Eine Stimme der Vernunft.

Der Mann namens Kurt zuckte mit den Schultern. »Bloß 'ne Idee.«

Schweigen. Der einzige Laut war das leise elektrische Summen der vielen Geräte in diesem Raum.

Plötzlich fragte Whitney: »Und Sie könnten ... das übernehmen?« Er hielt seinen Blick gesenkt, sah nicht Dr. Alston, sah nicht Kurt, sah niemanden an.

»Klar«, sagte Kurt. »Kein Problem.« Sein Tonfall blieb so

unbeteiligt, als diskutierten sie darüber, wer von ihnen zu Pizza Hut ganz in der Nähe fahren sollte.

Das nächste Schweigen – diesmal kühl und berechnend – wurde durch das Schrillen des Telefons unterbrochen. Quinn fuhr zusammen und konnte nur hoffen, daß niemand sie in diesem Augenblick beobachtet hatte.

Rechts neben ihr sprach Verran einsilbig ins Telefon und legte auf.

»Doris aus dem vierten Stock hat angerufen«, sagte Verran. »Sie jammert nach der neuen Lieferung Saft, die Sie ihr versprochen haben.«

»Sie muß sich noch gedulden«, wehrte Dr. Alston ab.

»Sie sagt, daß die Eingeborenen unruhig werden.«

»Also gut, meinetwegen«, sagte Dr. Alston mürrisch. »Rufen Sie sie an. Sagen Sie ihr, daß sie in den zweiten Stock runterkommen soll.« Er nickte Whitney zu. »Ich bin gleich wieder da.«

»Erst müssen wir entscheiden«, sagte Whitney. »Ich denke, ein Autounfall könnte die Lösung sein.«

»Augenblick!« protestierte Dr. Alston. »Ist Ihnen eigentlich klar, was Sie da sagen?«

Whitney fuhr auf ihn los. »*Natürlich* ist mir das klar, Arthur! Und es gefällt mir so wenig wie Ihnen! Ich *verabscheue* diese Lösung. Aber extreme Probleme erfordern manchmal extreme Lösungen.«

»Aber wir reden hier von Mord . . .«

»Allerdings! Ihnen wär's wohl lieber, wenn wir diese junge Frau statt dessen in ihren privaten Schlachthof überweisen würden, damit Sie sie im Namen der Wissenschaft nach Herzenslust zerschnippeln könnten?«

Dr. Alston fuhr zurück, als habe Whitney ihn ins Gesicht geschlagen. »Das ist eine böswillige Unterstellung! Meine Arbeit rettet Brandverletzte, bringt unzähligen Menschen ein Stück Lebensqualität zurück. Aber dieser . . . diese Autofahrt bewirkt überhaupt nichts!«

»Unter Umständen rettet sie das Ingraham«, sagte Whitney scharf. »Jedenfalls schützt sie die Stiftung. Ist das nicht genug? *Mehr* als genug?«

»Ich weiß, daß die Stiftung durchaus bereit ist, zu ihrem Schutz selbst zu extremen Mitteln zu greifen«, sagte Dr. Alston, »aber –«

Whitney beugte sich nach vorn. »Oder soll ich eine Besprechung zwischen Ihnen, Mr. Kleederman und dem Verwaltungsrat ansetzen, bei der Sie Ihre Bedenken persönlich vortragen können?«

Dr. Alston schüttelte trübselig den Kopf, zuckte mit den Schultern, wandte sich ab und ging in Richtung Tür davon.

Quinn schien das Blut in den Adern zu gefrieren, als Ex-Senator Jefferson Whitney das Urteil verkündete.

»Gut, dann sind wir uns also einig. Wir warten noch, bis der Wagen hier ist. Alles weitere überlassen wir Kurt.«

Tim würgte krampfhaft.

Als seine Reflexe wieder einsetzten, bewirkte der Nährlösungsschlauch, der durch Nase, Rachen und Speiseröhre bis in seinen Magen hinunterführte, einen starken Brechreiz. Dieser Reflex wurde rasch unerträglich. Der Schlauch mußte heraus.

Er hob seine rechte Hand, umklammerte den glänzenden Plastikschlauch mit allen Fingern und zog daran. Das Gefühl war unbeschreiblich widerwärtig – als ziehe man einen dicken weißen Bandwurm durch die Nase aus den Eingeweiden heraus. Sein Magen rebellierte, seine Speiseröhre verkrampfte sich, sein Rachen versuchte, den Schlauch nicht weitergleiten zu lassen, aber Tim zog unerbittlich weiter, bis er das weiche, abgerundete Ende an seinem Gaumen spürte. Dann rutschte der Schlauch von einem letzten Brechreiz begleitet durchs rechte Nasenloch hinaus und fiel mit einem dicken Schleimklumpen am Ende auf die Matratze.

Tim verzog das Gesicht, während er zusah, wie der Schlauch übers Seitenteil des Betts auf den Fußboden glitt.

Jetzt der Tropf.

Seine Finger schoben die Mullbinden beiseite, die den Unterarm bedeckten, und tasteten nach dem Pflaster, unter dem sich die IV-Nadel befand. Seine Muskeln gehorchten ihm allmählich wieder, aber sein Nervensystem war mit der Steuerung winziger Bewegungen offenbar noch überfordert. Egal. Er würde einfach rohe Gewalt anwenden müssen. Irgendwie mußte die IV-Nadel jetzt heraus.

Tim bohrte seinen Zeigefinger unter das Pflaster, riß es ab und legte so das Ende der IV-Nadel und ein weiteres Pflaster frei. Beim zweiten Versuch bekamen seine zuckenden Finger Nadel und Pflaster gleichzeitig zu fassen und rissen daran. Die Nadel glitt schmerzlos aus der Armvene und ließ eine klare Flüssigkeit über die Bettdecke tröpfeln. Aus dem Einstich quoll langsam ein Tropfen Blut.

Tim stieß die IV-Nadel in seine Matratze und drückte seinen Daumen auf die blutende Stelle. Er wollte keine verräterischen Flecken an seinem Unterarm. Nach schätzungsweise einer Minute kontrollierte er die Stelle: Die Blutung war zum Stehen gekommen. Er saugte das Blut von seinem Daumen, drückte das Pflaster wieder an und überzeugte sich davon, daß die Mullbinden an der richtigen Stelle saßen.

Okay, jetzt war er bereit. Aber zuerst mußte er noch etwas Radikales ausprobieren: Er stemmte sich auf den Ellbogen hoch, faßte nach den Seitenteilen seines Betts und richtete sich sitzend auf.

Der Raum drehte sich im Uhrzeigersinn, während sein Bett in Gegenrichtung zu kreiseln schien. Tim fürchtete, seekrank zu werden, und schloß die Augen, aber das schwindelerregende Gefühl, taumelnd ins Leere zu stürzen, ließ nicht nach. Obwohl er damit gerechnet hatte, daß sein Gleichgewichtsorgan etwa auf diese Weise reagieren würde, nachdem er so lange gelegen hatte, war die Reaktion beängstigend stark. Er biß die Zähne zusammen, um dem Brechreiz nicht nachzugeben, und hielt eisern durch.

Schließlich wurde die Strudelbewegung langsamer. Als sie aufhörte, wagte Tim, die Augen zu öffnen. Seine Umgebung bewegte sich nicht mehr. Er sank keuchend und in Schweiß gebadet auf seine Matratze zurück. Er hatte es geschafft! In ein paar Minuten würde er's noch einmal versuchen. In der Zwischenzeit würde er weiter Gymnastik machen, seine Muskeln beugen und strecken. Und während er weiter übte, würde er auf seine Chance warten.

Tim war überrascht, wie gut er warten gelernt hatte.

Obwohl Matt völlig übermüdet war – erschöpft traf die Sache eher –, fand er keinen Schlaf.

Er lag im Dunkel seines Motelzimmers und hörte, wie draußen ein Schneepflug die Straße räumte. Und er wußte, warum er nicht schlafen konnte – weil er nicht schlafen *sollte*. Er hätte auf und unterwegs sein und irgendwas tun sollen.

Je länger er hier lag und darüber nachdachte, desto klarer wurde ihm, daß Quinn sich in Not befand. In verzweifelt großer Not. Am Telefon hatte ihre Stimme so ängstlich geklungen – und jetzt schien sie verschwunden zu sein.

In Gedanken hatte er sich ihr bruchstückhaftes Telefongespräch unzählige Male vorgespielt, ohne daraus schlau zu werden. Statt dessen hatte es bei jedem Durchlauf noch bizarrer, noch rätselhafter geklungen. Aber die beiden letzten Worte, die er verstanden hatte, gingen ihm nicht mehr aus dem Kopf.

... Sheriff ... Southworth ...

Matt warf seine Decke ab und setzte sich auf die Bettkante. Da er ohnehin nicht schlafen konnte, war's vernünftiger, gleich aufzustehen und etwas zu unternehmen. Selbst wenn er damit nichts erreichte, hatte er dann wenigstens ein besseres Gewissen. Er zog das dünne Telefonbuch fürs Frederick County heraus, schlug die Nummer des Sheriff's Office nach und wählte. Als ein Deputy Harris sich meldete, verlangte er Sheriff Southworth. Harris lachte. »Der Sheriff heißt Clarkson. Aber es gibt 'nen *Deputy* Southworth.«

»Ist er da?«

»Er kommt erst um acht.«

»Könnte ich ihn zu Hause anrufen?«

»Ich glaube nicht, daß Ted sich über 'nen Anruf um diese Zeit freuen würde. Kann *ich* Ihnen weiterhelfen?«

Matt zögerte, aber dann dachte er: Was soll's? Er erzählte Deputy Harris von Tims Verschwinden – darüber war Harris informiert – und von seinem Telefongespräch mit Quinn.

»Und jetzt ist Quinn auch verschwunden«, sagte Matt.

»Davon wissen wir noch nichts«, stellte Harris fest.

»Aber sie hat ausdrücklich den Namen Southworth erwähnt. Könnten Sie ihn nicht anrufen? Vielleicht hat Quinn ihm irgendwas erzählt.«

»Hmmm, ich könnte Ted mal anrufen«, sagte Harris langsam. »Er hat sich sehr für den Fall Brown interessiert . . .«

»Bitte tun Sie's.«

Matt gab Harris seine Zimmernummer im Motel für den Fall, daß er oder Southworth zurückrufen wollte, legte dann auf und wartete.

Er brauchte nicht lange zu warten. Keine drei Minuten später klingelte das Telefon.

»Haben Sie vorhin beim Sheriff's Office angerufen?« fragte eine tiefe Stimme.

»Ja. Deputy Southworth?«

»Der bin ich. Schießen Sie los!«

Tim erstarrte, als die Tür geöffnet und Licht gemacht wurde. Ellie, die zierliche Krankenschwester, kam herein und schob einen Wagen vor sich her. Tim beobachtete, wie die Tür hinter ihr zufiel. Sie war allein. Er war erleichtert, daß nicht Doris hereingekommen war, denn ob sein Plan auch bei der größeren Frau funktioniert hätte, war ungewiß.

Auf dem Weg zu Nummer eins sah sie zu Tim hinüber und bekam große Augen. Er machte sein Gesicht so schlaff und ausdruckslos wie möglich.

»Da sieh mal an, Nummer acht! Während ich draußen gewesen bin, scheinst du fleißig gewesen zu sein.«

Sie bog ab und kam mit ihrem Wagen auf Tim zu. Auf einem Metalltablett sah er eine ganze Reihe gefüllter und numerierter Spritzen liegen – insgesamt acht. Sie stellte den Wagen neben sein Bett und starrte den auf dem Fußboden liegenden Nährlösungsschlauch an.

»Wie hast du das bloß geschafft?«

Tims rechter Arm und der IV-Schlauch lagen unter der Bettdecke. Sein linker Arm ruhte auf ihr. Er bewegte seinen linken Zeigefinger hin und her.

»Aha, ich verstehe! Wir haben ein kleines bißchen Beweglichkeit zurückgewonnen, was? Die andern auch. Aber das bringen wir gleich in Ordnung. Die neue Lieferung scheint genau rechtzeitig eingetroffen zu sein.«

Tim sah zu, wie sie die Durchflußmenge des Tropfschlauchs

kontrollierte und dann die Injektionsöffnung des Y-Adapters mit Alkohol desinfizierte. Danach wählte sie eine der Spritzen auf dem Metalltablett aus, zog den Nadelschutz ab, stieß die Nadel durch den Gummipfropfen und drückte den Kolben herab, um die Spritze in den Tropfschlauch zu entleeren.

Während Ellie den Fluß wieder in Gang setzte, zog Tim mit der rechten Hand die IV-Nadel aus der Matratze. Dann griff er mit der Linken nach oben, bekam die gestärkte weiße Schwesterntracht über Ellies Brustbein zu fassen und zog sie ruckartig zu sich heran. Der Schock in ihren weit aufgerissenen Augen verwandelten sich in Angst und Schmerz, als Tim ihr die IV-Nadel durch die Uniform in den Unterleib stieß.

Ellie wollte sich wehren, wollte um Hilfe rufen, aber Tim zog sie noch weiter übers Seitenteil seines Betts, bis ihre Füße in der Luft strampelten, drückte ihr Gesicht gegen seine Brust und erstickte ihre Schreie in dem dicken Verband, in den er gehüllt war. Er beobachtete, wie die klare Flüssigkeit weitertropfte, konnte nur hoffen, daß das 9574 in ihre Bauchhöhle floß und durchs Bauchfell in den Blutkreislauf gelangte, und betete darum, daß es bald wirken würde, weil er nicht wußte, wie lange seine geschwächten Muskeln diesen Kraftakt durchhalten würden.

Plötzlich, als habe ihr jemand den Stecker herausgezogen, wurde Ellies Körper schlaff. Tim lockerte seinen Griff, sah ihren ausdruckslos gewordenen Blick und wußte, daß das 9574 zu wirken begonnen hatte. Für die nächsten sechs Stunden war Ellie außer Gefecht gesetzt.

Als Tim die Krankenschwester losließ, glitt sie wie eine ausgestopfte Puppe zu Boden. Er richtete sich auf einem Ellbogen auf und holte sich eine der Spritzen von Ellies Wagen.

Dann ließ er sich zurücksinken und begann wieder zu warten. Hoffentlich dauerte es nicht allzu lange, bis Doris sich auf die Suche nach ihrer Kollegin machte.

»Elliot!« sagte Verran zu dem schlanken dunkelhaarigen Mann, der eben hereingekommen war. »Wo hast du so lange gesteckt?«

Quinn, die noch immer die Bewußtlose spielte, aber alles

durch eben geöffnete Lider beobachtete, erkannte den Neuankömmling sofort als den Kammerjäger, der mit Verran in ihrem Zimmer gewesen war.

»Falls du's vergessen haben solltest, Chief«, sagte Elliot, »draußen hat's geschneit.«

»Lassen wir das«, sagte Whitney. »Haben Sie den Wagen mitgebracht?«

»Der steht auf dem Besucherparkplatz am Medical Center.«

»Sehr gut.« Whitney drehte sich nach den anderen um. »Jeder von Ihnen weiß, was er zu tun hat. Ich fliege jetzt nach Washington zurück. Sobald diese Angelegenheit zufriedenstellend geregelt ist, möchte ich von Ihnen benachrichtigt werden. Alles weitere übernehme ich dann selbst.«

Er marschierte an Kurt und Dr. Alston vorbei zur Tür und verließ den Raum.

»Er scheint's verdammt eilig zu haben«, sagte Elliot.

Verran nickte. »Yeah. Eine Ratte, die das Schiff verläßt. Er will jenseits der Staatsgrenze sein, wenn hier die Post abgeht.«

»Welche Post geht hier ab?« fragte Elliot.

Sein Chef deutete mit dem Daumen auf Quinn. »Sie und der junge Brown. Die beiden werden 'nen Unfall mit dem Wagen haben, den du gerade zurückgebracht hast.«

»Scheiße«, sagte Elliot. Sein Blick huschte nervös durch den Raum. Er war sichtlich aufgebracht. »Für so was hab ich nicht angeheuert.«

»Das hat keiner von uns«, sagte Verran. Er rieb sich den Magen, als habe er Schmerzen.

»Uns bleibt keine andere Wahl«, stellte Dr. Alston fest. »Wir haben klare Anweisungen bekommen, an die wir uns leider werden halten müssen.«

»Genau«, sagte Kurt. »Hören wir also auf, wie alte Weiber rumzukakeln und überlegen uns lieber, wann, wie und wo wir's machen wollen. Lange ist's nämlich nicht mehr dunkel.«

Quinn hörte entsetzt zu, wie man die technische Seite der Angelegenheit besprach, wie man sie beide auf den Vordersitzen anschnallen, Griffin gegen einen Baum lenken und dafür sorgen wolle, daß der Benzintank explodierte. Sie suchte eine Fluchtmöglichkeit, aber zwischen ihr und der Tür befanden sich vier Männer. An denen kam sie auf keinen Fall vorbei. Aber wenn sie glaubten, sie sei noch immer bewußtlos, konnte sich vielleicht später eine Chance ergeben. Vielleicht konnte sie flüchten und ein Telefon erreichen – oder jemanden finden, der das Sheriff's Office alarmierte . . .

Quinn hatte einen Kloß im Hals, als sie daran dachte, wie sie ernstlich geglaubt hatte, Dr. Emerson telefoniere ihretwegen mit dem Sheriff . . .

»Okay«, sagte Verran. Seine Stimme klang müde und unglücklich. »Länger dürfen wir nicht warten. Bringen wir's hinter uns! Elliot, du fährst in den Vierten rauf und holst Brown runter. Ich rufe Doris an, damit sie ihn schon mal auf 'nen Wagen umbettet.«

Nachdem Elliot gegangen war, waren nur noch drei Männer im Raum. Los! dachte Quinn und bemühte sich, ihnen zu suggerieren, ebenfalls zu verschwinden. Hat denn keiner von euch anderswo was zu erledigen?

Aber Verran und Dr. Alston hockten mürrisch schweigend da, während Kurt leise vor sich hinpfeifend seine Fingernägel schnitt.

»Ellie?«

Tim schloß die Augen, als er sah, wie Doris ihren blonden Kopf durch die Tür steckte und die Station C absuchte. Dann hörte er sie hereinkommen und zu Nummer eins hinübergehen.

»Ellie, wo bist du?«

Er hörte, wie ihre Schritte die Richtung änderten, auf ihn zukamen und abrupt haltmachten. Dann . . .

»Großer Gott! Ellie! Was hast du, Ellie?«

Als Tim die Augen öffnete, sah er Doris neben seinem Bett über ihre bewußtlose Kollegin gebeugt stehen. Der weiße Stoff ihrer Schwesterntracht spannte sich über ihrem Rücken. Darunter zeichnete sich der Verschlußteil ihres Büstenhalters als noch helleres Band ab. Tim, der die Spritze wie einen Dolch hielt, steckte seinen Arm durch die Stäbe des Sicherheitsgitters und hielt die Nadel über Doris' Rücken stoßbereit.

Trotzdem zögerte er noch. Die Sache war riskant. Er wußte

nicht, ob das 9574 auch aus der Brusthöhle absorbiert werden würde. Aber darauf kam es nicht an, wenn er eine Rippe traf und die Nadel verbog.

Tim biß die Zähne zusammen und erinnerte sich daran, was sie zuvor gesagt hatte. *Und wer weiß? Vielleicht liegt deine Freundin dann auch bei uns und kriegt ihre eigene Dosis verpaßt.*

Da hast du *deine* persönliche Dosis, du Biest! dachte er und stieß ihr die Nadel dicht über dem Büstenhalter in die rechte Rückenhälfte. Er fühlte, wie die Spitze eine Rippe streifte und dann in die Lunge drang. Im selben Augenblick drückte er den Kolben herunter.

Doris zuckte zusammen, fuhr mit einem Schrei hoch, griff über die Schulter nach ihrem Rücken und bemühte sich verzweifelt, an die Ursache dieser plötzlichen stechenden Schmerzen heranzukommen. Als sie sich umdrehte und sah, daß Tim sie auf seinen Ellbogen gestützt beobachtete, drohten ihre Augen aus den Höhlen zu quellen.

»Du!«

Sie begann nach Atem zu ringen. Und dann sah sie den Wagen mit dem Metalltablett und den Spritzen neben seinem Bett. Sie hustete krampfhaft.

»Oh, nein! Oh, NEIN!«

Tim versuchte sie festzuhalten, als sie vom Bett zurücktorkelte, aber seine Finger streiften nur ihren Ärmel. Dann stolperte Doris für ihn unerreichbar laut keuchend zur Tür, während ihre Hände noch immer krampfhaft versuchten, an die Spritze heranzukommen, die weiter bis zum Anschlag in ihrem Rücken steckte. Sie taumelte gegen die Tür, wäre beinahe zu Boden gegangen, lehnte sich jedoch an den Türrahmen und zog die Tür auf. Sie quetschte sich durch den Spalt und torkelte dann zum Schwesternzimmer hinaus.

»Verdammt!« krächzte Tim, als sie nach draußen verschwand. Wenn sie das Telefon erreicht...

Er tastete das Seitenteil seines Betts ab, löste die Sperre und ließ es nach unten gleiten. Dann setzte er sich langsam auf. Alles blieb stabil – daß er vorhin geübt hatte, machte sich jetzt bezahlt. Er ließ seine Beine über die Bettkante gleiten. Der Raum drehte sich eine halbe Minute lang, und Tim klammerte sich am

Bettlaken fest, um nicht nach vorn zu kippen. Als er sein Gleichgewicht zurückgewonnen hatte, rutschte er nach vorn, bis seine Füße den Boden berührten. Seine Knie waren weich, gewöhnten sich aber rasch wieder ans Gewicht seines Körpers. Der geflieste Boden war kalt, aber es hätte Tim nichts ausgemacht, wenn er aus Eis gewesen wäre – es fühlte sich wundervoll an, wieder auf seinen eigenen Füßen zu stehen. Um ihn herum bewegten sich die anderen Patienten der Station unruhig unter ihren Bettdecken.

Tim hielt sich am Bett fest und wagte einen ersten Schritt in Richtung Tür. Er wünschte sich, er hätte kürzere, stämmigere Beine, die ihn besser getragen hätten, aber dieses Modell funktionierte halbwegs zufriedenstellend. Er machte einen zweiten Schritt –

– und spürte einen stechenden Schmerz, der durch Glied und Becken zuckte.

Tim klappte aufstöhnend zusammen und wäre zu Boden gegangen, wenn er sich nicht aufs Bett hätte stützen können. Dann sah er keuchend, vor Schmerz halb benommen und mit zusammengebissenen Zähnen laut Luft holend an sich herab, um festzustellen, was –

Der Katheder. Er hatte den Blasenkatheder vergessen.

Er stöhnte laut und machte einen, zwei unsichtbare Schritte rückwärts. Damit verlor er wertvolle Zeit. Doris konnte inzwischen am Telefon sein und den Sicherheitsdienst alarmieren. Aber er würde nicht weit kommen, wenn er den Urinbeutel wie eine Handtasche mit sich herumschleppte. Er mußte den Katheder loswerden.

Als Tim sich auf der Suche nach dem Beutel umdrehte, sah er Ellies Verbandschere aus ihrer Rocktasche ragen. Er bückte sich, griff danach und fand in ihrer Tasche nicht nur die Schere, sondern auch eine Kreditkarte. Nein, keine Kreditkarte, sondern eine Ausweiskarte wie Quinn, die als elektronischer Schlüssel diente. Die konnte nützlich sein.

Aber erst die Schere. Er konzentrierte sich auf seine unbeholfenen Finger, schaffte es, Daumen und Zeigefinger durch die dafür vorgesehenen Öffnungen zu stecken, und schnitt den ziegelroten Schlauch ab, der aus seinem Glied ragte.

Aus dem abgeschnittenen Ende floß eine kleine Menge Wasser. Tim wußte, daß solche Katheder einen ganz dünnen Innenschlauch hatten, an dessen Ende ein kleiner Ballons saß. Sobald der Katheder eingeführt war, wurde der Ballon durch den Innenschlauch mit Wasser gefüllt, vergrößerte sich und hielt den Katheder in der Blase fest. Mit seinem Schnitt durch den Kathederschlauch hatte Tim diesen Ballon entleert. Aber hatte er auch den Mut, ihn herauszuziehen?

Ihm blieb keine andere Wahl. Tim biß die Zähne zusammen, packte das abgeschnittene Schlauchende und zog daran.

Die Schmerzen waren nicht ganz so schlimm, als zöge er einen Stacheldraht durch seine Harnröhre, aber fast. Er erschauerte zweimal, während er sich unwillkürlich auf die Zehenspitzen stellte, und dann war der Katheder draußen. Tim warf ihn weg, ohne ihn anzusehen, und sackte gegen das Bett – aber nur lange genug, um einige Male keuchend Luft zu holen. Dann drückte er die Knie durch und griff sich die restlichen Spritzen von Ellies Wagen: Mit den Spritzen in der einen und der Ausweiskarte in der anderen Hand schwankte er durch den Raum wie ein Betrunkener auf Rollschuhen.

Als er die Tür aufstieß, sah er Doris hinter der Theke des Schwesternzimmers liegen. Die Spritze steckte noch immer in ihrem Rücken; der Telefonhörer war noch aufgelegt.

Hatte das 9574 ihr Nervensystem erreicht, bevor sie hatte telefonieren können? Tim hoffte es.

Draußen in der Nacht war erneut das Knattern der Rotorblätter eines Hubschraubers zu hören. Jetzt hob die Maschine jedoch ab und flog davon. Wer vorhin mit dem Hubschrauber angekommen war, flog jetzt wieder weg.

Tim durfte keine Zeit verlieren. Er schlurfte zum Aufzug und steckte Ellies Karte in den Schlitz. Als die Kabine heraufkam, führte er die Karte in den Schlitz neben der Tür ein und drückte auf den Knopf K. Falls Quinn hier im Science Center gefangengehalten wurde, war sie bestimmt im Keller.

Als die Tür sich schloß, glaubte Tim, das Zugseil im Liftschacht nebenan zu hören. Er fragte sich, wer um diese Zeit mit dem anderen Aufzug unterwegs sein mochte.

Während die Kabine sich abwärts in Bewegung setzte, lehnte

Tim an der Rückwand und stützte sich mit den Ellbogen auf den Handlauf. Sein Spiegelbild im polierten Edelstahl der Tür erschreckte ihn. Selbst unter Berücksichtigung der Verzerrungen durch die unebene Oberfläche bot er einen schrecklichen Anblick. Er sah wie die Mumie Charis nach einem Zusammenstoß mit einer Horde aufgebrachter Dorfbewohner aus. Der Verband über seinem linken Oberschenkel war blutdurchtränkt; offenbar blutete das Transplantat. Sogar über den Geschlechtsteilen zeichnete sich ein Blutfleck ab, vermutlich aus seinem Glied gesickert nach dem ziemlich unsanften Entfernen des Katheders. Er hatte keine Lust, diese beiden Körperteile näher zu untersuchen.

Tim zog die Mullbinden von seinem Gesicht weg, ließ alle übrigen jedoch, wo sie waren. Sie stellten seine einzige Bekleidung dar.

Plötzlich fiel ihm ein, daß er außer den gefüllten Spritzen irgendeine Waffe brauchen könnte. Irgend etwas Schweres. Er drückte gerade noch rechtzeitig auf den Knopf 2, und die Kabine hielt. Als er seine Karte in den Schlitz steckte und den AUS-Knopf drückte, erlosch die Innenbeleuchtung. Nun war dieser Aufzug blockiert. Tim schlurfte den nachts nur spärlich beleuchteten Korridor entlang und rüttelte an sämtlichen Türklinken. Auf dieser Suche nach irgend etwas, das ihm als Waffe hätte dienen können, vergeudete er mindestens fünf kostbare Minuten. Er wäre schon für einen Besenstiel dankbar gewesen, aber alle Türen waren abgeschlossen.

Tim kehrte zum Aufzug zurück, schaltete den Strom wieder ein und fuhr weiter nach unten. Er würde sich auf die Spritzen mit 9574 verlassen müssen. Ärgerlich, daß die Wirkung so verdammt langsam eintrat.

Als die Kabine langsamer wurde, sah Tim zur Stockwerksanzeige auf. Der Buchstabe E war beleuchtet.

»Oh, nein!« rief er leise und drückte mit verzweifelter Kraft auf den Knopf K. »Nein!«

Öffnete die Lifttür sich jetzt zur Eingangshalle, mußte er von der Sicherheitstheke aus deutlich zu sehen sein.

Louis Verrans Magen knurrte laut und machte sich mit stechenden Schmerzen bemerkbar – nur für den Fall, daß er sein Magengeschwür kurzzeitig vergessen haben sollte. Er griff nach seinem Mylanta. Die mattblaue Flasche schien auffällig leicht zu sein. Er schüttelte sie. Leer. Er warf sie in den Abfallkorb und rieb sich seinen schmerzenden Magen. Herrgott, darin blubberte mehr Säure als in einem Delco-Lagerhaus. Er griff nach einer Zigarre, ließ sie dann aber stecken, um seinen Magen nicht noch mehr zu reizen.

Aus der CIA war er ausgeschieden, um von Aufregungen, von Streßsituationen, von schmutzigen Jobs wegzukommen. Er hatte sich diese Arbeit als eine Art halben Ruhestand vorgestellt, aber jetzt ließ das Ingraham die Firma allmählich wie einen Kindergarten aussehen.

Er sah zu der Cleary hinüber. Obwohl er das Gefühl hatte, sie komme wieder zu sich, hatte sie sich noch nicht bewegt. Kurt mußte ihr ein ganz schönes Ding verpaßt haben. Als er sie reingeschleppt hatte – schlapp wie ein Putzlappen, aus einer Platzwunde am Hinterkopf blutend –, hatte Verran sie für bereits tot gehalten und war fast in Panik geraten, während er überlegte, was sie mit der Leiche anfangen sollten.

Unnütze Sorgen, wie sich gezeigt hatte. Dank Kurt und dem Senator würde sie nun doch bald tot sein – sogar schon sehr bald.

Ein weiterer Säureschwall traf auf eine empfindliche Stelle seiner Magenwand und verätzte sie.

Bisher hatte er sich eher für einen der guten Kerle gehalten. Aber jetzt ...

Er beobachtete Kurt, der mit seinen Fingernägeln beschäftigt war, und Alston, der in einem von Kurts Aktmagazinen blätterte. Nein, er hatte sich nicht gerade in Gesellschaft der guten Kerle befunden.

Herrgott, es gab einfach keine andere Möglichkeit, die Cleary so kurz nach dem Verschwinden ihres Freundes zum Schweigen zu bringen. Und sie *mußte* zum Schweigen gebracht werden. Sie konnte ihnen allen die Schlinge um den Hals legen.

Verran seufzte rülpsend. Man tut, was man tun muß – und

dann versucht man, alles zu vergessen, und hofft, es nie wieder tun zu müssen.

Das Telefon klingelte. Elliot war am Apparat.

»Hier gibt's Schwierigkeiten, Chief.«

»Scheiße!« stöhnte Verran. »Was gibt's diesmal?«

Kurt hörte auf, seine Fingernägel zu reinigen, und Alston ließ das Magazin auf seinen Knien liegen. Beide starrten zu Verran hinüber.

»Ich bin im Vierten, und hier liegen zwei betäubte Krankenschwestern auf dem Fußboden, und der Station C geht ein Patient ab – Brown.«

»Verdammt noch mal! Wo ist er?«

»Ich hab den ganzen Stock gründlich abgesucht. Hier ist er nicht, dafür garantiere ich.«

»Aber er kann nicht abgehauen sein! Das Stockwerk ist speziell gesichert.«

Kurt steckte seinen Nagelknipser ein; Alston legte das Magazin weg und stand auf.

»Was gibt's, Louis? Was ist passiert?«

Verran konzentrierte sich aufs Telefon und machte Alston ein Zeichen, er solle die Klappe halten.

»Er ist weg, Chief«, sagte Elliot. »Das kannst du mir glauben.«

»Dann such ihn, verdammt noch mal!« forderte Verran ihn auf. »Du nimmst dir den Dritten vor. Wir fangen im Erdgeschoß an und arbeiten uns nach oben. Los, mach schon!«

Während Verran auflegte, beschloß er, in die Offensive zu gehen. Er deutete anklagend auf Alston.

»Sie haben wieder Scheiß gebaut, Doc. Brown ist ausgebrochen.«

»Unmöglich! Wir haben ihn so mit 9574 vollgepumpt, daß er keinen Finger ...« Alston brachte den Satz nicht zu Ende.

»Richtig. Aber denen dort oben ist der Stoff ausgegangen, nicht wahr?«

»Großer Gott!«

»Schon gut«, sagte Verran. »Wir sperren sämtliche Ausgänge, bis wir ihn gefunden haben. Aber wir können von Glück sagen, daß der Senator sich so früh verabschiedet hat!«

Alston nickte stumm.

Verran hatte den schrecklichen Verdacht, damit sei noch längst nicht alles ausgestanden. In diesem Augenblick klingelte das Telefon erneut.

»Das ist bestimmt Elliot«, sagte er. »Wahrscheinlich hat er den jungen Brown auf dem Klo oder sonstwo gefunden.«

Der Anrufer war jedoch nicht Elliot, sondern Bernie an der Sicherheitstheke in der Eingangshalle. Da Bernie nicht zu den Eingeweihten gehörte, überlegte Verran sich schon eine Ausrede für den Fall, daß er Brown begegnet war und ihn aufgehalten hatte. Aber Bernies Problem war ein ganz anderes.

»Mr. Verran, hier sind zwei Männer, die Sie sprechen wollen.«

Um diese Zeit? Verran schluckte.

»Wer?«

»Seinen Namen genannt hat nur einer. Er sagt, daß er Deputy Southworth vom Frederick County Sheriff's Office ist und Sie sprechen will.«

»Sag ihm, er ...« Verran hätte Bernie am liebsten angewiesen, Southworth aufzufordern, er solle verschwinden oder später wiederkommen. Aber er wußte, daß das nicht funktionieren würde. Southworth war nicht vor Tagesanbruch hier aufgekreuzt, um mit ihm ein Schwätzchen zu halten. »Hat er gesagt, was er will?«

»Yeah. Er will mit Ihnen über jemanden reden, der aus dem Ingraham verschwunden sein soll.«

»Um diese Zeit? Er will um *diese* Zeit über Timothy Brown reden?«

»Nein, Sir. Er sagt, daß er mit Ihnen über eine Studentin namens Quinn Cleary reden will.«

Verran wäre beinahe der Hörer aus der Hand gefallen. Seine Stimme versagte einige Herzschläge lang, während hochsteigende Magensäure in seiner Kehle brannte.

»Sagen Sie ihm, daß ich gleich raufkomme.«

Verran legte auf und drehte sich nach den anderen um. Er fühlte sich plötzlich ausgelaugt. Wann war endlich Schluß mit diesem Scheiß?

»Oben sind zwei Kerle vom Sheriff's Department und fragen nach einer verschwundenen Studentin namens Cleary.«

»Cleary?« fragte Alston. »Um Himmels willen,wie kann jemand wissen, daß sie verschwunden ist?«

»Das werden wir gleich erfahren. Kurt, du bleibst hier und behältst sie im Auge. Der Doc und ich gehen rauf und stellen fest, worum's überhaupt geht.«

»Das Reden überlassen Sie mir«, sagte Alston, während sie zu der in die Eingangshalle hinaufführenden Treppe hasteten. »Mit diesem Bauernlümmel werde ich schon fertig.«

»In Ordnung, Doc«, stimmte Verran erleichtert zu. »Mir ist sowieso nicht nach Reden zumute.«

Als sie aus dem Treppenhaus in die Eingangshalle traten, sah Verran sofort, daß der junge Mann neben Southworth kein Deputy war. Er hätte einer der hiesigen Studenten sein können, aber Verran erkannte ihn nicht.

Und dann hatte er plötzlich den furchtbaren Verdacht, dies sei der Kerl, mit dem die Cleary vor ein paar Stunden telefoniert hatte. Aber das war unmöglich! Er hatte aus Connecticut angerufen. Oder etwa nicht?

Verran wies Bernie an, eine Pause zu machen. Während Bernie in Richtung Aufenthaltsraum im ersten Stock verschwand, machte Verran Dr. Alston mit Deputy Southworth bekannt, der seinerseits den jungen Mann als Matt Crawford – einen alten Freund Quinn Clearys – vorstellte.

Yeah, das war er. Wie zum Teufel war er so schnell hergekommen – und noch dazu bei diesem Schnee?

Während sie sich die Hände schüttelten, hörte Verran hinter sich das helle Klingelzeichen des Aufzugs. Sein Magen rebellierte erneut, als alle sich danch automatisch umdrehten. Der krönende Abschluß dieser Nacht wäre es gewesen, wenn der gottverdammte Timothy Brown jetzt im Aufzug gestanden und sie angestarrt hätte. Verran zwang sich zu einem Blick über seine Schulter und atmete unmerklich auf, als er die leere Kabine sah.

Als die Aufzugtür sich wieder schloß, drehte er sich nach Southworth um, der nun wohl endlich mit der Sprache rausrükken würde. Er wünschte sich sehnlichst, er hätte etwas gegen seine Magenschmerzen. Für eine Rolle Tums hätte er in diesem Augenblick seine linke Hand gegeben.

Als die Aufzugtür sich schloß, so daß ihn niemand mehr in der Kabine sehen konnte, atmete Tim die Luft aus, die er angehalten hatte. Unmittelbar bevor die Tür zur Eingangshalle aufgegangen war, hatte er sich neben der Tafel mit den Bedienungsknöpfen flach an die Seitenwand der Kabine gedrückt. So hatte er die Sicherheitstheke nicht sehen können – und war seinerseits von dort aus nicht zu sehen gewesen. Aber er hatte draußen Stimmen gehört und wußte, daß er gerade noch rechtzeitig reagiert hatte.

Während der Aufzug in den Keller weiterfuhr, behielt Tim seine Position in der Ecke neben der Tür bei. Als die Kabine hielt, drückte er sich erneut flach gegen die Wand, um seine Umgebung zu kontrollieren, bevor er den Aufzug verließ.

Als die Tür aufging, hörte er einen erstickten Schmerzensschrei. Er kam aus einem Raum links vor ihm am Ende des Korridors.

Aber das war nicht Quinns Stimme gewesen, sondern die eines Mannes.

Quinn hatte neue Hoffnung geschöpft, als sie hörte, daß Tim die Flucht gelungen war; ihre Hoffnung hatte neue Nahrung bekommen, als Verran gesagt hatte, in der Eingangshalle warteten zwei Deputy Sheriffs. Und sie bekam Flügel, als Verran und Alston den Raum verließen.

Jetzt mußte sie nur noch an einem Mann vorbei. Aber Kurt, dieser blonde Hüne, war der gefährlichste Gegner.

Sie beobachtete ihn durch ihre Wimpern hindurch: Er blieb noch einen Augenblick an der Korridortür stehen, sah Verran und Alston nach, die zur Treppe hasteten, schloß dann die Tür und kam auf sie zu. Quinn schloß wieder die Augen.

»Komm schon, Baby«, sagte Kurt dicht über ihr, während er sie an der Schulter rüttelte. »Wach auf und spiel mit! Ol' Kurt hat was für dich, das dir bestimmt gefallen wird.«

Quinn unterdrückte einen Schauder und zwang ihren Körper dazu, schlaff zu bleiben, während seine Finger an ihre Kehle glitten und anfingen, ihre Bluse aufzuknöpfen.

»Um so 'n hübsches Ding wie dich wär's echt schade ... Ol' Kurt will sich wenigstens noch mal mit dir amüsieren, bevor du 'ne Fritte wirst.«

Er knöpfte ihre Bluse auf und schob den Büstenhalter hoch. Quinn unterdrückte einen Aufschrei, als eine rauhe Hand ihre linke Brust umfaßte und zusammendrückte.

»Mmm, sie sind nicht groß, aber alles, was über 'ne Handvoll rausgeht, ist Verschwendung, stimmt's? Los, wach schon auf, Schätzchen! Ol' Kurt will, daß du weißt, was los ist. Er steht nicht drauf, Leichen zu bumsen.«

Kurt beugte sich über sie und knabberte mit den Lippen an ihrer Kehle, während er den Gürtel ihrer Jeans löste.

»Wär verdammt praktisch, wenn du 'n Kleid anhättest«, murmelte er in ihr Ohr.

Das war mehr, als Quinn ertragen konnte. Sie konnte sich nicht länger beherrschen. Sie öffnete die Augen und sah sein Ohr nur wenige Zentimeter von ihren Lippen entfernt.

In einer Art Panik biß sie hinein.

Sie biß nicht nur hinein. Sie ließ ihre Zähne um sein Ohrläppchen zusammenschnappen und biß sie mit aller Kraft ihrer Kiefer zusammen. Sie klammerte sich mit beiden Händen an seinem Hemd fest und ließ sich von ihm hochziehen, als Kurt vor Schmerzen aufheulend zurückwich und Quinn wegzuschlagen versuchte. Obwohl seine Schläge rasch Wirkung zeigten, lockerte sie ihren Biß nicht. Wut und Abscheu beherrschten sie so, daß sie nicht nachgeben konnte. Aber zuletzt machte Kurt sich mit einem gewaltigen Ruck von ihr frei und schleuderte sie gegen eine der Konsolen.

Vor Schmerzen stöhnend lehnte er an der Wand. Unter seiner Hand, mit der er sich das Ohr hielt, quoll Blut hervor und lief ihm über Backe und Hals.

»Mein Ohr! Du Miststück! Du hast mir das verdammte Ohr abgebissen!«

Quinn spürte etwas Weiches im Mund. Sie spuckte es aus und würgte dann, als sie ein blutiges Ohrläppchen auf die Tastatur klatschen sah. Der Anblick erschreckte sie einen Augenblick lang, trat aber sofort wieder hinter dem dringenden Bedürfnis zurück, zu fliehen und sich vor dieser Bestie in Sicherheit zu bringen.

Sie versuchte, an Kurt vorbeizukommen, aber sie war nicht schnell genug. Er bekam sie am Arm zu fassen, riß sie herum und schleuderte sie wieder auf die Couch. Dann kam er auf sie zu – die Hand zur Faust geballt, den Arm zum Schlag erhoben, Mordgier im Blick.

»Du hast gerade den gottverdammten größten Fehler deines Lebens gemacht!«

Quinn riß mit einem Aufschrei die Arme hoch, um sich vor seinen Fäusten zu schützen, und schnappte dann erschrocken nach Luft, als hinter Kurts Schulter ein vertrautes Gesicht auftauchte.

Tim bewegte sich so schnell, wie er seinen Beinen zumuten zu können glaubte – er konnte es sich nicht leisten, jetzt hinzufallen –, aber als er einen halblauten spitzen Schrei hörte, der aus Quinns Mund zu kommen schien, vergaß er alle Vorsicht und trabte schwankend los.

Er erreichte die Tür mit der Aufschrift ELEKTRONIKRAUM, stieß sie auf und sah Kurt, den großen blonden Mistkerl, der ihm ins Gesicht geschlagen hatte. Obwohl er Tim den Rücken zukehrte, war er unverkennbar. Kurt stand über eine auf der Couch liegende junge Frau gebeugt. Ihre Bluse war aufgerissen, eine Brust war sichtbar, ihr Mund war blutig, und sie kreischte.

Quinn!

Tim hätte fast die Beherrschung verloren. Unter anderen Umständen hätte er sich auf den Kerl gestürzt und auf ihn eingeschlagen, aber er wußte, daß er nicht die Kraft hatte, ihn mehr als zu belästigen. Deshalb hielt er sich zurück, zog die Schutzkappe von einer der mitgebrachten Spritzen und schlich sich damit hinter Kurt. Hoffentlich wirkte sie etwas schneller als die andere, die er in Doris' Lunge entleert hatte! Er stieß Kurt vor Anstrengung keuchend die Nadel in den Rücken und drückte sofort den Kolben herab.

Aber die Nadel traf eine Rippe und verbog sich, so daß der Kolben blockiert war. Kurt stieß einen Schrei aus und richtete sich auf. Gleichzeitig schlug er mit dem rechten Arm um sich. Tim versuchte auszuweichen, aber seine Reflexe funktionierten nicht gut genug. Kurts Ellbogen erwischte ihn an der Schläfe und warf ihn gegen eine der Konsolen. Während der

Raum sich vor seinen Augen drehte und verschwamm, glitten ihm die restlichen Spritzen aus der Hand.

»Da soll mich doch der Teufel holen!« sagte Kurt. »Wen haben wir denn da: Das Arschloch aus Station C!«

Mit seinem vor Wut verzerrten Gesicht, dessen Blässe durch das Blut, das über seine Backe und die linke Halsseite floß, noch unterstrichen wurde, machte Kurt einen wahrhaft furchterregenden Eindruck, als er jetzt auf Tim zukam.

»Du kannst dir gar nicht vorstellen, mit welchem Vergnügen ich dich in deinen lästigen Arsch treten werde!«

Tim suchte die Spritzen und sah sie vor seinen Füßen auf dem Boden liegen. Gelang es ihm, eine aufzuheben, konnte er sie Kurt vielleicht in den Bauch stoßen. Aber als er sich danach bückte, traf Kurts rechte Faust sein Gesicht mit einem schweren Aufwärtshaken, der ihn zu Boden warf. Der Raum verschwamm vor seinen Augen; er verlor die Spritzen, Quinn und alles übrige aus den Augen und sah nur noch das berserkerhafte Monster, das bedrohlich über ihm aufragte.

Quinn war ein paar Herzschläge lang wie gelähmt. Eben hatte sie noch auf der Couch gelegen und sich vor Kurts Fäusten gefürchtet, und im nächsten Augenblick hatte Kurt sich von ihr abgewandt und war über Tim hergefallen.

Tim! Er war zu Boden gegangen, lag zusammengekrümmt an der Wand und war völlig hilflos, als Kurt jetzt begann, ihn mit Fußtritten zu bearbeiten. Sie mußte etwas tun!

Als Quinn von der Couch aufstand, zog sie automatisch ihren Büstenhalter herunter, ohne sich die Zeit zu nehmen, auch die Bluse zuzuknöpfen. Sie brauchte eine Waffe, irgend etwas, das sich als Keule verwenden ließ ... oder ein Messer. Dann wurde sie auf die Spritze aufmerksam, die noch am Rücken von Kurts Hemd hing. Während Quinn sie anstarrte, löste sie sich aus dem Stoff und fiel zu Boden.

Sie sah einige weitere Spritzen auf dem Fußboden verstreut liegen und begann fieberhaft zu überlegen. Tim hatte sie offenbar mitgebracht. Er hatte versucht, Kurt den Inhalt einer dieser Spritzen zu injizieren. Aber was enthielten sie? Ein Schlafmittel? Ein Gift? Oder ...

. . . 9574?

Natürlich!

Quinn hob zwei Spritzen auf, zog die Schutzkappen ab und schlich sich geduckt von hinten an Kurt heran, der Tims hilflos zusammengekrümmten Körper mit Fußtritten bearbeitete.

»Aufhören!« kreischte sie, rammte ihm eine der Nadeln bis zum Anschlag in den linken Oberschenkel und drückte den Kolben herunter.

Das war keine intravenöse Injektion, aber vielleicht würde sie ihn wenigstens davon abbringen, weiter auf Tim einzutreten.

Kurt grunzte, warf sich herum und griff sich an die Rückseite seines Oberschenkels. Quinn versuchte, ihn mit der anderen Nadel zu treffen, aber er schlug wild nach ihr, so daß sie zurückweichen mußte.

Und dann sah sie, daß die Tür weit offen und der Weg dorthin frei war.

Sie rannte los.

»Ich hole Hilfe, Tim!« rief sie noch, als sie an ihm vorbeilief.

Tim lag auf dem Fußboden zusammengekrümmt – bewegungslos und blutüberströmt. Sie wußte nicht, ob er sie gehört hatte, ob er noch bei Bewußtsein war . . . ob er überhaupt noch lebte. Zu der Todesangst, die ihre Schritte beflügelte, kam jetzt eiskalte Wut. Kurt hatte Tim übel zugerichtet. Das würde sie ihm heimzahlen!

Schwere polternde Schritte hinter Quinn zerstörten ihren kleinen Rachetraum und brachten sie jäh in die grausige Realität zurück. Sie hatte einen ziemlich großen Vorsprung vor Kurt, aber sie wußte nicht, wohin sie sich wenden sollte. Der Aufzug kam nicht in Frage.

Die Treppe! Wo ist die Treppe?

Quinn büßte einige Schritte ihres Vorsprungs ein, als sie langsamer lief, um die Aufschrift aller Türen lesen zu können. Und dann sah sie das Schild AUSGANG. Wieder kostbare Zeit verloren, weil sie die Tür erst öffnen mußte. Kurt dagegen verlor keine Zeit, weil er an der Tür war, bevor sie wieder ins Schloß fiel –

– und er bekam Quinn zu fassen, als sie den ersten Treppenabsatz erreichte.

Er umklammerte ihren Knöchel, riß ihn nach hinten und versuchte, sie dadurch zu Fall zu bringen. Quinn hielt sich mit ihrer freien Hand am Geländer fest, drehte sich halb um und blickte auf ihn herab. Mit dem Blut, das über eine Halsseite lief und den Hemdkragen tränkte, und seinem wild triumphierenden Blick sah er wie ein entsprungener Geisteskranker aus. Jetzt hatte er sie. Er hatte gesiegt. Und im Eisblau seiner Augen war nicht eine Andeutung von Gnade oder Mitleid zu erkennen. Sie würde schwer dafür büßen müssen, daß sie ihm das Ohrläppchen abgebissen hatte.

»Nein!« schrie Quinn und verteidigte sich mit der einzigen Waffe, die sie besaß. Mit einem raschen Rückwärtsschwung ihrer Hand stach sie blindlings mit der Spritze auf ihn ein und drückte dabei den Kolben herunter. Die Nadel bohrte sich tief in seine rechte Augenhöhle.

Danach passierten zwei Dinge fast gleichzeitig:

Quinn ließ den Kolben los und wich entsetzt vor dem grausigen Anblick zurück, den Kurts vor Angst und Schmerzen verzerrtes Gesicht mit der im Auge steckenden Spritze bot.

Kurt ließ ihren Knöchel los und griff sich mit den Händen ans Gesicht.

Sie erreichten es nie. Beide Hände machten wenige Zentimeter vor seinem Gesicht halt. Ihre gespreizten Finger zitterten. Sein Gesichtsausdruck war eine Mischung aus Schock und Verzweiflung. Der Tremor pflanzte sich durch den ganzen Körper fort, der wie ein Fisch an der Angel zitterte und zuckte. Und dann wurde sein Körper steif. Er kippte wie ein gefällter Mammutbaum langsam rückwärts und schlug mit dem Kopf zuerst auf die Steinstufen unter ihm. Quinn hörte ein gräßliches Knakken; danach ruhte sein Kopf fast rechtwinklig abgeknickt auf der linken Schulter. Der Körper zuckte noch einmal und lag dann still.

Quinn stand bebend auf dem Treppenabsatz und wußte nicht, wohin sie laufen sollte. Zurück, um nach Tim zu sehen, oder die Treppe hinauf in die Eingangshalle, um Deputy Southworth zu finden?

Sie entschied sich für letzteres. Für Tim und sie selbst gab es nur eine Rettung: Quinn mußte die strikte Abschottung des

Ingraham durchbrechen und die Außenwelt mit in diese Sache hineinziehen.

Sie konnte nur hoffen, daß der Deputy noch da war.

Louis Verran gestattete sich tatsächlich, etwas entspannter zuzuhören. Die schummrige Nachtbeleuchtung der Eingangshalle – nachts brannte nur die Hälfte aller Deckenlampen – verlieh dem weiten Raum eine ruhige, friedvolle Atmosphäre. Fast wie in einer Kirche.

Zum Glück wußte Clearys Freund Crawford doch nicht allzuviel. Ihre aufgeregten Worte am Telefon hatte er nur bruchstückhaft mitbekommen. Und eines mußte Verran Doc Alston lassen – er wurde ausgezeichnet mit Southworth fertig.

Ein schlimmer Augenblick war zu überstehen, als Dr. Emerson von draußen hereinkam. Er wirkte benommen, wie in Trance. Und man hätte glauben können, er habe geweint.

»Walter!« sagte Alston. »Um Himmels willen, was tust du um diese Zeit hier?«

Aber Emerson gab keine Antwort. Er schlurfte mit gesenktem Kopf wie ein Zombie an ihnen vorbei zu den Aufzügen. Verran hielt den Atem an. Obwohl Emerson zu den Professoren gehörte, die in die Vorgänge am Ingraham eingeweiht waren, war er für Verrans Geschmack etwas zu unberechenbar.

Aber Emerson hielt den Mund. Er betrat die Kabine und fuhr in den vierten Stock.

Und Verran gestattete sich nochmals einen heimlichen Seufzer der Erleichterung.

»Sehen Sie?« sagte Alston zu Southworth, als die Aufzugtür sich hinter Emerson schloß. »Ich bin nicht der einzige Professor, der um diese Zeit hier im Gebäude ist.«

»Schön«, sagte Southworth, »aber stellen wir noch mal eines klar: Mr. Verran hat Sie angerufen, weil Timothy Brown wieder aufgetaucht war?«

»Nicht ganz«, antwortete Alston ihm übertrieben geduldig. »Ich werde nicht von Louis ›hergerufen‹, wie Sie zu glauben scheinen. Er hat angerufen, um mir *mitzuteilen*, Mr. Brown sei zurückgekommen. Ich habe mich dafür *entschieden*, selbst herzufahren, um mit Mr. Brown zu reden. Als Direktor für medizinische Ausbildung habe ich es für meine Pflicht gehalten, ihm Vorhaltungen wegen der versäumten Prüfungen und Vorlesungen zu machen und ihn auf die damit verbundene Gefahr der Relegation hinzuweisen. Aber er hat nichts davon hören wollen. Er wollte nur Ms. Cleary abholen und mit ihr zum Skilaufen fahren.«

»Davon glaube ich kein Wort«, sagte Crawford.

Alston zuckte übertrieben mit den Schultern. »Tut mir leid, aber ich weiß nicht, was ich Ihnen sonst erzählen soll, junger Mann. Mr. Brown ist zurückgekommen, hat Ms. Cleary abgeholt und ist mit ihr weggefahren. Selbstverständlich habe ich das mißbilligt, aber ich habe sie nicht aufhalten können.«

»Wann ist Brown übrigens aufgekreuzt?« fragte Southworth.

»Kurz vor Mitternacht, Ted«, warf Verran rasch ein. »Ich hab Dr. Alston sofort angerufen.«

»Und das würde die bruchstückhafte Mitteilung Ihrer Freundin erklären«, sagte Alston zu Crawford. »Das hat Ms. Cleary damit gemeint, als sie erzählt hat, Tim sei hier. Ihr gemeinsamer Freund war zurückgekommen.«

»Nein«, widersprach Crawford kopfschüttelnd. »Das paßt alles nicht zusammen. Quinn hat gesagt . . .«

Alston hob eine Hand. »Keiner von uns weiß genau, was Ms. Cleary gesagt hat. *Sie* sind müde gewesen; auch *sie* ist müde und von der Rückkehr ihres Freundes überwältigt gewesen. Ich schlage vor, daß wir alle noch ein bißchen schlafen und später am Vormittag weiterdiskutieren.«

Southworth sah zu Crawford hinüber. Der Deputy war ziemlich schweigsam gewesen und hatte sich alles in seiner gelassenen Art angehört. Was Southworth dachte, wußte man nie sicher. Niemals.

»Dr. Alston liegt damit nicht falsch, glaub ich«, sagte er jetzt. »Ich gebe eine Fahndungsmeldung nach Browns Wagen raus, und dann warten wir ab, ob die beiden irgendwo gesehen werden. Sollten Sie inzwischen was tun wollen, könnten Sie zum Flughafen fahren, um sie vielleicht dort abzufangen.«

Mit diesem Vorschlag war Verran sehr einverstanden, aber Crawford machte ein unzufriedenes Gesicht. Zuletzt nickte er widerstrebend.

»Okay, ich versuch's damit. Ich verstehe das alles nicht, aber wenn sie nicht hier sind, sind sie eben nicht hier.«

Alston trat vor, legte Crawford eine Hand auf die Schulter und führte ihn zum Ausgang, während er auf ihn einredete.

»Machen Sie sich keine Sorgen, junger Mann. Wir finden sie bestimmt. Was Diensteifer und Erfahrung angeht, steht das Frederick County Sheriff's Department keinem anderen nach. Falls Ihre Freunde noch in Maryland sind, finden wir sie garantiert. Und für den Fall, daß sie sich beim Ingraham melden, verspreche ich Ihnen, daß Sie als erster davon erfahren.«

Weiter so, Doc! dachte Louis Verran. Ordentlich dick auftragen. Sagen Sie, was Sie zu sagen haben – aber sorgen Sie dafür, daß die beiden verschwinden.

Und dann bildete Verran sich ein, hinter der Tür zur Kellertreppe eine Frauenstimme zu hören, die *Nein*! schrie. Aber der Schrei war so leise, daß er nicht wußte, ob er ihn wirklich gehört hatte.

Aber das war jetzt unwichtig. Southworth und Crawford hatten ihn nicht gehört. Sie waren schon fast am Ausgang.

Weiter! Weiter!

Noch ein halbes Dutzend Schritte, dann waren sie draußen.

Noch drei Schritte ...

Sie waren an der Tür, traten ins Freie ...

Ein Geräusch hinter ihm. Eine Tür wurde aufgestoßen. Verran drehte sich um und glaubte, sein Herz bliebe stehen, als sein schlimmster Alptraum Realität wurde: Die Cleary kam mit aufgerissener Bluse und blutverschmiertem Mund in die Eingangshalle gestürzt. Verran versuchte sie festzuhalten, aber er war viel zu langsam. Und ihr Anblick hatte ihn beinahe gelähmt. Hatte dieses Schwein Kurt sich an ihr vergriffen? Und wo steckte er, verdammt noch mal? Was war dort unten passiert?

Das spielte allerdings keine Rolle mehr. Das Aus für seinen schönen Job am Ingraham – und zweifellos das Ende seines Lebens als freier Mann – spurtete an ihm vorbei hinter Southworth und Crawford her und kreischte dabei gellend laut:

»Matt! O Gott, Matt! Matt, Matt, *Maaaaaaatt!*«

Sie warf sich in Crawfords Arme, und die beiden umarmten sich wie nach langer Trennung endlich wiedervereinte Geschwister, während ihr Mundwerk nicht mehr zum Stillstand kam.

Jetzt wirkte Southworth plötzlich nicht mehr phlegmatisch. Er packte Alston an der Schulter, drehte ihn um und stieß ihn vor sich her bis an die Sicherheitstheke. Verran fühlte einen weiteren Schwall Magensäure hochkommen und hätte sich am liebsten irgendwo verkrochen.

»Hier scheint's gewisse Unstimmigkeiten zu geben, Verran«, sagte Southworth, als sie alle wieder an der Sicherheitstheke standen. Er hielt zwei Schritt Abstand, und seine rechte Hand lag auf dem Griff seines Revolvers. Die Waffe blieb vorerst im Halfter stecken – aber Verran wußte, was diese Geste bedeutete. »Diese junge Dame hier sagt, daß sie Quinn Cleary ist – was Crawford bestätigen kann –, und sie sagt, daß Tim Brown unten im Keller gefangengehalten wird. Was zum Teufel haben *Sie* dazu zu sagen?«

»Wir brauchen einen Krankenwagen!« sagte die Cleary, während sie ihre Bluse zuknöpfte. »Tim ist verletzt. Er braucht Hilfe.«

»Zeig mir, wo er ist«, sagte Crawford. »Vielleicht können wir ihn . . .«

»Hiergeblieben!« befahl Southworth ihm. »Erst will ich ein paar Antworten hören.«

Als der Deputy nach dem Funkgerät an seiner linken Hüfte griff, hörte Verran ein Geräusch, das er schon kannte – die Treppenhaustür wurde geöffnet. Wer würde diesmal auftauchen? Etwa Brown selbst? Diese Sache wuchs sich allmählich zu einem gottverdammten Zirkus aus.

Nein. Diesmal erschien Elliot. Und . . . Scheiße, er hatte eine Waffe. Er hielt sie wie ein Scharfschütze mit beiden Händen umklammert und zielte damit auf den Deputy. Aber Verran sah die Mündung zittern und wußte, daß Elliot am Rand einer Panik stand. »Ihre Kanone, Southworth«, sagte Elliot. »Rausziehen und auf die Theke legen.«

Southworth blieb gelassen, machte keine Bewegung. »Das nützt Ihnen nichts«, sagte er halblaut.

»Los, her mit der Waffe!« Elliots Stimme überschlug sich beinahe.

Der Deputy wirkte nur verärgert, als er seinen Revolver aus dem Halfter zog und auf die Theke legte.

»Nimm ihn, Chief«, sagte Elliot, bevor er zu Alston hinübersah. »Und jetzt will ich wissen, was hier passiert ist. Als ich vorhin in den Vierten raufgefahren bin, ist noch alles unter Kontrolle gewesen. Dann komme ich zurück und finde im Überwachungsraum einen Toten –« Quinn stöhnte und begann an Matts Schulter zu weinen » – und Kurt liegt mit gebrochenem Genick auf der Kellertreppe. Was geht hier vor, verdammt noch mal?« Er sah erneut zu Verran und Southworth .38er auf der Theke hinüber. »Los, Chief, nimm die Kanone.«

»Ich will sie nicht.« Als der andere ihn mit großen Augen anstarrte, erklärte Verran ihm: »Das Spiel ist aus, Elliot.«

»Unsinn!« Elliot schüttelte heftig den Kopf. »Ich laß mich nicht wieder einsperren! Wir können . . .«

Und dann wußte er nicht weiter, und ihm wurde endlich klar, was Verran sofort erkannt hatte, als Quinn Cleary in die Eingangshalle gestürmt war.

»Nein«, sagte Verran leise. »Wir können nicht.«

Alston setzte sich in Bewegung. Er griff an Verran vorbei nach dem Revolver.

»Louis hat recht, Elliot«, sagte Alston. »Die Dominosteine beginnen zu fallen.« Er nickte Southworth zu und hielt den Revolver hoch. »Den leihe ich mir kurz aus, Deputy. Sie bekommen ihn gleich wieder.«

Er schlenderte zur Treppenhaustür und ließ sie hinter sich ins Schloß fallen.

Auf Elliots Gesicht spiegelten sich Angst und Verwirrung.

»Was hat er . . .«

Verran fuhr zusammen, als ein einzelner Schuß hinter der Tür seine Frage beantwortete.

»Oh, Scheiße!« sagte Elliot.

Und dann stürmte er in Richtung Ausgang davon.

Noch bevor Elliot ins Freie verschwunden war, hielt Deputy Southworth sein Funkgerät in der Hand, forderte Verstärkung und einen Notarztwagen an und leitete die Fahndung nach Elliot ein. Als er das Funkgerät in die Gürtelhalterung zurücksteckte, deutete er mit dem Zeigefinger auf Verran.

»Sie bleiben hier!«

Verran konnte nur nicken. Seine ganze Welt fiel in Trümmer. Er wünschte sich, er hätte den Mut, wie Alston abzutreten, aber er wußte, daß er niemals hätte abdrücken können.

Seltsamerweise gab sein Magen jetzt einigermaßen Ruhe.

Mit Matt an ihrer Seite blieb Quinn dicht hinter Southworth, als er auf die Treppenhaustür zuging.

»Wir müssen zu Tim«, sagte sie.

Er konnte nicht tot sein. Was Elliot gesagt hatte, konnte nicht stimmen. Tim lebte. Er *lebte*.

Das sagte sie sich immer wieder, weil es dadurch hoffentlich wahr werden würde.

Der Deputy öffnete die Tür, warf einen Blick ins Treppenhaus und schloß sie wieder. Als er sich nach ihnen umdrehte, war sein Gesicht merklich blasser.

»Wir nehmen lieber den Aufzug.«

Quinn klammerte sich an Matt, während der Deputy ihre Sicherheitskarte benützte und mit ihnen in den Keller hinunterfuhr. Trotz der Angst um Tim war ihre überwältigende Freude darüber, in der Eingangshalle des Science Centers einem vertrauten Gesicht begegnet zu sein, noch nicht ganz abgeklungen. Sie staunte noch immer darüber, daß Matt hier war. Wie war er nur so schnell hergekommen? Unwichtig. Das würde sie später erfahren. Jetzt mußte sie dringend zu Tim.

»In welcher Verfassung war er, als du ihn zuletzt gesehen hast?« erkundigte Matt sich.

»Er ... er hat sich nicht bewegt.«

Als die Kabine hielt und die Tür sich öffnete, wandte Deputy Southworth sich mit ernster Miene an Quinn.

»Vielleicht wär's besser, wenn Sie mich ...«

Quinn schlüpfte an ihm vorbei hinaus, sobald der Türspalt breit genug war. Sie dachte gar nicht daran, hier auf jemanden zu warten.

Sie lief zu dem Raum, in dem sie gefangengehalten worden war, und kam gegen die offene Tür rutschend zum Stehen. Tim lag mit dem Rücken zu ihr an der Wand auf dem Boden und hatte den linken Arm in unnatürlicher Haltung vom Körper weggestreckt. Er bewegte sich nicht. Sie konnte nicht erkennen, ob sein Brustkorb sich hob und senkte. Er hatte Blut...

»*Tim*!« schrie sie.

Der Körper zuckte, der schlaffe Arm hob sich ein wenig, Daumen und kleiner Finger bewegten sich gestreckt vor und zurück.

Quinn wußte nicht, ob sie lachen oder weinen sollte, als sie neben ihm niederkniete und ihn in die Arme nahm.

»Oh, Tim!«

24

»Nur noch ein paar Fragen«, sagte Deputy Southworth.

Quinn rutschte ungeduldig auf ihrem Stuhl hinter der Theke hin und her. Die Polizei benützte die Sicherheitstheke in der Eingangshalle vorläufig als Kommandozentrum.

»Okay, aber wirklich nur ein paar.«

Sie hatte es eilig, zu Tim ins Krankenhaus zu kommen. Das Notarztteam hatte ihn auf einer Tragbahre aus dem Keller abtransportiert. Er hatte schlimm ausgesehen. Sie fragte sich, was die Röntgenaufnahmen ergeben haben mochten.

Matt hatte Tim begleitet, und sobald die beiden unterwegs waren, hatte der Coroner den Abtransport der beiden Leichen aus dem Treppenhaus veranlaßt. Die State Police hatte Louis Verran in Handschellen abgeführt. Neue Krankenschwestern kamen, um die Pflege der Patienten in Abteilung C zu übernehmen. Allmählich kehrte wieder Ruhe ein. Quinn hatte Matt und Tim begleiten wollen, aber der Deputy brauchte ihre Zeugenaussage.

»Also... fällt Ihnen noch jemand ein, der unmittelbar in diese Sache verwickelt sein könnte?«

»Nur einer.« Quinn mußte schlucken, als sie an ihn dachte. »Dr. Emerson. Er ist drüben im Dozentengebäude. Zumindest ist er dort gewesen.«

Sie berichtete, was sich in Emersons Büro ereignet hatte.

Deputy Southworth hörte auf zu schreiben.

»Dr. Emerson... Vorname Walter? Ein älterer Mann?«

»Ja, das ist er. Warum?«

»Er ist kurz nach unserer Ankunft hier durchgekommen und mit dem Aufzug nach oben gefahren. Hat er dort ein Büro?«

»Sein Labor. Im vierten Stock.«

»Merkwürdig, daß wir ihn bisher nicht gesehen haben. Unsere Leute sind überall im vierten Stock gewesen.«

»Wahrscheinlich hat er sich in seinem Labor eingesperrt.« *Mit den übrigen Ratten.* »Aber...« Quinn zog einen Schlüsselring aus der Hosentasche. »Ich habe den Schlüssel.«

Sie stand auf und ging zum Aufzug.

»Augenblick!« sagte Deputy Southworth. »Die Schlüssel geben Sie mir.«

Quinn überließ sie ihm widerstrebend.

»Gut, aber ich komme mit«, sagte sie. »Ich will dabeisein, wenn Sie ihn verhaften.«

Southworth grinste, als sie die Kabine betraten. »Sie haben's wirklich auf ihn abgesehen, was?«

Quinn nickte grimmig. Sie konnte an seinem Verrat nichts Amüsantes finden. Sie hatte ihr Leben in Dr. Emersons Hände gelegt, und er hatte sie den Häschern ausgeliefert.

Im vierten Stock führte sie Southworth den Korridor entlang zu Dr. Emersons Labor. Die Weihnachtsdekoration an Türen und Wänden erschien ihr jetzt sinnlos, ohne Wärme oder Bedeutung, fast als Sakrileg. Sie blieb neben dem Deputy stehen, als er die Tür aufsperrte, und folgte ihm dann ins Labor.

»Da ist er«, sagte sie, als sie die vertraute Gestalt vor einem der Computer sitzen sah. »Das ist er!«

Sie drängte sich an Southworth vorbei und trat von rechts an Dr. Emerson heran. Er sah nicht auf.

»Das Spiel ist aus, Dr. Emerson.« Quinn hatte gegen Tränen anzukämpfen und ärgerte sich, weil ihre Stimme fast wie ein Schluchzen klang. Sie hatte zornig, wie eine Rachegöttin auftreten wollen. Warum war sie statt dessen traurig? »Es hat nicht geklappt. Ich bin immer noch da.«

Er bewegte sich nicht, sondern saß nur da und starrte den Bildschirm an.

Erst jetzt wurde Quinn auf den verchromten Ständer links

von ihm aufmerksam. Und auf den daran hängenden Plastikbeutel mit einer klaren Flüssigkeit. Und auf den durchsichtigen Plastikschlauch, der zu seinem Arm hinunterführte.

Sie berührte seine Schulter, rüttelte ihn sanft. Sein Körper sackte zusammen und kippte seitlich weg.

»Heiliger . . .!« rief Southworth. Er war mit einem Satz heran und fing Dr. Emerson auf, bevor er vom Stuhl fiel.

Quinn stand wie gelähmt da und starrte den kurzen Text auf dem Bildschirm an.

An alle, die es angeht!
Falls meine Berechnungen richtig sind,
müßte dies zweifelsfrei beweisen, daß
es tatsächlich eine LD für 9574 gibt.

»Was heißt LD?« fragte Southworth, nachdem er Dr. Emerson zu Boden hatte gleiten lassen.

»Letale Dosis.«

Quinns Stimme klang so ausgebrannt, wie sie sich fühlte. Alle ihre Emotionen schienen erschöpft, verbraucht zu sein. Sie kam sich wie eine leere, ausgetrocknete Hülse vor.

»Kann ich jetzt gehen?« fragte sie.

Sie mußte ganz dringend zu Tim.

Epilog

»Was gibt's Neues?« fragte Quinn, als Matt in Tims Zimmer im Krankenhaus kam.

Die Mittagssonne ließ das Weiß der Bettwäsche leuchten und spiegelte sich auf dem blitzblanken Fußboden. Quinn saß auf der Bettkante und hielt Tims Hand in ihrer – nicht nur, weil sie glücklich war, ihn wiederzuhaben, sondern auch, weil das die einzige Möglichkeit war, ihn im Bett zu halten.

Tim war ein miserabler Patient. Er hatte sechs gebrochene Rippen, eine Gehirnerschütterung und eine großflächige Verbrennung dritten Grades am linken Oberschenkel, aber er wollte aus dem Krankenhaus raus. Sofort. Nur Quinns beruhigende Gegenwart und seine vom Liegen kraftlos gewordenen Muskeln hielten ihn noch zurück.

Den größten Teil des Vormittags hatte er damit verbracht, der State Police und dem FBI alles zu berichten, was er wußte und was ihm zugestoßen war. Quinn hatte neben ihm gesessen und atemlos staunend zugehört, während er Unglaubliches über Gehirnwäsche am Ingraham und Menschenversuche in ganz Amerika erzählte.

Anfangs hatten die Kriminalbeamten und FBI-Agenten reichlich skeptisch gewirkt. Aber als sie zurückkamen, um Ergänzungsfragen zu stellen, nachdem sie Verrans Überwachungsraum untersucht und im Wohnheim die Kopfenden einiger Betten abgeschraubt hatten, waren sie offenbar zu Gläubigen geworden.

Matt hielt eine Nummer der *Baltimore Sun* hoch, während er sich in einen Besuchersessel fallen ließ. »KMI und die Kleederman Foundation streiten alles ab. Sie bezeichnen die Vorwürfe als ungeheuerlich, und selbst wenn sie wahr wären, wüßten Kleederman und der Verwaltungsrat von nichts.«

Quinn wollte ihren Ohren nicht trauen.

»Soll das heißen, daß sie straffrei ausgehen werden?«

Matt zuckte mit den Schultern. »Ich hab meinen Vater angerufen und den Fall mit ihm besprochen. Er sagt, daß es verdammt schwierig sein wird, die Leute an der Spitze zur Rechenschaft zu ziehen, wenn nicht ein wichtiger Mitverschwörer auspackt. Schließlich steht euer Wort hier gegen das eines international angesehenen Geschäftsmanns und Multimilliardärs, eines ehemaligen US-Senators und der übrigen Bonzen im Verwaltungsrat.«

»Ich halte Verran nicht für den Typ, der 'nen Deal macht«, sagte Tim. »Diesen Elliot haben sie noch nicht geschnappt, und Alston und Emerson haben sich selbst aus dem Weg geräumt. Wir wissen leider nicht, wer sonst noch beteiligt gewesen ist. Und wo stehen wir, wenn's keine schriftlichen Aufzeichnungen gibt?«

»Mein Vater sagt, daß vermutlich nur die unteren Chargen angeklagt werden«, sagte Matt. »Aber sobald die Ermittler in den KMI Medical Centers aufkreuzen, hält bestimmt jemand diesem Druck nicht stand. Dann kommt die Wahrheit über die Menschenversuche ans Tageslicht, und das ganze System bricht zusammen.«

»Und vielleicht wirken die Ermittlungen sich dann letztlich auch gegen Kleederman aus«, sagte Tim mit entschlossener Miene. »Strafanzeigen, Zivilklagen, was immer unternommen werden kann, um diesen Mistkerl zur Strecke zu bringen.«

Quinn drückte seine Hand. »Nicht aufregen.« Dann fiel ihr etwas ein. »Was ist mit den Absolventen?«

»Richtig«, sagte Tim leise. »Was ist mit ihnen? Mit all den ›Wo sind sie jetzt?‹-Ärzten? Die armen Kerle.«

»Warum sagst du das?« fragte Quinn.

»Weil sie die eigentlichen Opfer sind. Sie können nichts dafür, aber ihr Ruf ist natürlich ruiniert – oder zumindest äußerst suspekt.«

»Das muß nicht sein«, sagte Matt. »Sie werden nicht glauben, daß sie einer Gehirnwäsche unterzogen worden sind, und ich bezweifle ehrlich gesagt, daß *bewiesen* werden kann, daß hier eine Gehirnwäsche stattgefunden hat. Sie werden sagen, sie seien nie von irgendwelchen komischen Science-fiction-Maschinen beeinflußt worden, oder sagen, während *ihres* Studiums am Ingraham seien hinter *ihren* Betten keine Geräte dieser Art installiert gewesen. Und wer will ohne schriftliche Aufzeichnungen die Behauptung widerlegen, die DWG-Geräte – oder wie immer sie heißen – seien erst letzten Sommer installiert worden?«

»Sie können also weitermachen wie bisher?« fragte Quinn.

»Sie bleiben hervorragend ausgebildete Ärzte. Sie werden die Bewohner der Inner Cities wie bisher ausgezeichnet versorgen – sogar noch besser, weil die Patienten, die sie einem unbewußten Drang folgend in die Medical Centers überwiesen haben, dort jetzt nicht mehr als menschliche Versuchskaninchen mißbraucht werden.«

»Dann ist es also vorbei?« fragte Quinn und gab sich endlich einem Gefühl der Erleichterung hin. »Wirklich vorbei?«

»Praktisch ja«, antwortete Matt. »Ihr beide habt den ersten Dominostein angestoßen. Bloß noch eine Frage der Zeit, wann die übrigen fallen. Jetzt ist alles vorbei.«

Neue medizinische Hochschule nimmt Lehrbetrieb auf

Budapest (Eigener Bericht) – Eine neue international aktive Wohltätigkeitsorganisation, die Eastern Europe Medical Care Foundation, hat die Eröffnung einer medizinischen Hochschule in Budapest – an der keinerlei Studiengebühren zu entrichten sind – und einer Kette von Behandlungszentren in Polen, der Tschechischen Republik, der Slowakei, Ungarn und Rumänien bekanntgegeben, um auch armen, benachteiligten und alleinstehenden Menschen in Osteuropa die Segnungen der modernen Medizin zugänglich zu machen.

Frankfurter Allgemeine Zeitung

Danksagungen

Der Verfasser möchte Albert Zuckerman – Agent, Lektor und Freund – für seine Ermutigung und Förderung vom ersten Entwurf bis zur letzten Revision danken.

Sein Dank gilt auch Daphne Stamos für die Überprüfung aus der Perspektive der Medizinstudentin und Steven Spruill fürs Übliche.